"广西一流学科·中国语言文学"经费资助成果

"广西高校人文社科重点研究基地·桂学研究院"经费资助成果

独秀学术文库

杨树喆：《民俗学与多民族文化探幽》

王德明：《广西古代文学研究论集》

胡大雷：《史学与中古文学》

力　之：《〈昭明文选〉论考》

张利群：《文学批评整体观的理论建构》

覃德清：《中国人类学与民族文化研究》

麦永雄：《审美政治与文学研究》

樊中元：《量词的语义研究》

刘铁群：《广西现当代文学研究》

王　瑜：《雪鸿泥爪——现代文学史学研究片论》

莫其逊：《马克思主义美学与中国文艺现实研究》

施秀娟：《中外文学风景》

王朝元：《文艺美学理论与实践研究》

吴大顺：《音乐·媒介·诗体——汉魏六朝乐府论稿》

广西古代文学
研究论集

王德明 | 著

GUANGXI NORMAL UNIVERSITY PRESS
广西师范大学出版社
·桂林·

图书在版编目（CIP）数据

广西古代文学研究论集 / 王德明著 . —桂林：广
西师范大学出版社，2019.12
　　（独秀学术文库）
　　ISBN 978-7-5598-2504-9

　　Ⅰ . ①广… Ⅱ . ①王… Ⅲ . ①古典文学研究－
广西－文集 Ⅳ . ①I206.2-53

中国版本图书馆 CIP 数据核字（2019）第 287157 号

广西师范大学出版社出版发行

（广西桂林市五里店路 9 号　邮政编码：541004
网址：http://www.bbtpress.com ）
出版人：黄轩庄
全国新华书店经销
广西广大印务有限责任公司印刷
（桂林市临桂区秧塘工业园西城大道北侧广西师范大学出版社
集团有限公司创意产业园内　邮政编码：541199）
开本：880 mm ×1 240 mm　　1/32
印张：15.375　　　字数：330 千字
2019 年 12 月第 1 版　　2019 年 12 月第 1 次印刷
定价：78.00 元

如发现印装质量问题，影响阅读，请与出版社发行部门联系调换。

目　录

第三编　文学家族研究

第四编　作家创作与理论研究

第一编　总论

论广西文学在晚清的崛起

　　广西古称粤西、峤西等,长期以来,由于地处边陲,社会、经济、文化的发展都大大落后于中原,文学的发展也不例外。尽管历史资料显示,广西的文学源远流长,但是,在绝大多数情况下,广西的文学并不能形成气候。这主要表现在:第一,作家的数量非常有限,而且往往以零星的方式出现,不能形成区域性的作家群体。唐代的"二曹",虽然"岭外诗声起二曹,古来参佐几名高"①,"有唐曹邺与曹唐,岭外风骚始破荒",但紧接而来的却是"此调千秋几绝响,后来几辈许升堂"。② 曹唐、曹邺在诗歌创作上开了一个好头,但来者寥寥,从唐至明,广西作家数量有限,有一定知名度的作家更是屈指可数。自 20 世纪初以来,有关中国古代文学史的著作数以百计,但不管在哪一部文学史中,都难看到广西作家的身影,更不用说专章专节的论述了。至于群体性的作家群,更难觅踪迹。第二,作品的数量,特别是在全国有一定知名度和影响的作品更少。打开任意一部《中国古代文学作品选》之类的著作,除了偶尔会看到选入曹唐、曹邺等少数作家的少数几首(篇)作品,如《官仓鼠》之类,很少有其他广西作家的作品进

---

① 王拯:《十月廿五日广州登舟从弟芝庭宁氏两甥(之暄、之昕)袁氏侄(树菽)送
　　至花埭舟中》九首之七,《龙壁山房诗集》卷十四。
② 李宗瀛:《读九芝堂集》,《杉湖十子诗钞》卷十七。

入这些著作的篇目中。第三,批评家很少将广西作家作为评论的对象。《中国文学批评史》之类的著作既是对历代中国文学批评发展和特点的描述与论述,同时也是从另一个角度对各类作家的文学史地位的考察。在已问世的各种《中国文学批评史》中,我们很少看到历代批评家关于广西作家的批评。这说明,历代的广西作家很少进入有影响的批评家的法眼。

然而,这种情况到了清代后期,也就是晚清的道光、咸丰、同治、光绪、宣统五朝,即公元1821年到清朝灭亡的1911年这九十年的时间里,有了很大的改变,无论是作家的数量还是作品的数量及其影响等,均有了质的飞跃,因此这可以说是广西文学在中国文坛上的第一次整体性崛起。

一

这里所说的崛起,是相对于广西文学的过去和当时全国文学创作情况而言的。从纵的方面来说,是与广西过去的文学创作水平的比较;从横的方面来说,是与当时全国文学创作水平的比较。纵观1821年到1911年这九十年的广西文坛,我们可以看到几个突出的现象:

第一,相对于以前的广西文学创作,作家作品的数量有了极大的增长。清末曾长期在广西为官的张凯嵩在《杉湖十子诗钞序》中曾说:“余宦粤久,知粤为悉,于粤士夫相知亦夥。尝叹粤中近数十年人文之盛,而诗其尤著也。遘时多事,蹀躞风尘,戎马之间,鲜能从容谈议文事,顾从诸贤往往得其概焉。方乾嘉间,海内人文极盛之秋,最后袁、赵以诗鸣,一时风靡。子才初起自桂林,老复来游,时临川李松甫郎中,侨家于此,门第颇盛。子才来实主之。然松甫为诗,宗陶、韦,又时有桂林朱小岑、高密李少鹤两君子与松甫师友,风尚颇道。粤人皆知朱、李诗法之高,于子才来初,不甚尚之也。朱、李既往,粤之诗人益多辈出,尤莫盛于道光之初。余来虽已不及其盛,然犹得与朱伯韩侍御、龙翰臣学士游,两君故时健者,松甫之客,零落久矣,然如陈君心芗,老犹健在官,学博。杨君柳塘,年更老于心芗,时亦尚存。而汪剑峰、曾芷潭、彭兰畹数君者,又各以其孤杰雄鸁之才,兀律自起于粤诗人盛衰绝续之交。松甫之子小韦能读父书,为诗乃不相袭,于伯韩、心芗、剑峰、兰畹,故皆往来倡和。至黄香甫、赵淡仙者,又小韦客之尤者也……夫人才诚不择地而生,然而山川磅礴之气实郁泄焉,故与其人才力必有相应而发见者。桂林、阳朔奇峰罗列,镵天拔地,嶙峋万状,漓江天下之清,滩泷数百,水石相激,雷辊雪歕,以东之海……读诸君诗,崭然如见此邦山水之奇,使人几不复忆壮游五岳,吁其胜哉!"这段话非常简洁地描述了晚清时期以桂林为中心的广西诗坛的状况,开列出了一个当时广西诗坛的基本名单,从中可见当时以桂林为中心的广西诗歌创作是多么繁荣。"人文之盛",其实就是指文学创作的情况。一个"盛"字道出了当时诗歌创作的繁盛状况。张凯嵩提到的如李松甫、朱琦(伯韩)、汪运(剑峰)等,只是当时"粤之诗人益多辈出"中的佼佼者,更多的诗人并没有列入名单中。诗人的数量是如此之多,古文的作家也非常可观。

不过,广西文学创作的情况长期以来一直是一笔糊涂账,谁也不清楚广西的历史上究竟有多少作家多少作品。直至1983年,广西民族学院图书馆做了一件功德无量的好事,经过艰苦的努力,编成了《广西历代文人著述目录》,这为我们了解广西历代文学的创作情况提供了一个比较完备的目录。通过这个目录我们可以作出一个初步的统计,从三国到民国的 1700 余年里,广西历史上以诗文集为主的著作共有 1505 种,其中清代约 1117 种,约占总数的 74%。而从三国至明代还包括民国,只有 388 种,约占总数的 26%。从作家来说,共有 770 余家,其中清代 619 家,占作家总数的 80%。从这两个数字可见清代广西文学创作的繁荣。而在清代的所有作家和作品数量中,根据大概的估算,晚清九十年约占整个清代作家、作品总数的 70%。① 这种情况与朱德垣所说的"吾桂诗学,始于唐而盛于清。唐之中叶,尧宾(曹唐)始有诗集,宋迄明寥寥。至清有诗人四十余,女诗人七,皆有集行世。此外有诗集藏于家而未刊者不知凡几"②完全一致。可见,从作家和作品数量来说,晚清广西文学的崛起是一个不争的事实。

　　第二,出现了一些影响较大的作家和作家群。如前所述,以前的广西作家基本是以零星或个体的方式出现在中国文坛上,而到晚清时期,则出现了一些有较大影响的作家群。例如"岭西五家""杉湖十子""临桂词派"等。这些具有明显的地域特点的广西作家群的出现,不仅改变了长期以来的广西作家孤军奋战、单打独斗的局面,更重要的是它昭示了一个新的时代已经来临。这种作家群体的出现本身就说明了广西文学在这个时期已经有了巨大的发展,显示出集体的力量。而且从这些作家群本身来看,在当时乃至以后均有较大的影响。例如以龙启瑞、朱琦、王拯、彭

---

① 由于作者的生卒年及作品的创作时间无法完全确定,因此只能作大致的估计。
② 《痴仙咏草序》,民国排印本《痴仙咏草》附。

昱尧、吕璜为代表的"岭西五大家"，他们继承桐城派古文的传统，在当时有很大的影响。龙启瑞曾说："方是时，海宇承平既久，粤西僻在岭峤，独文章著作之士未克与中州才俊争骛而驰逐，逮子穆与伯韩、少鹤、仲实先后集京师，凡诸公文酒之宴，吾党数子者必与。语海内能文者，屈指必及之。梅先生尝曰：'天下之文章，其萃于岭西乎！'"①黄葂在编纂《岭西五家集》时曾评论道："有清道光、咸丰之交，桐城之学流衍于广西，而月沧（吕璜）、伯韩（朱琦）、翰臣（龙启瑞）、定甫（王拯）、子穆（彭昱尧）诸子诗古文辞并著名当世。曾文公于《欧阳修文集序》述其渊源特详。长沙王益吾（先谦）、遵义黎莼斋（庶昌）两先生复相继以其文选入《续古文辞类纂》，由是天下莫不知有'岭西五大家'矣。"②这些评论本身是颇堪玩味的。龙启瑞指出了长期以来"粤西僻在岭峤，独文章著作之士未克与中州才俊争骛而驰逐"的事实，但等到朱琦等人涌现出来后，局面有了极大的改观，以至梅曾亮不禁也发出了"天下之文章，其萃于岭西乎"的感叹。梅曾亮的感叹以及黄葂"天下莫不知有'岭西五大家'矣"，都有"天下"二字，这就是说，岭西五大家的影响已超出了广西，波及了全国。而龙启瑞"凡诸公文酒之宴，吾党数子者必与。语海内能文者，屈指必及之"说明在当时京城主流作家的活动中，已少不了广西作家的身影，在人们的心目中，一些广西作家已进入了当时全国屈指可数的作家行列中。广西近代学者陈柱曾经说过："唐宋而后，古文之盛，首推逊清二百余年。而长沙王氏继桐城姚氏撰《古文辞类纂》，于近代选本最

---

①   龙启瑞：《彭子穆遗稿序》，《经德堂文集》卷四。

② 《岭西五家诗文集跋》，《岭西五家诗文集》卷首附。

谨严,中间作者凡三十有九,江苏凡十有三家,为最盛;次安徽,凡八家;次湖南、广西,各凡五家;次江西,凡四家;次山西,凡二家;次福建、浙江,各凡一家;余省蔑焉。"(《粤西十四家诗钞序二》)陈柱的这个统计,从数量上最为直观地说明了当时广西作家古文创作在全国的地位,名列第三,与湖南并驾齐驱,这是广西文学史上从来未曾出现过的。《续古文辞类纂》是当时比较谨严和比较权威的古文选本,"岭西五家"的作品能比较多地进入这样的选本中,作家的数量又名列全国第三,完全说明了当时广西作家在古文的创作上已步入了全国的先进行列。

如果说"岭西五家"还只是承桐城余绪,是在"桐城派"影响下的产物,只能说明广西部分作家的古文创作达到了当时全国的先进水平的话,那么,"临桂词派"的出现,则说明广西的文学已经完全走在了全国的前列了。晚清四大词人,"临桂词派"中的王鹏运、况周颐占据了两席,这就意味着在晚清的顶尖词人中,广西词人占了一半。这在过去是不可想象的。不仅如此,王鹏运还是"临桂词派"的创始人,开词的一代风气。叶恭绰在《广箧中词》中说:"幼遐(王鹏运,遐或作霞)先生于词学独探本原,兼穷蕴奥,转移风会,领袖时流,吾常戏称为桂派先河,非过论也。彊村翁(朱祖谋)学词,实受先生引导。文道希丈(廷式)之词,受先生攻错处,亦正不少。清季能为东坡、片玉、碧山之词者,吾于先生无间焉。"这段话一方面高度评价了王鹏运的创作成就,另一方面则指出了他的巨大影响。王鹏运于词的创作匠心独运,成为桂派先河,同时更引人注目的是他对当时著名词人朱祖谋、文廷式的影响。作为文人,纯粹依靠文学创作本身的成就而领袖全国,在广西作家中,王鹏运可以说是第一人。可见,这时的广西作家已经站在了文学的制高点上。"临桂词派"的另一位广西词人况周颐，不仅在当时四大顶尖词人中占有一席之地，同时，更是以其《蕙风词话》从理论上影响着当时词的创作。朱祖谋称该书为"千年来之绝书"。

除了文与词这两种文体之外，对作为最主要的文学体裁的诗歌，广西的诗人在当时也至少达到了全国的先进水平。这可以从当时或以后的一些评论中看出。例如杨传第说："近时都下之以诗名者，传第尝凭臆得数人焉，窃拟汇刻一编以见风雅之教之未潜。既而思篇什充斥，而吾乃谓止有此数人之诗，非世所信；又居幽处下，易以滋多口之未谤，于是中辍。所谓数人者，桂林朱伯韩先生其一也。"①将朱琦列为"近时都下之以诗名者"的为数不多的几位重要诗人之一。钱仲联先生在《道咸诗坛点将录》仿《水浒传》108 将的旧例，列举了道光、咸丰时期的 108 位有代表性的诗人，其中就有比附为"天牢星病关索杨雄"的朱琦、比附为"天慧星拼命三郎石秀"的王拯、比附为"地暴星丧门神鲍旭"的郑献甫、比附为"地刑星菜园子张青"的龙启瑞、比附为"地壮星母夜叉孙二娘"的沈澍这五位广西人。② 在全国主要诗人的行列中，同时出现如此多的高水平的广西诗人，这在广西文学史上是从来没有过的现象，仅从数量上看，这就是一个令人骄傲的数字，说明广西诗歌创作的整体水平已进入了当时全国的先进行列。

以上三个作家群分属于诗、词、文三种不同的文体创作，这就

---

① 《怡志堂诗集序》，黄蓟辑《岭西五家诗文集》（民国十三年桂林典雅书局排印本）附。

② 《苏州大学学报》1989 年第 4 期。

说明,广西文学在近代的崛起,不仅仅局限于某一种文体,而是全面开花,集体崛起。

第三,我们还可以从当代人所著的文学史著作看出广西文学在晚清的崛起。在郭延礼先生著、教育部研究生工作办公室推荐的研究生教学用书《中国近代文学发展史》中,我们看到,关于广西作家的专节就有第一卷的第一章"粤闽桂三诗人:张维屏、张际亮和朱琦",将朱琦与当时著名的诗人张维屏、张际亮并列为粤闽桂的代表性诗人。第七章"太平天国的文学活动"专论以广西人为主的太平天国作家。第十章"壮蒙回族四诗人"中,有专节论广西象州的著名诗人郑献甫,并称赞郑献甫为"壮族文学史上的一颗巨星"。第二卷第二十三节"壮族诗人黄焕中及其他",对黄焕中及韦丰华、谢兰等给予了较高的评价。第二十九章"近代四大词人及常州派词论的发展"对王鹏运和况周颐进行了专节论述,对王鹏运冠之以"近代四大词人之冠"。第三卷第三十六章第一节"壮族诗人农实达和曾鸿燊"对农实达等进行了专题论述,并给予了较高的评价。从本书的章节安排及有关内容来看,广西文学在中国近代文学史上的地位是比较高的。张炯先生等主编的《中华文学通史》是一部描述中华民族数千年的文学发展的通史著作,其中的第五卷就是关于近代文学的。由于是从更宏观的角度来描述中国文学的发展,因而我们也就能更清楚地看清广西文学在当时全国的位置。在这一卷中,我们可以看到有许多广西作家得到了专章专节论述,如第四章"鸦片战争时期爱国诗潮"的第三节"林则徐、张维屏、朱琦",将朱琦与林则徐、张维屏并列,鼎足而三;第十六章"清末传统诗文流派及其衰微"的第三节"四大词人与词学中兴",王鹏运、况周颐都得了较高的评价;而第二十六章

"南方少数民族文学"的第三节"十九世纪文人文学的发展"中，除了专门论述郑献甫之外，还提到了"在本地区或本民族有较大影响的南方少数民族文人，如壮族的韦丰华、黎申产、凌应梧、谢兰、黄焕中、蒙泉镜、韦陟云、韦麟阁、赵荣正、农实达、曾鸿燊等"。《中国近代文学发展史》和《中华文学通史》应当说是比较有代表性的文学史著作，在这两部著作中，从论述的内容、评价的高度和所占的论述篇幅来看，除了比不上传统的文学大省市浙江、江苏、安徽、广东、北京等少数地区外，可以毫无愧色地说，广西文学在当时绝对处于全国的先进水平，在全国有着十分重要的地位。

由上可见，无论是从广西文学自身的发展还是与当时全国文学创作的全面比较，1821年到1911年的广西文学确实是一次真正的崛起。这可以说是广西文学第一次集体性地冲到了全国文学创作的最前沿，因而具有破天荒的意义。

二

广西文学的崛起，从文体来说，词冲在最前，王鹏运和况周颐处于全国领先的地位，影响最大；诗次之，朱琦、郑献甫、王拯、龙启瑞等一部分诗人冲到了前沿，其他的诗人大致处于全国中等的水平；文又次之，王拯、吕璜、龙启瑞、朱琦等进入了当时著名古文家的行列，其他的基本上也达到了中等水平，但因为是延续"桐城派"的余绪，未能开辟新天地，因而影响也相对较小。

广西文学的崛起，从根本上改变了长期以来广西的文学创作大大落后于全国平均水平的状况，在广西文学发展史上写下了光辉的一页。它用具体的事实说明，在经济和社会发展相对落后的地区,文学创作同样也可以取得辉煌的成就。但是,如果我们认真细致地考察晚清九十年广西文学的崛起,就会发现这种崛起有着非常突出的不平衡性特点,这也可以说是近代广西文学发展的一个最重要的特点。

这种不平衡性表现在三个方面:一是地区的不平衡,二是时间的不平衡,三是文体的不平衡。

地区的不平衡,表现在这九十年的文学创作中,主要的作家集中在以桂林为中心的桂北地区,而桂中、桂南和桂西著名的作家则较少。这个问题可以从出生地和活动地两个方面来考察。以词人而言,"临桂词派"中的王鹏运、况周颐都是桂林(临桂)人。诗人中知名度较高的也主要出生在桂林,如朱琦、龙启瑞等,郑献甫也主要活动在桂林。而古文创作中的所谓"岭西五大家"龙启瑞、朱琦、王拯、彭昱尧、吕璜,除彭昱尧外,其他的都是桂林或桂北人。由于桂林是当时广西的省会,是广西的政治、文化和经济中心,广西的文人除了在北京活动之外,桂林就是最重要的活动中心了。广西的文人云集于此,使桂林的文学创作高于广西的其他地区,是可以理解的。因此,从地理的分布来说,这九十年中,广西文学创作大致呈现出北高南低的特点,无论是从作家的人数还是创作的水平来看,桂北的文学创作实力要远远高于桂中、桂南和桂西。

时间的不平衡,表现在从道光初到宣统末的五朝中,各个时期广西的文学创作水平或成就是不平衡的,大致呈现出马鞍型的特点,即道光时期(1821—1850)和光绪中后期、宣统(1885—1911)两个时期成就较高,咸丰、同治(1851—1874)相对较低。以诗而言,如前所引张凯嵩所言"粤之诗人益多辈出,尤莫盛于道光之初。余来虽已不及其盛,然犹得与朱伯韩侍御、龙翰臣学士游"。这就明确指出广西(至少桂林)诗歌创作的最鼎盛的时期是在道光初。张凯嵩到广西为官时,尽管还有朱琦、龙启瑞等诗人,但他已发现当时的诗歌创作已大不如前。广西著名的诗人主要生活在道光时期,例如朱琦(1803—1861)、龙启瑞(1814—1858)、郑献甫(1801—1872),其创作的黄金时间是在这一时期内。古文创作方面的几位主要作家,如朱琦、龙启瑞、王拯(1815—1872)、吕璜(1778—1838)也主要活动和创作在道光时期。至于词的创作,最具有代表性的两位人物王鹏运(1849—1904)、况周颐(1859—1926)则主要活动和创作在清末的光绪中后期和宣统时期。在道光时期诗文极一时之盛之后,后面虽然还有一些诗人和古文家,但名气远不如道光时期的作家。而在这个青黄不接的时候,王鹏运和况周颐接过了道光时期作家手中的接力棒,而且将广西文学的创作推向了一个新的高峰。广西文学的成就之所以在咸丰、同治时期相对较低,其直接的原因是在这一时期发生了震惊天下的太平天国起义。就像朱琦所感叹的那样:"自余归里,连岁寇乱,出入兵间,不暇伏案,但忆梅先生语,太息而已。"①这感叹的是作家因战乱而"出入兵间,不暇伏案"的情况。蒋琦龄更感叹:"我里昔仁里,淳朴一山川。耆旧比丧尽,乱后风俗迁。为农耻耕凿,比户绝诵弦。"②太平天国运动不仅影响了作家的创作,而且也改变了当时社会好文的风气,广西文学因战乱的影响而走向

① 《自记所藏〈古文辞类纂〉旧本》,《怡志堂文集》卷六。
② 《避乱》其一,蒋世玢等点校《空青水碧斋诗文集》卷六,《全州历史文化丛书》本,广西人民出版社,2001年。

低谷是不争的事实。

文体的不平衡指的是在这一时期,各种文体发展的不均衡。这一时期广西文学的发展主要集中在传统的诗、词、文三种体裁上,而小说、戏曲等文学形式的成就则几乎微不足道。从上面的描述我们可以看到,不管是"杉湖十子""岭西五大家""临桂词派",还是其他的著名作家如郑献甫、黄焕中等,他们所从事的创作或用力之处,全都集中于传统的诗、词、文上,其他的虽然也有如唐景崧的新桂剧创作,但都不太能成气候。至于小说这种在清代最具活力的文学形式,在这一时期的广西文坛上可以说难觅名家名作的身影。须知这段时期内,小说创作在全国的其他地区是如火如荼,既有广受欢迎的侠义、狭邪小说,又有风靡一时的谴责小说。然而,这一切似乎都与广西作家无关,广西的作家似乎对此也很少产生兴趣。这就意味着,广西文学在晚清的崛起,主要还是在传统诗、词、文上的崛起,而在小说、戏曲等文学形式上不仅没有崛起,而且还处于严重的落后状态中。

广西文学崛起的诸多不平衡性,既有偶然的因素,又有必然的原因。如果说造成时间的不平衡性具有一定的偶然性的话,那么,地域和文体的不平衡性则完全是由广西自身的种种原因造成的。地域的不平衡性主要与广西各地经济、文化和社会发展的不平衡性有关。长期以来,广西的政治、经济和文化的中心是在桂林,以桂林为中心的周边地区是整个广西经济和文化最发达的地区,桂中南、桂西无论是经济还是文化,都远远落后于以桂林为中心的周边地区,这种情况在晚清也不例外。有清一代,广西文科进士共587名(含恩赐),其中桂林府298名、柳州府27名、庆远府5名、梧州府52名、太平府7名、南宁府38名、浔州府42名、平乐府 38 名、郁林直隶州 62 名、镇安府 4 名、思恩府 7 名、泗城府 3 名、廉州府 4 名。① 从这个统计数字可以看出,桂林府的进士人数占了清代整个广西进士人数的一半,可见以桂林为中心的周边地区在当时整个广西的领先地位。因为进士的多少不仅取决于教育水平,还有赖经济和文化的支撑作用。所以,这个数字反映的不仅仅是桂林及其周边地区在教育上的领先地位,更反映了桂林及其周边地区在经济和文化等方面在广西的领先地位。这种领先地位,就很大程度上决定了它在文学创作上的领先,于是也就造成了晚清时期广西文学崛起时的地域不平衡性。

那么,为什么晚清时期的广西作家基本上是在传统的诗、词、文上用力,而对戏曲特别是小说创作却很少费心,以致造成广西崛起时的文体不平衡性呢?这与当时整个社会环境和作家队伍的构成有关。广西长期以来都以种养为主,商业发展远远落后于其他地区,更没有形成有较大规模的商业城市。加上山高水险,风气闭塞,外界的新生事物难以产生较大影响。没有较大规模的商业和商业化的城市,再加上开放意识不强,这样就不可能存在需要戏曲、小说的大量消费群体,因而就不能刺激产生优秀的小说家、戏曲家。再加上历史上广西本来就缺乏大规模小说、戏曲创作的传统,这样就更不可能产生大量优秀的小说家和戏曲家了。通过分析和观察,我们不难发现,在晚清时期,广西作家的主体几乎都是传统的文人,他们从小所受的教育就是诗、词、文这些传统文体,所从事的主要职业也主要是为官,思想难免保守。在他们看来,小说和戏曲创作,都可能是不务正业之举。所以就形成了

---

① 梁精华:《广西科举史史话》,广西人民出版社,1993 年,第 106 页。

晚清广西文学重诗、词、文而轻小说、戏曲的局面。

三

作为一个长期以来经济、文化、文学和社会发展都处于全国落后地位的偏远地区,广西文学为什么会在清代的最后阶段崛起呢?

当然,我们可以说,这是广西长期以来社会、经济、文化、教育等方面不断发展的结果。因为广西自古以来是"瘴乡""南蛮之地",长期都是官员的贬谪流放之地,中国历史上许多名人都曾被贬谪流放到这里,如柳宗元、黄庭坚、秦观等。这些人的到来,为广西带来了先进的文化,也带来文学,逐渐提高了广西的文化和文学水平。从南宋以后,贬谪流放而来的官员不断减少,任职的官员在不断增加。这些掌握实权的官员更是大力发展广西的经济、文化、教育。宋、元、明和清代初期,随着北方大量移民进入广西,更是整体性提高了广西的人口素质和文化水平。正如有的学者指出的那样:"元明清时外地移民进入广西,与当地人民交往密切,使其人口素质明显提高,为社会的整体发展提供了有利条件,对加强广西地区与中原的联系,开发边疆、建设边疆、保卫边疆和促进各民族的融合发展,起到了积极的作用。此时期数百年间,广西经济文化发展与内地差距不断缩小,此为重要原因之一。"① 晚清时期的许多广西作家本身就是外来的移民。张凯嵩在谈到"杉湖十子"中的作家时说:"即此数子(指"杉湖十子"),亦不尽

---

① 古永继:《元明清时期广西地区的外来移民》,《广西民族研究》2003 年第 2 期。

为粤人,然皆生长或老死于其间。如小韦(李宗瀛)、淡仙(赵德湘),侨家实粤产也。"(《杉湖十子诗钞序》)可以说,到明代和清代初期,广西部分地区的文化、教育水平已基本达到了当时全国的中等水平。

到清代中期,广西的文化教育事业更是有了突飞猛进的发展,这突出地表现在科举上。自开科取士以来,广西文科中进士的情况如下:唐代 12 人,宋代 279 人,明代 239 人,清代 587 人。[1]可见,广西中进士的人数在不断增多,说明广西的经济、教育和文化在不断发展,尤其是到了清代更是达到了一个高峰。晚清时期,广西的科举可以说是高峰上的高峰。这不仅表现在中进士的人数有了大量增加,而且状元、榜眼、探花这些名列前茅的科举人才数量已经在全国居于领先地位了。以状元为例,广西历史上曾经出现了 9 位状元,其中 3 位集中在晚清时期,他们是道光二十年(1840)的龙启瑞、光绪十五年(1889)的张建勋、光绪十八年(1892)的刘福姚。而在此之前的桂林人陈继昌,更是在嘉庆二十五年(1820)创造了连中三元的神话。这 4 位状元都是桂林人,以至桂林有"状元城""凤凰城"之称。这一现象说明,广西,特别是以桂林为中心的周边地区,在晚清时期的教育、文化的发展已经达到了很高的水平。在这些耀眼的状元背后,必然有大量的书院为基础,必然有一支庞大的应举队伍,也必然有一支高素质的文学创作队伍。这些在科举上取得优良成绩的广西人,像历史上其他的进士、状元一样,顺理成章地进入到官僚的行列中,一般情况下,是能获得比较优厚的待遇的。当有了较好的物质条件之后,

---

[1]　梁精华:《广西科举史话》。

在为官之余,他们纷纷进入作家的队伍中。由于他们从小接受了较好的传统教育,具有良好的文学素质,这就必然表现到文学创作上,于是就大大提升了广西文学创作的水平。我们可以看到,晚清广西许多的知名作家都是科举上的成功人士,如龙启瑞、朱琦、郑献甫、王拯、吕璜等。所以,广西文学在晚清的崛起,在很大程度上是整个广西,尤其是以桂林为中心的周边地区文化和教育整体崛起的结果。

由于有一大批因科举而入京或进入高层官僚的广西人在北京为官,这就一方面为他们接触当时全国第一流的作家提供了大量机会,另一方面,这些人在北京常常聚会,进行文学创作活动,声气相求,互相切磋,又大大提高了创作的水平。上文所引曾国藩在《欧阳修文集序》中所说的"仲伦与永福吕璜月沧交友,月沧之乡人有临桂朱琦伯韩、龙启瑞翰臣、马平王锡振定甫,皆步趋吴氏、吕氏,而益求广其术于梅伯言。由是桐城宗派,流衍于广西矣",再清楚不过地说明了广西文学的一些代表人物朱琦、龙启瑞、王拯等,正是在梅曾亮等当时的一流作家的影响下才逐渐成熟起来的。龙启瑞曾说:"往余同里交游能诗者,有商麓原书潘、曾芷堂克敬、龚茂田一贞、关梅生修四人,皆才而早世。平南彭子穆昱尧差后出,余时已举乡试,至京师,子穆亦以举人试礼部。子穆囊从学,使国子监司业池公受业,学益开敏宏达。又从受古文法于乡先生吕月沧璜。至京介王少鹤锡振得交梅先生伯言(曾亮)。梅先生古文为当代宗匠,子穆与少鹤暨朱伯韩琦、唐仲实启华及不肖,每有所作,辄相就正,得先生一言以为定。而苏虚谷汝谦,故茂田客密友,在京闭门却扫,与君谈诗,学尤精邃。诸君自司业池公、梅先生外,皆吾粤人也。方是时,海宇承平既久,粤西僻在岭峤,独文章著作之士未克与中州才俊争骜而驰逐,逮子穆与伯韩、少鹤、仲实先后集京师,凡诸公文酒之宴,吾党数子者必与。语海内能文者,屈指必及之。梅先生尝曰:'天下之文章,其萃于岭西乎!'"①龙启瑞的这段话非常详细地记载了长期以来"文章著作之士未克与中州才俊争骜而驰逐"之后,随着大批作家的涌现,当时广西文学创作出现了前所未有的盛况,同时也指出了广西作家之所以能"与中州才俊争骜而驰逐",并且让梅曾亮发出"天下之文章,其萃于岭西乎"的感叹,很重要的原因就是广西的作家充分利用在京的机会,转益多师,互相切磋,造成了广西文学的崛起。

四

　　广西文学在晚清的崛起具有重要的意义,它不仅丰富了整个中国古代文学的内容,为中华民族文学的繁荣和发展做出了贡献,而且其本身就提供了若干值得深入思考的问题。

　　由于历史的原因,中华民族的文学版图历来都是不完善的。先是中间高,四周低,后来是东部高,西部低。广西文学在晚清的崛起,改变了其长期以来处于低洼状态的创作局面,完善了整个中华民族的文学版图,使中华民族文学的发展更为均衡和全面。

　　广西是全国少数民族人口最多的地区,伴随着广西文学在晚清的崛起,一大批用汉文写作的少数民族作家登上了文坛,特别是壮族的作家,不仅出现了韦丰华、黎申产、凌应梧、谢兰、黄焕

---

① 《彭子穆遗稿序》,《经德堂文集》卷四。

中、蒙泉镜、韦陟云、韦麟阁、赵荣正、农实达、曾鸿燊等人,而且还出现了郑献甫这样的"壮族文学史上的一颗巨星"式的诗人。他们的出现,不再是单枪匹马式的孤胆英雄,而是人多势众、群星璀璨的集体涌现。之所以出现这种情况,是与广西文学在晚清的整体崛起的背景分不开的。广西文学的整体崛起,既为广西少数民族文学的发展提供了充分的营养,也为它们的发展提供了良好的生长环境和氛围,在很大程度上带动了广西少数民族作家的创作。因此,从民族文学的发展来说,广西文学在晚清的崛起是具有十分重要的意义的。

如前所述,广西文学在晚清的崛起是广西文化发展的结果,反过来,我们同样也可以从广西文学的崛起,看到广西文化发展的水平。而正是有了这样的文化与文学发展的基础,才有了后来影响全国的军事上的新旧"桂系"。可以说,广西文学与文化在晚清的崛起,正是后来军事上的新旧"桂系"崛起的先导。

毫无疑问,晚清广西文学的崛起是全国其他地区文学哺育的结果,但是,我们又可以看到,广西文学发展到一定程度的时候,又反哺其他地区的文学,这在"临桂词派"中的王鹏运、况周颐身上表现得特别明显。正是因为有着这种共生共长的生长环境,才促使中华民族文学生生不息,不断发展。

广西乡邦文学研究意识的觉醒与发展

广西文学源远流长，但广西乡邦文学研究意识的产生却是很晚的事。对于这一问题，学术界很少加以系统的梳理，本文试作一点尝试。

一

清代以前，尽管广西的文学创作取得了一定的成就，涌现了曹邺、曹唐、翁宏、契嵩、蒋冕、张鸣凤、王贵德等比较知名的作家，但人们的广西乡邦文学研究意识非常淡薄。从现存的资料来看，人们还普遍没有意识到广西文学可以以独立的地域性文学而存在或发展，也没有意识到它可以有自己的特色和成就，更别提对其加以认真的研究和总结了。随着广西文学创作的发展，乡邦文学研究意识也开始加强。

广西乡邦文学研究意识的觉醒最早不是始于广西人，而是始于旅桂的外来学者。康熙时期的汪森已开始有意识地搜集与广西文学创作有关的资料，于是便有了《粤西诗载》《粤西文载》《粤西丛载》，即世人常说的"粤西三载"或"粤西通载"。但"粤西三载"只是搜集与广西有关的诗文及各种资料，还没有明显地表现出专门为广西本土的文学创作搜集资料的倾向。例如，《粤西诗载》收录作家 832 人，其中广西籍作家只有不到 60 人。① 但是，汪森已充分意识到了广西乡邦文学文献的留存情况，因此，他感叹"出之本省者，不及十之二三"（《粤西通载发凡》）。这就说明汪森已经注意到了广西本土的文学创作。

广西人的乡邦文学研究意识的真正觉醒是在嘉庆、道光、咸丰时期。这表现在三个方面：

（一）对广西文学资料的整理。先是张鹏展《峤西诗钞》的问世。《峤西诗钞》全书收入自明至清广西 250 多位诗人的诗作 2100 多首，共 21 卷，已表现出鲜明的专门搜集整理广西诗歌资料的意图。从他为此书所作的序来看，是受了当时在京城为官的广西人卿敦甫、何弨甫、卓宽甫等的鼓励："吾粤西素无辑本，何不采取汇纂，俾不尽湮没，亦敬梓之意也。"于是便有了这样一部"存一省菁华于万一"的著作。从卿敦甫、何弨甫、卓宽甫等所说的话中，我们可以看到他们已经有了明确的广西乡邦文学研究意识。这部著作的问世，在某种程度上是广西历史上第一部隐性的广西诗歌史。梁章钜曾评论道："粤西诗向无汇集，上林张南松通政（鹏展）始有《峤西诗钞》之刻，征采阅十载而成，创辟之功勤矣。"②随后问世的梁章钜的《三管英灵集》，更是一部广西诗歌史料的集大成之作。《三管英灵集》是梁章钜在张鹏展《峤西诗钞》的基础上，利用任广西巡抚的机会，命令"各州县送本集、选集外，凡唐后之说部、丛书、石刻及郡邑志，详加搜辑"而成的一部大型

---

① 吕立中：《清代广西乡邦文学文献的搜集与整理》，《河池学院学报》2005 年第 6 期。

② 《三管英灵集·凡例》。

广西诗歌总集。全书共 57 卷,收录自唐至清道光时期广西籍诗人 565 人的诗作 3578 首。① 作为广西诗歌史料的集大成之作,《三管英灵集》虽然未作广西诗歌史的理论研究与梳理,但其收录诗人的排列、所收作品的多少以及所选作品本身等,实际上均间接地表现了梁章钜的广西诗歌史观。从这个意义来说,《三管英灵集》可以说是广西学术史上一部规模最大的隐性广西诗歌史著作。《三管英灵集》之后,又有施彰文《重刻挹苏楼同人诗钞》等。这些专门的广西乡邦文献的编撰,说明了人们广西乡邦文学研究意识的觉醒。它们既是广西诗歌史料,为广西诗歌史的研究者提供了宝贵的资料,同时也明显地表达了编撰者对广西乡邦文献的重视。

(二)对广西文学现状的描述。龙启瑞曾说:"往余同里交游能诗者,有商麓原书濬、曾芷堂克敬、龚茂田一贞、关梅生修四人,皆才而早世。平南彭子穆昱尧差后出,余时已举乡试,至京师,子穆亦以举人试礼部。子穆曩从学,使国子监司业池公受业,学益开敏宏达。又从受古文法于乡先生吕月沧璜。至京介王少鹤锡振得交梅先生伯言(曾亮)。梅先生古文为当代宗匠,子穆与少鹤暨朱伯韩琦、唐仲实启华及不肖,每有所作,辄相就正,得先生一言以为定。而苏虚谷汝谦,故茂田客密友,在京闭门却扫,与君谈诗,学尤精邃。诸君自司业池公、梅先生外,皆吾粤人也。方是时,海宇承平既久,粤西僻在岭峤,独文章著作之士未克与中州才俊争骛而驰逐,逮子穆与伯韩、少鹤、仲实先后集京师,凡诸公文酒之宴,吾党数子者必与。语海内能文者,屈指必及之。梅先生

---

① 谢明等:《〈三管英灵集〉文献价值略论》,《广西地方志》2005 年第 6 期。

尝曰：'天下之文章，其萃于岭西乎！'"①这段话非常明确地表明了龙启瑞强烈的广西乡邦文学研究意识。一方面，他强烈地感受到了"粤西僻在岭峤，独文章著作之士未克与中州才俊争骛而驰逐"的历史，另一方面又为当时"天下之文章，其萃于岭西"的广西乡邦文学的崛起感到不胜骄傲和自豪。朱琦《小寄斋诗序》云："陈君心芗，吾粤之能诗者也……为予言：吾粤之诗，自岑溪李少鹤大令为之倡，子才、松圃两先生及吾家伯祖小岑从而和之，于是粤之诗特盛，其所成就弟子尤众。"②"吾粤之诗"四字标示出了朱琦强烈的乡邦文学研究意识。在他的这段话中，既有对历史的回顾，更有对现实"粤之诗特盛"的感叹。

（三）对广西文学发展史的理论梳理。清代以前，除了个别研究者对广西诗歌发展史上的个别诗人，如曹邺、曹唐等人的诗歌创作有一定的研究外，对广西文学整体的发展，则很少有人加以关注。这种情况，到了清代的道光时期有根本的改观。这方面的代表人物是廖鼎声，他可以说是广西历史上第一位系统研究广西诗歌史的学者和诗人，其代表作是《拙学斋论诗绝句》。《拙学斋论诗绝句》共收诗198首，分别论述了自唐至清的200余位广西诗人。这198首诗，几乎网罗了廖鼎声所能搜集到的绝大部分广西历代著名诗人，开列出了一个比较详备的历代广西诗人名单，足以构成一部从唐至清的广西诗歌史。尤其难能可贵的是，廖鼎声是具有强烈的广西诗史意识的。他在《拙学斋论诗绝句序》中说："夫粤人固非无能诗，以僻在岭外，流传遂少。溯自道咸朝苍

---

① 《彭子穆遗稿序》，《经德堂文集》卷四。
② 《怡志堂文集》卷三。

梧施香海茂才与东粤王国宾有合集之刻,而其县人李诒卿明经亦诗名以燕晋,若吾邑朱伯韩观察,古文词继上元梅郎中主盟京师,盖亦难与抗手也。同时全州蒋军甫、灌阳蒋霞舫两京兆,马平王定甫通政,吾邑龙翰臣方伯,皆诗不苟作,有名当代。予与桑梓诸公,或佩其人而知其诗,或谭艺相洽,义兼师友。”这段话实际有为广西诗坛鸣不平的意味。当同治七年(1868)《拙学斋论诗绝句》最终完稿付梓刊印时,他又说:“予辑予《论诗绝句》诗……或疑予好为反唇之论,意若有私焉者。嗟呼,予岂敢以私见行乎其间哉!夫阐幽发微,予有其志而无其才与力者也。有其志而无其才与力,终不涉一党同之见,率举平居夙好数人,盛称其学业,遂以为吾粤即此数子者足见其余,外此无有焉。盖吾粤人绌于应援瞻顾,使前修黯而弗彰,予所深叹。若溺于私好,仅就耳目间师友莫逆之人,无论其业之可传不可传,亟相标榜,见既不广,论亦过拘,又予所深叹者也。予所论仅二百有余人,而自唐迄今,若谓可概吾粤,诚不能以自信,要殊于应援瞻顾与夫阿于所好者。”[1]由这段话可以看到廖鼎声写作《拙学斋论诗绝句》的主要目的是鉴于广西(粤西)人向来“绌于应援瞻顾,使前修黯而弗彰”。所谓“绌于应援瞻顾”,指的是很少回顾历史,征引广西前辈诗人以自重,也就是宣传不力。而正是因为这样,出现了“使前修黯而弗彰”的情况,大量颇有成就的广西诗人不为人所知。在这种情况下,才“率举平居夙好数人,盛称其学业,遂以为吾粤即此数子者足见其余”,而不带任何一党之见、一己之私。可见,廖鼎声的内心深处是有为广西历代诗人“阐幽发微”的用意。作为广西诗人和理论

---

[1]　《拙学斋论诗绝句》,见郭绍虞《万首论诗绝句》,人民文学出版社,1991年。

家的廖鼎声已经非常明显地表现出了强烈的挖掘广西诗歌遗产、梳理广西诗歌史的意识，其观点和做法值得重视。

　　与廖鼎声差不多同时，广西著名学者和诗人苏时学也用以诗论诗的方式对广西历史上的一些著名诗人进行了论述，主要作品有《论诗绝句》八首、《题施香海（彰文）挹苏楼诗集》、《题汪剑峰孝廉（运）诗卷》八首、《感旧诗》、《怀人诗》十六首、《读高渭南先生郢雪斋集敬题》、《读郢雪斋集再赋五古一篇》、《暇日偶翻两粤前辈诗集有所得戏作论诗绝句十五首》等。这些诗，对广西籍历代的重要诗人作了较系统的论述点评。更加可贵的是，苏时学已有了广西诗歌发展的整体观。其《杂诗二首》其一写道："西粤为歌诗，自昔称二曹。邺也刺洋州，居官励清操。唐也赋游仙，富贵轻鸿毛。伟哉彼二子，矫矫洵人豪。清气散宇宙，苦语余诗骚。苟非旷代才，未可轻訾嗷。北宋有嵩公，落笔尤清高。此外传者谁，灭没随风涛。吾生千古下，怀古心忉忉。"简略而准确地描述出了明代以前广西诗歌发展的总体情况。虽然苏时学作品所涉及诗人的数量不如廖鼎声，但自有其独到之处。王维新也有类似的论述，他在《与人论诗》第一首中写道："吾粤开先者，二曹驾方舟。尚莫追大雅，宋代徒啁啾。蒋公（冕）近继起，二谢（良琦、济世）鸣天球。风气稍欲开，作者何悠悠。桂城朱小岑，见赏随园俦。子乔自北至，童（毓灵）叶（时哲）延清幽。太平滕廉斋，梧郡邓方辀。未暇一一数，要皆作意求。"①在这首诗中，王维新粗线条地描述了广西历史上从唐至清有代表性的几位诗人，实际上就是

————————

① 陈柱编、高湛祥等校评：《〈粤西十四家诗钞〉校评》，广西人民出版社，1997年，第610页。

简略的广西诗歌发展史。

　　广西乡邦文学研究意识在嘉庆、道光、咸丰时期的完全觉醒不是偶然的,它与这一时期广西乡邦文学创作的突飞猛进,形成了一支阵容强大、成就突出的创作队伍有密切的关系。广西乡邦文学发展到这一时期,在诗、文这两种文体的创作上,进入了全国的先进行列。① 古文有以龙启瑞、朱琦、王拯、彭昱尧、吕璜为代表的“岭西五大家”。诗歌则有龙启瑞、朱琦、王拯、郑献甫等大家。钱仲联先生在《道咸诗坛点将录》一文中仿《水浒传》一百零八将的旧例,列举了道光、咸丰时期的 108 位有代表性的诗人,其中就有比附为“天牢星病关索杨雄”的朱琦、比附为“天慧星拼命三郎石秀”的王拯、比附为“地暴星丧门神鲍旭”的郑献甫、比附为“地刑星菜园子张青”的龙启瑞、比附为“地壮星母夜叉孙二娘”的沈湘五位广西人。② 在全国主要诗人的行列中,同时出现如此多的高水平的广西诗人,这在广西的文学史上是从来没有过的现象。这种现象必定带来广西作家和学者的骄傲和自豪感,由此也唤醒了人们强烈的乡邦文学研究意识。

二

　　嘉庆、道光、咸丰时期广西的乡邦文学研究意识觉醒之后,人们对广西乡邦文学的认识进一步提高,由此进入了广西乡邦文学研究意识的发展期。这又可以分为三个时期:

---

① 　参见拙文《《论广西文学在近代的崛起》,《南方文坛》2007 年第 4 期。
② 　《苏州大学学报》1989 年第 4 期。

　　（一）同治至宣统时期。这是广西乡邦文学研究意识进一步强化的时期。张凯嵩《杉湖十子诗钞》、侯绍瀛《桂岭五大家集》、周嵩年《桂海文澜》等珍贵资料均成于这一时期。作为在广西为高官的张凯嵩，他编辑《杉湖十子诗钞》不仅表现了他对广西乡邦文学的重视，而且还强化了人们的广西乡邦文学研究意识。他在《杉湖十子诗钞序》中曾说："余宦粤久，知粤为悉，于粤士夫相知亦夥。尝叹粤中近数十年人文之盛，而诗其尤著也。遘时多事，蹀躞风尘，戎马之间，鲜能从容谈议文事，顾从诸贤往往得其概焉。方乾嘉间，海内人文极盛之秋，最后袁、赵以诗鸣，一时风靡。子才初起自桂林，老复来游，时临川李松甫郎中，侨家于此，门第颇盛。子才来实主之。然松甫为诗，宗陶、韦，又时有桂林朱小岑、高密李少鹤两君子与松甫师友，风尚颇遒。粤人皆知朱、李诗法之高，于子才来初，不甚尚之也。朱、李既往，粤之诗人益多辈出，尤莫盛于道光之初。余来虽已不及其盛，然犹得与朱伯韩侍御、龙翰臣学士游，两君故时健者，松甫之客，零落久矣，然如陈君心芗，老犹健在官，学博。杨君柳塘，年更老于心芗，时亦尚存。而汪剑峰、曾芷潭、彭兰畹数君者，又各以其孤杰雄桀之才，兀律自起于粤诗人盛衰绝续之交。松甫之子小韦（宗瀛）能读父书，为诗乃不相袭，于伯韩、心芗、剑峰、兰畹，故皆往来倡和。至黄香甫、赵淡仙者，又小韦客之尤者也。余既为心芗刻其诗，得伯韩、翰臣两遗集诗欲刻之，又以柳塘从孙嘉甫客余幕，久而得柳塘之诗。剑峰诗极自秘，余亦曾延之幕为子弟教授，心餍其人，久而亦知其诗，先后钞存。所可慨者，诸君往矣，遗书经乱或存或亡，余之钞诸君诗，虽未必藉以传于世，然亦足使世之读者于兹先睹，可得其概……夫粤人诗岂尽于此，即此数子，亦不尽为粤人，然皆生长或老死于其间。如小韦、淡仙,侨家实粤产也。故题之曰《杉湖十子诗钞》……他日考粤西文献论诗教者,必有取焉。"这段话详细地描述了当时广西诗坛的创作及《杉湖十子诗钞》编撰情况,为我们留下了宝贵的资料。最后的两句话"他日考粤西文献论诗教者,必有取焉",明确地表达了张凯嵩为保存一代粤西文学文献的意识。在某种意义上,张凯嵩是用实际行动为广西的乡邦文学研究作出了表率。

　　(二)民国时期。这是对广西文学的研究由古代转向现代的重要时期。这是继道光、咸丰之后广西乡邦文学研究意识的第二个高涨期。桂系军阀在政治、经济和军事上的相对成功,独立自治,这一方面为文学和文化的发展提供了一定的物质基础,另一方面则在思想上强化了人们对广西区域文化的认同感和自豪感。在此背景下,乡邦文学研究意识的高涨自在情理之中。在资料的搜集整理上,黄蓟《岭西五家诗文集》、况周颐《粤西词见》、吕集义《广西诗征》、黄耀宗《广西诗见录》、陈柱《粤西十四家诗钞》、莫一庸《广西乡贤文选》《广西闱墨》《广西乡试殊卷》等著作做出了新的贡献。黄蓟在编纂《岭西五家诗文集》时曾评论道:"有清道光、咸丰之交,桐城之学流衍于广西,而月沧(吕璜)、伯韩(朱琦)、翰臣(龙启瑞)、定甫(王拯)、子穆(彭昱尧)诸子诗古文辞并著名当世。曾文公于《欧阳修文集序》述其渊源特详。长沙王益吾(先谦)、遵义黎莼斋(庶昌)两先生复相继以其文选入《续古文辞类纂》,由是天下莫不知有'岭西五大家'矣。"①况周颐在资料非常缺乏的情况下,编成《粤西词见》二卷,收录广西词人 24 家,

①　《岭西五家诗文集跋》,《岭西五家诗集》卷首附。

词 220 余首。这是具有草创之功的著作。叶恭绰《全清词钞》在况周颐《粤西词见》的基础上，增收了王鹏运、况周颐、阳颙等的作品，在广西词的搜集整理上又推进了一步。而在理论的研究上，况周颐同样是对广西词做系统的理论研究的第一人。他在《粤西词见》中对广西词人作出了整体性的评价，认为"吾粤西词人诚寥寥如晨星，然皆独抒性灵，自成格调，绝无挨门傍户、画眉搔首之态。可传以此，不传亦以此。吁，可慨矣！"在《蕙风词话》等著作中，况周颐也对以王鹏运为首的广西词人进行了深入的研究，给予了客观的评价。吕集义《广西诗征》，据其序所云："张、梁二家之书美矣备矣，然不能无缺……于是重加编校，拾遗补阙，亦复有获。"所以，其《丙编》"所录，概为新材料，其见于张鹏展《峤西诗钞》与梁章钜《三管英灵集》者……本编不录"（《广西诗征丙编·凡例》）。

从总集编纂的角度来说，这是对《峤西诗钞》与《三管英灵集》之后的广西诗歌进行补足，同时又用新材料表现出吕集义对广西诗歌材料的搜集整理之功。《广西诗征》之外，黄耀宗《广西诗见录》和陈柱《粤西十四家诗钞》等，也有各自的贡献。陈柱曾有"网罗（广西）先哲遗著，名曰《粤西丛书》以刊行于世"的愿望，但最终未能实现，留下巨大的遗憾。他曾说："唐宋而后，古文之盛，首推逊清二百余年。而长沙王氏继桐城姚氏撰《古文辞类纂》，于近代选本最谨严，中间作者凡三十有九，江苏凡十有三家，为最盛；次安徽，凡八家；次湖南、广西，各凡五家；次江西，凡四家；次山西，凡二家；次福建、浙江，各凡一家，余省蔑焉。"（《粤西十四家诗钞序二》）这种以广西古文成就自豪的思想是少见的。1942 年，以李任仁为首的广西乡贤遗著编印委员会编印的《广西丛书》是民国时期对广西乡邦文学资料最大规模的一次整理成果，许多广西历史上，特别是清代广西作家的诗文集得以保存下来或者留下了更为精良可靠的版本，如况澄的《西舍诗钞》、李诚的《匏园诗集》、钟琳的《咀道斋诗草》等。

（三）新中国成立后，广西乡邦文学的研究进入了一个新的阶段。这又可以分为两个时期。1980 年前的三十年间，广西的乡邦文学研究虽然也有一些成果，但为数不多，绝大多数研究者的广西乡邦文学研究意识已经淡化，所讨论的多是全国性的话题，很少将广西的乡邦文学作为独立的研究课题。1980 年后至今，情况有了新的变化，广西乡邦文学研究意识再一次得到了强化，出现了广西乡邦文学研究意识的第三个高涨期。这表现在三个方面：

第一，一些广西文学史上的重要作家得到了比较充分的研究。对曹邺、曹唐、袁崇焕、龙启瑞、朱琦等诗人的作品与生平的研究均有了为数可观的研究论文。特别是近年来，随着对地方文学的重视，一些不太知名的广西诗人也开始为研究者所重视，如张鸣凤、陆媛、陆宗经、彭昱尧、汪运等。一些广西作家的选本和注本开始出现，相关的资料也得到了整理。如梁超然、毛水清《曹邺诗注》，陈继明《曹唐诗注》，刘映华校注的《菜根草堂吟稿》《亦嚣轩诗稿》，曾庆全《历代壮族文人诗选》，钟家佐《八桂四百年诗词选》等。值得大书特书的是 20 世纪 80 年代初，莫乃群、钟家佐、梁超然等组成的《桂苑书林丛书》编辑委员会，更是表现出强烈的广西乡邦文学研究意识，并取得了突出的成绩：不仅安排了对《粤西诗载》《粤西文载》《粤西丛载》的校注整理，还陆续出版了《三管诗话校注》《粤西十四家诗钞校评》《岑春煊文集》《岑毓英奏稿》《袁崇焕资料集录》《王鹏运诗选注》《王鹏运词选注》《粤西诗载校注》《粤西文载校点》《八桂诗人论及其他》等多种广西乡邦文学的研究资料及研究成果。这可以说是新中国成立后规模最大的一次有意识的广西乡邦文学资料的整理与研究活动,嘉惠后学,实在居功至伟。1993 年,曾德珪先生在经过多年的努力之后,出版了《粤西词载》。此书收录广西词人 58 家,词 2600 余首,可以说是广西词的资料整理上的集大成之作。而蒋钦挥等先生所主持的《全州历史文化丛书》虽局限于全州一县,但可以说是广西乡邦文学研究的另一种表现。新时期以来,广西大学文化与传播学院的一批硕士研究生在导师的指导下,对明清时期广西各家诗集进行了系统的校注,并在各自的序言中对所校注诗集进行了详细的论述,其策划者和研究者均表现出很强的广西乡邦文学研究意识。张维的《清代广西古文研究》是目前所见唯一的专门研究清代广西散文的著作,其选题及论述均值得称道。梁扬的《清代广西作家群体研究》、张明非的《广西文学史》获得国家社科基金资助,这也表现了研究者对广西乡邦文学的重视。

　　第二,用现代宏观的眼光观照,并用现代语言描述和研究广西文学史的研究著作开始出现。曾庆全先生的《广西百代诗踪》可算是这方面的代表。此书第一次用现代的语言、观点和方法对广西古代诗歌的发展做了全面的梳理,其开创之功不可埋没。梁庭望《壮族文学概要》、欧阳若修等《壮族文学史》、周作秋等《壮族文学发展史》等著作则对广西壮族作家的汉文诗文创作进行了较全面的论述,描述了其发展的轨迹。郭延礼《中国近代文学发展史》、张炯等《中华文学通史》等则从全国文学发展的视野来观照广西文学,对一些重要的作家进行了论述,初步确定了广西作家在全国文学发展中的地位。

第三,当代广西乡邦作家的创作得到了学术界的广泛认可和研究。新中国成立以来,随着陆地《美丽的南方》、韦其麟《百鸟衣》等作品的问世,广西当代作家群体开始受到人们的关注。特别是近年来,随着广西文坛"三剑客"——鬼子、东西、李冯等作家的崛起,学术界的广西乡邦文学研究意识显得更为突出,"文学新桂军"已成为人们广泛讨论和研究的话题,这以李建平、黄伟林《文学桂军论》为代表。这部著作从书名到内容,无不表现出强烈的广西乡邦文学研究意识。

新时期以来广西乡邦文学研究意识的高涨,其原因比以往任何一个时期都要复杂,大致有三:

一是传统的广西家乡观念的影响。随着广西人口的不断增加,相应的广西籍的学者队伍也不断扩大。作为广西人,有责任和义务来进行广西文学的研究,这在很大程度上促进了新时期广西乡邦文学研究意识的高涨。

二是广西乡邦作家创作的拉动。近年来,随着广西文坛"三剑客"及一批新生代广西作家的涌现,广西的文学创作成为"经济欠发达地区一个重要作家群的崛起"的典范。这种现象本身就已足够引人注目,并且也足以构成重要课题的研究对象,这无疑将极大地拉动相关的研究,推动广西乡邦文学研究意识的生成和发展。

三是学术研究的推动。近年来,国家社科基金受人重视,西部项目和西南边疆课题的设置,为提高申报成功的可能性,申报者也越来越重视研究对象的特色,这加强了人们对广西乡邦文学的重视。广西各高校在进行学术研究特色的培养时,也往往以广西乡邦文学为对象。再加上广西政府、教育厅以及各级部门反复强调学术研究要为广西地方文化建设服务,甚至在广西社科基金的审批、广西社会科学成果的评奖等方面均实行向广西乡邦文化研究的倾斜,这就更加促进了广西乡邦文学研究意识的高涨。

三

由上可见,广西乡邦文学研究意识从觉醒到高涨经历了不同的时期,而且每一时期的表现也有所不同,其原因也有很大的差异。但不管怎样,广西乡邦文学研究意识的觉醒与发展,对于广西文学的研究起了很大的作用。可以想象,如果没有这样的意识觉醒与发展,广西文学史上的许多重要文献就无法保存,《粤西诗载》《粤西文载》《峤西诗钞》《三管英灵集》《涵通楼师友文钞》《岭西五家诗文集》《杉湖十子诗钞》《广西诗征》《粤西词见》《广西乡贤文选》《广西闱墨》《广西乡试硃卷》《粤西词载》等大型的总集性作品就不会问世。同样,广西历史上的著名作家和文人群体也不会得到深入的研究,也不会形成"杉湖十子""岭西五家""临桂词派"这样的文学派别与作家群体概念。正是因为有了广西乡邦文学研究意识的觉醒与发展,许多广西乡邦文献才得以保存,许多广西乡邦作家才得到研究。然而,回顾历史,我们就会发现,虽然广西乡邦文学研究意识的觉醒较早,并且也得到了一定的发展,但仍然有待提高,存在许多不足:

第一,整体研究严重不足。由于重视不够,迄今为止还没有一部完整的《广西文学史》出版,也没有一部完整的《广西散文史》《广西词史》。诗歌方面虽有曾庆全的《广西百代诗踪》,但这并不是一部严格意义上的诗歌史著作,因为它侧重于诗人生平的介绍及具体作品的赏析,从而既缺少对诗人个体创作风格的深入分析和准确把握,也缺少对广西诗歌发展的整体把握,没有对各个时期诗歌发展的阶段性特征作归纳总结,也没有对诗歌发展的动因作出解释,因此没有形成一个广西诗歌发展史的整体框架。又因为大部分研究者只是对壮族诗人比较了解,对壮族诗人的论述比较详细,反而对占主导地位的汉族诗人多有遗漏,论述不全。《壮族文学史》《壮族文学发展史》等虽然是不错的整体性研究著作,但它毕竟只囿于壮族。这样的不足实际上为广西文学的研究留下了巨大的学术空间。

第二,个体研究的深度亟待加强。毫无疑问,由于广西乡邦文学研究意识的觉醒,许多广西历史上的作家得到了研究,但多数是点到为止,缺乏深入的研究。即使如王鹏运、况周颐这样的大家,不管是在资料的搜集还是具体的研究上,都还有很大的开掘空间。例如关于他们二人的创作特色,就很少有人从家族文学的角度来研究,在王鹏运的背后是一个由其祖父王诚立、父亲王必达、叔父王必蕃等构成的文学家族;况周颐的背后是一个由其祖父况祥麟,祖母朱镇,父亲况洵,伯父况澍、况澄以及姐姐况桂珊等组成的文学家族。这样的家族背景对他们的创作有着巨大的影响,但迄今还没有人由此入手加以研究。其他如龙启瑞、朱琦、郑献甫、王拯等,相关的研究成果既少又浅。著名的作家尚且如此,其他一般的诗人可想而知。

在全国的学术研究普遍重视地方文化研究,强调研究特色的今天,我们有必要进一步加强广西乡邦文学研究意识,使广西文学的研究达到新的水平。

论清代广西诗派的形成、特征及其意义

　　说到清代广西的文学，在词的创作上，桂派或临桂词派素来为研究者所熟知，而诗歌创作上的广西诗派，就很少有人作整体的研究了。

　　诗歌创作上的广西派并非杜撰，我国近代文学研究的大家钱仲联先生早就有过这样的说法。他在《道咸诗坛点将录》一文中说清代广西著名的诗人龙启瑞："诗不拘一格，寄托遥深，与同乡朱琦、王拯鼎峙，对广西诗派起深远影响。"①可见，广西诗派的说法是有根据的。既然有此说法，那么，广西诗派的特点是什么？是怎样形成的？有何特殊的意义？诸如此类的问题，钱仲联先生及后来的研究者都未做深入的探讨。本文试作一点尝试。

一

　　广西的诗歌创作不仅起步晚，发展也比较慢，在很长的时间内，都是"一个高僧两名士，二千年内见三人"②。"一个高僧"指的是北宋的诗僧契嵩，"两名士"指的是唐代诗人曹邺、曹唐。这

---

① 　《苏州大学学报》1989 年第 4 期。
② 　苏时学:《暇日偶翻两粤前辈诗集有所得戏作论诗绝句十五首》之三,《宝墨楼诗册》卷七,咸丰十一年刊本。

一说法虽然有点夸张,但大体符合事实。二千年里只有这三位诗人,可见广西的诗坛是多么寂寞。这种情况到了明代至清代前期,情况稍有好转,但也没有得到根本的改变。直至清代中后期,随着社会经济的进一步发展,一批具有较高成就的诗人出现以后,广西诗派的出现才成为可能。

一个诗派的形成,最起码要具备两方面的条件:一是有一批有影响的诗人,二是要有一些共同的特点。以此为标准,从现存的诗歌史料来看,广西诗派的形成大致经历了三个阶段,即乾隆、嘉庆时期的雏形期,道光、咸丰、同治时的形成期,光绪、宣统时的延续期。

乾隆以前,广西的诗人已开始不断增加,并且有了李彬、谢良琦、石涛、陈宏谋等著名的诗人。但是,这些诗人或为明朝遗民,或为朝廷重臣,或为僧人,受时代的影响,从个体来说,这些诗人的成就应当说是比较高的,例如谢良琦,当时就有"海内词坛领袖"之誉,但这些诗人之间并没有形成一些共同的特色,最起码是相似性太少,因此就无法形成诗派。乾隆、嘉庆时期(1736—1820),随着广西文化水平的普遍提高,中科举的人数大量增加,广西诗人的数量也急剧增加,于是就涌现了刘定逌、胡德琳、龙献图、刘映棻、冯敏昌、杨廷理、朱依鲁、黎建三、邓建英、朱依真、李秉礼等比较著名的诗人。在这些诗人之外,还有一个相当大的诗人群体。这些诗人的诗歌创作成就有了较大的提高,同时更重要的是,他们的诗歌已表现出了一些共同的特点,例如对现实社会和政治的关注,对广西地方风物的兴趣,喜欢长篇古体等。这些特点,对日后广西诗派的正式形成起了重要的启发作用。但是,由于这一时期的诗人的影响基本上还是局限在广西或某一区域内,还不具备产生全国性影响的实力,缺乏标志性的领军人物,因此,作为一个诗派来说,只能说是初具规模。例如朱依真,在这一时期的成就应当说是比较高的,但在袁枚看来,也只是"粤西诗人之冠"。邓建英的影响也是比较大的,但也最多也是"粤西奇士"。冯敏昌被列入《清史稿·文苑传》,这说明他是具有相当实力和影响的诗人,然而也只是"自辟面目,开阖动荡,不名一体,岿然为岭南一大家"(《钦州县志》),影响还是区域性的。此外,除少数诗人外,这一时期的诗人普遍还缺乏鲜明的个性,很少有诗人在自己的周围形成一定规模的诗人群体。

　　道光、咸丰、同治三朝(1821—1874),可以说是广西诗派的正式形成期,也是整个广西诗歌创作走向成熟的时期。作为形成和成熟的标志之一,这一时期的诗人不仅数量多,而且清代广西诗坛上最有代表性的诗人几乎都集中生活在这一时期。曾任广西左江道道台、广西巡抚的张凯嵩在《杉湖十子诗钞序》中说:"余宦粤久,知粤为悉,于粤士夫相知亦夥。尝叹粤中近数十年人文之盛,而诗其尤著也……方乾嘉间,海内人文极盛之秋,最后袁、赵以诗鸣,一时风靡。子才初起自桂林,老复来游,时临川李松甫(李秉礼)郎中,侨家于此,门第颇盛。子才来实主之。然松甫为诗,宗陶、韦,又时有桂林朱小岑、高密李少鹤两君子与松甫师友,风尚颇遒。粤人皆知朱、李诗法之高,于子才来初,不甚尚之也。朱、李既往,粤之诗人益多辈出,尤莫盛于道光之初。余来虽已不及其盛,然犹得与朱伯韩侍御、龙翰臣学士游,两君故时健者,松甫之客,零落久矣,然如陈君心芗,老犹健在官,学博。杨君柳塘,年更老于心芗,时亦尚存。而汪剑峰、曾芷潭、彭兰畹数君者,又各以其孤杰雄㒟之才,兀律自起于粤诗人盛衰绝续之交。松甫之子小韦能读父书,为诗乃不相袭,于伯韩、心芗、剑峰、兰畹,故皆往来倡和。至黄香甫、赵淡仙者,又小韦客之尤者也。"①这里,张凯嵩一方面指出了广西诗人最多的时候是在道光初,在道光、咸丰、同治间,"粤中近数十年人文之盛,而诗其尤著也";另一方面,又开出了一个活动在广西当时的首府桂林周围并有一定知名度的诗人名单,在这个名单中,既有一批不太为人所熟知的诗人,又有一些为研究者熟知的著名诗人,如朱琦、龙启瑞等。除朱琦、龙启瑞之外,还有王拯、彭昱尧、郑献甫、陈继昌、苏时学、况澄、张鹏展、苏宗经、王维新、廖鼎声、唐景涛、周必超等知名的诗人。这些诗人中,朱琦、龙启瑞、王拯、郑献甫最为著名,可以称之为当时诗歌创作上的"广西四大家"。就诗歌创作所能达到的高度和产生的影响来说,这四大家可以毫无愧色地进入当时全国一流诗人的行列,所以在过去和现在有关清代诗歌的选集和论著中,一般是少不了这四大家的身影的。同时,也正是由于这四大家的存在,广西诗歌创作终于有了旗帜性的领袖人物。又由于这四大家或居高位,或为著名书院主讲,因此,在他们的周围形成了一些诗人群体。

尽管个性、经历等方面的原因造成这一时期诗人创作各有不同特点,但以"广西四大家"为首的广西诗人,在诗歌内容和艺术风格上呈现出许多相似的特点,例如对民生和社会的关注、对广西特有山水自然的表现、对乡情的描写等。这些特点在以前的广西诗人作品中也有所表现,但远不如这一时期的诗人作品表现得那样突出。

---

① 同治壬辰张凯嵩刻本《杉湖十子诗钞》附。

光绪、宣统时期（1875—1911），广西诗派的创作相比前期有了一定的回落，其主要的标志是缺乏具有全国性影响的诗人，但诗人的数量仍然十分可观，主要有黄焕中、黄国儒、王学成、唐国珍、曾鸿燊（文鸿）、于式枚、黄穆清、韦丰华、封祝唐、韦孟绣、赵炳麟、王国梁、苏煜坡、唐景崧、岑春煊等。从我们开出的这个诗人名单来看，除了少数诗人具有较高的知名度外，大多数诗人都不太为人所知或者成就不高，这就说明广西诗派在这一时期已走向式微。但是，由于这些诗人往往是前期广西一些著名诗人的学生或家庭成员中的晚辈，因此他们的作品继承了前期广西诗派诗歌的主要特点，因而是前期广西诗派的延续。在这一时期，唐景崧、岑春煊两位是政治地位最高的广西诗人，按理说应当有较大影响，但从现存的史料来看，唐景崧严肃的诗太少，游戏之作太多；岑春煊有优秀之作，但数量太少，难成气候。这就在很大程度上限制了他们的影响。唐景崧、岑春煊两人的情况，实际上也说明了广西诗派在这一时候的表现。

二

由上可见，清代的广西诗派历经了三个主要的发展阶段，存在的时间也有一百余年。那么，它在一百多年的时间里，在不同的历史阶段表现出了哪些共同的特点呢？

我们认为，首先，广西诗派最突出的特点是对国家、社会和民生的高度关注。广西诗派形成于清代中后期，这正是中国封建社会走向灭亡的弥留之际。这时候，社会各种矛盾层出不穷，人民生活在水深火热之中：西方帝国主义正通过各种方式侵略中国，国内由于制度腐败,各种矛盾不断爆发出来。广西作为南方省份,与其他省份相比,各种社会矛盾有过之而无不及。特别是由于大大小小的农民造反起义,官府不断征兵围剿,社会治安陷入空前的混乱状态,人民的生活水平降到了历史的低点。历史上规模最大的农民起义太平天国运动就发生于这时的广西,它不仅加速了清朝的灭亡,让广大士人真切地看到了清朝灭亡前的种种症状,而且也给广西人民和诗人们的生活带来极大的影响,让人们饱尝了家破人亡、妻离子散、颠沛流离的滋味。"寇灾已遍粤西地,数百年来无此事。羽檄曾征四省兵,近者虽来远未至。东征西怨各悬望,人心惶惶如水沸。南陵穷小守兵稀,寒夜忧怀每不寐。"(苏宗经《中夜起坐读陆放翁诗有感》)在这种背景下,生活于这一时代的广西诗人,纷纷拿起笔来,表达对国家命运的担忧,对社会黑暗动乱的痛恨,对人民和自身不幸遭遇的感叹。从某种意义上说,太平天国起义和其他大大小小的农民起义,对广西诗派的形成起了重要的催化作用。正因为如此,杜甫就成了广西诗派诗人主要的学习模仿对象。

彭昱尧曾经说过:"伯韩(朱琦)诗学杜子美。"(《送子实南归》)这就明确地提出了朱琦诗的主要取向。朱琦《怡志堂诗集》中的一些作品,如《纪闻》八首、《狼兵收宁波失利书愤》、《朱副将战殁他镇兵遂溃诗以哀之》、《吴淞老将歌》、《镇江小吏》、《全州书事》、《题金陵被难记抒愤》、《道经河北客问当时守濬事为述其略》、《潊安河》等,既有对鸦片战争的表现,又有对太平天国和其他农民起义的描写,因而其诗被当时的人视为与杜诗同类的"诗史"①。龙启瑞虽然没有像朱琦那样明确地表示要向杜诗学习,但在实际的创作中,仍然有对国家、社会和民生的热切关注和深深忧虑,如《十月十一日自桂林北上》《伤乱》等。王拯的作品也具有浓厚的杜诗色彩,感时忧世,低回宛转,令人动容。如《闻浙江大水四叠前韵奉答琴西》《拟古》《寓斋杂诗》等作品,完全是杜诗的同调。郑献甫的诗更是如此,在"广西四大家"中,他在表现对国家、社会和民生的关注上,与朱琦是最为突出的两家。他的诗如《岭南感事》八首、《杂感》四首、《辛亥书事》八首、《壬子书事》八首、《书所见》二首、《感事》十首、《避盗历数村戏作》、《故乡以人代牛耕感赋》,表现了人民在动乱岁月里的艰难生活和对当时各种动乱、黑暗现象的深沉感叹。此外如况澄、李宗瀛等也都是如此。连石达开这样的太平天国将领,都有《乱离复乱离》这样的作品,可见广西诗派在表现乱离方面的普遍性。而赵炳麟等诗人则对西方列强的入侵和清朝的灭亡表现出特别的关注和感慨,写下许多相关的作品,如《瀛台恨》《海疆恨》《即墨恨》《闻德人据胶州》《闵厄吟》等。

具体说来,广西诗派的诗人在表现对国家、社会和民生的关注和自身命运的忧虑时,主要有四个方面的内容。一是太平天国和大大小小的农民起义所造成的影响。许多诗人常常通过长篇巨制来描写太天天国在广西或其他地方攻城略地的情况,如朱琦的《题金陵被难记抒愤》等。二是诗人自身在动乱中的遭遇和命

---

① 朱琦《暮秋气渐寒作怀人诗五章寄粤中诸子》其五:"诗史辱见呼,伤乱共凄楚。"

运,这是最为普遍的内容。三是农民生活的困苦及社会的黑暗腐败。四是外国对中国的侵略和中国军民的抗击。这部分内容有的是广西诗派诗人特有的,例如黄焕中《秋兴八首用杜诗原韵》《奉令巡边有感》等表现抗法战争等。由于普遍存在这四方面的内容,广西诗派的作品往往显得沉重沉痛,大有杜诗"沉郁顿挫"的余韵。

其次,广西诗派比较集中地描写了广西特有的风俗民情、自然风光和物产等,特别是对桂林山水和诗人家乡的优美景色极尽渲染,因而使广西诗派的诗歌具有浓厚的广西风味。

广西诗派的许多诗人生活或出生于桂林。有的虽然不生活也不出生在桂林,但是因为桂林是那时广西的首会,因此,这些诗人或因科举,或因谋生,往往要去桂林;而漓江又是诗人们前往桂林的必由之路,正如诗人谢兰所说的那样:"圣代于今文事重,吾儒肯负桂林游?"(《粤西怀古》之十)桂林和漓江的景象往往让这些诗人大开眼界:"廿年梦想见名峰,今日登临望眼穷。粤岭四围低贴地,漓江一去远浮空。青岚突起撑南斗,丹桂香时在上风。幸我此行真不负,饱餐秀色入胸中。"(蒙泉镜《登独秀峰》)在这种情况下,桂林秀甲天下的山水自然就成了广西诗派诗人们笔下经常表现的内容。我们翻开任何一部现存这一时期广西诗人的诗集,都会发现大量这方面的作品。且不说"广西四大家",就是其他诗人也是如此。例如苏时学,这位藤县著名的学者、诗人,在他的《宝墨楼诗册》中,我们就可以找到诸如《漓江杂兴》五首、《螺髻山》《漓江舟行见岸上竹林人家欣然有作》《阳朔舟夜》、《过画山作》《漓江舟次》《闰八月重泝漓江口占述怀》等作品,这些作品对漓江和桂林的风景作了非常生动的描写,是桂林山水的生动再现。

　　与此同时,诗人们还普遍对自己的家乡和广西境内其他的风景作了细致的描写,写得较多的是桂江、都峤山、西山、浔江、勾漏洞等。例如,在容县诗人李守仁的诗集《碧兰轩诗存》中,就有《桂江转棹》《游葛仙岩》《都峤洞天歌》《笔架山头玩月》等作品。此外,何光斗有《苍梧八景》、蒙泉镜有《百色八景》等。这些作品为读者展现了一个个新奇的风景世界,带着浓厚的广西特色。

　　而在广西诗派诗人的笔下,带着浓厚广西特色的风土人情、器物、植物的描写,更是强烈地凸显了广西诗派的特色。例如铜鼓,这是岭南地区特有的文物,在广西诗派的诗人作品中,就经常有对它的描写。桂平诗人黄体正就有《铜鼓歌》、永福诗人吕璜有《铜鼓歌次和梁中丞》、容县诗人李守仁有《铜鼓》、灌阳诗人邓锡俊有《诸葛铜鼓》等。同时,广西诗派的诗人常常用诗歌来吟咏广西风土人情,给人以深刻的印象。例如况澄就有《桂林竹枝词》十六首描写桂林的各种现象,又有《河池杂咏答愉卿书》十四首描写河池的风土人情。《河池杂咏答愉卿书》中有一首写道:"狮吼河东肯暂停,恶声诟谇不堪听。明珰翠羽婆神庙,香火家家愿乞灵。"作者自注:"妇女悍妒。"可见,这首诗表现的是清代河池地区的妇女普遍比较凶悍妒忌的性格。虽然说法有失偏颇,但也可见一时一地之风气,更可见在封建社会里,妇女并非全都是逆来顺受之人。苏宗经有《风俗吟》三首写当时广西人的穿着打扮,颇似风俗画。第一首《尖顶帽》云:"人心日好奇,冠帽形可愕。昔日名瓜皮,今日如竹箨。逢人号笔头,到处见峰崿。作礼相打恭,无风还自落。新样何时起,道光中年作。君子畏帽妖,未肯为所惑。"写的是当时人们戴尖顶帽的情况,苏宗经的态度未必可取,但可见当时的穿着风尚。在广西诗派的诗歌中,广西的一些特有的水果,如荔枝、龙眼、芭蕉等,也常常是诗人们描写的对象,它们与其他题材一起,形成了广西诗派诗歌创作的广西风味。

再次,广西诗派的诗歌在诗体上,最擅长于长篇古体,并且往往采取组诗的形式。由于广西诗派的诗人多有感叹描写时事之作,对历史常常有特殊的兴趣,又喜欢表现各种社会现象,因此,他们的诗往往是长篇古体或者由多首作品构成的组诗。我们阅读现存的广西诗派各诗人诗集,就可以发现,他们的许多受人称道的名篇,往往是长篇古体。林昌彝《射鹰楼诗话》云:"伯韩侍御深于诗,谨于行,忠孝之气郁于至性,其《新铙歌》四十九章,篇什之短长,音节之高下,各自成调,不必貌似古人而可与少陵、香山比接踵。其平日立朝之节,忠爱之忱,亦于滋可见。"①林昌彝评论的是朱琦《新铙歌》四十九首,由此可见这四十九首诗在当时的影响是比较大的。从诗体上说,这四十九首诗全为长篇古体,并且构成了一组大型组诗。朱琦的诗不仅这《新铙歌》四十九首如此,《怡志堂诗集》中的其他诗也是这样。他深受时人和后人好评的几乎全是篇幅相对较长的古体诗,如《朱副将战殁他镇兵遂溃诗以哀之》《吴淞老将歌》《镇江小吏》《题金陵被难记抒愤》《道经河北客问当时守濬事为述其略》《漂安河》等。郑献甫的诗歌更是如此,《平原颜鲁公祠堂》《登黄鹤楼》《游赤壁》《舟中志感寄实生师》《伪汉刘龚家歌》《补学轩歌》《观伎人舞刀戏》《义马行》《水

①　龙启瑞《朱伯韩先生新铙歌题辞》亦云:"《铙歌》五十章,伟烈陈颇多,我朝先皇茂神武,以古相较百倍过。君从图史见旧本,私家简牒代爬罗。芸窗书赋日五色,云锦织字龙腾梭。鼋掷鲸呿露光怪,气烛北斗声流河。金石刻画固史识,君之才识难同科……"(《浣月山房诗集内集》卷一)

轮》《故乡以人代牛耕感赋》《辛酉六月二十六日于花航渡观番人以镜取影歌》《羊城孟秋大风吹》等名篇,都是长篇古体或组诗。徐世昌《晚晴簃诗汇》中所选的广西诗派的主要诗人作品中,冯敏昌的 16 首作品中有 11 首长篇古体;王拯的 29 首作品中,有 17 首长篇古体;龙启瑞的 14 首作品中,有 6 篇长篇古体;朱琦的 14 首作品中,9 首是长篇古体。从这些广西诗派的代表人物作品的入选情况,可以看出他们诗体上的偏重点和长处。

　　复次,从诗人队伍的构成来说,少数民族,特别是壮族诗人在广西诗派中占了相当大的比重。在广西诗派发展的各个阶段,我们都可以看到大量少数民族诗人的身影。在雏形期里,就有刘定逌、黎建三等著名的壮族诗人,到了后来则有张鹏展、黄体正、韦天宝、黄体元、韦丰华、黎申产、黄焕中、韦绣孟等壮族诗人,甚至还涌现了被喻为"壮族文学史上的一颗巨星"的郑献甫。[1] 这些壮族诗人在当地带动了诗歌创作,同时自身也成为广西诗派重要的一员。这样一种以少数民族诗人作为诗派重要成员的现象,在全国其他诗派中是比较少见的,也是广西诗派区别于当时其他诗派的重要特征。这些少数民族诗人虽然是以汉文创作的,但是,"作为岭峤壮乡的历史回声和风俗画卷,又确有其时代和地方特色"[2]。他们以特有的笔触,描绘了壮乡的社会、文化、风物和自然风光,为广西诗派的创作增添了光彩。可以说,没有这些少数民族诗人的努力和所作的贡献,广西诗派的特色和成就要大打折扣。

---

[1]　郭延礼:《中国近代文学发展史》第一卷第十章,高等教育出版社,2001 年。

[2]　曾庆全:《历代壮族文人诗选·前言》,广西人民出版社,1985 年。

　　除此之外，广西诗派的诗歌普遍存在着好奇和正统色彩强烈的特点。一方面，在艺术想象上"精骛八极，心游万里"；另一方面，在政治立场上又较为正统，除努力维护清朝统治外，表现烈妇贞女的作品特别多。与其他省份，特别是沿海地区开放发达省份的诗歌相比，广西诗派表现新现象、新事物、新观点的作品较少，因而显得相对封闭。

三

　　就总体的成就而言，清代广西诗派的成就应当说是比较高的。它的诗歌全面表现了从乾隆至宣统时期清朝由盛而衰乃至灭亡的一百七十余年的历史，特别是对广西境内诸如太平天国之类的大大小小农民起义所造成的影响以及在农民起义、外国侵略、封建统治者杀戮、剥削、掠夺下人民的痛苦生活作了全面而生动的反映，对在杀戮、剥削、掠夺下知识分子的心灵作了具体的表现，同时也对这一百七十余年广西境内的风俗民情、地方风物、自然山水等作了生动的描绘。因而在某种意义上说，清代广西诗派的诗歌是一部广西近代史。而在对广西社会、文化和自然的描绘过程中，广西诗派形成了不同于其他诗派的较鲜明的特色，它的一些代表性的诗人进入到了当时全国主要诗人的行列中。道光时期的著名文人杨传第说："近时都下之以诗名者，传第尝凭臆得数人焉，窃拟汇刻一编以见风雅之教之未潜。既而思篇什充斥，而吾乃谓止有此数人之诗，非世所信；又居幽处下，易以滋多口之未谤,于是中辍。所谓数人者,桂林朱伯韩先生其一也。"①将朱琦列为"近时都下之以诗名者"的为数不多的几位重要诗人之一。钱仲联先生《道咸诗坛点将录》仿《水浒传》一百零八将的旧例,列举了道光、咸丰时期的全国108位有代表性的诗人,其中就有比附为"天牢星病关索杨雄"的朱琦、比附为"天慧星拼命三郎石秀"的王拯、比附为"地暴星丧门神鲍旭"的郑献甫、比附为"地刑星菜园子张青"的龙启瑞、比附为"地壮星母夜叉孙二娘"的沈澣五位广西诗人。② 在108位全国主要的诗人中,出现了5位广西诗派诗人,这在广西的文学史上是从来没有过的现象,说明广西诗派主要诗人的成就已进入当时全国的先进行列,得到了研究者的认可。

　　清代广西诗派的出现对于广西文学自身的发展来说具有非常重要的意义。在此之前,广西的诗歌创作一直处于萧条冷落的状态,上文所引苏时学"一个高僧两名士,二千年内见三人"的话颇能说明广西诗歌创作的情况。宋元明时期,情况稍有好转,但也未能成派。这说明广西诗歌的整体水平长期以来没有得到较大的提升。而清代广西诗派的出现,结束了长期以来广西诗歌无公认的诗派的历史,③对于广西的诗歌创作历史来说,是从来没有过的新现象,因而具有破天荒的意义,标志着广西的诗歌创作在整体上走向了成熟。它与全国的其他诗派一起,构成了中华民族诗歌创作百花齐放、多姿多彩的繁荣景象。

---

① 　《怡志堂诗集序》,黄蓟辑《岭西五家诗文集》附,民国十三年桂林典雅排印本。
② 　《苏州大学学报》1989年第4期。
③ 　一些研究者在谈到晚唐曹邺、曹唐等诗人时,也有"桂林诗派"之类的说法,但未获学术界的认可。

　　尽管清代的广西诗派取得了较高的成就,形成了较鲜明的特色,但是,总体来看,仍然存在着成就不够突出的问题,与当时全国其他诗歌创作水平较高的湖湘派、闽赣派、河北派、江左派、西蜀派等相比,仍有一定的差距。虽然有部分广西诗派中的诗人进入了当时全国先进的行列中,但大部分诗人的影响还只是区域性的,甚至相当多的是默默无闻的,这就极大地影响了广西诗派的整体水平。

第二编　文学典籍研究

论《粤风续九》与《粤风》

两广少数民族能歌善舞,山歌尤其盛行。但历代少有人关注,更少有人搜集整理,直至《粤风续九》等著作问世之后,这种局面才得以改观。

一

《粤风续九》的编者吴淇(1615—1675),曾为浔州(今广西桂平)推官。任官浔州时,他杂采当地少数民族的歌谣编辑成书,因屈原有《九章》《九歌》,取名"续九",意为继承屈原之意。其实,吴淇也只是《粤风续九》的总编辑,吴淇自己在总序中说"友人示余以所辑《粤风》四种……遂分列四卷,总勒一编,题曰《粤风续九》",可见他只是将友人所辑的四种《粤风》编成一书。此书原来的题名情况是:卷一《粤风》署"睢阳修和惟克甫辑、蠡台沈铸陶庵甫评、西陵袁炯孔鉴甫校",卷二《瑶歌》署"雪园彭楚伯士报甫重辑、京口何絜雍南甫订正、新安程世英千一甫评阅",卷三《俍歌》署"睢阳修和惟克甫编辑、东楼吴代叔企甫评解、京江谈允谦长益甫阅",卷四《壮歌》署"四明黄道祯林甫辑、吴江潘镠双南甫订、楚僧本符浑融阅",卷五《杂歌》署"睢阳修和惟克甫编辑、京口何絜雍南甫评释、黄山程世英千一甫校阅"。① 可见,《粤风续九》中的各卷是各有其编者的,这也印证了吴淇自己的说法。

署名为李调元所编的《粤风》,据王长香考证:"李调元除了将书名《粤风续九》改易为《粤风》外,还将《粤风续九》卷五《杂歌》所收歌谣根据其所属的族别不同,分别归入汉、瑶、俍、壮各族歌谣之下,将五卷的《粤风续九》重新编辑为四卷的《粤风》,其四卷分别名为《粤歌》《瑶歌》《俍歌》《壮歌》,仍在每卷之后分别署有原辑录者名字。同时,李调元更对《粤风续九》卷内各类歌谣及其注释、评语等通过增、删、改等方式,'总勒四卷,解释其词',加以整理形成。"并认为吴淇《粤风续九》中的"续九","实与《师童歌》等巫觋之曲的收录有关。李调元在进行重新编辑时将此类歌谣删去,亦随之将书名更定为'粤风',且在目录后自署'罗江李调元辑解',取吴淇而代之。因《粤风续九》流布甚少,渐不为人知,故后人但知《粤风》而不知《粤风续九》矣"。② 由此看来,《粤风》与《粤风续九》并无实质上的区别,它实际上是对《粤风续九》的增改。

二

不管《粤风》还是《粤风续九》,从学术史的意义上来说,其意

---

① 王长香:《粤风续九研究》第一章《粤风续九的编者》,扬州大学中国古典文献学专业硕士学位论文,2011 年,第 11 页。

② 王长香:《粤风续九研究》第二章第四节《〈粤风续九〉与〈粤风〉比较》,扬州大学中国古典文献学专业硕士学位论文,2011 年,第 31 页。

义是非凡的。

其一，它开辟了广西研究史上一个新的富有特色的研究领域。广西多少数民族，而山歌至今仍是广西少数民族的一个鲜明而突出的特色。在此之前，文人学者往往视而不见，很少将其纳入视野；或者少见多怪，不加重视，以为不过鄙俚之辞，因而极少对它们进行学术研究。吴淇等人别具只眼，有意收录并编辑成书，这实际上开启了广西山歌研究的历史，为学术研究开辟了新的天地，同时也为广西文坛注入了新鲜血液。

其二，对广西少数民族山歌在内容、艺术上给予了充分的肯定，指出了它们的一些特色，在理论上进行了初步的研究。《粤风续九》和《粤风》一个富有特色的内容是对山歌进行评论。例如，吴淇《粤风续九总序》中说："粤西轸翼荆州之野，楚之余也。虽僻处南陲，然而江山所钟，流风所激，岂无有猎其美稗、拾其芳草者乎？第战国以前，弗与中国通。秦始皇并百粤之地，以为桂林、象郡，其服者仅编户之民耳，而雕题凿齿之伦，负固者犹故也。即以浔州一郡言之，居民之外，惟瑶人服化差早。至壮人之出，自元至正始也。俍人之戍，自明弘治始也。……友人示余以所辑《粤风》四种，种种各臻其妙。遣词构思，迥出寻常词人意表。益信深山穷谷之中，抱瑾握瑜之余波犹在云。遂分列四卷，总勒一编，题曰《粤风续九》。按屈平《离骚》之外有《九歌》，又有《九章》……或曰：以《骚》继《诗》是已，乃以区区峒、岷之歌，续《骚》也，能免续貂之讥乎？曰：楚国，天下莫大焉。北起江汉，其首也；南不尽诸粤，其尾也。《诗》虽无楚风，然《汉广》《江有汜》见于《二南》，实居十五国之首。夫楚之首既足首列风，而楚之尾又何不可尾《九歌》乎？或又曰：诸歌皆男女之思也，如《骚》之光明正大何？曰：

子不闻张衡之言曰'屈平以美人为君子'乎？其思以道术报贻于时君而惧谗邪，不得以通，曷尝不□赛修以为媒，求宓妃之所在。然则亦鄙为男女之私也哉？"①这几段话一方面回顾了广西历史文化的发展，另一方面又从《诗经》《楚辞》两部经典著作中寻找依据，批评了对少数民族山歌的轻视，指出它们完全可以延续《九歌》的传统。认为它们在内容上多表现男女之情，这也是正常现象。而且给出了"《粤风》四种，种种各臻其妙。遣词构思，迥出寻常词人意表。益信深山穷谷之中，抱瑾握瑜之余波犹在"这样的评价，这就充分肯定了山歌的价值和特色。再如修和在为《粤风续九》卷一中的《粤风》所作的序中说，上古就有采风之举，于是就有了《诗经》中的十五国风。但随着采风的衰落，不久以后就"风谣遂绝"。因友人在浔州任官，于是得以到浔州，因而得以接触浔州的山歌。修和评论这些山歌"其体则七言绝句，其平侧或未尽协，而押韵必遵沈约氏。其义多用双关，有古《子夜》诸歌意。按昔汉唐之世多以绝句为乐府，此其汉唐之遗响乎？然粤西地近南交，百蛮杂处之区，人尽鴃舌，胡为中州失之而反得之于兹土也？"②指出浔州山歌内容、形式和艺术上的特点，并认为它们与古代的民歌《子夜歌》有相似之处。值得注意的是，修和对浔州山歌的论述，是将其放在中华民族的采风这一古老的传统中来考察的，因而认为它们是古代风谣的体现，又是汉唐以绝句为乐府的遗响。从历史地位和特色两方面均作了很好的概括和论述。类

① 吴淇:《粤风续九·总序》，《四库全书存目丛书补编》第 79 册，齐鲁书社，2000年，第 370—371 页。

② 吴淇:《粤风续九·粤风序》，《四库全书存目丛书补编》第 79 册，齐鲁书社，2000 年，第 383—384 页。

似这样的理论研究，在《粤风续九》和《粤风》中很多，这也是难得的史料。

而在理论研究上，几位编者和评点者对山歌作品的评语表现了他们对具体作品的看法。例如《粤风》中的《相思曲》："妹相思，不作风流到几时。只见风吹花落地，不见风吹花上枝。"沈铸评曰："竟是一首晚唐好绝句，所谓惊心动魄，一字千金。""不谓其清艳至此。"再如《隔水》："娘在一岸也无远，弟在一岸也无遥。两岸火烟相对出，独隔青龙水一条。"沈铸评曰："盈盈一水，似欲尽出。""平平淡淡，但说相对耳，却含几许相望难堪之意。"这些点评，从内容和艺术等方面评论了这些山歌作品，几乎是将这些作品视为传统的经典作品来点评的。这种用对传统经典进行评点的方式已见不凡，内涵上更表现了这些评点者与众不同的眼光，值得珍视。

其三，最重要的是，《粤风续九》和《粤风》保存了大量珍贵的古代浔州地区的山歌资料。从史料或文献价值来说，《粤风续九》和《粤风》有两方面值得重视：

一是山歌作品。《粤风续九》和《粤风》所搜集的山歌是三百多年前浔州地区少数民族的山歌，这些山歌本身具有很高的艺术价值和文化价值，是不可多得的艺术珍品。如《粤风》中的《梁山伯》："古时有个梁山伯，尝与英台在学堂。同学读书同结愿，夜间同窗象牙床。"《妹相思》："妹相思，妹有真心弟也知。蜘蛛结网三江口，水推不断是真丝。"此类作品雅俗共赏，充满生机，在《粤风续九》和《粤风》中比比皆是。这些作品有的以不同的形式在民间流传，有的则已完全失传，因而它们是珍贵的史料，这也是《粤风续九》和《粤风》主要的价值所在。

　　二是人物传记。在《粤风续九》各种题辞之后,有一篇署名"上谷孙芳桂枝馨甫撰"的《歌仙刘三妹传》云:

　　　　歌仙名三妹,其父汉刘晨之苗裔,流寓贵州西山水南村。父尚义,生三女。长大妹,次二妹,皆善歌,早适有家,而歌不传。少女三妹,生于唐中宗神龙五年己酉,甫七岁,即好笔墨,聪明敏捷,时呼为"女神童"。年十二,通经史,善为歌,父老奇之,试之,顷刻立就。十五,艳姿初成,歌名益盛,千里之内,闻风而来。或一日,或二日,率不能和而去。十六,其父纳邑人林氏聘,来和歌者仍终日填门,虽与酬答不拒,而守礼甚严也。十七,将于归。有邕州白鹤乡少年张伟望者,美丰容,读书,解音律。造门来访,言谈举止,皆合歌节。乡人敬之,筑台西山之侧,令两人登台为三日歌。台阶三重,干以紫檀,幕以彩缎,百宝流苏,围于四角。三妹服鲛室龙鳞之轻绡,色乱飘露,头作两丫鬟丝。发垂至腰,曳双缕之笠带,蹑九凤之绞屦,双眸盼然,掩映九华扇影之间。少年着乌纱,衣绣衣,执节而立于右。是日,风清日丽,山明水绿,粤民及瑶、壮诸种人围而观之,男女百层,咸望以为仙矣。两人对揖三让,少年乃歌《芝房烨烨》之曲,三妹答以《紫凤》之歌,观之人莫不叹绝。少年复歌《桐生南岳》,三妹以《蝶飞秋草》和之。少年忽作变调,曰《朗陵花》词,甚哀切。三妹则歌《南山白石》,益悲激,若不任其声者。观之人皆为歔欷。自此迭唱迭和,番更不穷。不沿旧辞,不夙拘时,依瑶、壮诸人声音为歌词,各如其意之所欲出,虽彼之专家,弗逮也。于是观众者益多,人人忘归矣。三妹因请于众曰:"此台尚低,人声喧杂,山有台,愿登之为众人歌七日。"遂易前服,作淡妆。少年皓衣玄裳,登山偶坐而歌。山高词不复辨,声更清邈,如听钧天之响。至七日,望之俨然,弗闻歌声,众命二童子上省,还报曰:"两人化石矣!"共登山验之,遂以为两人仙去,相与罗拜。时元宗开元十三年乙丑正月中旬也。至今粤人会歌盛于上元,盖其遗云。①

这篇关于刘三妹的传记,是迄今最早的刘三姐传。虽然从内容来说未必尽真,但是从中可以看到许多宝贵的信息,具有重要的文化价值,是难得的珍贵史料。

可见,《粤风续九》和《粤风》无论是理论还是文献价值都是桂学研究中的奇葩。

---

① 吴淇:《粤风续九·歌仙刘三妹传》,《四库全书存目丛书补编》第79册,齐鲁书社,2000年,第380—381页。

论《峤西诗钞》的编纂思想及其独特价值

　　《峤西诗钞》是广西历史上第一部诗歌总集,全书共 21 卷,收入粤西 250 多位诗人的诗作 2100 多首。其编者是张鹏展。张鹏展(？—1841?),字南崧,广西上林人,清高宗乾隆五十三年(1788)拔贡,同年中举,授翰林院检讨,为福建道监察御史,后又升太仆、太常寺正卿,通政使司通政使。在山左(今属山东省)主持学正时,编《山左诗续钞》。后受聘任桂林秀峰书院、上林澄江书院、宾阳书院山长。与此同时,编定《峤西诗钞》。

一、《峤西诗钞》的编纂思想

　　作为广西历史上的第一部诗歌总集,张鹏展是有着鲜明的编纂思想的。

　　关于编纂的起因,这在道光二年(1822)他所作的《峤西诗钞序》中有明确的说明:

　　　　峤西诗之刻,所以存一省文献也。粤西士习,大抵务实而不务名。上焉者生平刻励于道德经济之业,不屑屑于雕章棘句以示长。间有山林绩学之士,风雨一编,苦心镂刻,只以自怡,未尝刻集以炫于世。是以粤西之诗少有存者。夫山川之精气为人，人心之精气为言，言之委婉成文者为诗，其发舒于人伦日用之间为忠爱，为孝慈，为节义，为廉介，为恬适，胥足炳耀于山川，其精不可掩也。特无人掇拾汇萃，以垂示于后，使仅如天籁之啸，于空自起自灭，过而不复留，为足惜耳。粤西自唐有二曹专集行世，家有其书，先之仅传"黄牛""丝布"之咏，出于女子。迨宋数百年，现在专集者唯一方外契嵩，科名如冯当世、王世则，文学如张仲宇、张茂良、滑懋、唐弼、欧阳辟、蒋砺、石安民，或见称于张南轩，或受诗于梅圣俞，或与苏东坡相酬答，赫赫为一代大儒所许。迄今求其逸句残篇，了不可复得。此亦望古者之所心恻也。

　　展素不能诗，嘉庆庚午奉仁宗睿皇帝命，充山东乡试主考，并督学山东，见德州庐雅雨运使纂其乡人诗，仿元遗山《中州集》之例刻之，名曰《山左诗钞》。展因其为时已久，复采其后六十余年之诗，续之曰《山左诗续钞》。任满携刷本入都，分送诸友。时吾乡之官于京者卿敦甫、何诏甫、卓宽甫咸以为吾粤西诗素无辑本，何不采取汇纂，俾不尽湮没，亦敬梓之意。展不揣固陋，遂与公启征求。起癸酉，迄壬午，陆续所得，钞录成帙。其中德望素著者，正襟朗诵，得所矜式；或浮沉仕路，隐约山林，亦可诵其诗而见其心。聊为存一省菁华于万一。

在这篇序中，张鹏展详细地回顾了《峤西诗钞》编纂的缘起。"峤西诗之刻，所以存一省文献也"，就是其最根本的出发点。而在此之前，正如张鹏展所说的，广西除了二曹和契嵩等少数诗人有专集行世外，长期以来都处于"无人掇拾汇萃"的状态中，以致广西历史上许多名人的诗歌,"求其逸句残篇,了不可复得"。正是因为如此,在友人的启发和帮助于,他才有了编纂《峤西诗钞》的念头,并最终完成。

《峤西诗钞》是他在力所能及的范围内,广泛搜集有关资料编纂而成。那么,《峤西诗钞》是依据什么原则来编纂的呢? 张鹏展在《峤西诗钞·凡例》中作了交代:

第一,区分钞、选。他说:"诗以钞名,不同选例。选者,出其意见,以示抉择;钞者,汇萃成编,务以存其真也。"这就是将选录与钞录作了区别。既然《峤西诗钞》是以"钞"命名的,显然它就是以不同于"出其意见,以示抉择"的选录标准,即以"汇萃成编,务以存其真"的钞录标准来执行的。将"钞"与"选"作明确的区分,可见张鹏展明确的编纂意识。尽管如此,像多数总集作品一样,由于单个诗人的作品数量太多,不可能全部钞入,就必有一个甄选的过程。所以,从本质上来说,钞在很大程度上也是一个选的过程。在具体的操作上,往往不容易区分钞与选,但在理论上作这样的区分是必要的,同时也为他具体的操作留下了较大的空间。

第二,明确钞入标准和范围。在这方面,他首先明确钞入的时代范围。《峤西诗钞》起自明代的蒋冕,迄于清代道光年间,即张鹏展生活的时期,而没有钞入明代以前的唐宋诗人诗作,其理由是他说的:"是编纂自前明,以唐之二曹已有专集,宋元诗存者寥寥。"其次有关于文体的规定。他说:"应制之作,自有矩度,宜别为选,兹缺不录。""集古、回文等体,文人炫博逞奇,原非注意之作;联句一体,亦一时兴会所寄,只可存之本集,兹概未入纂。"这就将一些游戏娱乐之作排除在外了,这也在很大程度上保证了

《峤西诗钞》的编纂质量。再次是诗人身份的确定。毫无疑问，钞入的诗人必须是粤西人，但是这种情况往往并不简单。所以，张鹏展对此也有自己的说法："侨寓间有入辑，以寄寓经数十载者始行入采，余不敢概录。"这就是说，只有侨寓粤西已久的诗人才钞入，一般的侨寓诗人不钞入，这等于树立了一条标准。他又说："方外诗曾寄到十余人，以未知时代，俱不入载。""自《三百篇》多存女子之作，嗣后选诗家，不遗闺秀，亦以存风教也。兹辑闺秀为一卷。"这就是说，僧人可以钞入，但因不知具体的时代就不钞入，这显然是为了慎重。而钞入闺秀之作，是沿旧例。由此可见，张鹏展在对钞入诗人的身份上，虽有一定之规，但没有太多的新意。

第三，独特的编次顺序。一般的选本、钞本常常以出生先后来排列编次，但《峤西诗钞》不同。张鹏展说："编次先后，多以科名为断。间有送到较迟及文学、隐逸之士，无从详核，亦按世次节略叙入。"这就是说，科名先后是其主要的编次依据，世次是无可奈何的情况下才采用。这种编次顺序在中国古代选本、钞本史上是比较独特的，这说明科名在张鹏展的心中具有独特的地位。

由上可见，"存一省文献"是张鹏展编纂思想的核心，而具体的编纂原则和方法虽然总体上并没有太大的创新，但足以保证它有一定之规，从而保证了全书的学术质量。

二、《峤西诗钞》的独特价值

在《峤西诗钞》之前，虽然有二曹、契嵩等人的专集问世，也有像汪森的《粤西诗载》这类总集在前，但因为《粤西诗载》所收作品并不是纯粹的广西籍诗人，因而从来就没有出现一部像《峤西诗钞》这样的纯粹收录广西籍诗人的诗歌总集。从这个意义上来说,《峤西诗钞》可以说是横空出世,对于广西诗歌文献的编纂来说具有开创意义。

《峤西诗钞》最大的价值,首先就是张鹏展所说的"存一省文献"。这表现在以下几个方面:

1.保存了大量诗人,尤其是一般诗人的作品。虽然在此之前的《粤西诗载》也保存了不少广西诗人的作品,但因为种种原因,数量有限,而《峤西诗钞》则收录了大量不见于《粤西诗载》的诗人作品,是《三管英灵集》之前收录诗歌资料最全的诗歌总集。例如卷一收录明人十七家,其中见于《粤西诗载》的诗人有蒋冕、陈瑶、陈琬、蒋昇、吴廷举、舒应龙、杨际熙、曹学程,共八家,不见于《粤西诗载》的有王惟道、王惟兴、李璧、舒宏志、李永茂、王贵德、唐世熊、陆经宗、石梦麟九家。这就是说,这九家诗人是《峤西诗钞》所增收的,超过了一半的诗人不见于《粤西诗载》,因而就意味着这是我们今天所能看到最早的保存这些诗人作品的资料。再如卷二十一收录的是广西妇女诗歌,共收录了唐玉弟、唐联弟、罗瑛、石朱玉、罗氏、白蕙、唐氏、赵宜鹤、罗氏、潘任姬、黄氏、查氏、陆小姑、秦璞贞等十四位女性诗人作品,这些诗人大部分不见于《粤西诗载》,是张鹏展第一次收录。其中如陆小姑是广西古代最著名的女诗人之一,虽然只收录了四首,但是第一次被收进《峤西诗钞》这样的大型诗歌文献中。后来《三管英灵集》收录达三十余首,也是受了《峤西诗钞》的影响。

《峤西诗钞·凡例》中谈到收录的范围时曾说:"是编采辑未遍,阅省志及郡县志,业有专集,未经寄到者尚有数十种。其志乘所未载者遗漏必多。再汇而辑之,是所望于同志之君子云。"这当然是一个谦虚的说法，但就已收入的粤西250多位诗人中，很多是第一次收录。这在当时不易，在今天更为难得。这是《峤西诗钞》最重要的价值。

2.保存了大量文学家族线索与材料。这虽然是张鹏展的无意之举，但在客观上却保存了不少这方面的资料。张鹏展在给所录诗人作传时，常常会注明某些诗人之间的关系背景，这就为我们研究追踪这些诗人的关系，特别是文学家族提供了十分宝贵的线索。以张鹏展自己的家族为例，不知是有意还是无意，张鹏展大量收入了他自己家族的诗人，主要有张鸿翮、张鸿翿、张友朱、张滋、张鹏展、张鹏衢、张鹏超、张元鼎等。其中张鸿翮是张鹏展的曾祖父，张鸿翿是其曾叔祖父，张友朱是其祖父，张滋是其父亲，张鹏衢和张鹏超是其兄弟，张元鼎是其儿子。这样，一个横跨近百年、历经五代的文学家族资料就完整地保存下来了。再如"岭西五家"之一的朱琦，我们从一般史料中都只知道其父朱凤森是一位诗人，这样，朱琦的文学渊源只能追溯到朱凤森；然而《峤西诗钞》卷十二收录了朱绪的一首《忆奉母至雷郡渡海风波之险忽忽四十年矣》，其小传云："朱绪，字宝亭，临桂人，凤森父。"这样，我们就可知道朱绪是朱琦的祖父，其文学渊源也就更进一层，使这一文学家族的相关资料也更为丰富。

其次，《峤西诗钞》还保留了一些重要的批语，具有批评学价值和学诗的指导意义。保留批语，这在一般的总集性著作中是较少见的。《峤西诗钞·凡例》中说到："是编辑于京邸，延山李监榆先生宝裔与友人李少白同编定。公余之暇，与卿敦甫、何诏甫、卓宽甫诸人稍加商酌圈点，照二人原本，或间参鄙见，取其便于初学。"从这段话一方面可以看出，《峤西诗钞》保留了李监榆、李少白等人的评点;另一方面又可见看出,张鹏展在"存一省文献"的同时,又希望通过相关的评点,"便于初学",将其扩大为诗学教材。其实,除了李监榆、李少白二人的评点之外,还有辛筠谷等人的评点。李监榆、李少白、辛筠谷等人的评点数量虽然不多,但确实有其特殊的价值,"便于初学"。这些评点有一个非常突出的特点,就是集中于对张鹏展亲人作品的评点上,而对其他人的作品则很少评点。例如卷三收张鹏展曾祖父张鸿翮十六首,其中只有三首没有评点,其余十三首,至少有一人的评点,多的则有两人的评点。例如《大唐谣》:"去了休,去到大唐红蓼洲。红蓼生花不结子,绿朴生花球生球。"辛筠谷的评点是:"古雅。同一生花而结实不结实互异,盖务实之意。此与《有感篇》皆寓深远。"指出了其古雅的风格及其寓意。而李监榆则评点道:"三句皆云红蓼,而末句忽云绿朴,似应似不应,如断如连,似可解似不可解,方是谣不是歌行吟叹所谓体裁。"这就从文体学的角度指出了其特点。再如卷五收录张鹏展祖父张友朱五首诗,其中三首有评点。卷十二收张鹏展其兄张鹏衢诗仅一首《秋兰词》,但也有辛筠谷"词意古雅"的评语。卷十三收张鹏超三首,三首都有辛筠谷的评语。这些评点对于读者认识张鹏展家族的诗歌创作特点无疑是具有重要意义的。但是,为什么张鹏展只收录了对其家族成员的评点,而不收录对其他诗人的评点呢?对此,张鹏展没有交代,我们也只能推测他可能有宣传自己家族成员作品的意图。联系到他在《凡例》中说到的"取其便于初学"的话,这种意图就更为明显了。

再次,《峤西诗钞》启发了《三管英灵集》等后续著作的编纂。梁章钜《三管英灵集》是继《峤西诗钞》之后,收集广西诗歌更为全面的一部大型诗歌总集。梁章钜在《三管英灵集·凡例》一开篇就说："粤西诗向无汇集,上林张南松通政有《峤西诗钞》之刻,征采阅十载而成,创辟之功勤矣,顾览者犹有未厌于心。兹编则搜集较广而体例亦加严,非竞美于前人,实增华于踵事。"这就说得非常清楚,梁章钜是看到过《峤西诗钞》,并且是在《峤西诗钞》的基础上踵事增华,发扬光大的。《三管英灵集》的规模无疑要比《峤西诗钞》大,收录的诗人、作品数量多得多,时间跨度也更大,从古代一直到清代道光前。这无疑是一种进步,但这种进步是建立在继承《峤西诗钞》的基础上的。如前所述,《峤西诗钞》在体例上的一个重要特点是按科名的先后来编定的,而《三管英灵集》也是如此。《三管英灵集·凡例》云:"编次以其人乡试中试之年为先后,其未与甲乙科者,约计其时代附焉,其年代时居均不可考者,另为一册。"这显然是受《峤西诗钞》的影响。再如对流寓广西的诗人的处理,《峤西诗钞》是"侨寓间有入辑,以寄寓经数十载者始行入采",而《三管英灵集》则是"非久于粤者,不阑入"。在具体的录入诗人中,很多是直接从《峤西诗钞》直接抄录过来。例如《三管英灵集》卷五收李璧诗两首《旅怀》《琢玉亭书感》,这两首诗全见于《峤西诗钞》,只不过《峤西诗钞》在这两首之外,另收有《入境书怀》《道出下沙》《亏容江》三首。甚至关于李璧的小传也基本相同。《峤西诗钞》中李璧的小传是:"李璧,字白夫,武缘人。弘治乙卯举人。历官仁和兰溪教谕,迁剑州知州。著有《名儒录》《剑阁志》《剑门新志》《皇明乐谱》诸书。"《三管英灵集》则是:"李璧,字白夫,武缘人。弘治八年举人。官剑州知州。有《名儒录》《剑阁志》《剑门新志》《明乐谱》。"显然《三管英灵集》中的李璧小传是从《峤西诗钞》抄过来的,只是略加修改而已。再如《三管英灵集》卷五收舒应龙诗《湘山寺》,仅此一首,而此诗也见于

《峤西诗钞》中,也仅此一首,只是诗题作《游湘山寺》。《三管英灵集》舒应龙小传云:"舒应龙,字仲阳,全州人。嘉靖四十一年进士,官工部尚书。"《峤西诗钞》则云:"舒应龙,字仲阳,全州人。嘉靖己未进士,由知县累官至漕运、工部尚书,卒,祀乡贤福建名宦。"显然,《三管英灵集》舒应龙小传是在《峤西诗钞》舒应龙小传的基础上改写而成的。类似的情况在《三管英灵集》中非常普遍。

自从《三管英灵集》问世后,《峤西诗钞》便在一定程度上受到了冷落,这对于一般读者而言是可以理解的,因为《三管英灵集》所收录的诗人、诗作更为丰富。但是,对于专业研究者而言,我们是不能忽视《峤西诗钞》在广西学术史上的特殊地位的。本文略作论述,以求教于方家。

论《挹苏楼同人诗钞》

　　《挹苏楼同人诗钞》是广西文学史上的一部重要的文学总集，也是广西文化史上的一部重要典籍。遗憾的是，很少有人加以关注。本文特此拈出作一些探讨。

一

　　《挹苏楼同人诗钞》五卷，附录一卷，其编者是施彰文。施彰文（？—1857），字美蘅，号香海，苍梧人，是当时苍梧一带的文坛领袖，与文人交游颇广。咸丰七年（1857），死于太平天国军攻梧州时。除《挹苏楼同人诗钞》外，还有《挹苏楼诗集》。

　　《挹苏楼同人诗钞》编纂于清道光年间，初刻本废于鸦片战争中。道光二十五年（1845）又重辑新编，再次刻印出版。关于编纂《挹苏楼同人诗钞》的动机和原因，施彰文在此书原序中作了说明："予不能诗，而好与骚人交，尝滨江构一楼，桂林左丽生以其可望苏山，遂名挹苏云……十余年来，或托迹于山阿，或寄迹于天涯（以下缺）……爰选尤□者为《同人诗钞》，付之梨枣中。有得自友生而未经谋面者，声应气求，虽异地犹比邻，不碍其为同人也。或曰：诸君之诗，其人存者，其诗方精进未已，何必子为之传耶？予曰：《叹逝》有赋，陆士衡之感存殁也。《停云》成咏，陶元亮之感聚散也。予才不逮古人而感同之。是钞也,俾良友一生之心血不致埋没,而予感旧之情怀亦藉以稍慰焉。"①由此可见,施彰文编纂此书的目的有二:一为保存友人的心血之作,二为借此寄托自己感旧的情怀。

关于此书的体例,施彰文在《凡例》中作了详细的说明,共有数条:1.只录同侪,不及前辈。2.以得诗之次第为先后,不以诗之优劣为先后。3.其人已故者,列于前卷;现存者,具列于后数卷。4.其人已故者,方志其生平崖略,余止书姓名、爵里,亦盖棺论定之意。5.已故诸友,必深知其人,方敢述其言行,否亦缺如,免阅者讥其失实。6.闺阁才人,更属难得,别为一卷,附录于后,非敢以同人之例亲之也。7.女士之诗,或得诸其夫,或得诸其子姓,或从刻本中选出,方敢录之。8.女士之诗,自梁慧姑以上皆已故者,因列之于前,李学玉现存,列之于后,亦如同人诗例。从这八条说明可以看出,施彰文对此书录诗的范围、编次的次序、作者生平言行的取舍、闺阁才人诗的编次等作出了明确的界定,由此也形成了本书的鲜明特色。从中可见,本书在编纂上的最大特色是在作品的编次上,不像广西的其他诗歌总集那样,或以出生年代先后,或以科举先后为序,而是以得诗之次第为先后,这就使它与其他诗歌总集区别开来了。

《挹苏楼同人诗钞》共收诗人 56 家,诗作 571 首。这 56 家诗人中,大部分为广西人或寓桂、在桂为官人士,如钮惟良是浙江山阴人,流寓苍梧;张培,浙江会稽人,游幕两粤,卒于苍梧;余应松,浙江山阴人,官龙胜通判。也有少部分为非桂籍人士,如赵古龙

---

① 施彰文:《挹苏楼同人诗钞》原序,《重刻挹苏楼同人诗钞》附,民国油印本。

是广东番禺人,欧阳芬是湖南新化人,汤序是湖南长沙人等。即使是这些非桂籍人士,也多有莅桂的经历或作品与广西有关。由此也可以看出,虽然施彰文没有明确表达要编纂一部广西诗歌总集的用意,是只录同侪的"同人诗钞",但从实际的结果来看,此书确是一部广西诗歌总集。

《挹苏楼同人诗钞》看起来只是一部相当随意的"同人诗钞",并不完全是一部纯粹的广西诗歌总集,同时,它也比较明显地表现出了施彰文强烈的人文精神。这主要表现在三个方面:

一是对女性诗人的珍视与同情。这 56 家诗人中,女诗人共 5 家,分别是汪淑媛、凌氏、陆媛、梁慧姑、李学玉,作品 87 首,其中尤其值得注意的是,陆媛 22 首、李学玉 50 首。李学玉的这 50 首,就作品数量来说,远超书中所选的任何一位男性诗人。收入此书前五位的男性诗人是李宗瀛 35 首,王国宾 29 首,欧阳芬 28 首,赵湘 28 首,汪运和贺明章均 23 首。由此可见,施彰文是非常重视对女性诗人,特别是对陆媛和李学玉这两位女诗人作品的收录的。这也体现了他在《凡例》中所说的"闺阁才人,更属难得"的观点。他在梁慧姑的小传中写道:"梁慧姑,字守愚,苍梧人,诸生梁埈女,监生罗文珍室。守愚好学耽吟,著《绿窗吟草》若干卷。殁后家人不甚爱惜,已零落无存矣,其侄暎翰极力搜索,仅得数篇。予亟录之。守愚有知,亦可稍慰于地下矣夫!"①这充分表达了对梁慧姑的强烈同情及对其诗作散佚无存的无限惋惜。

二是对底层诗人的重视与同情。《挹苏楼同人诗钞》很少收

---

① 施彰文:《挹苏楼同人诗钞》之《女士诗录》,《重刻挹苏楼同人诗钞》附,民国油印本。

录达官贵人，相反，书中倒是收录了大量底层诗人，并且通过小传，表达了对底层诗人的深刻同情。从这个意义上说，此书是一部广西平民诗歌总集也不为过。这也是它区别于《峤西诗钞》和《三管英灵集》的一个重要特征。如卷一中的涂济，《挹苏楼同人诗钞》只收其诗一首《笔床》。对此，施彰文在小传中说涂济："好吟咏，妻丧无子，卒于友人家中。诗卷零落。今录一篇，是予所能忆者。"这恐怕是涂济存世的唯一作品了。在这篇小传中，施彰文不仅简略地描述了涂济的大致生平，而且还在字里行间中表现出了对涂济不幸身世的极大同情。再如《挹苏楼同人诗钞》收录覃朝年的三首诗，所附覃朝年的小传云："覃朝年，字寿嵋，苍梧人，诸生，著《仰古堂诗集》。此晴川（覃朝选）从弟也。晴川与予书云：'舍弟寿嵋不轻以诗许人，心折者惟先生耳。'予何足道！如寿嵋之虚怀，乐善当世，岂易觏哉！惜身殁子幼，诗稿散佚。所存数篇，从晴川钞本录出。"①这就不仅是存诗，而且也存人了。从这个小传中，我们不仅可以看到覃朝年的大致生平和思想，而且还可以看出施彰文对覃朝年的推崇和惋惜。《挹苏楼同人诗钞》中收录了不少类似于涂济、覃朝年这样的诗人的作品，例如钟彬、封豫、王国宾、梁懿藏、苏锡镎、区博、李其昌、刘煃、区连瑜等是诸生，成子刚等是拔贡生。这些人中虽然个别在以后进入了上层社会，但大部分人在当时是底层诗人。施彰文在收录这些人的作品时，往往也只选录少量的作品。一方面固然是因为他认为这些作品确有质量，另一方面恐怕是以诗存人，表达对这些诗人的同情和重视。

---

① 施彰文：《挹苏楼同人诗钞》卷一，《重刻挹苏楼同人诗钞》，民国油印本。

三是对苍梧地区同乡诗人的偏爱。从所收录广西诗人的情况来看，《挹苏楼同人诗钞》主要集中收录的是临桂和苍梧地区的诗人。具体说来，收录的临桂诗人有左樵、宋琦、汪运、唐任龙、刘煓、廖鼎声、汪淑媛、李学玉等。临桂是广西的文化与文学中心，诗人多而且成就突出，多录自在情理之中。而值得注意的是，施彰文在此书中更多收录的是苍梧地区的诗人，主要有覃朝选、覃朝年、涂济、钟彬、贺明章、梁懿藏、区博、黄学文、李其昌、区连瑜、许懿林、梁慧姞等，还有流寓苍梧的钮惟良、卒于苍梧的张培。如果再加上相邻的藤县诗人苏时学、苏锡镎，则苍梧、藤县的诗人共有 16 家，这几乎占了所收录诗人总数的三分之一，远超所收录的临桂诗人。由此可见施彰文强烈的乡邦情怀。

二

《挹苏楼同人诗钞》的编纂时间稍晚于张鹏展的《峤西诗钞》（道光二年，1822），几乎与梁章钜《三管英灵集》（道光十六年，1836）同时。从渊源上说，《挹苏楼同人诗钞》与《峤西诗钞》和《三管英灵集》无任何关系。但《峤西诗钞》和《三管英灵集》都有着明确的"存一省文献"的意识，因此，它们所收录的诗人及作品数量均远超《挹苏楼同人诗钞》，同时，体例也更加严格。相比之下，《挹苏楼同人诗钞》既无明确的"存一省文献"的意识，体例也失之宽泛，收录的诗人也不完全限于桂籍人士，所收诗人及作品数也远不及《峤西诗钞》和《三管英灵集》。那么，《挹苏楼同人诗钞》又有何独特的价值呢？

要回答这一问题，就要仔细研究《挹苏楼同人诗钞》所收录的诗人和作品,然后与《峤西诗钞》《三管英灵集》进行比较。《挹苏楼同人诗钞》收录的56家诗人是:卿祖授、左樵、钮惟良、张培、李承谦、赵古农、缪艮、覃朝选、覃朝年、石汉、涂济、黎文田、宋琦、梁曾龄、苏锡龄、欧阳芬、钟彬、汪运、成子刚、汤序、封豫、王国宾、贺明章、唐任龙、苏时学、何世文、梁懿藏、黄鹏颖、廖鼎声、吕祖海、梁志大、徐东翰、唐宽懋、林新昌、梁汉将、苏锡镎、黄凤翔、区博、黄学文、李其昌、姚泽涵、杨怀治、李宗瀛、赵绅、杨嘉煊、刘煒、区连瑜、李屺云、谢炳春、许懿林、余应松、汪淑媛、凌氏、陆媛、梁慧姑、李学玉。这56家诗人中,见于《峤西诗钞》的有覃朝选、石汉、陆小姑(媛)等少数几家,多数诗人不见于《峤西诗钞》中。见于《三管英灵集》中的诗人有石汉、覃朝选、卿祖绥(授)、钮惟良、黎文田、左樵、梁慧姑、陆小姑(媛)等。可见,《挹苏楼同人诗钞》收录的诗人大部分不见于《峤西诗钞》和《三管英灵集》中。这些不见于《峤西诗钞》和《三管英灵集》中的诗人,有些是有别集存世的,例如苏时学、廖鼎声、李宗瀛等,而多数诗人除此之外,并无别集,其作品完全有赖于《挹苏楼同人诗钞》才保存下来。例如女诗人李学玉,她的作品既不见于《峤西诗钞》,也不见于《三管英灵集》,但是《挹苏楼同人诗钞》却收录了她50首诗,这就为后世保存了可贵的诗学资料。再如覃朝年,也不见于《峤西诗钞》和《三管英灵集》中,但是《挹苏楼同人诗钞》却收录了他3首诗,即《昭君曲》《书明史靖难事》《冬日游钢锅山》,这三首诗不见于其他任何作品集中,只保存在《挹苏楼同人诗钞》中,时至今日,弥足珍贵。《挹苏楼同人诗钞》的价值之一,一方面是在《峤西诗钞》和《三管英灵集》之外,为后世保存了一份广西诗人名单,另一方面就是保存了大量类似覃朝年这样的中下层诗人的作品。由此可见《挹苏楼同人诗钞》的文献价值。

即使是与《峤西诗钞》和《三管英灵集》收录相同的诗人，《挹苏楼同人诗钞》所收录的作品往往也有区别。这有两种情况：

一种是《三管英灵集》或《峤西诗钞》收诗比《挹苏楼同人诗钞》多的。例如覃朝选，《挹苏楼同人诗钞》收录的作品共 9 首，即《夜坐》《山行》《水仙花》《寄寿嵋弟》《到昭平》《野处》《秋柳》《夏雨》《庭树》。《峤西诗钞》共收录了 6 首，即《夜坐》《水宿》《登梧郡城楼》《夕望》《晚晴》《子夜歌》。《三管英灵集》则收录覃朝选诗共 13 首，即《水宿》《夜坐》《登梧郡城楼》《夕望》《晚晴》《秋柳》《山行》《寄寿嵋弟》《到昭平》《夏雨》《寄黎桂山》《子夜歌》《闲步》。通过比较我们可以看出，《挹苏楼同人诗钞》不仅收录覃朝诗的数量比《峤西诗钞》多了 3 首，而且所录诗也大多数不一致。而与《三管英灵集》所收录的覃朝选诗相比，《挹苏楼同人诗钞》在数量上少了 4 首，但篇目高度一致。施彰文所收录的 9 首诗，只有《水仙花》《野处》《庭树》3 首没有被收入《三管英灵集》中。我们甚至高度怀疑，《三管英灵集》至少在收录覃朝选时，可能融合了《峤西诗钞》和《挹苏楼同人诗钞》。由此可见，仅仅就存诗这一方面来说，相对于《峤西诗钞》和《三管英灵集》，《挹苏楼同人诗钞》就有其独特的价值。这就意味着《挹苏楼同人诗钞》可能为《三管英灵集》提供了参考。另一个例子更具有说服力，即关于著名女诗人陆媛（小姑）诗的收录。《峤西诗钞》收其诗 22 首，《三管英灵集》则收诗 30 首。表面上看起来，《三管英灵集》收录的诗更多、更全。但是，我们比较一下两书所收录的作品，就可以发现，二者所收的作品相同者只有 4 首，更多的是不同。《挹苏楼同人诗钞》中所收的《秋兴八首同杜工部韵》《老梅将开以诗促之》《病中口号五首》这 14 首诗就不见于《三管英灵集》中。这不同的 14 首作品，既不存于《三管英灵集》中，也不见于《峤西诗钞》中，而且对后世了解陆媛的创作风格与思想情感具有特殊的作用。例如《秋兴八首同杜工部韵》，这是晚清诗人特别喜欢的题目，各人着重点不同，手法、风格也各有差异，但往往仿效杜甫，将感叹时世与自己身世结合在一起，形成一种沉郁之风。而陆媛的这一组诗八首，则基本上是从女性的角度与眼光来着笔，多表现她自己的内心苦闷，很少风云气，在晚清同类作品中是别具一格的。再如《病中口号五首》表现其病中的绝望心情，远比《三管英灵集》中收录的《病中徘徊》《病中强坐》情感要强烈得多。陆媛的作品现只存于《峤西诗钞》《三管英灵集》《挹苏楼同人诗钞》等著作中，《峤西诗钞》只收录了 4 首，在这种情况下，《挹苏楼同人诗钞》就体现出了其独特的价值。

在广西的诗歌总集中，除《三管英灵集》和《峤西诗钞》之外，稍后的《杉湖十子诗钞》也是一部重要作品。从数字上看，《杉湖十子诗钞》收录某些诗人的作品数量要比《挹苏楼同人诗钞》多，但《挹苏楼同人诗钞》所收录的作品常与《杉湖十子诗钞》不同。例如汪运这位个性鲜明的诗人，《杉湖十子诗钞》收录了 46 首，《挹苏楼同人诗钞》只收录了 23 首，但《挹苏楼同人诗钞》中有的诗是《杉湖十子诗钞》中没有的，即《赠赵太初即题其小照》《祝融峰顶观日出歌》《任之生歌四章》《白燕》《赠人》《晤王介臣即别》，共 8 首。这是除《挹苏楼同人诗钞》之外其他作品集中所没有的，因此显得格外珍贵。

另一种情况是《三管英灵集》或《峤西诗钞》收诗比《挹苏楼同人诗钞》少的，这就更能体现出《挹苏楼同人诗钞》的文献价值了。如黎文田,《挹苏楼同人诗钞》收其诗 14 首,即《夜上拦马岭》《闲居》《和汪剑峰再饮酒诗》《赠汪剑峰》《白云谣》《登黄鹤楼作》《秋夜偶成》《闻蝉》《题李璞完女史诗稿》《春草》《登岳阳楼》《遥题挹苏楼寄施香海》《月夜有忆》《访黄云峰道人不遇》。《三管英灵集》只收录了黎文田 7 首诗,即《余馆茶城时当秋季凄然有归志作此以别诸君子》、《励志诗》四首、《五日感怀》、《晓发恭城》。可见,《挹苏楼同人诗钞》所收录的黎文田诗迥异于《三管英灵集》,数量也丰富得多。

就作者小传来说,《挹苏楼同人诗钞》也有其独到的价值。相同诗人的小传,《挹苏楼同人诗钞》有的就详细得多。例如黎文田,《三管英灵集》的小传是:"文田,字云耕,临桂人。道光十四年举人。"①寥寥 15 字。而《挹苏楼同人诗钞》中黎文田的小传是:"字孟先,号云耕,临桂人,道光甲午举人。云耕敏而好学,兄弟怡怡,生平以著述为己任,年仅四十赍志而殁,士林惜之。"不仅有字有号,还有关于黎文田性格、思想及遭遇的记载,远比《三管英灵集》所作的小传详细。再如陆嫒(小姑),《三管英灵集》所作的小传是"小姑,宾州人,有《紫蝴蝶花馆吟草》"②,仅有可怜的 13 字。《峤西诗钞》的小传是:"陆小姑,宾州女士,以《紫蝴蝶花诗》见赏于滕廉斋司训,因受业焉。"③稍详于《三管英灵集》。而《挹苏楼同人诗钞》的小传则是:"陆嫒,字小姑,宾州人。小姑适同里覃六为室,以儒家女不能操农务,夫逼令大归,遂守志于母家以殁。著

---

① 梁章钜:《三管英灵集》卷四十八。
② 梁章钜:《三管英灵集》卷五十三。
③ 张鹏展:《峤西诗钞》卷二十。

《紫蝴蝶花馆诗存》。"①可以看出,《挹苏楼同人诗钞》既说到了陆媛的文学创作,也说到了她一生中最重要的事件,即她的婚姻情况,提供的信息远比《峤西诗钞》《三管英灵集》丰富。

三

如上所述,《挹苏楼同人诗钞》最大的价值体现在保存广西诗学文献上,但是,作为一部诗歌总集,《挹苏楼同人诗钞》是存在着一些不足的。这主要表现在如下几个方面:

(一)对收录的作者范围没有作严格的限定。从施彰文为本书所作的序和《凡例》中可知,他只是将本书限定在"同人"的范围之内。所以,从地域范围来说,他并没有严格地局限在广西范围之内,而是以广西籍诗人为主,同时收录了赵古农(番禺人)、缪艮(武林人)、梁曾龄(德庆人)、欧阳芬(新化人)、汤序(长沙人)、王国宾(德庆人)、黄凤翔(高要人)、杨怀治(高明人)、赵绌(南丰人)、杨嘉煊(封川人)等十余位外省籍诗人。由此也就可以看出,施彰文编纂此书并没有《峤西诗钞》《三管英灵集》那么明确的"存一省文献"的意识,因而也使此书并不是纯粹的广西诗歌总集,而是类似于张凯嵩的《杉湖十子诗钞》。他多录苍梧诗人,这既是特点,又是缺点,因为这些诗人中相当一部分在广西并不具有代表性。从时间范围来说,对书中收录诗人的起止年代,施彰文也没有作出严格的限定。从实际的情况来看,施彰文主要是收

---

① 施彰文:《挹苏楼同人诗钞》之《女士诗录》,《重刻挹苏楼同人诗钞》附,民国油印本。

录道光时期与他自己年代相近的诗人，但是，他并未作明确的说明，因而留下模糊不清的印象，这也是本书存在的一个问题。

（二）收录作品的标准不够严格。首先是有的诗人作品去取标准不够客观，过于随意。例如，在广西诗坛上享有盛名的廖鼎声，其诗歌成就与特色至少不亚于本书中所收录的优秀诗人李宗瀛、苏时学，但李宗瀛收录了35首、苏时学收录了18首，而廖鼎声则只收录了1首。书中许多知名度并不高的诗人，如卿祖授、张培、赵古农、欧阳芬、汤序、王国宾、贺明章、林新昌、梁汉枬、李其昌、李屺云、余应松等，收录的作品往往多达10余首。相比之下，像廖鼎声这样的优秀诗人却只收录1首，令人困惑。其次，就具体诗人的作品而言，也存在着相当的随意性，收录的作品往往不具有代表性。例如许懿林，这位施彰文的苍梧同乡，本书共收录了他12首诗，从数量来说，并算少。但是，其中的5首是与妇女有关，即《吊黄女校书阿凤诗》四首、《区节妇诗》，或怜香惜玉，或歌颂节女。其他的如《昭平峡》《昭江旅夜寄怀严少嵋》《落叶》《春江杂兴》等，不过短小轻浅之作，他的许多表现动乱或身世之感的厚重之作，体现其雄奇风格的奔放之作则没有收录。再次，本书在某些作品，甚至诗人选取上，存在着比较明显的吹嘘施彰文自己的倾向。如收录覃朝年的诗，所附覃朝年的小传云："覃朝年，字寿嵋，苍梧人，诸生，著《仰古堂诗集》。此晴川（覃朝选）从弟也。晴川与予书云：'舍弟寿嵋不轻以诗许人，心折者惟先生耳。'予何足道！如寿嵋之虚怀，乐善当世，岂易觏哉！……"可以看出，施彰文之所以收录覃朝年的作品，很大程度上是因为覃朝选写给施彰文的信中有吹嘘他"舍弟寿嵋不轻以诗许人，心折者惟先生耳"的话。最明显的是书中收录了苏时学《题抱苏楼诗集》

两首:"我爱愚山老,论诗自一家。奇情纷冷落,淡语亦风华。云润石生骨,炉镕金炼沙。苍茫风雨夜,字字耀龙蛇。""貌朴人原古,诗清骨已高。孤怀舒朗月,万象洞秋毫。画鬼有奇笔,屠龙须善刀。升沉遭遇在,莫唱《郁轮袍》。"①《挹苏楼诗集》是施彰文的诗集,苏时学的这两首诗固然有安慰施彰文的用意,更多的则是对施彰文的称赞,尤其是对他的诗歌创作和诗论的称赞,这在第一首中表现得更为明显。一般的选诗者是不选录这类称赞自己的作品的,但是,施彰文毫不避讳地选录了这样的作品。而这类作品并不优秀,收录书中,实为败笔。书中的赵绅,即《杉湖十子诗钞》中的赵德湘。对这位并不知名的诗人,施彰文竟然收录了他28首作品。究其原因,很可能是因为此人写过《施香海茂才家有楼对苏山因名挹苏索诗》,称赞施彰文:"施生自是逸者流,权奇倜傥非常俦。元龙湖海豪气遒,顾视下士蝇声啾。自少经明行复修,州举茂才无与侔。拥书万卷权自侯,谈诗不假唐汉求。一生低首苏眉州,家临梧水百尺楼。楼对苏山如缀旒,命名挹苏良有由。"②

　　(三)有的小传过于简略,姓名出现错误。如宋琦,其小传为"字瑞堂,临桂人,道光戊子举人",有名、有姓、有功名,但无诗集名。唐任龙,其小传为"字虞臣,临桂人",欧阳芬小传为"字畹夫,新化人",生平事迹全无,也无别集名。这样的小传,对于读者了解诗人生平事迹和思想、创作,作用就非常有限了。书中的赵绅,

---

① 施彰文:《挹苏楼同人诗钞》卷三,《重刻挹苏楼同人诗钞》,民国油印本。
② 赵德湘:《丽则堂诗钞》,张凯嵩《杉湖十子诗钞》卷二十,广西师范大学出版社,2012年,第691—692页。

根据《杉湖十子诗钞》，实际是赵德湘。诸如此类，不一而足。

　　奇怪的还有，桂林图书馆所藏此书的油印本，卷三的最后一位诗人廖鼎声至卷四开头的吕祖海、梁志大、徐东翰、唐宽懋五位诗人作品只见于书前的目录中，正文中则无作品。显然是漏刻所致。

　　总体而言，《挹苏楼同人诗钞》虽然存在着种种不足，但却是广西文化史和文学史上一部不可忽视的重要著作，其文献价值无可替代，值得进一步研究。

《杉湖十子诗钞》的编纂及其价值

　　说到中国近代诗歌,广西的诗人朱琦、龙启瑞等是不能不提到的人物。而在朱琦、龙启瑞的周围,实际上存在着一个以他们为主的诗人群体,那就是"杉湖十子",即朱琦、龙启瑞、彭昱尧、汪运、商书浚、杨继荣、曾克敬、李宗瀛、赵德湘、黄祖锡。这些诗人是清代道光前后广西诗坛上的主要人物,要了解这些诗人,就不能不涉及《杉湖十子诗钞》。

一

　　《杉湖十子诗钞》是一部重要的广西诗歌总集,编纂于清同治年间,其主要的编纂者是张凯嵩。张凯嵩(1820—1886),清末湖北江夏(今武昌)人,字云卿,又字月卿。道光进士。历任广西左江道、广西巡抚等职。同治六年(1867)任云贵总督。光绪六年(1880)起授通政使参议。后任贵州巡抚,光绪十年(1884)调云南巡抚。奏请开设五金总局,招商开矿。不久,奉令与内阁学士周德润勘察中越边界,后病死。《杉湖十子诗钞》就编纂于张凯嵩任职广西期间。

　　《杉湖十子诗钞》编成后,张凯嵩特为此写了一个序,细述编纂此书的缘由及过程:

　　余宦粤久，知粤为悉，于粤士夫相知亦夥。尝叹粤中近数十年人文之盛，而诗其尤著也。遘时多事，蹀躞风尘，戎马之间，鲜能从容谈议文事，顾从诸贤往往得其概焉。方乾嘉间，海内人文极盛之秋，最后袁、赵以诗鸣，一时风靡。子才初起自桂林，老复来游，时临川李松甫郎中，侨家于此，门第颇盛。子才来实主之。然松甫为诗，宗陶、韦，又时有桂林朱小岑、高密李少鹤两君子与松甫师友，风尚颇遒。粤人皆知朱、李诗法之高，于子才来初，不甚尚之也。朱、李既往，粤之诗人益多辈出，尤莫盛于道光之初。余来虽已不及其盛，然犹得与朱伯韩侍御、龙翰臣学士游，两君故时健者，松甫之客，零落久矣，然如陈君心芸，老犹健在官，学博。杨君柳塘，年更老于心芸，时亦尚存。而汪剑峰、曾芷潭、彭兰畹数君者，又各以其孤杰雄鷔之才，兀律自起于粤诗人盛衰绝续之交。松甫之子小韦（宗瀛）能读父书，为诗乃不相袭，于伯韩、心芸、剑峰、兰畹，故皆往来倡和。至黄香甫、赵淡仙者，又小韦客之尤者也。余既为心芸刻其诗，得伯韩、翰臣两遗集诗欲刻之，又以柳塘从孙嘉甫客余幕，久而得柳塘之诗。剑峰诗极自秘，余亦曾延之幕为子弟教授，心屦其人，久而亦知其诗，先后钞存。所可慨者，诸君往矣，遗书经乱或存或亡，余之钞诸君诗，虽未必藉以传于世，然亦足使世之读者于兹先睹，可得其概……夫粤人诗岂尽于此，即此数子，亦不尽为粤人，然皆生长或老死于其间。如小韦、淡仙，侨家实粤产也。故题之曰《杉湖十子诗钞》……他日考粤西文献论诗教者，必有取焉。

这段话详细地叙述了晚清时期广西诗坛的情况以及《杉湖十子诗

钞》的编纂目的和过程。可以看出,张凯嵩编纂此书就是为了"虽未必藉以传于世,然亦足使世之读者于兹先睹,可得其概……他日考粤西文献论诗教者,必有取焉",也就是有意识地保存一批广西诗歌创作的文献,为以后的研究者提供史料。可见张凯嵩的良苦用心。

　　《杉湖十子诗钞》的编纂过程应当说是比较曲折的。此书的编纂经历了搜集资料与正式编纂两个阶段。第一个阶段,即搜集资料的阶段。这是一个相当漫长的过程,由此也可见张凯嵩早就有意想编纂这样一部总集。虽然张凯嵩作为高官有其独特的优势,但他为此也付出了艰苦的努力。因为在当时,正如张凯嵩在序中所说的"独伯韩(朱琦)诗曾一刻于京师,所谓《怡志堂初编》者……翰臣(龙启瑞)、柳塘(杨继荣)、剑峰(汪运)、兰畹(彭昱尧)、香甫(黄祖锡)、淡仙(赵德湘)集皆未刻,或仅即所见,或撮抄其略,都为一集。香甫诗得最后,乃王定甫通政归自京师所携至者。因又从得麓原、芷潭两家遗诗……通政所携皆昔假归所钞得者,非全稿也",比较容易找到的只有朱琦和龙启瑞的诗,其他诗人的作品都是他费尽心力才搜集到的。从张凯嵩的序中可以看到,为了得到柳塘(杨继荣)和剑峰(汪运)的诗,他不惜将这两位诗人本人或后人延入幕中,以笼络人心。第二个阶段,即正式的编纂阶段。张凯嵩在序中也作了详细的说明:"丙寅岁(1866),余自邕管班师桂林,粤事少定,方于秀峰、榕湖两书院重与生徒稍旧理业。又一疏陈象州郑小谷比部学行,请叙于朝,为国人式,而以心艻副之。区区之心之所愿望于粤人者,夫岂有尽。公余,又与王君芝庭、唐君仲方议及此,刻两君诗赞助,厥意尤殷。数月之间,余乃奉督滇黔之命,行且有日,遂属芝庭、仲方襄成其事。"可见,《杉湖十子诗钞》是从同治五年(1866)开始正式编纂的,而张凯嵩为此书作序的时间是同治六年（1867）夏，这就是说，此书的编纂只花了一年左右的时间。编纂者除了张凯嵩本人之外，还有王芝庭、唐仲方两人，而王芝庭、唐仲方是此书的最终完成者。

二

《杉湖十子诗钞》作为一部诗歌总集，其"十子"的说法可能遵循的是"大历十才子"之类的旧例，但张凯嵩是以什么标准确定这十人的？

毫无疑问，所钞的诗人必须是粤西（广西）人，同时也必须曾经在桂林的杉湖周围活动过。所钞的这十人，完全符合这两条标准。但是，令人奇怪的是，为什么张凯嵩在序中提到的长期在杉湖边活动的，粤西当时著名的诗人郑小谷（献甫）、王拯等人却没有进入"十子"的行列？如果说已经刻印了的诗歌诗集就不钞的话，那为什么已经在京师正式刻印了《怡志堂初编》的朱琦的诗却又被钞进来了？如果完全以桂林籍来确定入选的标准的话，那为什么作为平南人的彭昱尧也进入了"十子"之列？如果以知名度来确定的话，郑献甫和王拯比汪运、杨继荣、商书浚、曾克敬等人的知名度要高得多，但为什么只钞汪运、杨继荣、商书浚、曾克敬等人的诗而不钞郑献甫、王拯等人的诗？种种迹象表明，张凯嵩在确定"十子"的具体人选时，并无十分严格的标准。如果说是标准的话，那就是他认为有特色而需要重点保存资料的诗人。

这种揣测从《杉湖十子诗钞》所钞的诗人作品数量也可见一斑。《杉湖十子诗钞》所钞录的十家诗人作品数量差别很大，最多的如朱琦，达五卷之多，最少的如汪运、杨继荣、商书浚、曾克敬，各只有一卷。曾克敬的诗,虽然号称一卷,但实际上只有 11 首。从这种作品数量悬殊的情况来看,张凯嵩编纂《杉湖十子诗钞》时,重点考虑的是保存一些有特色而随时可能散失的诗人作品。《杉湖十子诗钞》卷二十二后所附的王定甫的跋也正好说明了这种情况:"《香圃诗钞》一卷,仆于道光丙午假归,重遇香圃桂林,所从借录者也。香圃时已倦游多病,与之别不数月遽死。此卷藏之篋衍倏廿余年,同治丙寅,仆再假归桂林,开府江夏张公时方刻伯韩、小韦诸君之诗,暇辄及余论略,因出香圃此卷质之,而并及于麓原、芷潭。麓原诗身后零落,存者十不二三。芷潭则仅拾诸《苔岑集》中所刻之十余篇,于向所见于龚子茂田所者,但十一耳。开府欣然汇而刻之,合诸伯韩、小韦诸君,题曰《杉湖十子诗钞》。以香圃年最少而为之殿。香圃有知,其将稍慰藉于九原。"既然张凯嵩是在刻印了朱琦(伯韩)、李宗瀛(小韦)的诗后,听从了王定甫(拯)的意见,才又刻印了黄祖锡、商书浚、曾克敬等人的诗,说明张凯嵩在一开始并无严格的界定,是比较随意的。"杉湖十子"之名也是临时所取,并不是事先的想法。

　　《杉湖十子诗钞》虽然是一部总集,但实际上也是一部选本。作为选本,就像张凯嵩在序中所说的:"伯韩(朱琦)诗曾一刻于京师,所谓《怡志堂初编》者。今即其本择尤胜者为若干首。翰臣(龙启瑞)、柳塘(杨继荣)、剑峰(汪运)、兰畹(彭昱尧)、香甫(黄祖锡)、淡仙(赵德湘)集皆未刻,或仅即所见,或撮抄其略,都为一集。"那么,张凯嵩又是以什么标准钞录作品的呢?

　　对于这一问题,张凯嵩并未作说明。通观《杉湖十子诗钞》所钞作品,大致可以看出,张凯嵩针对不同的对象,其标准也不完全一样。大体而言,可以看出几条基本的标准:

　　第一,全面。这表现在两个方面,首先是如汪运、杨继荣、商书浚、曾克敬这样作品比较少的诗人，基本上是照单全收，所见即录。虽然这些诗人的作品因为种种原因散失得非常严重，张凯嵩所看到的也是"所钞得者，非全稿也"，但据估计，这些诗人的作品他是基本全收了的。其次，就朱琦、龙启瑞这些大家来说，基本上做到了兼顾各种风格的作品。

第二，质量。这条标准主要是针对大家而言。张凯嵩在序中谈到钞朱琦诗时就说得非常清楚，是"即其本择尤胜者为若干首"，也就是，主要钞录的是朱琦诗中的优秀作品。这条标准也适用于龙启瑞、彭昱尧和李宗瀛。

第三，风格与内容。从《杉湖十子诗钞》所选朱琦、龙启瑞、彭昱尧、李宗瀛等人的诗来看，张凯嵩似乎比较偏爱那些内容比较厚重，风格慷慨激昂或沉郁忧伤的作品。上述四家诗，张凯嵩都钞得比较多，如果我们拿张凯嵩钞入《杉湖十子诗钞》的诗与这些诗人的诗集比较，就可以明显地看出，张凯嵩钞入的多是一些风格要么慷慨激昂，要么沉郁忧伤的作品，特别是对一些有关国计民生或当时的一些重大历史事件的作品，他往往比较偏爱。例如朱琦的诗，钞入的多是如《咏古》十首、《漯安河》、《道经河北客问当时守濬事为述其略》、《范将军挽歌》、《全州书事》、《题金陵被难记抒愤》等之类的作品，《杉湖十子诗钞》卷六几乎全是这一类的作品，而《怡志堂诗集》中的一些风花雪月的作品则很少钞入。朱琦诗歌中关于太平天国的作品比较多，《杉湖十子诗钞》对于这方面的主要作品可以说基本上全部钞入。龙启瑞和李宗瀛的作品中有许多是关于国计民生或太平天国的，张凯嵩也将这些作品悉数钞入。张凯嵩尽管对那些内容比较厚重的作品比较偏爱，但他还是有一定的原则的。例如朱琦的《新铙歌》49首，表现的是清朝立国以来的重大历史事件，在当时是颇有影响的作品，在《怡志堂诗集》中被置于开篇第一卷，林昌彝《射鹰楼诗话》云："伯韩侍御深于诗，谨于行，忠孝之气郁于至性，其《新铙歌》四十九章，篇什之短长，音节之高下，各自成调，不必貌似古人而可与少陵、香山比接踵。"然而，对于这样明显的歌功颂德的作品，张凯嵩并不太在意，在《杉湖十子诗钞》中就没有选入。重厚重而轻淡薄的这种特点，特别是偏爱表现太平天国事件的作品，显然与张凯嵩本人长期在广西为官，目睹广西人民的生活状况，特别是曾亲自带兵征剿太平天国起义军的经历有关。朱琦等人在诗歌中表现出来的对太平天国的痛恨、李宗瀛在诗歌中表现出来的为逃避太平天国军队而所受的苦难等，在某种程度上正是张凯嵩的心声。

三

作为一部地方诗歌总集，《杉湖十子诗钞》具有特殊的价值，是研究晚清广西文学不可或缺的参考资料。

第一，《杉湖十子诗钞》的最大价值是为研究晚清广西文学提供了非常可贵的原始资料。保存广西地方文学的诗歌总集，除了《杉湖十子诗钞》之外，还有《峤西诗钞》《三管英灵集》等，但《杉湖十子诗钞》自有其独特的价值。查广西民族学院《广西历代文人著述馆藏目录》可知，《杉湖十子诗钞》中一半多的诗人，如汪运、杨继荣、商书浚、曾克敬、李宗瀛、赵德湘、黄祖锡等到今天已无单独的刻本或抄本传世，全赖《杉湖十子诗钞》的钞入，他们的

部分作品才得以流传至今。① 如果没有《杉湖十子诗钞》，我们就
几乎看不到这些诗人的作品了。这是《杉湖十子诗钞》最为可贵
之处。上述的汪运、杨继荣、商书浚、曾克敬、李宗瀛、赵德湘、黄
祖锡等几位诗人，他们的作品在当时就流传不广或散失严重。例
如李宗瀛的诗，按照张凯嵩在《杉湖十子诗钞》卷十九《小庐诗
钞》后所附的跋中的说法："小韦（李宗瀛）……所钞诗，则又有在
十卷之外者。盖小韦自己酉（1849）以后所作，至己未（1859）捐馆
舍，又数百首，残丛未自编订。闻其家将合刻之。小韦平生诗甚
富，此钞不过十之二三，存其崖略。"这就是说，李宗瀛的诗作虽
富，但在当时并没有正式刻印，或者刻印了而没有流传下来，《杉
湖十子诗钞》所钞这"十之二三"，就显得特别珍贵了。至于汪运、
商书浚、曾克敬等人的作品，当时只是以抄本的形式在极小的范
围内流传，甚至"极自秘"，如果没有张凯嵩的钞入，这些诗人的作
品极有可能在很短的时间内就散失殆尽了。所以，作为一位封疆
大吏，张凯嵩能在从事政治、军事工作之余编纂出《杉湖十子诗
钞》，是在文献保存上做了一件功德无量的好事。

　　第二，从校勘和辨误的角度来说，《杉湖十子诗钞》还具有一
定的校勘辨误作用。朱琦、龙启瑞、彭昱尧三人有诗集传世，但因
为种种原因，或有脱漏，或有异文。在这种情况下，《杉湖十子诗
钞》所钞录的这些诗人的作品对校勘这些诗人的全集往往具有预
想不到的作用。例如朱琦的《全州书事》见于民国十三年（1924）

---

① 　桂林图书馆虽藏有曾克敬《芷潭诗遗》、汪运《沐日浴月盦集》、商书浚《存恕堂
　　存稿》三书的手抄本，但那是民国二十年邕宁人李子书完全据《杉湖十子诗钞》
　　抄出的三个本子，只不过李子书在《存恕堂遗稿》中加入了从《国朝正雅集》中
　　辑录而来的《湖楼》《再简芝樵》两首诗而已。

桂林典雅堂排印本黄藟辑《岭西五家诗文集》之《怡志堂诗集》卷七，但"骑马复东去，慨然长缨"中缺漏一字，查《杉湖十子诗钞》中此诗，"慨然长缨"一句作"慨然请长缨"，显然缺漏的是"请"字。又如卷四所钞的《芷潭诗遗》中，有一首《戒酒》："我性嗜醇醪，泥饮辄濡首。嘈腾长日夜，身亦非我有。放言敢狂悖，拍案胆如斗……"关于这首诗，王定甫（拯）有一个简短的考辨："按此《戒酒诗》乃龚茂田一贞作也，刻《苔岑集》中，与芷潭诗相次，传录者混焉。今《苔岑集》板本既失，而茂田诗亦无他存者，钞芷潭诗仍附其后，弗忍弃旃。"这不仅是保存了一首优秀的作品，同时也对其作者进行了必要的辨识，避免了以讹传讹，这是十分难能可贵的。假如没有这一则辨识，这很可能就是一个永远的错误。

第三，张凯嵩在《杉湖十子诗钞序》中对十九世纪初中期广西诗歌的发展作了粗线条的勾勒，这使得《杉湖十子诗钞》又具有一定的文学史意义。在《杉湖十子诗钞序》中，张凯嵩描述道："尝叹粤中近数十年人文之盛，而诗其尤著也……方乾嘉间，海内人文极盛之秋，最后袁、赵以诗鸣，一时风靡。子才初起自桂林，老复来游，时临川李松甫郎中，侨家于此，门第颇盛。子才来实主之。然松甫为诗，宗陶、韦，又时有桂林朱小岑、高密李少鹤两君子与松甫师友，风尚颇遒。粤人皆知朱、李诗法之高，于子才来初，不甚尚之也。朱、李既往，粤之诗人益多辈出，尤莫盛于道光之初。"这段话既说明了广西诗坛与全国诗坛、袁枚与广西诗歌的关系，同时更描述了十九世纪初中叶广西诗歌的发展。这种描述在我们现在所能看到的资料中是没有的，为我们了解当时广西诗坛的具体情况提供了十分可贵的资料。撰写《广西诗歌史》，离不开张凯嵩的这段描述，因而有其独特的价值。

论况周颐《粤西词见》

作为一代词学名家,况周颐对词学的贡献是多方面的,除了大家熟知的《蕙风词话》在理论上给后人留下了宝贵的词学理论遗产外,其创作也令人称道,同时,在词学文献上,他也有突出的贡献。《粤西词见》就是一部充分体现况周颐词学文献贡献的著作。然而,对于这样一部重要的地方词学文献著作,历来少有人论及,因而有深入研究的必要。

《粤西词见》表面上看来是一部总集性质的著作,因为它如况周颐所说,是"就我所见裒而存之",但同时,它又是一部选集,是"撷其菁华,以少为贵"的著作,明确说明书中的词是经过了况周颐的选择后才录入的。这样一部集总集与选集于一身的著作,决定了它具有存词以传其人(作者)、存人(作者)以传其词的用意与特点。也就是说,对于流传作品较少的词人,则不管艺术价值高低,悉数录入,以传作者;对于流传作品较多的词人,则择优录入,通过这些词来达到宣传词人的目的。因此,《粤西词见》既是总集,又是选集。

一、《粤西词见》的编纂动机与性质

关于《粤西词见》的编纂动机,况周颐在《粤西词见叙录》中

说得很清楚:

> 粤西诗总集有上林张先生鹏展《峤西诗钞》,福州梁抚部章钜《三管英灵集》,词独阙如。地僻尘远词境也,顾作者仅耶?抑不好名,不喜标榜,作亦不传也?地又卑湿,零笺散楮,不十数年,辄蠹朽不可收拾,幸而获存,什佰之一耳。是编就我所见衰而存之,而又襫其菁华,以少为贵。它日辑嘉道以来诗,续梁氏著录,以此附焉。

从这段话可以看出,况周颐编纂《粤西词见》的明确目的就是:在粤西诗歌总集已有张鹏展《峤西诗钞》和梁章钜《三管英灵集》的情况下,面对着粤西词作保存困难,存世稀少,词作总集暂付阙如的现实,为保存粤西词作文献资料而作一部粤西词作总集,也就是为了向张鹏展的《峤西诗钞》、梁章钜《三管英灵集》看齐。这是况周颐编纂《粤西词见》的唯一动机吗?回答是否定的。

况周颐在《粤西词见跋》中的话值得我们高度关注:

> 《粤西词见》二卷,二十四人词,不及二百首。综论国朝吾粤词人,朱小岑先生倡之于前,龙、王、苏三先生继起而振兴之,一二作者类能摆脱窠臼,各抒性情,造诣所独得。流传虽罕,派别具存。今半塘王前辈鹏运大昌词学,所著《袖墨》《味梨》等集,微尚亦不甚相远,殆不期然而然邪?嗟乎,世路棘荆,风雅弁髦,区区选声订均之末技,深山穷谷之音,夫孰过而问者?是编刻成,以贻半塘,亦曰伤心人别有怀抱也。

这段话实际上道出了《粤西词见》的另一动机。前面是介绍《粤西词见》和粤西词发展的基本情况，但到了后半，况周颐话锋一转，开始感叹其人生境遇。况周颐认为编纂《粤西词见》是无人问津的"区区选声订均之末技，深山穷谷之音"的事业，而当他将《粤西词见》赠送给王鹏运（半塘）时，王鹏运认为这是"伤心人别有怀抱"之作。对此看法，况周颐表示了高度认同，一个"亦"字透露了个中消息。这就是说，《粤西词见》并不完全是像张鹏展《峤西诗钞》和梁章钜《三管英灵集》那样，单纯地为了搜集粤西文献，而同时又有借编纂《粤西词见》以度无聊生涯之意。关于这一点，况周颐在《粤西词见》中评说张琼词的话也可作为佐证："今年孟冬，穷居无俚，撰录乡先辈词。"①这里所说的"撰录乡先辈词"，就是指编纂《粤西词见》。从"穷居无俚"四字正可见其生活状况与心理。

之所以如此，这是与况周颐编纂《粤西词见》时的处境有密切关系的。据《粤西词见叙录》和《粤西词见跋》，《粤西词见》编纂完成并刻印出版是在光绪丙申（1896），这时正是况周颐流寓南京之时，这时的况周颐缺乏经济来源，生活困窘，寄人篱下，处境十分艰难。编纂《粤西词见》则可以让他暂时躲入他喜欢的词学象牙之塔中，忘记现实的苦恼。

二、《粤西词见》的价值

作为广西历史上第一部完整的词作总集，《粤西词见》的价值是多方面的，概括起来主要有四个方面：

---

① 光绪丁未刻《蕙风丛书》本《粤西词见》卷二。

（一）存词。这可以说是《粤西词见》最突出的贡献。在广西的历史上，词人本来就不多，再加上"不好名，不喜标榜"，"地又卑湿，零笺散楮，不十数年，辄蠹朽不可收拾，幸而获存，什佰之一耳"，在这种情况下，广西历史上的许多词人，特别是作品数量较少、无词集流传的一般词人，正因为《粤西词见》的录入，作品才得以保存下来。例如况祥麟，虽然史籍中记载他有《红葵斋诗草》附词，但因为《红葵斋诗草》已亡，其词也不可见，《粤西词见》中录入的七首词便成为况祥麟仅存的七首词。再如周冠，《粤西词见》"周冠小传"云："冠，字鼎卿，灵川人，咸丰十年进士，官汝宁知府，有《筠园词》。"《筠园词》早已不存，所以，《粤西词见》中选录的这一首《台城路》就成为周冠仅存的一首词了。在况周颐编纂《粤西词见》的时候，他所看到的广西词学资料远比今天我们能看到的丰富。百余年后，这些资料或毁于战火，或毁于其他，多数已不存世，在这种情况下，《粤西词见》在存词上的贡献就显得更为突出了。曾德珪先生于 20 世纪 80 年代初编纂成《粤西词载》①，这是广西词学资料的集大成之作，我们从《粤西词载》中可以看到，其中的许多词人词作均录自《粤西词见》，计有倪承讱 1 首、潘鑨 2 首、冷昭 4 首、朱依真 2 首、李秉绶 1 首、黄体正 3 首、况祥麟 7 首、王维新 1 首、胡元博 2 首、侯赓成 1 首、龙启瑞 4 首、苏汝谦 1 首、何慧生 6 首、吕赓治 1 首、李守仁 2 首、周冠 1 首、秦致祜 1 首、韦业祥 6 首、邓鸿荃 1 首，共 48 首。这 48 首今已不见于其他史料中，只保存在《粤西词见》中，因而是弥足珍贵的资料。从这个意义上说，《粤西词见》具有不可替代的价值。

───────────

① 　漓江出版社，1993 年出版。

　　《粤西词见》之所以在存词上具有不可替代的价值，是因为况周颐在搜求粤西词作上花了大量心血。他在谈到搜寻朱依真（小岑）词时说："小岑先生《九芝堂诗存》八卷，余得于海王村。《纪年词》求之十年不可得。检邑志，得《绛都春》《念奴娇》两调。"况周颐为了搜寻朱依真的《纪年词》，花了整整十年的功夫，但最终未能如愿，只是在临桂的地方志中找到他的两首词。可见其用功之久，用心之深。

　　（二）选词。如上所述，《粤西词见》在编纂之初，就有"襜其菁华，以少为贵"的意图。既然如此，那么，它就有一个选词的过程。在词集不存或词作流传较少的词人作品中，我们看不出况周颐选词的结果，但是，将《粤西词见》中所录作品与流传下来的词人词集比较，就可以看出况周颐是如何选词的了。

　　在选词上，《粤西词见》充分体现了况周颐的粤西词发展观。他在《粤西词见跋》中说："综论国朝吾粤词人，朱小岑先生倡之于前，龙、王、苏三先生继起而振兴之，一二作者类能摆脱窠臼，各抒性情，造诣所独得。"这就是说，况周颐是将清代粤西词的发展分为两个阶段来看的，其中代表性的人物是早期的朱依真（小岑），其后是龙启瑞、王拯、苏汝谦。在《粤西词见》的选词上，这一点得到了充分的体现。朱依真的词因为存世本来就只有 2 首，所以只能选入 2 首，这是无可奈何之举。而龙启瑞则选入了 35 首，王拯46 首，苏汝谦24 首，这三人是《粤西词见》中选入作品最多的粤西词人，合计共 105 首，占了《粤西词见》188 首的一半以上。这极为明显地表现了况周颐的词学观。

　　从具体的选录标准来看，况周颐还是执行了较严格的标准，并在很大程度上表现了他一向奉行的"重、拙、大"要求。"重、拙、大"是临桂词派的首领王鹏运提出的词学创作纲领与批评标准，就是要求词作具有厚重、阔大的特点，反对纤细柔弱，这得到了临桂词派后起的代表人物之一况周颐的响应与拥护，从《粤西词见》也可以看出这一倾向。蒋冕是况周颐选入的唯一清代以前的词人，现存《湘皋集》①中存词 34 首，但《粤西词见》只选入了其中的两首，即《卜算子》（晚秋）、《清平乐》（题风泉阁）。以蒋冕的声望，他可以说是明清时期广西人的骄傲，正因为如此，清代的一些广西诗歌总集总爱大量选录他的作品。然而，况周颐在《粤西词见》中却只选入了他的两首词，这说明在况周颐看来，蒋冕的词也具有很高的水平。选入的这两首词，《卜算子》（秋晚），题为"秋晚"，实为晚秋一景。作品刻画了一只晚秋时节的大雁，通过外在的描写和一些合理的想象，将大雁欲息难止、欲语无人的处境表现得非常生动。至于《清平乐》（题风泉阁），则紧紧抓住风泉阁的地理环境及其历史特点与主人的性格，表现了对主人的赞赏。这两首词应当说是蒋冕词中比较优秀的作品，剔除了蒋冕词中绝大多数应酬之作。谢良琦是清代广西词人中存词较多的词人，现存词 50 余首，但况周颐只选入了其中的《临江仙》（望湘亭）、《桃源忆故人》（昭武城头）两首内容较为厚重之作，这说明《粤西词见》是比较倾向于选择具有重、拙、大特点的作品的。这也可以看作况周颐践行"重、拙、大"这三条临桂词派创作理论的尝试与努力。

（三）评词。况周颐具有非常丰富精辟的词学思想，历来认为其词学观比较完整集中地见于其代表作《蕙风词话》等著作中。

---

① 据唐振东、蒋钦挥点校本，广西人民出版社，2001 年。

其实,况周颐的著作丰富,其词学观除了比较完整集中地表现在《蕙风词话》中外,其他著作中也有不少,《粤西词见》就是其中之一。

《粤西词见》因为是粤西词作的总集,所以其特殊的价值之一就在于从中可以比较集中地看到况周颐对于粤西词的看法,这对于我们了解粤西词以及况周颐本人的词学观是具有特殊意义的。

首先,《粤西词见》表现了况周颐对粤西词发展的整体看法,勾勒出了清代粤西词的发展脉络。他在《粤西词见跋》中说:"综论国朝吾粤词人,朱小岑先生倡之于前,龙、王、苏三先生继起而振兴之,一二作者类能摆脱窠臼,各抒性情,造诣所独得。流传虽罕,派别具存。今半塘王前辈鹏运大昌词学,所著《袖墨》《味梨》等集,微尚亦不甚相远,殆不期然而然邪?"这等于勾勒出了清代粤西词发展的大致脉络,即清代粤西词的发展经过了朱依真,再发展到龙启瑞、王拯、苏汝谦,到王鹏运而达顶点。这不仅仅是清代粤西词的发展脉络,同时也差不多是整个古代粤西词的发展脉络,因为在此之前只出现了明代的蒋冕等少数词人。这样的工作是以前的学者未曾做过的。

其次,对古代粤西词创作不发达的原因作出了自己的分析。况周颐在《粤西词见叙录》中说:"(粤西)地僻尘远词境也,顾作者仅耶? 抑不好名,不喜标榜,作亦不传也? 地又卑湿,零笺散楮,不十数年,辄蠹朽不可收拾,幸而获存,什佰之一耳。"指出粤西词的创作之所以不发达,原因一是地处偏僻,二是作者少,三是因为不好名,不喜标榜。虽然这只是猜测之词,但是表达了类似于廖鼎声对于粤西诗的看法:"粤人固非无能诗,以僻在岭外,流传遂少。""甚矣吾粤文献之失据也,即诗而论,唐以前无征,而有元一代主中华近百年,亦无一可稽。非以僻远之故,声气不易通于时欤?沈归愚尚书有国朝及明诗《别裁集》,流传最广,顾四百年间,采风不及于粤。岂粤无能诗者哉?人每挟一轻视鄙夷之心以从事,则即论文□□其不涉于私者几稀。故其标榜虚声,曾不足以服天下之人心,而关后世之口。粤人又拙于应援顾瞻之习,些所为浩然长叹也。"①诗词相通,对于粤西诗词的看法,况周颐与廖鼎声可谓英雄所见略同。应当说,这是相当中肯的意见。

再次,对粤西词的整体特点和某些词人、词作作了精当的评论。况周颐认为:"吾粤词人,诚寥寥如晨星,然皆独抒性灵,自成格调,绝无挨门傍户、画眉搔首之态。"②这就指出了粤西词人虽少,但都有自己的个性,自成格调,不入门户,无雕凿粉饰、扭捏作态之病。这显然是况周颐在对粤西词人、词作经过了认真的研究之后得出的结论,无疑是相当客观的。而对于粤西的某些词人、词作,况周颐同样给予了如实的评价。如评朱依真:"小岑先生……《绛都春》《念奴娇》两调,专诣精卓,风格在碧山、玉田之间。《诗存》中有《论词绝句》二十八首。宋人于周清真,国朝于朱锡鬯,并有微词,不为盛名所慑,惟推许樊榭。甚至观其所为词,固不落浙西派也。"认为朱依真仅存的两首词,"风格在碧山、玉田之间",而没有落入当时盛行天下的浙西派的窠臼中。同时,对朱依真的《论词绝句》二十八首所表现出来的词学思想也给予了充分的肯定,认为他"不为盛名所慑",敢于对周邦彦、朱彝尊这

---

① 《拙学斋论诗绝句序》《拙学斋论诗绝句跋》,郭绍虞《万首论诗绝句》(人民文学出版社,1991 年) 所收之《拙学斋论诗绝句》本。

② 《粤西词见》卷二评周尚文词。

样的大家提出不同的看法。于词于论,均给予了相当的肯定。又如评秦致祜:"受之性豪迈,工诗画,棋力酒量辄加人一等。《长相思》词亦饶有英气。"秦致祜是很少有人关注的词人,现仅存词作一首。然而,就是这样一位词人,况周颐却同样作出了自己的评价,认为他性格豪迈,工于诗画,其仅存的那首《长相思》也"饶有英气"。评论虽短,却也是深中肯綮。这些评论对于我们认识粤西词人无疑是有帮助的,同时,对于我们认识况周颐本人的词学思想也大有裨益。

(四)注词。《粤西词见》中注词的情况并不普遍,但为数不多的以"按语"形式出现的几处注释具有特殊的价值。从注地名来说,只有两处,即注释朱依真《绛都春》(夜泊相思江):"相思江,在临桂城南五十里。"注朱依真《酹江月》(漂帛塘观荷花):"漂泊塘在临桂丽泽门外,一名西清宝贤壕。明张鸣凤《桂胜》云:壕水春夏之交,葢沧山麓,岩花水藻,丛发清绮,隔水百十家,隐见木末。后负连山,前则万荷递映,不减若邪之胜。"这两处注释,注释的是桂林的地名,对于桂林之外的读者、今天的读者都有很大的帮助。特别是后一处,在注释清楚的同时,还引明代张鸣凤《桂胜》来注,而这段引文,在四库全书本《桂胜》中,"后负"以下是缺文,况周颐所引的别本却是完整本,因而这段引文又有校勘《桂胜》之用。由此可以看出况周颐对于注词的重视。从注词义来说,也只有两处。一注王拯《浣溪纱》十二首:"定甫(王拯)先生《浣溪纱》本事,半塘约略言之,盖可以怨己。"一注所附录朱依真《论词绝句》二十八首朱依真自注"先大夫有《补闲词》二卷"语:"县志·艺文志《补闲词》一卷,朱桐庄若炳撰,今未见。"前一条注释可以帮助读者理解王拯《浣溪纱》十二首的词意,后一条注释则说明了朱若炳《补闲词》卷数的差异以及朱若炳与朱依真之间的父子关系，这对于读者了解文学家族的构成与词集的流传情况具有特殊的意义。

况周颐在《蕙风词话》中有一段话："曩吾词成，于每句下注所用典。半塘辄曰：'无庸。'余曰：'奈人不知何？'半塘曰：'傥注矣，而人仍不知，又将奈何？矧填词固以可解不可解，所谓烟水迷离之臻，为无上乘耶。'"由此可见，注释是况周颐的习惯，虽然王鹏运表达了不同的看法，但至少在《粤西词见》中况周颐并未完全遵从王鹏运的意旨，同时在《蕙风词》中也时时可见。

三、《粤西词见》的不足

《粤西词见》作为一部粤西词总集，其草创之功不可磨灭，但是，从更高的标准来衡量，或者用今天的眼光来看待，我们就可以发现它是存在着一些不足的。

首先，从存词来说，《粤西词见》只有二卷，收录了二十四位词人，作品总数不及二百首。确如况周颐自己所说，是"就我所见衰而存之"。虽然况周颐下了很大的搜求功夫，但是作为一部词作总集，《粤西词见》尚难称完备。《粤西词见》收录的二十四位词人是蒋冕、谢良琦、潘鑨、黎建三、冷昭、朱依程、朱依真、倪承诜、况祥麟、唐建业、胡元博、侯赓成、龙启瑞、王拯、苏汝谦、周冠文、周尚文、秦致祜、张琮、李守仁、韦业祥、吕赓治、倪鸿、何慧生。尽管这一名单涵盖了明清两代粤西词人的大部分，但仍有不少遗漏，例如清初的李彬，他既是一位著名诗人，同时又是一位著名词人，其词现存十余首，但未被收录；朱若炳，著《补闲词偶存》，存词近百首,但也未被收录;封豫,既长于诗,又长于词,有《后生缘词》,现存词百余首;周必超也是一位有一定成就的词人,有《分青山房词别稿》《分青山房词别集》,现存二十余首;崔瑛工诗词,有《琼笙吟馆诗词集》,现存词二卷。这些词人均未被收入。民国时期陈柱的《粤西词四种》丛书,收有《雪波词》《彭子穆先生词集》《槐庐词学》《校梦龛集》四家词集,这四家中只有《雪波词》被《粤西词见》收入,其他三家均未收录。这作为一部词作总集来说,是有遗珠之憾的。之所以如此,不是况周颐不努力,在很大程度上是因为当时收集资料十分困难。"就我所见衰而存之"是明智之举,同时也是无可奈何之举。由于况周颐遵循过去编纂总集的旧例,没有收录王鹏运等尚还健在的词人,对于今天的人们来说,虽然是遗憾,但可理解。

况周颐自己其实早已意识到了这一点,所以,后来他还在不断地搜求有关资料。《蕙风词话》中的一段话透露出个中消息:"《粤西词见》二卷,丙申刻于金陵。尝欲辑补遗一卷,今不复从事矣。黄云湄先生词,余出都后,半塘得于海王村。今年四月,出以示余,属录入粤西词补者也。黄先生名体正,桂平人,嘉庆三年(1798)乡试第一,官至国子监典籍。有带江园小草,附词。"可见,随着新资料的获得,况周颐曾有补充《粤西词见》之意,但后来因为种种原因放弃了这一意图,这不能不说是留下了巨大的遗憾。

其次,从选词来说,《粤西词见》也存在着一定问题。如上所述,《粤西词见》在一定程度上体现了临桂词派"重、拙、大"的思想,但是由于存在着理解上的分歧及其他原因,《粤西词见》在选词上并未做到尽善尽美。如果说选入李守仁的《点绛唇》(春尽)、《虞美人》(春闺)、《菩萨蛮》(柳)这些内容既不够深沉,艺术特色也不够鲜明的词是为了存词的话,那么,面对周尚文这样存世词比较多的词人,况周颐就在一定程度上表现出了与"重、拙、大"的偏移。《粤西词见》选入周尚文词 21 首,总体的选词应当说是不错的,但这 21 首中的《一络索》(杏花)、《西江月》(海棠)、《琐窗寒》(春阴)这三首无论如何都不能算是周尚文的代表作。就是况周颐一向十分看重的龙启瑞、王拯、苏汝谦,况周颐选入的词也未必首首精当,也存在着不少可议之处。诸如此类的问题,在《粤西词见》中时有表现。

尽管存在着一些问题,但作为广西历史上第一部词作总集,《粤西词见》不仅具有启示作用,开了广西词作总集编纂的先河,而且直接影响了后世如《粤西词载》等的编纂,可谓居功至伟,其贡献是不可磨灭的。

《广西诗征丙编》的编纂与得失

　　《广西诗征丙编》是广西陆川人吕集义编纂的一部广西诗歌总集。吕集义(1909—1979),广西陆川人。中山大学毕业后,任教于陆川中学。1940年任广西省政府咨议,1941年至1944年在广西省通志馆任秘书。抗日战争期间,在桂林与何香凝、柳亚子、梁漱溟、李任仁等爱国民主人士过从甚密。1947年任广西省文献委员会委员。新中国成立后,任中央人民政府政务院参事。1955年任广西交通厅副厅长。曾任广西社会主义学院副院长、广西通志馆副馆长等职。

　　《广西诗征丙编》编纂于吕集义于1941至1944年在广西省通志馆任秘书期间。这是广西文化史上继清代张鹏展的《峤西诗钞》、梁章钜《三管英灵集》之后的又一部重要的广西诗歌总集,具有独特的价值和意义,因而值得重视。然而,遗憾的是,这部著作长期以来没有得到学术界的重视,有关研究成果寥寥无几。为此,本文试略作阐述。

一

　　《广西诗征丙编》共4卷,收录诗人106家,诗982首。关于《广西诗征丙编》的编纂起因,吕集义在给此书所作的序中作了说明。他说：

> 广西诗有总集，昉于上林张南崧鹏展之《峤西诗钞》，福州梁苣林章钜复有《三管英灵集》之辑。张《钞》起明迄清嘉庆末年，作者都二百数十家，诗二千首。梁《集》起晚唐迄清道光初年，所收几倍张《钞》。吾桂僻处南服，风气醇朴，诗人吟咏，惟抒性灵，以标榜为耻。每深自闭藏，宁饱蟫鱼之腹。张梁二公，网罗放失，蔚成巨帙，历代诗篇之不坠者，赖有此耳。百年以还，嗣响阒然，即有所作，如施香海之《抱苏楼同人诗钞》，李子黻之《柳堂师友诗录》，大都之时交游投赠之什，采摭未广，且不尽为桂人。而道咸之际，广西诗坛云蒸飚发，作家之多，篇章之富，前所未有。脱无人焉为之钞录编次，散佚可念。夫人负匡济之才，拨乱反正，膏泽斯民，固无与于诗。然余事为之，以吐其磊落英多，志其奇略伟迹。后之读其书者，未尝不想慕其为人。至若埋身草芥，有志未申，惟假诗章写其幽忧抑郁，忍饥寒穷，昼夜雕肝镂肾，以之为性命者，身后乃无断句只字之传九京，即无所对，吾辈生其后者，不能不引以为深疚者矣。①

从这段话可以看出，吕集义编纂此书有着强烈的使命感，其目的至少有两方面。第一，继承张鹏展《峤西诗钞》和梁章钜《三管英灵集》的传统，为广西文化保存资料。吕集义一方面充分肯定了张、梁二人的功绩，另一方面又为张、梁之后，广西诗坛在道咸之

---

① 　吕集义：《广西诗征丙编·序》，1943 年铅印本。

际出现了"云蒸飚发,作家之多,篇章之富,前所未有"的局面,而在总集的编纂上却再无后继之作而深感遗憾,从"脱无人焉为之钞录编次,散佚可念"的话可见他的思想。在这篇序的最后,吕集义写道:"当兵戈扰扰之日,余得苟全性命,从容闲适高楼,风雨兀兀,朝昏与蟫蠹争一日之得失,为乡邦文献竭其棉薄,非先贤精灵呵护之,力不及此。而余乃忘其谫陋,希踪前徽,肩此重任,羞不胜喜惧之感。倘亦张、梁二公之所默许乎?"在抗日战争的"兵戈扰扰之日",正是因为有着"为乡邦文献竭其棉薄"的责任与用心,才可能"朝昏与蟫蠹争一日之得失"。第二,表达对广西前辈诗人的仰慕与同情。吕集义将前辈广西诗人分为两类。一类是"负匡济之才,拨乱反正,膏泽斯民"的达者。对于这一类诗人,通过阅读他们的作品,可以"慕其为人"。一类是"埋身草芥,有志未申"的人生失意者。这类人在"忍饥寒穷,昼夜雕肝镂肾,以之为性命者"的状态下,通过诗歌,"写其幽忧抑郁"。对于这类诗人,如果不为他们留下片言只语,作为后辈,是深有愧疚之心的。正是这两方面的原因,促使吕集义克服重重困难,编纂了此书。

至于本书的编纂过程,吕集义说:"居桂林二载,尝从游公私藏书之府,凡遇乡贤诗篇,必择尤录存。四方好友颇闻其事,往往辗转投寄,时日既多,聚积斯富。道咸至今,凡得百数十家,亟加编次,命曰《广西诗征丙编》。"可见,此书的编纂是在两年之内完成的,也就是1941年至1943年。这时吕集义在当时的广西通志馆任职,因为工作上的便利,所以才得以"从游公私藏书之府",搜集到大量相关材料,最终完成此书。

此书之所以命名为"丙编",是因为吕集义在编此书时有一个宏大的计划,"丙编者,上所以别于甲乙,下所以另于丁戊也。张、梁二家之书美矣备矣,然不能无缺,且求之坊间与夫藏书之家,已不易得。于是重加编校,拾遗补阙,亦复有获,爰订自唐至明为甲编,自清初至嘉庆为乙编,丙编即本编所收。起道光至民国近年,皆为张、梁二书所未及收者刊布,视他编尤亟,遂先付梓。继今将更采辑同时侪辈之作为丁编,为戊编,以次刊行,吾桂二千年诗庶乎足征于此,前辈虑谋施设、文采风流亦可于书中见之"①。由此可以看出,《广西诗征》作为一部大型的广西诗歌总集,是有甲、乙、丙、丁、戊等多编的设想的,只是因为种种原因,吕集义只编成了丙编刊印出版,其他各编或未曾编成,或根本未曾着手,出版则均付阙如,这不能不说是一个巨大的遗憾。

此书的体例是比较严格的。对此,吕集义在此书的《凡例》中作了详细的说明,由此也可以看出此书的编纂特点。一是收录作品的范围,"起道光初年,迄民国近年。生存者不录","本编所录,概为新获材料,其见于张鹏展《峤西诗钞》与梁章钜《三管英灵集》者,已分别编入甲、乙二编,本编不录"。这就从时间、作者、材料三方面作出了明确的限定。二是材料的来源,"本编所收,或钞自专集,或采诸选本,或搜之方志,或采自诗话、笔乘,或为友人抄寄"。三是收录的标准。对此,吕集义作了说明:"应制作不录,香奁体不录,回文体不录,寿诗不录,竹枝词不录。"作出了"五不录"的限定,但没有在此之外作出按什么标准收录的限定。四是诗人的编排次序与诗人小传。"广西诗人,生卒年月多不可考,次序先后,颇费揣臆。张《钞》于每卷首以篇幅多者领之,篇幅少者,即时代较前,亦次于后。梁则以科甲年岁定其先后。二家义法互有得

---

① 吕集义:《广西诗征丙编·序》,1943 年铅印本。

失,本书择长舍短,悉心考订。""每一作者,系以略历,其不可考者,姑从阙略。""闺秀方外之作,旧例别置一卷,附于书末。心存歧视,未为允洽。兹依时代列入,不复别为立卷。"这就是说,此书在诗人的编次上,是取张、梁二家之长,补二家之短,实际上是主张按出生的时代先后来定排列的次序。而在具体诗人的编次上,本书最大的特点或亮点是将女性、方外诗人并入各卷中,而不是像张、梁二书以及其他总集一样,另立闺秀、方外两类,置于附录中,以示轻视。这充分体现了吕集义的现代眼光和胸怀,使此书具有了不同于封建时代诗歌总集的时代特色。

二

广西诗歌总集的编纂,自张鹏展《峤西诗钞》和梁章钜《三管英灵集》之后,再无真正意义上的总集问世,《广西诗征丙编》虽然只是《广西诗征》的一部分,但独立成书,具有独特的价值。

《广西诗征丙编》的价值之一就是开列出了一份较为完备的自道光初至民国初年广西优秀诗人的名单。从收录的诗人来说,《广西诗征丙编》与张鹏展《峤西诗钞》、梁章钜《三管英灵集》、施彰文《挹苏楼同人诗钞》等有一定的重合之处,但是,《峤西诗钞》《三管英灵集》《挹苏楼同人诗钞》都是道光时期的著作,而且如《三管英灵集》,就局限于"近时作者,其人尚存,则其诗不录。昭明辑《选》,具有成规,良以造诣,定诸身后,而近名戒于生前。兹收近代之诗,必其人皆已往者"①,因此,其收录的截止年代最迟也

---

① 　梁章钜:《三管英灵集·凡例》,桂林省城十字大街汤日新堂刻刷本抄录本。

就在道光时期。往后就再无全集性广西诗歌总集了。

《广西诗征丙编》是广西文化史上第一部比较全面地开出了道光初至民国初年广西诗坛上比较优秀的诗人的名单的著作。《广西诗征丙编》共收录诗人106家,从清代道光至民国初年的大部分广西优秀诗人都被收录。这是此书之外其他的著作未曾做到的。这106家诗人中,见于《峤西诗钞》《三管英灵集》《挹苏楼同人诗钞》的只是少数,多数都不见于此三书中。这些被收录的诗人,有的是有专集存世的较著名的诗人,例如文寿华、苏宗经、况澍、况澄、李守仁、郑献甫、朱琦、廖鼎声、龙启瑞、王拯、周必超、倪鸿等,但许多诗人并无专集,其人其诗,均是吕集义从各处资料中辑录所得,因而显得十分珍贵。例如王宸、古绍先、韦京儒、朱启鸿、刘晋、赵勷、甘长杏、黄鹏颖、陆仁凯、靳邦庆、唐钟伟、李受彤、王舟等,这些诗人多不见于一般的广西诗歌总集或选集中,又无专集存世,而是散见于各种资料中,幸得吕集义搜罗爬梳,才得以名传后世。《广西诗征丙编》成书距今只有70余年,时间并不太长,但是,有关广西的资料,经历了多次劫难,许多已不存于世,如无吕集义的努力,有的诗人可能永远湮没无闻。所以,吕集义此书在保存史料上有特殊之功。

《广西诗征丙编》的价值之二是保存了大量诗歌资料。这表现在两个方面:

1.未见于诗人专集或其他诗歌总集中的作品。这方面当然最突出的就是那些既无专集,又不见于其他广西诗歌总集或选集中的诗人作品,如上文说到的王宸、古绍先、韦京儒、朱启鸿、刘晋等诗人的作品。这一类诗歌资料最为难得,也最为珍贵。

2.名字见于其他诗歌总集中,但作品不见于其他诗歌总集中的诗歌。这就是说,有的诗人及作品虽然被《峤西诗钞》《三管英灵集》《挹苏楼同人诗钞》等总集收录,但《广西诗征丙编》收录的作品与那些诗歌总集收录的作品有异。例如缪艮,施彰文《挹苏楼同人诗钞》收录此人 10 首作品,《广西诗征丙编》也收录了此人 7 首诗作,但两相比较,我们可以发现,《广西诗征丙编》收录的缪艮的七首作品中,《野处》《秋柳》《庭树》是《挹苏楼同人诗钞》中没有收录的。这三首诗对于本来就存诗不多的缪艮来说,就显得十分珍贵了。

《广西诗征丙编》的价值之三便是选诗之功。《广西诗征丙编》虽然是诗歌总集,实际上像很多中国古代历史上的诗歌总集一样,是总集与选集的合一。因此,书中的多数作品是从诗人别集中选出。要从众多的诗人作品中选出诗人具有代表性的作品,并非易事,这需要有对诗人作品的深入研究和较高的鉴赏水平。清代曹贞秀序《明三十家诗选》说:"选诗之家大要有二,曰以人存诗、以诗存人,以人存诗则失之滥而无当别裁之旨,以诗存人则失之严而罔具尚论之失。求通两家之驿,亥其失而兼其美者,戞戞乎其难矣。"①在这一方面,吕集义是下了一定的功夫,并取得了较好的成效的。

吕集义在此书的《凡例》中对选诗时不收录的标准作了说明,即"应制作不录,香奁体不录,回文体不录,寿诗不录,竹枝词不录"。但具体收录什么作品,他又没有作出明确的说明。因此,我们只能根据他所收录的作品进行推测。大体而言,吕集义主要的选诗标准是:

---

① 　曹贞秀:《汪瑞〈明三十家诗选〉序》,清同治癸酉蕴兰吟馆重刊本。

1.优秀诗人之作。《广西诗征丙编》所收录的大部分作品应当说是具有较高质量的,也就是尽量选取各家优秀诗人之作。吕集义采取的原则是,优秀的诗人、优秀诗作较多的诗人则多选,一般或平庸的诗人则少选或不选。《广西诗征丙编》收录的 106 家诗人中,20 首以上的有李葆祺(23 首)、文寿华(22 首)、况澄(23 首)、李学玉(20 首)、郑献甫(41 首)、朱琦(94 首)、廖鼎声(34 首)、龙启瑞(24 首)、王拯(30 首)、苏时学(57 首)、施彰文(33 首)、彭昱尧(31 首)、许懿林(39 首)、黎申产(20 首)、王必达(39 首),这 15 位诗人的名单基本上涵盖了清代道光以后大部分著名的广西诗人,从人数上来说,只占全书 106 家诗人总数的 14%,但《广西诗征丙编》收录的这 15 位的作品总数则达 530 首,占全书 982 首的 54%。显然,吕集义将全书收录的重点放在优秀诗人上。这显然是因人存诗,同时也是一个比较稳妥的选诗办法。

2.优秀之作。对于一部诗歌总集来说,能否做到选录优秀之作,这是衡量其质量高低的最重要的标准。在这一点上,吕集义在选录作品时,不管是优秀诗人还是一般诗人,均比较好地坚持了这一原则。对于优秀诗人来说,其作品数量多,可以选择的空间大,但也需要敏锐的眼光。对于这些诗人,吕集义采取了较为严格的标准,所以,选录的作品能从严要求。例如况澄这位诗人,其《西舍诗钞》等作品集中保存的诗歌作品数量是比较多的,但是,吕集义只选了他 23 首,即《卜居》《游龙泉寺》《泊长沙值盛涨赋三十二韵》《读王禹偁北楼感事诗》《谢客》《哭多儿》《观秋榜歌》等。这些作品无一不精,往往题材独到,写景真切,抒情真挚,言理透彻,在内容和艺术上均堪称况澄诗的上品。从吕集义选况澄诗可见其选诗功夫和标准。

　　3.有特色之作。吕集义在选录诗歌作品时,不仅看重每一首作品的特色,而且非常看重每一位诗人的整体特色,试图用选诗的方式来展示所选诗人的特色,这是吕集义在本书的编纂中做得最成功的地方。例如廖鼎声,这位临桂诗人,其一生诗作的一个重要特色是以诗论诗,著有《拙学斋论诗绝句》。吕集义似乎看到了廖鼎声的这一特色,因此,特意选了他的《偶作论诗二首寄示儿辈次章即奉题张中丞(粤卿)所刊〈杉湖十子诗〉卷尾》《闰十月廿有七日夜梦与王定甫通政席间论文甚欢觉后书此即寄》等有关论诗之作,以体现其喜爱以诗论诗的特色。再如苏念礼这位天才而短命的诗人,虽然作品存世不多,但是写诗却极有气势,颇具豪放之风,是道光以后广西诗坛上难得的豪放诗人。因此,吕集义选录了他13首诗,其中就有《梧江观涨步李廷辅农部(仕良)原韵》《系龙洲》这两首长篇古体,凸显了苏念礼诗歌的特色与成就。

　　正是由于吕集义在至少以上三个方面的努力,从而保证了此书的基本质量,使之成为清代道光以后广西最重要的诗歌总集。

　　《广西诗征丙编》的价值之四是延续了广西总集的编纂传统与乡邦意识。自从张鹏展编纂《峤西诗钞》、梁章钜编纂《三管英灵集》以后,在近一百年的时间内,虽然词有况周颐《粤西词见》,文有周嵩年《桂海文澜》等,但诗歌总集的编纂则基本是一片空白。在这种情况下,吕集义以一人之力编成此书,在广西诗歌总集的编纂上,可谓承下启下。一方面,它继承了《峤西诗钞》《三管英灵集》的旧传统,另一方面,又开启了现代人用现代意识编纂广西诗歌总集的新传统(例如不再单列闺秀、方外两类),使后来的广西诗歌总集编纂有法可依,为研究者提供了可靠的资料。《峤西诗钞》是张鹏展受了当时在京城为官的广西人卿敦甫、何弨甫、卓宽甫等的鼓励:"吾粤西素无辑本,何不采取汇纂,俾不尽湮没,亦敬梓之意也。"①于是便有了这样一部"存一省菁华于万一"的著作。由此开始的广西乡邦文学研究意识,经过后人的不断强化,到了清末民国而达极盛。《广西诗征丙编》显然延续甚至强化了这种意识。吕集义在此书序中所说的"吾桂僻处南服,风气醇朴,诗人吟咏,惟抒性灵,以标榜为耻。每深自闭藏,宁饱蟫鱼之腹",与张鹏展在《峤西诗钞》序中所说的"粤西士习,大抵务实而不务名。上焉者生平刻励于道德经济之业,不屑屑于雕章棘句以示长。间有山林绩学之士,风雨一编,苦心镂刻,只以自怡,未尝刻集以炫于世。是以粤西之诗少有存者"何其相似!它不仅为后来开展的广西地方文学、文化研究提供了资料,同时也在文学研究领域内强化了广西乡邦文学的研究,使之成为广西乡邦文学研究中不可或缺的一环。

三

作为一部诗歌总集,《广西诗征丙编》成于一人之手,而且又是在"兵戈扰扰之日",所费时间也仅两年,因此,也存在着一些瑕疵。

首先,作为一部总集的规模不够宏大,显得单薄。《峤西诗钞》收诗人200余家,诗作2000余首,更不用说数倍于《峤西诗钞》的《三管英灵集》了。当然,《峤西诗钞》和《三管英灵集》所收录的时代要长得多。而道咸之际,是广西诗歌发展史上最为辉煌

———————————

① 张鹏展:《峤西诗钞·序》,民国抄本。

的时期,如吕集义自己在本书自序中所说,"道咸之际,广西诗坛云蒸飚发,作家之多,篇章之富,前所未有"。道咸之后的同光时期,广西诗人仍然人才辈出。《峤西诗钞》和《三管英灵集》这两部总集的编者都是道咸之际人,由于时代及编纂体例的限制,他们并没有太多收录道咸之际的诗人及其作品,当然更无法看到同光时期至民国初年广西的诗歌创作。这实际上为吕集义留下了较大的收录空间。然而,《广西诗征丙编》只有4卷,收录诗人106家,诗982首。之所以如此,或许是吕集义考虑到《广西诗征》甲乙丙各集之间如何平衡的问题,但就现已单独成书的规模来说,是显得较为单薄的。这就导致了一些有一定成就的诗人和作品并没有收录进书中,有遗珠之憾,以诗存人的目的并没有完全实现。例如,杨廷理、黎君弼、黄体正、潘乃光、唐国珍、李诚、王国梁、钟毓奇、谢兰、黄焕中这些诗人,他们不仅诗的特色比较鲜明,而且成就也不俗。遗憾的是,他们并没有被吕集义收录。这就在一定程度上削弱了全书的价值和意义。在我们看来,从道咸至民国初,从广西诗坛创作的实际情况看,《广西诗征丙编》的规模至少应当再扩充一半,达到诗人约150家、诗歌约1500首,才可能较好地实现全面反映道咸至民国初广西诗坛诗歌创作的目的。由此可见,《广西诗征丙编》现有的规模是远远不足的。

在规模不够宏大的背后,其实隐藏的是吕集义在编纂《广西诗征丙编》时拥有资料欠缺的问题。尽管吕集义作了大量的努力,力图尽可能多地占有资料,但是,在两年的时间内,以一己之力编成此书,其精力与时间难有保证;限于人力与财力,其资料的搜集则更为困难。有些诗人别集和其他资料他无法看到,所以只能暂付阙如。

　　其次,收录的作品存在可商榷之处。一是收录诗人的作品数量有的过多,有的过少。《广西诗征丙编》中收录作品最多的是朱琦(94 首)、苏时学(57 首),这两家相加就是 151 首,占全书所收作品的 15%！虽然这两人无疑是吕集义最推崇的诗人,有理由多选他们的作品,但就全书的平衡性来说,这是有可议之处的。而且就实际的成就来说,至少郑献甫、廖鼎声、龙启瑞、王拯这四家与这两人相差并不远,但书中收录这些人的作品就远远少于朱琦、苏时学两人。从科学性来说,也不尽合理。再如书中只收录汪运诗 13 首,却收录了他的妻子李学玉的诗歌 20 首,这等于说明在吕集义看来,李学玉诗歌成就是超过汪运的。但在我们看来,从成就及特色来说,李学玉是远不及汪运的,相信汪运本人及多数研究者也不会认同吕集义的做法。二是一些作品去取不完全妥当。虽然如上所述,吕集义确实是比较看重优秀诗人、有特色的优秀作品,但是,在具体的执行过程中,还是出现了一些偏差。例如,苏宗经,《广西诗征丙编》收录其诗 11 首,即《补履》《漂母祠》《再入燕京》《过裴晋公祠》《谒阳谏议祠》《露坐》《题画》《迎上宪》《纸鸢》《醉后偶书》《热官》。苏宗经现存的作品近 2000 首,要从中选出合适的作品实属不易。现选入的这 11 首,大体可分为三类:一类为怀古,一类为抒写身世遭遇,一类为讽刺社会。这其中的《补履》《过裴晋公祠》《谒阳谏议祠》《题画》《醉后偶书》《热官》,或为怀古,或为抒怀,议论不够深刻,抒怀不够独特,均是短小轻浅之作,非苏氏集中上品。苏宗经的一些有特色的作品,如《团练叹》《闻桂林寇退志喜》《防鼠》《打铁匠》等则没有选入,实有遗憾。再如李守仁,《广西诗征丙编》收录其诗 17 首,至少其中的《晚登经略台》《秋雁》《雨霖铃》《苍梧访苏琴舫》《夜晴》等非李集中优秀之作,而李守仁晚年的许多描写太平天国的作品,如《九月十五夜复容县城书事二十韵》《人肉行》《秋兴八首和杜甫韵》等则没有收录,这也是值得商榷的。吕集义编纂此书时既然在"兵戈扰扰之日",对动乱不能无所感。但是,他对于描写动乱的作品反而不感兴趣,不独在选录李守仁诗时如此,在选录其他诗人作品时也是如此。通观全书,吕集义对描写时事的沉郁之作多有不取,这或许是他的一贯立场。

总体来看,由于吕集义在资料的搜集上用力相对较多,而在选诗上则由于对涉及诗人,特别是作品较多的诗人作品研究不足,导致了《广西诗征丙编》在选诗上存在较多的问题,因而就全书成就而言,是存诗之功大于选诗之功。尽管如此,此书还是我们在进行道光至民国初期以来广西诗歌的研究时不可或缺的重要资料,值得进一步研究。

《蓼园词选》的选词与评词

《蓼园词选》①(一名《偶彭楼词选》),是广西文学史上现存第一部具有较大影响的词学著作,对况周颐等著名词人有直接的影响。无论是从学术史的角度还是从其自身的价值来说,都有进一步研究的必要。

《蓼园词选》的作者黄苏,原名道溥,号蓼园,广西临桂(今桂林)人。乾隆五十四年(1789)举人,曾官知县。黄苏的著作多所散佚,现存的著作除《蓼园词选》外,还有诗作十余首。

一、选词

关于《蓼园词选》的选词,况周颐在《蓼园词选序》中说:"《蓼园词选》者,取材于《草堂》,而汰其近俳近俚者也。"这里就涉及了两个问题,一是《蓼园词选》选词的文献依据,二是《蓼园词选》的选词标准。这两者就构成"选"的主要问题。

(一)选词的文献依据。按照况周颐的说法,《蓼园词选》取材于《草堂》。这里的《草堂》,指的就是南宋何士信编的唐宋词

---

① 本文所用的《蓼园词选》系程千帆先生主编《清人选评词集三种》之一的《蓼园词选》(尹志腾先生校点,齐鲁书社,1988 年)。

选本《草堂诗余》。① 我们将《蓼园词选》所选作品与四库全书本《草堂诗余》中所选作品一一作了比对,发现《蓼园词选》所选作品绝大多数见于《草堂诗余》中,而且分类一致,都分小令、中调、长调;同时,所选的作品顺序也一致。这说明况周颐的话是有根据的。但是,有一个情况是需要指出,也是许多研究者未曾注意到的,那就是《蓼园词选》中的绝大多数作品虽出于《草堂诗余》,但是,也有一些作品并不见于《草堂诗余》中。如小令中冯延巳《谒金门》(风乍起)、晁次膺《清平乐》(深沉院宇)、欧阳修《浪淘沙》(把酒祝东风)、赵令畤《锦春堂》(楼上萦帘弱絮)、欧阳修《朝中措》(平山栏槛倚晴空)、王雱《眼儿媚》(杨柳丝丝弄轻柔)、秦观《眼儿媚》(楼上黄昏杏花寒)、叶清臣《贺圣朝》(满斟绿醑留君住)、秦观《柳梢青》(岸草平沙)、贺铸《柳梢青》(子规啼血)。在长调《念奴娇》中,《草堂诗余》只选了李清照“萧条庭院”和僧挥(仲殊)“木枫叶下”这两首,而《蓼园词选》则补入了沈唐、叶梦得、李邴、姚孝宁、韩驹、苏轼、张孝祥、赵鼎臣各一首,朱敦儒二首,共十首。这十首《念奴娇》均不见于《草堂诗余》中。这种情况说明,黄苏固然如况周颐所说,是以《草堂诗余》为依据来选词的,但是,也并不完全死守着《草堂诗余》,而是有所增删。

　　(二)选词标准。《蓼园词选》的选词标准,黄苏未作任何说明,按况周颐的说法,是“汰其近俳近俚者也”,这就是说,主要是淘汰《草堂诗余》中那些近于通俗戏谑的作品。实际上,这个说法是不准确的,黄苏不仅淘汰了《草堂诗余》中的“近俳近俚者”,而

---

① 关于《草堂诗余》的作者,历来有不同说法。陈振孙《直斋书录解题》云:“《草堂诗余》二卷,书坊编集者。”认为此书系出于书坊。

且选录的标准更为复杂。从其所选作品和淘汰的作品来看，大致可以看出黄苏选词的一些基本标准：

1.选治世之音，不选或少选亡国之音。小令中黄苏选入了欧阳修《阮郎归》："南园春半踏青时，风和闻马嘶。青梅如豆柳如眉，日长蝴蝶飞。　　　花露重，草烟低，人家帘幕垂。秋千慵困解罗衣，画堂双燕归。"黄苏评这首词云："是人是物，无非化日舒长之景，望而知为治世之音，词家胜景。"显然，黄苏欣赏的是词中所表现的治世之音，因而将其选入。与此相反，对于小令中李璟的《摊破浣溪沙》(手卷真珠上玉钩)的评语是："清和宛转，词旨秀颖，然以帝王为之，则非治世之音矣。"显然是颇有微词的。而对李煜《摊破浣溪沙》(菡萏香消翠叶残)的评论是："后主词自多佳制，第意兴清凉惨慄，实为亡国之音，故少选之。"这就明确地表明了选词的标准。所以，《蓼园词选》就没有选入《草堂诗余》中选录了的李煜《阮郎归》(东风吹水)、《玉楼春》(晚妆初了明肌雪)、《虞美人》(春花秋月何时了)等作品。

2.选忧时、有寄托之作，不选或少选内容浅薄之作。在黄苏对所选作品的评语中，最常见的便是"忧时""寄托"这两个词，这实际上也就表明了他选词的标准。如评僧挥《诉衷情》(涌金门外小瀛洲)："宋之南渡，西湖号为销金锅，一时繁华游冶之盛，有心者能不忧之！不谓物外缁流，已于冷眼中觑之。"评徐俯《卜算子》(胸中千钟愁)："不言所愁何事，曰'遮不断'，意象壮阔，大约为忧时而作。'绿叶'两句，似喻小人之得意，'凌波'两句，似叹君门之远，《离骚》美人之旨也，意致自是高迥。"评李白《忆秦娥》(箫声咽)："此乃太白于君臣之际，难以显言，因托兴以抒幽思耳……叹古道之不复,或亦为天宝之乱而言乎？然思深而托兴远矣。"由此可见黄苏选词的取向。所以在《蓼园词选》中往往多此类内容厚重之作。即使不是家国之忧,也往往与词人身世紧密相连。如在《草堂诗余》中,《玉蝴蝶》共选了晁冲之、柳永、高观国四首,但是黄苏只从中选录了一首,即高观国的《玉蝴蝶》:"唤起一襟凉思,未成晚雨,先做秋阴。楚客悲残,谁解此意登临。古台荒、断霞斜照,新梦黯、微月疏砧。总难禁。尽将幽恨,分付孤斟。　　从今。倦看青镜,既迟勋业,可负烟林。断梗无凭,岁华摇落又惊心。想莼汀、水云愁凝,闲蕙帐、猿鹤悲吟。信沈沈。故园归计,休更侵寻。"黄苏对这首词的评语是:"总是写宦境萧条,因而思家之意。'蕙帐、猿鹤悲吟',是《北山移文》中语。通首清俊。"这就是说,这首词表现了词人宦境萧条情况下的思家之意,从而使作品的情感内涵显得深厚凝重。这也就是黄苏之所以选录此词的原因。与此形成鲜明对照的是,柳永的两首、晁冲之的一首均表现的是男女之情,虽有一定的感情内涵,但显得不够厚重。这或许就是黄苏不选录它们的原因。从这一取舍中,我们大体可以看出,黄苏对作品的内涵是非常重视的,这可以说是《蓼园词选》最重要的一条选录标准。

　　3.选含蓄蕴藉之作,不选或少选直白坦率之作。从黄苏的评语及《蓼园词选》具体选录的作品来看,黄苏对词作的含蓄十分重视,这也是《蓼园词选》很重要的选录标准。《蓼园词选》选入了朱敦儒《鹧鸪天》:"检尽历头冬又残,爱他风雪忍他寒。拖条竹杖家家酒,上个篮舆处处山。　　添老大,转痴顽,谢天教我老来闲。道人还了鸳鸯债,纸帐梅花醉梦间。"对于这首词,黄苏的评语是："观末二句,只写自己身世,即与'梅花'同梦矣,自有难于言者在,正妙在含蓄。"对柳永《过涧歇》(淮楚旷望极)的评语:"意不过为'衣冠冒炎暑'五字下针砭,而凌空结撰成一篇奇文。先从舟行苦热,深夜舟人之语布一奇景,忽用'此际'二字,直接点入'衣冠炎暑',令人不测。以后又用'江乡'倒缴,只一'幸'字缩住,语意含蓄,笔势奇娇绝伦。"从这些评语中我们可以看到黄苏对含蓄的推崇。在《草堂诗余》中,共有《贺新郎》十一首,《蓼园词选》共选入了其中的八首,只舍弃了三首,这在《蓼园词选》中是比较少见的。而在这选入的八首词的评语中,多数可见"婉曲缠绵,耐人寻味不尽""妙有寄托,含蓄无限意""结语有含蓄"等字样,由此可见其取舍标准。这也就是况周颐所谓"汰其近俳近俚者也"。《蓼园词选》不选李清照《武陵春》(风住尘香花已尽)、《醉花阴》(薄雾浓云愁永昼)等作品,很怀疑是黄苏嫌其含蓄不足。

《蓼园词选》的取舍标准除了上述三条之外,还注重作品的艺术手法、表现的情感敦厚而不激烈、偏爱淡泊之趣等,表现了黄苏丰富的选词思想。

二、评词

选词的标准往往就是评词的标准,这是相互依存、不可分割的两个方面,这种情况同样适用于《蓼园词选》,但是《蓼园词选》又有自己的特点:

(一)以"寄托"说为核心进行思想和内容评论。如上所述,

　　《蓼园词选》选词的一个重要标准是选忧时、有寄托之作,但是,忧时与有寄托很多情况下并不是一种客观的事实,不一定就是作者在作品中的实际表现,而往往是读者或评论者的主观印象或感觉。《蓼园词选》的选编者黄苏正是充分运用和发挥了这一特点。同时,他又为自己的“寄托”说找到了一个“客观”依据,那就是:“不得志于时者,往往借闺情以写其幽思。”①“郁纡之思,无所发泄,惟借闺情以抒写,古人用意多如是。”②正是通过主观与客观这两方面的努力,黄苏将“寄托”说贯穿于《蓼园词选》全书的始终。

　　首先,利用所写景物、地点、人物等展开联想。例如评李白《忆秦娥》(箫声咽):“此乃太白于君臣之际,难以显言,因托兴以抒幽思耳。言至箫声之咽,无非秦地女郎,梦想从前秦楼之月耳。夫秦楼,乃箫史与弄玉夫妇和谐吹箫,引凤升仙之所,至今谁不慕之？岂知今日秦楼之月,乃是灞陵作别之月耳。第二阕,汉之乐游原,极为繁盛,今际清秋古道之音尘已绝,惟见淡风斜日映照陵阙而已。叹古道之不复,或亦为天宝之乱而言乎？然思深而托兴远矣。”黄苏之所以认为李白的这首词是“托兴以抒幽思”“或亦为天宝之乱而言”,显然是根据作品写到了秦楼、箫史、弄玉夫妇及灞陵、乐游原等,然后在此基础上展开联想,于是便有了这样的结论。这种方式在《蓼园词选》中最为普遍。

　　其次是依据作者的生平、身份、思想等进行联想。例如评范仲淹《苏幕遮》(碧云天,黄叶地):“文正(范仲淹)一生,并非怀土之士,所谓‘乡魂’‘旅思’以及‘愁肠’‘思泪’等语,似沾沾作儿女

---

① 　评张先《青门引》(乍暖还轻冷)语。
② 　评寇准《踏莎行》(春色将阑)语。

想,何也? 观前阕,可以想其寄托。开首四句,不过借秋色苍茫,以隐抒其忧国之意。'山映斜阳'三句,隐隐见世道不甚清明,而小人更为得意之象。'芳草'喻小人,唐人已多用之也。第二阕因心之忧愁,不自聊赖,始动其'乡魂''旅思'而梦不安枕,酒皆化泪矣。其实忧愁非为思家也。文正当宋仁宗之时,敭历中外,身肩一国之安危,虽其时不无小人,究系隆盛之日,而文正忧愁若此,此其所以先天下之忧而忧矣。"黄苏之所以认为这首词寄托着范仲淹的忧国之意,是因为范仲淹一生"并非怀土之士",而且"敭历中外,身肩一国之安危"。

再次是同类类推。例如,黄苏认为苏轼《水调歌头》(明月几时有)这首咏月之作,"前阕是见月思君⋯⋯忠爱之思,令人玩味不尽"。于是在评论韩驹《念奴娇》(海天向晚)一词时便说:"此词总是忧君忧国之念,触题而发耳。题是'咏月',开首从'秋'字写起,渐入到月,固就月说到姮娥之幽独,即是苏东坡'琼楼玉宇,高处不胜寒'之意,借以比君势之孤。次阕就望月之人,独立无偶,以见己之独立,少同心也。结处'此情谁会',不过叹想得同志之人耳。比兴深切,含而不露。"黄苏认为韩驹此词也是咏月之作,同时词中有"广寒谁伴幽独"这样类似于苏词的句子,于是便得出了此词寄托"忧君忧国之念"的结论。

大体而言,黄苏在评词时,往往从寄托入手,发掘作品的微言大义。这个"大义",不出恋主、忧时、忧国、忧己四个方面,这是黄苏评词的基本方法与着眼点。

(二)深入挖掘作品细微的艺术特征。《蓼园词选》不仅看重作品的内容与思想,同时也对作品的艺术性极为重视,在许多方面有其独到之处。

如上所述，"寄托"是《蓼园词选》评词的主要着眼点，与此相联系，与"寄托"密切相关的比兴，是整部作品挖掘得最为充分的一种手法。可以说，多数与寄托相关的思想内容，都是黄苏通过挖掘其比兴手法才得以自圆其说的。例如评陈亮《水龙吟·春恨》(闹花深处层楼)："其(陈亮)《策》言恢复之事，其剀切。无如当事者图逸乐，狃于苟安，此《春恨》词所以作也。'闹花深处层楼'，见不平事也；'东风软'，即东风不竞之意也；'迟日''淡云''轻寒''轻暖'，一曝十寒之喻也。好世界不求贤共理，惟与小人游玩，如莺燕也。'念远'者，念中原也。'一声归雁'，谓边信至。乐者自乐，忧者自徒忧也。"黄苏在这段评论中将陈亮作品中的比兴手法挖掘得十分具体而详细，正是因为有了这样的基础，才确定了整首作品的春恨是忧时的看法。

《蓼园词选》除了充分挖掘所选作品的比兴手法之外，最值得注意的是黄苏对作品意脉的发掘，例如张先《浣溪沙》："锦帐重重卷暮霞，屏风曲曲斗红牙，恨人何事苦离家。　枕上梦魂飞不去，觉来红日又西斜，满庭芳草衬残花。"黄苏评曰："'重重''曲曲'，写得柔情旖旎，方唤得下句'何事'字起，即第二阕'飞不去'，亦从此生出。"黄苏紧紧抓住张先这首词中的关键词，细致入微地分析了它们之间的关系，实际上也就梳理出了这首词的意脉，使读者深入体会到了作者的良苦用心与作品高超的艺术。这样的分析是需要深入的理解和明察秋毫的眼光的。再如周邦彦《早梅芳》："花竹深，房栊好。夜阒无人到。隔窗寒雨，向壁孤灯弄馀照。泪多罗袖重，意密莺声小。正魂惊梦怯，门外已知晓。　　　去难留,话未了。早促登长道。风披宿雾,露洗初阳射林表。乱愁迷远览,苦语萦怀抱。谩回头,更堪归路杳。"黄苏评论道:"前阕由'晓'字写入,渐引到'别'字,是未别以前也。次阕从别时写起,说到别以后,是去路也。词意绵密细腻,无一剩字。"这就将这首词的意脉作了深刻的揭示,使读者体会到周邦彦词法的细密。

《蓼园词选》的选编者黄苏心思细密,眼光独到,往往能在意脉之外准确地揭示出一些作品独特的艺术特点。例如苏轼的《念奴娇》(赤壁怀古)这首名作,人们早已耳熟能详,但于其艺术特点未必就有深刻的认识。黄苏则评曰:"题是'怀古',意是谓自己消磨壮心殆尽也。开首'大江东去'两句,叹浪淘人物,是自己与周郎俱在内也。'故垒'句至次阕'灰飞烟灭'句,俱就赤壁写周郎之事。'故国'三字,是就周郎拍到自己。'人生如梦'二句总结,以应起二句。总而言之,题是'赤壁',心实为己而发。周郎是宾,自己是主;借宾定主,寓主于宾;是主是宾,离奇变幻。细想方得其主意处,不可但诵其词,而不知其命意所在也。"如此细致地分析这首作品的构思,可谓苏轼难得的知音。

三、得失

《蓼园词选》的选词大体而言是比较精当的,取舍也是比较严格的,《草堂诗余》中大多数优秀的作品得以选入,况周颐《〈蓼园词选序》说"所谓前人名句、意境绝佳者,皆载在是编"的话绝非溢美之词。同时,它对《草堂诗余》的内容又有增删。所增的这些词在某种程度上是补《草堂诗余》之不足，例如苏轼的《念奴娇》（大江东去）是词史上的名篇，但《草堂诗余》不选，这不能不说是一大遗憾；而《蓼园词选》增选进去，无疑起到了修正作用。由此可以看出黄苏对《草堂诗余》确实下了一番去粗取精的功夫，因而使《蓼园词选》成为一个比较成功的选本。同时，《蓼园词选》在艺术分析上有自己的独到之处，这为"引掖初学"提供了很好的启示与启发，是一部合适的词学教材。

　　但是，毋庸讳言，《蓼园词选》也存在着选词失当的问题。这表现在两个方面，一是漏选优秀之作。例如不选李清照《武陵春》（风住尘香花已尽）、《醉花阴》（薄雾浓云愁永昼）、《凤凰台上忆吹箫》，也不选柳永《望海潮》（东南形胜）、周邦彦《西河》（怀古），也因为不喜欢亡国之音而不选李煜《虞美人》（春花秋月何时了）等今天看来无疑是相当优秀的作品。二是选入了一些并不优秀的作品。例如选入李元膺《洞仙歌》："廉纤细雨，殢东风如困。萦断千丝为谁恨。向楚宫一梦，千古悲凉，无处问。愁到而今未尽。　　分明都是泪，泣柳沾花，常与骚人伴孤闷。记当年、得意处，酒力方融，怯轻寒、玉炉香润。又岂识、情怀苦难禁，对点滴檐声，夜寒灯晕。"这首词是咏雨之作，黄苏认为"或是悼亡后作"，所依据的是李元膺词集中有《茶瓶儿》（悼亡）词，这是毫无根据的揣测，不足为凭。单就作品本身而言，这首词虽然环境的渲染与相关的联想有一定的特点，但写得并不出色，缺少形象性和穿透力的描写，构思也比较陈旧，与李商隐、西昆体之类的同题诗歌有类似之处，这不能不说是黄苏的失当。

　　当然，更为重要的是，《蓼园词选》的选词与评词最核心的标准是"寄托"说,这是《蓼园词选》的特色,同时也可能是最容易令人诟病之处。比兴寄托毫无疑问是中国古代文学,尤其是诗学创作的传统,但是,如何准确地把握和理解,是需要一定功力的,否则,就很容易失之穿凿附会,无中生有,甚至谬以千里。《蓼园词选》在这个问题上,似乎严重地犯了这样的毛病,这主要表现在两个方面。一是过于泛滥。这从上文所举的例子中可以看出。二是过于具体,往往令人觉得匪夷所思。例如晏殊《踏莎行》:"小径红稀,芳郊绿遍,高台树色阴阴见。春风不解禁杨花,蒙蒙乱扑行人面。　　翠叶藏莺,朱帘隔燕,炉香静逐游丝转。一场愁梦酒醒时,斜阳却照深深院。"对于这首词,黄苏评是这样评论的:"此篇承前章之意,托兴既同而结构各异。首三句言花稀而叶盛,言君子少而小人多也;'高台'指帝阙;'东风'二句,小人如杨花之轻薄,易动摇君心也;'翠叶'二句,喻事多阻隔;'炉香'句,喻己心之郁纡也;'斜阳照''深深院',言不明之日难照此渊衷也。臣心与闺意双关写去,细思自得之耳。"如果说泛泛地指出这首词可能有寄托,这可能离事实不太远,但是,解说得如此具体,将词中所写之物一一指出其相对应的比兴寄托意义,就缺乏依据,给人明显的望文生义之感,很难令人信服。

黄苏所说的"不得志于时者,往往借闺情以写其幽思",这在中国文学史上固然不乏其例,但是将这一结论运用于唐宋词中,则往往失效,因为唐宋词作为那个时代一种特殊的文体,在多数情况下是以单纯地描写闺情为主的,"香草美人"的比兴寄托传统只适合于部分诗歌,而并不适合于词。黄苏对此没有清醒的认识,仍将词看成诗,因而对许多词的评论往往因穿凿附会而失之于拙，成为无根之谈。很显然，黄苏的这种观点和做法是受了当时常州词派"词非寄托不入，专寄托不出"观念的影响。

从广西学术史的角度来看，《蓼园词选》是广西历史上第一部有较大影响的词学著作。在此之前，广西在经学、史学、诗学等方面已取得了一定的成就，但是在词学上，虽然也有一些词人的创作，然而在理论上却很少有人进行词学研究，因而词学研究著作基本上是一片空白，《蓼园词选》的问世则填补了这一空白。《蓼园词选》对著名词人况周颐产生了直接的影响，少年时候的况周颐就曾经是它的忠实读者，从《蕙风词话》中我们还可以依稀可见其影子。

人鬼情未了

——对郑献甫《幽女诗集》的初步探讨

郑献甫(1801—1872),广西象州人,别名小谷,自号识字耕田夫。清代后期著名的壮族诗人,被称为"两粤宗师""壮族文学史上的一颗巨星"。① 有《补学轩诗文集》。

在郑献甫的著作中,《补学轩诗文集》之外,有一部比较特别的著作,那就是《幽女诗集》。② 这部著作因其内容和形式的特殊性,与《补学轩诗文集》迥然不同,因而当时对其就有"悠谬殊不可解""休夸异出处,未见古风存"的感叹评价,③ 在今天也少有研究者注意。其实,就是把《幽女诗集》放到整个中国文学史中去考察,它都是显得比较独特的,因而有必要加以研究。

---

① 郭延礼:《中国近代文学发展史》第一卷,高等教育出版社,2001年,第219页。

② 桂林图书馆现存的《幽女诗集》为咸丰五年刊本,据民国六年桂林周安康《重印补学轩扶鸾诗词序》"咸丰初年曾刊行于粤"的话可知,这是初刊本,极为难得,后来其他的版本均据此翻刻。

③ 清廖鼎声《冬荣堂集》(光绪二十三年刊本)之《拙学斋诗草续编》卷八《邱辑夫以其师郑小谷比部补学斋诗集见示漫题》二首其二:"江海才名大,文章讲席尊。与君原旧识,何物许同伦。灵鬼侨狂客(廖鼎声自注:比部兼刊有鬼诗,皆唱酬讲院中乩笔,托之才女者,悠谬殊不可解),东坡赋巨源。休夸异出处,未见古风存。"

一

　　所谓幽女,通俗的说法就是女鬼。《幽女诗集》主要"收录"了明代钱塘林芝云、清代河南石碧桃两位幽女与郑献甫互相唱和赠答之作,同时还附录了郑献甫与另外十余位幽女互相酬唱赠答的作品。据郑献甫在集前所作的《芝史桃史合传》中说,林芝云是钱塘人,明代万历时的名妓,也就是李渔传奇《意中缘》中的林天素,后依陈仲醇,善诗,多才多艺;石碧桃,清乾隆时人,归某氏为妾,抑郁不得意,自沉于水。庚戌(1850)冬日,郑献甫设乩于他所任教的榕湖书院,林芝云降乩与郑献甫唱和。辛亥(1851)春,郑献甫又设乩坛于秀山家圃,意在招芝云,却迎来了石碧桃等幽女。后林、石二人同来,与郑唱和,结下了深厚的友谊。《幽女诗集》就是林、石与其他同时降坛的几位幽女跟郑献甫互相唱和、赠答的作品集。集名虽曰诗集,但除了诗之外,还有骈文、词等文体。

　　现存的《幽女诗集》一册,收林芝云所作的骈文《灵鬼香奁诗课卷序》1 篇、诗 74 首、词 16 首、启 5 篇,收石碧桃诗 59 首、词 1 首、启 4 篇,同时还附录了沈何莲(于氏婢女)诗 7 首,谢菊秋(林芝云婢女)诗 8 首,净云尼(俗姓马,名芬姑,东莞人)诗 11 首,朱无瑕(字泰玉,有《绣佛诗集》)诗 2 首,李梦云(蜀人)诗 2 首,方氏女诗 3 首,吴次端诗 2 首,吴小端诗 1 首,朱苕儿(太原人)诗 3 首,黄蕖波(蜀人)诗 3 首,杨琼仙诗 2 首,刘香蘅(江西人)诗 8 首。

　　《幽女诗集》中作品的主要内容是林、石等幽女与郑献甫之间的唱和赠答,而唱和赠答的主题又是一个"情"字。所谓情,一是幽女们的怨情,二是幽女们与郑献甫之间的恋情。第一个方面可以说是《幽女诗集》所要表达的核心内容。《幽女诗集》中的幽女,生前都是抑郁而死的人,因此,当她们以鬼魂的形式复活时,几乎无一不用诗歌一泄生前的痛苦。林芝云在《答郑君手启》中说:"以依旧作,未列竹垞选本。风尘弱质,不敢上攀名公。加以薄命无寿,当时自应少知音者。不能尤人,但知悼己。茫茫泉路,耿耿寸心。青春已误于生前,白眼重遭于死后。幽情欲诉,难遇解人。蜡炬已灰,泪固未有干时也。特降乩坛,用伸夙愤。"朱彝尊作《明诗综》,在"闺秀"一类中收女诗人数十家,但没有收林芝云的作品,对此,林芝云耿耿于怀,文中"白眼重遭于死后"即指此。这还是次要的,主要的还是她在生前的风尘遭遇。她降乩坛的主要目的也是为了一伸生前不幸遭遇的夙愤。所以,她的诗,绝大多数表现的就是这种怨恨。例如:

　　已死春蚕未尽丝,泉台遣兴偶吟诗。断肠谁是知音侣?风雨秋坟独唱时。(《与小谷唱和》八首其一)
　　本来银汉是红墙,拟托良媒亦自伤。明月易低人易散,一生赢得是凄凉。(《集古赠郑君二绝》其一)

这些诗非常突出地表现了林芝云的痛苦与孤独,从中可以看到一位不幸女子的坎坷身世。在这类诗中,我们最常见到的就是"断肠""凄凉""伤""恨""泪""愁"之类的词,读来令人心酸。
　　《幽女诗集》的另一位主角石碧桃和其他幽女的作品同样也

表现了这样的内容。例如：

> 薄命空嗟愿未酬，忆梅何日下西洲。闲歌赤凤赵合德，高唱碧云汤惠休。杨柳晓风生极浦，梧桐疏雨过新秋。水晶帘卷天河近，谁见崔徽上白楼？（石碧桃《杂感》）
>
> 惊秋瘦影立亭亭，尘梦如今已久醒。绿怨红愁都不解，夜深风雨读黄庭。（杨琼仙《述怀》）

这些诗所表现出来的感情与上文所引林芝云的作品几乎一样。这些都是生前之怨，而值得注意的是，《幽女诗集》中的作品在表现幽女们的生前之怨的同时，也表现了成鬼之后与郑献甫之间的复杂感情。一方面，这些幽女们对郑献甫的赏识充满了感激之情，另一方面，又在与郑的交往过程中产生了一般男女之间的微妙感情，甚至是爱情。

这种微妙的感情或爱情，在郑献甫与林芝云之间表现得最为明显。在《芝史桃史合传》中，郑献甫就说："芝云与余一见即倾心，一唱即会意。碧桃徐徐始合，然俱有情，俱有缘，俱有才学。"这话就颇有点惺惺相惜之意。而林芝云的《与郑君启》中"将结留枕之欢，早加置怀之惠。愿为合欢带，得依君衣襟"，《答郑君启》"一日不见，如三月兮。暌别数旬，谁能遣此！"直接就道出了她与郑献甫之间的爱情。她的《再和郑君》三首其二也直接点明了她与郑献甫之间就是男女之情："儿女之情色戒天，前因后果想当然。杨枝合伴神仙侣，桃叶多扳墨翰缘。刻烛短篇愁女宝，画沙秃笔用僧虔。烦君代交相思字，五彩重贻梦里笺。"诗里"儿女之情""相思字"可以明显地看出林芝云对她与郑献甫之间感情的定性。《集古再赠郑君二律》:"江流曲似九回肠,此日思君恨更长""回首旧游成古今,相逢未免敌情深。"《集古再赠郑君六绝》其二:"几度相思泪欲吞,一灯明灭照黄昏。"《集句一首寄郑君》:"一度春风一度思,思君如梦复如痴。碧桃花下探消息,为说东君总不知。"《集句赠郑君》二首其一:"两地相思天一隅,泪融莲脸嫩施朱。"《乡间登坛晤郑君并得覆书集古一绝》:"彩笺芳翰两情深,一度相思一度吟。长与东风约今月,九霄云覆紫芝林。"《卜算子》:"长日如醉痴,不悟多情累。蟋蟀吟风鹃啼月,领几许酸辛味。　　　两人一心事,奈隔相思地。料得萧郎也憔悴,悄寄恨,频忍泪。"这些句子和作品中,"相思"之类的词随处可见,再明显不过地表明了林芝云与郑献甫之间的相思之情。

　　这种情况在石碧桃的诗中同样也有所表现,如她的《集句寄谷翁》"锦帐佳人梦里知,芙蓉如面柳如眉。相思一夜情多少,忆向天街问紫芝",《寄谷翁七古一首》"今生已结来生缘,有情复转多情天"。另外,沈阿莲的《晤郑君》五首其一:"玉台长日竟生丝,绿意红情空怨谁?不作康成诗婢子,香魂千古是相思。"其二:"浑金璞玉空相忆,冰簟银床有所思。清水芙蓉去雕饰,托根常傍露筋祠。"这些作品有的不一定都是明确写爱情,但字里行间表现出来的男女之间的微妙感情是显而易见的。

二

　　通过乩坛招来一群幽女,这显然是不可能的,因此,《幽女诗集》的产生不妨也可以看作是郑献甫的一个颇具浪漫色彩的白日梦，集中的诗词文和郑献甫本人所作的《芝史桃史合传》等，都可以看作传奇小说。集中的作品，实际上都是郑献甫自己所作。那么，为什么郑献甫要写这样一部著作？

郑献甫在本集所附的《合刻幽女诗集序》中对自己的创作动机作了清楚的说明：

《志雅堂杂抄》言，宋时有胡天放首降乩仙之诗。《静居诗话》又言，明时周履靖并附名士之作，记非《博异》，经比《洞冥》。此亦汉神君之流风，唐紫姑之遗意也。然而以乌有为元真子，姓名冒托，休咎妄谈，唱躢蹢歌，作缥缈语，闻者窃无取焉。余尝阅郑赘之《才鬼记》、常沂之《灵鬼传》，迹既奇艳，诗更幽馨。谓事鬼精于事人，圣门之微旨也；生男不如生女，唐代之公言也。偶尔扶箕，翩然降笔。初得林氏女曰芝云，复得石氏女曰碧桃。不避尹邪之面，翻同姜弋之心。娓娓生风，明明如月。乃不禁深信明见之言，而更化幽昏之想矣。当其明妃出冢，倩女离魂，洛水生波，巫山挟雨，桐悲半死，尚觅知音。石坐三生，未忘凤梦。不必群铺白练而书见羊欣，不必幛设青绫而语传道蕴。生来慧性，本近温柔。编入丽情，居然绮靡。彼美人赠谢翱之什，天女戏少游之篇，缘法似同，情根弥固也。兼以来妙尼于方外，召慧婢于泥中。浩浩者水，能辨古诗；空空之谈，并通内典。波澜莫二，羽翼成双。此同人所以欲合金屋之阿娇，而并刻玉台之新咏也。余以为苕华之名久播，本不藉诗；茗香之集本传，亦无庸序。

特是花少落茵之命,鸟多失偶之音,彼夫谢希孟之《咏花诗》序于永叔,朱淑真之《断肠草》辑自仲恭,此固云织生前,风行身后矣。即或崖州女子,生本无名;鄱阳妇人,死犹有恨。亦不难旁搜彤史,并集珠囊焉。惟夫竟体芝兰,同埋玉树;随身笔研,先殉金鱼。粉欲退而蜨干,丝未抽而蚕死。鸳鸯左顾,不见雀飞;鸿雁南来,仍为鸾戏。灯开花而郎笑,沙篆鸟而妾思。倘或风过白杨,仅闻鬼语。云平黄竹,不纪宫词。则亦孤负天外心,长埋塚中骨耳。而况此数人者,小星替月,或伴高人;彩凤随鸦,或伤末吏。倚竹看珠宝之色,拈花听梵呗之声。杨柳随风,未占定力。芙蓉出水,早抱苦心。苟无好事之传,不几有埋名之惧乎? 用是特辑幽光,各为小传,赋万言而非富,掾三语而非贫。不敢偷香,勿辞著粪。呜呼,万里婿乡,难逢郭勃;十年郎署,空老冯唐。搔我白头,为卿青眼。虽金环之识,羊祜或有前生;而玉箫之伴,韦皋第留后约。特存片羽,板印此心。此时集序三英,不惭孙冕;他日云开五朵,请认郇公。

从这篇序我们可以看到,《幽女诗集》的问世,主要有以下几个方面的原因:

第一,是受前人的启发。序一开头就说到了《志雅堂杂抄》和《静居诗话》曾经记载了降乩作诗之事,而郑贲之《才鬼记》、常沂之《灵鬼传》所记载的才鬼、灵鬼之事神奇而艳丽,而且诗作本身也具有相当水平。这些历史上的鬼或幽人写诗的故事,直接启发了郑献甫,于是便编出了一个设乩招幽女的故事。

　　第二，出于对林芝云、石碧桃等人不幸遭遇的同情。林芝云乃秦淮名妓，石碧桃乃不幸自沉于水的人。这些人，在郑献甫看来，"小星替月，或伴高人；彩凤随鸦，或伤末吏。倚竹看珠宝之色，拈花听梵呗之声。杨柳随风，未占定力。芙蓉出水，早抱苦心"，或所遇非人，或出家为尼，或身不由己，都离不开一个"苦"字。而这些人，都是过去的文人学者很少注意到的，朱彝尊作《明诗综》，虽然收了明代数十家女诗人之作，但没有收林芝云的作品。像林芝云这样有名的女诗人尚且如此，那么，其他人就更可想而知了。正是由于对这些生前遭遇不幸的幽女有着深深的同情，同时又担忧她们随时都可能湮没在历史的长河中，于是郑献甫便毅然决定要做一个"好事之徒"，为之作传，并传其诗。对于郑献甫的这种行为，幽女们是充满感激之情的，并视之为异代知己。

　　第三，是为了抒发自己的孤寂愤激之情。这一点，在序的最后说得非常明白。郑献甫说，"万里婿乡，难逢郭勃；十年郎署，空老冯唐"，这明确地表现了他心中的抑郁之情。《幽女诗集》作于1850—1851年两年中，这时，郑献甫正在桂林榕湖书院任教。在此之前，他虽然于道光十五年（1835）中进士，任刑部主事。但一年多以后，即以父母年老为由辞归家乡。这种行为对于一个历尽艰辛，好不容易考中进士，而且年少气盛，正值青壮年的人来说，是不太令人理解的。唯一的解释是他在刑部行职期间，受到过不公正的待遇，心灵受到了严重的创伤，使他产生了强烈的失望之情。"十年郎署，空老冯唐"当然是夸大之辞，但"难逢郭勃"与"空老冯唐"却是事实，起码也是郑献甫的真实感受。怀着这样的心情,郑献甫回到家乡,在桂林任教,心中的郁闷可想而知。在这种情况下,《志雅堂杂抄》和《静居诗话》等书籍启发了他,于是他便用这种扶乩招灵鬼的方式,借林芝云、石碧桃等不得志的幽女来表现他自己的抑郁之情。所以,扶乩招灵鬼是荒唐之事,《幽女诗集》是荒诞之言,但集中的作品却是伤心之作,是借幽女浇块垒,《幽女诗集》其实是另一种形式的《聊斋志异》,或者说诗体《聊斋志异》,真可谓"满纸荒唐言,一把辛酸泪"。在《幽女诗集》中,所录幽女均为身世坎坷的女才鬼,因此,她们不仅在遭遇、心灵上与郑献甫有相似之处,而且在才华上也有类似的地方,都是怀才不遇之人。因此,她们的诗往往表现了与郑献甫在才华与遭遇上的共鸣。林芝云的《和郑君》云:"同是多才各自怜,断肠遗稿请君传。"《再和郑君》三首其一:"石上精魂林下风,知音遇后各知衷。"石碧桃《郑君寒鸦集题辞》十首其七:"清才不乏奇才少,如此才华老粤中。"这些诗句所表达出来的共鸣,实际上就是郑献甫本人借幽女之口发出的深沉感叹。《幽女诗集》各幽女所作的诗绝大多数为集句之作。以林芝云的诗为例,直接标明"集句""集古"的就有48首,占其全部诗作74首的三分之二。其他未标明"集句""集古"的许多也是集句之作。石碧桃诗直接注明"集句""集古"的有15首,占其全部59首诗作的四分之一。郑献甫为什么大量采用集句的形式来创作,其中除了借此表达微妙之情,通过这种方式造成一种游戏氛围,掩饰其真心外,另一个很重要的原因是借此增加创作的难度,以有涯之日遣无聊之时。从中可以看到郑献甫在书院生活中的寂寞无聊。

三

　　《幽女诗集》可以说是中国古代文学史上一部比较奇特的著作，即使不能说是独一无二，也至少可以说是别具一格的。它以超现实的方式，超越时空、人鬼之间的界限，将不同时代、不同地域的幽女集中在一起，实现人鬼之间的对话，就诗歌创作来说，这是比较大胆的。灵鬼吟诗，这在中国文学典籍中不乏记载，早在魏晋时期的志怪小说中，就有零星的记载，到唐代以后，这种情况更为常见。《全唐诗》卷865、866两卷中就收了虎丘石壁鬼、巴陵馆鬼、隔窗鬼、巴峡鬼、崇圣寺鬼等所作的诗歌。但是，这些鬼诗毕竟都只是偶尔的零星之作，很少像《幽女诗集》这样有如此多的作品，并且是大规模的幽女与活人的唱和赠答，单独成集。完全以幽女的名义来出版一部诗集，这在中国诗歌史上是很罕见的现象。另外，在《全唐诗》之类的著作中，所谓的鬼诗，基本上是根据有关记载抄录下来的，编者所做的事就是有闻必录。只有在《游仙窟》《聊斋志异》之类的小说中，大量存在着仙鬼创作的作品，但它们是小说内容的一部分，是为小说服务的，不是单独的创作，因此也很少有人将其中的仙鬼之作抽出来单独结集出版。而《幽女诗集》的不同之处就在于，一方面它是完全的创作，不是抄录；另一方面它又自成体系，单独结集出版，不是小说的附庸。《幽女诗集》的这些特殊性，使它具有了特殊的文学史价值。

　　郑献甫自己对于《幽女诗集》的创新是十分自信的。他在谈到《幽女诗集》时说："若此一集，更有三奇焉：昔人或采闺秀之诗，或编女史之集,虽曾手茸,未必面谈;宣文传经,隔以绛幔,谢女解议,障以青绫;会异无遮,事同有避,则古已有之矣。然彼本人间,此乃泉下,何嫌何疑,其可艳者一也。又若或借段晖车之马,或谈茂先之狐,荒冢酹茶,神丛对奕;元石游学,将诣孝先;主部侍闾,请从高密;仙知访友,鬼亦求师,则古又有之矣。然彼皆奇男,此乃怨女,有情有缘,其可艳者二也。至于或就杨郎之礼,或联蒋妹之姻,恨寄青枫,情留红叶;芙蓉城里,亦主曼卿;兜率宫中,曾迎白傅;和者好粉,御史司花,则古亦有之矣。然彼悉死后,此乃生前,共见共闻,其可艳者三也。"(《合刻幽女诗集总序》)郑献甫认为,他设乩招见幽女,并产生了《幽女诗集》,至少有三方面的创新。第一,以前的女性作品的选编者往往出于各种因素的考虑,不与女性作者亲自见面,而郑献甫则亲自与女性作者面谈。第二,以前仙鬼的主角往往是男性,而出现在《幽女诗集》中的主角则都是女性。第三,以前有关遇仙鬼的故事,都是在男主角死后才有的传说,而《幽女诗集》则是郑献甫在世的时候与幽女们会面的记载。与以前的灵鬼故事相比,郑献甫所说的这三个方面的创新是确实存在的,而仅此三个方面,我们就应当为郑献甫大书一笔。

《幽女诗集》为研究郑献甫提供了另一个窗口。过去的研究者可能认为《幽女诗集》是迷信游戏之作,不够庄重典雅,因此很少人加以注意。其实,《幽女诗集》从另一个角度展示了郑献甫的心灵世界和他的价值观。

通过《幽女诗集》,我们至少可看到以下几点。第一,辞官回乡,任教榕湖书院时郑献甫孤独失落的内心。如上所述,郑献甫自己明确承认了"万里婿乡,难逢郭勃;十年郎署,空老冯唐"的处境和内心,于是他便通过与幽女对话的方式来排遣内心的孤独与苦闷。他选择这一种方式本身就说明了他的心灵状态。第二,郑献甫对自己才华与诗歌创作成就的高度自信。上文说到,幽女们发出的"同是多才各自怜""如此才华老粤中",其实就是郑献甫本人的感叹,无奈中又透露出自信,因为这些诗名义上是幽女们创作的,实际的创作者是他自己,是他自己对自己的感叹与评价。这种情况同样也表现在对其诗歌创作的评价上。在《幽女诗集》中,林芝云有《题郑君〈鸦吟集〉》十首,其中就有:"红衫青笠负诗筒,健笔凌云迈古风。不数西陵与北郭,却将才力出群雄。"(其一)"才人有偶各争雄,左陆潘张一代中。料得曲高人和寡,琵琶空唱大江东。"(其三)"一代谁将大雅扶?王符有论著《潜夫》。当为天下风骚主,早岁司空识守愚。"(其六)"南州一柱欲擎天,犹有云台续旧篇。才大不求名一体,青邱诗格与青田。"(其七)石碧桃有《郑君〈鸦吟集〉题辞》十首:"海内争称《长庆集》,后人衣钵口头禅。尤杨范陆齐方驾,沈谢曹刘未比肩。天地篷庐容我隐,诗书糟粕任人传。谁能下笔开生面,一瓣心香接古今。"(其一)"不求闻达不沉沦,谷口高风见子真。著作等身惟处士,文章名世亦奇人。能于韩杜别开径,未与齐梁作后尘。白发青灯堪送老,柴门终日锁松筠。"(其五)从这些诗歌可以看到,幽女们对郑献甫诗歌创作的评价是很高的,其作者名义上是幽女们,但实际上是郑献甫对他的诗歌的自我评价,可以看出郑献甫对于自己诗歌创作的高度自信。诗歌,这或许是郑献甫一生中最聊以自慰的。第三,郑献甫隐秘的情感世界。《幽女诗集》写到十余位幽女,毫无疑问,集中作品的实际作者是郑献甫本人。在这种情况下,他所虚构出来的这个由十余位幽女组成的幻想世界就颇耐人寻味了。我们从集中看到,包括林芝云在内的十余位幽女,或多或少地爱恋着郑献甫,并且甚至与他有着微妙的感情纠葛。那些幽女们在生前已经饱受了婚姻爱情的折磨,到了郑献甫的笔下,虽然受到了同情,但仍然没有摆脱相思之苦,只不过她们思念的对象改成了郑献甫而已。而且更值得注意的是,郑献甫还写到这些幽女们为了微妙的感情,竟然争风吃醋,勾心斗角。林芝云和石碧桃是令郑献甫倾心的两位,所以,《幽女诗集》中两人的作品最多。然而,在《芝史桃史合传》中却有这样的记载:"往有顾横波、王月端、周漪香降乩,欲与余唱和而妒彼(指林、石)才名,强余与芝史、桃史绝交,余甚不乐,遗以启,渠大不平。漪香遂愤然指画于两人前曰:林于郑,水母之目虾也;石于郑,狐之假虎威也;郑于二人,鸱之吓腐鼠也。"这种情况,与这些幽女们生前"在贵家媵多不协"何其相似!那么,郑献甫为什么要这样写? 一个显而易见的事实是,在《幽女诗集》中,我们看到了一个以郑献甫为中心的幻想世界,尽管有十余位幽女,但始终是以郑献甫为轴心的。这透露出郑献甫强烈的男性中心主义的思想,同时还似乎透露出郑献甫更深层、更隐秘的内心,那就是隐隐存在着妻妾成群的幻想、对异性知音的渴望。在《幽女诗集》中,林芝云与石碧桃是郑献甫的知音,她们才貌双全,对郑献甫充满仰慕,这可能是郑献甫在现实世界中无法找到的,于是便通过幻想来实现了。但郑献甫并没有满足于林、石二人,还使其他的幽女穿插其间,她们的存在,使郑献甫的世界变得更为丰富多彩。这样的世界在郑献甫的现实生活中是无法实现的，只有通过幻想来达到了。透过《幽女诗集》，我们可以看到一位书院老先生寂寞而绮丽的内心世界。民国六年(1917)桂林周安康在《重印补学轩扶鸾诗词序》中所说的"乩坛诸作，殆先生借幻冥之笔，抒瑰丽之思，而为片鳞一羽之流露"，所谓"瑰丽之思"正是指郑献甫那隐秘的内心情感。

从诗歌创作本身来说，《幽女诗集》中的作品应当说具有很高的水平，表现了郑献甫诗歌创作的多样性。首先，郑献甫虽然是代各幽女作诗，但各诗作并不是千篇一律，而是根据人物的性格、身份、遭遇等有所变化，既符合了幽女的性格、身份、遭遇，又做到了个性化。例如，林芝云与石碧桃，"芝云如天女散花，萦襟拂袖，跌宕自喜，而境象皎皎照人。碧桃如夜来善绣，细针密缕，熨贴均平，而生气咄咄逼人。有于家慧婢香莲评之曰：芝史神光秀逸，桃史风度温存。又有方外妙尼净支评之曰：芝史风格超超，桃史清才娓娓"(《芝史桃史合传》)。质言之，林芝云是外秀型的，石碧桃是内秀型的。因为有了这种不同，林芝云的作品表现出来的对郑献甫的感情就非常强烈，相反，石碧桃的作品就表现得比较含蓄，数量也远不及林芝云。其次，《幽女诗集》中的大量作品是集句之作，这些集句作品虽然带有游戏的性质，但可以说集得天衣无缝，自然妥帖。集句之作比原创之作难度更大，既需要深厚的文学修养，记诵大量作品，同时又要有创作才能，巧于安排。郑献甫在这一点上做得非常出色。例如林芝云的《集古再赠郑君二律》其一："江流曲似九回肠，此日思君恨更长。词客有灵应识我，小姑居处本无郎。迩来欲别魂俱断，误语成痴意已伤。碧空有情空怅望，满窗明月满帘霜。"这首诗集柳宗元、温庭筠、李商隐、钱惟演、白居易等人的诗句而成,对仗工整,句与句之间、联与联之间衔接得十分紧密而语意妥帖,真可谓用句如己出。而林芝云的《集句七古》长达八十句,集数十位作者的数十首作品而成,浑然天成,巧夺天工,确实是颇见功力的作品,堪称集句作品的典范之作,表现了郑献甫深厚的诗学修养和突出的创作才能。再次,《幽女诗集》因为都是以幽女的名义创作的,所以,其风格哀感顽艳,缠绵悱恻,与郑献甫《补学轩诗集》中的作品大异其趣。正如周安康在《重印补学轩扶鸾诗词序》中所说的那样:"先生固经学专家,词章尤所长。观《补学轩集》中诗文,大都醇茂古雅,未有若此篇之惊才绝艳者。"一向以"醇茂古雅"著称的郑献甫,突然创作出一部"惊才绝艳"、风格迥异的《幽女诗集》,可能会令人大跌眼镜,而这正表现了郑献甫诗歌创作才能的多样性、风格的多样性。

综上所述,无论从哪方面来看,《幽女诗集》都是值得深入研究的一部作品,是研究郑献甫的思想和创作不可或缺的重要资料。

《拙学斋论诗绝句》的成书与特色

《拙学斋论诗绝句》是清代广西著名诗人廖鼎声的一部著名诗论著作。① 此书共收论诗诗 198 首,形式上模仿元好问的《论诗绝句》,主要论述广西历代诗人,不仅开出了一个清代道光以前广西主要诗人的名单,同时也发表了对这些诗人诗作的看法,因而在大量的中国古代论诗绝句中具有鲜明的特色,历来为研究者所重视。

廖鼎声,字金甫,号拙学居士,临桂人。道光十二年(1832)举人。由内阁中书选云南宣威州知州,后官至广西直隶州知州,补用知府。著述颇多,除《拙学斋论诗绝句》之外,还有《冬荣堂集》《味蔗轩诗话》等。

一、写作缘起

谈到《拙学斋论诗绝句》的写作缘起,廖鼎声在同治七年(1868)《拙学斋论诗绝句》最终完稿付梓刊印时说:

> 予辑予《论诗绝句诗》……或疑予好为反唇之论,意若有

---

① 本文所引为钱仲联辑《拙学斋论诗绝句》,《万首论诗绝句》本,人民文学出版社,1991 年。

私焉者。嗟呼,予岂敢以私见行乎其间哉! 夫阐幽发微,予有其志而无其才与力者也。有其志而无其才与力,终不涉一党同之见,率举平居夙好数人,盛称其学业,遂以为吾粤即此数子者足见其余,外此无有焉。盖吾粤人绌于应援瞻顾,使前修黯而弗彰,予所深叹。若溺于私好,仅就耳目间师友莫逆之人,无论其业之可传不可传,亟相标榜,见既不广,论亦过拘,又予所深叹者也。予所论仅二百有余人,而自唐迄今,若谓可概吾粤,诚不能以自信,要殊于应援瞻顾与夫阿于所好者。

由这段话可以看到廖鼎声写作《拙学斋论诗绝句》的主要目的是鉴于广西(粤西)人向来"绌于应援瞻顾,使前修黯而弗彰"。所谓"绌于应援瞻顾",是说很少回顾历史,征引广西前辈诗人以自重。也就是宣传不力。而正是因为这样,于是出现了"使前修黯而弗彰"的局面,大量颇有成就的广西诗人不为人所知。在这种情况下,才"率举平居夙好数人,盛称其学业,遂以为吾粤即此数子者足见其余",而不带任何一党之见,一己之私。虽然廖鼎声自称说他的努力未必能做到"阐幽发微",但其内心深处却有为广西历代诗人"阐幽发微"的用意,已经非常明显地表现出了强烈的挖掘广西诗歌遗产、梳理广西诗歌史的意识。

在作于光绪元年(1875)的《拙学斋论诗绝句跋》中,廖鼎声又对其创作动机作了说明:

甚矣吾粤文献之失据也,即诗而论,唐以前无征,而有元一代主中华近百年,亦无一可稽。非以僻远之故,声气不易通于时欤？沈归愚尚书有国朝及明诗《别裁集》，流传最广，顾四百年间，采风不及于粤。岂粤无能诗者哉？人每挟一轻视鄙夷之心以从事，则即论文□□其不涉于私者几稀。故其标榜虚声，曾不足以服天下之人心，而关后世之口。粤人又拙于应援顾瞻之习，些所为浩然长叹也。《论诗》之作，或有补于阐发未可知。后之君子，尤宜鉴区区之苦心，而一洗从前轻薄诋讥之故态，以崇朴学而轨正声，则更不能无望矣。

说得很清楚，廖鼎声作《拙学斋论诗绝句》的原因，一是感叹广西文献失据，虽有诗人，但无文献可稽；二是感慨清代以来，一些论诗名家对广西诗歌常怀轻视鄙夷之心，常抱一私之见，因而采风不及于粤；三是有感于广西人拙于应援顾瞻之习，以至长期以来湮没无闻。由此可见，廖鼎声作《拙学斋论诗绝句》怀有多种用意，但其最主要的用意是发掘古代广西的诗歌遗产，纠正人们对于广西诗歌创作的偏见和表达对广西人对自己的文化遗产不加珍惜重视的不满。

二、成书过程

《拙学斋论诗绝句》的形成有一个较长的过程。

廖鼎声是最早关注广西诗人的人。他很早就已经有意识地通过绝句的方式来集中论述广西诗人诗作，但最早主要集中论述与他同时、并且是他认识的广西诗人，形式上却不是七言绝句，而是五言绝句。例如，较早的《岁暮怀人作论诗五言得三十二首》全部为五言绝句，这"怀人"二字就说明了他所论述的范围是在亲朋好友之间。他有一首《闲中偶忆吾粤近人能诗者率皆相识或见其所作不及乾嘉前也记以此》，就全面论述到了他所认识的朱琦、王拯等诗人。可以说，《岁暮怀人作论诗五言得三十二首》等作品是廖鼎声创作论诗绝句的第一阶段。

第二阶段，廖鼎声才有意识地用七言绝句的形式来写作，以求与历史上的大部分论诗绝句一致。所论述诗人也不再仅仅局限于他所认识的亲朋好友，而是将其扩大至历代广西比较知名的诗人。于是，廖鼎声将较早创作的《岁暮怀人作论诗五言得三十二首》等五言作品进行了改造，于是就有了《读粤西诗人诗仿元遗山作论诗绝句得百二首》《补作论粤西人诗绝句十七首》等作品。这些作品有的是在《岁暮怀人作论诗五言得三十二首》的基础上改造而成。例如在《补作论粤西人诗绝句十七首》第十首中论述施彰文云：“挹苏晚出亦王施，神勇真如博兔狮。惆怅琴言空紫竹，荒江碧血剩青词。”《岁暮怀人作论诗五言得三十二首》则云：“苍梧远千里，乃与珠江邻。岿然挹苏楼，高歌如有神。晚出亦王施，辉映争千春。”其中“挹苏晚出亦王施，神勇真如博兔狮”与“晚出亦王施，辉映争千春”意思相同，甚至字句也相似，改造之迹十分明显。因为写作《补作论粤西人诗绝句十七首》时，施彰文已去世，于是才有了“惆怅琴言空紫竹，荒江碧血剩青词”的话。

第三阶段，即《拙学斋论诗绝句》成书。在《拙学斋论诗绝句序》中，廖鼎声云：“昔元遗山作《论诗绝句》，渔洋尚书仿之。兹予所作，皆论吾粤自唐迄今诗成于庚申之岁。比年复补遗数章，兼及其人之新殁者。”庚申，即咸丰十年（1860），这就是《拙学斋论诗绝句》的初步完成时间，到了后来又进行了一定的补充。廖鼎声在完成《论诗绝句》之后，有《编论诗绝句成自题二首》云：“白首英灵采未周,遗音珠玉几个留。请看王品风流绝,志乘空闻姓氏收。""鄙说如何耳食论,江山一局变中原。来青老友空孤愤,欲阐幽光要不烦。"对《论诗绝句》不够完备周全表示了遗憾,同时也对其中的一些争论表达了自己的看法。这两首的写作就标志着《论诗绝句》的正式编辑完成。光绪二十三年(1897),廖鼎声的儿子廖振乔将其父亲一生的诗歌创作结晶《冬荣堂集》刻印出版,在"《冬荣堂诗集》编年目录"的《松心庐诗草》十二卷"卷一卷二下说:"(丁卯)在宣(威)任。五月,奉檄调署广西直隶州。七月抵任。是年三月,作《味蔗轩诗话》二卷。五月,自订《拙学斋古文》一卷、《拙学斋论诗绝句》一卷。"丁卯,即1867年,这是《拙学斋论诗绝句》的正式完成时间。

在编辑整理《论诗绝句》的过程中,廖鼎声并不是完全照录原来的创作,而是有所去取。例如《补作论粤西人诗绝句十七首》第一首是:"科名五桂仰先型,二陆尤传姓字馨。福地记曾歌太守,天留此老应文星。"按照廖鼎声的自注,这首诗是写他的先伯曾祖华舟公、先曾祖素圃公的。但在正式编成的《拙学斋论诗绝句》中,却没有收这一首。这很可能是为了避嫌之故。可见廖鼎声在编辑整理旧作时,经过了一番取舍。

三、文献依据

从《拙学斋论诗绝句》所涉及的内容和诗人来看,内容既广,历时又久,而且也比较全面,而廖鼎声又多在外地为官,辗转流离,不大可能完全由自己独立去搜集资料。那么,这部著作论述广西诗人的资料来源或文献依据是什么呢?

　　我们推测,除了他自己的耳闻目见之外,很大的可能性是以当时已问世的张鹏展的《峤西诗钞》、梁章钜的《三管英灵集》为主要的依据。正如梁章钜所说:"粤西诗向无汇集,上林张南崧通政(鹏展)始有《峤西诗钞》之刻,征采阅十载而成,创辟之功勤矣。观览者犹有未餍于心。兹编(指《三管英灵集》)则搜罗较广而体例亦加严。"(《三管英灵集·凡例》)。而《三管英灵集》之所以能做到"搜罗较广",一是前有《峤西诗钞》的基础,二是梁章钜利用他任广西巡抚的机会,命令"各州县送本集、选集外,凡唐后之说部、丛书、石刻及郡邑志,详加搜辑"(《三管英灵集·凡例》)。由于有了《三管英灵集》,这就为廖鼎声《拙学斋论诗绝句》提供了资料保证。我们将《拙学斋论诗绝句》与《三管英灵集》作一点比较,就可以看出二者之间的关系。《拙学斋论诗绝句》共论述了22位明代以前的广西诗人,其中唐五代是曹邺、曹唐、赵观文、王元、翁宏、廖融、梁嵩,这6位诗人中,除廖融外,其他5位都见于《三管英灵集》中,而且排列的顺序也与《三管英灵集》一致。廖鼎声所论的宋代广西诗人是周渭、覃庆元、徐噩、林通、冯京、安昌期、李时亮、欧阳辟、陶崇、张茂良、唐弼、陆蟾、石仲元、契嵩、景淳15人。在这个名单中,前12人全部见于《三管英灵集》卷二;最后3人,即石仲元、契嵩、景淳,见于《三管英灵集》卷五十四,且排列的顺序也完全相同。廖鼎声所论述的明代广西26位诗人中,除吕调阳之外,其他的均见于《三管英灵集》。这些都说明廖鼎声很可能是以《三管英灵集》为资料基础,并加以补充完善而成的。其实这一问题我们只要从廖鼎声在《拙学斋初草初编》中原来对《拙学斋论诗绝句》所收的部分诗的命题《读粤西诗人诗仿元遗山作论诗绝句得百二首》就可知了。既然是"读粤诗人诗",而且又是大规模的论述,在当时,除《峤西诗钞》和《三管英灵集》之外,没有别的大型粤西诗人总集可读,因此,《峤西诗钞》和《三管英灵集》是最可能参考的原始资料了。

如果说清代以前的资料是以《峤西诗钞》和《三管英灵集》为基础的话,那么,有关清代广西诗人的论述则在参考《峤西诗钞》和《三管英灵集》的基础上,更多地依靠廖鼎声自己搜集的资料以及与诗人的交往了解。在《拙学斋初草初编》卷二十四中有一组诗《岁暮怀人作论诗五言得三十二首》,全部论述的是与廖鼎声相识的三十余位诗人,这也可从诗题中的"怀人"二字看出。由此可见,廖鼎声《拙学斋论诗绝句》在论述清代广西诗人时,其资料的来源并不仅仅局限于《三管英灵集》等文献,而加进了许多自己掌握的材料。这就使《拙学斋论诗绝句》在文献资料上具有《三管英灵集》等文献所不具有的特殊价值,一定程度上可以补《峤西诗钞》和《三管英灵集》等文献之不足,这也是《拙学斋论诗绝句》的特殊价值所在。

四、特色与贡献

论诗绝句是一种富有民族特色的诗歌理论著作形式,长期以来深受诗人和诗歌理论家的喜爱,因此作品层出不穷,清代尤盛。它往往以某一作家、某一时代、某一现象、某一地域的作品,甚至整个中国古代诗歌史为讨论的对象,涉及诗歌创作的规律与特点、具体作品、作家和流派的风格等,其中有不少也像廖鼎声《拙学斋论诗绝句》一样,论述的是某一特定地区的诗人。与历史上众多的论诗诗相比,廖鼎声《拙学斋论诗绝句》具有鲜明的特征与

个性:

首先,它是历史上规模最大、数量最多的论述地方诗人的作品。清代以前,很少有专门论述某一特定地方域诗人的论诗绝句,清代中后期才大量产生这一类作品,但这些作品绝大多数都在 100 首以下,如黄培芳《论粤东诗十绝》、沈兆澐《济南旅舍读山左诸家诗各题一绝凡十四首》、张祥河《论楚诗十二首》《粤西论诗九首》、于祉《论国朝山左诗人绝句十二首》、梁梅专论粤东诗人的《论诗绝句十首》、颜君猷《论岭南国朝人诗绝句十五首》、杨浚《论次闽诗九十首》、谢章铤《论诗绝句三十首》、夏葆彝《论湖北诗绝句二十首》《旧作论湖北诗绝句二十首》、杨深秀专论山右诗人的《仿元遗山论诗绝句五十首》、毛翰丰《论蜀诗绝句十三首》、傅世洵《论蜀诗绝句十四首》、范溶《论蜀诗绝句二十二首》、邱晋成《论蜀诗绝句三十六首》等。而廖鼎声的《拙学斋论诗绝句》总数达 198 首,规模和数量远远超过了其他作品。规模与数量的扩大,无疑增加了作品的容量,使其内容更为丰富。

其次,体制更为完备,构思更为缜密。廖鼎声《拙学斋论诗绝句》198 首分总论 1 首,论唐人诗 6 首、论五代人 1 首、论宋人 13 首、论明人 21 首、论国朝人 74 首、补作论国朝人 78 首,论诗成后自题 2 首,再题王世则、吕调阳 2 首。其中总论 1 首相当于总序,论诗成后自题 2 首相当于跋,其他是正文。由此可见,廖鼎声在写作《拙学斋论诗绝句》时,是有一个整体的构思的。这样完备的结构,与其他论诗诗,尤其是多数缘于一时之感,往往多兴到之言,缺乏完整严密的构思的论述地方诗人的作品相比,体制更为完备,构思也更为严密。而且从实际的内容来说,不像其他论述地方诗人的作品只拈出某一时期若干大家来论述的做法,《拙学斋论诗绝句》几乎论述了粤西历史上从古至清所有的重要诗人。完备的体制与全面的内容相结合，这也使《拙学斋论诗绝句》看起来更像一部完整的粤西诗史，成为历史上第一部粤西诗史，因而对粤西文学史的建构做出了特别的贡献。

参考文献：

（1）廖鼎声：《冬荣堂集》，光绪二十三年刻本。

（2）梁章钜：《三管英灵集》，桂林省城十字大街汤日新堂刻刷本抄录本。

（3）张鹏展：《峤西诗钞》，民国钞本。

（4）朱奇元：《拙学斋论诗绝句考略》，民国二十五年（1936）铅印本。

（5）钱仲联辑：《拙学斋论诗绝句》，《万首论诗绝句》本，人民文学出版社，1991年。

论况澄四部诗话著作的价值

况澄(1799—1866),字少吴,笔名梅卿,有斋名"西舍"。道光二年(1822)进士,改翰林院庶吉士,道光十四年(1834)授户部江西司员外郎等,后官至河南按察使。著作丰富,有《西舍文遗篇》《粤西胜迹诗钞》《西舍诗钞》《使秦纪程》等。

况澄是著名词人况周颐的伯父,除了其本人有较高的学术及文学创作成就外,对况周颐产生过直接的影响。现存古代广西的诗话著作不超过十部,但仅况澄一人就达四部之多,即《诗话》《古今诗人名录》《梅卿杂记》《对法随抄》。① 这四部著作均保存在况澄自编的《况氏丛书》中。《况氏丛书》是况澄的手稿本,为海内孤本,现存广西桂林图书馆,一直都没有刻印出版过,十分珍贵。正因为如此,人们对这四部诗话著作很少作深入的探讨,即使偶有涉及,也因为各种原因,所论既不全面,而且也颇多错误,因此有必要深入探讨。

况澄的四部诗话著作可分为两类,一类以系统地辑录有关诗

---

① 蒋寅《清诗话考》说况澄有咸丰刊本《杂体诗说》一卷。经查,《杂体诗说》并未独立刊出,只见于咸丰元年刊本的《杂体诗钞》中,内容是摘录刘勰《文心雕龙·明诗》、皮日休《杂体诗序》、任昉《文章始》、吴兢《乐府古题要解》、严羽《沧浪诗话》等关于杂体诗的论述,作为《杂体诗钞》的一部分出现,因此似不应视为独立的一种诗话著作。本文所涉四部诗话著作均引自桂林图书馆藏况澄稿本《况氏丛书》。

人、诗歌的资料见长,一类则以理论研究为主,两类作品的内容和侧重点不同,因而各有其价值。

一、系统的诗学资料辑录

在况澄的四部诗话著作中,以资料辑录为主的有三部,即《诗话》《古今诗人名录》《对法随抄》。这三部著作从不同的角度对中国古代诗人和诗歌的有关资料进行了较为系统的辑录,对我们进行相关问题的研究提供了方便和启示。

（一）《诗话》

《诗话》的主要内容有如下几个方面:

1.从古代诗话、词话、笔记中集录诗人别名、外号。主要有杜赤壁、苏绣鞋、红杏尚书、王黄叶、崔黄叶、王桐花、牡丹状元、张胭脂、崔鸳鸯、郑鹧鸪、谢蝴蝶等。

2.摘录古诗中有天干地支的对句,如陆游"盗息无排甲,兵销不取丁""硕果畦丁献,芳醪稚子斟",皮日休"共守庚辰夜,同看乙巳占",梅尧臣"妖逢庚子日,梦异戊丁时"等。

3.从古代史书、诗题、诗句或其他资料中摘录出诗人行第,如杜二、张三、韦三、葛三、舒三、朱三、陈三等。

4.用具体诗句指出白句居易好用"惆怅"、杜甫爱用"看君"二字的现象。主要有"香山律绝好用'惆怅'""香山古诗用'惆怅'字"和"老杜用'看君'二字"三条。

5.摘录《文选》中部分诗句,这些诗句多与路途车马舟楫有关,如"总辔临清渊""顿辔倚嵩岩""投策命晨侣""假楫越江潭"等。

(二)《古今诗人名录》

此书是况澄从各种资料中抄录的从汉代至清代的古代诗人名单。具有以下特点:

1.全面抄录了从汉至清代有关资料中诗人的名单,并按时代先后进行了编排。汉代诗人的名单则是依据严羽《沧浪诗话》及《文选》《玉台新咏》等资料列出。唐代则按唐帝王、初唐、盛唐、中唐、晚唐、闰唐、闰唐(南唐)、闰唐(蜀)、闰唐(吴越)、闰唐(湖南)、唐方外、唐宫闺的次序,共列出六百九十一家。宋代诗人则依据《宋诗钞》《宋十五家诗选》《江西诗社宗派图》等列出各家诗人,不避重复。金代诗人则以《金诗选》为据,列出一百二十三人,按姓氏排列,每人列出姓名、字号、籍贯等。元代诗人则在李俊民、刘因、虞集、杨载、范梈、揭傒斯之后,按"以理学著者""以气节著者""以功名著者""文章知名"四种类型来排列诗人名单。明代诗人则在刘基、汪广泽、高启之后,列出弘治七子、四杰、金陵三俊、四大家、景泰十才子、嘉靖八才子、皇甫四杰、归安四子、十才子等。清代诗人则有"康熙中辇下称诗者有十子之目"、娄东十子、岭南三大家、江左十五子、西陵十子以及《北江诗话》《洞箫楼诗纪》的《论诗绝句三十四首》中所谓"近时诗人",还特别列出了二凤、粤西二李、三石、粤西诗等粤西诗人及乾隆间京口、广东等地的诗人。

2.在诗人名录中,特别注意诗人并称和诗人群体的名称,并注明其出处。如魏晋时期的魏七子（建安七子）、竹林七贤、八友、三谢、二友、何刘沈谢、王徐应刘、张潘左陆，南北朝及唐代的王杨卢骆、李杜、鲍谢、沈宋、颜谢、沈谢、徐庾、苏李、元白等，并对这些并称的诗人和群体逐一注明了姓名。

（三）《对法随抄》

此书专论对仗。其中大部分材料从古代诗话和笔记中抄出，书名"随抄"二字，实是况澄夫子自道。但也并非全抄古人，其中也间有况澄自己的观点和材料。

第一页目录，共列出逆挽法、蹉对法、就句法、流水对、假对、交互对、五言双字、七言双字、五言双叠字、五七言叠字虚实、七言双叠字、五七言折腰句、五言重字联、七言重字联、数目字联、五言用助语、七言用助语、博用成语、工对等名目。

书中的对法名称和议论多抄古人古书，但往往加以综合，例子则是袭用与自找结合。如"七言双叠字对联"这一格，在举"漫漫悠悠天未晓，遥遥夜夜听寒更"（梁元帝）、"年年岁岁花相似，岁岁年年人不同"（刘希夷）之后，再举"风风雨雨天愁暮，岁岁年年人病过"（今朱休度）、"葱葱郁郁三千树，忽忽悠悠五十人"（今顾光旭）等为例。后面所举的三个例子，所谓"今"，就是比况澄稍早的清代诗人，显然就是况澄自找的诗例。

由上可见，况澄的《诗话》《古今诗人名录》和《对法随抄》这三部著作在某种程度上均是关于中国古代诗人或诗歌某一方面资料的辑录，其资料价值远远大于理论价值。但仅从资料性这一方面来看，这三部著作也有其独到的价值。这一价值就表现在其资料的完整性与系统性上。

在这三部著作中,《古今诗人名录》和《对法随抄》通过条理化的整理,尽可能做到资料的完备与完整,这就使其资料具有系统性,因而具有重要的参考价值。《古今诗人名录》是中国诗学史上较早、较系统地整理中国古代诗人名单的著作,虽然并不完全(例如屈原就未列入),但基本上囊括了中国古代诗歌史上的主要诗人,这实际上开出了一个较为完整的中国古代诗人名单。《对法随抄》的资料虽然是况澄从古籍中抄录而来,但正是经过他的条理化抄录,将大部分诗歌对法囊括其中,从而就完成了一次对中国古代诗歌对偶方法的系统整理,形成了一部专门的对法著作。

对于中国古代各个时期的诗人名单和诗歌对法的论述或辑录,前人的诗话著作多有涉及,但往往只是整部著作的一部分或者是无意识之作。关于中国古代诗人名单的辑录,钟嵘的《诗品》、严羽的《沧浪诗话》等著作虽然列出了各个时期的一些主要诗人,但并不是有意识地辑录诗人名单,而是在论述各个时期诗人创作特点时,顺带形成的名单,而不是有意识地辑录,不像况澄的《古今诗人名录》是有意识地搜罗诗人名单之作。关于对偶,如元竞《诗髓脑》有调声、对属、文病三部分内容,对属只是其中之一,而对属则只列出了正对、异对、平对、奇对、同对、字对、声对、侧对八种对。惠洪在《天厨禁脔》卷上中列举了借对、当句对、偷春格、蜂腰格、隔句对、十字对句法、十四字对句法等对句的方法,除此之外,更多的是关于字词、声律等方面的论述。这种不是专门的论述,必然是挂一漏万。而况澄的《古今诗人名录》和《对法随抄》则专注于古今诗人名单和诗歌对法的辑录,使其内容更为完备系统,因而就使它们不像一般的诗话著作那样是综合性的,而是专门性的,从而实现了对前人诗话著作的超越。

况澄的《诗话》虽然所辑录的诗人别名、外号及行第并不完整、完备和系统,但也体现出另一种价值,即它是较早注意到诗人别名、外号及行第这些现象,并加以搜集整理的著作,可以视为《唐人行第录》和有关古代诗人室名、别号研究著作的滥觞。

二、珍贵的诗学资料

如果说《诗话》《古今诗人名录》《对法随抄》的有关资料多抄自古籍,那么,在《梅卿杂记》中所记载的一些诗学资料则是独一无二的,因而具有特殊的价值。

《梅卿杂记》所记载的诗学资料主要有两方面:

1.与况澄自己的经历有关的诗学资料。例如"余由翰林改农部,乞假归娶。时方谢客,投赠无多,费新桥方伯雨章赠四首云:'三月韶光满眼新,宫袍香染潮烟春。应夸今夕为何夕,博得鸾封待玉人。''玉堂归娶溯袁丝,多少催妆绝妙词。今日桂林添盛事,采风太史入新诗。'……"这段材料对于考订况澄的生平及交游具有重要意义,它不仅说明了况澄新婚的时间,而且保存了一般著作中很少记载的有关诗人的作品。

2.况澄亲眼所见的有关诗学资料。如:"刘晋少寅,临桂诸生,幼从雨人兄游。诗与年进,乙巳春,以稿示余。五言如'浪平山倒插,滩急岸横飞''野色随人去,霜花傍鸟飞'……七言如'秋色不随流水去,夕阳惟见乱山多''蜂抱残红随雨堕,鸟穿新绿带烟飞''边城孤客惟余剑,故国双亲当倚阁',皆能入妙。""唐月山建业,临桂人,曾从先君游,夙有诗名,生平蹭蹬。年逾七十,以诸生终。"关于广西的诗人,除《峤西诗钞》及《三管英灵集》等之外,少有记载。而《峤西诗钞》及《三管英灵集》所记载的都是道光以前的资料,道光以后,鲜有系统的记载。况澄所记载的这些材料,完全不见于其他史料中,因而弥足珍贵。

以上两种类型的材料或是况澄亲身经历,或是他亲眼所见,真实性不容置疑,同时也是其他著作中少有的,因而具有较高的史料价值,可补有关资料之不足。

三、精辟的艺术见解

况澄的四部诗话著作除了对某些相关的诗学资料做了系统的辑录整理之外,其另一个重要的价值就是较全面而充分地阐述了况澄的诗学思想,表现了况澄精辟的诗歌艺术见解。这一点以《梅卿杂记》最为突出。

《梅卿杂记》是况澄四部诗学著作中理论色彩最浓厚的一部著作。此书内容共五十余条,多是况澄自己的诗学见解、有关诗歌创作的见闻和对古代诗话著作中某些观点或事件进行辨析与评论。其中最多的是评论诗人、诗句得失,这也是《梅卿杂记》最精彩的内容,充分表现了况澄深厚的诗学素养。

首先,况澄客观而准确地指出了历史上某些诗人的缺点。如指出"宛邱(张耒字)诗,不甚检点,复字极多,每每重韵,一诗内如'零落孤舟西复东''步兵终欲向江东'。又'朽树经阴长寄生''旧时来客叹平生',连用生韵。又'枣径瓜畦经雨凉''翠树含风叶叶凉'①,此重韵也。如'出城但怪风光好,草色苍茫柳色深。烟树远浮春缥缈,风光不动日阴沉',四句内两用'风光'字……"又如清人吴之振在《宋诗钞·江湖诗钞》序言曾说:"后村谓诚斋诗似李白,盖落尽皮毛,自出机杼。古人之所谓小李白者,入今之俗目,则皆俗谚也。"况澄对此提出了反驳:"予谓今目固俗,诚斋诗可谓不俗乎? 此特为贤者强解也。后村晚年,亦多俗笔。"认为吴之振是为杨万里诗歌失之于俗的缺点强行辩护,况澄还列举了杨诗中大量的俗语、俗字来说明其观点,具有很强的说服力。可见,况澄对张耒和杨万里的批评有理有据,深中肯綮,这对于人们认识张耒和杨万里诗歌的特点无疑大有裨益。

其次,对某些具体的作品提出了自己的看法。如《梅磵诗话》中有一段资料:"曾原一《杨妃袜诗》'谁知一掬香罗小,踏转开元宇宙来',造语警拔,寓意精深。"况澄对此不以为然:"予谓语太不伦,意亦迁阔,远不逮《归田诗话》所载杨廉夫《袜诗》'安危岂料关天步,生死犹能系俗情'为能小中见大。"又如:"《艺苑名言》云:谢山人谓玄晖'澄江静如练','澄''静'之字定重,欲改为'秋江静如练'。余不敢以为然。盖江澄乃静也。"况澄认为:"玄晖此诗,通篇春景。下句云'喧鸟覆春洲,杂英满芳甸',若改'秋',未免矛盾。盖山人不顾全章,只规字句也。"这样的看法,表现了况澄独立的见解和独到的眼光。

就是在《诗话》和《对法随抄》这样的以资料见长的诗话中,也表现了况澄一些精辟的见解。如《诗话》中指出白居易好用"惆怅"、杜甫爱好"看君"二字的现象,并摘举白居易诗中用"惆怅"

---

① 原文如此,今本"翠树含风叶叶凉"中"凉"作"香"。

的诗句,例如"落花何处堪惆怅""秋风惆怅须吹散""惆怅春归留不得""闲来一惆怅""惆怅新丰市,何人识马周"等为例。"老杜用'看君'二字"条则举"看君用幽意,白日到羲皇""看君多道气,从此数追随"等为例。况澄的看法无疑是客观的,也是以前的批评家未曾指出的现象,由此我们可以看出况澄对诗歌语言的敏感。又如《对法随抄》中关于流水对,首先引《诗人玉屑》:"唐人诗,喜以两句道一事。曾茶山诗,多用此体。"然后指出:"《沧浪诗话》以'沧浪千万里,日夜一孤舟'为字对,'曲径通幽处,禅房花木深'为十字句,以'江客不堪频北望,塞鸿何事又南飞'为十四字对,'黄鹤一去不复返,白云千载空悠悠'为十四字句,未免过为区别,其实皆流水句法,特有对不对耳。"对《沧浪诗话》提出了不同的意见。

况澄在他的诗话著作中所表达的观点和看法,像大多数中国古代诗话著作一样,虽然缺乏理论的系统性,但许多是发前人所未发,具有较高的参考价值,因而值得重视和深入研究。

况澄的四部诗话著作总体来看,以诗学资料的珍稀与系统的辑录整理见长,同时,在理论上也有自己的贡献,提出了一些值得重视的见解。对于这四部很少有人研究的手稿本,有必要进行深入的研究。本文是对这四部诗话著作的粗浅探讨,敬请专家批评指正。

第三编　文学家族研究

论清代广西的文学家族

从明代开始,随着外来移民的大量增加以及广西自身文化水平的不断提高,广西文学的发展就开始不断走向繁荣,并在清代达到了高峰。清代广西文学走向繁荣和发展的标志之一就是家族性的作家群的大量涌现。

最早关注明清广西文学家族问题的是韦湘秋先生,他在《广西百代诗踪》这部著作中,多次提到了清代广西诗歌创作中的诗人家族这一现象。① 这充分说明了韦湘秋先生敏锐的学术眼光。可惜的是,由于各方面的原因,他只是指出了这一现象,并未就这一问题展开具体的论述,也没有看到他在这部著作之后的相关论述,留给了我们不小的遗憾。

广西历代的文学家族主要集中在清代,明代只有全州的蒋氏兄弟等少数的家族,因此,我们研究的重点在清代。

一

清代广西的文学家族,我们可以举出许多。例如在桂平,有"陈氏昆季三举人",即陈纯士、陈元士、陈良士兄弟。三人同为举

---

① 韦湘秋:《广西百代诗踪》,广西人民出版社,1995年。

人，又同为有一定造诣的诗人。在靖西，有童毓灵、童葆元兄弟。童毓灵曾著《岳庐集》《秋思集》《宾山集》，童葆元则有《皆玉集》，这些诗文集虽都已失传，但在《峤西诗钞》等书中还可以看到他们文学创作的一鳞半爪，可见他们在当时创作了不少优秀的作品。

在临桂，文学家族更是不胜枚举，著名的就有陈氏家族，即陈宏谋、陈兰森、陈元焘、陈继昌。从文学创作的角度来说，在临桂的陈氏家族中，成就最高的无疑是"三元及第"的陈继昌。陈继昌的文学成就不仅在陈氏家族中最为突出，他的《如话斋诗稿》中的有些作品是比较优秀的，在当时的全国都有一定的地位。他的祖辈、父辈陈宏谋、陈兰森、陈元焘都担任高官，都有一定的诗文创作成就。如陈兰森，官至江西布政使，诗文创作有一定的成就。在临桂，可以与陈氏家族的文学成就媲美，甚至超乎其上的是况氏家族。在况氏家族，先是有况澄、况澍两位堂兄弟以诗文著称。况澍有《东斋诗偶存》，况澄有《西舍诗钞》《西舍文遗篇》《粤西胜迹诗钞》。况澍的诗，虽不能自成一家，但也有可取之处。况澄的诗文，尤其是诗歌创作，具有较高的创作成就。而他对地方文献的整理，更是功不可没。况氏家族的下一辈中更有一位大名鼎鼎的况周颐，其词名列"晚清四大家"之一，其《蕙风词话》影响深远，名满天下，至今仍是古典文学研究者研究的对象。在清代后期，临桂还有一个影响深远的文学家族，即以王必达、王必蕃、王鹏运为代表的王氏家族。王必达、王必蕃为兄弟，是当时著名的诗人。王必达有《养拙斋集》，其诗有杜甫风致。王必蕃有《桂隐诗存》，诗歌近于汉魏古诗。作为晚辈的王鹏运，更是后来居上，词的创作取得了很高成就，创立了"临桂词派"，成为"晚清四大家"之一。他对历代词集的整理，也是居功至伟，开了近代整理词集的风气。龙启瑞、龙继栋父子也是临桂著名的文学家族。龙启瑞为"岭西五大家"之一，散文与诗歌在清代后期均可称为大家之作。其子龙继栋也是有一定影响的诗人，有《槐庐诗学》。同为"岭西五大家"之一的朱琦，其诗文成就在当时名闻全国，可以说是道光、咸丰时期广西最有名的作家之一。其父朱凤森也是当时著名的作家，诗歌、散文均有较高成就，尤其是诗，可谓自成一家，有《韫山诗稿》。临桂的文学家族中，以廖鼎馨、廖鼎声为代表的廖氏兄弟也值得注意。廖鼎馨的诗现存不多，但他在当时却是颇有名声的诗人。而廖鼎声无论在诗文创作还是文学理论上，都堪称广西的名家，有《冬荣堂集》《味蔗轩诗话》等。其诗作数量丰富，题材广泛，感慨深沉。同时，他又是广西历史上较早具有广西诗史意识的人，用论诗绝句的形式对广西地方诗歌创作的发展作了全景式的鸟瞰。朱依真，被著名诗人袁枚称之为"粤西诗人之冠"，与其弟朱依程一起，在文学创作上为朱家赢得了崇高荣誉。他们虽都是布衣，却都精于文学创作，或工于词，或工于诗，其《九芝草堂诗存》和《耐寒词》在广西文学史上占有重要地位。此外，周必超、周璜、周炳翰、周炳森、周为鼎祖孙三代在诗坛上也有一定的影响。

　　生活在桂林的李秉铨、李秉礼、李秉绶、李宗瀚、李宗瀛是颇有代表性的文学家族。李氏家族本居江西临川（今抚州），后移居桂林。李秉铨为著名画家，虽然我们今天已看不到他专门的诗文集了，但是他的《粤西先哲书画集序》《墨林今话》却无疑是很好的散文作品。按照古人往往集诗人、画家于一身的规律，李秉铨肯定是精于诗歌创作的。李秉礼与李秉铨、李秉绶为堂兄弟。李秉礼,被袁枚称为"诗才清绝",其诗以陶渊明、韦应物为宗,平淡自然,自有一家风味,有《韦庐诗内外集》。李秉绶,既是著名的画家,又是著名的诗人。李宗瀚和李宗瀛是李秉礼的儿子,两人都是有名的诗人。李宗瀚是著名画家,又有《静娱室偶存稿》,可见也是诗画精通的名士。至于李宗瀛,虽是李秉礼的儿子,著名的"杉湖十子"之一,"能读父书,为诗乃不相袭",能自创风格,有《小韦庐诗存》。不论从作家的数量还是成就来说,在广西的文学史上,桂林的这个李氏文学家族应当说是比较大的文学家族。

容县和藤县是清代广西文学创作的重镇,许多作家诞生于此,同时也产生了不少有影响的文学家族。例如在藤县,道光时就有著名的"坛津三苏",即著名学者、作家苏时学与他的儿子苏念礼、女儿苏念淑。苏时学是著名学者,对墨子的研究具有全国性的影响,与此同时,他的诗文创作也自成一家,著述甚多,被人誉为"藤州才子"。有《宝墨楼诗册》《宝墨楼楹联》《墨子刊误》《游瑶日记》《羊城游记》《爻山笔话》《镡津考古录》等。从这个著作目录可见苏时学的才情。他的诗歌创作深受当时人们的称赞,在广西诗歌史上具有重要的地位。受父亲的影响,苏时学的儿子苏念礼、女儿苏念淑虽然都是英年早逝,但都热衷于诗歌创作,留下了一些脍炙人口的作品,苏念礼有《雌伏吟》,苏念淑有《绿窗吟草》。

在清代广西的文学创作中,武鸣和宁明具有重要的地位,之所以如此,也是与它的文学家族分不开的。在武鸣的文学家族中,最著名的是韦天宝、韦丰华父子。韦天宝有《存恒堂遗集》,在壮族诗人中比较知名。其子韦丰华虽屡遭不幸，但热爱文学之心不改，诗、词、文各体皆擅长，创作了大量优秀作品，有《今是山房吟草》《吟余琐记》《耐园文稿》等，成就远超其父。宁明的黄体元、黄焕中父子也是值得关注的文学家族。黄体元生活于嘉庆、道光时期，死时年仅二十多岁。在他短暂的生涯中，创作了不少诗歌，有《冷香书屋诗草》。其子黄焕中虽然主要的兴趣在军事上，长期追随刘永福，戎马倥偬，但不废爱诗之心，有《天涯亭吟草》。

在桂北，除了临桂是文学家族的主要产生地之外，其他各地也有不少文学家族。例如清代后期，永福就有韦麟阁、韦绣孟父子。韦麟阁虽然主要的兴趣在史学，但也有不少文学创作，尤其是诗歌创作，有《小舟别墅遗集》。其子韦绣孟沉沦下僚，生活于同治、光绪至民国初，对诗歌创作情有独钟，创作了大量感叹时世的作品，有《茹芝山房吟草》。在全州，则有以蒋励常、蒋启敩、蒋琦龄为代表的蒋氏文学家族。蒋励常生活于乾隆、嘉庆时，主要的兴趣在散文创作，有《岳麓文集》。其子蒋启敩不仅精于诗，而且也精于文，有《问梅轩诗草偶存》《文草偶存》等著作。其孙蒋琦龄更是后来居上，有《空青水碧斋诗文集》。这样，就构成了一个祖父孙三代的文学家族，这在广西的文学家族中是比较少见的。在灌阳，有以唐懋功、唐景崧父子为代表的唐氏文学家族。唐懋功仕途不算得意，但于文学创作却有不少热情，有《得一山房诗集》。其子唐景崧曾为台湾巡抚，于诗文创作颇为当行，特别是戏曲创作，更是晚年心血所在。晚年退居桂林时，系统地总结和发展了桂剧，并且亲自创作了《看棋亭杂剧》四十出，使桂剧第一次有了自己的剧目,对桂剧的发展作出了重要的贡献。

在来宾(清代为迁江县)则有著名的凌氏三兄弟,即凌应枬、凌应梧、凌应柏。他们生活于同治、光绪间,在诗文创作上取得了较高的成就。凌应枬一生主要为学官,诗歌创作数量颇丰,有《依蒲吟草》《衔芦吟草》等。凌应梧是凌应枬的堂兄,仕途较顺,于文学创作颇有兴趣,有《劳薪集》。凌应柏是凌应梧的胞弟,诗歌创作有一定的特色,有《狎鸥集》。

就实际的情况来说,清代广西的文学家族数量应当是比较多的,以上我们只是做了一个简单的梳理,其实是挂一漏万,还有许多的文学家族还有待我们去发掘研究。

二

清代广西的文学家族,就其类型来说,最主要的有五种类型,即父子型、祖父孙型、兄弟型、叔伯兄弟侄子混合型和夫妻型。

父子型的文学家族,如上文说到的苏时学、苏念礼、苏念淑父子、父女,朱凤森、朱琦父子,龙启瑞、龙继栋父子,韦天宝、韦丰华父子,唐懋功、唐景崧父子等。在这一种类型的文学家族中,毫无疑问,父亲的文学爱好对子女的影响是巨大的,但就文学成就而言,多数是子女超过父亲。例如,朱琦的文学成就远超乃父朱凤森的成就,韦丰华、唐景崧也是如此。但是,如果父亲的成就很高,声名太响,子女就很难超过父亲,例如龙继栋的文学成就就远不如其父龙启瑞,苏念礼、苏念淑也远不如其父苏时学。

兄弟型的文学家族,如上文我们说到的来宾的凌应枬、凌应梧、凌应柏"凌氏三兄弟",临桂的廖鼎馨、廖鼎声兄弟,朱依真、朱依程兄弟等。这种类型的文学家族,有的是亲兄弟,有的是堂兄弟,往往其中有一位是相对成就较高的。

一般情况下,文学家族往往是由两代人构成,因此,祖父孙三代甚至四代的文学家族在清代广西的文学家族中比较少见,比较著名的是临桂以陈宏谋、陈兰森、陈元焘、陈继昌为代表的陈氏家族。在陈氏家族中,陈宏谋是陈继昌的高祖,陈兰森是其祖父,陈元焘是其父亲,他们与陈继昌一道,构成了一个四代相传的文学家族。这种情况在广西的文学家族中极为少见。在全州,则有以蒋励常、蒋启敩、蒋琦龄为代表的蒋氏文学家族。蒋励常、蒋启敩、蒋琦龄三人是祖父孙的关系,虽然每一位专攻的文体不同,但每一位都取得了比较显著的成就,在整个广西都显得比较突出。

叔伯兄弟侄子混合型的文学家族在清代广西的文学家族中比较常见,例如上文说到的以王必达、王必蕃、王鹏运为代表的王氏家族,以况澄、况澍、况周颐为代表的况氏家族等。在临桂王氏家族中,王必达、王必蕃为兄弟,王鹏运是王必达的儿子,是王必蕃的侄子。在况氏家族中,况澄、况澍为堂兄弟,况周颐是他们的侄子。像这样的情况,在清代广西的文学家族中较为常见。

在清代广西的文学家族中,还有一种上文我们没有说到,实际上比较普遍的情况,即夫妻型。在清代,我们能举出许多文学伉俪,例如桂平的潘兆萱夫妇。潘兆萱为桂平著名的诗人,他的妻子黄氏也是一位诗人,《三管英灵集》就收了她好几首作品。再如龙启瑞与其继室何慧生。龙启瑞是著名的古文家和诗人,其继室何慧生是长沙人,长于诗词创作,有《梅神吟馆诗词草》。汪运与他的夫人李学玉也是一对典型的文学夫妻。汪运是"杉湖十子"之一，其夫人李学玉的诗歌颇有特色，而且有的诗逼近丈夫风格，以至后人把她的几首诗当成了汪运的诗，有《桐花窗诗存》。在广西的文学伉俪中，晚清临桂的邹绍峄与萧玉姑也是比较有名的。邹绍峄有《飞仙馆诗集》，萧玉姑则有《愁春诗集》，后人把他们两人的诗集合刻为《痴仙吟草》。

如果从地域分布的情况来看，清代广西的文学家族往往集中在文学创作比较发达的地区，如桂北的临桂、全州、永福、灌阳等，临桂的情况最有代表性。从上面的描述可以看到，临桂的文学家族不仅数量最多，而且影响最大。大体而言，在广西全境，桂北远远多于桂中、桂南。在桂中、桂南，文学家族也主要集中在桂平、武鸣、宁明等文学创作相对发达的地区。这种情况与广西的整个文学创作的地域分布情况基本吻合。

从时间的分布来看，清代广西的文学家族多出现在中后期，具体而言，主要出现在嘉庆、道光、咸丰、同治、光绪、宣统这一百余年的时间里。在此之前的顺治、康熙、雍正、乾隆时期，虽然也有一些文学家族，但数量远逊于嘉庆以后。这一特点与清代整个广西文学的发展也是相一致的。①

三

清代广西文学家族的广泛出现具有标志性的意义。在清代

---

① 　参见拙文《论广西文学在晚清的崛起》，《南方文坛》2007 年第 4 期。

中期以前，由于广西文学始终处于不发达的状态，因此，相应地就很少出现文学家族，绝大多数作家都是以单个的形式出现在文坛上。我们所熟悉的曹邺、曹唐等，无不如此。直到明代和清代前期，基本上也还是这样。这说明广西的文学创作本身就是形单影只的，不能形成群体效应，得不到家族亲人们的广泛认同，同时也就不能在家族内进一步延续文学创作的传统，让文学创作发扬光大，形成代代相传的群体。这在"一个高僧两名士，二千年内见三人"①的情况下是极为正常的现象。而清代中后期广西大量的文学家族的出现，则至少说明了以下几个方面的问题：

第一，文学创作已得到家族内部成员的广泛认同，并视之为一种必要的修养。这一点也可以说是广西文学之所以能在清代中后期崛起的重要原因。观念往往是一种社会现象出现的前提，文学创作既然在广西人的思想意识中得到了认同，那么，它也就解决了发展过程中的关键问题。这既是文学自身发展的结果，同时也是当时文人们思想发展，乃至当时社会发展的结果。

第二，文学创作在清代中后期的广西已蔚然成风。文学家族的出现往往是以社会广泛的创作队伍为基础的，它的广泛出现，必然有更广大的作家队伍为依托，因此，它在很大程度上就是当时广西庞大的作家队伍的一个缩影。如此众多的文学家族，其背后的作家队伍也就可想而知，由此而知当时广西作家数量之多。

第三，标志着广西的文学创作走向了成熟和繁荣。如前所述，文学家族的众多，说明当时广西作家人数众多，作品丰富，这

---

① 　苏时学：《暇日偶翻两粤前辈诗集有所得戏作论诗绝句十五首》之三，《宝墨楼诗册》卷七，咸丰十一年刊本。

是广西文学走向繁荣的重要标志。同样,众多文学家族的出现,从作家队伍的形成或表现的方式来说,它改变了以前以个体为主的形成或出现方式,使之成为群体或团体式的形成或出现方式,这既是一种繁荣的标志,同时也是一种成熟的标志。另一方面,文学创作只有自身具有强大的吸引力,才能吸引家族内部不同类型的人参与其中。在清代中期以前,就单一的某位广西作家来说,其成就也许有令人称道之处,但由于势单力薄,不能形成吸引旁人的"引力场",因此也就不能形成文学家族,由此也就可以看出广西文学整体上的不成熟。而当文学家族广泛出现,说明文学创作的"引力场"已足够强大。

更为重要的是,清代广西文学家族的广泛出现,极大地促进了清代广西文学的发展,为广西文学在清代的崛起做出了重要的贡献。这表现在几个方面:

首先,无论是子承父业还是兄弟、夫妻之间的相互影响,都在客观上培养了家族成员的文学兴趣,代代相传的家族作家构成了文学创作的链条,形成了文学创作的群体效应,促进了文学创作的繁荣。民国时,永福的赵友琴在谈到他的家族情况时说:"余家世耕读,高祖考廷桢公、曾祖考庆祥公均工诗,有《听松庐》及《蛙鼓诗集》传世,先叔祖考心笙公讳文粹,为先曾祖考庆祥公之次子,先祖考才石公之同怀兄弟也,生有凤慧,器宇不凡,幼承庭训,致力于诗、古文学,前清同治丁卯科中式,辛未科进士……不特为一代循吏,而其诗名噪一时。"①这里说的是晚清永福一个不太为

---

① 《兰香吟馆诗稿序》,稿本《兰香吟馆诗存》卷首。

人所知的文学家族的情况,可以看到,这是一个三代相传的文学家族。这个家族的三代构成了文学创作代代相传的链条,同时也形成了一个文学群体,为清代广西的文坛提供了几位作家。广西文学之所以能在晚清繁荣一时,也正是因为有着无数这样的家族。

其次,由于文学家族内部成员往往具有密切的亲属关系,因此,往往易于开诚布公地交流文学创作的心得体会,极大地提高了家族成员的文学素养和对文学创作的认识,促进了创作技巧的提高。梅曾亮《榅山诗序》谈到刚认识朱琦时:"怪其齿之壮而诗学之深。伯韩(朱琦)曰:'昔先司马(指朱琦之父朱凤森)好诗,家居、出游、从宦、寝处、饮食,未尝去诗。与子弟言学,未尝不及诗。'"①正是因为有了朱凤森对诗歌创作的浓厚兴趣,才培养了朱琦对诗文创作的兴趣。同时,又由于他"与子弟言学,未尝不及诗",跟儿子们常常讨论的是诗歌创作的心得体会,这必然加深儿子们对诗歌创作的认识,提高创作的水平。朱琦之所以后来成为清代广西文学创作成就最高、影响最大的作家,除了后天的努力及个人的资质禀赋较好之外,家庭内父子之间的文学交流也是非常重要的因素。贵县(今贵港)的李彬、李懋培父子是清代广西诗坛上的两位著名诗人。李懋培在《一通集自序》中说:"培自习举业时,间亦学诗。故因事浪抬,随人应答,与足迹所及,乘兴记略约十年,纸页不无遗散。今岁无事,因检出令儿辈录之成帙呈家严,请定去取。家严曰:诗言志也,人各有志,遂各有言,两不相

①　咸丰七年《榅山诗稿》卷首。

代。汝作未足言诗,但不外为通,通则可存也。培喜曰:物莫不恶
乎其塞也,今夫水源通,性也,而下流一雍泛滥,莫可纪极,惟心亦
然。虚灵不昧,本固在焉。气一拘,物一蔽,则暧昧多,而冲决横
出之患,竟若狂澜之无由底止。今培言幸通,是志不塞而心之灵
之可用也。"①这段话非常具体地记载了李彬、李懋培父子关于诗
歌创作的对话以及李懋培从父亲的谈话中得到的启发和感悟。
这是父子间亲密无间的谈话,李懋培从中得到的启发无疑是非常
大的,这大大提高了其创作的兴趣和认识。

再次,文学家族成员由于性格、思想的相似性,特别是由于特
殊的亲情关系,很容易在创作风格上趋于相似,从而使一个家族
的文学创作在风格上保持相对的稳定性,形成这一家族不同于其
他家族的风格特点。众多这样的文学家族的存在,就形成了清代
广西文学创作百花齐放、风格各异的局面,推动了广西文学的发
展。如王必达是临桂的诗人,他的诗慷慨悲歌,颇多忧愤之作。
《春夜郴城遇雪早发时黑龙江归兵抵郴》《秣陵客舍感事二十二
韵》《从大榕江到全州途中作》这样的作品,从诗题就可以看出其
大致的内容。王必达这样的特点,对他的儿子王鹏运产生了重要
的影响。虽然王鹏运一生的主要兴趣并不在诗而在词,但是,王
必达的这种感时忧世的精神,深深地影响着王鹏运。王鹏运为人
耿直敢言,关心时事。在京时,屡次上疏朝廷,希望兴利除弊;对
慈禧有所规劝,对朝中大臣也多有弹劾,曾参加强学会等改革组
织。况周颐《礼部掌印给事中王鹏运传》说他:"鹏运直谏垣十年,

---

① 民国十四年排印本《一通集》卷首。

疏数十上,大都关系政要。""甫通朝籍,即不谐时论;置身言路,敢于抨击权强。"这样的特点,使他在仕途上饱受挫折,历尽坎坷;而在词的创作上,也颇多感叹时事之作,如《满江红》(送安晓峰侍御谪戍军台)等是最为典型的作品,其他的作品也许不像这首《满江红》那样直率,但低回抑郁之中,始终跳动着一颗忧国之心。我们如果将王必达的《养拙斋集》和王鹏运的《半塘定稿》合读,就会发现,他们父子两人的作品,尽管体裁有别,但风格神韵何其相似! 类似这样的例子,在清代广西的文学家族中不胜枚举。

清代广西的文学家族数量众多,形成的原因比较复杂,而且表现的形态也千差万别。也正是因为这样的特点,才使清代广西文学表现出精彩纷呈、百花齐放的景象。

清代壮族文人文学家族的特点及其意义

壮族文学长期以来都是以民间文学的形态出现的,但是,到了清代,以广西为主的壮族地区出现了大量文人文学家族。这一现象的出现在壮族文学发展史上具有重要的意义,应当加以认真的研究。遗憾的是,除了曾庆全先生的《广西百代诗踪》,周作秋、黄绍清等先生的《壮族文学发展史》等对此偶有涉及外,至今尚无专题的研究,对有关问题的认识很不深入和全面。有鉴于此,本文试作一点尝试。

一

由于多方面的原因,长期以来,壮族的文学一直以歌谣、神话传说、山歌、民间故事等为主,文人文学大都处于不发达的状态中。宋代以后,才开始出现零星的文人创作。明代的情况也依然如故。到了清代,广西壮族文人文学得到了迅猛发展,文人家族相应也大量出现。

清代壮族文人文学家族具有怎样的特点呢?

首先,清代壮族文人文学家族是整个壮族文人文学发展史上数量最多的。现在我们可以看到,有清一代,广西地区的壮族文人家族主要有:乾隆、嘉庆时期平南的黎建三、黎君弼父子,宾州

（今广西宾阳县）滕问海、滕楩父子，靖西的童毓灵、童葆元兄弟；康熙、乾隆、嘉庆、道光时期上林的张鸿翮、张友朱、张滋、张鹏展、张元鼎祖孙五人，武缘（今广西南宁市武鸣区）的黄彦坊、黄彦垍兄弟及他们的儿子黄君铿、黄坚钜；道光、咸丰、同治、光绪间武鸣的韦天宝、韦丰华父子；嘉庆、道光、咸丰、同治、光绪、宣统间宁明的黄体元、黄焕中父子；道光、咸丰、同治、光绪间来宾（清代为迁江县）的凌氏三兄弟，即凌应枌、凌应梧、凌应柏；道光、咸丰、同治、光绪间永福的韦麟阁、韦绣孟父子。此外还有咸丰、同治、光绪、宣统时龙州的赵荣正、赵荣章兄弟，光绪、宣统时宁明的农魁廪、农嘉廪兄弟等。清代文人文学家族这样大规模地出现，这在壮族文学发展史上是绝无仅有的，大大超过了壮族文人文学史上此前任何一个时期。

其次，从地域分布来看，这些文学家族分布的地域非常广，但又相对集中。从上面我们所列举的文学家族来看，可以说遍布了广西境内所有壮族居住地区。既有桂中、桂北地区，也有桂西、桂东南地区，甚至还有像龙州这样的边境地区。这样的分布情况与清代壮族文人广泛分布于广西各地的情况是一致的。周作秋、黄绍清等先生在谈到晚清广西壮族文人的分布情况时说："本时期壮族文人的分布，仍然以左江流域、红水河流域、大明山周边地区为中心，又特别集中在宁明、武鸣、上林、来宾、象州等县，但又不限于上述地区，而扩展到桂西相对偏远的地方，以及桂北壮汉杂居区。"①文人的分布情况是这样，文学家族的分布也是如此。当然，如果认真考察，我们还是会发现清代壮族文人文学家族分布

---

① 《壮族文学发展史》（中），广西人民出版社，2007 年，第 999 页。

存在着一定的不平衡性。也就是说,在壮族人口比较集中的桂西地区,壮族文学家族较少,而在人口相对较少的桂中、桂北地区则相对较多,尤其集中于宁明、武鸣、上林、来宾、象州等县。这种情况与清代壮族地区接受汉文化的影响,发展教育的状况相吻合。李彦福、何龙群先生曾指出:"壮族地区教育发展存在着三种不平衡,一是桂东桂西不平衡,二是城市乡村不平衡,三是沿江沿海平原与山区不平衡。这除了地理上的原因,主要与壮族地区接受汉文化程度不一和经济发展的不平衡密切相关。"并指出桂西是壮族地区教育发展最落后的地区。① 这种情况同样也表现在文学家族的分布上。桂东为主,桂西为辅;城市为主,乡村为辅;沿江沿海为主,山区为辅。可见,教育决定着文学家族的分布。

再次,就这些文学家族的构成来说,由父子、兄弟构成的文学家族最为常见,相对而言,历经数代、人数较多的文学家族比较少见。整个清代比较知名的壮族文学家族中,康熙、乾隆、嘉庆、道光时期上林的张鸿翻、张友朱、张滋、张鹏展、张元鼎祖孙五人组成的文学家族历时五代,人数也较多,这是清代壮族文学家族中历时最久、人数也比较多的知名家族。类似于上林张氏家族的壮族文学家族,有清一代,屈指可数。更多的则是由父子两代的两人或数人、兄弟两人或数人组成,人数往往不多,历时往往不久。由此可以看出,清代壮族文学家族相对于同时期的汉族文学家族,底蕴还不够深厚。也正是由于缺乏深厚的底蕴,也就在很大程度上限制了清代壮族作家在文学创作上达到的高度。

我们还可以看到,清代壮族文学家族的形成往往是较早接受

---

① 《浅论壮族教育发展的分期及其特点》,《中国民族教育》1994年第2期,第53页。

汉文化影响的家族,通过不断地积累,互相影响而逐渐形成的。例如,韦麟阁、韦绣孟父子是清代较有成就的壮族文学家族。在韦麟阁、韦绣孟父子以文学创作名世之前,韦麟阁的父亲,也就是韦绣孟的祖父韦布泽就已经全面地接受了汉文化的影响,是颇通经史的人物了,而且很可能也有文学创作,只是因为史料的缺乏无法证实而已。可以想见,韦麟阁、韦绣孟父子的文学创作肯定受了韦布泽的影响。而韦绣孟受韦麟阁的影响是有材料可以证明的。阳颙《小舟别墅遗集序》云:“在昔癸巳,予与峄芝(韦绣孟)同舟北上,同寓京邸,朝夕聚处几一年,初不知其能诗也。国变归来,桂林重见,朋侪文燕,湖山尊俎,峄芝每一诗成,予辄为之击节。既又读《茹芝山房全集》,清雅雄健,卓然名家,疑必有授之者。盖恨向之知君之浅也。今冬袖诗一册来,谓予曰:‘此先人《小舟别墅遗集》也,散佚多矣,搜残补缺,仅得近体诗百余首。将付剞劂,以贻子孙。子其为我序之。’予受而敬读一通,始恍然,峄芝之诗有自来也。”①阳颙初读韦绣孟的诗集《茹芝山房全集》,就怀疑其诗歌创作“必有授之者”。等到读了韦麟阁的诗集《小舟别墅遗集》后,才恍然大悟,韦绣孟的诗歌创作原来是得之于父亲的传授。《小舟别墅遗集》中有韦绣孟的《先严好吟咏记》一文,云:“东轩师断弦续娶大坡圩之卅岁待字女,先严函贺之;其复书引古自嘲云:‘我已轻舟将出世,得卿来作挂帆人。’先严依其‘人’韵下一转语,作七律一首赠之……数诗酬唱,颇极一时之盛。”“孟北上时,父《赠行》诗中有‘万里远堪冲浪去,十年前已问津来’之句。及孟在曲阜任时,伤家乡匪乱,思迎先慈赴东就养,父寄诗切

_____

① 《小舟别墅遗集》附,民国十六年石印本。

责,记末联云:'不测风云悬两岸,行年五十昧评量。'皆精警可诵,爰附于此。"有父如此,为儿的岂能不受影响?再如以黎建三、黎君弼父子为主的这一壮族文学家族,早在黎建三之前的父辈,甚至是祖辈,在汉文化修养上就已经具有了很高的水平。黎建三的祖父是贡生,父亲是举人,叔父是举人。这样的前辈实际上为黎建三树立了很好的榜样。正是榜样的力量,再加上自身的努力,促使黎建三十八岁即中举人,这在当时是极为不易的。如果没有前辈的影响和一定的家学基础,很难想象黎建三如此年轻便在科举上取得这样优秀的成绩。我们同样也可以想象,黎建三的前辈们在文学上也是有一定造诣的,这种造诣甚至直接影响过黎建三。而黎建三的文学兴趣与成就直接影响了他的儿子黎君弼。黎君弼在文学上取得了一定的成就,亲自编定了黎建三的诗集,并且有自己的诗集《自娱诗集》。祖孙三代的家学与传统昭然可见,这是形成清代壮族文学家族的基础。

清代壮族文人文学家族在创作上表现出两个鲜明的特点:

第一,主要擅长诗歌和散文,尤其是诗歌创作,成就比较突出,而在词、戏曲以及其他文体上则成就较低。"凌氏三兄弟"中,凌应枬一生主要用力于诗歌创作,数量颇丰,有《依蒲吟草》《衔芦吟草》等。凌应梧是凌应枬的堂兄,仕途较顺,于文学创作颇有兴趣,有《劳薪集》。凌应柏是凌应梧的胞弟,诗歌创作有一定的特色,有《狎鸥集》。韦麟阁与韦绣孟父子,韦麟阁主要的兴趣是诗歌创作,有《小舟别墅遗集》。其子韦绣孟也对诗歌创作情有独钟,创作了大量感叹时世的作品,有《茹芝山房吟草》。这就可以看出,清代壮族文人家族中的作家具有了较为全面的才能,并有了较深的造诣。这些文学家族的文学创作主要集中在诗歌和散文这两种文体上，而在词的创作上显得非常薄弱。在这些文人家族中，只有黎建三等少数人在词的创作上取得了一定的成就。这与清代壮族家族文学的创作是极不相称的。就是黎建三等少数作家，相对于他们自己的创作总数来说，词的数量也很少。黎建三现存的《素轩词剩》有词 38 首，而他的《素轩诗集》存诗却多达 380 多首。这就意味着，词的数量只有诗的数量的十分之一。这种情况与整个清代壮族文人的创作是一致的。黄绍清先生的《壮族文学古籍举要》中"文人文学"部分共收录了 22 种清代壮族文人作家个人作品集，其中纯粹的诗集有 17 种，散文集 3 种，词集 1 种，戏曲集则一种也没有。这就说明清代壮族文人普遍重视诗歌创作而轻视词和戏曲的创作。

　　第二，各个文学家族以及家族成员内部之间创作风格迥异，具有鲜明的个性特征。如前所述，清代壮族文学家族内部存在着相互影响的关系，但是，这种影响并没有抹杀清代文学家族内部成员在文学创作上的个性，使得这些文学家族成员的创作呈现出各自不同的风格和特征，真正体现了如曹丕所说的，"虽在父兄，不能以移子弟"（《典论·论文》）。例如，宁明壮族著名诗人黄体元，"高才博学，被土官压迫，拒不与应童子试……卒以才学见嫉，遭土官殴辱内伤，随卒"（《思乐县志》）。黄体元死时年仅二十多岁，在他短暂的生涯中，创作了不少诗歌，有《冷香书屋诗草》，"诗笔清峭"。① 由于长期不得志，黄体元的诗歌颇多抑郁之气，冷眼旁观之思。而其子黄焕中则与他是完全不同的两类人，性格开朗，为人豪爽，主要兴趣在军事上。他长期追随刘永福，戎马倥

_____

① 《宁明耆旧诗辑》卷五，民国二十三年西南印书局本。

偢，但不废爱诗之心，有《天涯亭吟草》。他的诗多写军旅生活，爽朗而有豪气，与其父黄体元的诗风迥然不同。再如上林以张鸿翮、张友朱、张滋、张鹏展、张元鼎为代表的祖孙五人，这是一个历时较久的壮族文学家族。五代之中，张鹏展的名气和影响最大，其诗虽然多数散佚，但就仅存的诗来看，写地方风物，清新可喜；拟古之作，颇有古朴之风。清代广西著名诗人廖鼎声在《论诗绝句》中评曰："君家《感遇》曲江曲，《拟古》七篇应与齐。"这说明《拟古》七篇是其代表作，具有典型性。而从《峤西诗钞》所保存张鸿翮、张友朱、张滋的诗来看，都具有不同的风格。张鸿翮现存诗 16 首，通俗率真。张友朱现存 5 首，辛筠谷反复用"冲淡"二字来评价其诗，①可见其主要风格。张滋的诗现存 7 首，多写亲情，感情真挚，沉痛哀婉，自有低回宛转之气。五人虽为一家，有血缘关系，但诗歌的风格却是如此不同。这充分展现了清代家族文学创作的丰富性和多样性。

二

　　清代壮族文人文学家族的兴起可以说是历史发展的必然结果。

　　壮族是一个具有悠久历史的民族，长期以来居住于我国南方地区，与汉文化有着千丝万缕的联系。从汉代以后，就不断接受汉文化的影响，汉文化水平不断提高。经过长期的发展，到了明代，随着汉文学校教育的广泛开展，壮族的汉文化水平达到了一

───────────

① 《峤西诗钞》卷五，民国抄本。

个新的高度。明朝政府"立社学以教僮竖"，"粤西学臣敕内，独有教习僮童一款，令州、县置社立傅，岁以教成者闻，颇谙文理者收之黉序"。① 在这种情况下，一些上层壮族统治者从小就受到了良好的汉文化教育，并且通过科举进入了仕途，成为具有较高汉文化水平的壮族人，从而也带动了整个壮族地区汉文化的发展。到了清初，张绥远出守思恩府时，"郡治半属土司，淫陋相沿，未能绥化。绥远乃广建义学，延师训导，不分汉土，皆令诵习其中。由是汉土之民，咸知礼义，即仲、依、徕、倮，亦间有读书识字者"。②

　　清代，壮族地区汉文化教育有了空前的发展，汉文化水平达到了一个前所未有的高度。这表现在以下几个方面。首先，教育机构空前增多。有明一代，右江地区的泗城、镇安两府，连一所书院也没有。到了清代，则在壮族聚居的桂西许多州县设立了书院、义学、社学。如天河县有凤岗书院、宜山县有屏峰书院、凌云县有云峰书院、西隆州有安隆书院、西林县有毓秀书院等。泗城府、西隆州、西林县、东兰州等都设立了学校。③ 其次，接受汉文化教育的队伍空前扩大，科举上有了较好的表现。一方面，壮族统治者广泛自觉地进行汉文化教育，如雍正《太平府志》所说的那样："太平、安平、万承、恩城，土官皆延师教其子弟，亦娴文艺。"另一方面，一些平民也开始自觉接受汉文化教育。如果说在清代以前，壮族接受汉文化教育的以上层统治者为主的话，到了清代，一些平民也开始接受汉文化教育，并且参加科举考试，取得了一些

①　魏溶：《诸夷慕学》，《粤西文载》卷六十一。
②　道光《白山司志》卷九。
③　黄现璠等：《壮族通史》，广西民族出版社，1988 年，第 539 页。

突破。整个明代,壮族聚居的地区考中进士的人数非常少,其中只有柳州府 12 名、庆远府 12 名、南宁府 11 名、思恩府 3 名,而泗城府、思明府、镇安府一名都没有考中。这些考中进士的人中,只有庆远府的韦昭、韦广中可以确定为壮族人。① 而在清代举行的 100 科乡试中,广西共中式文科举人 5075 名。其中,壮族聚居地区的柳州府 258 名、太平府 104 名、庆远府 26 名、南宁府 331 名、思恩府 150 名、镇安府 16 名、泗城府 16 名。据梁精华先生统计,在有清一代广西的乡试中,"广西少数民族比较集中聚居的庆远、太平、思恩、镇安、泗城等五府,中式举人共计 312 名,占全省中式举人总数的 6.2%"。② 而在考中文科进士的 587 名中,壮族聚居比较集中的柳州府 27 名、庆远府 5 名、太平府 7 名、南宁府 38 名、镇安府 4 名、思恩府 7 名、泗城府 3 名。③ 清代壮族聚居地区考中的人数虽然总数并不算多,但与明代考中进士的人数相比,无疑有了显著的增加。当然,这些考中进士或举人的人,未必都是壮族,但其中有一部分是壮族是毫无疑问的。而且这些人即使不是壮族,但他们能从壮族地区考中举人或进士,这本身就说明了壮族地区文化水平有了显著的提高。不然,在激烈的科举考试竞争中,这些人无论如何是不能脱颖而出的。

清代壮族的一些家族本身也非常重视汉文化教育,将其视为子孙获取荣华富贵或加强文化修养的手段。韦麟阁的《小舟别墅遗集》后,有一篇韦绣孟兄弟合写的《哀启》,记载了韦麟阁让韦绣

① 梁精华:《广西科举史话》,广西人民出版社,1993 年,第 35 页。
② 梁精华:《广西科举史话》,广西人民出版社,1993 年,第 71—72 页。
③ 梁精华:《广西科举史话》,广西人民出版社,1993 年,第 106 页。

孟兄弟接受汉文化教育的情况："辛巳春，先严见变乱频仍，因劝先大父布泽公携赀卜居桂垣，并延师专课不孝绣孟、绣韩、绣苏昆季三人。甲戌后，不孝绣孟昆季以次入庠食饩。"其后"五弟绣朱、六弟绣鼎，联镳竞爽，入庠授室"。可见，接受汉文化教育已经成为韦麟阁自觉的行为。韦麟阁、韦绣孟之所以能成为清代广西文学史上有一定地位的作家，与家族内部重视汉文化的教育是分不开的。

在清代整个壮族地区汉文化水平不断提高的背景下，壮族作家的汉文学创作也相应地得到了普遍的提高，涌现了大量的壮族作家。在整个清代，壮族作家的人数是空前的。我们无法统计有清一代到底有多少壮族文人，但只要翻开任何一部壮族文学史著作，例如《壮族文学史》《壮族文学发展史》《壮族文学发展概要》《广西壮族文人文学史概要》等，我们就可以发现，清代的壮族文人在整个中国封建社会中是最多的。以曾庆全先生选注的《历代壮族文人诗选》为例，全书共选注了 76 位壮族诗人的作品，其中唐代 1 人，宋代 2 人，明代 7 人，除此之外，其余的全是清人，共 66 人。当然，我们完全有理由相信这是一个很不精确的中国古代壮族诗人名单，例如清代以前年代久远，资料散失非常严重，因此湮没了很多清代以前的壮族诗人。但是，曾庆全先生开出的这一壮族诗人名单至少在一定程度内说明了中国古代壮族诗人主要集中于清代这一事实。不管从诗人数量还是作品创作的质量来看，清代无疑是中国古代壮族文人诗歌创作的高峰。纷纷涌现的清代壮族文人家族就产生于这样的基础之上。

三

清代壮族文学家族的大量出现,对于整个壮族文学的发展具有十分重要的意义。

清代壮族文人文学家族的大量出现促进了壮族文人文学的发展。壮族文人文学家族对壮族文学发展的促进是通过几个方面来实现的:一是为壮族文学提供了大量作家和作品。在整个清代壮族文人文学创作中,很难想象抽掉张鹏展家族,黎建三、黎君弼父子,韦麟阁、韦绣孟父子,黄体元、黄焕中父子,以及凌应枬、凌应梧、凌应柏兄弟等文学家族后会是怎样的景象。如果真的没有这些文学家族的作家和作品的支撑,整个清代壮族文人文学将会失色许多。仍以曾庆全先生选注的《历代壮族文人诗选》为例,在所选入的66位壮族诗人中,至少有20位诗人属于文学家族诗人。这就意味着,这些文学家族的诗人几乎占了整个清代有影响的诗人人数的三分之一。这一数字同时也意味着这些家族诗人在作品的数量上也占了整个清代壮族文人作品相当的比重。可见,文学家族的出现,有力地促进了清代壮族文学的繁荣,在很大程度上推动了中国封建社会壮族文人文学创作走向它的最高峰。二是延续了壮族文人文学的某些传统,使之代代相传,生生不息,形成文学家族的创作特色。由于壮族文学家族内部成员之间存在着血缘关系,在很多情况下,壮族家族文学创作上的特点是靠家族内部成员来继承的。例如韦天宝、韦丰华父子组成的文学家族在创作上存在着明显的理学色彩。这种色彩的形成,作为韦丰华祖父的韦有纲起了开山的作用,然后再通过韦天宝传至韦丰华。虽然韦丰华是韦天宝的遗腹子,没有直接受过韦天宝的教育,但是韦天宝的诗文集《存悔堂遗集》是韦丰华所编,这说明他是受了韦天宝的影响的。这样,通过代代相传,就形成了这一壮族文人文学家族创作上的理学色彩,使其具有了区别于其他壮族文学家族的鲜明个性。三是树立榜样,促进形成创作风气。到了清代,尽管文学创作已经成为文人的一种业余爱好,但是,它却是文人文化修养的标志。对于一个家族来说同样如此,具有文学创作传统的家族在社会上往往具有崇高的声望。在封建社会里,"诗礼之家"是对一个有修养的家族的称赞,这样的称赞同样盛行于壮族地区。在这种情况下,从事文学创作就不仅仅是个人的行为了,而具有了光宗耀祖的意义,因此,具有文学创作传统的家族自然就成了还没有形成文学创作传统的其他家族的艳羡对象,纷纷向其看齐学习,这就极大地拉动了整个壮族地区文人文学创作。

　　清代壮族文人文学家族的大量出现本身具有标志性的意义。壮族文学家族的出现是需要一定条件的,是在一定历史条件下的产物。当它作为一种普遍现象出现时,说明壮族文人文学发展到了一个新的历史阶段,达到了一个新的高度。这是因为,文学家族的大量出现是以一个地区、一个时代大规模的文学创作为基础的,不太可能产生于文学创作低谷。清代壮族文人文学家族的大量出现,标志着清代文人文学创作的繁荣。同时,文学家族的大量出现,又标志着清代壮族文人文学创作的成熟。一方面,文人文学创作已成为清代壮族家族文人普遍认可的传统,使之成为普遍的风气,并且在发展过程中形成了各自不同的特色。另一方面,就清代壮族文人文学家族本身的创作来说,它们为壮族文学乃至整个中国古代文学所贡献出来的作家和作品,许多都可以在文学史上占有一席之地,如张鹏展、黎建三、黄焕中、韦丰华、韦绣孟等。可以说,清代壮族文人文学家族的大量出现从繁荣与成熟这两个维度标志着壮族文人文学创作达到了一个的新高度。当然,当我们把壮族文人文学家族的出现看成一种重要的标志时,又可以从另一个角度看到,壮族文人文学家族直至清代才开始大规模出现,说明壮汉融合的历史进程是何其漫长。

清代壮族文人文学家族的大量出现,对于整个清代广西文学的发展也起了重要的作用。尤其是它从地域和民族分布的角度,完善了清代广西文学家族在壮族地区的分布,不仅使整个清代广西文学家族的数量有了很大的增加,而且在民族和地域上有了新的开拓。

清代壮族文人文学家族的大量出现是一个具有重要的文学和文化意义的现象,需要许多人共同的努力才能得到深入的认识。本文的讨论如若未能中的,就权当是一种粗浅的尝试吧。

家风与清代粤西文学家族

所谓家风,指的是一个家庭或家族的传统风尚、风气和作风,它包括一个家庭或家族的价值取向、行为方式等。正如有的研究者指出的那样,"家风又叫门风,是一个家庭在世代繁衍过程中逐步形成的较为稳定的生活作风、生活方式、传统习惯、道德规范和为人处世之道的总和"①。

经过长期的积累与发展,在多种因素的影响下,清代粤西地区的各个家族已形成了一些相对稳定的家风,这对于文学家族的形成和发展具有十分重要的影响,因此,这是一个不容回避的问题。

一、清代粤西文学家族家风的特点

粤西作为多民族聚居地区,少数民族文化与中原文化一直融合得较好,中原文化比较早地得到了普及。因此,清代粤西文学家族的家风,与清代大多数地区一样,形成了如下比较普遍而稳定的家风:

① 曾钊新:《论家风》,《社会科学辑刊》1986年第6期。

(一)重视儒家传统,强调品德与思想的教育

清代粤西的文学家族之所以繁盛和持续发展,与它们一直重视和强调儒家思想的教育,注重品德的传统是分不开的。品德教育可以保证后代在正确的方向上不断发展,这是一个家族得以长盛不衰的根本。

临桂陈氏家族之所以兴盛不衰,并且能够在文学上新人辈出,这与陈氏家族的核心人物陈宏谋所树立的家风有莫大的关系。陈宏谋一向十分重视家庭教育,尤其重视品德的教育。他编有《五种遗规》,将历史上著名的有关家庭和社会教育的名著、名言汇集在一起,作为家庭和社会教育的读物。他认为:"天下有真教术,斯有真人材。教术之端,自闾巷始。人材之成,自儿童始。《大易》以山下出泉,其象为蒙。而君子之所以果行育德者,于是乎在。故蒙以养正,是为圣功,义至深矣。余每见当世所称才子弟,大都夸记诵,诩词章,而德行根本之地,鲜过而问焉。夫在山泉水清,出山泉水浊,繄岂泉之咎哉?"①更为重要的是,陈宏谋将《五种遗规》中的这些儒家思想贯穿到他自己的家庭教育中,现存的《陈宏谋家书》就是最好的例证。《陈宏谋家书》保存了陈宏谋在乾隆十九年(1754)至乾隆三十四年(1769)十五年内写给他的儿子陈钟珂等人的二十封家书。在这些家书中,陈宏谋叮嘱他的儿子们如何做人、如何树立正确的人生价值观和行为准则。例如第十六封家书云:"近来所纂《学仕遗规》……吾直以为现身说法,

---

① 《五种遗规》之《养正遗规序》,光绪十九年文英阁本。

关非老年功名成就,以此著述图博文名也。而尤先望十一侄、子大侄、松山辈,咸体此意而勉力行之,毋以名成利就便为好结果也。好名声是不可少的。至于'利'字则不能强,亦不必设计苦求,命中原有定数。况天下未有官久而至于乏衣食者。只怕苦心求利,不顾声名,转至后来衣食不继,面目可憎,难以见祖宗,难以见亲友耳。"①这些写给亲人的书信应不是客套话,而是他对后人的殷切期望和教导。正如陈钟琛在给《含贞轩诗》所作的序中所说:"昔文恭公以理学著名海内,其于后辈莫不教以名理节义。"②正是因为有了陈宏谋这样的教导,临桂陈氏家族才没有走向人生的歧途,也才在科举的道路上不断涌现新人,保证陈氏家族繁荣昌盛。

全州龙水的蒋氏家族也十分重视思想品德的教育。蒋励常在《诫次子启敭书》中说:"汝既入仕途,但有可自树立,亦不负读书一生。独是宦场难处,宜进宜退,务善自斟酌,求无愧于出处之节而已。""首剧难任,为事多也,多则事事愈宜小心。汝今所作,总求无负于国,有益于民,不愧于天,不怍于人,便不是空向宝山一走。此外唯居易俟命,一切穷通得失,举不足计也。"这书中的"无愧于出处之节"道出了蒋励常对儿子的要求,特别是"无负于国,有益于民,不愧于天,不怍于人"十六字,真可为为官为民为人的座右铭。在这种家庭教育中长大,并时刻受着长辈谆谆教诲的蒋氏成员,出处大节多无所亏,这保证了他们为人行事的沉稳。

---

① 郭志高、李达林整理:《陈宏谋家书》,广西师范大学出版社,1997 年,第 219、244 页。

② 嘉庆七年修、光绪六年补修《临桂县志》卷二十二。

类似临桂陈氏家族、全州蒋氏家族这样重视子孙品德和思想教育的文学家族,在清代粤西是十分普遍的。而这也正是清代粤西文学家族不断产生的基本保证。

(二)重视读书

清代的粤西,虽然近海,与广东接壤,但绝大部分地区均以农耕为主,属于典型的农业社会。在这种情况下,文学家族之所以兴盛,与这些家族重视读书的家风是分不开的。重视读书,这从清代粤西人们对私塾的设置可以看出。据光绪三十四年(1908)统计,广西全省有平乐、荔浦、钟山、来宾、东兰、百色、上思、凌云等23个县,各县仅有公办小学1所。但民间自办私塾则数量众多,仅武宣县在清朝末年就有私塾23处,共有塾师27人,学生407人;灵川县在清末有村塾23处,家塾5处;融县先后也办了15处。

读书,对于清代粤西文学家族来说,具有两层意义:一是通过读书致身,二是通过读书修身。读书修身,也就是思想品德的教育,这在上文我们已作了具体的论述,而读书致身,则是清代粤西文学家族兴盛的关键。

对于处于相对封闭,以农耕为主的清代粤西而言,绝大多数家族出人头地的方式是读书。因此,读书成为清代粤西社会的普遍风气。

龙献图在写给他的儿子龙寅绶的《示寅绶》一诗中说:"教儿勤识字,故纸正须钻。"其出发点就是希望通过读书达到走上仕途的目的。谢良琦《示诸侄孙书》是一封写给其族中晚辈的书信,在这封信中，谢良琦回顾了谢氏家族的历史和传统："太宜人每语吾兄弟曰：'自吾为妇，食贫，今幸富厚，此汝父读书所致耳。汝不发愤，乐其衣服、饮食，吾立见尔之贫且贱也。'吾少时体弱多病，太宜人虽怜爱，终不令骄逸，独奉常公袖果饵啖吾，以其衣衣吾，又婉转教吾读书……吾实不德，何以教诲汝哉？则惟有举赠公之训，而益以一言曰：所先者，德行；所重者，孝弟；所急者，读书而已。"①在这段话中，谢良琦用来教导晚辈的都是家族长辈的言行，其中心就是读书。谢氏家族之所以能过上富裕的生活，如谢良琦母亲所言，是读书所致。而谢氏家族的座右铭之一，便是读书。

灵川江头村的周氏家族，据《周氏宗谱》和民国十八年（1929）《灵川县志》记载，自嘉庆以后的100余年之间，江头村共出庶吉士13名、进士8名、会试贡士8名、举人31名、国子监36名、秀才上百人。出仕168人，一品官4人，二品官4人，五品以上官员37人，其中知县21人，在京城任职14人。如吏部主事周瑞琪、户部主事周廷揆、礼部主事周绍德、刑部主事周绍昌、兵部卫千总周廷召等。周氏家族之所以如此兴旺，是因为这一家族十分重视教育，把"学而优则仕"当作族中的最高宗旨。周氏家族以宋代著名理学家周敦颐后人自居，以周敦颐《爱莲说》为族训，族中设有"爱莲书院"。周氏家族的大量财富不是用来置办田产，而是用来兴办教育。灵川周氏家族虽然不以文学著称，也算不上文学家族，但也有不少文学创作。族人在科举和仕途上的成功，完全是族中重视读书，崇尚"学而优则仕"的结果。类似于灵川周氏家族的这

① 熊柱等校注：《醉白堂诗文集》卷二，《全州历史文化丛书》，广西人民出版社，2001年。

类家族,在清代粤西不胜枚举。

(三)崇尚文学

清代粤西的文学家族,除了极少部分有轻视文学的现象之外,绝大部分都崇尚文学,把文学创作当成一件雅事。

上林张氏文学家族是壮族,主要由张鸿翮、张友朱、张滋、张鹏展、张鹏衢、张鹏超、张元鼎等人构成,其中的核心人物是张鹏展。张鸿翮是张鹏展的曾祖父,张友朱是其祖父,张滋是其父亲,张鹏衢和张鹏超是其兄弟,张元鼎是其儿子,这样就形成了一个由五代人组成的文学家族。张元鼎为其诗集取名曰《趋庭集》,这"趋庭"二字,就取自《论语·季氏》:"(孔子)尝独立,鲤趋而过庭。曰:'学诗乎?'对曰:'未也。''不学诗,无以言。'鲤退而学诗。"后遂以"趋庭"为承受父教的代称。虽然我们已看不到张元鼎的《趋庭集》了,但是,其内容无疑是诗文创作。张元鼎诗文集的命名及上林张氏数代相传的文学创作传统就足以说明张氏家族对文学的崇尚。

这种精神上的崇尚,有时甚至比物质上的保证更为重要。例如迁江(今来宾)的凌应枏兄弟,从科举来说,不过是一名举人而已,为官也不过教谕、教授,其三兄弟一生都过着清贫的生活,但是,正如凌应枏在《偶感》二首其一所写的那样:"茶鼎香炉小竹楼,细堪荣辱大关头。爱争浓艳花遭妒,惯隐光华月善修。名士风情苏玉局,痴人事业董糟邱。天荒地老浮生梦,买夏吟春取次游。"一方面是对荣辱等进行深入的思考,另一方面,"买夏吟春取次游"则是其消解"天荒地老浮生梦"的常用方式。这"吟春"二字就是文学创作,既是凌应枡本人的爱好,也是其家族的传统。王必达《养拙斋诗》之《酒泉集》中有《曾王父领浙省解官江西移粤右贫不能归殁遂葬焉平生诗稿达犹及见后乃散佚达出仕后亦不能废诗家祭日作长排略叙梗概六十韵》回忆其家"诗是吾家事,苍茫慨杜陵。清门千古重,旧德百年承。儒素传毋替,嘉宾赋早登"。这"诗是吾家事,苍茫慨杜陵"二句,道出了临桂王氏家族的诗学传统。民国时,永福的赵友琴在谈到他的家族情况时说:"余家世耕读,高祖考廷桢公、曾祖考庆祥公均工诗,有《听松庐》及《蛙鼓诗集》传世,先叔祖考心笙公讳文粹,为先曾祖考庆祥公之次子,先祖考才石公之同怀兄弟也,生有凤慧,器宇不凡,幼承庭训,致力于诗、古文学,前清同治丁卯科中式,辛未科进士……不特为一代循吏,而其诗名噪一时。"①这里说的是晚清永福一个不太为人所知的文学家族的情况,可以看到,这是一个三代相传的文学家族。可见,对于文学的崇尚,是一个家族能成为文学家族的重要原因。

二、家风对文学家族的影响

大体而言,家风、家学对清代粤西文学家族的影响和作用表现在三方面,即激励、约束与示范。

---

① 《兰香吟馆诗稿序》,桂林图书馆藏稿本《兰香吟馆诗存》卷首。

(一)激励

一个家族的家风如何,会直接影响到下一代的成长。其中,某些体现家风的人物、事件或作品,往往会对晚辈或年轻人产生激励的作用。这种激励往往分为两个方面:一方面是长辈或年长者对晚辈或年轻人的主动的激励、鼓励,另一方面是晚辈或年轻人主动地接受激励、鼓励。前者是长辈或年长者主动发出的行为,后者是晚辈或年轻人自觉接受长辈或年长者的教导,或受其启发、鼓舞而产生奋发有为的激情。清代粤西文学家族之所以产生和发展,这是一个非常重要的原因。

全州的蒋氏家族,其家风就是重视勤奋读书,反对懒惰,鼓励向上,这是这一家族不断成功的主要原因。家族中的长辈或年长者,十分重视对晚辈或年轻人的教育,通过言传身教来鼓励他们,积极向上。

全州蒋氏家族的光荣历史可以追溯到明代甚至更早,这一家族中的前辈蒋冕,就是显赫一时的人物。蒋励常在《家文定公祠堂碑记》云①:

> 吾蒋氏世居全州,明谨身殿大学士文定公(蒋冕),其宗前辈也,殁逾三百年矣。至我朝嘉庆二十四年己卯,吾族始为立祠于本宗始祖安阳侯祠左以祀之。祠既成,众属余为记

---

① 蒋励常著,蒋世玢等点校:《岳麓文集》卷二,《全州历史文化丛书》,广西人民出版社,2001 年。

其颠末。

余维公在有明立朝数十年，后先所建白备载《明史》及公本传。至其学术之纯，则犹有未能详者。近邑人俞石村（俞廷举）重刻公《湘皋集》，称公为有明一代理学名臣，非阿所好也。盖公之学学于邱文庄（邱浚），公一以程朱为宗，故其见诸行事，发为文章，非有心自见，而其渊然之光、粹然之色自有不可以掩者。……公于吾辈远耶？近耶？公之殁虽久，其灵爽在天，必于是祠乎实式凭焉。一家有典型，而仰止之思不切于方寸，则登公之堂、瞻公之神，其能无愧于中乎？然则我辈之立祠以祀公也，又非第为酬功报德计也。同此木本水源，则义在亲亲。溯其嘉言懿行，则义在贤贤。于是乎训，于是乎行，使继起者咸有所观法，而因之以自淑。

在这篇碑记中，蒋励常首先对族中前辈蒋冕表示了高度认可，认为蒋冕是"其宗前辈也"，然后再充分肯定、赞赏蒋冕的思想、行为，其中特别突出了其"学术之纯"，认为蒋冕"一以程朱为宗，故其见诸行事，发为文章，非有心自见，而其渊然之光、粹然之色自有不可以掩者"。最后点出了蒋氏家族为蒋冕立祠的原因，一是唤起族人的思亲之心，景仰祖宗，即"一家有典型，而仰止之思不切于方寸，则登公之堂、瞻公之神，其能无愧于中乎？"二是为族人树立榜样，使族人的思想行为有准则可依，即"同此木本水源，则义在亲亲。溯其嘉言懿行，则义在贤贤。于是乎训，于是乎行，使继起者咸有所观法，而因之以自淑"。蒋励常这篇碑记的核心是为族人树立榜样，号召族人向这位德高望重的宗族前辈学习，激励族人团结向上，亲亲贤贤。这样，蒋冕就成了清代蒋氏家族的精神象征，成了激励后辈的完美人物。蒋励常的这篇《家文定公祠堂碑记》与蒋启夑《与乐庵弟书》虽然内容完全不同，一篇是长者对年幼者的激励，一篇是后辈将前辈的言行事功作为激励族人的榜样，但精神实质是一致的，那就是激励后人行己有耻，在正确的方向上不断进步。这就是家风、族风对家人、族人起到的激励的作用。

清代粤西文学家族之所以能不断发展，其中一个重要的原因就是能从家族文化、家族成员、家族传统中不断地获得精神的激励，所谓不忘祖德，光宗耀祖，其实就是这种激励的结果。

（二）约束

清代粤西文学家族得以不断发展，形成自己特点的另一原因，是家族文化对家族成员有强烈的约束作用，这种约束作用对于保证家族在正确的方向上发展，克服某些缺点，抵御一些不良风气的影响，具有十分重要的意义。所以，我们可以看到，往往是家教越严格的家族，其发展越持久，成就也往往较高。

清代粤西家族文化以何种方式来影响、约束家族成员，这在不同的家族会有所不同，但主要有以下几种：

1.祭祀

全州谢氏家族中的谢良琦在《合刻家世乡会试朱卷序》中说①：

---

① 　熊柱等校注：《醉白堂诗文集》卷一。

　　　　吾族居于粤之鄙,自隆、万以来,族之父兄子弟,每春秋
　　　家庙祭祀方毕,必相与酌酒告于先灵,谆谆动色相戒。只是
　　　服先畴,食旧德,无敢逸豫。故自三四十年之间,天祸人,国
　　　变乱,相仍饥寒流离奔窜,即乡举之典,亦十五年未行,四民
　　　转徙失业,而吾族之人宝其诗书陇亩与其父兄之训,从无有
　　　饰伪猎名、奔走权利捷径、求富贵利达者。其文章虽质朴无
　　　惊采可观,而亦不为其雷同剿袭。呜呼! 此吾族之所以盛
　　　也欤?

谢良琦的这段话分析了全州谢氏家族兴盛的原因,认为他的家族
虽然居住在比较偏远的广西边境,但从明代以来,族人都非常重
视"诗书陇亩与其父兄之训",并将这一传统发扬光大,于是便产
生了两种结果,一是族人为文"从无有饰伪猎名、奔走权利捷径、
求富贵利达者";二是族人"文章虽质朴无惊采可观,而亦不为其
雷同剿袭"。出现这两种结果,在谢良琦看来,主要的原因是每年
春秋时节通过举行家祭而形成集体教育的氛围与环境,族人"谆
谆动色相戒",这样的活动产生了巨大的约束、训诫作用,"只是服
先畴,食旧德,无敢逸豫","无敢"二字说明了其作用,因而才使全
州谢氏家族长盛不衰。可见,"服先畴,食旧德"的家族文化对于
一个家族来说,既可以使家族文化保持连续性,同时也更重要的
是对家族成员产生约束力,可以让家族不偏离正轨。

　　2.庭训

　　《论语·季氏》记载:"鲤趋而过庭,曰:'学诗乎?'对曰:'未
也。''不学诗,无以言。'鲤退而学诗。他日又独立,鲤趋而过庭,
曰:'学礼乎?'对曰:'未也。''不学礼,无以立。'鲤退而学礼。"从

此以后，中国历代的家庭都十分重视庭训，到了清代，更是如此。康熙皇帝还亲自编写了《庭训格言》。

作为一种传统的父亲教导儿子的方式，清代粤西的文学家族也像其他时代、其他地区的家族一样，广泛采用这种方式来教导儿辈，约束其行为。临桂朱氏文学家族的核心人物之一朱琦在其《述训》一诗中写道：

> 我家万山中，绕郭粲林麓。漓水从东来，骖鸾互起伏。独秀尤奇崛，石窦辟寒绿。我祖耽邱樊，傍此结茅屋。荒田余十亩，昕夕缺饘粥。负米涸城市，折阅较斗斛。冬夜寒无裈，生事日迫蹙。赤骨耐艰苦，僻性莳花竹。饥肠诗共锻，敝巾酒可漉。亲友日夜疏，键户少剥啄。阿翁时在沂，讲席萃英淑。六载栖琅琊，倦鸟归何速。我祖六十余，婆娑鬓毛秃。植杖方倚阊，相见泪盈目。我父拜堂下，征尘未暇扑。挈我问起居，携我呼伯叔。我弟抱在膝，挽须笑相搠……侵寻二十载，回肠转辘轳。少小多苦辛，南北恒仆仆。犹记趋庭时，授经就党塾。阿翁方从宦，宰浚作民牧。嘉庆癸酉秋，滑寇起驰逐。白旗蔽山冈，赤子血箭镞。所伏惟孤忠，幸未罹惨酷。承平今已久，下车重踏跼。呼儿跽庭前，敝书陈一簏。贻谋无多言，两字耕与读。至道在日用，如布帛粟菽。百篇孝弟歌，勉勉继前躅。

在这首诗中，朱琦回忆了自己的家史，详尽地追述了从曾祖至父亲的德行与传统，朱氏家族的各位长辈就是通过言传身教的方式来教导后辈的。诗的最后，朱琦回忆了父亲对他的教导方式，就是"呼儿趿庭前",郑重地加以训导,以"耕""读""孝""悌"为要,并且教导他"至道在日用,如布帛粟菽","至道"就在日常生活中,因此希望他努力在日常生活中去实践,不必高谈虚言,夸夸其谈。父亲通过庭训的方式来教育朱琦,无疑对朱琦产生了巨大的约束作用,若干年后,他以《述训》的诗题来详细地回忆祖辈、父辈对自己的教导,这本身就说明了朱琦对这些教导的印象非常深刻。而朱琦一生,特别是在年轻时刻苦攻读,最后功成名就,这很大程度上是遵循了祖辈、父辈的教导,自我约束的结果。

　3.书信及著作

　　清代粤西的文学家族多数是文化世家,如上所述,历来重视儒家修养、思想教育,因此,长辈常常通过书信,甚至专门的著作来教导晚辈,约束其思想行为,引导他们走向正确的方向。全州蒋氏家族中的蒋启征、蒋启敫为其父亲蒋励常所作的《行述》载①:

　　　　启敫是年(嘉庆壬午)成进士,以知县分发江西。初署广昌县篆,府君(指蒋励常)著《官箴十二则》寄示,且谕曰:"学者读书取功名,非图温饱,欲为朝廷添一好官,为地方行无数好事,否则,不如其己,毋徒取庚也。又曰:"知县为亲民之官,造福易,造孽亦易。事事检点,时时觉察,则地方受福;稍一疏怠,内外即因缘为奸。吏役之贪婪,亲友之弊贿,豪右地棍之鱼肉良善,种种罪恶,皆坐于本官一人。不得以操守廉

---

① 蒋励常著,蒋世玢等点校:《岳麓文集》附,《全州历史文化丛书》,广西人民出版社,2001年。

　　洁,居心宽厚,自为解免。盖不能造福处便是造孽,此际无中
　　立之理也。"

于此可见,《官箴十二则》是蒋励常专门写给在县令任上的儿子蒋
启敫,用以教导和规劝其思想行为的。《官箴十二则》原稿已佚,
具体的内容我们已不得而知,但从这段引文中所载蒋励常的话来
看,就可以推测出其大致的内容,不过就是做好官员的十二条准
则,其核心大概是造福百姓,清廉自守。

　　陈宏谋在《养正遗规》中有这样的话:"余每见当世所称材子
弟,大都夸记诵,诩词章,而德行根本之地鲜过而问焉。夫在山泉
水清,出山泉水浊,繄岂泉水之咎哉？汩泥扬波,父兄之教不先,
子弟之率不谨也。"正是基于对纠正、约束后生晚辈的思想行为的
重视,才有了《养正遗规》这样的著作。《陈宏谋家书》更是以书
信教育约束儿辈的典型。

　　4.日常教导

　　清代粤西的文学家族十分注意在日常生活中教导、约束晚
辈,通过潜移默化、循序渐进的方式,传播家族文化,纠正晚辈的
不良思想与行为。

　　《三管英灵集》卷三十一载临桂朱氏家族中的朱桓《述训》一
诗写道:

　　　　我生幼多疾,药里少虚日。严亲为诊除,兼诲治心术。
　　谓病从心生,心清气自实。为学亦复然,体明用乃悉。勿轻
　　薄底船,小心行百川。勿恃铁包浆,一蹶落千丈。凡事先立
　　根,根深在培元。我不事章句,颇知学有源。譬如忠孝亏,干

朽枝何存。譬如性情失,镜暗形斯昏。卫身与卫心,一理勤
墉垣。试看牡丹艳,难奈春残候。何如老梅寒,年年自古瘦。
群生贵树骨,骨重神亦茂。勖尔多病躯,喻学兼延寿。小子
敬书绅,永矢铭屋漏。

这首诗回顾了父亲对自己的教导,与其他家庭的教育不同,朱桓
的父亲是通过给他治病,"兼诲治心术",实现思想教育,达到治心
与治病的双重目的。诗中所表达的观点无非是希望儿子做人做
事,要从根本上做起,根本的问题解决了,其他问题便迎刃而解,
否则就是皮毛。撇开具体的观点不论,朱桓父亲借助日常生活来
实现对儿子的教导、约束,这是一种最自然,同时也往往是最有效
的方式。所以,若干年后,朱桓还记忆犹新。

乾隆时期临桂的周龙炽、周龙舒兄弟是当时有一定影响力的
诗人,《三管英灵集》卷十七载周龙炽《元日书示诸儿因以自警》
一诗:

元日天下第一日,当说天下第一事。不愿读尽羲皇以来
未有之奇书,但愿识得忠孝字。伦常我愧百未能,慨然犹思
继其志。志其大者与远者,言之匪艰行不易。我与千古圣贤
遥遥相望宇宙间,此理此心无或异。君不见赵清献公事事焚
香可告天,勿萌一念干神忌。又不见范文正公读书断齑萧寺
中,浩乎天地万物为一致。汝勉旃,无轻弃,无自足,无中止。
泰山乔岳兮以立身,霁月光风兮为胸次。为之在我当如是,
百年三万六千从此始。

从诗的内容来看,很显然,是周龙炽借正月初一这天来教导儿子们,希望他们向古代圣贤学习,谨记忠、孝二字,"无轻弃,无自足,无中止"。元日是每年都会遇到的节日,也是古人日常生活中的重要日子,周龙炽借此教导、约束儿子们,就是将教育与过节结合起来,自然而又颇具意义。

(三)示范

榜样的力量是无穷的,清代粤西文学家族深知榜样的力量,一方面是主动运用榜样的力量来以身作则,为后人树立标杆和榜样;另一方面是后人主动地以祖辈为榜样,以获得力量和行为准则。在很多情况下,家族文化就是通过榜样的力量,来实现传承和发挥作用的。

《陈宏谋家书》第一封的重点是谈读书的问题,如前所述,清代粤西文学家族文化的一个重要特点是重视读书,但如何将这一文化传承下去,各个家族均有自己的手段和方法。陈宏谋是如何实现的呢？他说:

> 到家以后,行止坐卧总不离书本方好。纵有往来酬应,稍可抽身即亲书籍。丢荒半日,必要补足,才可谓之好学。吾向年觉得外务皆可缓可缺,而每日读书工夫不可缓,亦不肯缺者,非不近人情也,心乎好之,乐此不疲耳。必如此才有进益。若待无事可做而后去寻书,或迫于尊长教命而后去寻书,成何读书耶？甚而有一面应酬,而心中念念不忘书者。吾由今忆之,当日作某事,行至某处,想起某书,作某文温到

某书花某句，犹历历可记也。应督抚□□□二比，则由路西往殿头，为杨二太太视书，行次三塘墟，而构思乃成者也。幸毋以为迂而忽之，窗下所做所读之表、文、策，无论新旧，皆宜温习记忆，以待临时挥洒。有时得数字、数句，如获异宝者，不可不知也。

这是《陈宏谋家书》中对后人论读书最多的文字。在这段文字中，陈宏谋除了阐述读书的一般道理之外，更重要的是举自己的亲身经历为例，说明如何读书、作文。其目的非常清楚，就是要为后人树立榜样，起示范作用，戒除其不读书、不知读书的不良习惯。

崔肇琳在其《扶荔词·自序》中说："少时窃见家君填词，辄试为之，亦承命拟作。积久得数十阕。"这段里话里的"承命拟作"四字，就是承父之命，模拟父亲的作品，显然，崔肇琳的父亲崔瑛曾用自己的作品为儿子作示范。

家风对清代粤西文学家族的发展有深刻的影响，也是形成清代文学家族各自特点的关键因素，以上的论述未免挂一漏万，但仅就此而言，就可以看出其影响之巨。我们做一些粗浅的探讨，以期引起更进一步的研究。

女性与清代粤西的文学家族

　　清代粤西的文学家族与家族文学创作十分繁荣，当代的研究者往往将关注的目光投向男性，特别是家族中那些地位显赫、成就突出的男性，而对家族中的女性则往往关注不够。实际上，女性作为一个家族或家庭中重要的一员，除了生育之外，还担负着养育后代的重要使命。因此，文学家族中的女性对于文学家族和家族文学的形成具有十分重要的作用，必须认真加以研究。

　　陈宏谋早就说过："天下无不可教之人，亦无可以不教之人，而岂独遗于女子也？当其甫离襁褓，养护深闺，非若男子出就外傅，有师友之切磋，诗书之浸灌也。父母虽甚爱之，亦不过于起居服食之间，加意体恤，及其长也，为之教针黹，备装奁而已。至于性情嗜好之偏，正言动之，合古谊与否，则鲜有及焉。是视女子为不必教，皆若有固然者。幸而爱敬之良，性所同具，犹不尽至于背理而伤道。且有克敦大义，足以扶植伦纪者。倘平时更以格言至论，可法可戒之事，日陈于前，使之观感而效法，其为德性之助，岂浅鲜哉？余故于养正遗规之后，复采古今教女之书，及凡有关于女德者，裒集成编。事取其平易而近人，理取其显浅而易晓，盖欲世人之有以教其子，而更有以教其女也。夫在家为女，出嫁为妇，生子为母。有贤女然后有贤妇，有贤妇然后有贤母，有贤母然后有贤子孙。王化始于闺门，家人利在女贞。女教之所系，盖綦重矣。或者疑女子知书者少,非文字之所能教,而弄笔墨工文词者,有时反为女德之累,不知女子具有性慧,纵不能经史贯通,间亦粗知文义。即至村姑里妇,未尽识字,而一门之内,父兄子弟,为之陈述故事,讲说遗文,亦必有心领神会,随事感发之处。一家如此,推而一乡而一邑,孰非教之所可及乎?彼专工文墨,不明大义,则所以教之者之过,而非尽女子之过也。抑余又见夫世之妇女,守其一知半解,或习闻片词只义,往往笃信固守,奉以终身,且转相传述,交相劝戒,曾不若口读诗书,而所行悉与倍焉者。意者女子之性专一笃至,其为教尤有易入者乎。是在有闲家之责者,加之意而已。"(《教女遗规序》)蒋励常也曾说:"从来一乡一邑中,有浸浸然兴起者,不独贤父兄义方之训为足恃,其间必有端其懿范、善其贻谋于闺阃以内者,于以启后昆,而基隆盛成功,更易于男子。"①这两条材料从不同的角度充分肯定了女性对于一家、一地文化发展的重要性。对于这一点,当代学者也有所论及,李伟中、王先明通过研究女性在广西玉林高山村牟氏家族科举兴起中所起的作用,指出:"通过婚姻进出,科举家族、科举家庭的女性大多具有科举文化背景,而这种文化背景也使她们在家族的科举事业发展中能够承担一定的文化教育责任,她们的子女也多有成就。同时,她们的娶进嫁出还能促进科举家族之间的文化交流与相互提携。"②遗憾的是,类似的成果太少,特别是关于女性对于文学家族和家族文学的特殊作用未有论及,因此,我们在此做一点

①　《梁孺人暨其妇毛孺人寿序》,蒋世玢、蒋钦挥等校点《岳麓文集》卷五,广西人民出版社,2001 年。

②　《科举家族女性的社会角色》,《中国社会历史评论》2006 年第七卷,第 364 页。

探讨。

一、女性与清代粤西文学家族的形成

　　清代粤西的文学家族和家族文学是清代粤西文坛上的一种重要现象,产生了大量的文学家族和家族文学,其形成与发展的过程比较曲折,原因也多种多样,其中一个非常重要的原因是女性。女性对清代粤西文学家族的形成和发展起了多方面的作用:

　　1.对文学家族成员的品德教育和价值观念的形成起了至关重要的作用

　　龙启瑞《先大夫事略》中载:"先王父性刚正,训课子弟尤严。府君晨兴入塾就业,夜分归寝。先王父谓为日新月异,苦心人正自不同。然其躬素茹淡,勤俭自将,实遵王太宜人之教为多。府君既天性质厚,又少年无纷华绮丽之习,惟知以发名成业为事。嘉庆二十四己卯由附学生中式本省乡试举人。"这里所说的"先王父"指的是龙启瑞的祖父,"王太宜人"指的是龙启瑞的祖母,"府君"指的是他的父亲龙光甸。从这段话可以看出,龙光甸之所以"其躬素茹淡,勤俭自将""天性质厚,又少年无纷华绮丽之习,惟知以发名成业为事",除了其父的严格教育外,其母,也就是文中所说的王太宜人的教导起了十分重要的作用。"躬素茹淡,勤俭自将,实遵王太宜人之教为多"的话,更是直接提出了祖母对父亲的教育成效。正因为如此,才有了后来在粤西文坛上声名显赫的临桂龙氏家族。谢济世《藕塘先孺人阡表》载,他小时"顽惰,从群儿为叶子戏,竟日忘餐,手一编辄昏听欲睡。母折菱而诲之曰:'汝畏辛苦而贪快活耶?夫快活须从辛苦来。吾曾闻吾父训吾兄

弟云:早辛苦早快活,迟辛苦迟快活,不辛苦不快活。吾而男子
也,早已释褐登朝矣。汝不发奋,吾见汝终身无扬眉吐气之日
也。'昼自塾归,必考其业。塾无师,则扃一室,非馈食不启扉"。①
谢济世是全州谢氏文学家族的重要成员,其创作以散文为主。他
之所以在功名和文学创作上取得重要成就,是与母亲的严格教育
分不开的。对此,谢济世铭记在心,当母亲年老多病时,他曾上疏
皇帝要求到邻近家乡的地方为官:"母蒋年七十一,行动艰难,耳
目昏愦。臣欲养,则贫不能供甘旨;欲迎养,则老不能任舟车;欲
归省,则往返经半年,在家不过数月。乍逢又别,既别难逢,慈母
之涕泪转添,游子之方寸终乱。臣才不称道府,例又从无自请迁
转。乞敕部以州县降授湖南、广东,量予近地,臣得母子聚首,无
任哀恳。"②从这段话可以看出谢济世对于母亲从小给他的教育所
怀的感恩之情。

　　王拯的《〈婴砧课诵图〉序》一文写其姐对他的教育③:

　　《婴砧课诵图》者,不材锡拯官京师日之所作也。锡拯之
官京师,姊留在家养其老姑,不能来就弟养。今姑殁矣,姊复
寄食宁氏姊于广州,阻于远行。锡拯自始官日蓄志南归以迄
于今,颠顿荒忽,琐屑自牵,以不得遂其志。念自七岁时,先
妣殁,遂来依姊氏。姊适新寡,又丧其遗腹子,茕茕独处。屋
后小园数丈余,嘉树荫之,树阴有屋二椽,姊携锡拯居焉。锡

---

① 　谢济世著,黄南津等校注:《梅庄杂著》卷四,广西人民出版社版,2001 年。

② 　《清史稿·谢济世传》。

③ 　王拯:《龙壁山房文集》卷一

拯十岁后就塾师学,朝出而暮归,比夜则姊执女红,篝一灯,使锡拯读其旁。夏夜苦热,辄夜课,天黎明辄呼锡拯起,持小几就园树下读。树根安二巨石,一姊氏捣衣以为砧,一使锡拯坐而读。读日出乃遣入塾。故锡拯幼时每朝入塾所受书乃熟于他童。或夜读倦,稍逐于嬉游,姊必涕泣告以母氏劬劳瘝死之状,且曰:汝今弗勉学,母氏地下戚矣。锡拯哀惧,泣告姊,后无复为此言。呜呼!锡拯不材,年三十矣。念十五六时,犹能执一卷就姊氏读,日惴惴于悲思忧戚之中,不敢稍自放逸。自二十后出门,不复读姊氏侧,行身居业,日即荒怠。念姊氏教不可忘,故为图以自警,冀使其身依然日读姊氏之侧,庶免其隳弃之日深而终于无所成耶。道光二十四年甲辰秋九月。为之图者,陈君名铄,为余丁酉同岁生也。

这篇文章生动地写出了王拯在失去父母后,姐姐对他的教育。可以说,没有姐姐这位女性,就没有后来的古文大家王拯。

正是因为有了大量勤恳、朴素的妇女的努力,才造就了清代粤西文坛上众多品德优良、作风正派的文学家,因此也才能形成众多的文学家族。

2.对文学家族成员的文学教育发挥了重要作用

清代粤西的妇女不仅在道德品格和价值观念的形成上对文学家族成员产生了重要的影响,而且在文学教育上直接影响了家族中的成员,对培养他们的文学兴趣,提高他们的文学修养起了十分重要的作用。龙继栋在《梅神吟馆诗词草跋》中说:"夫人来归时,继栋尚童幼,读蘅塘退士所编《唐诗三百首》,夫人即教以作诗之法。"①这里所说的"夫人",指的是龙继栋的继母何慧生。从这段话可以看出,龙继栋早在童年时期,何慧生就教他读《唐诗三百首》,并且教给他作诗的方法。显然,龙继栋之所以成为临桂龙氏文学家族中重要的一员,何慧生在他早年对他进行的文学教育起了重要的作用。

3.起到了联结不同文学家族的特殊作用

由于女性特殊的身份,她们的婚姻往往成为联结不同文学家族的纽带,这对加强不同文学家族之间的联系,提高文学家族的文学修养、名声和创作水平起了十分重要的作用。况周颐在《玉栖述雅》中自述其家世:"先大母朱太夫人讳镇,字静媛,道咸间,名御史伯韩先生琦,太夫人从弟也。著有《澹如轩诗》,曾经梓行。尝集酒旗诗社,'第一题课酒旗'征闺秀吟咏,当时亦汇刻成帙。词不多作,余幼时曾见数首。"又况周颐在给《蕙风丛书》附录的朱镇的《淡如轩诗》所作的跋中说:"《淡如轩诗》一卷,先大母朱夫人残稿也。夫人之先故靖蕃之苗裔,父讳一介,皇文林郎进士,四川荣昌知县。道咸间御史讳琦,以文章气节名天下,夫人从弟也。夫人笄岁娴吟咏,于归后专壹内政,辍不复作。晚年稍复从事,自写定若干首,名曰《淡如轩诗》。"这两段材料告诉我们,况周颐的词学兴趣显然与祖母朱镇从小对他的培养教育有关,同时,也正是朱镇将临桂历史上两个人数最多、影响最大的文学家族朱氏家族与况氏家族联系了起来,使其联系更为紧密,在文学创作上互相提高,相互促进。况氏家族与朱氏家族之间因为联姻而产生的促进作用,我们已找不到相关材料,但另一条材料可以证明况氏

---

① 　龙启瑞:《经德堂诗文集》附《梅神吟馆诗词草》附录,民国二十四典雅印本。

家族通过女性的联姻来提高文学创作的水平。况周颐《蕙风词话》续编卷二"《蓼园词选》"条载："余女兄三,其仲适黄,名俊熙,字吁卿。吁卿之曾祖蓼园先生,有词选梓行。起玄真子《渔歌子》,讫周美成《六丑》,都二百二十四阕。并浑雅温丽,极合倚声消息。每阕有笺,征引赡博。余年十二,女兄于归,诒余是编,如获拱璧。心维口诵,辄仿为之。是余词之导师也。"①这里说到的蓼园先生,就是粤西临桂词学家黄苏,《蓼园词选》就是他的杰作。临桂黄氏家族也是有一定影响的文学家族,而影响巨大的临桂况氏家族与之产生联系,并因此而产生了一位词坛大家况周颐,与况周颐的二姐有十分重要的关系。况周颐的这位二姐,就是况桂珊,字月芬,能诗,工小楷,卒时年仅二十四岁。况桂珊的词现存只有一首《如梦令》："静对青灯如豆,一向跳珠雨骤。雨过嫩凉生,云破月来还又。生受,生受。照得纸窗清透。"从作品来看,也是一位有一定造诣的词人。当然,况桂珊的主要成就不是她本人的创作,而是她在无意之间,将临桂的两个文学家族联系在一起,并为况周颐的成长提供了可贵的学词资源。从况周颐的《蕙风词话》等著作中,我们依稀可以看到《蓼园词选》的某些影子。

曾冉波、吕立忠《清代文化世家之著述初探》②曾对桂林文化世家之间的婚姻关系作了一个比较详细的梳理,指出:"永福李垣熙家,李垣熙本人娶临桂进士周位庚的女儿为妻;其父李东乔娶陈宏谋的侄孙女;其子李吉寿娶临桂举人龙恩浩、龙恩宠之妹;其

---

① 孙克强辑考:《蕙风词话　广蕙风词话》,中州古籍出版社,2003 年。况周颐在这段之后自注:"黄氏家祠内有偶影楼词,举版贮其上,并可登眺城西山色。女兄以余幼故,请登楼勿许,当时为之恸然。至楼名何,则至今不知。"

② 载《广西地方志》2003 年第 3 期。

侄儿李洵娶吕磺的女儿为妻;其孙李骥年娶的是临桂状元刘福姚的姑母。并且,桂林的文化世家之间有着相互的姻亲关系。如灌阳唐懋功家,懋功本人娶临桂举人阳耀祖的侄女为妻,其长子景崧娶的是举人王必达(王鹏运之父)的堂妹,其二子景崇娶的是状元龙启瑞的二女儿。再如灵川周启运,其长子廷冕娶的是龙启瑞的长女,三子廷揆娶的是况周颐的大姐,二女嫁给朱琦之长子朱方达,四女嫁给永福举人韦恩霖之子、进士出身的韦业祥,五女嫁与龙启瑞的侄儿龙维榜。而朱琦家的婚姻关系,除了上面提到的一桩外,可考的还有:朱琦之族妹朱镇嫁况祥麟(况周颐之祖父),朱琦之堂弟朱璪娶况周颐之堂姐(况澄之女),朱琦之堂侄朱远绥娶况周颐之堂侄女(况桂彬之女),朱琦之侄儿朱成彦娶龙启瑞之堂侄女(龙启鹏之长女),朱琦之孙朱圣俞娶龙启瑞侄孙女(龙启鹏之长孙女)。"这一桩桩婚姻,就将清代桂林的文学家族紧密联系在一起,形成了一个巨大的关系网,这对于促进清代桂林文学家族之间的文学交流起了重要的作用。而女性在这个关系网的形成中,成为了最为重要的因素。

二、女性与清代粤西文学家族的创作

清代粤西文学家族成员中往往有女性作家的身影,有的女性还是这一家族中重要的成员,例如,上文说到的临桂况氏家族中就有朱镇、况桂珊两位女性作家。临桂龙氏家族中也有一位非常重要的成员,即龙启瑞的继室何慧生。临桂的陈氏家族中有一位值得注意的女诗人,那就是陈宏谋的女儿陈莹英。陈莹英的诗歌,《三管英灵集》中收录了18首,这在广西古代的女诗人中算是留存作品比较多的。在著名的"镡津三苏"中,即以父亲苏时学、儿子苏念礼、女儿苏念淑组成的文学家族中,苏念淑是不可或缺的重要人物,否则"三苏"就无法鼎立。此外,著名诗人汪运的妻子李学玉,书画家兼诗人罗辰的妻子查瑶溪、词人黄苏的妻子朱凤亭等,均是家族中重要的作家。

　　不仅如此,女性作家的创作还是家族文学创作中重要的内容,并以其风格和内容的独特性,使其家族文学创作呈现出多性样性、多样化的特点,大大丰富了文学家族的创作内容和风格,进一步扩大了其影响。《峤西诗钞》《三管英灵集》《广西诗征丙编》《广西诗见录》等大型诗歌总集,均有"闺秀"一类,专门选录粤西女性诗人的作品。据统计,"见于文献记载的清代广西闺秀诗人40 余名……有诗集行世的仅有 30 余人"①。这些女诗人大部分是清代文学家族的成员,对家族文学创作做出了特殊的贡献。例如苏念淑是"镡津三苏"中的重要成员,在这"三苏"中,苏时学的诗歌和散文题材广泛,内容丰富,有强烈的理性色彩,表现出一定的大家气象。苏念礼的诗一方面继承了乃父富于理性的特点,同时又具有豪壮奔放的特色,这一家族中的两位男性作家在风格与内容上均有相当的相似性。而作为女性的苏念淑,她的诗歌创作则完全是另一副模样,极富女性特征。这表现在:一方面大量描写花草,如《桃花》《花影》《榴花》《水仙花》《金钱花》《绯桃》《茉莉花》《醉芙蓉》等;另一方面则大量表现忆亲,特别是忆父的主题,而且风格婉约,委婉动人,如:

_____

① 　曾冉波、吕立忠:《清代广西的闺秀诗人群体及其诗作》,《桂林师范高等专科学校学报》2005 年第 1 期。

渐觉秋风冷透肌，老亲犹未有归期。定寻古迹江南去，
收尽湖山景入诗。(《忆父都门未返》)

寒闺无事懒涂鸦，呵冻吟成手自叉。只为高堂盼消息，
间呼弟妹看灯花。(《冬夜忆父》)

这两首诗均是忆父之作，写得情真意切，婉约动人，颇具感染力。
这种风格，是"镡津三苏"中的其他两位男性作家所不具备的。而
且从所写忆父的内容来看，也是男性作家较少涉及的。这样的创
作，无疑是对整个"镡津三苏"这一家族文学创作的一大补充，使
其具有了更为丰富的内容和风格，整个家族的创作实力也在某种
程度上有了提高。

临桂龙氏家族中的何慧生是这一家族中的重要一员，龙继栋
《梅神吟馆诗词草跋》云："夫人幼有至性，尤嗜书史……夫人为女
家居，即工咏事，一时有才女之目。"她的创作同样也是这一家族
文学创作的重要内容。虽然何慧生也曾像这一家族的主要成员、
她的丈夫龙启瑞一样，写过一些忧国忧民的作品，但是，更值得注
意的是她创作了许多专属于女性的作品，例如《春闺杂咏》二首：
"湘帘半卷梦初醒，闲听争巢燕子鸣。人静绿窗春昼永，落花如雨
点棋枰。""万籁无声天地空，帘钩摇荡画阑风。楼台十二明如雪，
知是银河月正中。"从题材来说，《春闺杂咏》这样的诗题就专属女
性。作品通过"湘帘""帘钩"等典型意象所描绘出来的艺术境界
就不是一般男性诗人作品所有，因而使这两首作品表现出强烈的
女性特征。这种特征在龙氏家族中的龙启瑞、龙继栋等作家作品
中是不可能出现的。即使是相同题材、相同题目的作品，何慧生

也表现了与龙启瑞和龙继栋的不同,因而具有独特的价值。例如龙启瑞和何慧生都写过《弃妇词》这样的同题作品,但二者颇有不同:

　　　　明月缺时能再圆,雨落到地难上天。忆昔从君若形影,岂知今有相弃年。妾颜未及老,零落同秋草。不恨秋风寒,但怨秋风早。君不见卓氏白头吟,相如犹转心,糟糠之妻不下堂,微时故剑情何深;又不见宋王百丈青陵台,龙楼凤阁何崔巍,韩凭妇死夫同逝,化为连理不分开。君心今已矣,贱妾可奈何。惟当化作江边石,望君千载不消磨。(何慧生《弃妇词》)

　　　　燕支山下共满天,岭南末利不成田。东家有妇方盛年,一朝弃置吁可怜。忆昨于归十六七,颜色如花耀君室。金屋藏娇尚畏风,玉台专宠非论日。此时两美同一心,沧海不如郎意深。却笑长门当日事,区区一赋抵千金。谁知人事须臾变,黄姑织女不相见。因风柳絮比郎心,带雨梨花羞妾面。妾面自知今日老,郎心不比当时好。出门却忆初嫁时,满地桃花今白草。回首殷勤重致词,贱妾已去郎勿思。却念门前桑柘树,春来莫剪最繁枝。繁枝手种高如许,窥墙犹御邻家侮。但愿新人故不如,为郎端正持门户。时物从来有变迁,秋风纨扇未应捐。归来夜夜妆台畔,怅望天边月再圆。(龙启瑞《弃妇词》)

虽然是同题作品,但是,作品给人的阅读感觉却大不一样。何慧生的作品以第一人称来叙述,沉痛幽怨,充满着自怜之情,这可以视为何慧生对女性专一却又无奈的感叹。诗的后半表达"惟当化作江边石，望君千载不消磨"的决心，是封建思想已内化成女性自觉的行为与自我要求。整首诗强调和表现的是自身命运和意志。龙启瑞的这首作品以第三人称来叙述，显然是以同情的眼光来看待弃妇的，这与何慧生从自怜的角度来写有很大的区别。整首诗强调的是郎（丈夫）的变心以及女子自己对破镜重圆的希望。诗中女子守节不移的志向，与其说是女子的自愿，不如说是龙启瑞对女子的要求。

上述临桂况氏家族中的女性作家朱镇，其《淡如轩诗》存诗总数达 80 余首，其中固有如《独秀峰歌》《读唐书》《伏波山怀古》这样的作品，但其中的《刺绣歌》《粤女杂歌》《日用诗》等，则是带着强烈女性色彩的作品，这在临桂况氏家族的文学创作中是别具一格的，因而大大丰富了况氏家族的文学创作。

女性对清代粤西家族文学的另一个重要的贡献是，她们本身就是粤西家族文学重要的表现对象。

文学家族是通过家族文学来体现的，因为女性是文学家族的重要成员，同时，更因为她们承担着养育与启蒙教育的重任，所以，家族中的男性作家，往往对家族中的女性，特别是对于有亲密关系的妻子以及母亲、祖母等长辈女性有深刻的记忆、深厚的感情，在创作上也往往将这种记忆和感情形诸笔端，于是形成了家族文学创作中一个非常重要的内容。从某种意义上来说，女性是家族文学创作的重要源泉。

大多数词往往以欢场女子为描写和表现对象，而在家族文学中，词往往用来表现夫妇之爱，一些不便于言、不善于言的情感便借助于词来表现。例如临桂家族中的主将龙启瑞写了大量词作，其中写得最好的是表现他与妻子伉俪之情的作品,风格朴实,情感浓烈,不以技巧取胜,但以真情动人。而最能表现龙启瑞这类词特点的是他的悼亡词,其代表作是《浣溪纱》组词十首及其他作品。在《浣溪纱》组词的序中,龙启瑞作了直接的说明:"昔潘安仁有悼亡之作,盖在期年终制之后。何义门氏谓古人大功,去琴瑟,无居丧犹事吟咏者。余以咸丰壬子八月一日有先室刘恭人之戚。太恭人在堂,不得不勉抑哀情,用承色笑,而情之所至,有不能已于言者。因作为长短句廿余章,盖亦长歌当哭之意。若以义门古谊律之,则非所敢云矣。知者谅之。"从这段话可以看出,龙启瑞的这些作品是为了悼念刘氏妻子的,而且还是"情之所至,有不能已于言者"。除了《浣溪纱》十首之外,还有《菩萨蛮》《采桑子》《忆萝月》《望江南》《凄凉调》《摸鱼儿》《解珮环》《沁园春》等,均表现了类似的内容。这些作品不仅具有较高的审美价值,而且还表达了强烈的人伦之情。

清代同治至光绪年间,临桂的邹绍峄与其妻萧玉姑,再加上其兄邹仁,构成了一个文学家族。这一家族中的萧玉姑是一位女诗人,因误听说丈夫邹绍峄在梧州军中身亡,悲伤吐血而死。其夫邹绍峄更是以诗著名,在他的诗中,数量最多也最具特色的是思念妻子的作品,这构成了他诗歌创作的主体,如《忆内》四首、《忆内子历述往事》四十首、《再寄内子》二首、《悼亡词》、《清明后扫聘室琼仙墓有怀严二用袁简斋落花诗十五律原韵》十五首等。邹绍峄的这些诗不仅在这一家族的文学创作中独具一格,而且在整个广西诗歌史上也是为数不多的。

母亲,这是一个家庭中最重要的女性角色,与中国古代文学传统一样,在清代粤西文学家族成员的有关创作中,描写母亲,表达母爱的作品也有很多。例如道光时期,临桂周氏家族的成员周必超就有《哭母》二首、《哭继母》四首等。这一类作品因为作者有切身感受,情感真挚,因而特别动人,为粤西家族文学增添了新的内容。如周必超的《哭母》二首其一:

> 记出胚胎仅岁周,呱呱失恃命谁尤。屡从诸母详形似,更向严亲问病由。贪看儿眠宵不倦,骤教寒中疾难瘳。年年哭向郊原外,青青迷离草一丘。

作品表达了失去母亲之后的痛苦之情,诗中“屡从诸母详形似,更向严亲问病由”两句细节真切,尤其令人动容。正因为有了这一类的作品,所以,粤西许多文学家族的作品充满了强烈的情感,富有极强的感染力。全州谢氏家族中谢济世的《布被》是这方面最优秀的作品:

> 天禄阁中校书客,布被一领青蓝色。四幅未有三幅余,表穿里裂如龟坼。山妻劝我亟改为,吴绫蜀锦君勿惜。公孙矫诈世所鄙,况乃靡敝藏虮虱。我欲陈词泪已流,廿载相依未忍掷。匪惟辛苦同萤窗,地下慈亲手留泽。忆昔垂髫初受经,严亲问绢藤峡侧。深闺夜静一灯青,儿读诗书母纺织。书读三更儿就眠,机声轧轧无停息。织成大被覆孟宗,冀勤问学邀禄秩。岂意日月不相待,母入泉壤儿朝籍。焚黄荐币酹酒浆,九原可曾沾一滴。山可移兮海可填,茫茫此恨无终极。呜呼,茫茫此恨无终极!

作品通过描写妻子劝其抛弃破旧被子而于心不忍的细节，详细地回顾了被子是母亲亲手缝制，母亲缝制被子的过程是艰辛的，同时又充满着爱心，因为在这一过程中，母亲一边纺线，一边教导、督促儿子。因此，被子是母亲心血的结晶。如今人亡物在，怎能轻易抛弃这凝聚母亲心血的被子？作品以朴实的语言写出，饱含深情，感人至深。

在清代粤西文家族创作的家族文学中，有两类散文作品是十分值得注意的，一类是人物传记，一类是墓志铭。在这两类作品中，对文学家族中女性的描写占了相当的比重，并且涌现了许多优秀的作品。例如蒋励常的《先妣谢太孺人坟前石表辞》：

> 吾母谢太孺人，康熙癸巳举人、上思州学正讳伟业公女，方幼稚时即娴于女训，以孝谨闻。既笄，适吾父镔崖府君。乾隆壬申，吾父举于乡，先大父晓泉府君亦以雍正壬子举人，携吾父谒选京师，选河南之泌阳县。吾父遂随侍任所。是时先大母尚在堂，家事惟吾母是责，吾母一切必禀命而后行。自妯娌以下及仆婢，咸得其欢心。岁甲戌，先大母弃世。次年，先大父亦罢官归。吾母奉养，供肴馔必躬为调和。既彻视所余无几，则欣然喜。或余多，则悄然忧。忧其调和失宜，莫可适口，具惧以他疾减食也，甚或泣下。辛巳，吾父官陕西之安定县。甲申，晓泉府君弃世，吾父未及旋里，丧中费，太孺人独引为己任。诸叔时已析居，或以为言。吾母曰：礼，人子不有私财，谓子之身即亲之身，子之财皆亲之财也。余虽妇人不读书，亦尝闻此，敢视此区区者为己有耶？平日戚族中有贫且病者，亦皆竭力资之不少吝。不孝等兄弟五人，吾

父既远宦,育之教之,唯吾母是赖。吾母时举先大父及外大父夙昔所表见,谆谆然为不孝等言之,俾有所取法。故不孝等生平行事,尚不至大为君子所鄙弃者,恃有此也。

在这篇墓志铭中,蒋励常回顾母亲一生的品德与表现,重点突出其对祖母、祖父的恭敬与悉心照顾,同时表现她不爱财、乐善好施的品格,对子女品德进行谆谆教导,并取得了良好的效果。文章塑造了一位朴实、能干而又品德高尚的妇女,语言朴实无华,但感情至深,细节描写具体生动,给人以深刻的印象,颇具感染力。从这篇文章中,我们不仅看到了妇女对文学家族中晚辈品德的形成有至关重要的影响,同时从文学创作的角度也可以看出,以母亲为代表的女性往往是文学家族成员在散文创作中偏爱的题材。对母亲的深入了解和养育的深情这两方面的因素,往往使这一类作品在细节丰富的同时,又具有深厚的感情,从而使其富于文学色彩。

清代粤西女性对于文学家族的形成与发展贡献是多方面的,漠视了女性所起的作用,不仅对女性不公,而且也不利于粤西文学家族的研究。我们在这里提出了一些粗浅的看法,希望能够起到抛砖引玉的作用。

论清代广西临桂陈氏家族的
文化特点与文学创作

伴随着清代广西文学的崛起,作为当时文学创作重镇的临桂涌现了许多的文学家族,其中最著名的就是陈氏家族,即陈宏谋、陈兰森、陈元焘、陈继昌等组成的文学家族。这一家族在整个清代的广西不仅政治地位无出其右,在文学创作上也有一定的成就。因其政治和科举上的突出成就,所以可以作为广西文学家族中的一个特殊个案进行深入研究。

一

临桂的陈氏家族最突出的特点是科举考试出众,政治地位显赫。陈家五代近百年当中,陈宏谋乡试第一之后进士及第,儿子陈仲珂中举人,孙子陈兰森中进士,曾孙陈元焘中举人,玄孙陈继昌三元及第。进士 3 人,举人 2 人,三元及第 1 人。这样的"三元及第""五代连科"的科举成绩,不要说广西的历史上绝无仅有,就是在整个中国封建社会时期也不多见。这一家族政治成就最显赫的无疑是陈宏谋。陈宏谋(1696—1771),本名弘谋,字汝咨,号榕门。雍正元年(1723)春,应恩科乡试,中试第一。同年秋,入京会试,成进士。入庶常馆,为翰林院庶吉士。两年后,改授吏部郎中。雍正七年(1729)，考选浙江道御史，授扬州知府。从此外放任职，由知府、布政使而至巡抚、总督等官。历任甘肃、江西、陕西、湖北、河南、福建、湖南、江苏等地巡抚及两江、陕甘、两广总督。乾隆二十八年(1763)，回京入长吏部，晋太子太保衔。第二年，命协办大学士。乾隆三十二年(1767)，授东阁大学士，兼工部尚书。从这个简单的履历可以看出，陈宏谋在政治上所取得的成就，在广西的历史上是少有的。其科举上乡试第一的成绩，也为数不多。当然，这一家族在科举上最耀眼的无疑是陈宏谋的玄孙陈继昌。他是嘉庆十八年(1813)癸酉科乡试第一名解元，二十五年(1820)庚辰科会试第一名会元，同科殿试第一名状元，为自有科举制度的1000多年中13名连中三元者之一，清代260余年中两名三元及第者之一，也是中国古代科举中最后的一名连中三元者。初授翰林院修撰，历任陕西乡试副考官，陕甘主考，京察一等知山东兖州府事，江西按察使，通永河道巡察使，山西、直隶、江宁布政使，江苏巡抚，内阁中书等职。陈继昌在科举和政治上的成就，几乎可以媲美其曾祖陈宏谋。而陈兰森进士及第后，官至江西布政使。据统计，自陈宏谋起的190年间，陈氏家族科举上共取得状元1名、翰林2名、会元1名、进士4名、解元2名、举人26人、贡生9人。临桂陈氏家族在科举和政治地位上的辉煌，使其足以担起广西第一家族的美名。

临桂陈氏家族在政治和科举上之所以能取得这样的成就，又是与它的另一个特点紧密相关的，即高度重视教育。陈氏家族本是外地移民而来，经过一段时间的休养生息，有了一定的家业之后，即开始重视教育。陈宏谋的父亲陈奇玉就让陈宏谋、陈宏诚、陈宏议三兄弟"攻举子业，补县学生"。《清史稿·陈宏谋传》说陈宏谋:"早岁刻苦自励,治宋五子之学,宗薛瑄、高攀龙,内行修饬。"至于以后的陈兰森、陈元焘、陈继昌等能在科举上取得突出的成就,没有对教育的高度重视是根本不可能的,是教育成就了陈氏家族。可以说,百年基业,教育为本,这在陈氏家族中得到了充分的体现。对教育的高度重视,一方面大大提高了陈氏家族的文化修养,为其科举和政治上的成功提供了原动力,另一方面也形成了这一家族的良好家风。陈氏家族的家风是什么呢? 其最突出的特点是重视教育,崇尚实用,"尚名教,厚风俗",为人质朴刚正。陈宏谋一生崇尚儒学,将其视为安世治人之本,将儒家的忠孝观念和仁、义、礼、智、信作为家庭教育的核心内容。为此,他编辑了《孝经》《小学》《纲鉴》《大学衍义》和《五种遗规》等多部有关教育方面的书籍,都体现了儒家学说的精义。陈宏谋既是这一家族最显赫的人物,同时也奠定了这一家族一以贯之的家风。在以后长达近二百年的历史中,陈氏家族始终都遵循着这种家风。

二

　　重视教育使临桂陈氏家族在成为政治上耀眼的家族的同时,也成为一个引人注目的文学家族。从现存资料来看,陈氏家族的几位主要成员都有一定的文学成就,特别是陈继昌在这一家族中成就最为突出。

　　陈宏谋的文学创作主要有散文和诗歌,现存于《培远堂全集》和《三管英灵集》中。梁章钜说他"不以诗见长,而信手拈来,却头头是道"①。"不以诗见长"是实话,而"信手拈来,却头头是道"却有点言过其实。他的诗多歌功颂德之作,如《平定西域颂》《万寿无疆颂》《圣驾巡幸天津颂》《圣母皇太后圣寿无疆》等,其余的则为题画和赠人之作。陈宏谋的作品有少部分优秀之作,如梁章钜在《三管诗话》中所称颂的"隔山相望觉山高,才上山头山又小。尽日登高兴未足,举头还羡他山好。朝来云气接苍茫,须臾日出何分晓。碧鸡凭眺山海空,恍若置身青云表。汪洋万顷俯滇池,一片澄波状缥缈。房飞鱼参尽天机,旷观弥复抒怀抱。仰止于今属景行,追随咫尺饮师保"(《登碧鸡山呈尹制府》),写出了登碧鸡山时的见闻与感受,意境开阔,大气磅礴。可惜的是,这样的作品陈宏谋留下的太少。他的散文主要见于《培远堂全集》中,从体裁来说,有序、跋、传、铭、记、箴、赞、颂、赋等,数量达十卷之多。但是,他的散文往往从实用的角度出发,讲究文章的实用价值,而不追求文学性,多议论而少情感,质朴有余,文采不足,因此,其文学成就有限。从文学的角度来看,真正称得上有成就的篇章并不多。

在临桂陈氏家族中,有一位值得注意的女诗人,那就是陈宏谋的女儿陈莹英。陈莹英的诗歌,《三管英灵集》中收录了18首,这在广西古代的女诗人中算是留存作品比较多的。她的诗是典型的中国古代妇女风格,多写家庭琐事与伤感之情,感情真实,哀婉动人。

陈兰森和陈元焘的文学创作,现在我们只能从《三管英灵集》中看到他们的少量作品。由此可见,他们的诗歌创作成就不高。

---

① 梁章钜著,蒋凡校注:《三管诗话校注》卷中,广西民族出版社,1996年。

陈兰森现存只有 3 首诗，即《陈奇山为山东堂邑令逆贼王伦之变兄弟殉节纪之以诗》二首、《环漪亭赏桂宴集同人酬唱》一首。从诗题可见其诗风范。陈元焘的诗现存只有 2 首，即《闻继昌首捷南宫胪唱复忝第一纪恩志喜兼寄勖继昌》二首。梁章钜选入这两首诗，显然是陈元焘无其他诗可选了，因此才勉强选入。

临桂陈氏家族中文学创作成就最高的是陈继昌，其主要的文学成就还是表现在诗歌创作上。著有《如话斋诗稿》《读书心解》《礼学须知》等。

陈继昌的诗主要为记游应酬之作，从题材来说，较为狭窄。他的记游之作写得比较出色，并不着重于写景，而侧重于抒情，借旅途见闻写心中情怀。例如《泊黄溢》：

> 自我发鄂渚，波平船顺流。日出计道里，暮已数十邮。颓风滞逾旬，耳熟声飔飗。偶然伺其隙，聊任片叶浮。三日始一程，到此古渡头。榜人倦双桨，撒手生咽嗄。回首见我饮，笑我不知愁。我还问榜人，汝愿同乐不？我辈皆劳人，我心一虚舟。骤进非所喜，狂触非所忧。过去不待遣，未来安用求。只此见在心，六用无分筹。船上看千山，行止娱双眸。行则善列子，住亦侪石尤。

这首诗表现的是泊船黄溢时的见闻与感受。从篇幅来看，重点无疑是诗的后半部分所表达的安时处顺的思想。在诗人的笔下，就像一次愉快的旅游，见闻并不是最重要的，重要的是由此引起的人生感受。在这种思想的影响下，即使是写景，他同样也表现出重抒情的特点。例如《堤畔行》：

　　朝食借一椽，暮止借一屋。三日堤畔行，借居已五六。主人各谅我，移榻事仓促。不知郊野荒，但觉庭宇肃。最后程氏居(南岸主簿)，捡点能脱俗。室中香半焚，几上书可读。翩然来与谈，使我坐不独。持扇索大字，醉抹颖为秃。须臾送之去，凉月挂窗竹。回身理短发，得闲且就沐。洒然尘垢清，一枕睡易足。披衣天未明，已听鸡喔喔。驱车路莫辨，击析声相续。冰轻水不鸣，星落鸟犹宿。霜风吹我衣，旭日上我毂。槭槭枫染丹，疏疏梅绽绿。兹境自足乐，何事受羁束。家山亦云遥，即此可卜筑。

作品写寻找住处的过程，表面上看起来过程写得很详细，但是全诗的重点实际上还是在借寻找住处的过程表明安时处顺的心态。诗的最后四句可证。只不过诗人将情感表达与景物与过程的描写结合起来，将情融入其中而已。

　　陈继昌有少量直接抒怀的作品，表现了他的人生感受。如《入兖州视家口占付四弟》二首：

　　一棹江湖百日期，山程积潦马行迟。入门问疾妻犹在，终岁谈经子尚痴。圣里俨成同井谊，名心浑似落潮时。灯前对语君应笑，四十平头已白髭。

　　三载还乡半去乡，浮踪回首总神伤。穷途幸免来非笑，生计何须细较量。那有天风翔病鹤，且收山色付诗囊。屋堪容膝春堪买，暂憩劳筋正不妨。

两首诗为赠弟之作,实则表现了诗人自己的人生情怀。作品表达的是人到中年,浪迹天涯的伤感,同时也有希望安定的企盼。不无感伤,但情感的浓度和深度稍有欠缺。

陈继昌的诗歌深受苏轼的影响,在思想上继承了苏轼诗歌中随遇而安、安时处顺的思想,还反复在诗歌中化用苏轼诗句。他的诗歌中和苏之作颇多,如《东流阻风五日示阿齐,用坡公新滩阻风韵》《读苏诗再叠前韵》二首、《癸卯六月十一日初度日舟泊汉江泽纪两儿环祝于水次再忆坡诗仍用前句冠之》《癸卯北行舟中寄别四弟于象州学廨用东坡闻子由得告不赴商州三首韵》等。有些诗不仅和苏,而且还反复用苏轼诗句。例如《读苏诗再叠前韵》二首其二:

> 累臣坐诗魔,彼妇腾谤口。千仞鸾鹤吟,一嚎牛马走。清浊共此世,谁与判门牖。不如春梦婆,还胜夏畦叟。寸田无荆棘,百怪空挠揉。何必归去来,瘴海久则久。淹留见人情,无语不敦厚。我饮疑味淡,泪堕杯中酒。

这首诗不仅表达的情感与苏轼相似,而且诗中的"不如春梦婆,还胜夏畦叟""寸田无荆棘""淹留见人情"等句均出自苏诗,可见陈继昌受苏轼影响之深。

三

由上可见,作为中国古代社会中科举和政治地位最为显赫突出的广西第一家族,临桂陈氏家族的文学创作成就并不太高。就是这一家族最优秀的诗人陈继昌,将其与同时代广西的其他诗人相比,用现在的标准来看,也不算突出。这种情况与其科举与政治上的显赫突出形成了较大的反差。一个科举和政治上显赫突出的家族,其文化修养应当说是非常高的,但为什么反而在文学创作上成就并不突出呢? 这是一个值得深入思考的问题,同时也是这些文学家族普遍存在的问题。我们认为,这跟陈氏家族的家族文化有直接的关系。

首先,由于科举和政治上的成功,使得这一家族的主要兴趣并不在文学创作上,而在与科举与政治密切相关的事务上。陈氏家族赖以发家的基础不是文学,而是经学和经世致用的策略。入仕以后,更是以政绩致通显,而不以文学取名声。而要维持这一家族长期的繁荣,经学以及良好的家风是至关重要的,文学则无足轻重。以陈宏谋为例,他一生著述丰富,主要有《纲鉴正史约》《司马文公年谱》《三通序目》《甲子纪元》《培远堂偶存稿》《大学衍义辑要》《大学衍义补辑要》《吕子节录》《女训约言》《培远堂文集》《手札节要》《课士直解》《培远堂文录》《湖南通志》《陈榕门先生遗书补遗》,以及《五种遗规》(即《养正遗规》《教女遗规》《训俗遗规》《从政遗规》《在官法戒录》)等。从陈宏谋的这个著作目录来看,他的兴趣一目了然。在陈宏谋的全部著作中,绝大多数都是史学、经学、教育类的,很少有文学创作类的作品。梁章钜《三管诗话》说陈宏谋“于诗文不甚措意。《培远堂偶存》稿中寥寥数篇而已,惟所辑《五种遗规》及《在官法戒录》,迄今读其书者,犹沐其教泽焉”。一个“教”字,可见陈宏谋的用心。在理论上,陈宏谋始终坚持的是实用原则,认为一个人“才与学,足以用世,不必以诗名也;而诗之工处自不可掩。至于士君子之志,在福民人、利国家，奚论仕与不仕，而区区文翰之工拙，其后焉者也"（《张西清泛槎吟序》），"世之雕章绘句者，率以浮艳为能，敝一生心力，穷极工巧；究于世道人心，何所裨益"（《汪西颢津门杂事诗序》）。对诗歌创作的态度如此，对散文创作的态度也是这样。他曾说："宏谋少时读史传及名臣言行录诸书，窃叹有宋多君子，道德事功极一时之盛，而心系君国，纯一不杂，德之盛而诚之著者。尤笃慕司马文正之为人，急欲求公全书读之而未能也。雍正己酉之秋，奉使三晋，始得购公全集。集中奏议居其半，益悉公于朝廷事知无不言，言之无不尽。其词剀切而曲当，其意百折而不回，缠绵恳挚，千载而下，犹见其忠爱之忱焉。其他文字无不关世教，如布帛菽粟，必有适于用，非特文词而已。"（《重刊司马文正公传家集序》）仰慕司马光的为人，这不足为奇，但因此而爱其文，着眼点在于有"忠爱之忱"，"必有适于用"。以上各种材料说明，陈宏谋心中最关心的是经世致用，而不是文学。由此可见文学在陈宏谋心目中的地位。陈继昌著有《如话斋诗稿》《读书心解》《礼学须知》《殿试策》等。就是这位陈氏家族中文学创作成就最高的人，其文学创作不过也只有《如话斋诗稿》，更多的则是非文学类的著作。陈宏谋、陈继昌尚且如此，其他人可想而知。陈兰森和陈元焘的文学作品现只在《三管英灵集》中看到寥寥的几首，可见二人也不是文学创作的强烈爱好者。从科举考试这一角度来看，陈氏家族中的陈仲珂、陈元焘只是中了举人，与陈氏家族的其他人相比，显然不是成功人士。我们也可以想象，他们肯定曾经多次参加会试，并且最终以失败告终，内心有无限的失落，但几乎没有形诸诗歌或其他文学作品。由此可见，文学创作并非这一家族成员的重点，更不是主要的兴趣所在，他们的主要兴趣是科举、仕途、教育、政务等实用性的工作。至于文学创作，那是业余爱好而已。

其次，由于科举和政治上的成功，使得这一家族的文学创作缺少情感的浓度与深度这一文学创作至关重要的因素，这在很大程度上决定了这一家族在文学创作上的高度。在陈宏谋的作品中，无论散文还是诗歌，从情感内涵来说，我们几乎看不到作为普通人的内心矛盾与冲突，即使如梁章钜在《三管诗话》中所称颂的那首《登碧鸡山呈尹制府》"隔山相望觉山高，才上山头山又小。尽日登高兴未足，举头还羡他山好"，虽然写出了登山的一种独特发现，有一定的新意，但情感不足是明显的。至于其他的如《平定西域颂》《万寿无疆颂》《圣驾巡幸天津颂》《圣母皇太后圣寿无疆》等，这些歌颂即使出于真心，但对于诗歌创作来说，也显得过于单薄了。陈兰森和陈元焘的作品，除了陈兰森的《陈奇山为山东堂邑令逆贼王伦之变兄弟殉节纪之以诗》二首有一定的感情浓度之外，其他的都显单薄。即使如陈继昌这位这一家族中诗歌创作成就最高、最富有诗人气质的诗人，其作品同样存在着类似的问题。从陈继昌生活的时代来看，他主要生活于嘉庆、道光时期，这正是清代由盛而衰、万方多难的转折时期，可是，在他的作品中，我们很少看到面对国家多难而产生的激烈矛盾和强烈情感，有的只是安时处顺、随遇而安的闲适，即《堤畔行》中所描写的"室中香半焚，几上书可读。翩然来与谈，使我坐不独。持扇索大字，醉抹颖为秃。须臾送之去，凉月挂窗竹。回身理短发，得闲且就沐。洒然尘垢清，一枕睡易足"。最多不过如《入兖州视家口占付四弟》其二所感叹的"三载还乡半去乡，浮踪回首总神伤。穷途幸免来非笑，生计何须细较量"，以及《癸卯北行舟中寄别四弟于象州学廨用东坡闻子由得告不赴商州三首》其三发出的"官途世味两心知，身自孤寒志肯卑。千里祝君箸在手，中年叹我雪盈髭。颍滨归老聊相约，虞集诲生岂所师。满目荆榛何处是，敢嫌双鹄羽参差"。主要还是叹老与盼归，感情的深度有限。就是这样的感叹，在陈继昌的作品中也并不常见。

再次，由于陈氏家族极端重视教育，"尚名教，厚风俗"，这使得其文学创作具有强烈的道德色彩、家国意识和维护封建统治的意识，而很少表现自我，特别是内心真实复杂的情感。陈宏谋之所以有《平定西域颂》《万寿无疆颂》《圣驾巡幸天津颂》《圣母皇太后圣寿无疆》等作品，是因为他心中想得更多的是国家及皇帝而不是自己。陈兰森的《陈奇山为山东堂邑令逆贼王伦之变兄弟殉节纪之以诗》二首算是陈氏家族诗歌中感情比较激烈的作品，但从诗题中"殉节"二字就可以看出其用意。诗中所写的"君子贵尚志，人臣期致身。生死何足数，千载垂芳名""伯仲相颉颃，慷慨以成仁"，既表明了陈兰森的人生价值观，同时也是他对陈奇山之死的解读角度。本来是一场轰轰烈烈的战斗，但在陈兰森的笔下却解读成了一次成仁、致身的道德行为。陈继昌的诗歌虽然直接表现封建伦理道德的色彩并不突出，但是也很少表现其思想情感的多样性和复杂性。陈氏家族成员并不是真的没有复杂的内心世界，然而，强烈的道德意识和大局意识掩盖或压制了这种复杂性。即使矛盾再强烈，情感再复杂，也必须让位于主流意识，以至于他们逐渐失去了用文学作品来表现这种复杂性的习惯，这在很大程度上限制了其作品的思想情感的丰富性和描写的生动性。

教育使临桂陈氏家族成为一个文学家族，同样是教育，也使这一家族成了一个科举和政治地位显赫而文学成就并不突出的家族。从这一家族的文学创作成就与科举、政治上的成就的比较中,我们可以看到一个非常明显的事实,那就是文学的失落。在临桂陈氏家族近二百的历史发展过程中,文学既不是这一家族的繁荣的原因,同时也并没有为这一家族带来多少荣誉,处于一种可有可无的尴尬境地中,真正使得这一家族繁荣的是实用至上的实用主义精神。临桂陈氏家族的这种特点,其实与广西历史上的其他文学家族是一致的。大体而言,科举和政治地位突出的家族,文学成就往往并不突出,例如明代全州以蒋冕兄弟为代表的蒋氏家族;文学成就突出的家族,科举和政治地位则往往并不显赫,如临桂以况周颐等人为代表的况氏家族、以王鹏运等人为代表的王氏家族等。这样的情况,在一定程度上印证了明人王世贞所说的"贫老愁病,流窜滞留,人所谓不佳者也,然而入诗则佳。富贵荣显,人所谓佳者也,然而入诗则不佳"①。

---

① 《艺苑卮言》卷八。

论临桂朱氏家族的文学

　　临桂朱氏本是金枝玉叶,其先祖为靖江王,家世显赫,但到了清代,则日渐衰落。政治上的衰落并没有改变这一家族在文化和文学上的造诣,因此,造就了临桂朱氏家族这样一个人数众多,家族不乏名人,在文学创作领域亦有重要人物的家族。

一、朱氏家族的家世及文化

　　朱氏家族是明靖江王朱守谦后裔,明亡以后,则成为平民百姓。但即使是旧时王谢,今朝百姓,这一家族仍然有其深厚的文化与文学气质。如吕立忠《靖蕃后裔诗书继世　百年望族文星灿烂——清代临桂书香家族》一文所说:"至以后的乾隆、嘉庆、道光以至光绪朝,众多的靖藩后裔临桂朱氏子弟,走上了奋发读书、争取功名的道路。如以家族计,据朱琦的孙子朱椿林的乡试卷及《(光绪)临桂县志》概计,自朱琦高祖辈至其孙辈,凡七代共一百年间(康熙中期至光绪末),朱琦所在的靖江后裔临桂朱氏,中举者多至60余人,中进士的达13人,出仕者亦有数十人之多,其中有知府2名,知县14名,知州5名,御史3名,翰林院编修3人,检讨 2 名。"①

　　临桂朱氏人口众多,人才辈出。雍正、乾隆时期,"若"字辈中就出现了朱若东、朱若炳这样的文化名人。朱若东,字元晖,号晓园,雍正壬子举人,乾隆乙丑科进士,初任翰林院编修,历任福建道监察御史,掌福建道监吏科给事,乾隆十七年诰授朝议大夫,后又任工科掌印给事中,分守山东济东泰武道、河南通省粮储驿监道、江苏盐法道台等。朱若东曾与陈宏谋同朝为官,是"三元及第"的陈继昌的外祖父。朱若炳,乾隆丙辰恩科举人,丁巳进士,翰林院检讨,江西南昌府知府。到了"依"字辈,则出现了朱依墀、朱依鲁、朱依炅、朱依真、朱依韩、朱依程等文化名人。这些人或以科举起家,或以文学名世,在文学创作上或多或少都有作品传世。嘉庆、道光以后,就出现了朱凤森、朱琦等。对于朱氏家族的历史,朱氏家族的后人是颇为自豪的。朱琦《小寄斋诗序》就说:"吾粤西之诗,自岑溪李少鹤大令为之倡,子才、松圃两先生及吾家伯祖小岑从而和之,于是粤西之诗特盛。"朱琦所说的小岑,就是朱依真。

　　临桂朱氏家族之所以人才辈出,文化名人众多,最主要的原因是虽已沦为平民,但仍然十分重视教育、强调读书。朱琦的《述训》一诗基本上可以概括这一家族的家风:

　　　　我家万山中,绕郭粲林麓。漓水从东来,骖鸾互起伏。
　　独秀尤奇崛,石窦辟寒绿。我祖耽邱樊,傍此结茅屋。荒田
　　余十亩,昕夕缺饘粥。负米涸城市,折阅较斗斛。冬夜寒无

裈,生事日迫蹙。赤骨耐艰苦,僻性莳花竹。饥肠诗共锻,敝
巾酒可漉。亲友日夜疏,键户少剥啄。阿翁时在沂,讲席萃
英淑。六载栖琅琊,倦鸟归何速。我祖六十余,婆娑鬓毛秃。
植杖方倚闾,相见泪盈目。我父拜堂下,征尘未暇扑。挈我
问起居,携我呼伯叔。我弟抱在膝,挽须笑相掬。……侵寻
二十载,回肠转辘辘。少小多苦辛,南北恒仆仆。犹记趋庭
时,授经就党塾。阿翁方从宦,宰浚作民牧。嘉庆癸酉秋,滑
寇起驰逐。白旗蔽山冈,赤子血箭镞。所伏惟孤忠,幸未罹
惨酷。承平今已久,下车重踏跺。呼儿跽庭前,敝书陈一簏。
贻谋无多言,两字耕与读。至道在日用,如布帛粟菽。百篇
孝弟歌,勉勉继前躅。

在这首诗中,朱琦饱含深情地回顾了自己的家庭情况,从中可见,
一方面,尽管家庭以农耕为主,经济情况并不理想,但是朱氏家族
有着良好的人际关系,家庭关系和睦;另一方面,在生活艰辛,经
济状态很不理想,并且有繁重的耕作任务的情况下,依然坚持对
后辈进行必要的文化教育,将他们送入学校读书,并要后辈牢记
"耕读"二字。这一点正是临桂朱氏家族在科举、仕途上人才辈出
的根本原因。

　　与临桂况氏家族一样,临桂朱氏家族又是一个极富文学气质
的家族,在某种程度上,朱氏家族的文学气质甚至超过了况氏家
族。《临桂县志》卷二十二载朱依真《秋岑诗集序》说到清初粤西
诗歌的发展时说:"国初作者寥寥,最后先大夫始以平和之音倡,
继之则有胡君德琳、黄君东昀,学者皆有师法。秋岑(朱依韩)年

最少,独承家学,与之鼎峙角立。每一篇出,二君皆折服。"①朱依真与朱依韩是兄弟,序中说到清初的时候,作者寥寥,到了后来,"最后先大夫始以平和之音倡",这说明朱依真的父亲朱若炳在诗歌创作上有自己的特色,那就是"平和之音";而朱依韩"独承家学,与之鼎峙角立。每一篇出,二君皆折服",可见朱依韩也是颇具实力的诗人,"独承家学"四字更是透露出朱依韩是有家学传统的。其实,朱依真的《秋岑诗集序》只是说到临桂朱氏家族文学传统之一斑,在整个临桂朱氏家族中,文学一直是其传统。在"亨"字辈中,就有朱亨衍等诗人,"若"字辈中,朱若东、朱若奭等有诗歌存世,朱若炳更有《火余诗》《补闲词》等著作。在"依"字辈中,就有朱依鲁、朱依炅、朱依程、朱依韩、朱依真等,这些人大多具有文学创作的浓厚兴趣,在《三管英灵集》等著作中留存了不少作品。朱依真更是"髫龄即嗜声律,不喜为制举业,而于十七史,丹铅数过,诗格日高,随园老人至粤时,与之唱和,推为粤西诗人之冠"②。而"依"字辈之后,朱凤森、朱琦等,更名满天下。可见,临桂朱氏家族一直都崇尚诗歌创作,将其视为人生重要的乐趣和修养。

二、朱氏家族"若""依"字辈的文学创作

临桂朱氏家族的文学源远流长,人才辈出,是清代粤西文学家族成就最高的家族之一。

---

① 　嘉庆七年修、光绪六年补修《临桂县志》。
② 　梁章钜著,黄霖校注:《三管诗话校注》卷中,广西人民出版社,1996 年,第 143 页。

(一)"若"字辈的文学创作

早在康熙时期,"亨"字辈的朱亨衍等就开始了这一家族的文学创作。《三管英灵集》就收录了朱亨衍的七首诗,尽管作品不多,特色不鲜明,但说明这一家族的诗歌创作有着悠久的传统。

到了"若"字辈,则涌现了朱若东、朱若炳等诗人和词人。

其中,朱若东以诗见长,《三管英灵集》收其诗二十一首,从这个数量就可以看出朱若东诗歌的分量。梁章钜在《三管诗话》中说:"临桂朱晓园(若东)《载村即目》句云'茅茨欲断炊烟接,渔艇初归野渡昏',雅有画意。又《补山楼晚眺》句云'石径潾潾侵客屐,水田漠漠学僧衣',亦颇自然。"①由此可见朱若东诗歌的特色。

朱若炳(1716—1755),号桐庄,不仅善于诗,更善于词,有《补闲词》。朱若炳现存词 90 余首,是嘉庆前广西词人中存词最多的。现存朱若炳的词,从题材来看,多身边琐事、平凡事物,如咏花、过节、赠人等,大都围绕着日常生活琐事展开,其中咏花之作尤多。从今天的角度来看,朱若炳的词缺乏深度,但也有一些较优秀之作。例如《贺新郎·冬日书怀》:

> 屈指阳生后。记飞灰、月之十二,数来重九。几日西风如箭叫,雪比晴绵吹柳。是万物、蛰藏时候。脚下冰坚须把滑,笑相逢、休出卿双手。寒中趣,思量否。　　拥炉独自闲

---

① 梁章钜著,黄霖校注:《三管诗话校注》卷中,广西人民出版社,1996 年,第 114 页。

搔首。尽清磨、催人时序,两丸飞走。容易残冬春又远,喜得
年光依旧。且屏当、椒花酿酒。火色鸢肩多呓语,一凭他、肉
向髀中瘦。封侯事,莫须有。

这首词表现冬日时的感受,虽然着重点在喜悦之情,无一般悲哀
之情的厚重感,但因为发自内心,却也显得真实自然。

从总体来看,朱氏家族"若"字辈的作家虽然数量不少,而且
质量和影响并不特别突出,但是,他们却为教育下一辈作出了贡
献,同时,在某种程度上也为下一辈的崛起树立了榜样。

(二)"依"字辈的文学创作

临桂朱氏家族大规模的文学创作始于"依"字辈,这一辈中从
事文学创作的主要有朱依鲁、朱依炅、朱依真、朱依韩、朱依程等,
其中朱依真和朱依程最有代表性。

朱依鲁,字篠亭,乾隆三十六年(1761)进士,官鸿胪寺卿。
《三管英灵集》收诗十四首。他的诗写得较有特色,富有感情。如
《遂宁除夕》:

忽忽他乡又一年,看人儿女转凄然。一身万里孤灯照,
八口三春两地悬。小草回青欺泛梗,乱禽送语问归船。西川
风物悲游客,又见耕硗出早田。

作品选取除夕这一特殊时刻来表现自己的思家之情,通过所见到
的别人儿女引发感想,再通过"孤""归""悲"等关键字,将思家之

情表现得真切而又自然,令人动容。

朱依鲁的诗不事雕饰,情真意切,以白描为主,达到了较高的水准。

朱依程,嘉庆间贡生,以词著称,有《耐寒词》(已佚),现只保存了少量的作品,已看不出其原貌与成就,殊为遗憾。

朱氏家族"依"字辈作家中,最杰出的是朱依真。

朱依真,字小岑,生活于清乾嘉间。博学而不乐仕进,以布衣终身。爱好诗歌创作,造诣颇深,被袁枚称为"粤西诗人之冠"。有《九芝草堂诗存》。曾参与嘉庆时《临桂县志》的编写。

朱依真是广西诗人中颇具大家气象的一位。之所以这样说,是因为他的诗歌无论从题材的广度、思想内容的深度,还是体裁的多样、技巧的娴熟等方面来看,都超过了当时大部分广西诗人的水平。

对社会的强烈关注,对百姓生存的关心,这是朱依真诗歌最重要的内容之一,典型地表现了他"位卑未敢忘忧国"的思想,而忧民是他的诗歌表现的重点。例如《岁歉》:

> 岁居非火次,尔来旱亦甚。高田无青草,低田失润浸。去年岁在酉,弗协浆酒谶。加之疫疬作,薄槥不遑锓。米价三倍增,一饱力难任。柳象宾邕间,死者每相枕。田器亦卖除,牛种从谁赁。蒿莱久不辟,碕瘠无少渗。近闻粥厂开,啖者类含鸩。困苦乞为奴,逃亡乃连襟。入门问来历,泪下口如噤。或称素封家,亦有簪缨荫。百年无此变,只几为咤喑。达官非不勤,术穷莫能禁。于悒坐中堂,笙歌且高饮。

在生产力水平低下和救灾制度极不完善的古代中国,无论水旱,农民都是最大的受害者。这首诗表现的就是发生于广西的一场旱灾,这场旱灾导致粮食严重歉收,粮价飞涨,柳州、象州、宾州、邕州等地农民饿死无数。从诗中可以看出,朱依真对这些灾民表现出了极大的同情,真可谓"叹息肠内热"。他的《望岳》本来是写景之作,但他还是忍不住写道:"嚘喈荆蛮民,旱晏荷神福。尔来恣骄佚,灾沴亦云酷。女魃煽凶焰,飞蝗肆流毒。百粤已荐饥,荆楚靡旨蓄。米价三倍增,乞丐沿门哭。维岳帝股肱,司守等伯牧。睠兹民殿屎,宁不救匍匐。恐是方隅神,谰谩废辰告。载下臣同拜,窃比昌黎祝。似叩岳灵鉴,行见魑魅戮。和风卷霓旌,沾雨随霞毂。远解粤民愠,更庆湖田熟。稽首答神贶,张翼重起肃。"

如果说在对现实题材的处理上,朱依真表现出来的是对下层百姓和普通人的关心的话,那么,在处理历史题材时,他表现出来的则更多是对政治、道德、人性等问题的思考和看法。例如《西厂叹》:

> 前王亲宰执,后王便近习。药石言所难,簧鼓听易入。大臣作心腹,近臣作耳目。视听既已荧,肝膈岂相属。稽之周官列阉寺,职在扫除司启闭。是谁作俑封五侯,乘马之祸无时休。小平津渡少阳院,汉唐宗社成墟邱。濠梁天子期复古,铸铁宫门防内竖。无功畏法诚至言,目蔽心聋戒庸主。胡汪诛后等一喑,何至雄猜疑政府。中书省废鼎趾颠,左右密勿多中涓。锦衣东厂复谁立,祸机已伏洪宣前。王家授教挟天子,孤注何能赎千死。儿孙未肯鉴前车,花面獠奴承指

使。商公项公难回天,西厂重开成化年。手持两钺汪太监,势逼乘舆饶气焰。貂珰牙爪任纵横,铁瓮炉钳恣排陷。纷纷刘魏传家风,朝宰居然拜厂公。东林钩党最惨烈,国家元气斯焉穷。呜呼此侪奴隶耳,何可位置枢机中?古来帝王号贤圣,黈纩垂琉防视听。笃恭正己能事毕,耳目聪明国恒失。

西厂、东厂作为明代重要的政治工具,可谓臭名远扬。这首诗在简单地回顾了中国的宦官制度后,将批判的矛头直指明代的西厂和东厂,其中重点又突出了西厂的滔天罪行,恶劣行径。正因为有了西厂的嚣张,才造成了明代"朝宰居然拜厂公"的反常现象。诗的最后表明了朱依真对宦官深恶痛绝的态度,希望皇帝对宦官严加防范,这样才能维护政权的稳定。

朱依真的写景抒怀之作也非常出色,不仅数量多,而且描写形象生动。他的写景诗往往不是单纯写景,而是将写景与抒怀结合起来,因而更显思想的深度。例如《登黄鹤楼》:

东风十日荡地来,汉水初拨葡萄醅。翻身却跨黄鹤背,熙熙万象归春台。初从城闉数慈浪,城上风光已超旷。唐梯輵轇跨飞甍,却倚层霄俯城上。楼前大别仙眉青,晴川劣能如掌平。游人指点佛镂蚁,室庐密布周天星。吟断澄江谢郎句,蛣蜣随波来又去。温暾一段滑琉璃,风絮雨萍粘不住。乾坤捭阖声雷硠,软滩嫩堰开潇湘。决眦迥出飞鸟外,俗眼仅辨牛羊方。洞天石照何年辟,中有羽衣闻点屐。元踪灵遒类如此,但爱柯橡贯云石。一吹吹出洞庭秋,再吹吹破关山愁。残梅玉屑纤手揉,有酒但饮无噢咻。世间衣食徒劫劫,

鼹鼠饮河鸟衔叶。古人可作孰与俱,青莲李并黄州苏。君不
见紫髯儿藉父兄力,元规咸里饶尘棘。

诗的前半是单纯的写景,写得极为生动,壮阔之中不乏细致。到
了后半,却转入了感叹历史和传说。这种写景与抒情怀古相结合
的写法,既可破板滞之弊,避免过于单调,同时又可增加作品的思
想内涵。他的《峄山怀古》《阳朔》《望岳》等,都是这种写法。

朱依真的诗歌中还有大量的咏物之作。这些作品涉及日常
生活中的各种事物,取材虽俗,立意却深,善于发掘所咏对象的内
在意蕴,颇具意味和理趣。例如《小钱》:

白水真人日贬损,肉好削尽无缘裙。水衡旧制殊不尔,
赤仄新样谁从分。乍看鹅眼才具体,细认螺甲几无文。凡铅
未就灵药点,薄轮不奈磨礧勤。万选有余始纳赋,一铢尚欠
难论斤。可怜眼孔如措大,心粗不敢穿麻貫。吾闻泉布取通
意,此物独异何其屯。又疑蝉血涂子母,四境弗蹦环飞翁。
私铸初无老滹伪,自便更少黄头勋。吁嗟琐琐亦奚至,演谱
遵志稀前闻。街头父老举疾首,中有隐恨吾能云。不恨青钱
三百难买炉边醺,不恨村社掠得同榆枌,但恨他日山阴走相
送,无可持奉刘使君。

这首诗咏铜钱,从其历史写起,再写其形状以及诗人的感想,不离
不滞,既紧扣铜钱,又不完全拘泥于其形貌,展开丰富的联想,并
发出深沉的感叹。而他的《戏作弄具》二首其二《咏不倒翁》写
道:"纸裹泥丸混沌同,侏儒也解著绯红。迎春特地输黄胖,献笑

当场让郭公。便觉形容成老大,岂知颠倒任儿童。生怜脚短才三寸,宛转樽前慎尔躬。"描写不倒翁的形象,形神兼备,令人粲然一笑。而《咀虱》用长篇来写虱子,用严肃口吻写区区小物,小题大做,亦庄亦谐,别具一格。

从诗的艺术性来说,朱依真各体皆工。诗歌发展到清代,前人的创作积累实在太丰富了,各家各体均形成了一定的或隐或显的标准。朱依真在充分掌握前人各家各体的基础上,进行了必要的融化,从而形成了自己在各体上的风格和特色。他的五七言古体篇幅较长,往往用来写景和抒发对政治、历史的看法,既有古意,又不墨守成规。如《蜀道难》,作为乐府旧题,前人已有不少名作,特别是李白的作品,更是一座高峰,但朱依真写来却别具新意。他在诗的前半部分描写了蜀道的艰难之后,感叹道:"分疆划界逼秦楚,虽欲驯致无其媒。蚕丛肇开国,鱼凫传子孙。鳖灵禅受人不见,今人但见杜宇魂。秦王急功利,司马策其易。金牛诏蜀主,开山献其地。蜀主但知金牛能粪金,岂知金牛残尔国。蜀主但知金牛能粪金,岂知金牛需尔人民食。呜呼,蜀主亦何愚!金牛粪金亦区区,何不守尔之要害,粪尔之膏腴。呜呼,蜀主亦何愚!"紧紧抓住金牛粪金的故事来发议论,立意比李白更胜一筹。他的五七言律诗多用来写景抒怀,特别是表现与个人遭遇有关的情感,随对象而变化风格和手法,往往有自己的特色。例如《出严关》:"千尺危坡万仞山,萧森风雨出严关。征人北去从兹远,朔雪南来到此还。卷甲旧传天旅劲(自注:定南王入粤自此一夜达桂林),封泥亲历地图艰。时清禁弛无扃钥,多少回车动客颜。"粗线条的勾勒与概括性的描写相结合,感叹深沉,风格雄浑,颇得杜甫七律神韵。因为体裁的多样,带来了朱依真诗风格的多样。既有杜甫的沉郁雄浑,又有李白、陆游的豪放,同时也有王孟韦柳的闲适,甚至还有汉魏的古朴。这样的多样性,说明朱依真具有不拘一家、兼容并蓄的特点。

朱依真确实是广西诗歌史上的一位大家,袁枚称之为"粤西诗人之冠",殆非虚言。

朱依真还是一位著名的词人,况周颐《粤西词见》云:"小岑先生《九芝堂诗存》八卷,余得于海王村。《纪年词》求之十年不可得。检邑志,得《绛都春》《念奴娇》两调。"尽管如此,况周颐还是给了朱依真很高的评价,认为:"综论国朝吾粤词人,朱小岑先生倡之于前,龙、王、苏三先生继起而振兴之,一二作者类能摆脱窠臼,各抒性情,造诣所独得。"将朱依真视为粤西词的倡导者,可见朱依真在况周颐心目中的地位。又说:"小岑先生……《绛都春》《念奴娇》两调,专诣精卓,风格在碧山、玉田之间。《诗存》中有《论词绝句》二十八首。宋人于周清真,国朝于朱锡鬯,并有微词,不为盛名所慑,惟推许樊榭。甚至观其所为词,固不落浙西派也。"

由上可见,朱依真的诗和词不仅在朱氏家族中出类拔萃,而且在整个清代粤西文学史上也具有重要地位。

三、朱凤森、朱琦父子的文学创作

朱凤森、朱琦父子的出现,是朱氏家族文学创作的又一次突破,特别是朱琦,更是将朱氏家族的文学创作推向了这一家族文学创作的最高峰。

朱凤森(1775—1832),字韫山。好诗书,知识广博,对天文、历法、艺术等皆有一定造诣。嘉庆六年（1801）进士。嘉庆十八年（1813），任河南浚县知县时，因功册封司马。有《韫山诗稿》。

朱凤森文武双全，龙启瑞说他"公昔持刀出杀贼，意态雄豪百夫特。归来奋笔写新诗，犹是淋漓盾头墨"。① 又据朱琦《先大夫遗札书后》所说，朱凤森"善谭论，长于干略，尤工词翰。旧时遗札尚有存者……凡数百言，寓遒古于骈俪之中，多道当时战阵事"。② 可见，朱凤森不仅长于诗，而且也长于散文，尤其是关于"当时战阵事"的议论。这种文武兼修的特点，对其儿子朱琦有重要影响。

朱琦《先大夫诗集跋后》一文对朱凤森一生的诗歌刊刻及为人作了一个比较完整的描述：

> 先大夫诗凡九卷，旧刻于京师，岁久漫佚，今分六卷，重付梓……生平于书，无所不读，晚尤嗜诗，治事之暇，率以诗自娱，其教琦等无日不及诗。那文毅公旧序谓诗不仅于诗，诗人亦不仅诗人。梅伯言农部又谓守浚一役，为功于国，福于斯民甚大。其诗精熟《选》理而兼有唐人之气体格韵，故词壮而志清，盖知之深矣……念畴昔在濬与仲弟寿康趋庭授诗之时，呜咽不能自已。

朱琦一方面谈到了朱凤森的诗歌刊刻情况，另一方面又指出了他勤奋好学、学识广博，喜欢诗歌创作的特点，尤其是他对儿子们的

---

① 《朱伯韩前辈将请假归里出其尊人诗卷索题勉成此章即以赠别》，《浣月山房诗集》内集卷二。
② 《怡志堂文集》卷四。

诗歌教育,对延续这一家族的诗歌创作传统起到的重要作用。

　　朱凤森现存诗500余首,多拟古之作。如《仿江文通杂诗》三十首、《拟古别离》、《嵇中散言志》、《阮步兵咏怀》、《左记室咏史》、《古风》十六首等。这些诗虽然也表达了一定的感情和看法,但毕竟受模拟影响,不能放开手脚,因此成就不高。

　　朱凤森的诗在体裁上多乐府诗,如《乐府》三十九首、《野老谣》、《纤夫谣》、《采莲曲》、《子夜歌》、《四时折杨柳歌》、《春江花月夜歌》等。这些诗也带着一定的拟古色彩,但写得比较自由,因而具有较高的成就。这些诗大多遵循了前人作品语言和内容上的传统,风格古朴,内容随题而定,比较广泛。例如:

　　　　野老苦赔粮,割爱鬻儿女。儿女相与哭,不饱吏胥欲。吏胥可奈何? 日日遭官扑。官扑可奈何? 昼夜相催促。有时持片牒,难受长官辱。野老可奈何? 此去将何之? 携家思远遁,恒为凶暴欺。不如苣楚花,乐子之无知。(《野老谣》)

　　　　父兮母兮生我身,叔兮伯兮送我行。紫塞黄沙万里道,远嫁乌孙令人老。春风宛转入曲房,绿树有花非一香。金为衣兮菊为裳,旃为墙兮酪为浆。岁时一再与之会,置酒高歌心内伤。妾本江都女,容华绝世芳。珊瑚挂镜流苏帐,中有郁金苏合香。歌扇当窗似秋月,恨不早嫁东家郎。今日长途望无已,风吹草低见牛羊。顾为天上鸾与凤,时来比翼云中翔。(《乌孙公主歌》)

两首诗都紧扣题目,按照前人所写的内容来写,但写法上有所创新,不完全拘泥于前人前作。语言朴实无华,描写也比较生动,确是乐府诗中的佳作。

朱凤森的近体诗多写景咏怀之作,其中最值得注意的是《守城》八首、《甲戌濬邑大兵之后收养难民救荒之事尤为切要》四首这两组作品。《守城》八首写的是朱凤森任河南浚县知县时,白莲教起义军攻打浚县,他率部守城的情况。诗中表达了对白莲教起义军的痛恨、蔑视,表现了战况的激烈。例如:

> 妖星闪闪敌楼悬,画角喧喧夜不眠。剑倚芙蓉霜淬月,城围烽燧焰摩天。千村狼狈愁云惨,几处鲸鲵孽海填。贼举飞梯攻不已,背城一战血袍鲜。

诗写朱凤森在激烈的战场上浴血奋战、一夜难眠的情况,既见朱凤森心迹,又可作为白莲教起义军的史料来读。《甲戌濬邑大兵之后收养难民救荒之事尤为切要》四首则把眼光投向了饱受战乱之苦的百姓身上,描写了人民遭受的苦痛,表达了对人民的同情。例如:

> 民经兵燹更萧条,十户田庐九户凋。杀气已销悲浩劫,荒原无处见枯苗。扫除逆产归征册,忍使苍生困采樵。剩有此图惊郑侠,教人风雨怨鸱鸮。

十室九空,庄稼全无,到处都是萧条的景象,这就是战乱的结果。朱凤森的同情之心也溢于言表。这两组作品具有高度的写实性,而且感情充沛激烈,也是难得的史料,因此可视为诗史。朱凤森诗歌的这种特点对朱琦有直接的影响。

朱琦(1803—1861),字濂甫,号伯韩,朱凤森儿子。道光十一年(1831)举人,十五年(1835)进士。由翰林院庶吉士历任编修、给事中、御史、道台。性刚毅,屡上书论政,以直言敢谏与苏廷魁、陈庆镛合称"谏垣三直"。道光二十六年(1846)辞官南归,主持桂山孝廉书院。后以道员守杭州,被太平军所杀。赠太常寺卿。古文与吕璜、龙启瑞、王拯、彭昱尧并称"岭西五大家"。诗与龙启瑞、彭昱尧、汪运、商书浚、杨继荣、曾克敬、李宗瀛、赵德湘、黄祖锡在杉湖补杉楼酬唱吟咏,为"杉湖十子"之一。曾协助梁章钜编校、刻印《三管英灵集》,另著有《怡志堂文集》《台垣奏议》《倚云楼诗》等。

朱琦出生于文化世家,这样的家学对朱琦应当有相当大的影响。廖鼎声曾在《韩翁怡志堂诗初集刊成复题二首》之二说他"修文廷硕继声尘"。在这一句之下,廖鼎声自注:"尊公韫山先生诗集同时重刊。"①因此,他的诗文写得比较多,成就也比较高,成为广西文学史上的大家,也是近代中国文学史上的名家。

关于朱琦的散文,谭献《怡志堂文集叙》对朱琦的为人及散文创作有一个比较全面的论述:

> 桂林朱伯韩先生居垣直声满天下,比粤西寇起,先生居乡,创义保卫里闬。会贼中枭将某慕义来归,群将帅疑而未敢许也,先生毅然以十口保之,后其人成大功,殉王事,议者谓李白之识,郭子仪殆逊之矣。论团练,功以道员,用未施于

---

① 《拙学斋诗草初编》卷六,光绪二十三刻本。

政，从役江苏、浙江。当是时，东南鼎沸，兵甲连千里。先生纤筹料敌，不竟其志，致命疆场，炳如日星。呜呼，如先生者，岂徒以文传哉！而先生之文，植体经训，原本忠孝，病当世人心坏于言利，故于读孟子书、《货殖传》后表立言宗旨，其他则万变而不离夫利之入人心也。如水决垣，无所不摧；如火燎原，无所不烈……孟子之功不在禹下，期先生之功其诸不在孟子下欤？桂林之山奇秀甲天下，而闻人盖寡不逮中国，岂其僻远无由自通与，抑亦旁薄郁积而有所待也？国（清）朝古文起元明之衰靡，粹然复出于正。桐城方氏、姚氏后先相望，为世会儒宗，而粤西吕先生璜同声应之，至朱先生而益大。先生挥斥万有，晖丽妍雅，兼方、姚之长，而扩其所未至。桂林奇秀之气，其特钟于是矣。①

在这篇序中，谭献对朱琦的为人和散文创作给予了高度的评价，认为朱琦不仅文章出色，而且为人果敢，有见识，有胆量，能运筹料敌，有实际才能，虽然最终未竟其志，但不改英雄本色。至于其文章，则"植体经训，原本忠孝"，继承桐城古文传统而又有所发展。这些看法应当说是比较全面和准确的。由此也可以看到，朱琦与其父朱凤森是同一类型的人——在注重文学的同时，更注重事功。谭献的这一说法与朱琦自己的说法是一致的，他在《名实说》一文中说："世之称者，曰谨厚、曰廉静、曰退让。三者名之至美者也，而不知此乡曲之行，非所谓大人者也。大人之职，在于经

①　黄蔼辑：《岭西五家诗文集》之《怡志堂文集》附，民国十三年桂林典雅堂排印本。

国家,安社稷,有刚毅大节,为人主畏惮;有深谋远识,为天下长计;合则留,不合以义去。身之便安不暇计也,世之指摘不敢逃也。"

朱琦这样的特点使其散文往往根植于现实问题,言之有物,不作空泛之论,具有很强的现实性和思辨色彩,而较少龙启瑞散文中那种对具体学术问题的辨析。

他的散文主要是论说文,这些论说文又可分为两类:

一类为纯粹的论述之作,如《辨学》上中下、《孟子说》五篇、《名实说》、《读货殖传》、《读酷吏传》、《续苏允明谏论》、《明大礼说》、《答客问》等,所论的是一些学术路径、经学、史学等方面的问题。如《辨学》上中下就宋代以来,特别是清代的考据、义理、词章三者以及义利之间的取舍进行了详细的辨析,这既是一个学术史的问题,同时也是当时广大知识分子的治学路径问题,在历史的考察中彰显现实选择的重要性,对于广大知识分子无疑是良好的清醒剂。《孟子说》五篇连篇累牍地就义利问题发表自己的看法,颇有《孟子》之风。这样反复地就某一问题展开论述,这在一般散文家中是比较少的。这些散文往往写得锋芒尖锐,见解非凡。例如《名实说》:

> 孰难辨?曰:名难辨。名者,士之所趋而易惑。天下有乡曲之行,有大人之行。乡曲、大人,其名也;考之以其行,而察其有用与否,其实也。世之称者,曰谨厚、曰廉静、曰退让。三者名之至美者也,而不知此乡曲之行,非所谓大人者也。大人之职,在于经国家,安社稷,有刚毅大节,为人主畏惮;有深谋远识,为天下长计;合则留,不合以义去。身之便安不暇

计也，世之指摘不敢逃也。今也不然，曰：吾为天下长计，则天下之衅必集于我；吾为人主畏惮，则不能久于其位。不如谨厚、廉静、退让，此三者，可以安坐无患，而其名又至美。夫无其患而可久于其位，又有天下美名，士何惮而不争趋于此？故近世所号为公卿之贤者，此三者为多。当其峨冠襜裙，从容步趋于庙廊之间，上之人不疑，而非议不加，其深沉不可测也。一旦遇大利害，抢攘无措，钳口挢舌而莫敢言，而所谓谨厚、廉静、退让，至此举无可用。于是始思向之为人主畏惮而谋远识者，不可得矣。

且谨厚、廉静、退让，三者非果无用也，亦各以时耳。古有负盖世之功，而思持其后，挟震主之威，而唯恐不终，未尝不斤斤于此。有非常之功与名，而斤斤于此，故可以蒙荣誉，镇薄俗，保晚节。后世无其才而冒其位，安其乐而避其患，假于名之至美，僩然自以为足，是藏身之固，莫便于此三者，孔子之所谓鄙夫也。其究乡原也，是张禹、胡广、赵戒之类也。甚矣，其耻也。且吾闻大木有尺寸之朽而不弃，骏马有奔踶之患而可驭。世之贪者、矫者、肆者，往往其才可用。今人貌为不贪、不矫、不肆而讫无用，其名是，其实非也，故曰难辨也。

乡曲无讥矣，然岂无草茅坐诵而忧天下其人者乎？而士之在高位者，伈伈伣伣，曾乡曲之不若，何也？是故君子慎其名，乡曲而有大人之行者荣，大人而为乡曲之行者辱。

在这篇散文中，朱琦认为名与实两者是最难辨别的，例如“谨厚、廉静、退让”这三者虽然是人们所认为的“名之至美者”，但是也要具体情况具体分析，"当其峨冠襜裙，从容步趋于庙廊之间，上之人不疑，而非议不加，其深沉不可测也。一旦遇大利害，抢攘无措，钳口挢舌而莫敢言，而所谓谨厚、廉静、退让，至此举无可用"，这就是说，当朝廷大臣变得模棱两可，三缄其口，遇事只看人脸色，"深沉不可测"时，这时的"谨厚、廉静、退让"是最无用的。而当"古有负盖世之功，而思持其后，挟震主之威，而唯恐不终，未尝不斤斤于此。有非常之功与名，而斤斤于此，故可以蒙荣誉，镇薄俗，保晚节"，即"有非常之功与名"，在功高盖主的情况下，"谨厚、廉静、退让"又是必不可少的。问题的关键是，今之人没有古人的"非常之功与名"而奉行的却是"谨厚、廉静、退让"，这实在是"乡曲之行"。因此，朱琦提倡的是"大人之职"，而不是"乡曲之行"。这"大人之职"就包含着为人做事的大气魄、大胆量、大计划、大胸怀，即"在于经国家，安社稷，有刚毅大节，为人主畏惮；有深谋远识，为天下长计；合则留，不合以义去。身之便安不暇计也，世之指摘不敢逃也"。文章既表明了朱琦本人的人生态度，同时也将锋芒直指当时碌碌无为的朝廷大臣，见解精辟，锋芒毕露。

一类为叙议结合的序作。这类散文多是朱琦为人书稿所作的序，往往就一书所涉及的问题展开议论，兼记叙一些事件。这类散文写得自由活泼，无拘无束，见其识见与性情。例如《味雪斋集序》：

滇之为诗者，自钱南园侍御后必曰戴君云帆，虽其乡之人亦曰云帆之于诗好之深，为之也勤，今之为诗者，未有能过之者也。而云帆顾不自以为足，每向余时时称南园钱先生。既而获读南园遗集，益叹先生为倡于乡者大，而云帆之诗之有所本也。顾云帆之诗又自有与南园异者,南园之气刚,吐辞苍坚,不可迫视;云帆之才清,其体优逸而道厚。且南园当乾隆末,和珅骩政,独能抗疏言其失,后直军机,益以纠弹为任,故天下多传其奏议而于诗或略焉。云帆官水曹久,其为御史适值海内偃兵之时,虽尝愤愤欲有所论说,又无一事可藉而言者,故其抑郁悲愤发于诗为多,岂非其时之使然哉?虽然,时不可强也,士亦求自处而已矣。古人有言"从吾所好"。又曰"千金之裘,非一狐一腋也;大海之水,非一川之积也"。自古文章盛时必有一二先达负重望者为之倡,又必有师友为之奖借而辅翼之而后可托以不腐。当南园崛起时,士多想望风采,虽片楮剩墨,世知贵之。然考其平生所与游,如初亦园、法梧门、姚姬传诸公,皆当代魁硕巨人,是以文章有师法而气节又足自伸于天下,今云帆所处亦近耳。然云帆尝言:吾虽私淑南园,其后得之顾南雅、宋芷湾两先生为多。南雅故尝视学滇南,而芷湾又为其乡之郡守,爱云帆特甚。自其少时,饫闻诗义,学敏气锐。及其壮,游京师,才愈豪,交愈广,名称愈盛。暨今数十年,謇而涵之,益思有以自树。一日剧饮酣醉大呼,俯仰古今治乱成败之故,肃然泪下,作为《醉歌》数十百言。呜呼,此可以知其所志矣。

这是一篇比较典型的朱琦书序,对戴云帆的渊源、特点以及学养、性格等作了简洁的概括、评价和描述,以议为主,叙中有议,议中有叙。没有了前一类散文的严肃、锋芒和锐气,而多了一份亲切,如听人谈论友人,娓娓而谈中见其风采。

朱琦的散文从数量上来说,不如王拯、龙启瑞等,但自有特点,自成一家,将其列入"岭西五大家"之一,由此也可见人们对他散文的认可。

朱琦的诗歌创作具有较高的成就,可以说他是广西历史上最著名的诗人之一,在当时就有很高声望。杨传第《怡志堂诗集序》评曰:"近时都下以诗名者,传第尝凭臆得数人焉……所谓数人者,桂林朱伯韩先生其一也。先生于文学桐城,能自以才力充拓之,故常沛然有余,于所为之文之外,诗则浑雄,不立纲宗,而自成体势。"①

朱琦自述他的诗歌创作经历了几次变化,早期学的是白居易,中晚年则广泛学习李白、杜甫、韩愈、苏轼、黄庭坚、元稹等大家。《答友人论诗》自述其宗法:"平生宗法有数子,李杜韩白苏黄元。此外诸家间参取,渔洋老笔新排编。"《春星阁小聚数日留诗志别》其三云:"远当追甫白,近亦逼苏黄。"宗鉴成《怡志堂诗集书后》录朱琦自己说过:"早年取径香山,及与伯言梅郎中游,始改师杜、韩及北宋诸家。"后来他又说:"乃问我所师,我师綦岂远。养一真良规,天地同化元。"这些说法可见其取法多家。他虽然号称学习了多家诗人,但从实际的情况来看,他最倾心的诗人是杜甫。在他的作品中,屡屡提到杜甫,表明了他对杜诗的谙熟。如《寄杨紫卿零陵集杜》五首、《陈莲史方伯集寓斋话别集杜》四首、《雨后寄家弟容庵集杜》等。《咏古》十首其二更说:"杜陵有遗老,乃是稷契人。致君必尧舜,风俗可再淳。广厦构万间,所谋非一身。望帝托杜鹃,感愤悲填膺。煌煌三大礼,郊庙实式凭。惜

---

① 黄蓟辑:《岭西五家诗文集》之《怡志堂诗集》附,民国十三年桂林典雅堂排印本。

哉老布衣,仅以诗人称。"表达了对杜甫的无限崇敬与惋惜。他的好友彭昱尧曾经说过:"伯韩诗学杜子美。"(《送子实南归》)此言不虚。

朱琦自言其诗取法多家,但从题材而言,他的诗对风花雪月兴趣不大,却有着强烈的政治、历史、社会情怀。因此,他的诗往往多表现政治、历史与社会。这一特点的形成既与他所处的时代有关,同时也与他个人的兴趣、经历有关。他自述其学诗经历"少时学为诗,酷嗜《秦中吟》。乐府百余篇,梦寐相追寻"(《咏史》十首其四),这种兴趣爱好,一方面当然是家庭和学校教育的结果,同时也是其天性的表现。这使他的诗呈现出强烈的政治历史色彩,表现了宽广的社会内容。

首先,朱琦在诗歌中表现了对历史的强烈兴趣,因此写了大量有关历史题材的作品。例如《新铙歌四十九章》、《咏古十首》、《戏掇东方朔传为诗》、《读王子寿论史诗为广其意得七章》、《长坂瞻关坡遗迹》、《同子章罗少村游隆中谒武侯祠》等。这一类诗,往往借古喻今,言在彼而意在此。《新铙歌》四十九章"述(清)祖宗之功德,备盛清之掌故,合乎言古刭今之义"(杨传第《怡志堂诗集序》)。这四十九首诗有为清朝歌功颂德之意,但是也不妨视其为一部简要的清史,甚至朱琦在创作之初,可能就有为清朝写史的意图。其中的诗,我们只要看看诗题,就知道它的大致内容了,如《战图伦》《战嘉鄂》《战乌拉》《战界藩》《平逆藩》《平台湾》《平青海》。这些诗题表明它们所记载的全是清朝开国之初的各种战争,毫无疑问是在为清朝唱赞歌。诗序云:"臣闻天下虽安,忘战必危。进不忘规,近臣之义。伏惟我朝肇造之初,八校分屯,兵力最强。太祖受命,一成一旅,奄有五部。太宗继之,招来属国,东自朝鲜,迄西北海,莫不詟服。世祖申命,遂定中原,统壹天下。圣祖重光,功德巍巍,三藩以次削平。迄于世宗,底定青海。亦越高宗,荡夷藩戎及大小金川,拓疆二万里。仁宗之世,逆匪震惊,旋以艾安。列圣伟烈,神谟具在实录。臣窃不自揆,稽首谨述其略,被之声诗,以诏后世。"这四十九首单独成一卷,并在当时产生了较大的影响。林昌彝《射鹰楼诗话》云:"伯韩侍御深于诗,谨于行,忠孝之气郁于至性,其《新铙歌四十九章》,篇什之短长,音节之高下,各自成调,不必貌似古人而可与少陵、香山比接踵。其平日立朝之节,忠爱之忱,亦于滋可见。"①

他的《偶述》直接表达了对历史和政治的看法:

> 我方读《尚书》,慨想三古前。知人能官人,安民邦乃安。当时君臣际,亲若朋友然。质直无面从,慎之一话言。聪明必自民,命讨不敢专。事事有天在,万虑敕几先。禹拜皋孜孜,难窥圣心渊。夏商当大竞,九德精用权。周公独知之,吐哺勤下贤。明告孺子王,载之立政篇。吁俊尊上帝,此语万古传。后来英杰人,识此拯时艰。得半已足霸,刭能用之全。自从汉魏来,任法以防奸。九品与中正,考课不惮烦。唐后

---

① 龙启瑞《朱伯韩先生新铙歌题辞》亦云:"《铙歌五十章》,伟烈陈颇多。我朝先皇茂神武,以古相较百倍过。君从图史见旧本,私家简牒代爬罗。芸窗书赋日五色,云锦织字龙腾梭。鼇掷鲸吥露光怪,气烛北斗声流河。金石刻画固史识,君之才识难同科。外人相赏在文字,岂识大义悬義城。颂含规诲著古昔,观此犹念陈卷阿。国家开创在武略,沈阳奋起挥天戈。兴王要当本仁义,亦有将材兼牧颇。承平数世犹犟习,旗营劲旅纷番番。攻无不克战必胜,剪除巨慝同么麽。百年安饱余痼习,耳闻金鼓言已讹。"(《浣月山房诗集内集》卷一)

用科目,试士法相沿。铨选委吏胥,贿赂搆弊端。虽有捄时宰,破格良独难。采名易滋伪,蹈常差免愆。宰相用读书,稍可济其偏。守官如守道,道明斯能官。黜陟操政本,元化隐转旋。兹言非迂疏,吾友信且坚。更当专讨论,汲汲相磨研。异时侍讲读,倘可陈经筵。

诗从《尚书》写起,着眼点在古代的政治,特别是君臣关系、人才选拔制度,可以看作是一部简短的中国古代人才制度史。朱琦对历史的兴趣主要在治乱得失,很少表现某些诗人作品中的那种兴亡之感。从这一点来看,他的思维是历史学家的思维而不是诗人的思维。

其次,他的感情往往随现实政治变化而变化。朝廷政策如有可取,或者有了好人好事时,他为之欢欣鼓舞;朝政出现弊端时,他给予无情的抨击,表现出深深的忧虑:

> 惊心兖豫半流亡,河势滔滔下啮桑。刍粟挽输中土困,鼋鼍骄横大东荒。侧闻下诏蠲逋赋,不使遗黎痛去乡。圣主独为根本计,扶携父老涕泪裳。(《闻尽蠲两河加价喜而书此》)

> 瓢城吏,清如水,只饮瓢城一瓢水。瓢城城小小似瓢,黄河冰高风怒吼。百夫呀喘不惮劳,千椎崩裂鱼龙逃。瓢城吏,椎冰苦,粮艘不得行,难回长官怒。民闻吏去啼且走,皆曰还我好父母。君不见瓢城吏在人口碑上,两字青天大如斗。(《绣山尊人宰瓢城有惠政作瓢城吏歌美之》)

这两首诗都是表现喜悦和赞赏之情的。朱琦所喜,乃在朝廷有惠政,瓢城有好人。惠政和好人所惠及的对象当然是黎民百姓了,所以朱琦为之大唱赞歌。这可以看出朱琦的感情取向,同时也可以看出他的政治情怀。

第三,更重要的是朱琦向杜诗学习,力图创作出一代诗史。

朱琦学杜,既缘于其个人的兴趣和时代的创作风气,也因为有着与杜甫相似的时代背景而造成的相同感受,因而其诗与杜诗一样,有"诗史"之称。① 宗鉴成《怡志堂诗集书后》也说他的诗"多表扬义烈,规切时弊,足资史册"。朱琦后半生基本上生活于太平天国起义所造成的影响中,而且最后也死于战争。同时,清末政治的腐败到这时已达顶峰。雪上加霜的是,西方列强大肆入侵中国。生活在各种剧烈矛盾交织时期的朱琦,在诗中非常突出地表现了这些矛盾,因之呈现出"诗史"的特征。而且朱琦也有意识地想做一位杜甫式的诗人,所以,无论走到哪里,即使不一定是目睹,而仅是耳闻,只要是有关国计民生、兴衰治乱的事情,他都努力用诗歌记录下来。

例如,关于外国入侵所造成的一系列灾难,朱琦重点"记载"了以下几个方面的内容:

第一是全面反映鸦片输入中国后造成的灾难。例如《感事》:

> 鸦片入中国,尔来百余载。粤人竞啖吸,流毒被远迩。通参轸民害,说言进封胆。吏议为条目,罪以大辟拟。杀人亦生道,重典岂得已。粤东地濒海,番商萃奸宄。天使布威

① 《暮秋气渐寒作怀人诗五章寄粤中诸子》其五:"诗史辱见呼,伤乱共凄楚。"

德,陈兵肃幢棨。宣言我大帮,此物永禁止。献者给茶币,万
椟付烈毁。积蠧快顿革,狡谋竟潜启。飞帆扰闽越,百口腾
谤毁。至衅诚有由,功罪要足抵。直督时入觐,便喋伺微旨。
奏云英吉黎,厥患亦易弭。吁冤至盐峡,恭顺无触抵。节钺
遽更代,蛮疆重责委。遂割香港地,要盟受欺绐。况闻浙以
西,丑虏陷定海。焚掠为一空,腥臊未湔洗。虎鹿复逼近,锁
钥失坚垒。总戎关天培,只身捍贼死。开门盗谁揖,一误那
可悔。五管嗟绎骚,征调无暇晷。至尊劳旰食,军书从镝矤。
机幄时咨对,震慑但诺唯。天讨终必伸,牙璋大兵起。冠军
伊何人,躯干颇杰伟。骁锐五千骑,索伦十万矢。庶往麾天
戈,一举汤溟澥。义律尔何为,勾结饵群匪。所恃惟巨炮,以
外无长技。长侯昔决战,贼酋尽披靡。馀艎坐饥困,如鱼游
釜底。阻隘断其归,彼虏无完理。惜哉失此机,奔突纵犬豕。
大帅殊畏懦,高牙拥嵚巇。兵骄或食人,传闻日诙诡。哀哀
老尚书(谓隆参赞文),遗奏何嘘唏。上言海氛恶,下言抱积
痞。针砭辄乖谬,沴戾入肌髓。艰虞正须才,孤愤亦徒尔。
先是春二月,番舶据沙嘴。黑夜突凭城。举火纵葭苇,矢炮
横相攻。孤城危卵垒,万众方瞠目。禁呵疑神鬼,楼堞幸少
完。室庐剩荆杞,附郭尤惨凄,颓垣半倾圮。思昔承平时,海
南夸丽侈。巨舶通重洋,珍货聚宝贿。珊瑚斗七尺,明珠炫
百琲。宴客紫驼羹,金盘脍双鲤。妖姬促膝坐,仆妾厌纨绮。
笙歌彻夜喧,红灯照江水。岂知雁锋燹,园宅倏迁徙。窜身
榛莽丛,流离迫冻馁。盛衰有循环,天道岂终否……

这里我们不厌其烦地引用这首诗,主要是因为这首诗全面地

描写了鸦片战争的过程,从鸦片输入中国,一直到鸦片战争的爆发、发展和结局等均作了非常详细的叙写,简直可以算作一部鸦片战争史,典型地表现了朱琦诗歌的"诗史"特征。从文学价值来说,这首诗不能说有多么突出的成就,但其创作动机主要在写时事,且不拘于一时一地,是一种全景式的反映,其人其事皆有据可查。

第二,对鸦片战争中的一些具体的人和事作了重点表现。例如《老兵叹》:

> 金门已逼厦门失,老兵叹息为我说。借问老兵汝何来,道路飞书连两月。公家程期不得缓,两脚瘫瘃皮肉裂。老兵患苦何足陈,我家主帅孤大恩。厦门屯戍兵有万,况又锁钥连金门。当时烽堠眼亲见,主帅逃归竟不战。独有把总人姓林,广额大颡又多髯。自称漳州好男子,当关一呼百鬼瘄。可惜众寡太不敌,一矢洞胸肠穿出。转战转厉刀尽折,寸裔至死骂不绝。嗟哉漳州好男子,尔名日志告国史。安得防边将帅尽,如此与尔同生复同死。

这首诗写的是台湾保卫战的情况。不是对鸦片战争作全景式的描述,而是对其中的某一次具体的战争作重点描述,或详或略,或悲或叹,对我们了解那一段历史有重要的参考价值。此类作品还有《纪闻》八首、《狼兵收宁波失利书愤》、《朱副将战殁他镇兵遂溃诗以哀之》、《吴淞老将歌》、《镇江小吏》等。

此外,朱琦还创作了大量反映太平天国起义的作品。朱琦对太平天国起义持有一定的偏见,因此,他的诗表现这方面内容的

特别多,对其后果也表现得比较突出。例如:

> 我行已七日,始至全州城。全州城始开,路有行人行。仆夫不敢前,十里一问程。枭狼幸暂匿,穴鼠纷斗争。杀人如草菅,血流浩纵横。城中居民哭,客子终夜惊。官吏来巡城,巡城到天明。柏耆好男儿(谓蒋玉田),挺身谐前营。持我一纸书,谈笑竟罢兵。骑马复东去,慨然请长缨。苍茫秋气高,我亦将北征。(《全州书事》)

> 湘岭云寒旧径迷,频年兵火困遗黎。萧条破屋烟俱黑,酩酊荒陂日易西。市上讹言犹有虎,宵深起舞不闻鸡。中原战血何时洗,只有空山鹧鸟啼。(《途中杂感》八首其一)

这两首均写于从桂林到北京途中,描写了太平天国起义军所到之处的种种后果,其中虽不无偏见,但还是可以作为全面反映太平天国起义的史料来看待。这样的作品还有长篇史诗《题金陵被难记抒愤》《道经河北客问当时守濬事为述其略》等。《题金陵被难记抒愤》用很长的篇幅描述了太平天国起义军从起义到攻下金陵的种种情况,可以看作一部简短的太平天国史。其中如写太平军"天父天母声喃喃,经传三字耶苏谙",写东王杨秀清"东王令出酷而严,一馆女妇一馆男。二十为伍军相参,母悲弱女手亲掺。妻望其夫泪眼含,临衢不敢交一谭",应当是符合实际的,也是有史料可查的。《道经河北客问当时守濬事为述其略》则叙述李秀成攻黎阳时,徐松龄、王三畏、王起禄等守城抗战的情况,也是一篇史诗。

朱琦对当时历史事件的描绘有两个突出的特点,第一,他的这一类作品在重史的同时,往往也突出对人物的描写,借此褒贬人物,似有为当时人物立传的意味;第二,在重史的同时,寄寓着强烈的感情。这是朱琦诗歌最具个性之处。

朱琦对于鸦片战争和太平天国起义中一些他认为是正面的人物往往大书特书,似乎有为其树碑立传的用意,甚至可以视为史书中的人物列传,这是朱琦诗的一个重要现象。例如《长沙官吏祭军门塔齐布诗以纪哀》《黄少兰司马自江南来席间话张殿臣镇军战事歌以纪之》《范将军挽歌》等。

在重视表现人物的同时,朱琦的这一类诗常常表现出十分强烈的感情色彩。首先,这类诗在题目上就有明显的特点,往往有"哀""叹""感""愤"等字眼。其次,就内容来说,这类诗不管是表现沉痛哀伤之情,还是壮怀激烈的豪气,往往写得比较外露。例如:

> 独鹤风前草木兵,痛深粤叟说婴城。论锋不辟渔阳帟,饭颗真成太瘦生。买斗那堪金又竭,招安屡误贼难平。边隅无计规长久,云黯苍梧万里情。(《途中杂感八首》其三)
>
> 虏骄愁反覆,私忧切桑梓。昨览檄夷书,疾声恣丑诋。忠义乃在民,苟禄亦可耻。古人重召募,乡团良足倚。剿抚协机宜,猖獗胡至此。我朝况全盛,幅员二万里。岛夷至么麿,沧海眇稊米。庙堂肯用兵,终当扫糠秕。微臣愤所切,陈义愧青史。苍茫望岭峤,抚剑独流涕。(《感事》)

这两首诗都表现了同一特点,那就是感情激烈,溢于言表。前一首写清廷与太平军之间的战争,对清廷的无能深表痛心。后一首写对狂妄的外国侵略者的痛恨,表示只要政府积极抗战,是完全可以打败侵略者的。两首诗中的"痛""忧""愤""流涕"等词语，清楚不过地表达了作者的愤恨之情。

朱琦这类诗的风格非常逼近杜甫，沉郁顿挫，颇得杜诗神韵。不仅内容相似，甚至用词造句、修辞手法等，都有几分神似。

朱琦诗还有一个突出的特点，即喜欢发议论、讲道理，其主要的内容除上文说到的政治、历史、社会等方面之外，还有就是对文学、语言的看法，这方面的作品有《咏古》十首、《闻吕先生论文有述》、《与张石舟论古音有契》、《论诗五绝句》、《题黄海华诗集后》、《答友人论诗》等。这样的内容就决定了他的诗多议论，如《答友人论诗》："周诗三百十一篇，曾经圣手难为言。鲁齐诸家守师说，卜氏绝学毛公笺。篇删其章句删字，侈称古诗有三千。郑卫淫风尚不削，肯安编迫裂歌弦。秦人摧烧妄立石，老儒已死阙不传。尚余离骚二十五，圣处已到日月悬。汉初乐歌颇近质，苏李扬马导其前。熟精文选抒妙理，玉台新咏别为妍。高文要得建安骨，探道始识渊明贤。大谢小谢并清发，鲍庾藻思何翩翩。三唐两宋面貌异，善学能变神则全。轻薄猎华盗名誉，自元迄明犹蹄筌。"这首诗全以议论写出，可作一篇诗史读。其中既可见朱琦对诗的见解，又可看到整个诗歌发展的面貌。他的《官诫》十六首全是论述为官的道理，可以视为做官的议论文来读。例如第五首："老成贵持重，遇事当深沉。权度既已详，果决吾所钦。胡为狃积习，民务久滞淫。一日复一日，孽海多冤禽。奸猾肆毒痛，爝火燔邓林。官方耽宴安，谬云力不任。譬彼立木偶，无异聋与瘖。又如堕瘴霾，白昼成黯霮。安得霹雳手，迅扫空妖祲。葛藤尽斩陈，除断忽式临。公庭无障蔽，是非快人心。"诗写为官要老成持重，正确处理案件，不要造成冤假错案。虽为告诫之词，实为论官之道。

　　既有史的广博与深沉,又有诗的艺术与情感,这或许就是朱琦能成为广西诗人中的大家的根本原因。1942 年,李任仁在编辑《广西乡贤遗著》丛书时曾说:"清道咸间,粤西诗人论者必首桂林朱伯韩先生。方是时,寿阳祁氏、歙县程氏、湘乡曾氏,倡杜、韩、苏、黄诗,一时俊彦多出其门下。伯韩六辔在握,与之齐足并驰,身更丧乱,所作类多悲悯人天,有杜陵诗史之目。"①将朱琦视为与山西寿阳的著名诗人祁寯藻、湖南湘乡的曾国藩等人相提并论的大家,虽有偏爱,但也名归实至。朱琦的同时人,广西著名诗人廖鼎声在其《曩客京师与秦竺人(茂林)大令论诗极推养一斋之作与伯雄观察论有合因叠韵再呈观察养一斋者潘四农诗编名也》一诗中说:"伯韩侍御才秉天,波澜老成兰苕鲜。余子尽掩功精专,海东藩国犹喧传。"并注释说:"近时海内极推怡志堂诗,谓代兴梅郎中也","朝鲜使臣入京每购《怡志堂集》"。②

　　朱氏家族作为清代粤西著名的文学家族,根植深厚,作家代不乏人,每代都有明星作家,一代比一代有进步和发展,历经数代的努力,终于至朱琦而达这一家族的顶点。朱氏家族为清代粤西文坛贡献了大量作家,特别是贡献了朱依真、朱琦这样的大家,这是朱氏家族为清代粤西文学做出的特殊贡献,因而其足以成为广西文化史上彪炳千秋的名门望族。

---

① 　1942 年《广西乡贤遗著》本《舫园诗存序》。

② 　《拙学斋诗草初编》卷十四,光绪二十三刻本。

论清代临桂况氏文学家族的重"法"传统

  清代粤西的文学家族为数众多,在广西文学史上呈现出空前繁荣的景象。在众多的文学家族中,临桂以况澄、况周颐为代表的况氏家族是比较特别的,其中一个突出的特点是重视文学作品作法的总结,因而形成了其特有的传统和与众不同的个性特征。

  对文学作品作法的研究,历来是中国古代学者和作家比较重视的,但是,因为过去有时被视为小道,二十世纪以来,则因为文学研究者多重视作品的内容,特别是作者、作品与政治、社会、文化、历史的关系等,所以,人们对作为文学作品至关重视的因素——作法反倒经常忽略。因而,作法研究一直是中国古代文学研究中一个比较薄弱的环节,而在近年来兴起的文学家族和家族文学研究中,更少有涉及。本文从况氏家族入手,对其重视作品作法的传统作一点研究,同时也借此机会探讨一下作法对于文学家族和家族文学形成的意义。

  所谓文学作品的作法,它包括入门时学习如何作和成熟后创作时如何写这两方面的内容。这就意味着它包括如何确定取法的对象、学习的步骤与途径、具体的技巧和原则、应当避免的问题等。况氏家族用其具体的实践,对作法进行了持续和多方面的研究,从而形成了自己的特色,为中国古代文学作品作法的研究作出了贡献,因而有必要进行一些探讨。

一

　　从现存资料来看,临桂况氏家族基本上由祖、父、孙三代构成。在这三代家人中,几乎每一代都有探索研究作品作法的代表,并且产生了大量著作,其中以况澄和况周颐最为突出。祖父这一代的代表是况祥麟,父辈的代表是况澍、况澄,孙辈的代表则是况周颐。

　　作为祖父辈的况祥麟,字皆知,号花矼、华杠,斋室名红葵斋。嘉庆庚申(1800 年)恩科举人,诰封奉政大夫,晋封中宪大夫。著有《红葵斋诗集》《红葵斋文集》《红葵斋笔记》《灯说觕存》《六书管见》。况澍,字雨人,道光乙酉年(1825)举人,己丑年(1829)进士,翰林院庶吉士,武英殿协修《康熙字典》,改刑部贵州司主事,升福建司员外郎,诰授奉直大夫。有《东斋杂著》《东斋诗集》《杂体诗钞》等。况澄(1799—1866),字少吴,笔名梅卿,书斋名西舍。道光二年(1822)进士,改翰林院庶吉士,道光十四年(1834)授户部江西司员外郎等,后官到河南按察使。著作甚富,有《西舍文遗篇》《粤西胜迹诗钞》《西舍诗钞》《使秦纪程》等。

　　现存于况澄《况氏丛书》中的《诗文题解》是一部由况祥麟、况澍、况澄合著的专门指导后辈如何应举的著作,对应试诗文的作法作了具体的分析,从中可见况祥麟、况澍、况澄三人对于作品作法的见解。① 况祥麟、况澍关于作品作法的见解也多见于此书中。况祥麟的见解往往多从用韵、构思、布局等来着眼。例如,此

---

① 　况澄:《况氏丛书》第 123 册,桂林图书馆藏稿本。

书"文昌气似珠"条以庾信《皇夏》诗作为范例来分析："若水逢降君,穷桑属惟政。丕哉驭帝箓,郁矣当天命。方定五云官,先齐八风令。文昌气似珠,太史河如镜。南宫学已开,东观书还聚。文辞金石韵,毫翰风飙竖。清室桂冯冯,齐房芝诩诩。宁思玉管笛,空见灵衣舞。"对于这首诗,况祥麟分析道："庾诗前八句为一韵,后八句为一韵,界限划然。然'五云'句以设官言,'八风'句以布令言,'文昌'句以天象言,'太史'句以地理言,'南宫'以下四句始以好文学言。因'文昌''太史'字与文学意易于蒙混,而试场以'文昌气似珠'命题,作试体诗者多就文教为言,殊误。"况祥麟从庾诗的用韵及层次安排角度进行了分析,并特别指出,如果科举考试时以诗中"文昌气似珠"句命题时,许多人往往多是就文教阐发,而不是像庾信此诗一样构思,那么就陷入了误区。再如书中有况祥麟对宋代诗人魏野《春日抒怀》诗的分析。《春日抒怀》云："春暖出茅亭,携筇傍水行。易谙驯鹿性,难辨斗鸡情。妻喜栽花活,童夸斗草赢。翻嫌我慵拙,不解强谋生。"况祥麟的分析是："此闲适诗也。通首注意在末二句,以为人不能不谋生,不谋则弃以为生,然不容于强谋也。素其位而行,不愿乎其外,斯弃人而不自得矣。凡人之强谋生者,自以为勤,自以为巧,终日营营,终生扰扰,求一时之闲、一事之适而不可得也,我则异于是……"从诗的立意入手来分析,批评"强谋生者"。显然,这是在讨论诗的作法。况祥麟对于诗的用韵也有自己的看法。例如"禹耳三漏"条云："'江'古音工,与'通'为韵,若作试体诗题赋,韵限'江'字,则'江'当读如律韵三江之'江',不得读如'工'音矣。"这是从用韵的角度提醒应试者。

　　况澍现存的诗文作法资料不多,在《诗文题解》中,则多从审题、切题等入手。例如，他在此书中的"论试律诗作法"一条中，以"莺声细雨中"这一诗题为例论曰："此题乍见似易，及细按之甚难。'细'字题头，'中'字题神，最要刻划。莺、雨互写在实发处，四句必不可少，能多更妙。""不难于一联俱从莺说雨，一联俱从雨说莺，难于一句莺雨，一句雨莺。诚以切'莺'字者多虚，切'雨'字者多实，最难配合。""以实对实，亦多不工。对而工矣，语句又极难串。多致一句，若截分两下者然。或出句并写，对句不能兼及；或对句并写，出句不能兼及，均属偏枯。"由此可见，况澍对于诗歌作法也是有独到见解的。

至于况澄关于作品作法的论述，可以说是整个况氏家族中著述最为丰富的。除了《诗文题解》中保存了不少资料，况澄还有《诗话》《对法随抄》《梅卿杂记》等专门的论述诗歌作法的著作。况澄的主要兴趣在于诗歌作法，他不仅著述丰富，而且研究最为全面。《对法随抄》专门辑录有关诗歌对仗的资料。其中大部分材料从古代诗话和笔记中抄出，其中也间有况澄自己的观点和材料。《诗话》和《梅卿杂记》的部分内容则综论古今诗人在诗歌作法上的种种得失。而《诗文题解》则更是以况澄的论述为主体。如"'五月鸣蜩'诗题解"条云："此题必须切定'五月'着笔，方不浮泛。否则，题之说蝉鸣者，指难胜屈。藏题看诗，但见其赋蝉耳，几不知为何题。若他题有'五月'字者，略过正自不妨。如以'五月斯螽动股'为题，则古人诗句，言斯螽者，既属仅见。'动股'二字，亦复生新。作者不甚加意'五月'二字，未必失之浮泛。至于'五月梅花照眼明''五月江深草阁寒'等题，下五字仅堪刻画，其于题首'五月'二字不须一步一顾矣，然亦不可尽行抛荒。"这实际上是以"五月鸣蜩"为例，说明写作此类诗歌时如何审题、安排布局的问题,可见况澄用心之细。

孙辈中的况周颐更加重视作法,不过,与况氏家族中的前两代不同,他的主要兴趣在于探讨词的作法,其代表作《蕙风词话》中有对词的作法的全面论述。例如,在作词的取法对象上,况周颐认为,"择定一家,奉为金科玉律,亦步亦趋"。与此相对应:"情性少,勿学稼轩。非绝顶聪明,勿学梦窗。"(《蕙风词话》卷一)而在具体的风格取向上,他说:"填词先求凝重。凝重中有神韵,去成就不远矣。所谓神韵,即事外远致也。即神韵未佳而过存之,其足为疵病者亦仅,盖气格较胜矣。若从轻倩入手,至于有神韵,亦自成就,特降于出自凝重者一格。若并无神韵而过存之,则不为疵病者亦仅矣。或中年以后,读书多,学力日进,所作渐近凝重,犹不免时露轻倩本色,则凡轻倩处,即是伤格处,即为疵病矣。天分聪明人最宜学凝重一路,却最易趋轻倩一路。苦于不自知,又无师友指导之耳。"(《蕙风词话》卷一)关于作词的技巧和方法,首先,是懂得作词的各种忌讳。在《蕙风词话》中,就有许多关于作词的"忌""不宜"这样的论述,如卷一:"词笔固不宜直率,尤切忌刻意为曲折。以曲折药直率,即已落下乘。昔贤朴厚醇至之作,由性情学养中出,何至蹈直率之失。若错认真率为直率,则尤大不可耳。""词能直,固大佳。顾所谓直,诚至不易。不能直,分也。当于无字处为曲折,切忌有字处为曲折。"其次,是掌握作词中的技巧和方法。他说:"名手作词,题中应有之义,不妨三数语说尽。自余悉以发抒襟抱,所寄托往往委曲而难明。长言之不足,至乃零乱拉杂,胡天胡帝。其言中之意,读者不能知,作者亦不蕲其知。以谓流于跌宕怪神、怨怼激发,而不可以为训,则亦左徒之'骚''些'云尔。夫使其所作,大都众所共知,无甚关系之言,宁非浪费楮墨耶。"(《蕙风词话》卷一)"寒酸语不可作,即愁苦之音,亦以华贵书之。饮水词人所以为重光后身也。"所有这些都说明,况周颐对词法的研究是非常深入而全面的。

二

由上可见,况氏家族三代人中,至少有四人对于文学作品的作法做了较深入的探讨,并且均著有理论著作。这足以说明,对文学作品作法的探讨确实是这一家族一以贯之的传统,这在清代粤西文学家族中是绝无仅有的。

况氏家族对于文学作品作法的探讨,具有三方面突出的特点:

1.持续性。况氏家族从湖南移居桂林,较早的资料我们已无法掌握,但从况祥麟开始,到况澍、况澄,再到况周颐,代不乏人,况氏家族的成员始终坚持着对作品作法的探讨。这个传统经三代而不衰,这是颇为难得的。因为资料的散佚,况祥麟、况澍论述作法的著作存世不多,成就和著述有限,但况祥麟作为这一家族现存最早的探讨作品作法的人,他确实开了一个好头。他不仅在具体的创作上为况氏晚辈做出了表率,而且在作品作法的探讨上也为况氏晚辈指出了一个学术研究的方向。而况澍和况澄作为况氏家族承上启下的一代人,他们用自己的作法研究,上承况祥麟,下启况周颐,是况氏家族的作法研究关键的一环。而况周颐则以其词法研究,不仅继承了这一家族的传统,而且还发扬光大,成为况氏家族作法研究一脉中最为突出的人物。如果我们将况氏家族的这一传统放在整个况氏家族的学术研究中去考察,就会发现这一传统更为难能可贵。就学术研究的兴趣和成就而言,况祥麟的主要兴趣在文字学及史学;况澍则更为广博,经学、史学、语言、文字、书法、绘画均有涉猎和著述;况周颐除了词学研究外,还在史学、金石等方面有不少著作。在如此广泛的学术研究中,三代人都保持着对作法的研究探讨,没有受其他研究的影响而断绝,这是极不容易的。也正因为如此,才形成了这一家族不同于粤西其他文学家族的鲜明特点。在清代粤西的其他文学家族中,虽然偶有探讨作法的著作,例如人数众多的全州蒋氏家族,其成员蒋励常早在乾隆时期就著有《十室遗语》。在这部著作中,蒋励常以孟子、韩愈等人的文章为例,多方面地分析了古文的作法,提出了"相交成文""交而不乱""参差之中见整齐"等具体的作法。但是,自他之后,蒋氏家族的成员就很少有类似的著作和论述问世,即使蒋励常之孙、著名的诗人蒋琦龄,也没有留下类似的著述,因而就没有形成一脉相承的研究作法的传统。相形之下,况氏家族成员持续不断地进行作法研究的传统是多么难能可贵。

2.差异性。况氏家族在保持作品作法研究这一传统的同时,各人之间还保持着显著的差异性,这使况氏家族的作法研究在家族内部呈现出差异化发展的特点。况氏家族的这种差异性最突出的表现是研究方向的差异性。况祥麟和况澍的研究方向是诗文,尤其是科举应试诗文的作法。而况澍的著述虽然丰富,但主要集中于诗歌作法的研究,很少涉及文和词的作法。到了况周颐,终其一生,对文和诗的作法只是零星可见,更多的则是对词的作法的探究,《蕙风词话》作为其代表性著作便是明证。即使是对于诗歌作法的探讨,况祥麟、况澍和况澄均有所涉及,但况祥麟和况澍多局限于应试诗,而况澄的范围则涉及整个中国古代诗歌史,范围远远超过的况祥麟和况澍。就研究方式而言,况氏家族成员之间也各有差异。况澄的有关著作最为丰富,但是,他的研究方式是辑录有关资料为主,理论阐述为辅,以资料的丰富性见长。况祥麟、况澍,尤其是况周颐,则以理论阐述为主,资料辑录为辅。可见,况氏家族成员对作品作法的研究是各有侧重,互不相同的。研究对象的差异性,形成了况氏家族研究成果的丰富性、多样性,同时也形成了各人著作之间不同的个性与风格。

3.阶梯性。鸟瞰整个况氏家族对于文学作品作法的研究,我们可以很容易地看出,其祖、父、孙三代在成就上呈现出明显的阶梯性特征,即祖辈最低,父辈其次,孙辈最高。作为祖辈的况祥麟虽然有对诗文作法的研究,但著作有限,只局限于应试之作,而且论述也欠深刻,观点也并无特别新颖之处,因此,其社会影响十分有限。到了父辈的况澍、况澄,情况有了很大的变化。如果说况澍还与况祥麟同一层次的话,那么,况澄因其著作的丰富性,其论述的范围、观点的深刻和新颖以及社会影响等,就远在况祥麟之上了。就是在《诗文题解》这样的三人合著的著作中,仔细研读有关论述,我们也会发现况澄对有关诗文作法的论述,也远比况祥麟细致深刻。例如"赋得新竹压檐桑四围(得'檐'字)"条,况澄云:"作试体诗,对仗宜工。此题只有'竹''桑'二字自然成对,其余五字,殊难配搭。竹压檐,桑四围,意似相对,而字面参差。虽'压'字、'围'字未尝不对,但'压'字在'檐'字上,'围'字在'四'字下,作对亦费周折。至于'新'字,颇觉有味,岂可抛荒? 然必曰新竹,则'桑'字上势必设添一字,如柔桑、苞桑之类。牵强支离,非题之所应有。'檐'字实,'围'字虚,以'环堵'贴'四围',用对'压檐',亦复偏枯。"这样细致入微的分析,是况祥麟无法做到的。

到了况周颐,因为有《蕙风词话》这样的论词专著,可以说把况氏家族对作品作法的探讨推向了史无前例的高峰。《蕙风词话》对词的作法的研究,不仅涉及临桂词派的"重、拙、大"理论,同时兼及作品的意境塑造、取法对象、作者天分、具体技法等,全面而细致,具体而深刻,成为词学史上的名著,其成就与影响又远远超过了况澄。

　　正是因为况氏家族有着如此鲜明的特点,所以,它才能成为粤西文学家族中理论色彩最浓厚、成就也最突出的文学家族。

三

　　况氏家族之所以对作品作法如此重视并形成特色和传统,是有其特殊的原因的。

　　首先,况氏家族重视文学教育,多数成员具有较高的文学素养。明清以后,固然有许多为爱好而进行的文学创作,但是,在很多家族看来,文学创作是可有可无的爱好,作为家族文化,最重要的是精于科举,注重实用。例如,同为临桂的文学世家,况氏家族与以陈宏谋、陈继昌为代表的陈氏家族对于文学的态度就迥然不同,因而形成了完全不同的文学成就与特点。陈氏家族重理学、实用,对文学则采取轻慢、无所谓的态度。陈宏谋曾说:"为诗词歌赋而读书者,风云月露之学也,纵极富丽,何裨民物!"(《寄朱晓园》)"才与学足以用世,不必以诗鸣""士君子之志,在福民人,利国家,奚论仕与不仕,而区区文翰之工拙其后焉者也"(《张西清〈泛槎吟〉序》)。陈宏谋的儿子陈钟琛在给他的妹妹陈莹英的《含贞轩诗》所作的序中也说:"昔文恭公以理学著名海内,其于后辈莫不教以名理节义,而不屑屑于诗。"①这种态度直接导致了陈氏家族虽有文学,但始终不以文学知名的结果。临桂陈氏家族对文学的这种态度,在当时颇具代表性,也成了一些家族的榜样。相反,况氏家族自始至终都十分重视文学教育,形成了代代相传的文学传统的同时,也形成了人数可观的作家队伍,如况祥麟、况祥麟的妻子朱镇,况澄、况洵、况澍,况周颐等。这些人都有可观的文学创作,其中如况澄、况周颐文学创作的数量和质量,在清代粤西文坛均名列前茅。这为况氏家族进行文学创作的总结奠定了基础。

其次,况氏家族不仅热爱文学创作,而且还共同拥有进行文学创作理论研究的兴趣与才华,很好地将作家与学者这两种天分、气质、兴趣结合在一起,这在历代粤西文学家族中是罕见的。广西有文学创作自"二曹"始,有文学家族自宋代始。创作的成就与影响在全国来说固然位居下游,而文学理论的成就与影响与创作相比,则更为落后。究其原因,是因为粤西作家重创作,轻理论。所以,从三国到民国的 1700 余年里,广西历史上以诗文集为主的著作共有 1505 种,其中有关的文学论述著作不过数十种。②多数作家有创作无理论研究,即使有理论,也大多只是散见于他们为别人或自己所作的诗文集序中。与众不同的是,况氏家族成员不仅有大量文学创作,同时还有大量的文学研究著作,如况祥麟、况澍、况澄合著的《诗文题解》,况洵的《杂体诗钞》,况澄的《诗话》《古今诗人名录》《梅卿杂记》《对法随抄》《古词选钞》《唐

---

① 　朱依真等:《临桂县志》卷二十二,嘉庆七年修、光绪六年补修。

② 　广西民族学院图书馆:《广西历代文人著述目录》,铅印本,1983 年。

宋诗钞》《宋七绝诗选录》《宋诗纪事选句》,况周颐的《蕙风词话》等。如此数量众多的研究著作,是粤西历史上任何一个文学家族所没有的。纵观清代粤西文坛,除况氏家族的著作外,可以称得上诗话、词话、文话、赋话的理论著作主要有廖鼎声《味蔗轩诗话》、苏时学《爻山诗话》、周必超《赋学秘诀》、蒋励常《十室遗语》、张培仁《妙香室丛话》、韦丰华《今是山房吟余琐记》等,不超过十部,而况氏家族的《诗文题解》《诗话》《梅卿杂记》《对法随抄》《蕙风词话》是不折不扣的诗话、文话、词话著作,仅从数量上来说,就几乎占了清代粤西此类著作的三分之一。由此可见况氏家族对于文学研究的强烈兴趣。在这种兴趣之后,潜藏的是况氏家族对于文学研究的特殊天分与气质。而文学作品的作法,直接来源于对文学创作的理论研究,是对别人和自己文学的创作原则与方法的总结。况氏家族的这种兴趣、天分与气质,正吻合了作法产生的条件和要求,也正是他们的特长。

　　再次,况氏家族的重法传统也与其重视教育的观念、亲身投入教育的实践及某些特殊的境遇有关。况氏家族重视家庭教育,《诗文题解》其实就是一部况祥麟、况澍、况澄父子为家中晚辈用于科举应试而编制的教材,所以,书中常见如何教育儿童进行写作的话语。例如“大田多稼”条:“赋得大田多稼得‘多’字,五言十二韵,塾师以此题课诸生颇苦,歌韵诸□,与题不协,述之于予。予谓课童蒙者,限以宽韵,犹恐词不达意,何必以此窒塞其机?”由此也可见,况氏家族聘有塾师。此书是在塾师教学的基础上,况氏长辈亲自进行教育的教材。况澄的《对法随抄》从古书和他自己的著作中共抄录了逆挽法、蹉对法、就句法、流水对、假对、交互对、五言双字、七言双字、五言双叠字、五七言叠字虚实、七言双叠字、五七言折腰句、五言重字联、七言重字联、数目字联、五言用助语、七言用助语、博用成语、工对等名目，并举诗为例，性质与唐五代诗格类著作颇近，又似宋代的《诗人玉屑》。这些对仗对于成熟的诗人来说是老生常谈，但对于青年学子来说，则颇为新奇，其为教育后学的编纂目的显而易见。至于况周颐，因为科举失败，生活无着，仕途一直不得意，晚年沦落到鬻文为生的窘境。《蕙风词话》在很大程度上也是为教育后学进行词的创作而著。正因为如此，所以，书中常见"学词""学词者"之类的提示语。如"学填词，先学读词。抑扬顿挫，心领神会。日久，胸次郁勃，信手拈来，自然丰神谐邕矣"，"凡人学词，功候有浅深，即浅亦非疵，功力未到而已。不安于浅而致饰焉，不恤颦眉、龋齿，楚楚作态，乃是大疵，最宜切忌"。诸如此类的话语，非常明确地告诉我们，《蕙风词话》撰写的目的和动机。这也许是况周颐在特定的情况下，为了生活而不得进行的词法总结，以教育后学。可以说，重视教育，并亲身投入其中，这是况氏家族作品作法研究传统得以一以贯之的直接原因。

况氏家族的这种重法传统，一方面形成了其与众不同的特点，为粤西文学贡献了大量的文学理论著作，另一方面，对于况氏家族自己的文学创作也产生了积极的影响，是形成况氏家族生生不息的文学传统的重要原因。当今文学家族或家族文学的研究者在谈到文学家族形成的原因时，往往提到文学教育起到的作用。但是，至于如何进行教育，这些教育如何发生作用等，则往往语焉不详。其实，中国古代文学家族进行文学教育时，作品作法的教育是必不可少的，也是一个家族能持续发展，并能保持较高水准的重要的动力和原因之一。例如宋人周辉《清波杂志》卷七载:"东坡教诸子作文,或辞多而意寡,或虚字多,实字少,皆批谕之。又有问作文之法,坡云:'譬如城市间种种物有之,欲致而为我用。有一物焉,曰钱。得钱,则物皆为我用。作文先有意,则经史皆为我用。'大抵论文以意为主。"这就是苏轼通过具体的作法教育,使其诸子明白作文的道理,掌握具体的技法和原则。在这种情况下,才在苏轼之后,产生了苏过、苏迈等下一代的苏氏家族文学作家,从而延续了苏洵、苏轼、苏辙形成的文学传统。况氏家族也是如此,作法的研究通过教育等方式而对况氏家族文学的延续和传承起到了重要的作用。

具体而言,作法的研究对于况氏家族的文学创作主要起到了两方面的作用:

(一)激发家族中后学的文学兴趣,提高后学创作水平。当前辈将总结出来的各种作法传授给家族中后辈时,往往带有权威性。后辈在接受这种教育时,有的是出于兴趣,有的则是被动地接受。不管是哪一种情况,这样的作法传授所带来的结果是,家族中的后辈都接受了严格的作法训练,具有扎实的基本功,从而具有了较高的文学素养。况周颐就说过,他小时曾受伯父况澍所撰的《杂体诗钞》的影响,仿效"自君之出矣"体,写过"自君之出矣,不复画长眉,眉长似远山,山远君归迟"的诗。① 《杂体诗钞》辑录古代各种杂体诗,如柏梁体、梁父吟、离合体、神智体、休洗红、两头纤纤、自君之出矣、集词名、药名之类,共二十四卷,分八册。虽然不是诗法著作,但书前附有《杂体诗话》,这虽然也是辑

---

① 况周颐著,孙克强辑:《蕙风词话续编》卷二,中州古籍出版社,2003 年,第 139 页。本文所引《蕙风词话》均出于此本。

录各种论杂体诗的资料而成,但其中有些是关于诗法的论述,况周颐受此启发和影响也自在情理之中。正是因为有了《诗文题解》这样的作法著作,况氏家族成员在科举上才取得了比较优秀的成绩。从现存资料来看,况祥麟中了举人,况澄和况澍中了进士,况周颐的父亲况洵和况周颐在科举上并不突出,都只中了举人,没有中进士,但也只是运气不佳,并非水平不高。从已有的相关作品来看,他们也是达到了很高水准的。例如《广西闱墨》中所载的况周颐中举时的诗歌作品《赋得八桂山川临鸟道》一诗:"八桂登临处,名山并巨川。蟾宫和月折,鸟道带云穿。凉荫辰峰外,香浮癸水边。萧萧惊叱驭,跕跕堕飞鸢。翠耸千盘路,青云一发天。邮程迷瘴雨,关塞入蛮烟。雁影三湘隔,羊肠九折连。高枝欣可借,蓬岛接班联。"此诗被评为"返虚入浑,积键为雄。清新俊逸,犹其余事"①。况周颐因为此诗及另外几篇八股文,中当年乡试第九名。至于他以后在词的创作上取得的成就,足以说明他受到过良好的文学教育。这样的成绩,当然与况氏家族的前辈所作的《诗文题解》这样的著作是分不开的。

　　(二)提高研究者自身文学创作水平。况氏家族持续不断的作法研究,也为况氏家族成员自身文学创作水平的提高提供了学术基础。任何作家,哪怕是最具天才的作家,也要受过严格的训练,掌握必要的创作原则和技法,才可能创作出优秀的作品。只不过有的作家没有将研究心得用文字记录下来,有的则记录了下来,便成为了研究著作。况氏家族之所以能在文学创作上取得辉煌的成就,其实也与各成员坚持作法的研究有密切的关系。如上

① 衡鉴堂:《广西闱墨》光绪己卯科"诗",衡鉴堂刻本。

所述，从况祥麟到况澄，再到况周颐，作法研究的成就是呈阶梯式
发展的。同样，在他们的文学创作的成就上，也是呈阶梯式发展
的。况氏家族中作法研究与文学创作成就的这种一致性绝非偶
然，而是存在着必然的联系。况祥麟虽有创作，但现存的作品数
量很少，究其原因，艺术质量是一个重要因素。这似乎可以从他
在《诗文题解》表现出来的对作法的研究简略而不够细致深入的
特点看出端倪。可以说，他的作法研究并不足以支撑起他作为著
名诗人的创作。正因为如此，他的文学创作成就不高。况澄、况
澍的文学创作成就要高出况祥麟一筹。况澍，"雅好吟咏，素谙音
律。因时感事，或借酒以浇愁。触物兴怀，每因诗以作史，生平纂
辑以诗为最多。生平著作，亦以诗为最富"。① 况澄，则是况氏家
族第二代中最杰出的代表，他不仅精于散文创作，更长于诗歌。
从现存的《西舍文遗篇》《西舍诗钞》《使秦纪程》便可见其创作成
就。蒋琦龄曾经对况澄的诗有一个全面的概括，认为况澄："导源
选体，驰骋于唐以来诸名家之场，无体不工，而近体声容全乎浑
雅，思力穷乎清新，尤赅唐宋之妙，盖自束发即耽佳句，逮乎载白，
凡得诗二千余首，排比八卷，可谓盛矣。夫固与鼎山（蒋崧）上继
谢（良琦）、朱（依真），下开后贤者也。"② 这一方面指出了况澄诗
歌的主要特色和成就，同时又指出了他在整个广西诗歌史上的崇
高地位。况澄之所以能有这样的成就，显然是以他大量的诗法理
论研究为基础的。大量的诗法研究，说明了况澄的勤奋，当然也

---

① 况澍:《东斋诗偶存》附刘启运序，登善堂藏板光绪十三年刻本。
② 蒋琦龄:《况少吴先生诗集序》，蒋世玢等校点《空青水碧斋诗文集（上）》卷四，
　　《全州历史文化丛书》，广西人民出版社，2001 年，第 78 页。

就促进了其创作,使其创作达到了一个新的高度。况周颐无疑是况氏家族三代成员中创作成就最高的作家,他不仅是"临桂词派"的代表人物之一,而且还是"晚清四大词人"之一。这样的成就,是与他在况氏家族中对词的作法的研究最为精深细致相适应的。从现存资料来看,况周颐很早就开始进行词法研究,并且一直坚持到晚年。《蕙风词话》只不过是他从以前的各种相关著作中辑录出来的论词专著。由于对词法研究细致深入,对作词有独到的体会,所以其词的创作自然也就非同凡响。例如《蕙风词话》卷一:"曲有煞尾,有度尾。煞尾如战马收缰,度尾如水穷云起。(见董解元西厢记眉评)煞尾犹词之歇拍也。度尾犹词之过折也,如水穷云起,带起下意也。填词则不然,过拍只须结束上段,笔宜沉著。换头另意另起,笔宜挺劲。稍涉曲法,即嫌伤格。此词与曲之不同也。"①这显然是对词法与曲法有了深入的研究之后才有的独到见解,决非泛泛之言。以此为基础的词的创作,与无此基础的词的创作,肯定是迥然不同的。况周颐词之所以胜于一般的词作,其原因之一正在于此。

　　临桂况氏家族作为清代粤西文学成就最高的文学家族,其成就和特色是多方面的,其兴起的原因也是多方面的,但不管怎样,重视作品作法的研究始终是它坚持不改的传统,唯其如此,也才造就了《蕙风词话》这样的传世之作,形成了况氏家族与众不同的个性特征。限于水平,本文对此问题的讨论仅属初探,希望更多的专家投入其中,争取更大的突破。

---

① 　况周颐著,孙克强辑:《蕙风词话》卷一,中州古籍出版社,2003 年,第 12—13 页。

论清代临桂龙启瑞家族的文化与文学

清代乾隆至同治间,在广西临桂出现了一个以龙启瑞、何慧生、龙继栋等人为主要成员的文学家族。龙氏文学家族的核心是龙启瑞,其羽翼是龙启瑞的继室何慧生、其子龙继栋。

一

龙启瑞《经德堂文集内集》卷三有《先大夫事略》一文述其家世:"姓龙氏,广西临桂人。"龙启瑞的高祖赠文林郎,祖父"诰赠奉政大夫讳济涛,始以文学起家,由乾隆甲寅恩科举人、大挑二等借补浔州府武宣县儒学训导,推升柳州府儒学教授"。他的父亲龙光甸(?—1849),字见田,嘉庆二十四年(1819)举人,任大挑知县,历湖南溆浦、湘阴知县、黔阳知县、福建下(霞)浦同知、浙江台州同知。龙启瑞自述其高祖母葬于桂林尧山之下,"方孺人之葬也,家甚微。地师林泉言:他日必贵……后叔祖克昇公举于乡,吾祖继之,伯父及先人又继之。自伯父与先人同时作县令,人始知吾家桐子园墓也"(《东乡桐子园先茔记》)。由此可见,龙氏家族的几代人早就有了科举和功名上的长期积累。到了龙启瑞时,龙氏家族在科举和功名上的成功达到了顶点。道光二十一年(1841),龙启瑞成为当年的状元,旋即授翰林院修撰。即使到了龙继栋时,他也是同治元年(1862)的举人,曾任户部主事。科举和功名上的成功给龙氏家族带来了优裕的物质生活,保证了这一家族能享受一般人所向往的生活。龙启瑞回忆童年生活时曾说:"忆予之幼也,承祖父余荫,衣食丰裕,于人无所求。"(《劝学记》,《经德堂文集》卷三)这应当是他真实的生活写照。

龙氏家族之所以在科举和功名上如此成功,跟这一家族重视教育、家教严格与家人刻苦自励、家风纯朴有很大的关系。龙启瑞《先大夫事略》中载:"先王父性刚正,训课子弟尤严。府君晨兴入塾就业,夜分归寝。先王父谓为日新月异,苦心人正自不同。然其躬素茹淡,勤俭自将,实遵王太宜人之教为多。府君既天性质厚,又少年无纷华绮丽之习,惟知以发名成业为事。嘉庆二十四己卯由附学生中式本省乡试举人。"这里所说的"先王父"指的是龙启瑞的祖父,"王太宜人"指的是龙启瑞的祖母,"府君"指的是他的父亲。从这里可以看出,龙氏家族既有明确的奋斗目标,同时又高度重视素质和品德教育,强调刻苦精神。这段话虽然只是涉及了龙启瑞的祖父、祖母与父亲这两代人,但由此可见这一家族文化的基本特征,而这正是龙氏家族不断兴盛的灵魂,为龙氏家族的繁盛提供了最可靠的保证。

尤为值得注意的是,龙氏家族早就有好文的传统。上文所引龙启瑞《先大夫事略》一文中说到龙启瑞的祖父龙济涛,在乾隆时期就"始以文学起家"。这里所说的"文学"当然不能等同于今天我们所说的文学,但确实包括今天我们所说的文学内容。龙启瑞的父亲龙光甸在黔阳任上时,于道光十九年(1839)与子龙启瑞、教谕黄本骥一起重修黔阳芙蓉楼,编辑《王少伯宦楚诗》,亲自撰写《王少伯宦楚诗跋》,刻《王少伯宦楚诗》于芙蓉楼碑廊,并作

《己亥仲秋重修芙蓉楼落成怀古即事》四首，著有《宰黔随录》一卷、《防乍日录》一卷刊行问世，并有诗文集若干卷藏于家。龙启瑞及龙继栋等实际就是这一传统的延续。毫无疑问，龙继栋的文学创作肯定受到了龙启瑞的影响，其继母何慧生更是给了他直接的启蒙教育。龙继栋在《梅神吟馆诗词草跋》中说："夫人来归时，继栋尚童幼，读蘅塘退士所编《三百首唐诗》，夫人即教以作诗之法。"这种代代相传的文学爱好与家庭教育，为龙氏家族的文学创作提供了良好的土壤。

二

临桂龙氏家族的文学创作显现出单一山峰式的发展轨迹，即两头低，中间高，而且中间只有一个顶点，龙启瑞是高峰的顶点。

在龙启瑞之前，包括龙光甸在内的前辈虽然进行了一定的文学创作活动，并有了一些作品问世，但从整个龙氏家族的文学创作来说，均属于积累期，是为以龙启瑞为代表的后辈作家的崛起而作的准备。由于史料缺乏，我们已无法详细追寻他们的创作轨迹了。但他们在广西文学史上默默无闻的事实本身就说明了他们的文学创作成就十分有限。从个人的创作水平及影响而言，他们基本上属于文学爱好者，而非专家。

（一）

龙氏家族文学创作的真正崛起，并达到这一家族顶峰的是龙启瑞。龙启瑞（1814—1858），于文学、学术多有建树，为"岭西五家""杉湖十子"之一,著有《经籍举要》《古韵通说》《尔雅经注集证》《经德堂集》《浣月山房诗集》等。

龙启瑞在诗文词几种文体的创作上均取得了较大的成就,可以说是在广西文学史上少见的各种文体均工的大家,其成就远远超过了其父龙光甸。

龙启瑞的散文深受桐城派影响而又自具面目。从文体的类别来说,有序跋、杂记、碑志、论、祭文、哀辞、传状等,各体均有造诣。

龙启瑞的散文以议述深刻、见解精辟令人称道。他所论述的问题涉及面广,内容充实,题材多样。例如他的论说文中,既有针对现实社会问题的《论知人》《论用人》《论得人》《论理财》《论取人》等,又有研究历史人物和历史事实的《隐公论》《宋伯姬论》《论伯夷叔齐》《孟子》《陈平周勃论》《〈春秋〉不称天辨》《〈春秋〉君弑贼不讨不书葬》,也有纯粹探讨学术问题的《论平上去入四声不可缺一及论古韵有某部阙某声之误》《论部分标目》《论方言合韵转声》《论〈诗〉以双声为韵〈说文〉以双声为声》《论入声四则》等,这些散文涉及了当时政治、经济、文化等各方面的重大问题,表现出龙启瑞宽广的视野和兴趣。

龙启瑞的散文多涉及社会重大现实问题,往往是有的放矢,具有强烈的针对性。不仅他的《论知人》《论用人》《论得人》《论理财》《论取人》等这样的"论"体散文,就是很多书信也是如此。例如《上某公书》:

> 某自仲春归里,本拟居家读《礼》,屏除外缘,乃因粤省近日盗风甚炽,湖南新宁逸匪窜入边境,游魂转徙,去会城仅六

七十里间。省垣士民向不知兵,一闻戒严,顿生惊怖。城中五方杂处,奸匪尤易潜踪。在省绅耆佥议举行团练捍卫里间,本邑绅宦无多,不得已,亦以墨衰从事,实因官兵调发且尽,故为此以壮省垣声势耳。见在诸君并力会剿,计不难尽数歼除,所虑者此贼向由山径下出剽掠。我兵居平原旷野,则无由见敌;逾山越岭,则彼得用其所长。亟肆罘我,多方误我,难于取胜。尤可虑者,外府州县,土匪结党,屡数千人。白昼公行,劫掠村市。壮健为之,裹胁老弱,尽于死徙。号哭载道,鸡犬一空。春耕之时,牛种无存,比及贼退,欲耕不得,势将束手就毙。此等情形,大约桂林、平乐、浔洲、柳州、思恩、南宁所属州县,在在有之。地方大吏,苦于兵力有限,经费无多,顾此失彼,仓皇无措。窃今粤西近日情事如人满身疮毒,脓血所至,随即溃烂,非得良药重剂,内扶元气,外拔毒根,则因循敷衍,断难痊愈,终必有溃败不可收之一日……

这是一封普通的书信,从这封信中我们可以看到龙启瑞所关注的焦点是当时太平天国起事后广西严重的政治、军事形势以及他提出的解决方案。指出的问题之严重令人触目惊心,可见龙启瑞散文的特点。

在长于议论,见解深刻精辟的同时,龙启瑞的散文还精于描写,写景、叙事、状物、抒情等,均颇见功力。例如《江亭闻笛记》:

咸丰乙卯夏,余泛乎均水之阳。薄暮,维舟堤下,登乎江亭以玩乎沔北之山。客有吹笛于舫间者,倚而听之,若远若近,缭绕乎回风,激越乎流波。于斯时也,天容沉瀓,月色皓轩,禽鸟宵肃,响振林木,而万壑相与为寂焉。其诸类乎太古之元音欤? 何感人之远也? 往余游粤东英德之所谓观音岩者,苍崖蟠裂,佛阁内嵌,而外临乎江浒。余朝而登,夕而弹,櫂其麓。中夜钲铙齐奏,梵呗交作,繁会之音与水石相激荡,浊者殷岩谷,清者彻云霄,凝然浮于太虚而莫知余音之所极。方斯时也,余不听之以耳,而听之以心。不求合于声也,而求合于意。盖历乎天下,索之冥冥,而未一再遇也,今之所闻其殆几乎? 虽然,余今者以有形得之,未若昔者以无形得之之为愈也。昔者以无形得之,未若来者以无形形得之之为愈也,则试反而之乎莽埌之野,以息夫寂寞之滨。云藏四山,万籁渊嘿,神风穆若清泠,起乎层巅。倏乎夐乎,其希微乎,为有闻乎,为无闻乎? 用是反诸人生,而静之初以观夫物,感而未交之始,其于声音之道,庶几其有合哉? 因书之以为记。

这篇散文写的是 1855 年江亭闻笛的见闻与感受,先写在江亭闻笛时的所见所闻所感,再写在广东英德游观音岩时的见闻与感受,最后写二者之异同,归结到人生的感悟。龙启瑞在对景物的描写上,非常生动形象,给人如临其境的感觉。特别是对自我感受的描写,通过形象化的描写和比较,极为细腻准确,表现了龙启瑞高超的艺术技巧。而后面所发的感想,则是对全文的升华,将普通平凡的闻笛事件与感受升华到了对人生的感悟,大大深化了主题。

　　毫无疑问,生逢道咸时期的龙启瑞在一定程度上受了桐城派古文的影响,但是,他并没有墨守桐城“义法”,而是有所开拓,有所创新。正如他在《致唐子实》一文中所说的:“国朝(清)方灵皋

(苞)侍郎其于义法乃益深邃。方之后为刘(大櫆)为姚(鼐),要皆衍其所传之绪而绳尺所裁,断断然如恐失之,故论文而至于今日,昭然如黑白之判于目,犁然如轻重长短之决于衡度也。虽高才博学之士,苟欲而驰其势,有所不能。吁,后有作者习归方之所传而扩大之可也,如专守其门径而不能追溯其渊源所自,且兢兢焉惟成迹之是循,是束缚天下后世之人才而趋于隘也。"这是龙启瑞对桐城派古文及其影响的理论认识,同时也是对他自己创作实践的宣言。上述其散文的特点,正是这种理论的实践。

在诗歌创作上,龙启瑞的诗取法多家。大体而言,于唐人为近,于宋人为远;近于性情,疏于理趣,并时有汉魏古风。

龙启瑞虽然仕途颇顺,但他那双眼睛始终关注着社会。因此,他的许多诗,尤其是晚年之作,就表现了他对社会上种种黑暗现象的批判、对人民苦难的深深感叹与同情。在这一点上,他与朱琦等"杉湖十子"中的其他诗人是十分一致的。例如:

> 人生乱离世,回忆升平年。譬非疾病日,安知无病贤。嗟彼流离子,其情寔可怜。虎狼踞人屋,窜身岩穴间。踪迹觅辄得,号泣声相连。慈母失爱子,老父寻幼孙。日暮倚高崖,遥望焚何村。仰天唯涕零,难对官府言。更遇风雨夕,灯烛不得燃。松枝蔽其顶,蓬茅围其身。足底闻流渐,拥树如穷猿。远聆兵马来,疑是贼营迁。纷如鸟兽散,既定复来还。寻声以相识,时复触尻肩。日出望里闾,所至无炊烟。共言贼徒散,始复还家门。牛豕肉狼藉,鸡犬无一存。犁我田中禾,发我窖中钱。生计一以失,性命如倒悬。人生爱躯命,贵贱何殊焉?寒衣饥则食,唯恐不自全。少小离怀抱,出入恒

相牵。长大各有业,家室乃得完。奈彼椎埋者,刈之如草菅。帝阍高九重,视汝不得援。司牧求刍尽,袖手停其鞭。我亦州民耳,去汝一寸间。感叹作变风,因心以成篇。夜闻寒雨声,踯躅安得眠?(《伤乱》)

在这首诗中,龙启瑞浓墨重彩地详细描述了战乱之中人民所受的苦难。在他的笔下,人民流离失所,饥寒交迫,家破人亡,几乎过着野兽一样的生活。他们是战乱的真正受害者。然而,更加令人可悲的是,非但人民的这种苦难无人过问关心,他们还要成为官吏侵扰盘剥的对象。难能可贵的是,在大家都不关心百姓这种苦难的时候,龙启瑞敢于站出来为民请愿,为民呼吁,并认为自己与这些人其实是同类,认为"人生爱躯命,贵贱何殊焉",从一般人性的角度,将自己放在与难民同等的地位上,有意识地消除自己与难民之间的差别,这种精神和境界是很难得的。① 在诗歌中,龙启瑞甚至站出来直接表达自己的感情,"嗟彼流离子,其情寔可怜"就是最为典型的例子。而诗的最后四句"感叹作变风,因心以成篇。夜闻寒雨声,踯躅安得眠"不仅说明了这首诗的写作动机,更将龙启瑞的忧民之心表露无余。

龙启瑞对人民苦难的同情和对时事的关心使他的这类诗歌在风格上呈现出类似于杜甫诗沉郁顿挫的特点。上述诗歌从社会意义来说,已完全具备了"诗史"的价值。他的某些近体诗几可与杜甫后期的七言律诗神肖毕似。例如:

---

① 《湖上》其一写湖边人民生活的艰难,同样有"同为太平民,生计彼何薄"的感叹。

一入山林竟五年,寇氛何事苦相缠。悬知燎火难经日,岂料烟尘竟满天。筹策自来阙气数,江湖随处觅才贤。寒灯枨触觚棱梦,起视风云为怅然。(《十月十一日自桂林北上》)

避地来湘浦,思乡在桂林。喜闻耕钓语,怕闻鼙鼓音。定乱应无术,忧时但有心。幸辞缰绊累,来此一闲吟。(《衡阳闲居杂咏》其一)

这样的诗将个人的身世之感与时事紧密相联,低回宛转,感慨深沉,颇似杜甫在安史之乱中的诗歌。

龙启瑞诗歌创作的一个突出特点是喜欢写作乐府诗。这一类作品如《李将军射虎行》《弃妇词》《拟玉阶怨》《少年行》《襄阳古乐府》二首、《苏三娘行》《东郭行》《杨柳青曲》《杨柳枝》《舟人行》《拟塞下曲》二首、《捣衣词》《易贞女行》《自君之出矣》《鸱鸮谣》《拟古乐府》六首、《田家词》《张烈妇歌》等,除了较多地描写妇女之外,也涉及其他方面的内容,题材比较广泛。在语言上,龙启瑞的乐府诗力求古雅质朴,在风格上尽量向传统的乐府诗靠近,这使他的诗歌在风格上呈现出古朴的一面,甚至还带着一些民歌色彩。例如《柳青青曲》:

柳青青,花冥冥,越溪女子扬空舲。扬空舲,江之浒,子规乱啼江梨花舞。习习东风吹作雨。日暮兮片帆,愁绝兮湘山。待夫君兮不至,任江头兮往还。

这首诗颇为奇特,前半是民歌体,后半是楚辞体。这种不伦不类,恰恰是龙启瑞的一种既想保持民歌特色,同时又想保持古典色彩的尝试。

在龙启瑞的诗歌中,令人瞩目的是大量表现和描写妇女的作品,这在当时的诗人中是比较特别的现象。大体而言,龙启瑞的诗中所写的妇女主要有弃妇、思妇、节妇、孝妇四种类型,其中最突出的是节妇(烈女):

> 朝出城南隅,陌上多春光。春光匪游冶,提笼行采桑。何期使君来,五马立道旁。杜顾问名字,携手邀同行。妾本秦氏子,委身于王郎。门户自微薄,恩爱两相忘。文身乏罗绮,耀首无红妆。不足供绩纺,焉足充嫔嫱。湛湛长江水,上有双鸳鸯。鸟宿各有偶,水流各有方。使君且归去,妾蚕饥欲僵。(《拟古乐府》六首之一《陌上桑》)

这首诗实际上是对汉乐府《陌上桑》的改写,与汉乐府《陌上桑》相比,表面上看起来似乎只有字句的差别,实际上却有本质的不同。汉乐府《陌上桑》具有浓厚的戏谑味道,龙启瑞却把它改得规规矩矩,在风格上作了很大的改动。汉乐府《陌上桑》中的秦罗敷打扮得珠光宝气、派头十足,而龙启瑞的这首《陌上桑》却对诗中女子的打扮、门第刻意压低,将其写成"门户微薄",而且"文身乏罗绮,耀首无红妆"。这样写的目的是要突出诗中的秦氏子虽然身处低微,但忠于婚姻,不慕荣华富贵。这首诗表面上只是写一般妇女对于丈夫婚姻的忠诚,实际上却是表现女子的节烈之气。这种思想与他在《张烈妇歌》等作品中表现出来的思想是一致的。

龙启瑞在散文和诗的创作上取得很高成就的同时,其词也有一定成就。就现存的词而言,大致分为两类,一类是以咏物词为主的逞技之作，一类为以悼亡词为主的用心之作。

第一类作品主要侧重于表现龙启瑞的词的修养、文学才能与艺术技巧，思想情感投入较少，多以咏物词为载体。往往写得技巧精密，形式精致，表现出密丽精工的风格。

第二类，也是龙启瑞写得最好的一类，是表现他与妻子伉俪之情的作品，这是他的词中最为闪光的一类。其主要特点是风格朴实，情感浓烈，不以技巧取胜，但以真情动人。而最能表现启瑞这类词特点的是他的悼亡词，其代表作是《浣溪纱》组词十首及其他作品。在《浣溪纱》组词的序中，龙启瑞作了饱含深情的表白："昔潘安仁有悼亡之作，盖在期年终制之后。何义门氏谓古人大功，去琴瑟，无居丧犹事吟咏者。余以咸丰壬子八月一日有先室刘恭人之戚。太恭人在堂，不得不勉抑哀情，用承色笑，而情之所至，有不能已于言者。因作为长短句廿余章，盖亦长歌当哭之意。若以义门古谊律之，则非所敢云矣。知者谅之。"说得情真意切，感人肺腑。他的作品就是这种感情的具体体现：

> 落尽繁英惨不喧。廿年春梦了无痕。慰人空对掌珠存。
> 只有长歌能当哭，更无芳草与招魂。西风吹老芷兰根。
>
> （其五）
>
> 心怯空房不忍归。夜凉禁得旧罗衣。银钅工无语麝兰微。
> 画里传神都仿佛，梦中握手也歔欷。镜台犹在玉容非。
>
> （其六）

两首词的写法略有不同，但都表达了人亡物在的悲痛。长歌当哭，唯有痛哀；斯人已去，伤心唯吾。在深挚强烈的感情面前，所有的技巧都可以忽略了。

　　除了《浣溪纱》组词十首之外,他还写了《菩萨蛮》《采桑子》《忆萝月》《望江南》等小令,同时又创作了《凄凉调》《摸鱼儿》《解珮环》《沁园春》等长调来表达对亡妻的哀悼,情感表现更加细腻。例如《摸鱼儿》:

> 　　正悲秋、嫩凉天气,令人难领滋味。鸳帏又折连枝树,牢落闷怀如醉。知那里。缘尽也、泉台隔住相思泪。深情漫寄。任伏枕沈吟,搴帏斜盼,没个影儿至。　　风流梦,想像衣香黛翠。如今休更提起。荣华自是当年好,不负绮春花事。君可记。记昨岁、秋来绿竹黄花地。佳人瘦倚。正蕉萃堪怜,今朝谁料,无处问蕉萃。

作为一首长调,这首词写得比任何一首小令都详细。词从外部环境写起,层层叠叙,深抵内心。语言质朴,却有无限沉痛。

　　龙启瑞的词在艺术技巧上是比较成熟的,但是,个人的情感投入尚不够深,题材也不够广,从而影响了其整体成就。

(二)

　　龙启瑞的妻子何慧生(? —1857),字莲因,湖南善化人。龙启瑞死后,自杀殉节。有《梅神吟馆诗词草》。

　　何慧生在世时,就以深厚的文史修养著称。龙继栋《梅神吟馆诗词草跋》云:"夫人幼有至性,尤嗜书史……夫人为女家居,即工咏事,一时有才女之目。"与龙启瑞夫唱妇随,以吟咏为乐。可以说,她的文学创作是在龙启瑞的影响下发生的。他们夫妇之间经常以诗往来。在这种情况下,何慧生的创作激情被点燃了,于是留下了不少作品。

何慧生虽属女流,但其诗却在保持女性本色的同时,又表现出强烈的忧国之情:

> 天下兵犹满,司农算已空。群黎饲豺虎,战士几沙虫。扫荡知何日,谋猷误数公。可怜惟赤子,无路诉苍穹。(《感事》四首之一)
>
> 日暮寒云合,孤城下落晖。山河皆战垒,来往亦戎衣。壮士骨空在,元戎檄屡飞。顿兵真坐困,未解筑长围。(《感事》四首之三)
>
> 日落城头旗影翻,连天荆棘暗销魂。烽烟但见归南郡,锁钥凭谁管北门。春社年荒空有树,秋原战后已无村。贾生自抱匡时略,痛哭无由达至尊。(《感时》)

这三首诗,从题目"感事""感时"就可见作者的着眼点。而从诗中我们不仅看到了天下大乱,战火纷飞,战士、人民不断成为牺牲品的形势,更可看到作者强烈的忧世之心,对战士、人民的极大同情。那"可怜惟赤子,无路诉苍穹""贾生自抱匡时略,痛哭无由达至尊"的感叹,就是这种心声的最直接表达。这样的作品是当时的女性诗作中少有的,就是放入其时男性诗人作品中,亦不遑多让。

在何慧生的诗歌中,拟古是大类,它们同样没有走温柔婉约一路,而表现出类似于男性诗人的情怀与眼光:

> 将进酒，君莫辞，今日花开红满隄，明日风吹花满池。风吹花满池，不见风还吹上枝。流光欺人去不回，劝君且进掌中杯。君不见关中楚汉相争处，今日依然无寸土。又不见王绩醉乡李白楼，惟有饮者名尚留。(《将进酒》)

这首《将进酒》表现了时光易逝的感叹，而诗中后半所关注的历史事件和历史人物，则是一般女性诗人很少提及的，诗中的那种冷峻更是绝大多数女性诗人所没有的。

作为女性，她也关注女性的命运和生存状态，对妇女的命运和处境发出了自己的感叹，表达了自己的道德立场：

> 明月缺时能再圆，雨落到地难上天。忆昔从君若形影，岂知今有相弃年。妾颜未及老，零落同秋草。不恨秋风寒，但怨秋风早。君不见卓氏白头吟，相如犹转心，糟糠之妻不下堂，微时故剑情何深；又不见宋王百丈青陵台，龙楼凤阁何崔巍，韩凭妇死夫同逝，化为连理不分开。君心今已矣，贱妾可奈何。惟当化作江边石，望君千载不消磨。(《弃妇词》)

这首诗是从女性的角度来写的，写女子被抛弃的无奈，这是命运；尽管如此，女子仍然还要"惟当化作江边石，望君千载不消磨"，这却是道德和境界了。从这首诗可以看到，作为女性的何慧生一方面感叹妇女命运的不幸，另一方面她又无法为不幸妇女找到出路，只有将道德的自我完善作为人生的最后归属。这是发自内心的愿望还是无可奈何的选择呢？

何慧生的词与她的诗风格有所不同,其内容基本上是相思相别,尽显女性温柔,全失其诗的豪迈。例如:

> 长途多少伤心事,锦字报秦嘉。无端风鹤,严城鼓角,分散天涯。　关河回首,柔肠寸断,泪渍红纱。重逢何日,片帆去远,千里云遮。(《人月圆·寄外》)
>
> 垂杨无计留君驻。尽目送、班驹去。倚剑天涯偏岁暮。骊歌一曲,伤心南浦。明日知何处。　人间只有情难诉。梦里关山断肠路。最是云屏添别绪。银釭四壁,夜来风月,省识相思苦。(《青玉案》)

两首词都是表现离别之情、相思之苦,情感无疑是真实的,描写也比较细致,但不出闺阁之思,不离婉约传统。与其诗相比,则表现了其文学创作的另一面。

孙衣言《梅神吟馆诗词草序》云:"夫人之诗固亦未离乎妇人女子之词,而颇能劘切时事,发明义理,异于所谓相炫以文辞者。"这"劘切时事,发明义理"八字最得何慧生诗意。与此相似的是韦恩霖的评价:"模古而不袭,谐今而不俗,兼以忧时感事,语重心长,由是以几于作者之林行,当于名媛集中首置一座。"①

---

① 《梅神吟馆诗词草题识》,民国二十四典雅印《经德堂诗文集》附《梅神吟馆诗词草》。

（三）

龙继栋，字松琴，号槐庐，龙启瑞儿子。同治元年（1862）举人。曾任户部主事、江南官书局图书集成总校，主讲金陵尊经学院，著有《十三经廿四史地名韵编今释》《槐庐诗学》等。并在文学创作的形式上有了新的突破，有《侠女记》《烈女记》等传奇。

龙继栋的诗饶有古意，许多拟古之作或乐府诗以妇女为表现的对象，颇具汉魏古诗的神韵。例如《捣衣篇》：

> 瑟瑟秋风罗袖冷，萋萋芳草庭阶静。闺中少妇正凝愁，日望银河空顾影。良人十载戍辽阳，曲室幽居易断肠。机上新丝未成素，檐前零露欲为霜。此际思量河北苦，此时征戍向何处。南天来雁倍增哀，点检戎衣泪如雨。泪雨如縻将奈何，文砧昨日拭青莎。一声香杵人当月，万里交河水不波。凄凉独夜谁怜妾，悄坐无言搜尽箧。底事孤灯伴寂寥，那堪皎练亲装贴。金剪敲残暗自思，思量犹是未归时。为熏兰薄深相忆，却恐华裁未合宜。兰薄华裁知几许，襟前带绾双连理。愿君见带毋相忘，知妾此心终不死。年年夜夜总销魂，处处人人想玉门。异日傥教生入塞，牛衣同卧亦春温。

这首诗表现一位闺中少妇对十载戍辽阳的丈夫的思念，表达了"异日傥教生入塞，牛衣同卧亦春温"的美好愿望。诗中的人物、感情、语言、意象等，都与汉魏古诗的同类作品相似，但是，这首诗写得更为细腻真切。

他的《古风》似乎模仿的是李白的《古风》,简直可作诗歌史来读:

　　世运递推嬗,皇风与之俱。岳岳三百篇,风雅之权舆。七雄拗荆榛,微言粲不殊。牢愁寓忠爱,千秋一三闾。汉风十九章,一字直一珠。伪体裁柏梁,独出李与苏。婉约如风人,不容釐分铢。六朝风格卑,绮丽不尽诬。庾鲍真佼佼,清俊留前模。彭泽守高洁,天趣不可摹。客儿几追踪,惜负山贼诛。余子颜江徐,或劣齐廷竽。有唐斡元风,陈张挈洪炉。沙汰瓦与石,睡眼为清瞘。堂堂李供奉,高才陵八区。天仙化人间,庄屈命仆夫。卓午嘲饭山,杜陵非腐儒。江湖志魏阙,长篇一何都。诗家不祧祖,襄蜀实有余。昌黎鄙蝉噪,诘屈涂典谟。同时孟东野,癖苦颜为癯。可怜锦囊生,不得白髭须。韦柳工峭拔,元和药槁枯。唐风轶千载,高浑非一途。宋人轶禅悦,诗宗逊清腴。长公何盘盘,元气为卷舒。黄河走东海,江淮尽潢汙。山谷出清新,同归实殊途。若论医庸腐,主此宗派图。临川妙言语,深情少不纾。宋人不如唐,此言盖非虚。元气类纤弱,遗山振琼琚。前杨暨后杨,方驾揭范虞。虽云去古远,一洗犷与粗。金渊及蜕庵,以外盖蔑如。皇皇有明诗,望古为踌躇。诚意辟榛莽,青丘埽荒墟。极力追雅音,何李才不驽。斐然七子体,正声播璠玙。自从隆万来,难觅青珊瑚。钱吴一时俊,鸣盛皇朝初。一代诗桓文,独有王尚书。风流信绝世,持论乃一隅。丰格如可凭,官妓皆名姝。此言颇未工,吾肯同声趋。春风放庭花,群籁何虚徐。抗心万万古,何事歌乌乌。洗耳陋筝琶,灵瑟调已无。温柔圣所训,敦厚休失愚。

诗从《诗经》写起,一直写到清朝,对整个中国古代诗歌发展史作了一番系统的梳理,表明了他自己的看法,是一篇完整的诗歌发展史。

龙继栋诗中最出色的是一些歌行体作品。这些诗以表达诗人的自我感情为主,雄奇奔放,感情浓烈,具有很强的感染力。例如《长剑歌》:

> 剑乎,汝不能斫无意气之丈夫,又不能断叩冐汗之头颅。十年土花晕鳞铗,精气欲共屠刀枯。当日赤文配北斗,至今犹觉风云粗。一龙蟠蛰不得化,光怪往往惊于菟。古来高阳鬼见帝,自称酒徒非大儒。建策一败乃公事,紫霄三尺轻其迁。谁假道人访王佐,将军诸侯随所娱。时贤要有曳落河,眼前琐琐真吾奴。秋风夜鸣社鼠啸,空山十里多豺貐。剑乎汝好自拂拭,毋便入水为明珠。

作品借宝剑以明志,表明诗人自己的怀才不遇。作品的风格雄奇奔放,自由挥洒,足见诗人才气,真可谓"时贤要有曳落河,眼前琐琐真吾奴"。

龙继栋擅长于诗的同时,还长于词,在《槐庐诗学》之外有《槐庐词学》。

龙继栋在广西词的发展史上具有承上启下的作用。一方面,他继承了其父龙启瑞等老一辈广西词人喜爱作词的传统;另一方面,他在京城时,家有"觅句堂",大力提倡词学,常将粤西词人聚集于此,切磋词法。光绪以后广西词人的创作发展,尤其是"临桂词派"的形成,与此有密切关系。

　　就词的创作本身而言,龙继栋的词作数量比较多,但成就远不及其父,主要原因是其词缺乏鲜明而稳定的主体风格和一以贯之的情感,而且对情感的体验与表现均有所不足,体会不深,故感人也不深。这可能与他优裕的出身和生活有关。

　　龙继栋出身名门,诗词文均有家传,所以无论散文、诗歌还是词,都能自成气候,算是文坛上的将门虎子。但是,与其父龙启瑞相比,成就则有较大的距离。龙继栋之后,龙氏家族鲜有文坛上的名家,从而在清代中后期这一特定的历史时期最终完成了龙氏家族单一山峰型的文学创作之路。

三

　　临桂龙氏家族的文学创作轨迹与成就,与其主要成员在科举、事业上的轨迹与成就高度吻合,这是这一文学家族的一个显著特点。在龙启瑞之前,龙氏家族的主要成员在科举上就取得了不错的成绩,并逐渐培养了文学创作的兴趣,为家族的兴盛打下了物质和文化基础。但是,他们在科举上多数考中的是举人,因此,这就决定了他们的为官也多为县令,最多不过是州同知之类的中下级官员,绝对算不上显赫。这样的状况,一方面说明了龙氏家族在龙启瑞之前,缺乏出类拔萃的人才,另一方面也限制了龙氏家族前辈们的活动空间和"居高声自远"的影响力,所以,其文学创作虽有而不显。这种情况到了龙启瑞则有了根本的改变,龙启瑞于道光二十一年(1841)中状元,这是清代广西继陈继昌之后的第二个状元,也是广西历史上为数不多的状元之一。龙启瑞中状元之后,即授翰林院修撰。道光二十三年(1843),出任顺天乡试同考官。道光二十四年(1844),出任广东乡试同考官。道光二十七年(1847),察考翰林詹事列二等,升为侍讲。后出任湖北学政。咸丰元年(1851),奉命办团练,因守临桂有功而升为侍读学士。次年,升通政司副使,出任江西学政。咸丰七年(1857),改为江西布政使。这样的成就,不仅在龙家族中空前绝后,而且在广西的历史上也为数不多。科举与事业上的显著成就,不仅显示了他出类拔萃的天资、深厚的学问,同时也为他带来了广阔的视野、丰富的人生体验、高远的见解等,从而使其将临桂龙氏家族的文学创作带入了最高峰。到了龙继栋,相比其父,科举上仅中举人,进士未第,这在一定程度上限制了其事业上的发展空间,因此一生多为学官,主要从事教育及文化事业。这样的科举与事业状况,一方面说明其天质、才气与其父相差较大,同时也使其视野、体验与胸襟等也不如其父,其文学创作虽有较高成就,但已难望其父项背矣。相对于龙启瑞,龙继栋的文学创作成就无疑已降一等。继栋之后,龙氏后人的文学创作则基本上湮没无闻了。龙启瑞家族这种科举、事业成就与文学创作的成就高度一致的情况,在整个清代的广西文学家族中无疑是最为典型的代表之一,说明了科举对于文学家族的形成与文学创作有着至关重要的影响。

　　从文学创作本身来说,龙启瑞家族成员之间的创作存在着一个非常突出的共性特征,即对妇女命运,特别是道德操守的关注。在上文的论述中,我们谈到了龙启瑞诗歌创作中所写的妇女主要有弃妇、思妇、节妇、孝妇四种类型,其中最突出的是节妇(烈女),强调妇女的道德操守。这一特点在龙启瑞的散文创作中同样有表现。他在《书孔母徐孺人守节事》一文中所说:"今世间鲜他奇行,惟妇节为最多,自余所见闻荐绅先生之家,下及闾巷细民,可称述者比比也。尝谓妇人之节,较臣子之忠孝为尤难,如宁武子之于卫成,尽心竭力,备历艰险,虽圣人以为不可及。余观世之节妇,往往类是者。或名湮没不彰显,世无夫子,遂不能表而传之欤?抑亦一国之事大而一家之事细欤?"①从这段话可以看出,龙启瑞认为,在当时世间缺少"奇行"的情况下,节妇是当时社会上的一大亮点。而节妇的表现比一般的忠孝臣子的表现更为突出,也更为困难,可惜世人不加重视,因而值得大书特书。正是从这样的立场出发,龙启瑞通过诗文大量描写了当时的节妇。也许是受了其父的影响,龙继栋除了创作《侠女记》《烈女记》等专门描写和表现妇女的传奇之外,在诗歌中还有《拟西北有高楼》《捣衣篇》等作品。《侠女记》《烈女记》原作已不可见,但从题目可见其大致的内容与取向。《拟西北有高楼》《捣衣篇》等诗歌作品虽然有对妇女处境与命运的同情,但同时更突出了妇女对丈夫的忠贞。作为这一家族的重要成员,何慧生的创作固然不同流俗,表现出某些男性化的特征,但作为一名女性作家,其对女性自身的命运与情感的关注似乎是与生俱来的,所以,在她的诗词中,描写女性的情感非常细腻,同时也表达了与龙启瑞、龙继栋作品中类似的节妇观。例如《弃妇词》所描写的弃妇,虽然被丈夫抛弃,但依然"惟当化作江边石,望君千载不消磨",这就表现了相同的声音。当然,我们看到何慧生在表达忠贞观念与思想的同时,更注重其作为女性的内心情感与命运,这是她作为女性所异于龙启

① 《经德堂文集》卷三。

瑞、龙继栋的地方。

龙启瑞家族成员的文学创作另一个突出的共同点是对时事的关心和民生疾苦的同情。由于龙启瑞、何慧生亲身经历了太平天国之变,对战乱有切身的体会,所以,作品中存在着大量描写时事的作品。此类作品,龙启瑞除了上文说到的《伤乱》之外,还有《感事》《感愤》等,何慧生则有《感事》《感时》等,龙继栋也有《元二之灾九县赤贫奸宄揭竿孤负明教书生无责寓目成叹卜子夏云言者无罪闻者足以戒也》这样的描写民生痛苦的长篇作品。值得注意的是,无论是龙启瑞还是龙继栋、何慧生,都不是重点表现战乱和自然灾害对自己和家人的影响,也不是主要从政治上分析战乱和自然灾害的起因,而更多的是关注战乱和自然灾害对人民生命和生活的破坏。例如龙启瑞《伤乱》中感叹"嗟彼流离子,其情寔可怜……踪迹觅辄得,号泣声相连。慈母失爱子,老父寻幼孙",进而表达了"我亦州民耳,去汝一寸间。感叹作变风,因心以成篇。夜闻寒雨声,踯躅安得眠?"《途中纪所见》则感叹洪水之后,"田园俱漂没,陵谷亦迁改。曩者万金室,一朝成冻馁。贫病走四方,沟壑难久待。我闻心恻然,斯民竟何罪。天灾固流行,人事或荒怠。堤防苟不预,幕燕巢终殆。书此流离状,吾将诉真宰"。《感愤》则表达了"兵戈久未息,谋生道愈窘。斯民常苦饥,独食良不忍"的愧疚。"流离子""斯民"之类的词语是龙启瑞诗中常见的词语。其散文对现实问题的关注,其实也与此同调,均基于对现实的关注。何慧生作为女流,其诗同样表现出强烈的忧民之情,如"可怜惟赤子,无路诉苍穹"(《感事》四首之一),"春社年荒空有树,秋原战后已无村"(《感时》)等,这在女性作家中尤为难得。龙继栋作品中的现实性相对弱一些,但是,也有《元二之灾九县赤贫奸宄揭竿孤负明教书生无责寓目成叹卜子夏云言者无罪闻者足以戒也》这样的作品,其主旨与写法,与龙启瑞《途中纪所见》类似。

毫无疑问,龙启瑞家族成员之间的创作呈现出巨大的差异性,这在文学家族中是一种十分正常的现象。没有这种差异性,就没有了家族文学创作的丰富性,同时也就没有了这一家族创作上的成就。

论桂林李氏家族的文学

清代乾隆至同治年间,桂林形成了一个以李秉绶、李秉钺、李秉铨、李秉礼、李宗翰、李宗瀛、李联琇等为代表的李氏文学家族。这一家族规模之大,名人之多,历时之久,都是广西古代文学家族中较少见的。

一、李氏家族的文化

李氏家族祖籍江西临川,后寓居桂林,成为桂林历史上的名门望族和艺术世家。这一家族的最大特点是艺术气质和才华突出,精通诗、书、画,为人恬淡。

桂林李氏家族最早应当从李宜民算起。李宜民(1704—1798)字丹臣,号厚斋,江西临川人。《临川县志》说他:"幼孤露,依外氏。长,学贾楚中,不利,之桂林,佣书自给。积有余赀,偕五人往(广西)太平土司贩。"袁枚《随园诗话》卷十载:"丹臣先生少贫,以笔一枝、伞一柄至广西,不二十年,致富百万。"李宜民主要从事食盐买卖,凭着他的精明干练,很快就成为广西最大的盐商,为桂林首屈一指的巨商富贾。临川李氏的一支,自李宜民起,在桂林世代繁衍,终于成为"富比王侯,园林半城"的名门望族。

虽然李宜民是盐商,但是他本人却在书法上有很深的造诣,而且十分重视对子孙的教育,特地从江浙、广东等地请来众多名师,开设家馆,教育子弟。因此李氏一门几代子孙,由于家学渊源与名师教诲,在文学艺术方面皆取得卓越成就。他的子孙也就没有继承他的盐商事业,很快就完成了由盐商向官员和文学家、艺术家的华丽转身。他的儿子中,李秉礼善于诗,在书画上也有一定成就;李秉钺善书画,篆书、隶书、山水画等都有较高成就,画山水取法元人,得云林逸致;李秉铨以画墨兰著称,写墨兰得赵彝斋(赵孟坚)意;李秉绥也长于作画,尤其擅长画兰竹,还收藏了许多名人字画,每遇佳本必购之。李宜民的孙子辈中,李宗瀚的书法成就最为突出,与朝官郭尚先、何凌汉、顾莼齐名京师,时人并称为"李郭何顾";李宗涵、李宗湅、李慧在书画方面也有一定成就。正因为如此,当时有"李氏一门风雅,为当时桂林之冠"的说法。此后李联琇、李瑞清、李健、李承仙、李佛一、李家明等名人均是李宜民的直系后裔,他们在书画上也有一定成就。

崇尚书画,具有浓厚的艺术气质,这是桂林李氏家族的一个突出特点。与此相联系,就是李氏家族为人恬淡,做官意识淡薄。这是这一家族区别于清代粤西其他文学家族的另一个重要特点。

李氏家族中的成员,从"秉"字辈算起,都有为官的经历,但主要兴趣不在为官上,而更多地喜欢结交名士,吟诗作画。例如李秉礼,李宜民曾为之捐官刑部江苏司郎中,但不久辞官返回桂林,专门从事诗歌、书画创作,还请当时的著名画家如吴县宋光宝、阳湖孟观乙到家教授绘画。李秉铨官兵部武选司郎中、广西柳州知府等职,但是,为官的政绩不突出,画墨兰却是一时之绝。李秉绥曾官工部都水司,故人称李水部。但他也像李秉礼一样,对做官兴趣不大,壮年时便辞官回桂林,过着吟诗作画,"啸傲林涧以为乐"的闲适生活。到了"宗"字辈,李氏家族的这种做官意识淡薄的特点更是得到了发扬光大。李宗瀚于乾隆五十八年(1793)中进士,后历官翰林院编修、侍读学士、湖南学政、太仆寺卿、宗人府丞、左副都御史、工部侍郎、浙江学政等职,是李氏家族中仕途最为通达的一个。然而他也像他家族中的前辈一样,生性淡泊,不喜名利,中年便以养亲为由,辞官回桂。清陈康祺《郎潜纪闻四笔》卷九"李宗瀚文采风流"条载:"春湖(李宗瀚)侍郎籍江右而世侨粤西。生长富贵,刻苦逾寒素。既入翰林,文采四映,亦善自韬晦。居京师,退食萧然一榻,权要之门,终身绝迹。告养归岭外十年,暇则端坐临池,赋诗遣兴,或卉衣草笠,与樵夫牧竖杂坐山泽间,怡然自得。生平无他嗜好,独喜聚书,癖嗜金石文字,所藏多名拓。桂林山水奇秀,洞壑岩壁间,多唐宋人手迹,公登椒穷邃,摩挲搜剔,往往手自摹拓以归。是时,公诸父两罢观察使,家居。工部郎秉绶者,方继先业主盐务。工部素豪迈,散金结客,舆马冠盖相望,公杜门却轨,如不相闻。有求书者,亦不肯滥应,人得其片纸,藏弄以为荣。论者谓本朝书家自张文敏、王吏部澍外,得公而三。文采风流,又标寄高峻乃尔。"①于此可见李宗瀚淡泊官场,钟情书画的性格。

　　家财殷实,但却淡泊名利,看淡官场,醉心书画,桂林李氏家族这样的家族文化在清代粤西家族文化中是别具一格的,与其他家族汲汲于功名的追求大异其趣。这种特点本身具有重要的意义和价值,同时,对其家族的文学创作也产生了重要影响。

---

① 《郎潜纪闻四笔》卷九,《清代史料笔记丛刊》本,中华书局,1990年。

二、"秉"字辈的文学创作

　　李氏家族的文学创作在李宜民时就初露锋芒,但李宜民的作品早已佚失,因此只能从"秉"字辈算起。

　　李氏家族现存最早的文学创作,是"秉"字辈的李秉绶、李秉铨、李秉礼三人的创作。这一代的文学创作成就最突出的是李秉礼。

　　李秉礼(1748—1831),字敬之,号耕云、松圃、韦庐、七松老人。其寓所称为"韦庐"。有《韦庐诗集》。

　　袁枚在《韦庐集弁言》中说:"六朝诗最重陶靖节,唐诗最重韦苏州,以其能为清和淡远之音,非粗才所能仿佛也。松甫先生各体俱佳,尤于陶谢王孟韦柳诸家,性之所至,又能自出心裁,不袭陈迹,选声必脆,下字必工。司空表圣云'人淡如菊,著手成春',可以想见其诗品云。"[1]李宪乔也说:"韦庐之学为诗,涵濡于韦,根柢于陶,若三谢,若王孟,若储,若柳,性之所近者,则兼好之,不近者不强好也。以故其诗闲淡澄莹,空洞幽窅,专注一路,不入浮嚣。不涉庞杂,有可传者。"[2]袁枚和李宪乔都指出了李秉礼诗歌创作的基本特点,其实也就直接表明了他对韦应物诗歌的向往。

　　李秉礼存世的诗歌数量较多,但是,其基本的风格确如袁枚、李宪乔所指出的那样,具有中国传统诗人陶渊明、谢灵运、王维、孟浩然、韦应物、柳宗元等山水田园诗人的特点,多用白描和篇幅

---

① 　嘉庆三年刻本《韦庐诗初集》附。

② 　《选录韦庐集寄兰公》,嘉庆三年刻本《韦庐诗初集》附。

较短的五七言古体、律诗描写山水田园,表达闲适淡雅的心情,很少长篇古体和激烈的情绪,也很少用典和夸张,如清水一曲、小河一湾,虽无磅礴气势,令人热血沸腾,荡气回肠,但自然亲切,和谐动人。显然,这种特点与这一家族性格恬淡、淡泊名利的特点与文化是一致的,同时也可以视为这一家族这种文化作用的结果。

李秉礼的诗充分表现了人与自然的和谐、人与人的和谐、人内心的和谐。

从人与自然的和谐来说,李秉礼的诗充分表现了人与自然的和谐相处、人对自然的欣赏、自然对人的友好,因此,展现在诗中的是一幅幅优美的图画:

> 雨歇生微凉,散步城西麓。日暮不逢人,澹然悦幽独。草森含华滋,衣襟生净绿。暝鸟栖已定,鸣蜩断还续。溪明宵景静,新月如新沐。归去意迟迟,疏灯耿茅屋。(《雨后城西晚步》)

> 晓起见红叶,前林夜有霜。鸣蜩犹未歇,立鸟自成行。竹径积秋藓,瓜棚倚短墙。宛然图画意,池上小茅堂。(《晓起池上即目》)

诗写眼前景,心中事。在李秉礼的笔下,自然是如此美好,本身就充满着和谐。鸟、蜩不慌不忙,不管飞也好,鸣也好,似乎都按照自己的意志安排着生活,没有因为诗人的到来改变生活的节奏。大自然即使有了风霜,也没有萧瑟之意,呈现的是无限生机。静则幽美如画,动则有声有色。如此境界,正是诗情画意。诗中"澹然悦幽独""归去意迟迟"等语直接表明了诗人的态度,也等于是直接挑明了人与自然的和谐共处。

在很多情况下,李秉礼的诗歌往往通过写景或直抒胸臆的方式表现其内心的平和闲淡,这说明他胸中自有真意,自有定力。例如:

> 一壶亦云足,浅酌颜已酡。但得此中趣,岂必酣且歌。景灵群动息,倦鸟栖林柯。之子亦言旋,延伫独吟哦。孤烟逗丛筱,冷月湛微波。缅怀古达人,澹泊守岩阿。闲情足怡乐,逐逐将如何。(《咏怀》二首其一)
>
> 行年四十五,忽忽无闻焉。既不爱轩冕,又不守园田。胡为日逐逐,与世徒周旋。湘南有别墅,林木幽且偏。青山列窗中,流水当户前。持用谢时辈,且复亲简编。虽知了无裨,聊狥性所便。(《书怀》)

两首诗都是对自己内心情感的表达,其中心在于表明"澹泊守岩阿"的志趣。这种志趣既来自优美的自然景物,更来自天性。它使诗人具有了诗意地欣赏自然的眼光,更为诗人带来了欢乐平和的心态。有了这种心态,流逝的岁月、华贵的轩冕都比不上流水当户、青山列窗,再加上美酒一壶。

当然,李秉礼的内心世界不可能永远没有矛盾冲突,但当他通过诗歌表现出来时,往往总能淡化矛盾,找到解决问题的办法:

> 学剑悔已迟,读书恨不早。空余浩然气,耿耿在怀抱。日月不我待,倏忽颜鬓老。昼坐晷易移,夜卧天难晓。偶焉翻故箧,中有一束稿。肯要世人知,聊用祛烦恼。悠悠千载

后,显晦何足道。(《咏怀》)

回首往事,书剑飘零。何况时光容易把人抛,眨眼之间,容颜已老,怎能不令人烦恼。李秉礼似乎又做回了普通人。然而诗的最后两句"悠悠千载后,显晦何足道"将时间拉长,用千载作为衡量的尺度和坐标,一下就消解了眼前显晦荣辱的差别,内心终归又回到了平和状态。这样,虽有波澜,但没有巨浪。波澜过后,水平如镜。

　　不仅如此,在李秉礼的诗中,没有不共戴天的敌人,没有深仇大恨的对头,也很少社会上的种种丑恶与阴暗,出现在他诗歌中的多是友人、亲人:

　　　　斋居独偃息,门绝来往车。稍谢尘中缘,聊亲几上书。脉脉俯仰间,悠然见古初。空庭生逸响,远风动林于。所好竟安在,微吟还晏如。言念同怀人,渺焉天一隅。(《斋居忆子乔》)
　　　　生小怜娇女,珍珠恰称名。似知承母意,初学唤爷声。丱发新留得,春衫艳织成。较兄殊静穆,嬉笑总怡情。(《娇女》)

第一首写对友人的回忆。虽然友人远在天涯,但两人之间的情愫并没有因此而阻断,空间的距离反而加重了相思之情。第二首写父女情深,天真可爱的小女儿才刚刚学会叫人,一副笑眯眯的样子,实在让人怜惜。两首诗均表现了人与人之间纯洁的感情,读来使人倍感温馨。

　　也许是对人间这种感情的珍惜,所以,当亲人、友人遭遇不幸

时,李秉礼的至情至性便毫无保留地表现了出来:

> 天地有至性,终始不能渝。垂老得此女,珍若掌上珠。
> 笑啼俱可人,眉目画不如。聊以慰我情,时复相与娱。去秋
> 余六十,触感默自吁。两儿赴乡举,两儿官京都。长女早适
> 人,远隔千里余。膝前惟有汝,踉蹡学步趋。汝母为装饰,皎
> 然与凡殊。盘以双丫髻,著以绣罗襦。生成兰蕙质,宁藉膏
> 沐涂。一笑投我怀,掺手将我须。亲知尽点首,我抱亦以摅。
> 讵料当是月,四儿忽云徂。苍黄远书至,举室声哀呼。今春
> 孤孙归,抚之怜其雏。入夏汝遘疾,沴气侵肌肤。形神日消
> 耗,旦夕延医巫。譬彼脆弱草,苦遭霜雪屠。忍竟舍我去,曾
> 不留须臾。人生骨肉间,悲悼谁能无。而我数遭此(自注:去
> 岁殁三孙两孙女),况乃老病躯。呜咽不成声,泪尽眼欲枯。
> 举头问彼苍,婴孺亦何辜。(《悼四女细珠》)

这首诗中所写的细珠,就是《娇女》中所写的那位可爱的小姑娘。
当可爱的小女儿夭折时,李秉礼的闲适淡雅与平和便消失得无影
无踪,取而代之的是撕心裂肺的痛哭,问天不语的巨大伤悲。由
此可见,李秉礼的内心也有着深情甚或至情的一面。

李秉礼的诗向陶谢王孟韦柳学习,成就平淡闲远之风,在广
西有影响的诗人中,是比较独特的。他的诗,表现了一位心态平
和的诗人眼中所见的和谐世界,境界优美,温馨动人,真可视为诗
中的童话。

李秉绶(1748—1823),字云莆,号竹坪。他的画名重于诗名,

他现存的诗数量既少，而且特色也不太鲜明，远远不及李秉礼。较有名的是描写其画室的《环碧园诗》十四首：

山水性成僻，常怀恋邱壑。　三二知己友，得句随人索。
藤罗挂空谷，入呼山鬼续。　登临好景来，到眼皆林麓。
天空一轮月，忽补山角缺。　万籁寂无声，今宵与昔别。
千树万树雪，留伴古禅悦。　一片岁寒心，难忘定山月。
水声犬吠杂，桃花乱飞絮。　色相本来空，春归在何处。
万物皆有情，情生象即著。　自号信天翁，逍遥任来去。
阴深水尽头，常随鱼鸟游。　科头磐石坐，把钓搁溪流。
桂林城一角，两峰将园拓。　委我一席安，费尽天公作。
一鹭宿林中，探幽步断虹。　偶然击竹戏，飞过小桥东。
檐外雨丝丝，灯昏觅句时。　恼人深夜柝，敲碎许多诗。
有酒共君酌，莫负今宵约。　醉倒海天空，身似凌霄鹤。
我生无所好，檀板谱新调。　惊起池中鱼，一声发长啸。
烟雾影蒙蒙，迷离径半封。　岩前刚任足，天外一声钟。
得句独捻须，山山画里无。　他年留粉本，添个辋川图。

这些诗描写在环碧园中的生活，表现了其见闻与感受。这组作品给人印象最深的是对优美景物和逍遥自在、闲适平淡生活的描写，表现了其随遇而安的情怀。这与李秉礼的诗歌表现出来的情感与风格是一致的。

三、"宗"字辈的文学创作

李氏家族的"宗"字辈作家中,成就最高的是李宗翰、李宗瀛。

李宗瀚(1770—1832),字公博,一字北溟,又字春湖。李秉礼之子,过继给叔父李秉仁。曾建楼于桂林榕湖南岸以收藏金石书画,题名"拓园"。书画之外,善诗词,有《静娱室偶存稿》《杉湖酬唱诗略》。

李宗瀚的诗歌多为应酬写景之作,其题材与思想内容与其父辈有相通之处。例如《再次前韵题湖西庄》:

> 我家湖一曲,买墅向湖西。谢俗无车马,呼邻有黍鸡。
> 门前渔艇系,壁上野人题。自是淹留客,巢安即故栖。
> 野菜侵篱长,春渠积雨深。引藤才上架,种树旋成林。
> 乐趣观濠上,机心息汉阴。故人书懒寄,官贵有高岑。

这两首诗通过描写田园的诗意生活表现其生活情趣,车马与机心成为抛弃的对象,自得与自在成为诗人所追求的目标。诗的风格、意境与情趣与陶渊明、韦应物等何其相似,将其置于李秉礼诗中也难以分辨。

李宗瀚的诗歌更多的是描写自然景物,特别是桂林的山水。例如《游中隐山》:

> 桂山洞穴多玲珑,近搜皆遍远未穷。城西二隐招不出。
> 欲往从之中隐中。百闻不如图一见,吾辈况具丘壑胸。走寻

节届一之日,天阴野旷迎寒风。炊烟隐隐起丛薄,木林村前
林叶红。云深鸡犬互鸣吠,幽径几曲仙关通。当流躅过石荦
确,横障突出烟朦胧。循崖骇目潭潭府,霞扉轩敞开屯蒙。
周阿历奥得未有,圆光一线穿雕栊。仰攀飞磴气再鼓,叠起
灵构基三重。中唐洞达西南户,迎面琼乳垂虬钟。人声忽闻
不知处,琅然响答天半空。更穷绝顶出溟涬,重扃驻燠无严
冬。都卢上慄鸟下薷,原田如海空濛濛。祖华寺圮佛子散,
尽排匠巧还神工。谁与读书此高蹈? 隐学仿佛秦人逢。我
辞簪绂溷城市,结想早入琼瑶宫。屈曲世间聊尔耳,掉头便
作人中龙。秦城一诗得内召,名山岂合污此公? 石湖题字无
处觅,淳祐石记毋乃瞀。欲继壶天勒名姓,七人今昔分西东。

隐山为桂林著名景点,这首诗描写了游隐山的经历及见闻,在发
出感叹的同时,重点在描写风景,由此可见李宗瀚诗歌的旨趣。

李宗瀛,字小韦,又字季容,李秉礼的儿子,"杉湖十子"之一。
他自言生活潦倒,"著书穷愁中"(《感愤》三首其三),好诗、好佛
道,有《小庐诗存》。

今存《小庐诗存》是李宗瀛自己编定的诗集,按《小庐诗存自
序》所云,这些诗始于道光八年(戊子年,1828),止于道光二十九
年(己酉年,1849)。己酉以后的诗比较多,但无人整理,没有保存
下来,今之存者仅为十之二三。

李宗瀛的父亲李秉礼"为诗宗陶韦",但李宗瀛"能读父书,为
诗乃不相袭。伯韩、心芗、剑峰、兰畹,故皆往来倡和,至黄香甫、
赵澹仙者,又小韦客之尤著也"(张凯嵩《杉湖十子诗钞序》)。

李宗瀛作诗态度极为认真,他曾在《芟诗》中自叙诗歌创作:

"化工橐籥弗自秘，落花水面真三昧。大千云锦天为章，吹万风箫地生籁。江波春绿剪翠羽，霜树秋红点猿泪。感通潜入诗人怀，直以文章师大块。混茫元象极开阖，回薄寸心与蟠际。可怜力尔途尚遥，释阶登天曷由致。笼镫朱墨耿相对，璧鲜无瑕珠有类。杜陵老去浑漫与，苏子兴来半游戏。平生东马矜万言，抵死南狐严一字。繁枝务尽孤卉表，莠根不除颖苗害。与留痕疛付嘻点，拉杂摧烧意良快。从来情钟正我辈，遗簪败履忍轻弃。矧兹敝帚自享久，掐肾镂肝非易易。晤谈恍接亡友欬，抚镜重扪异时涕。飞不假翼敢护前，或以人存或以地。吾闻精进慈氏旨，又闻洗伐仙者事。大还转神丹成，六根一割慧刀利。虽多奚为圣所训，以少见珍物始贵。请看三百逸三千，犹叹无邪一言蔽。"从这首诗来看，李宗瀛对创作的态度是极为严肃的。他的朋友黄锡祖说他"不及世事，好客，赋诗时有小山丛桂之思"①。其诗风在"杉湖十子"中比较特别，大致而言，可以奇、艳、豪、沉四字概括。奇似李贺，艳如李商隐，豪似韩愈、苏轼，沉似杜甫②，风格别致，想象出奇，但语言似未完全圆通。

　　李宗瀛的诗体多乐府歌行体，如《惜别曲》《寄远曲》《铜鼓歌》《对酒放歌》等。李宗瀛对于这类体裁有特殊的爱好，所以，他甚至可以写成《西延谣》十八首、《子夜歌》十首这样的作品。这种体裁上的选择，已表现出他诗歌创作的个性特征。

　　好奇而喜作奇语，这是李宗瀛诗歌的一个突出特点。这表现

---

① 《怀人》八首之一《李宗瀛》，《杉湖十子诗钞》卷二十二《香祖诗遗》。

② 赵德湘《读小韦丈前后避贼车田溶江诗》："乐府从推杜拾遗，伤时感事每具悲。风骚遥接千年后，雪涕重吟两卷诗。"将李宗瀛看作杜甫在千年之后的传人，这也可见李宗瀛作诗的旨趣。

在以下几个方面：

第一，选材之奇。李宗瀛诗歌中的许多题材是其他诗人作品少见的，例如《口技》《西洋医》《跳端公》等。这些作品的取材本身并不是特别的奇特，但是，在李宗瀛看来，它们都是很特别的，所以写来也很特别。

第二，想象之奇。在这一点上，李宗瀛受李贺的影响特别突出。本来是平凡之物，李宗瀛在写起来的时候，往往不是从其平凡之处入手，而是通过奇特的想象、夸张、比喻，借助于神话传说，化平凡为神奇：

> 伽蓝帝释堕穷劫，螺女悲啼鸽王泣。铎铃不语华由瘖，夜半山魈作人立。当年孔雀东南飞，上方班剑生光辉。广心欲启调御室，雕甍峻宇非人为。（《定粤寺吊定南王》）
>
> 黑风荡地雅轮缺，万劫诗天堕狐窟。丹邱仙子乘鸿蒙，手抉银河洗秋热。瑶空霏霏洒珠雨，猛凤衔花隔烟语。韫辌昨夜葬雷公，延露哀词怆无主。蓬莱夜碧烟点迷，岑华一琯吹参差。临风更和君山邃，决起晴霄女龙泣。（《题汪剑峰孝廉诗卷后》）

这里的两首诗是有一定代表的。第一首写的是桂林叠彩山下的定粤寺，此寺为顺治八年（1651）纪念清孔有德平定粤西，被封为定南王而建。这本是一座普通的建筑，但在李宗瀛的笔下，就成了一座"雕甍峻宇非人为"的建筑。不仅如此，诗的前两句一出手就显得不同寻常，以神话传说来写。尤其是"夜半山魈作人立"一句，更是阴森怪奇。第二首从题材来说，是再普通不过的了，不过是为桂林诗人汪运的诗写一篇评论。然而就是这样一个普通的题材,李宗瀛却写得极不平常。全诗没有一处是直接评论汪运诗的,而全凭想象,用神话传说写出,多是"无端涯之词"。这令人想起李贺的《老夫采玉歌》《秦王饮酒》等作品。

正因为李宗瀛的作品想象奇特,所以,他的诗中对神话传说的运用非常普遍,例如《大雷雨作歌》:"洞庭之女潇湘姝,鞭起雨工为龙㧑。阿香夜窃霹雳符,夺得雷楔翻雷车。"《雪中招苕甫》:"姑射仙人冰雪肤,笑骑白凤凌清都。滕六巽二受敕符,空中碎剪鹅毛粗。"这些神话传说的运用,大大加强了李宗瀛诗歌的浪漫色彩。

在这种情况下,他的诗中的意象往往是比较奇特的,经常出现鬼怪之类的意象,给人以深刻的印象。上文《定粤寺吊定南王》中的"夜半山魈作人立",《题汪剑峰孝廉诗卷后》中的"辒辌昨夜葬雷公""决起睛霄女龙泣"就是典型的例子。《大雷雨作歌》中的意象全为牛鬼蛇神。《钱忠懿王金涂铁塔歌》一开始就是"宝月夜涌光明珠,青猊叩额群龙趋"。《薄暮山行》中"天阴蛇母哭,月黑虎伥行"的景象令人悚然。他还有专门描写鬼怪之类的作品:

> 古城东,蒿艾蓬,凄凄风雨泣鬼雄。古城北,桐梓柏,山丘成鬼国,积尸一星惨无色。不筑京观施漏泽,美政曾闻古西伯。(《西延谣》十八首之十七)

从诗的结尾可以看到,这首诗当然有明显的暴露政治黑暗的意图,但却通过这样的一种阴森恐怖的方式来表现,这又是李宗瀛的不同寻常之处。诗中描绘出两幅令人毛骨悚然的图画,鬼成了诗的主角。可见李宗瀛的对这种奇异场面和奇特景象的兴趣。就是描写兄弟之情、节妇烈女的作品，李宗瀛也常常用一些阴森的环境来表现。《送从弟韵棠之广州》是一首送别诗，诗的开头描写离别之情，真切感人："西风吹静江，与子江上诀。平生歧路泪，于此倍呜咽。"接下来写广州："昔时仙羊城，今作鬼鸟窟。夜深歌舞冈，寒月照白骨。"将广州描写成了个鬼怪出没的地方。再如《老妪叹》，这本来是描写一个家庭的不幸，老妇人有一个儿子、儿媳和一个正在吃奶的孙子，儿子战死后，儿媳听说了之后，"稍稍红妆洗。堂上慰阿姑，床头抚幼子。空房鬼火清，三更仰药死"。这样的题材是比较常见的，但是，对于大多数诗人来说，着重强调的是"三更仰药死"，而不会写"空房鬼火清"一句。李宗瀛的与众不同之处正在于此，即使是非常严肃的内容，他照样也不忘鬼神，不忘恐怖。

有时候，他即使不运用神话传说，往往也能以想象出奇，时出惊人之语：

　　　　峤西岩壑郁苍然，十万横磨剑倚天。大泽龙蛇寒不蛰，五溪蛮獠莽相延。时平山子争供赋，起事畲丁变控弦。从古攻心真上策，抚绥端望后来贤。（《峤西》）
　　　　前不见古人，后不见来者。上下五千年，中乃虱一我。自从汉魏来，派别纷叠垛。捷或绣虎名，巧乃射雕堕。大声出鲸铿，小亦虫吟颇。每干造物忌，天穷人复祸。登高望北邙，阴碣扇鬼火。累累吟囚魂，寂寞一坏（抔）裹。吾生欲何寓，一粟沧海簸。身心苦相仇，为计良已左。秋风哭辽海，字字血泪写。身后扬子云，茫茫谁见也？岂无长者儿，齿牙速

风马。王门鼓清瑟,滥竽噫不可。(《自订旧稿》十一首其五)

这两首诗从题材和内容来说,都没有什么奇特之处,但是,李宗瀛在写作时,却将他好奇的特点表露无遗。第一首写峤西(广西)境内山川形势及治安情况。前二句写山高,以"十万横磨剑倚天"来作比喻,既见气势,更见想象的奇特。后一首写自己和中国古代诗史,在借用陈子昂的成句"前不见古人,后不见来者"之后,突发奇语"上下五千年,中乃虱一我"。以一虱自比,将自己放在"上下五千年"这样的背景下,以凸现自我的渺小,这种写法实不多见,对习惯于"沧海一粟"这样说法的人无疑是一大冲击。对于历代以来的诗人命运,诗人以出奇冷静的态度来看待:"登高望北邙,阴碣扇鬼火。累累吟囚魂,寂寞一坏(抔)裹"!还有什么比这更悲哀的呢?

　　第三,用字造句之奇。李宗瀛诗中的用字造句,往往不走寻常路线,而是刻意出奇,字用生僻,句出险语,真正做到了"宁律不谐,而不使句弱;用字不工,而不使语俗"。以用字论,他的诗常常是舍平常而取生僻,如《大雷雨作歌》《得少鹤都中书却寄》《居子云将之闽中挈眷赋长句百韵送之》等。《居子云将之闽中挈眷赋长句百韵送之》的中间部分满眼都是生僻字,令人头痛目眩。《苃诗》中"虽多奚为圣所训,以少见珍物始贵"中的"贵"字,他舍通俗的"贵"字不用,非得用一个常人极少用的异体字。从这一方面可以看出他与众不同的思想与趣味。

　　喜作艳语丽词,这是李宗瀛诗歌的另一个突出的特点。李宗瀛对李商隐和李贺的诗非常熟悉,而且也很喜爱,曾作《二月二日效玉溪生》《恼公次李长吉》等诗,因此,在艳丽的方面,李宗瀛颇得二李的神韵。例如：

> 韩寿香偷艳，莹娘色退红。语霏兰蕙气，心醉绮罗丛。泼黛眉峰小，施绯颊晕浓。雕鸾飞壁镜，暗麝掩鬌筒。波影帘编筱，秋光障心茳。金翘钉钿雀，宝粟缀钗虫。鱼子团缃缬，鹅儿织缥茸。獭膏拢发腻，蝶粉着肌融。半额才分月，轻身欲御风。缄情遗芍药，隐语笑芙蓉……（《恼公次李长吉》）

> 合欢一丝裹空绿，帘幕凄凄响鸣玉。空床凤胫照愁眠，尽夜银釭吐金粟。美人遗我青琅玕，因风吹堕南云端。玉珰缄札不可识，一片绿烟生古寒。茜丝巧织回文字，红绡染出胭脂泪。欲凭青鸟寄西那，化作鸳鸯七十二。（《寄远曲》）

这两首诗在风格上颇为相似，用了大量华丽的词藻、艳丽的色彩。第一首写与女子的交往，是对李贺《恼公》的模仿。李贺《恼公》一开头就是"宋玉愁空断，娇饶粉自红。歌声春草露，门掩杏花丛。注口樱桃小，添眉桂叶浓。晓奁妆秀靥，夜帐减香筒。钿镜飞孤鹊，江图画水茳。陂陀梳碧凤，腰袅带金虫。杜若含清露，河蒲聚紫茸。月分蛾黛破，花合靥朱融。发重疑盘雾，腰轻乍倚风"。李宗瀛只不过将宋玉换成了韩寿，词藻与色彩是有过之而无不及。第二首写寄远之情，可能是对某位女子的思念，内容应当说是比较平常的，但是，诗中的绿、玉、凤胫、银釭、金粟、青琅玕、玉珰、茜丝、红绡、胭脂泪等颜色与意象，给人色彩斑斓、极为艳丽的感觉。这就说明，作者的重点并不在相思之情的表现上，而更多的是考虑外在的色彩与词藻。这两首诗，无论词藻、色彩还是内容,都可以一"艳"字来概括。其他的作品如《晓妆曲》也多属此类。

李宗瀛的诗除了怪与艳的一面之外,另有豪放的特征。这表现在两个方面,一个是写景,一个是写人抒情。

在写人抒情上,李宗瀛往往能抓住人物特征和感情的主要方面,用夸张的手法、快速的节奏,表现出人物的性格与情感。例如:

> 大儿孔文举,小儿杨德祖,余子纷纷何足数。祢生一去楚才空,汉树凋零冷嬰母。嬰母洲边草不芳,数千年后生黄香。雷霆破柱等一噫,风月泥饮倾千觞。羁来客况比鸡肋,二别双洄归不得。梦中乡味武昌鱼,眼前措大荆州鲫。岑年单绞小裈衣,红么十棒灵犀槌。狂来挝作渔阳掺,一霎横江急雨飞。(《鼓吏行戏赠香甫》)

> 繻朱绶,两通黄纸标百万。孰云杨叶止儿啼,且可衣冠槐国幻。敝裘笑苏季,尘甑悲莱芜。极知造物戏汝尔,似此作剧何其痛。三闾大夫不晓事,呵壁茫茫叩身世。似闻昨夜天瓢翻,烂醉天公不省记。天公醉矣我独醒,暾暾毋乃非人情。东风浩浩花冥冥,药栏竹坞啼流莺。夜来华月窥曲琼,邀月对饮三人并。举杯劝尔天上之长星,银河屈注颇黎声。万物一马双丸萤,岂况螺蠃将螟蛉。只愁欠伸一蹴醉乡失,依旧飘堕囚山壁海之愁城。君不见莱薖老人今郑虔,有才三绝寒无毡。盱江赵子囊一钱,卖文翻令屋倒悬。香籙主人善潦倒,半生曲蘖事不了。三子者才视我十倍多,我视三子坎壈无殊科。胡为乎出如惊麚处闲麛,甘避千秋亭畔痴人诃。

人生酩酊邅求他,五穷小耗如我何。咄哉五穷小耗如我何,
呼酒更进金巨罗。(《对酒放歌》)

这两首诗在抒情与写人上具有一定的代表性。第一首是写人之
作,赠作者的好友黄香甫。这首作品一开始就用了一个有关祢衡
的典故,然后以数千年后的黄香甫直接祢衡,"雷霆破柱等一噫,
风月泥饮倾千觞"的豪气不让祢衡,其境遇也不比祢衡好多少。
最后还是以祢衡的故事来比喻作结。全诗自始至终以祢衡来比
喻黄香甫,其言其行其情均有狂气豪气。第二首题中的"放"就已
见豪放之气,诗的前半虽然表现的是牢骚,但对屈原的"不敬",对
饮酒行为的夸张描写等,已表现出足够的落拓豪气。中间邀月对
饮的描写,也是李白、杨万里之类的豪放诗人的作风。后面对人
生、对饮酒的态度,也足见诗人的豪气。这样的诗,在李宗瀛的作
品中占有相当的比例。

在对景物的描写中,李宗瀛更能表现出他的豪放。他不太喜
欢对景物作精雕细刻的描写,而往往喜欢有大境界、有气势的景
物,同时,在景物的描写中倾注豪放之情。例如:

清江白石抱城回,平楚苍苍极望开。一片夕阳鸦背闪,
万山秋色马头来。登楼有客如王粲,尽地无人似李悝。战伐
况闻新鬼大,黄昏野哭几家哀。(《出郭》)
海门天堑限朱方,京口兵闻自古强。白日鲸鲵争跋浪,
清秋鹰隼倦凌霜。牙旗玉帐元戎幕,火炮风轮鬼子墙。早晚
西津须送喜,五云深处正垂裳。(《海门》)

　　这两首诗都不是纯粹的写景诗,但足以看出李宗瀛在写景上的特色。第一首写出城郭所见。前四句用粗线条的勾勒来写景,展现了四个极为广阔的画面。显然,这是登高所见的景象。诗中的"抱""极望""万山"突出了气势与空间的阔大。"一片夕阳鸦背闪,万山秋色马头来"不唯对仗工整,富有诗情画意,而且极为壮阔。第二首中的一二句从历史与地理两方面突出海门的不凡,三四句"白日鲸鲵争跋浪,清秋鹰隼倦凌霜"则重点写了鲸鲵与鹰隼的活动,这些动物本身就是不凡之物,其活动就更显得非同一般了。上文说到的《峤西》中的"峤西岩壑郁苍然,十万横磨剑倚天"等作品也都属于这一类型。

　　李宗瀛的诗歌在怪、艳、豪的同时,又有沉的一面。沉者,沉郁、沉痛之谓也。李宗瀛生活于十八世纪中叶,这时正是国家多事之时。可贵的是,他的眼睛时常是向下的,因此,诗中表现沉痛之情、反映时事的作品颇多。这就造成了他的诗歌沉的一面。

　　与杜甫一样,李宗瀛非常关注的是下层百姓的生活状况,"哀民生之多艰"是他诗歌中的一个重要主题。例如《薪女歌》《秋城写望》《东江行》《老翁叹》《老妪叹》《新妇叹》《流民叹》《西延谣》十八首等,这些作品表现了李宗瀛对下层人民的极大同情:

　　　　客行大溶江,满眼纷流离。老翁弃杖走,咬颈儿啼饥。蚩蚩我妇子,生幸承平时。眼不见兵革,耳不习鼓鼙。朝糜暮餐粥,鸡狗亦得携。山贼揭竿起,窜乱如惊麏(原文如此,疑作"麋")。一夫发其难,万室生蒿藜。请看大泽中,沴气蒸积尸。间有草间活,一二锋镝遗。我曹幸逃死,敢怨琐尾为?慇喘虽苟延,终作沟中泥。况闻楚北涝,抱负来灾黎。岂知

我里灾,犹甚彼处危。青山黯无言,流水闻悲嘶。安得豺虎息,乐汝室家宜。(《流民叹》)

朝闻官点兵,暮见吏捉人。爷娘妻子留不得,哭声惨惨天无色。东邻有老翁,一男府帖佥中丁。西家有少妇,新婚三日君远行。行行挥手誓不顾,结束弓刀从此去。(《西延谣》十八首之四《点留行》)

这里的第一首诗写流亡百姓的苦难,不亚于宋代的王禹偁、梅尧臣。诗中的"客"显然就是作者,这是这一类诗的常见写法。因为动乱,人民流离失所,性命难保,哀鸿遍野。最后的几句表明作者的态度,从中看到李宗瀛对人民的同情。第二首是杜甫《石壕吏》和《新婚别》的再版。这样的诗,读来沉痛异常。

李宗瀛自己其实就是那个动乱时代的受害者,所以,他有一部分诗写的就是他自己在动乱中的遭遇:

衰病将迎懒,那堪走避兵。仓皇携八口,惨淡出重城。陟岭马瘏瘁,叩门鸡斗争。羌村在何许,容计一厘民(《车田避兵作》四首其一)

意外重携手,相看片语无。故人惊健在,为我立斯须。何地容高枕,严城尚警桴。安危群策在,歌哭且吾徒。(《自车田暂归途遇余七丈》)

这两首诗不是以下层百姓为描写的主角,而是表现自己在动乱中的遭遇。第一首写为避兵逃到车田的情况,前半描写经历,后两句表现感受。第二首写的是在动乱中遭遇故人的情景。同样表现的是无地容身的感慨。

李宗瀛这一类作品不仅在风格上颇似杜甫之作,而且在内容和写法上也尽力模仿杜甫的"三吏"、"三别"、《羌村》三首等。所以,读李宗瀛这一类的作品,我们总能看到杜诗的影子。

李宗瀛的诗歌在表现上也有其细致准确的特点。他在一些关键字的使用上,往往出人意表,取得了良好的效果。例如"抱"字,一般诗人对这个字基本上都不是太重视,但李宗瀛不一样,在他的诗中反复运用,而且用得十分精彩。例如"痴云抱日影模糊,大好徐熙水墨图"(《春阴》)、"清江白石抱城回,平楚苍苍极望开"(《出郭》)、"晨霏不作云,抱树成暖暾"(《斋中晓兴》)等。

但是,李宗瀛的诗又往往多前人诗句、诗意的痕迹,尤其多杜甫等名家诗句、诗意。例如,似杜甫诗句、诗意的有"锦官城外玉垒西,武侯先主同遗祠。可怜后主还祠庙,杜陵野老曾题诗"(《客有示余蜀后主祠诗意有未尽赋此广之》)、"合眼辄梦君,明君于我厚。苦言来不易,关塞有风烟"(《得少鹤都中书却寄》)、"朝闻官点兵,暮见吏捉人"(《西延谣》十八首之四《点留行》)、"妇孺窥墙头,隔墙呼浊醪。艰难愧人情,漂泊幸所遭"(《车田村》)、"江头野老吞声哭"(《哀修仁》)等。其实,李宗瀛在表现动乱、自己在动乱中的遭遇和人民疾苦这方面的作品,不独借用了杜甫许多现成的句子,其基本的写法与风格都与杜甫的作品有很多的类似之处。似李贺的诗,已见上文,相似的句子如"铜声剥剥敲鞭知"(《瘦马行调居梅生》)等。似黄庭坚的句子如"酌君宜城京口之美酒,赠君赫连大食之宝刀。酒以浇君之块垒,刀以断君之牢骚"(《送香甫之太平》)。这些作品说明,在李宗瀛的作品中,模仿的痕迹比较突出,还未臻化境。虽有怪奇、艳丽、豪放和沉郁的突出特点,但也还有可议之处。从诗歌的整体风格来说,也还没有一种主流的风格可以视为他的代表。

无论是从艺术风格还是思想内容来看,李宗瀛都是李氏家族中的另类。

"宗"字辈之后,这一家族似乎又回到江西原籍,不再居粤西了。在李氏家族的"联"字辈作家中,表现较突出的是李联琇。李联琇(1820—1878),字季莹(一作秀莹),号小湖,李宗瀚之子。道光二十年(1840)中举,二十五年(1845)中进士,改庶吉士,散馆授编修。咸丰二年(1852)大考第一,擢侍读学士,充会试同考官,署国子监祭酒,期满调福建学政。咸丰三年(1853),擢大理寺正卿。五年调江苏学政,任满,乞病居通州数年。致仕后主讲钟山、惜阴二书院。曾国藩多次举荐,他坚辞不出,潜心教学和著述。学识广博,文学卓有成就。有《好云楼全集》。因他自以江西人自居,不再居粤,故不论。

桂林李氏家族人数之多,成就之高,在清代粤西文学家族中是比较突出的,这一家族虽属富商,但富有艺术气质和浪漫精神,崇尚自由,并不热衷于官场,这在当时颇为难得。因其如此,其文学作品中弥漫着崇尚自然、向往自由的精神,作品的题材也颇多对艺术的描写与论述,因而在清代粤西文学家族中独树一帜。

论清代壮族第一文学家族
上林张氏家族的文学创作

清代以前,广西的作家除了曹邺、曹唐和契嵩等少数人之外,基本上没有表现突出的作家。到了清代,这种情况才有所改变,涌现出了一批全国知名的作家。清代知名作家的大量涌现与文学家族的兴起有密切的关系。上林张氏家族就是清代众多的文学家族之一。这一家族人数之多,经历时间之长,创作成就之高,在清代壮族中罕有其匹,堪称第一文学家族。因此,它在清代广西的文学家族,尤其是壮族作家文学创作中具有特殊的意义。

一

清代上林张氏文学家族是壮族①,主要由张鸿翩、张鸿翲、张友朱、张滋、张鹏展、张鹏衢、张鹏超、张元鼎等人构成②,其中的核心人物是张鹏展。张鸿翩是张鹏展的曾祖父,张鸿翲是其曾叔祖父,张友朱是其祖父,张滋是其父亲,张鹏衢和张鹏超是其兄弟,

① 关于这一家族的民族属性,参见曾庆全《历代壮族文人诗选》、周作秋等《壮族文学发展史》等。

② 《峤西诗钞》卷六有一位张淳,号简斋;卷七有一位张温,号玉峰。都是上林人,怀疑是张滋的兄弟,但张鹏展未作说明,故未列入。

张元鼎是其儿子,这样就形成了一个由五代人组成的文学家族。

从现存的资料来看,这一家族的文学创作以诗歌创作为主,大体可分三个阶段。第一阶段是张鹏展之前的张鸿翮、张鸿翩、张友朱、张滋。这是这一家族文学创作的发展期。第二阶段是这一家族文学创作的高潮,以张鹏展为代表。第三阶段则是这一家族文学创作的衰落期,以张元鼎为代表。

清代上林张氏家族文学创作的第一个阶段,也就是张鹏展之前三代的先辈们,虽然各人的职业不同,兴趣有别,但都保持着一种顽强而持久的文学爱好,这为这一家族成为耀眼的文学家族奠定了基础。张鹏展所编的《峤西诗钞》比较完整地保留了他们诗歌创作的资料。

张鸿翮,号朔庵,康熙五年(1666)举人。曾官永宁州(今广西永福)学正。因乱避居于归顺州(今靖西市)的知州官署中,以教授生徒为业。现存诗歌十余首。张鸿翮的诗以表现身边琐事和日常生活为主,语言平易。虽然题材不够广泛,但已表现出一定的功力。例如《纸鸢》:

> 纸竹羽毛如此丰,居然天外自吟风。但闻声势人争仰,高上云霄孰与同? 未必晴光朝上帝,断难阴雨戏邻童。提携全藉旁人力,漫许天门路可通。

这是一首表现纸鸢(风筝)的咏物诗。咏物之作最忌徒写其形,不得其神。此诗可贵之处在于不拘泥于纸鸢的外在形貌,紧扣放纸鸢情形的同时,有所寄托,有刺世嫉邪的言外之意。由此可见张鸿翮的诗歌修养。

张鸿翿,号恒夫,是张鸿翩之弟,康熙四十一年(1702)举人。潜心理学,以教授生徒为业。他的诗颇多理学色彩,例如《孔颜乐处》、《读〈论语〉》、《杂诗》三首等,都是讨论儒家性理之学的"理学家言"。① 但也有优秀之作,例如《卖狗行》:

> 吁嗟病狗因何起? 狗病多因为家主。昼夜不眠防御劳,暴客闻声不登户。护得主人金与银,安得主人心与身。待至老来狗生病,便将卖与屠人宰。狗见卖与屠人宰,声向主人全不眯。回头又顾主人门,还有恋主心肠在。世上人情不如狗,人情不似狗情久。人见人贫便相疏,狗见人贫常相守。有酒莫饮薄情人,有饭只饲护篱狗。

这首诗批判世态炎凉,人情冷暖,赞扬了狗的忠诚,批判了人的势利,具有强烈的讽世精神。可见张鸿翿并不是那种两耳不闻窗外事,一心只读圣贤书的人。

张友朱,号麓旺,康熙二十年(1681)中乡试副榜。官义宁(今广西灵川)教谕、庆远府(今广西宜州)教授。现存的诗歌只有寥寥数首,多抒情写景之作,表现出一定的特色。例如《环江楼》:

> 巍巍高阁峙中流,如带长江槛外浮。四面轻岚无远近,一湾逝水自春秋。平沙响处琴中雁,接翼飞来钟里鸥。好景山阴看不尽,渊然长此与心谋。

---

① 民国抄本《峤西诗钞》卷四辛筠谷对《孔颜乐处》的批语。

作品虽然有王勃《滕王阁诗》的影子,但意境开阔,描写生动,具有一定的形象性。

张滋,号灵雨,乾隆六十一年(1796)举人,后又中明通榜。官全州学正。张滋一生多居于家,诗歌创作不多。现存的诗只有极为有限的几首,但有的写得极富感情。例如《悼长男》四首:

　　膝下承欢逾六旬,趋庭顿少引头人。呕心留得吟余草,老泪看来字不真。(其二)
　　细草孤云黯淡愁,荒原萧飒白杨秋。怀中纫子才三月,黄土何年认一抔。(其四)

这两首诗为悼念死去的大儿子张鹏衢而作,写得极为沉痛,充满感情,是"不堪多读""拭之有泪"之作。① 这种表现,已触及了诗歌的生命。

由上可见,在张鹏展之前,上林张氏家族的诗歌创作已有了悠久的传统,有了一定的成就,为这一文学家族的形成奠定了坚实的基础。

二

上林张氏文学家族的核心和代表人物是张鹏展。张鹏展(? —1841?),字南崧。乾隆五十三年(1788)拔贡,第二年考中进士。授翰林院检讨,武英殿纂修。升福建道监察御史,后又升太

---

① 民国抄本《峤西诗钞》卷九李监榆对《悼长男》的批语。

仆、太常寺正卿,通政使司通政使。在山左(今属山东省)主持学正时,编纂《山左诗续抄》。后受聘任桂林秀峰书院、上林澄江书院、宾阳书院山长。编定《峤西诗抄》。著有《兰音房诗草》《谷贻堂全集》《离骚经注》《读鉴释义》《女范》等,均已散佚。现存的诗作主要见于《三管英灵集》等书中。

由于张鹏展有着丰富的人生经历,又有较高的文化素养,所以,他的诗歌题材丰富,涉及面比较广,诗风古朴,在艺术上也有较高的成就。他是上林张氏家族最杰出的诗人,也是壮族诗人中的优秀代表。

张鹏展往往有意识地运用古体诗来表现他对人生和社会的思考,表现出强烈的思辨色彩,以期接近汉魏古诗以及陈子昂、张九龄《感遇》为代表的古朴境界。这突出地表现在《拟古》七首中。这组诗在当时就受到了人们的称赞。清代广西著名诗人廖鼎声在《论诗绝句》中评曰:"君家《感遇》曲江曲,《拟古》七篇应与齐。"认为《拟古》七篇是足以媲美张九龄《感遇》组诗的优秀之作。例如:

> 端居观物理,营营聚众欣。啖啜恣蛊蚋,得失纠纷纷。昔时独怀子,转与饕餮群。美好为心累,情痴五垢芬。鼠厕了未悟,蛾膏竟自焚。惟应青田鹤,餐冰唳白云。

> 束身事羁游,冉冉无宁役。回想旧所经,风草无遗迹。知音半零落,渺若前生隔。日见少者老,何乃今犹昔。感物悟时迁,志行苦未积。中宵雨坠瓦,冲怀增震惕。人生期百年,百年何所获。补过希前修,寸阴逾拱璧。

第一首批判了芸芸众生纠缠于纷争之中,难以自悟,只有鹤超然世外,悠然自得。显然这是比拟之作。第二首感叹时光易逝,志行未积。只有珍惜时光,才能有所收获。两首诗均表现了强烈的反省意识与批判精神,立意与语言均与张九龄《感遇》相似。

　　对时光流逝、人生短暂、聚散不定的感叹始终是张鹏展诗歌一个重要的主题。例如《守岁》:

　　　天地无停机,昼夜磨旋蚁。冉冉催流光,有如车轮驶。人生逾半百,去日苦多矣。况复已赢余,老至可偻指。挥戈欲相留,乌兔迭骋轨。赤绳长竟天,谁能系之止。守岁就俗末,偶逐儿童喜。更鼓数添挝,相对喧庭□。诚恐岁蹉跎,今夕聊复尔。片刻胜千金,此意非不美。百年常鼎鼎,一息讵足恃。迟暮悔何成,殷鉴宁非迩。着鞭在机先,寄语盛年子。

天地不停地运转,时光不断地流逝。眨眼之间,人生已过半百。只有锐意进取,着鞭在先,才能有所作为。这样的感叹,也同样表现在他的《别岁》《蒋四云亭刺史归太仓》等作品中。诗的感叹与语言,均与以《古诗十九首》为代表的汉魏古诗十分相似。但作品最后表现出来的振奋精神却是《古诗十九首》所缺少的。

　　更应注意的是,张鹏展的诗歌体现了强烈的道家思想。道家主张清静无为,贵柔守雌,贞纯朴素,这似乎是张鹏展立身处世的一个重要原则。因此,他在诗歌中反复表现了这一点:

　　　亭亭孤生松,讬根千仞冈。独立岂不伟,孤峻难为芳。万里嘘长风,才小欲自量。排云慎羽翼,无首龙之详。不危

何处高,绝物众所伤。守雌天下溪,君子道其常。(《拟古》)

中塘三十里,遥峰纷在瞩。左右趋群龙,飞泉争漱玉。一溪汇青冥,大庙峡微束。径流下芳甸,到此始一曲。伫想云深处,泉脉神所劚。出山霭余清,中涵太古绿。幽鸟自矜宠,翮羽晴更浴。对斯合濯缨,翛然期远俗。先祖旧题咏,蠹蚀尚堪录。细诵风满林,砭骨散炎溽。会当守贞素,毋贻寒溪辱。(《小蓬莱》)

两首诗的题材完全不同,但都表现了强烈的道家色彩。第一首描写高山上的松树因为独立突出,因而常受伤害。要避免伤害,最好的办法是要实行老子主张的"守雌",以松为鉴,不要过于突出。可见,老子的"守雌"思想是张鹏展重要的思想武器。第二首描写了小蓬莱优美的景色,而最终的结果是"会当守贞素,毋贻寒溪辱",要守住道家所主张的"贞素",不要狂躁自污,玷污了小蓬莱美丽的风景。

正因为张鹏展有着浓厚的道家思想,所以,他就自觉地将这种思想转化为他的诗歌创作的美学追求以及诗歌意境,因而创作了大量描写自然景物的作品:

溪漫诸塘合,天水淡潋潋。轩然孤树围,兹阜宛在中。托形既桴小,渟涵入洪蒙。东岭明晨霞,叶随波玲珑。面面浑不隔,翠彩凌虚空。人从镜里来,万象罗天工。潜窥飞鸟影,俯察行云踪。寸心与物态,悠悠符昭融。即此悟生理,元宰何由穷。(《流霞日出》)

自然景物是诗歌中表现道家清静无为、贵柔守雌、贞纯朴素思想的最好题材。在这两首诗中,景物是如此优美,环境是如此幽静。最重要的是,面对这样的景物,身处这样的环境中,心与境会,物我合一。此景是静寂道家思想的产物,此心是幽静环境的所化。有静心故有静景,有静景故有静心。这使张鹏展的诗歌在表现自然景物时,不再是简单的写景,而是染上一层浓厚的道家色彩,因而使他笔下的景物与环境显得特别幽静优美,恬淡自然,朴素无华。同时,我们也可以看到张鹏展的这类诗往往是写景加言理、抒情的二段式结构,即前半写景,后半言理或抒情,风格和结构近于陶渊明和谢灵运的某些作品。

受道家思想的影响,张鹏展的诗歌不仅表现为物我合一,心与境会,同时,也使呈现出恬淡的特色,让人在看到诗情画意的同时,又看到了王维、孟浩然、储光羲等诗人作品的影子:

> 结茅依泽国,秋色淡衡门。远水疑无池,寒云自一村。鸟还烟屿寂,波涨石渠喧。更有前峰月,时来钓石温。(《过湖南羊处士别业》)
>
> 路转峰随合,人家何处鸡。客穿青壁尽,屋隐白云低。山树寒依石,沙禽晴傍溪。蓬蒿没行迹,怅望碧桥西。(《过横山顾山人草堂》)

诗中描写的景象不管是在水边还是在山上,都那么令人惬意;不管诗中人还是写诗人,都是心如止水,一片淡然。除了此山此水,似乎什么都不存于心。即使有一点怅然,那也是淡得无痕。诗的意象、意境乃至诗题都是那么眼熟,与王维、孟浩然、储光羲等诗人的作品相似。

恬淡与古朴,这可以说是张鹏展诗歌的基本特色和风格。作为一位久居官场的官员,张鹏展能有此诗风,实属难得。

在张鹏展的同辈兄弟中,张鹏衢和张鹏超现有少量的作品存世。张鹏衢,号蓄亨,二十九岁即英年早逝。这就是张滋《悼长男》其二中说到的那位"呕心留得吟余草"的诗人。可惜多数作品早已佚失,现只在《峤西诗钞》中存诗一首。张鹏超,乾隆五十九年(1794)举人,官平南教谕。现也只在《峤西诗钞》中存诗三首。张鹏展是《峤西诗钞》的编者,对他的这两位兄弟应当是有感情的,但只是选钞了他们的一首和三首,由此可见这两人的诗歌成就并不高。

张鹏展之后,张氏家族的作家还有的他的儿子张元鼎。张元鼎,号实甫,嘉庆十三年(1808)举人。死时仅二十四岁。有《趋庭集》,但现只在《三管英灵集》中保存了 6 首诗①。他的诗多写景和羁旅之作,表现闲适淡雅的情怀和人在旅途的孤苦。情景交融,含蓄蕴藉。但正如张鹏展所评价的"学殖未深"②,不足称名家。张氏家族的诗歌创作至此走向衰落。

三

上林张氏家族的诗歌创作具有三个突出的特点:

第一,诗歌创作的成就与科举、官位的高低成正比。从上述

---

① 《峤西诗钞》中存诗五首,均见于《三管英灵集》中。

② 民国抄本《峤西诗钞》卷十九。

论述中可以看到,上林张氏家族从张鸿翮到张滋的三代人,中的是举人,多为学正、教谕、教授之类的下层学官,这就是张滋所说的"三世履微阶"(《重至全州学署》其二),这在很大程度上限制了他们的视野。因此,尽管他们在诗歌创作上保持着强烈的爱好,但成就始终有限。而到了张鹏展,由于中了进士,授翰林院检讨,武英殿纂修,升福建道监察御史,后又升太仆、太常寺正卿,通政使司通政使等职,成为这一家族中科举、官位最显的人物,这使得他能在北京、福建、山东、广西等地广泛游历,结交天下有识之士,扩大视野,增长见识,这也就使他成了这一家族中诗歌创作成就最高的人。而张鹏展的兄弟张鹏衢和张鹏超、儿子张元鼎,不是英年早逝,就是科举、官位不显,最多是举人出身,官为教谕。因此,诗歌创作就无法延续张鹏展的辉煌,从此一蹶不振。这样就形成了这一家族以张鹏展为顶点,其他成员为次高点的诗歌创作轨迹。这一轨迹与张氏家族成员科举、为官的轨迹是高度一致的。

第二,诗歌创作表现出古雅闲淡的共同风格。上林张氏家族历经五代,时间长达一百余年,再加上每个人的性格不同,具有不同的风格自在情理之中。然而,我们认真考察这一家族各位成员的诗歌创作就会发现,在不同的风格之中,却有着一种共同的倾向,那就是对古雅闲淡的追求,绝无华丽雕琢之风。古雅即古朴典雅,闲淡即闲适恬淡。这两者的核心是古与淡,合而观之则为古淡。例如张鸿翮是张氏家族中除张鹏展之外现存作品最多的诗人。辛筠谷对其《有感》的评语是"质而古",对其《大塘谣》的评价是"古雅",对其《和友人岩居》的评论是"幽奥之境,清逸之

姿,翛然尘外。'石痕'联尤古秀"。① 张友朱现存诗 5 首,辛笏谷
反复用"冲淡"二字来评价其诗。② 张鹏衢现存诗一首,即《秋兰
词》,辛笏谷的评价是"词意古雅"。③ 张鹏超现存的诗,从题目就
可以看出他的意趣,如《罗洪洞怀古》《拟古君子行》《柑子堂怀
古》等。辛笏谷对这三首诗中的后两首的批语是"古雅""音节近
古"。至于张鹏展的诗,无论是思想内容还是艺术风格,如前所
述,都表现出十足的古淡意味。我们不妨从两首诗来看这一家族
在诗歌风格上的追求:

> 茅斋远接白云颠,坐石谈经对远天。纸上功名久阁笔,
> 山间风月不须钱。一庭好鸟供闲句,半枕残书足懒眠。门外
> 由他苔藓厚,且开窗隙放炉烟。(张鸿翮《山斋即事》)
>
> 众流环一村,陂塘湛清泚。胜地如莲花,古寺踞其蕊。
> 居人数百家,栉菶相因倚。绿檐互映带,照影明镜里。午夜
> 鸣寒钟,月华满井里。深巷闻驱牛,书声断续起。婉转和钧
> 天,余音渡云水。斯时会心人,悠然悟太始。何必访桃源,境
> 静俗自美。(张鹏展《莲花寺钟》)

第一首是张鹏展的曾祖父张鸿翮所作,第二首是张鹏展的作品,
两人虽然隔了数代,但是其风格和志趣何其相似。两首诗均表现
的是自我满足的心理,"纸上功名久阁笔,山间风月不须钱。一庭

---

① 民国抄本《峤西诗钞》卷三。
② 民国抄本《峤西诗钞》卷五。
③ 民国抄本《峤西诗钞》卷十二。

好鸟供闲句,半枕残书足懒眠"与"何必访桃源,境静俗自美"是多么相似。两首诗在语言上不务华丽,不铺张典故,以古雅平淡为主要特征。相隔几代人的诗歌创作风格竟然如此高度一致,实在令人称奇。

第三,擅长五七言短章,不善长篇。上林张氏家族的文学创作表现出两个不擅长,一是不擅长散文创作,一是不擅长长篇古体。在存世的张氏家族文学作品中,散文很少。即使是张鹏展,也是以诗歌为主。而在诗歌创作中,大部分成员的作品均以五七言短章为主,在张鹏展之外,除了张鸿翩有一首《送友人回羊城》之外,其他人很少有长篇巨制。在张鹏展的诗歌中,也只有《癸未八月陈研凹惠寿诗兼致茫轴返茫次元韵》《温观察殉难》《蒋四元亭太守归太仓》等少数作品篇幅稍长一些,其他绝大部分作品都是短章。可见,以短见长是上林张氏家族诗歌创作的共同特点。

四

上林张氏文学家族的形成与这一家族对文化的重视有直接的关系。从上文的论述中我们可以看到,这一家族绝大部分诗人都曾参加过科举考试,并且取得了不错的成绩,或者中举,或者中进士。这一现象就说明这一家族非常重视教育。如果说重视文化以及这一家族在文化上的修养为文学家族的形成提供了必要的素质的话,那么,在科举上的不断成功则为这一家族成为文学家族提供了物质上的保证。当然,最为关键的是,这一家族的成员始终保持着对诗歌创作的爱好。例如张鸿翩尽管地位低微,生活坎坷,但"旅况幽怀,多寄之诗"。① 张鸿翾虽然爱好道学,但是,他也创作了不少诗歌。张滋《悼长男》其二中说张鹏衢"呕心留得吟余草",可以看出张鹏衢对诗歌创作的迷恋。有了这种爱好,家族成员之间的唱和也成了家常便饭,例如《峤西诗钞》中就收录了一首张鸿翾的《元日和家兄韵》。这种唱和有利于提高创作水平,同时更有利于在家族内形成代代相传的诗歌创作风气。

如果说兴趣与素质是形成上林张氏文学家族的基本动力与保证的话,那么,这一家族在诗歌创作中所表现出来的对古淡风格的追求,则与上林地区和张氏家族的文化特点有密切的关系。从地理位置来说,上林偏于一隅,远离通都大邑,易于保持古朴之风。对于张氏家族成员的成长来说,这种小环境的风气是至关重要的。张氏家族自身的家族文化,除了重视教育,以科举为业之外,还有一个非常重要的特点,那就是崇尚儒家思想,家风质朴,安时处顺,不务浮华。张鸿翾的《元日和家兄韵》中说"更喜芳邻敦礼数,往来时有古风存"。这里的"芳邻"指的就是张鸿翾的家。既然张鸿翾的家风"时有古风存",那同样也是这一家族其他成员的家风。张鸿翾还有一首《元旦感怀》自述"穷居总习惯,即事总欣然",可见其闲适恬淡的心态。他的《杂诗》其一写道:"曷为称曰儒,儒称不可苟。忠信儒所存,礼义儒所守。今日读书人,实无名则有。子云谈天人,不愧儒名否。予亦心之忧,遑责他人厚。欲效古儒流,画虎恐成狗。"这是张氏家族崇尚儒家思想的集中表现。张滋《重至全州学署》其二云:"三世履微阶,非敢薄朱紫。清白慎家传,兢兢守前执。"《义宁觐亲作》云:"清白传家冷署宜,好

---

① 民国抄本《峤西诗钞》卷三张鹏展案语。

春随例到多时."这"清白传家"四字则是张氏家风的直接表达。在这种文化环境中成长起来的张氏家族,其诗歌创作也必然以古朴为依归。即使像张鹏展这样的诗人,中进士后长期在外为官,所受外部环境的影响应当是比较大的,甚至还受了道家思想的影响,但是,家族文化已深入人心,成为他性格中的基因,因此,他的诗同样也表现出浓厚的张氏家族古雅闲淡的特点。

"清白传家"的传统不仅赋予了张氏家族古朴的价值观,同时也造成了张氏家族谨小慎微、朴实憨厚的性格。在有关资料中很少看到张氏家族成员的壮举,而更多的则是循规蹈矩的行为。诗如其人,在张氏家族的诗歌创作中,很少有对社会的强烈批判,对重大事件和浪漫行为的表现。就像清流小溪、山泉池塘,有微微波澜,无滔天巨浪,缺少力度和豪放。而长篇古体往往要以恢宏的气度、豪放的情怀、对重大题材的兴趣和把握能力为基础,而这正是上林张氏家族所欠缺的。五七言短章,自古以来已经在语言、手法、结构乃至情感等方面形成了相对稳定的模式,写作的难度相对较小。这也许就是张氏家族的诗歌创作偏爱短章,缺少长篇的原因。

上林张氏文学家族的出现具有非常重要的意义和价值。第一,它具有强烈的标志意义。张氏家族出现于壮族等少数民族聚居的上林地区,它说明,经过长期的努力,壮族文化已与汉族文化高度融合,部分壮族在汉文化的修养上赶上甚至超过部分汉族不仅成为可能,而且已成为事实。第二,它在广西文学史上具有独特的地位。从上述张氏家族的创作中可以看到,在有资料可查的范围内,这一家族的文学创作至少经历了五代人,时间长达一百余年,人数也非常可观。尽管因为年代的久远,有关这一家族的资料大量散失，但是，现存的作品数量也相对较多。由此可以想象，当年张氏家族的创作肯定无比繁富。这样的情况发生在少数民族聚居的上林，确实是一个非常特别的现象。上林张氏家族作为一个家族崛起于一隅，集体出现于广西文学史上，无论是历经的时间还是成员的人数，放眼历代全广西，足以与桂林的李氏家族、全州的蒋氏家族、临桂的陈氏家族、临桂的况氏家族等少数文学家族媲美，成为壮族的第一文学家族。作为一个壮族文学家族，这是极其罕见，同时也是难能可贵的。第三，它具有重要的研究价值。张氏家族崛起于少数民族聚居的穷乡僻壤上林，而并非广西文化发达的北部、中部和东南部地区，这对落后地区文学家族的崛起具有十分重要的启示意义，其原因值得深入研究。

　　以上是我们对上林张氏文学家族及其诗歌创作所作的一点粗浅探讨，希望引起大家对张氏家族的关注，以求更进一步的研究。

清代全州蒋氏家族的文化与文学

嘉庆至光绪间,在全州龙水出现了一个以蒋励常、蒋启敩、蒋琦龄等为代表的蒋氏文学家族。① 蒋励常生活于乾隆、嘉庆时,主要的兴趣在散文创作上,有《岳麓文集》。其子蒋启敩、蒋启炗不仅精于诗,而且也精于文。蒋启敩有《问梅轩诗草偶存》《文草偶存》等著作,蒋启炗有《少麓遗稿》②。其孙蒋琦龄更是后来居上,有《空青水碧斋诗文集》。这样,就构成了一个祖父孙三代的文学家族。

一

全州蒋氏是当地的大家族,历来就有重文的传统,并且十分重视文化教育,因此造就了从明代蒋冕以来科举上的成功,涌现出大量科举人才。马福祥在给《少麓遗稿》作序时,说蒋启炗"生

---

① 关于全州龙水蒋氏家族的文学创作,现存民国二十二年蒋大椿印行本的《少麓遗稿》封二、封三列出了这一家族的著作目录,其中有蒋珣《尺木山樵杂记》、蒋颐秀《梦庵小草》、蒋励宣《巢云楼诗集》、蒋崧士《仙源山房吟草》、蒋培《独秀山房诗文草》等,由此可以看出,全州龙水蒋氏家族是一个人数众多,著作丰富的文学家族。遗憾的是,除了蒋励常等人的著作尚可找到之外,其他人的著作已无处可寻了。

② 《少麓遗稿》,现有民国二十二年蒋大椿印行本,现存广西图书馆。

长诗礼之门,家世科第连绵"①。梅曾亮《蒋君少麓家传》说蒋氏"自高祖至考讳励常者,皆以文学仕宦至牧令"②。蒋励常《晓泉府君墓记》载其父蒋颐秀晚年回到家乡后,"生计寥寥,而食指日繁,府君绝不为意。时惟闭户读书课子孙,或肆情山水间,以诗酒自娱。所著诗有《梦庵小草》"。这说明这一家族是有文学传统的。

　　蒋氏家族十分重视思想品德的教育。蒋励常在《与季弟书》中云:"每视儿辈不生悚恻,因思有以预持之,非力行善事不可。故莅官三载,甘心守约,些子不敢妄为。此心天地鬼神所共鉴也。即福贵之事亦是为此,不然现在衣食两缺,而顾为此,是病狂人也。此字可交式谷堂子弟共观之。"对自己严格要求,不敢妄为,对弟弟也是如此。他又在《诫次子启敫书》中说:"汝既入仕途,但有可自树立,亦不负读书一生。独是宦场难处,宜进宜退,务善自斟酌,求无愧于出处之节而已。""首剧难任,为事多也,多则事事愈宜小心。汝今所作,总求无负于国,有益于民,不愧于天,不怍于人,便不是空向宝山一走。此外唯居易俟命,一切穷通得失,举不足计也。"这信中的"无愧于出处之节"道出了蒋励常对儿子的要求,特别是"无负于国,有益于民,不愧于天,不怍于人"十六字,真可为为官为民为人的座右铭。在这种家庭教育中长大,并时刻受着长辈谆谆教诲的蒋氏成员,出处大节多无所亏,这保证了他们为人行事的沉稳。蒋启敫继承了蒋氏家族的传统,编有《教士汇编》,在其自序中说道:"古之教者,自孩提至于成人,凡所以检

----

① 民国二十二年蒋大椿印行本《少麓遗稿》附。

② 民国二十二年蒋大椿印行本《少麓遗稿》附

束身心,增益其学问,莫不循循有法度,故其时多经明行修之士。后世为父师者,童时则姑息为爱,无义方以养正;及其既长,习与性成,又不能严训诫以规之于道,往往流于匪僻而不知。至其所谓学者,不过使之务记诵、习词章,靡靡焉无济于实用。嗟呼,父兄之教不先,子弟之率不谨,有由然也……予复纂辑前贤设教成法,由伦常事物以迄诵读举业,凡有裨于身心学问者,或全录,或节抄,厘为上下卷,名《教士汇编》,一以训成人,一以训童蒙。而冠之以列圣谕饬士子之文,所以尊圣训、崇国制也……吾愿世之为父师者,守是编以教其子弟,毋以为浅近而懿置之。为子弟者,自入家塾,以至出就外傅,循序而力行之。则所谓成人有德,小子有造者,将于是乎在。"从这篇序中可以看出蒋启敔比他的父辈更为重视对家庭子弟的教育,希望将他们教育成"尊圣训、崇国制","成人有德,小子有造者",用心可谓良苦。这样的家庭教育和家族文化,对于蒋氏族人的思想和行为产生了莫大的影响。而这也正是蒋氏家族文学发生、发展的基础。

二

蒋励常(1751—1838),字道之,号岳麓,前期随父奔波在外,后期以教书为主,晚年主持清湘书院。学识广博,好性理、文史、兵法、医卜。有《岳麓文集》。

蒋励常的文学创作多为散文,诗则非其所长,故所作诗极少。其散文特点,蒋崧《岳麓文集后序》作了很好的总结:"先生为人笃实刚健,性养交粹,故发为文章,皆菽稻布帛之言,而不染于月露风云之习。发潜阐幽,无微不至,恒有裨于名教纲常之大,而不以文深阿饰之词以矜才,而别见其为文如此。"①也就是说,蒋励常的散文具有强烈的针对性、现实性,而不是吟弄风云的无用之作。蒋琦龄也说:"先大父肆力于古文,尝自谓于孟子有心得,于唐宋大家尤嗜昌黎、老泉,谓皆得力于孟子者也。"②认为蒋励常的主要创作精力集中于古文的写作,并且曾对孟子、韩愈、苏洵等经典作家做过深入的研究。从现存的《岳麓文集》来看,蒋琦龄的话是有一定道理,而且有一定的根据。在《岳麓文集》中,有《十室遗语》,其中有《论文》《读孟》《读韩》数十则,表达了对古文及孟子、韩愈散文的看法,有些确有一定见解。例如《读韩》中的一则云:"(韩愈)《上于襄阳书》,士之显当世者,照后世者,两层对起,庄重流利,'莫为之前'一接极陡,是二人者足此两句。下文'然而'一转方得势,是二人者之所为皆过也。盖'下未尝干之'一句接复陡甚,无此句便接不去也。末引用郭隗语,省却许多笔墨。'世之龌龊者'云云,仍用陡结,其力到底不懈。"对韩愈的名篇《上于襄阳书》进行了章法分析,应当说是别具只眼的。

　　蒋励常的散文有论、序、记、书、表、启等,所论之事与人、所记之事与物,或古或今,或大或小,均表现出不讲辞藻,朴实无华,具有鲜明的实用性、现实性和针对性的特点。他杂著中的《浮戒八则》就是很典型的例子。《浮戒八则》由《亏体辱亲》《伤亲心》《玷辱祖宗贻羞妻子》《淫为首恶》《报在妻女》《累及功名》《推己度人》《仆妇使女俱不可犯》八则组成,在这八则散文的序中,蒋励常

---

① 蒋世玢、蒋钦挥等校点《岳麓文集》第 25 页,《全州历史文化丛书》,广西人民出版社,2001 年。

② 《书〈论文〉后》,蒋世玢、蒋钦挥等校点《岳麓文集》第 212 页,《全州历史文化丛书》,广西人民出版社,2001 年。

对自己的写作动机作了说明："鸟名比翼,花结同心,物尚有志,人孰能免? 然而燕婉之求,有正不正,苟失其正,即伉俪亦遭冥谴,矧采萧贻管,履迹昏夜间乎? 余少承父师之训,朝夕凛凛以迄于今,庶八十年。嫠妇未有甘心再醮者,惟是若子与侄方年少,而血气方刚未定,不无可虞,用复兢兢思有以预消其不肖之心,不致为终身之玷。于是不揣固陋,窃抒目前所见闻,与曩时闻之父师者,推而演之为淫戒八则。复采及往事,集所见录一篇,俾更得以借记而反观焉。虽明知味同嚼蜡,不足以动人,言更无文,安望其行远。然余以是为子侄戒,若训俗型,方谓堪寿世,则吾岂敢。况首赋诗断章,其间或有可节取,是又在善采菲葑者,无第伤其枝叶而辄弃之也。"这则序言非常明确地说明了文章的写作目的,其根本的出发点就是告诫子侄,希望他们不要耽于淫乐,贻误终身,也就是他所说的"嫠妇未有甘心再醮者,惟是若子与侄方年少,而血气方刚未定,不无可虞,用复兢兢思有以预消其不肖之心,不致为终身之玷"。其针对性非常明确,同时也立足于现实的需要。这是蒋励常写作此文的最高的目标,至于文学性,也就是他所说的"味同嚼蜡,不足以动人,言更无文",他已经不太放在心上了。由此可见蒋励常散文写作的追求。

在写法上,蒋励常的散文简洁明了,层次分明。例如《融县重修魁星楼记》:

城西南隅魁星楼,建有年矣,所以为一邑风水计也。岁久摧坏,近楼居人辄积秽其下。前尉杨君希圣见而恻然,欲有以修葺之而未果。今年春,君因病告归,终以斯楼未修为憾,思假手于余。濒行,分行囊金付余,余不获谢,爰商之诸生赵国梁,赵欣然代为经纪。逾月工竣,自楼之基上及檐桷,悉为改观。巍巍雉堞间,远近辉映,而于形家言尤为得地。异时多士奋兴,骎骎乎久而益盛,必有归功斯楼者,君之泽亦远矣哉!

君区区末吏耳,不朘民以自养足矣,遑竭己以利民乎?即不然,或甫下车,假一二盛举以自结于民者有之,若既舍此而去,其又肯分行囊而以必行其志为快乎?呜呼,余以是知君之惓惓于融人者深也。君之归,融人攀辕留者不绝于道,盖其施在民既深且久,而斯楼则新之于既去之后,尤所难忘也。昔羊祜治荆襄间,于岘山立石纪功,祜卒,民望而陨涕,因名其石为堕泪碑。然则融人之于斯楼也,其之何?

这是一篇记,记载的是融县重修魁星楼的经过。从题目来看,表面是记事,其实是记人。第一段写重修融县魁星楼的背景、缘起及经过。第二段写出资重修魁星楼的杨希圣的用心及功德,进而写其人。全文写得极为简洁,只有三百余字,但将事与人写得清清楚楚,明明白白。从层次来说,更是极为分明,由楼到人,由人到作者的感想,层层推进,一目了然。更难能可贵的是,作者在写作时,有收有放,笔墨集中,又作一定的想象。文章的最后由魁星楼联想到羊祜的堕泪碑,荡开一笔,将问题留给融县人的同时,也将问题留给了读者。

三

蒋启敭(1795—1856),字明叔,号玉峰,蒋励常次子。道光二年(1822)进士,历任江西广昌等县知县、知府,江西盐法道、河南分守河北兵备道。咸丰五年(1855),被委以河督重任暂署河东。到职仅十日,因所防守的黄河辖区铜瓦厢大决口获咎革职留任。第二年五月复原官,六月病逝于治河工地。著有《问梅轩诗草偶存》《文草偶存》等。

　　蒋启敫的诗多写景之作,但最具特色的是他的一些作品并不侧重于描绘诗情画意,而在于用长篇来表现他胸中的豪气和阔大的境界,取材往往多高山大湖,使其诗歌表现出一种豪壮的风格,摆脱了一般写景之作的琐屑。例如《重九登达摩岭》:

　　　　我闻天台之高四万八千丈,琼楼玉阙凌霄汉。又闻黄山四千余仞六六峰,丹崖菡萏金芙蓉。平生名胜性所好,惜哉仙都缥缈不可到。忽然奇境在眼前,且学龙山风落帽。达摩之岭信崔巍,插空一嶂烟霞开。何年只履返西竺,却疑熊耳山飞来。右峰庄严现法相,石作莲花云作台。前峰突兀如虎踞,林谷风啸鸣奔雷。一痕鸟道穿云出,天梯直上危悬绳。扶磴攀萝拾级登,足移目眩心惕怵。倏跻绝顶蹑星虹,搔首去天不盈尺。我欲谈天与天语,遥瞻帝座通呼吸。孤撑半壁陷乾窦,儿孙罗列群山富。秋霜刻轹纵遐眺,俯瞰烂熳堆众皱。回崖沓谷碧苍苍,前横若剥后断姤。奔瀑千寻挂石梁,皎如长剑倚太行。横飚吹破落天外,丹霄白日飞清霜。萦林络谷散复聚,下为平川流汤汤。竭来佳节值重九,豁然壮观得来有。我生屈指几登临,兹游奇胜尤称首。人间游侣今朝多,荑囊菊盏空辜负。仙之人兮彩云峰,飚车羽驾乘飞龙。杯酌流霞捧素手,含笑招我遥相从。自愧此身无仙骨,安能餐芝吸景随赤松。不如归去偕良友，头插茱萸醉菊酒。诘朝蜡屐趁余醺，同上白云洞天卧白云。

此诗从大处着眼，通过宏观的描绘，强调了达摩岭的险峻与风景之美，突出了达摩岭风景对诗人的视觉冲击。诗中描绘出来的景象气象万千而又雄阔壮美，真如诗人所说的那样"足移目眩心惕怵"，给人以全新的感受。从这首诗也可以看到，蒋启敭在艺术手法运用上的娴熟。这样的作品除此之外还有《登岳阳楼》二首、《登白马山望珠游诸湖次和家静轩丈》、《自沅江入湖行五六日所见惟水至荼窖溯小港始望见西岸远山舟人云焦矶山也喜赋长歌》、《腊月四日庐山晓雾迷漫忽而日出云散山容毕见喜赋长篇》等。

　　难能可贵的是，蒋启敭有时会将写景与忧国忧民结合起来，赋予作品深广的社会内容。例如《湖水盛涨淮、扬间，当事议开昭关各坝以杀水势，堤内居民卧堤上哭阻，慑以兵威始得开。灾黎纷纷奔徙，良可悯也》：

　　　　长淮秋涨奔云涛，凫鹥骇避鼋鼍骄。谁障狂澜作砥柱，大堤迤逦横鲸鳌。堤内烟村千万户，田畴禾黍环衡茅。可惜地形居釜底，仰视堤影飞虹高。连月洪湖苦泛溢，惊湍打岸岸动摇。当事经画复相度，惟有决之使泄消。千夫集齐始举锸，老幼卧阻纷呼号。佥云远近皆赤子，为壑忍令邻国遭。官府殷勤苦告谕，下游城郭将沉漂。堤身不固终溃决，波臣仍不宥尔曹。此时其势难兼顾，重轻缓急差厘毫。令严谁敢有违者，继以鞭朴驱喧呶。果然一决坝门豁，建瓴高屋流滔

滔。浩如银河九天落,皎如风雪卷地飘。疾如峻坂下神骥,
轰如奔雷起蛰蛟。可怜平地成泽国,坐见鱼鳖游堂坳。瞥眼
黄云失陇畔,惊心白浪翻林梢。手扶襁负竞奔避,纷纷如鸟
亡其巢。君看灾黎两堤上,哀鸿入耳声嗷嗷。薇垣使者念民
瘼,画船行部飞旌旄。金陵直下浔江浦,周历不惮途迢遥。
圣皇子惠元元意,官吏罔敢屯其膏。我欲学绘监门图,越俎
犹恐讥代庖。扁舟徙倚长太息,作诗纪事空推敲。

诗的前半写洪水滔天的景象,后半则转入到决坝以解洪水之困所
引起的社会问题。虽然从大局出发,主动决坝可能是一种明智之
举,但在诗人看来,由此造成的人民流离失所的灾难却是令人同
情的,那"手扶襁负竞奔避,纷纷如鸟亡其巢""哀鸿入耳声嗷嗷"
的情景引发了诗人深深的感叹,诗题中那"良可悯也"四字足见诗
人心情。道光庚戌(1850)无锡人邹鸣鹤在为蒋启敭的诗集作序
时说:"玉峰任事秉内心,肫切周密,务求有益于民、有益于事而后
止。集中如《初仕篇》《留别士民》诸作,蔼然仁义,令人想见古循
良龚黄、卓鲁之遗风也。如《会勘盐界》《湖滨阻风》诸作,寄托遥
深,经济自然流出,杜工部诗中有史,每饭不忘君父者也。如《开
昭关坝书事》诸作,蒿目伤心,声泪俱下。陆宣公请数对君臣状,
郑监门绘《流民图》,殆同此苍凉沉郁也。余最爱其《芝山亭望
湖》句,曰'千里湖山凭放眼,万家忧乐自关心'。康济襟期,千载
如见。"①全面地指出了蒋启敭诗歌关心社会的特点。在这一点

---

① 蒋世玢等校点:《问梅轩诗草偶存》附,《全州历史文化丛书》,广西人民出版社,
2001 年。

上,蒋启敏往往并不孤立地表现,而是将其重大的社会内容和强烈的忧世之心与风景描写结合起来,自然真实,情景真切。

总体来看,蒋启敏的诗歌感情充沛,境界阔大,在清代广西诗人中具有一定的特色。

四

蒋琦龄(1816—1876),蒋琦龄,字申甫,一字石寿,号月石,全州人,蒋启敏长子。道光二十年(1840)进士,历官汉中、西安知府、四川盐茶道、顺天府尹等。1860年英法联军进逼北京时,往圆明园欲劝阻咸丰北狩热河,未成。此后他单骑奔山西,欲纠合当地士绅迎驾,又不成。同治登基后,诏求直言良策,他积极献策,得到嘉赏,并命来京听候简用,但他以母病之由恳请归里。晚年主讲秀峰书院。有《空青水碧斋诗文集》。

蒋琦龄认为,文学创作的根本是表达真性情,关键是一个"真"字。他说:"古之为诗而脍炙人口者,必其性情真足乎己,而不恂乎人,未尝有名之见存也。则凡袖然大集终于阒然无闻者,安知非专为为名,务为标榜徇人,而己之性情不见。"(《况少吴先生诗集序》)他的诗文基本是其真性情的表现。

蒋琦龄的散文一方面继承其祖蒋励常散文的特点,具有很强的现实性和针对性,另一方面视野更为开阔,矛头更为尖锐,思想更为深邃,情感更为深沉,规模更为宏大。例如作于同治元年(1862)的《进中兴十二策疏》,如蒋琦龄自己所说,是"抉摘时弊,不避嫌怨,兼忘忌讳。譬之医者洞悉病证,始能投药也。牵就时势,不为高远难行之论,譬之病已亟,先治其标也。自惟岭海孤贱,忧患余生,徒以犬马眷恋之忱,徘徊数月莫能自已,终冒伯宗之诫,而违括囊之占"。也就是说,他的这十二策疏是经过了深思熟虑之后的作品,目的在于抉摘时弊,匡时济世。如论当时形势:

> 军兴逾十载矣,疮痍呻吟,遍满海内,军食诛求,犹然未已。然当事者苟能洁己奉公,搜括所得尽归实用,则民间虽筋疲力竭之余,犹视为分所应尔。竭蹶输将,此臣年来经涉南北各省得之目睹,益叹圣朝深仁厚泽,浃髓沦肌,至是而始见其端也。惟其如此,圣泽愈可思而民愈可哀矣。夫民为邦本,人心未去即天命长留。将幸其如此,遂纵斧斤以逞吾之欲耶,抑哀其如此,更恐其或不如此,而姑留有余,俾不至于途穷倒行也。方今厉民之政,指不胜屈,其大端则津贴、抽厘、劝捐。津贴虽仅行之四川,而按粮加派,各省多有,亦与津贴无异。抽厘劝捐则天下皆然。其言曰括民以养兵,杀贼即所以为民。然杀贼而贼愈多,是贼未杀而民先死矣。又况缘劝捐抽厘而激变者已踵相接,所得锱铢,所失山岳。民将去而为贼,尚何杀贼之云乎?

这一段文字放眼天下,对咸丰、同治间存在的种种重大问题向朝廷提出自己的看法,所涉及的范围很广,所论的问题很大,所指出的后果很严重。可见蒋琦龄对这些问题的关切以及他对天下大事洞察之精微,确实是"抉摘时弊"之作。

对政治洞若观火,对学术也是如此,如《小谷郑先生墓志铭》:

> 岭右远在京师西南数千里外,动于时世之风会常后。其

山水峭厉而激激，其民俗朴野偏狭，其地则南轩、东莱所尝讲学。其乡先哲之学，如前代蒋成父、陈处实、周东溪，本朝陈榕门，皆今所谓宋学也。士生其间，沐其遗风，服习其教训，备雾于时尚而不善为名。先生始撤而新之，虽当代鸿博大儒，无以过说者，谓一洗荒隅之陋，而莫敢眲也。然天下事，不唯学术智者创之，巧者述焉，众从和之，和之久，势积重而偏则弊生，弊至于不可为。有起而救之者，通其变，济其穷，功复同于创，其述而和之，亦终不能无弊者，古今一辙也。儒之术，汉以日益分训诂、谶纬、义疏，词章杂然，而代兴义理之学，至宋而始盛，元述之，明和之，而章句流于隘陋，性命蹈于空虚，则亦不能无弊焉。姚江矫以简易，而空疏滋甚。国初诸儒，以鸿博救之，学始有汉宋之分。学者莫不舍宋而趋汉，述而和之，盛极于乾嘉，弊亦极于嘉道，贱躬行而贵口耳，弃义理而骛名物，学不切于身，用不关于家与国也……

　　这段墓志铭显得很特别，它一方面像一般的墓志铭一样，称赞了郑献甫（小谷）的功绩，在称赞的同时，更像是一篇学术史论文，对自汉代以来学术发展的大势作了清晰的梳理，对粤西地区的士气作了准确的概括，所表现出来的高屋建瓴的眼光，恢宏的气势，以及强烈的批判精神，实在不是一般学者所能做到的。

　　蒋琦龄中年赴陕西为官途中曾有《途中自检所作诗》，自述其诗："我诗强半纪行诗，自笑无才还自知。境以寂寥翻有事，情非感动不能奇。劳人思妇应缘此，风物山川若助之。安得如椽燕许笔，体兼众妙用皆宜。"这首诗道出了他的诗歌创作主张，同时又揭示了他的诗歌创作特点：一是作品多数是纪行诗，二是以寂寥之境、动人之情和体兼众妙为创作的追求。诗中"境以寂寥翻有事,情非感动不能奇"二句洵为灼见。

从创作的历程来说,蒋琦龄的诗歌明显地分为三个时期:入陕西、四川前为第一期,多纪行、题咏、寄赠之作,虽有沉痛之语,但少感动之作;入陕西、四川为第二期,这时人到中年,阅历既广,识见益深,虽有纪行之作,但以怀古为主,加以山川之助,诗入深沉;第三期则是自陕、川归后,人到晚年,社会更加动荡,因此,诗多忧世之情,由深沉而入沉郁。

蒋琦龄在陕、川和其他地区的怀古之作,占了相当的比重。这些诗,往往又是以纪行合二为一,表达了他对历史的看法。例如《沔县谒诸葛武侯祠堂望定军山有作》:

> 南山何必锢,其寿齐天地。至人归山邱,托体同不敝。娶妇得丑女,葬身无留识。繄岂非人情,所见有独至。永怀诸葛公,出师申大义。有才凌管萧,无命戡操懿。后主虽庸才,俾公得专制。假令从中牟,讵待长星坠。史笔称习朱,谬尚缘旧志。自昔篡弒臣,不得比僭伪。正名大讨曹,何有当涂魏。宜并削去之,但书丕与睿。定军蜀北门,老将策勋最。已摧夏侯渊,尚惧钟士季。不须陪惠陵,葬此自有意。连山迷宰树,何处藏遗蜕。青石千丈碑,谁敢著一字。道人饰爷坟,聊慰后人思。阴云鸣鼓角,灵雨卷旂旆。山前八阵图,远与夔门对。我来瞻祠堂,屡恨登山未。仰公如仰出,隔水遥下拜。西风吹漾绿,感叹一洒泪。去去五丈原,落回低寒渭。

诗写沔县谒诸葛武侯祠堂望定军山而引发的感想,高度评价了诸葛亮的品德与才能，表达了对诸葛亮的景仰之情。同时也对三国时期的历史发表了看法。这些赞叹和看法虽然与传统的观点没有太大的差异，但是可以看到诗歌成熟的思想和深沉的历史感叹。

晚年的蒋琦龄生活在内忧外患互相交织的大变革时代，因此，他的诗歌具有较多的政治内容，表现出强烈的忧世之心，呈现出浓厚的杜诗色彩。例如《奉寄座主总宪王公庆云》：

　　……国家二百年，金瓯完无缺。岁币输岛夷，固已可愤疾。奈何汪黄辈，战守久不决。天骄愈纵横，地轴几陷绝。春秋耻城下，寒岭况同穴。忍令卧榻前，尽营豺虎窟。羁縻原暂计，敌信讵可必。如倚折足几，如猛刀头蜜。乘舆况播迁，臣子愤所切。塞垣竟上宾，四海同泣血。虽然诛共咬，此耻固未雪。不能效夫差，三载矢报越。当如唐贞观，终久擒突厥。庶几告成功，还矢绍前烈。物情狙苟安，士气已久郁。公往对延英，议论毋少折。又如盗贼横，乃由吏治劣。麚官并竖贾，竞进势莫遏。此岂解爱民，所事唯搜括。阳曰供军储，藉为媚上诀。饷馈何尝继，橐囊浩难诘。富民室已空，穷黎罕复揭。以此求贼平，如扫木叶脱。生财有大道，事省用自节。养民以致贤，源润流不竭。不见吴蜀事，任用偶非杰。岂独外府衰，又苦其邻乞。所得才锱铢，所失已嶵嵬。迁儒遭摒弃，廷议不可夺。公本王佐才，莫贵桑孔术。自来言路开，实使邦国活。初元例求言，诏书近恻怛。岂惟循故事，所贵责其实。国初鉴胜朝，台谏戒强聒。承平与艰难，此亦宜有别。时危犹委蛇，无乃近容悦。公幸长台垣，正气作同列。

豺狼苟当道,安问狸与獭。纠弹逮权贵,守官见风骨。要使
謇谔姿,历久无所屈。贱生良可笑,瓦砾含终日。生逢圣明
代,耻为尘埃没。岂敢同赠言,亦自愧饶舌。惟公询刍荛,谅
不遗朽质。乞更谢诸贤,行矣光史笔。

这首诗是写给当时的显宦王庆云的。王庆云,福建闽县人,曾任
广西乡试正考官、翰林院侍讲学士、户部左侍郎、陕西巡抚、山西
巡抚、四川总督、两广总督等。面对自己的座主,蒋琦龄通过诗歌
表达了对当时政治的看法。作品首先回顾了当时新疆一带发生
的叛乱,认为应当及早平定,不然,"物情狃苟安,士气已久郁",就
难以成功了。接着又认为盗贼横行的根本问题是"吏治劣"——
大肆搜刮,不爱百姓,欺下媚上,只求升迁。生财之道的关键,是
"事省用自节,养民以致贤",这样才能做到"源润流不竭"。最后
希望王庆云积极行使自己的权力,履行自己的职责,向朝廷进言,
"要使謇谔姿,历久无所屈"。作品所表达的思想是非常深刻的,
不仅是对个别现象的感叹,而是对社会一些带有普遍性的严重问
题作了追问式的思考,涉及了一些根本问题,由此可见蒋琦龄对
国家政治的关心,这是他诗歌最重要的内容。

　　蒋琦龄的这些诗不以生动形象的描写见长,而以深刻的思想
和强烈的情感为特征,颇有杜甫《北征》《赴奉先县咏怀五百字》
等长篇古体的风范。而有的作品则与杜诗心同貌异,表现出另一
种风格,另一种功力。例如《四月戊戌夜江上大雷雨》:

　　其日惟戊月建午,月离于毕其占雨。江亭夜木噤无声,
书几残灯翳复吐。卧闻军声十万来,铁马前驱攒万弩。砰磕

訇磕耳为聋,倒卷江流泻庭户。飞电著壁盘金蛇,疾雷擘山折天柱。屋瓦震动欻欲飞,僮仆匿避不得语。老屋数间何足道,直恐神椎碎石鼓。已甘性命赴江潭,试将物理推天怒。封狐千里食上国,老魅九尾穴中土。都邑白昼肆迷人,竞戴髑髅植党羽。随行猛虎翻自疑,不啮群狙气先沮。奇谋方以羊易牛,时至真愁鸳化鼠。文明运新教泽厚,嗟尔跳踉相媚妩。龙神社鬼羞前慵,璧合珠联启新主。仙官岂不敕六丁,抉荡魔军劳一举。大搜巢穴洗腥臊,尽遣妖血膏神斧。驱除六合还清新,麟为来游凤为舞。吾庐独破甘所丁,广厦同欢众无苦。大开明堂集西琛,时有老臣箴贡旅。

诗中"吾庐独破甘所丁,广厦同欢众无苦"显然是化用杜诗《茅屋为秋风所破歌》中"安得广厦千万间,大庇天下寒士俱欢颜,风雨不动安如山。鸣呼!何时眼前突兀见此屋,吾庐独破受冻死亦足"而来,说明其诗与杜甫在心灵上的相通之处。然而,在诗的风格上,这首诗却与杜诗很不相同。诗写大雷雨,认为雷雨是妖魔鬼怪作恶所致,雷雨兴起的目的和作用在于"大搜巢穴洗腥臊,尽遣妖血膏神斧。驱除六合还清新,麟为来游凤为舞"。整首诗用的是比兴手法,在描写大雷雨非凡气势的同时,表达了扫除"妖魔鬼怪"的愿望。其奔放神奇的风格与杜诗有所不同。而且描写生动形象,给人身临其境之感。

蒋琦龄的诗歌内容丰富,情感深沉,思想深刻,描写也颇见功力,已粗具杜诗风范,在当时诗人中堪称优秀。

五

全州蒋氏家族三代虽然文学才华各有差异,所写作的文体也各有不同,但是,始终关注现实,其散文则关乎世道人心,国家大事,民生休戚,其诗歌则忧国忧民始终是其主要内容,这使他们的作品往往表现出强烈的忧郁色彩,这是蒋氏家族文学创作非常突出的特征。而且这种特征,越往后表现得越突出。例如蒋琦龄的诗中,"愤"字成了经常出现的词语和情感焦点。如《书愤》:

> 天青云白风卷雨,贼去勇来闻好语。谁知我军更恶剧,撒屋决墙复破柱。似嗔寇饱何不廉,特令残黎偿所取。岂惟三日馆晋谷,更遣百牢征鲁与。居安食饱无一事,试草捷书上大府。摧锋百战真第一,杀贼最多难可数。吾君仁圣远岂闻,温诏从长颇优许。今年绾符擢监司,明岁旌节对旗鼓。奇功让下古所难,尽贵偏裨逮竖贾。少年惊羡父老泣,甫脱暴秦来项羽。国家承平兵难用,谁遣此辈充卒伍。名为勇锐实不然,遇贼甚让遇民武。从来乡守不出乡,驱以代兵盖非古。久甘梳剃竭闾阎,直恐风俗变豺虎。壁中恶少效所为,竞挽青丝挟刀弩。对面忍能为盗贼,官不敢诘吏聋瞽。最愁贼平时脱剑,百万犬羊安所处。持节我有同舍郎,比柱尺书相劳苦。甚欲寄声达要津,驱使出境劳一举。我州凋敝贼所怜,皮毛已尽唯余土。再来走避特须臾,寇退犹得安环堵。

诗题中的"愤"字,正是作者情感的集中反映。诗人所愤,乃在兵勇胡作非为,其罪恶与盗贼相比有过之而无不及。诗人曾在本诗"久甘梳剃竭闾阎"下自注:"乡勇从征,始于川、楚征匪,当时谣曰'贼如梳,兵如篦,勇如剃'。"可见兵勇的危害。这些兵勇,"名为勇锐实不然,遇贼甚让遇民武"。尽管如此,还虚报军功,自吹自擂,赢得了朝廷奖赏,"今年绾符擢监司,明岁旌节对旗鼓。奇功让下古所难,尽贵偏裨逮竖贾",引得乡里恶少竞相仿效,给人民带来深重灾难。对此,诗人表示了极大的愤恨,希望"甚欲寄声达要津,驱使出境劳一举"。这与蒋启敫的创作精神是一致的。这种特征既与当时国家的整体形势有关,更与其家族文化有关,甚至可以说在某种程度上是其家族文化的结果。

全州龙水蒋氏家族无论从人数还是创作的成就来说,在清代广西文学家族中都是比较突出的。全州作为广西最北部的地区,最早接受北方文化的影响,生活在这片土地上的蒋氏家族得风气之先,因而文脉不断,成为清代广西文学家族中的代表之一,其文化意义和文学意义都值得我们认真研究。

论全州谢氏家族的文化与文学

在清代粤西文坛上,全州谢氏家族的谢良琦、谢赐履、谢济世等组成的文学家族一直是一支重要的文学力量,为清代初中期粤西文学的发展作出了特殊的贡献,其家族的文化与文学值得深入研究。

一、谢氏家族的文化

全州谢氏家族的家风和传统是家教严格,强调读书,重视道德教育,崇尚质朴,反对奢华。

谢良琦在其《合刻家世乡会试朱卷序》中谈到谢家的传统时说:"吾族自宋都巡公侨由安成移居粤,至于琦,凡十八世,世以科第为粤右族。今之刻,断自吾父始也。由吾父,以年岁大约可纪,其文章已不传,其后三四十年之间,举者十一人,文章有传者。又以乱或不能尽存,存或不全……夫纪家世,家事也,家之事始于孝,故断自吾父,尊亲也。纪科第又国事也,国之事期于信,故文不求备,不敢为伪也。呜呼,此世之所以治乱,而吾族之所由盛,其皆在此欤?……吾族居于粤之鄙,自隆、万以来,族之父兄子弟,每春秋家庙祭祀方毕,必相与酌酒告于先灵,谆谆酒色相诫……故自三四十年之间,天祸人,国变乱,相仍饥寒流离奔窜,即乡举之典,亦十五年未行,四民转徙失业,而吾族之人宝其诗书陇亩,与其父兄之训,从无有饰伪猎名,奔走权利捷径,求富贵利达者。其文章虽质朴无惊采可观,而亦不为其雷同剿袭。呜呼,此吾族之所盛也欤!"①从这段话我们可以看出,谢氏家族是一个崇尚读书,善于科举的家族,很早的时候就在科举上取得了突出的成绩,从而成为粤西望族。谢氏家族之所以兴盛,在谢良琦看来,主要是因为良好的家族文化,即以孝为先,秩序井然,重视读书,遵守长辈的教导,强调思想教育,并且有一定的仪式,每年春秋两季都要举行的祭祀,就是告诫子孙不能好酒贪色。

谢良琦《与诸侄孙书》②是写给他的两位侄孙的信,从中可见其家风:

　　吾祖赠奉政公,少时家贫,力稿山田十余亩,不足给粥。赠公常慨然曰:"贫,吾命也。惟厚积德以教吾子孙,使光大吾业,乃吾之愿。"始娶祖母易,赠宜人,生吾伯一人。继祖母蒋太宜人,生中宪公及吾四叔、六叔。其时六叔在襁褓,独中宪公能读书。赠公常呼诸子前,谓曰:"吾不文,无以教尔,所先者,德行;所重者,孝弟而已。"中宪公奉命力行惟谨。及赠公易箦,六叔甫三岁,赠公又呼中宪公前,指六叔而泣,不能语。中宪公顿首床下,流涕呼六叔小字:"儿诚愧孝弟,所不顾复某者,死何面目见吾父?"赠公笑而领之。赠公殁之后三

①　熊柱注释:《醉白堂诗文集》卷一,《全州历史文化丛书》,广西人民出版社,2001 年。

②　熊柱注释:《醉白堂诗文集》卷二,《全州历史文化丛书》,广西人民出版社,2001 年。

年,中宪公始登贤书,以祖母不能舍,公车后期者四。然家贫故,时产未有增益,乃教授生徒数十人,以其束脩具甘脆。同里舒尚书中阳公,其元配与祖母兄弟也,重中宪公之为人,怜其贫,数周给之。皆以祖母命,辞不受。尚书常谓中宪公:"吾备位中外数十年,所见独行君子,独子耳。勉之,扬名显亲在此时矣。"

……中宪公家教俭朴,衣服皆布素,食蔬食,间日乃一命酒肉。奉常公二十一举于乡,方稍易帛。偶一日与同年春游,醉归误着他人服,太华丽,中宪公立之庭下责之,至泣谢乃已。太宜人每语吾兄弟曰:"自吾为妇,食贫,今幸富厚,此汝父读书所致耳。汝不发愤,乐衣服、饮食,吾立见尔之贫且贱也。"

谢良琦作为长辈,写信给他的两位晚辈进行谆谆教导。在这封信中,谢良琦回顾了谢家的家世,特别是对其中几位长辈的言行,作了深情的回忆。而在这几位长辈的教导中,始终强调的是品德教育和刻苦读书的重要性,同时也强调了勤俭持家、反对奢华的生活作风。在这段文字中,谢良琦本人没有出现,但是又无一处不表现出他本人的态度和观点。信中所强调的谢家的传统,其实也就是谢家的文化与家风。

谢济世《藕塘先孺人阡表》载,他小时"顽惰,从群儿为叶子戏,竟日忘餐,手一编辄昏听欲睡。母折菱而诲之曰:'汝畏辛苦而贪快活耶?夫快活须从辛苦来。吾曾闻吾父训吾兄弟云:早辛苦早快活,迟辛苦迟快活,不辛苦不快活。吾而男子也,早已释褐登朝矣。汝不发奋,吾见汝终身无扬眉吐气之日也。'昼自塾归,必考其业。塾无师,则扃一室,非馈食不启扉。夜一灯率吾妹纺,济世读迄三更乃休……母既见背,先君息驾闲居,督课益严"。①从这条材料可以看出,谢济世的父母从小就对他进行了严格的教育,希望他通过读书来走上仕途,改变命运。这种重视读书、家教严格的做法,正是谢家整个家风的反映。

二、谢良琦的文学创作

谢良琦(1626—1671),字仲韩,一字石臞、号献庵。明崇祯十五年(1642)中举,入清后历任淳安、蠡县县令。迁为常州通判,宜兴令。后因事而废居兰陵,又起为延平(今福建南平市一带)通判。为人耿直,一生流落不遇,死于穷困。曾与王渔洋、金圣叹等为友。有《醉白堂文集》。

谢良琦诗词文均工,其文学成就在全州谢氏家族中为最高,在清代粤西文学乃至当时全国的文坛上均具有重要的地位和影响,历来深受重视和好评,在当时有"海内词坛领袖"之誉。现存的《醉白堂诗文集》收录了他的大部分诗文创作,此外还有50余首词存世。

谢良琦的散文创作历来受评论家激赏,王鹏运跋《醉白堂文集》:"其文师法司马公、韩愈氏,而汪洋恣肆,凡所至所学,抑郁而不得见诸施为者,一于文焉发之,而不以摹拟、剿窃为能事。粤西自永福吕月沧、临桂朱伯韩诸老先生以文名,嘉道间说者遂谓桐

---

① 谢济世著,黄南津等校注:《梅庄杂著》卷四,广西人民出版社版,2001年。

城一派在吾粤西,而不知先生固开之先矣。"①王鹏运的这段话,一方面指出了谢良琦散文的特点,另一方面又指出了其散文的历史地位,这应当是一个比较公允的评价。

谢良琦散文"汪洋恣肆"表现之一是题材广阔,举凡历史、文学、政治、军事、艺术、人物、学术等,均纳入他表现的范围,这充分表现了谢良琦宽广的视野和深厚的学养,这在一般的散文家是很难做到的。这意味着谢良琪有意识地扩大散文的表现范围,充分表达他的见解与看法。

"汪洋恣肆"的表现之二是说理充分,条理畅达,具有很强的说服力。例如《与李研斋论侯朝宗》:

> 海内称侯生十余年矣,十余年之间,海内崇尚六代,而侯生视弃六代如弃敝屣。其叙吴次尾遗稿,且曰:"余初汩没于六朝,故不知其善。"是侯生于六代,非不能知而不为,不更为,不屑为也。夫世方尚六代,而又独称侯生,此仆所以叹也。然世之称侯生,又不如其称虞山。虞山驰,侯生劲;虞山汗漫,侯生简洁;虞山以论辨胜,以博综胜,侯生乃无所不胜。虞山宜于制举,宜于锦屏绣轴,侯生乃无所不宜。世既称虞山,又称侯生,此仆所以再叹也。世既称侯生之文,则必知秦汉八家之文。既知秦汉八家之文,而又称侯生之文,则世之能为秦汉八家之文,而不屑屑于侯生之文,其必知之,其必称之,可知也。此仆所以再三叹也。

---

① 熊柱注释:《醉白堂诗文集》附,《全州历史文化丛书》,广西人民出版社,2001年。

　　此非有所诮让于侯生也。凡为文章,以气为主,其次格局,其次议论,而皆整齐之以法度,此世所知也。气厚矣,厚之中有其宽舒;格高矣,高之中有其平衍;议论雅正矣,雅正之中有其奇辟;法度严密矣,求之法度之中而失,求之法度之外而得,世之所难知,人之所难能也,而侯生能之,此其所长也。宽舒矣,厚如故。平衍矣,高如故。奇辟矣,雅正如故。轶于法度之外,不域于法度之中矣,严密如故。世之所不能知,人之所不能为也,而侯生不能,此其所短也。此其故侯生不能知,非研斋与仆亦不能知也。侯生之所长,已足称于天下。其所短,相其才气,尚可深造而得。不幸已蚤死,惜哉。然自眉山父子而后,天下之能为侯生之文者,卒亦未见。

　　吾欲选侯生文数十首行于世,而更告之以侯生所以短长之故,使天下之称侯生者,确然知侯生之文。因以知六代之文,知虞山之文,知秦汉八家之文,知天下固有秦汉八家之文,而不屑屑于侯生之文。然后侯生之文足以称于天下,而凡能为文者,其所以长短亦共白于天下。研斋以为然乎? 其不然耶?

这是一篇论述明末清初著名作家侯朝宗散文的论说文,文章先从三方面分析世人只是盲目称赞,其实并不真正了解侯朝宗的散文,接着分析了侯朝宗散文的长处与短处,指出了正因为有长处,所以能风行天下,其短处,却因其英年早逝而无法改正。最后表达希望能编写一部侯朝宗散文的选本,使天下之人都能准确地了解侯朝宗散文。这篇文章的层次非常清楚,分析深入细致,具有很强的说服力。谢良琦之所以能作出这样的分析,显然与他对侯朝宗散文的深入研究有很大的关系,因此在分析时能做到高屋建瓴,头头是道。

"汪洋恣肆"的表现之三是感情强烈,抒情大胆浓烈。如《送任仲遇归淳安序》:

> 任子仲遇,读书学古之士,其负笈游京师尽一岁,金尽裘敝矣,始得一试于诠曹以归,及归,欲乞余言为赠。嗟乎,余迂愚方蠢,不遇于世之人也。而仲遇又方困穷,抑郁不自得。余虽有言,其敢自违其志以徒相矜誉也哉?
>
> 始,余交仲遇于淳安,仲遇方为诸生,声名藉藉。及余来游京师,仲遇亦以其业宾于王家。两人相见甚欢,今十余年矣。仲遇既以不能自奋发者,求一障以自效。而余亦以湔雪之余,又来与仲遇相见于此。然则余与仲遇方且不遇,同其困穷,抑郁亦无不同也。吾闻君子之于世也,不忧其功之不成,名之不遂,而忧道德文章之不能以自立。故虽以余之不敏,亦窃有志焉,而况仲遇固所称读书学古之士也哉?
>
> 今仲遇之归,闭门独居,追忆二十年所见荣华,知遇其人,或不可胜数,至于书传所载古人行事,非抱道守德,则虽贵无称焉,亦可以欣然释其抑郁之怀,而思以自立其志矣。
>
> 昔太史公称虞卿非穷愁不能著书,而其《自序》则又历引文王、孔子、屈、左、孙、吕、韩非及《诗》三百篇,以为皆圣贤发愤之所作。呜呼,古之人,其与仲遇与余同者,又何可胜道乎?矧仲遇今年年甫强仕,余之生又后于仲遇数月,安知异日功之不成,名之不遂? 不然即道德文章,亦必有以自立。故士惟不违其志,乃足重耳。即使且困穷,岂遂困哉?

这篇文章是送别之作,也许是基于两人共同的命运与遭遇,所以,谢良琦在文中对任仲遇表达了无限的同情。文章写了二人相识的过程以及同病相怜的原因,同时又表达了希望任仲遇"抱道守德""自立其志""不违其志"的思想,并相信任仲遇将来必有成功之日。全文自始至终均充满对任仲遇的同情以及对自身命运的感叹,具有强烈的不平之气。

汪洋恣肆只是谢良琦散文的主要特点,其实,除此之外,他的散文描写也非常精彩,无论写人还是写景,均能抓住主要特征,用简洁准确的语言表现出来,因而在清初的文坛占据重要的地位。苏时学曾有诗评曰:"輶轩从古略南荒,谁识人间醉白堂。更有奇文雄一代,中原旗鼓孰相当?"(《暇日偶翻两粤前辈诗集有所得戏作论诗绝句十五首》)一方面是表达对人们长期以来未意识到其成就的遗憾,同时又对其历史地位给予了充分的肯定。

谢良琦的诗同样具有很高成就。由于他生活于明清换代之际,其诗留下了非常明显的时代特征。这突出地表现在表现动乱以及对动乱感受的作品比较多。例如:

> 滇南十万众,烽火照潇湘。食尽征求急,兵疲策应忙。爨烟荒夜月,战鬼哭秋霜。何以酬恩遇,将军饮剑芒。(《哀湘南》二首之一)
>
> 朝登芙蓉城,遥望京口路。黯黮不可见,黄埃蔽江树。传闻大将旗,指挥临北固。羽檄纷日夕,兵力亦已聚。雷声殷地发,廓此毒与雾。胜败未有常,三军怨风雨。丹阳道虽远,旌节未敢驻。秋风动江色,凄恻日云暮。(《杂诗》四首

之二)

明清换代之际,战乱频繁,作为这一时代的见证者,谢良琦的许多诗歌均与此有关。这里的两首诗都写的是明末清初的战争。第一首写的是大西军领袖李定国出兵云南向贵州、广西、湖南进军之事。第二首写的也是明末清初的战事。从诗中可见,谢良琦对于这样的战争深怀忧虑,诗中"疲""哭""怨"等词语可见其感情倾向。这样的内容在谢良琦的诗作中普遍存在。

　　谢良琦的诗表现出了很强烈的人情味,因此,表现他对亲人思念和关心的作品很多,例如《先慈忌辰》写对母亲的怀念:"难将寸草报深恩,苦块麻衣积泪痕。晨暮几年违定省,岁时空复荐鸡豚。门闾望远心犹痛,针线缝衣血尚存。从此蓼莪诗总废,鲜民生死不堪论。"写得极为沉痛。他的《悼亡》写对妻子的悼念:"尚有佳人叹,难忘击缶歌。愁兼秋漏短,泪尽雨声多。白首言犹在,同心事若何。夜台今夕梦,无计越关河。"言犹在耳,可是人去楼空,回首往事,痛不堪言。这是一位至情男子的心声。他的《怀山中兄弟》写道:"桂岭湘川不可寻,故山兄弟久分襟。相思近日春云满,惜别当年海雾深。花柳蓟门人寂寞,音书塞上雁沉吟。空余梦里归时路,万树青枫月一林。"兄弟深情,萦回在心,永不能忘。梦中的行路,只是指向家乡,指向亲人。从这些作品可以看出,谢良琦的感情是非常丰富而细腻的。

　　谢良琦的诗具有强烈的感情,同时也有很高的艺术性。他的诗一个突出的特色是善于借景抒情,表达含蓄蕴藉,形象性强。例如《江南忆》:

> 谁道江南遥,夜夜在衾枕。谁道江南近,经年无音问。
> 云山悠悠道路长,黄河之水何苍茫。行子欲渡不得渡,东风
> 吹云白日暮。黄熊赤虺向月啼,夜钟残角声凄凄。几回牵马
> 出门立,行道迟迟心转急。羁绁我马尼我车,岂不怀归畏简
> 书。徘徊欲啼复欲笑,援琴漫弄相思调。相思日日忆江南,
> 梨花如雪柳毿毿。回弦弹作行路难,离忧使人摧心肝。

这首诗写对江南的回忆,其情可鉴,其心可怜。诗中固然以直接抒情为主,但也有"云山悠悠道路长,黄河之水何苍茫。行子欲渡不得渡,东风吹云白日暮。黄熊赤虺向月啼,夜钟残角声凄凄"的描写,借景抒情,情景交融,含蓄而形象,大大深化了对江南情感的表现。这种借助景物描写来抒情的方式,是谢良琦的拿手好戏,深得唐人之妙。

谢良琦诗的语言流畅而富有表现力,有较高的语言修养,用字准确而无突兀生新之病,因而达到了较高境界。

谢良琦的词造诣也较深,应当说是嘉庆以前粤西词人中成就最高的词人,现存词50余首。

谢良琦的词表现了他真实而深厚的感情,同时也具有较生动的描写。无论从思想还是艺术来说,都达到了相当的高度。

从题材来说,谢良琦的词主要有三类:

一类是言情之作。这一类词虽然不乏绮艳,但因为写的多是亲身经历,所以往往写得缠绵悱恻,哀感动人。例如《浪淘沙·怀旧》:

> 睡起月朦胧。幽恨匆匆。美人家在洛城东。记得去年

携手处,几遍花红。　　门户两三重。春锁帘栊。欢娱惟有梦能通。刚抱绣衾寻好梦,翠竹敲风。

作为怀旧之作,谢良琦的这首词对曾经的恋情作了诗意的处理,没有铺张详说,而是拣取几个典型的场面略作点染,并留下一个遗憾的结局。含蓄有余,颇具美感。再如他的《水龙吟·伤逝》:

玉人去也闲庭院,帘幕低垂依旧。半缕炉烟,悄风缺月,断肠时候。刺绣窗前,整衣桁上,粉痕还有。卖花声、谁唤起,夜台下,重门影里,开红袖。　　环珮归来是否?尽今夜、繐帏守。罗带镂裙,暗香犹在,依稀八九。露泣鱼灯,霜侵鸳瓦,那能迤逗。伤心泪、洒向桃花人面,画眉郎手。

这是一首悼亡词。没有华丽的辞藻,却有无尽的哀伤。描写的是平常场景,日常生活,但是,物是人非,人亡物在,其间有多少词人的伤痛和感慨!

一类是抒怀之作。这一类作品表现了谢良琦的人生遭遇、政治情怀。或沉郁,或豪放,风格不一。例如《金菊对芙蓉·感怀》:

试问天公,都来何事,单把才人磨灭?正破甑啼烟,寒庐叫月。蝴蝶不来清梦破,多年了、布衾如铁。洛阳街上,好花误我,几度时节。　　羞杀夜雨孤灯,沉吟千古事,肺肝空热。只武陵原上,剑花如雪。昨夜秋风天地泪,忽转眼、电飞风掣。西北浮云,东南佳气,相对流血。

这首词表现了词人强烈的用世之心和怀才不遇的哀伤。上阕言哀伤的原因,下阕言哀伤的表现。感情虽然强烈,但始终注意形象的描写,不作空泛之论。特别是下阕,用比拟的手法,更是给人以天地同悲之感,令人印象深刻。

一类是咏物之作。这一类作品多写南方风物,如槟榔、山丹、荔枝等,多是纯粹咏物之作,缺少深厚的寄托,因此不够突出。

谢良琦的词,有的缠绵,有的豪放,有的闲适,风格比较多样。同时,他的艺术手法也比较多样,技艺也比较娴熟。而最重要的是,他在词中注入了他的感情和生命,因而使他的词具有了血液和灵魂,也使他成为粤西嘉庆以前最杰出的词人。

谢良琦诗、词、文三体皆工,在三种文体上均表现出较高的水准,因而在粤西文学史上足称名家。

三、谢赐履、谢济世的文学创作

谢良琦之后,全州谢氏家族不断涌现文学新人,如谢赐履、谢庭瑜、谢济世等,其中以谢赐履、谢济世较为突出。谢赐履是谢良琦的族孙,谢庭瑜是谢赐履之子,谢济世是谢赐履的侄子。

谢赐履(1661—1726),字建候,一字勿亭,康熙辛酉(1681)科举人,任广西永康县(今属扶绥)学正,再任思恩府(府治在今南宁市武鸣区)教授,后任四川省黔江县令、河北永平府知府、天津兵备副使。康熙六十年(1721)升为湖北按察使,后再擢升为山东巡抚。雍正元年(1723)授赐履右佥都御史。至雍正四年(1726),以老病乞休。为官正直清廉,有政声,好诗,人称其“人与诗,俱邈然追古人于千载之上”。有《悦山堂诗集》。

　　谢赐履的诗具有浓厚的忧患意识,表现了强烈的忧国忧民情怀。由于对人民苦难有深刻的了解,谢赐履常常用体察民情的眼光来看待中国农村中的许多现象,并予以批判,这使他的许多诗在内容上集中于表现百姓的痛苦,批判政治的腐败等,这是谢赐履诗歌最重要的一个特点。这方面的代表作有《瘗蛇》《采香歌》《渝城行》《催粮叹》《采根谣》《前赈饥三十韵》《后赈饥三十韵》《忧旱》等。例如《催粮叹》:

　　　解粮期九秋,催粮自三月。田间方播种,安得此钳揳。黔粮三百余,蒿目久惆惋。况今十月破,固已逾时节。督课自有程,失期亦有罚。急公小民义,尔黔敢陨越?民曰黔苦甚,请为公申说。瘠土号不毛,荦确阻舟楫。薄有田数顷,乱石交畛畷。田少苦山多,山田带巉岌。风气故先寒,苗稀实鲜结。雨晴顷失宜,灾虫况为孽。往者欲控诉,顾恐烦文牒。于事或无补,驳勘滋骚屑。稻获幸有期,粮粒早告阙。所幸免沟壑,安敢辞薇蕨?自从九月来,山气逼凛冽。棕桐聊掩体,乍寒愁霜雪。非恋里闾好,远近理一辙。瘦田苦不售,甚者更无业。乡土虽未去,贫骨固已彻。岂忘惟正供,实坐物力竭。幸今上官好,仰望上官切。冀得缓须臾,输纳故不缺。言讫欲重诉,但闻声呜咽。嗟予听此言,心摧肝肠裂。虽乏父母慈,民艰颇稍晰。往年惨踩躏,汤火存遗子。到官四五年,踌躇费补缀。所愧才疏薄,莫救民疲茶。但念征输苦,有如食在噎。民贫尔何罪,不忍事羁绁。又况加之法,鞭挞使流血。府檄日夜下,胥役踵相接。严限勿复逾,不尔有参揭。官且无如何,小民固结舌。揭参我何辞,下考甘署列。安得

民饶足,国课输不辍。国与民两足,庶使忧端歇。方今重才
能,蹇予愧时哲。抚字既乖方,复此催科拙。朝家录有司,廪
粟非苟设。徒此滥虚糜,得毋增面热。以兹转惭惶,汗流衣
背浃。顾今岂乏人,安用此参窃?清溪老茅屋,杞菊多采撷。
秋获山田腴,春酿溪水冽。力田给公上,足以养薄劣。空山
岁月长,啸歌老岩穴。揽绥兹牵缠,吾计固当决。

交租税,在封建时代似乎是天经地义的事,但是,作为县令的谢赐
履,没有站在官方的立场,而是站在黔江百姓的立场上,为百姓说
话,替百姓代言。诗的前半部分写催粮的情况和黔江百姓因为天
灾地贫,无粮可交的痛苦,后半表达谢赐履自己对百姓痛苦的理
解和同情。诗中"嗟予听此言,心摧肝肠裂。虽乏父母慈,民艰颇
稍晰。往年惨蹂躏,汤火存遗子"几句真实地表现了谢赐履的内
心感受。同时,更难能可贵的是,他认为百姓的痛苦在很大程度
上是自己造成的,"到官四五年,踌躇费补缀。所愧才疏薄,莫救
民疲苶。但念征输苦,有如食在噎。民贫尔何罪,不忍事羁绁。
又况加之法,鞭挞使流血。府檄日夜下,胥役踵相接。严限勿复
逾,不尔有参揭"这几句正是对自己在黔江为官的反省和批判。
这种精神和态度确实不多见,因而也就显得更加珍贵。

　　谢赐履一生足迹半天下,所见文物古迹无数,因此,在他的诗
中,有许多咏史之作。这些诗表现了谢赐履对历史现象和人物的
理解、赞赏和深沉感叹。《汴梁怀古》《柳侯祠》《明妃叹》《咏史》
《怀学长公学士》《工部草堂》《武侯祠》《过微水吊汉淮阴侯》等是
这类诗的代表。例如《过微水吊汉淮阴侯》:

　　揽辔经常山,解鞍憩微水。溪水何幽咽,山石亦磈硊。太息吊淮阴,功高古莫比。往年背水战,乘胜拔赵垒。伏军此制奇,如出自地底。至今求遗迹,父老莫能指。或疑带水间,深不逾尺咫。厥功虽幸成,厥地犹非死。吾闻陵谷迁,高深变流峙。得非千载来,昔险今非矣。赵下群雄謍,燕齐各披靡。立纳左车言,不烦遗一矢。假使无韩侯,楚一劲敌耳。虽有隆准公,能无重瞳子? 功成蒙杀戮,汉皇岂如此? 维彼萧曹辈,坐观良足耻。李广数则奇,蒯通岂知己? 当时室前钟,终古恨未已。九原如可作,愿为执鞭弭。阴风上天来,惨澹怒涛起。

作品对汉代淮阴侯韩信的才华与功绩给予了充分的肯定,同时也对其不幸遭遇寄予了深切同情。那遗恨不已的感叹,就如诗中所写的天上阴风、江上怒涛,冲击着人们的心灵。

　　谢赐履的诗中写景抒情的作品最多,写得也颇有特色。谢赐履的这类诗,写景形象生动,鲜明如画,在以写景为主的同时,往往又有一定的感慨。如《赋得洞庭秋二十韵》:

　　一水浮天天倾倒,大观无如洞庭好。湖山景物四时佳,更如高秋堪远眺。洪涛散漫九江分,灏气凭陵三楚绕。潇湘水阔鼋鼍游,岳阳楼迥烟霞晓。岂独风想兰台雄,不觉胸吞云梦小。依稀龙女来云宫,仿佛湘妃倚香草。夜久明珠光有无,曲终灵瑟峰缥缈。银河欲堕寒无声,碧落相看净如扫。何时枫叶下飗飕,一夜芦花吹缟皓。鹤影写波雪羽明,鹰拳下食霜距矫。为餐洲橘芬牙颊,才撷汀兰香指爪。经心时有北来鱼,到眼不乏南飞鸟。万里江湖词客衰,百年天地骚人老。良夜无鱼心自知,仙山求酒苦不早。吕公湘鄂恣游邀,燕公江山助文藻。古人不见今人来,今人空忆古人貌。揽镜相怜华发生,盈觞莫缓忧心祷。流将代谢去滔滔,不尽乘除愁浩浩。悲哉此秋胡为来,逝者如斯几时了?回船欲问洞庭翁,铁笛一声孤月皎。

这首诗的前半部分描写洞庭湖的景色,采用虚实结合的手法,将实景描写与神话传说糅合在一起,极力铺写洞庭湖的壮观美景。后半部分写由洞庭湖引发的感慨,既有前不见古人的惆怅,更有逝者如斯的无奈。诗中的景物描写应当说是非常出色的,可以看出谢赐履在写景上的功力。

谢赐履的诗歌无论从思想性还是艺术性来说,都有许多可取之处,尤其是诗中表现出来的对平民百姓的深刻同情,对腐败政治乃至自我的强烈批判精神,弥足珍贵。

谢济世(1689—1757),字石霖,号梅庄。康熙四十七年(1708),乡试第一。康熙五十一年(1712),中进士,改庶吉士,授检讨。雍正四年(1726),任浙江道监察御史,后为江南道御史。乾隆三年(1738),授湖南粮道。最后以老病致仕。一生不畏权贵,四次被诬陷,三次坐牢,两次丢官,一次陪斩,一次充军,历尽坎坷,充满传奇色彩。著有《梅庄杂著》《大学注》《经义评》《西北域记》等。

谢济世既是一位官员,同时又是一位学者和作家。他的文学创作主要集中于诗文,其中散文的成就尤高。

　　谢济世的生平复杂曲折，其文如其人，体裁多样，内容丰富，政治、历史、学术、人物、风土、景物等均有涉及，而且无论议论还是描写，均有较深的功力。

　　论说文占了谢济世散文相当大的比重，主要涉及现实政治与历史事件、历史人物，同时也有一些学术问题。这些议论古今纵横，见解深入精辟，可见其思想，可见其为人。例如《原性》①：

　　　　宋儒者，宗孔孟辟诸子者也。然其于孔孟也，名宗之而实叛之；于诸子也，名辟之而实宗之。

　　　　周子曰："五性感动而善恶分。"感而分，则未感可知，即杨子善恶混之说也。张子曰："有气质之性善，反之则天地之性存焉。"朱子作性图曰："无不善，有善恶。天地之性无不善，是为一等之气质之性，有善恶是为一等，变韩子之三品为二品也。"程子又甚其词曰："恶亦不可不谓之性。"是荀子性恶之言亦未可非也。岂非名辟之实宗之与？

　　　　性果有气质善恶，则当分别之，使人复其气质之善者，反其气质之恶者。而孔孟概曰善，曰天命，曰根心，曰恻隐、羞恶、辞让、是非。设遵其教者，并气质之恶而率之、尽之、尊之、顺之、养之、扩充之，不至于为穷奇梼杌不止，是祸天下后世者孔孟也，岂非名宗之实叛之与？

　　　　在宋儒原非有心宗诸子、叛孔孟，彼见相近之言，既疑性未必善，又见忍性，性也，有命之言愈疑性有不善，而又不敢

---

① 蒋南津等校注：《梅庄杂著》卷二，《全州历史文化丛书》，广西人民出版社，2001年。

显悖性善之旨,于是乎杂气质于性之中,令气质为性分过,而不知近即善,忍性之性无不善。性也有命之性,君子不谓性,原无妨于性之善,今杂入气质,则公然有不善性,反为气质受屈也。自谓荀杨言气,韩未明言气,今兼言理气,能翻诸子之窠臼,而不知荀非言气,杨非专言气,韩病正坐言气,既未中诸子之要害,而言恶、言善,恶仍未出诸子之牢笼也。自谓气质之性之说有功于圣门(朱子云),而不知孔孟言性有善无恶,气质之性有善有恶,大相刺谬,实为获罪于圣门也。

此为《原性》的一部分,但足以单独成篇,主要阐述"宋儒者,宗孔孟辟诸子者也。然其于孔孟也,名宗之而实叛之;于诸子也,名辟之而实宗之"的观点,认为孔孟是不讲人性恶的,但宋儒却认为恶也是性的表现,他们对于性的认识不仅有别于孔孟,而且近于诸子,"不知孔孟言性有善无恶",因此,其结果是适得其反。谢济世在文中举宋儒程、朱等人的言论为论据,将其与先秦诸子的言论相比较,加以深刻的剖析,找出相同点,有理有据,分析细致而深入,确有一定的道理。这可以看出谢济世学术研究的深度和极强的思维能力。

谢济世最为人称道的是一些写人、写景和记事的作品,简洁明了,栩栩如生。其中《戆子记》最为人称道:

梅庄主人在翰林,佣三仆:一黠,一朴,一戆。

一日,同馆诸公小集。酒酣,主人曰:"吾辈兴阑矣!安得歌者侑一觞乎?"黠者应声曰:"有!"既又虑戆者有言,乃白主人以他故遣之出,令朴者司阍而自往召之。召未至,而戆者已归，见二人抱琵琶到门，诧曰：“胡为来哉？”黠者曰：“奉主命！”戆者厉声曰：“自吾在门下十余年，未曾见此辈出入，必醉命也！”挥拳逐去。客哄而散，主人愧之。

一夕，燃烛酌酒校书。天寒，瓶已罄，颜未酡。黠者昫朴者再酤，遭戆者于道，夺瓶还，谏曰：“今日二瓶，明日三瓶，有益无损也。多酤伤费，多饮伤生，有损无益也！”主人强颔之。

既而改御史，早朝，书童掌灯，倾油污朝衣。黠者顿足曰：“不吉！”主人怒，命朴者行杖。戆者止之，谏曰：“仆尝闻主言‘古人有羹污衣、烛燃须不动声色者’，主能言不能行乎？”主人迁怒曰：“尔欲沽直耶？市恩耶？”应曰：“恩出自主，仆何有焉？仆效愚忠，而主曰‘沽直’，主今居言路，异日跪御榻与天子争是非，坐朝班与大臣争献替，弃印绶其若蹝，甘迁谪以如归。主亦沽直而为之乎？人亦谓主沽直而为之乎？”主人语塞，谢之，而心颇衔之。

由是，黠者日夜伺其短，诱朴者共媒蘗，劝主人逐之。会主人有罪下狱，不果。

未几，奉命戍边，出狱治装，黠者逃矣，朴者亦力求他去，戆者攘臂而前曰：“此吾主报国之时，即吾侪服主之时也。仆愿往！”市马造车，制穹庐，备粱糗以从。

于是，主人喟然叹曰：“吾向以为黠者有用，朴者可用也，乃今而知黠者有用而不可用，而戆者可用也。朴者可用而实无用，而戆者有用也！”

养以为子，名曰戆子云。

这篇文章写了作者的黠、朴、戆三位仆人，黠、朴、戆就是三位仆人的性格。文章以作者对三个仆人的认识过程为基本线索,描写了三人前后的表现,其中重点是描写戆者。作者对于这位戆者采取欲扬先抑的手法,着墨最多,主要写了他与黠者、朴者有不同表现的几件事:一是阻止主人召妓,二是力劝主人戒酒,三是劝阻主人打朴者,四是勇随主人戍边。前三件事,均为主人着想,但并未获主人理解原谅,直至最后在主人最需要帮助的情况下,黠者和朴者相继离去,只有戆者毅然紧随,这时主人才认清了其"可用"的本性,最终完成了对戆者的认识。文中黠者、朴者各有不同的表现,但均以陪衬角色出现,在表现他们"不可用"的特点的同时,将戆者之"可用"表现得更为充分、生动。文章记事、写人简洁生动,人物性格栩栩如生,充分表现了谢济世的散文功力。

　　谢济世的诗歌也有一定特色,其中描写边疆风物和家庭情感的作品尤其出色。如《西征别儿子梦连》:

> 九门何皇皇,家家度岁忙。我亦侵星起,辞家赴沙场。大儿甫八龄,失母依我旁。见我荷戈戟,长跪牵我裳。儿愿随爷去,辛苦共爷尝。拭泪摩儿顶,我儿何不量。迢迢征戍地,道里六千强。地远天亦别,夏月飞秋霜。并死有何益,不如返故乡。故乡先垄在,种柏已成行。汝归山有主,庶免樵斧戕。故乡祖母在,闻信知断肠。见汝如见我,稍慰门闾望。故乡遗经在,牙签贮青箱。趋庭谁课汝,汝自延书香。故乡先业在,草宅成荒庄。学书恐误汝,汝好事农桑。上以供正赋,下以奉高堂。酒酿三吴白,鸡畜九江黄。圣主哲且仁,暂戍非久长。东归倘有信,为我洁壶觞。

诗写于被远谪边疆之时,告诫儿子回乡继承家业,供养祖母,读书耕作。谆谆教导,溢于言表,平实之中自有无限深情。

　　谢济世在散文与诗歌上均有较高的成就,也有比较鲜明的特征,在清初的粤西文坛上是较为突出的。

　　全州谢氏家族人物众多,子孙人才辈出,为人耿直,文化深厚,其文学创作各领风骚,确为一时之秀,为清代粤西文坛留下了一笔宝贵的遗产,其文化、创作还值得进一步研究。

论临桂王氏家族的文化与文学

临桂王氏家族，指的是清代后期广西临桂以王必达、王必蕃、王鹏运为主要成员的家族。这个家族中，不仅有比较著名的诗人王必达、王必蕃，更有"临桂词派"的主要人物、"晚清四大词人"之首的王鹏运，因而显得格外引人注目。王必达与王必蕃是亲兄弟，王鹏运是王必达的儿子。三人有着浓厚的文学兴趣，并且在文学创作上取得了令人瞩目的成就。研究者对王鹏运的词颇多关注，但对于这一家族的文化与文学创作的整体研究则少有顾及，这不能不说是一种遗憾。

一、王氏家族的文化与传统

王氏家族祖籍浙江山阴，因王必达、王必蕃之父在临桂为官，贫不能归，死后葬于临桂，于是定居于此。

临桂王氏家族的特点是重视教育，富于文学，同时又仕途顺利，家财殷实。

在浙江时，王氏家族就是一个颇有文化渊源的家族。王必达《养拙斋诗》之《箧余稿》中有《中元祭外祖家感成二首》其一："江左文章山斗尊（自注：外祖之祖讳焯，学者称为义门先生），剑南弦诵口碑存（自注：简州牧讳元时，外祖之父）。如何霜露更时序，不

见蒸尝拜子孙。寥落荒坟对云壑,凄凉木主闭蓬门。渭阳今日思
尤切,手进粢盛涕泪吞。"这就是说,王必达的外祖父的祖父是著
名学者何焯,其父是何元时。何家本来就是书香门第,那么,王必
达的母亲出身名门,毫无疑问会给王家带来书卷气,影响到王必
达以及王氏家族的其他成员。

　　至少从王必达、王必蕃的父亲开始,文学创作就是这个家族
的一项重要活动。王必达有诗《曾王父领浙省解官江西移粤右贫
不能归殡遂葬焉平生诗稿达犹及见后乃散佚达出仕后亦不废诗
家祭日作长排略叙梗概六十韵》,从诗题可以看到这一家族定居
临桂的过程以及王必达的父亲已经写了不少诗歌。在这首诗的
正文中,王必达写道:

　　　　诗是吾家事,苍茫问杜陵。清门千古重,旧德百年承。
儒素传毋替,嘉宾赋早登。观书萃丘索,为宰惕渊冰。秘监
船停贺,贤王阁倚滕。瀑看庐阜挂,霞对楚天蒸。鹿洞经才
授,龙川轼改凭。绿榕金籁响,紫桂玉轮溦。驯雉流行速,悬
鱼节操竞。频调单父轸,愿杖剡溪藤。卓鲁循堪记,龚黄绩
未征。怀从三径托,作付一囊乘。庄舄吟空苦,巫咸唤莫应。
讴歌生邑竹,游钓失湖菱。栗里魂犹恋,桐乡意岂憎。芋魁
艰入釜,稻颖漫连塍。往昔芬留箧,儿时味在灯。缤纷绡帙
剩,璀璨墨痕凝。梨枣刊因窘,霆雷摄忽腾。名篇垂老想,杰
构问谁能。数典珍前哲,挥毫愧代兴。祥夸飞鹭鹭,健企展
鲲鹏。帖括工何益,荒芜病要惩。沿波惭俯仰,陟岳慕峻嶒。
猛虎翻须绣,寒蛟每欲罾。有时搞艳卉,辄拟割吴绫。结习
耽词翰,深交仗友朋。阴何叨受学,沈范许同升。京阙星霜

历,章江几度凭。仪型绵岁月,规矩用高曾。只讶宗邦异,奚将薄宦矜(自注:予亦宰江右,则已非浙籍矣)。力微还搏象,功小亦扬鹰。忆自逢崔魏,方知陋杞鄑。仙坛花簇锦,大壑水含凌。句爱涪翁写,文持皖律绳。曹刘雄足敌,籍湜弱无称。誓切偏违墓,途修复荷簦。河源才士集,陇坂壮猷升。喜获追陪屡,新教唱和仍。天真除藻绘,雅奏屏呓噌……

这首长诗回顾了王氏家族的历史和文化特点,以及王必达自己的学诗过程。诗人指出,儒家学说与诗歌创作一直都是王家的传统,而且王家一直都是书香门第,有着悠久的文化传统。作为诗人,王必达自己一直保持着对诗歌的高度热情,以杜甫、黄庭坚等为榜样,志向远大,刻苦练习,因而能参加各种聚会,并取得了一定的成绩。这首诗让我们看到了王氏家族浓厚的诗学氛围及悠久的儒学传统。

到了"必"字辈时,王氏家族就在科举和仕途上有了很大的进步,其具体情况如下:

王必达,字质夫,号霞轩,临桂人。道光癸卯(1843)举人。太平天国起义时,为江西建昌县令。因率兵抵抗有功,擢知府。咸丰十一年(1861),摄南昌府事。留江西七年后,转任西北。晚年以花翎二品衔广东惠潮嘉备道。

王必蕃,字子宣,道光丙午(1846)举人,历任五河、宁河、建德知县。

王必镛,咸丰十一年(1861)补行壬子、己未两科举人,后为安徽南陵知县。

王必昌,咸丰中任曾国藩幕僚,后任知府。

王必荣,曾任知县。

到了王鹏运这一辈时,王鹏运的长兄王维翰,为同治十三年(1874)进士,官户部郎中,后擢道员,分发河南为盐粮道,加按察使衔;次兄王鹏海,曾任江西知县。

教育使临桂王氏家族不断产生科举人才,而科举又为王氏家族提供了晋升的机会,同时也在经济上为这一家族打下了坚实的基础。教育、科举、做官与文学,这四者在临桂王氏家族中形成了良好的循环。夏承焘先生的《天风阁学词日记》1939 年 3 月 23 日在谈到王鹏运时,曾有这样的记载:"其仲兄名维翰,字仲培,同治甲戌进士,户部主事,官河南粮道,宦囊甚裕。半唐寓京,自奉极丰。车马居室,无不华丽,以云南乌金为烟具,值数百金。其挥霍刻词所费,皆取之仲兄,年需万金。"①其兄王维翰的资助,无疑是王鹏运在词学上迅速崛起的重要原因。

王氏家族的祖辈,即王必达、王必蕃父亲的诗文集我们已无法看到,但父辈王必达的《养拙斋诗》、王必蕃的《桂隐诗存》以及孙辈王鹏运的诸多词集尚存,由此我们可以看到,临桂王氏家族有着悠久的文学传统,这就使我们研究这一家族的文学创作成为可能。

二、王氏家族的文学活动

文学创作是临桂王氏家族的主要活动,也是这一家族的传统,各人有所不同,呈现出多样的特点。

---

① 《天风阁学词日记》第六册,浙江古籍出版社,1984 年,第 85 页。

（一）王必达

王必达的主要文学创作是诗歌，现存的《养拙斋诗》共十四卷，存诗 2100 余首，分七集，即《北上集》《过江集》《豫章集》《北上后集》《度陇集》《酒泉集》《箧余稿》。这七集是按时间排序的，实际上也反映了王必达一生诗歌创作的历程。

王必达生逢各种社会矛盾交织的清代后期，特别是身处太平天国起义的历史大潮中，作为一个有良知，并且生性敏感的知识分子，他对国家的命运、人民的命运以及自己的命运都有着深深的忧虑，表现出强烈的忧患意识和深深的感慨。而王必达自述其一生创作的取向是"偶然挥洒慰劳形"，不立门户，不入门庭："巨公荦荦矜风格，佳士翩翩尚性灵。我岂专精求抗古，偶然挥洒慰劳形。九边日月窗前白，五岳烟云杖底青。诗境从来随处辟，任人词翰别门庭。"（《自题诗卷》其四）在诗歌风格上，他追求鲸鱼碧海式的雄壮："翡翠兰苕格太卑，鲸鱼碧海那能为。正宗一代何人擅，遗句千秋孰我知。"（《自题诗卷》其一）"三箧亡书岱岳东，心肝呕付一囊空。自怜簪绂词源绌，可惜篝灯藻思工。垂老人嗤乘障苦，写怀天遣出言雄。诗名转在边陲得，彩笔新传晓梦中。"（《自题诗卷》其二）对国家命运、人民命运以及自身命运的关注，与诗歌创作中追求雄浑的倾向相结合，这就使王必达的诗歌表现出突出的悲壮特色。

悲壮特色的表现之一是，王必达的诗歌在内容上集中表现对战乱和人民所受苦难的描写和感叹，表现出强烈的感伤悲哀的情绪。

他曾经说过:"非与穷黎接,安知生计凋。"(《石门道中》二首其一)正因为他在战乱中目睹了人民的痛苦,才对人民的生存状况有了切身的体会。例如:

　　夜投荒村宿,腾腾远火焚民屋。晓行官道中,牛车徙宅啼颜红。恃河为险河流涸,莫使瓶罂得偷渡。河北千万家,化为尘与沙。河南日惊扰,沟驿惧不保。道旁父老向予哭:此邦幸未遭颠覆。飞章一撤临淮军,盗魁胁众缠妖氛。谁人上书告天子,起我中丞苏我死。我挥涕泪与之言,呈嗟父老毋烦冤。朝廷恻恻伤黎元,已命大将旌旄尊。况闻太守能忧国,发兵早叹头发白。同袍辛苦歌秦风,弩(努)力官军其杀贼。(《颍州道中》)

　　蓬发妻随夫,垢面父携子。力微坐道旁,涕泣挥不止。欲写此离情,愧乏风人旨。令我摧心肝,茫茫百忧起。(《从大榕江到全州途中作》之五)

这里的第一首诗描写的是在太平天国时人民所遭受的苦难以及他们的良好愿望。虽然诗中对太平天国充满敌意,但作品的基本出发点是对人民的苦难的同情,是对战乱中的人民命运的担忧。后一首则直接描写在战乱中人民流离失所、痛苦万分的情景,表现了对人民的极大同情。

　　他的许多作品直接描写了那个时代的动乱景象。例如《九月十五夜城头望月》:

　　昨宵明月侵中庭,太白睒睒秋天青。今宵月暗城头黑,壮士长歌新杀贼。冰轮千古当空圆,那知陵谷多变迁。渺渺清流作天堑,茫茫巨劫开戈铤。贰侧前年肆攻剽,巢车万点红灯照。奸民去岁复跳梁,五更列幕凄微霜。屹屹雄城夸大府,杀声三次铿铜鼓。国殇多半是编氓,遗黎那得归蓬户。可怜明月含清辉,下照伏尸流血真凄楚。女墙画角鸣乌乌,起视碧汉长嗟吁。河北旌旗扫境趋,江淮风浪掀天呼。妖氛直欲撼寰区,兵气不止腾边隅。大局虽危异倾厦,近忧最切同剥肤。嫖姚飞将今岂无,青史功罪谁能诬?书生力弱难为图,执戟仅可当一夫。草堂归来坐惆怅,银蟾欲落群鸡唱。

这首诗写的是以太平天国为主的农民起义引发的全国性战乱的情况。在这种情况下,"兵气不止腾边隅",连边境地区也不得安宁了,国家面临着灭亡的危险,人民却是最大的受害者:"国殇多半是编氓,遗黎那得归蓬户。可怜明月含清辉,下照伏尸流血真凄楚。"王必达希望出现"嫖姚飞将"能够平息战乱,使人民安居乐业。自己虽势单力薄,但也愿执戟为国出力。诗中表现出来的对国家命运的担忧,对人民的同情,令人为之动容。

　　他的许多诗并不直接表现人民的苦难,但是,同样表现了他深深的忧患和感叹:

　　　　鼓角中宵腾羽书,百蛮兵气未清除。荒城险要军储薄,小邑逃亡户口虚。行旅南来风鹤里,关山东去雪霜初。乌篷载酒匆匆发,千里清湘画不如。(《全州》二首其一)

　　　　悠悠行路口,都说未销兵。赤县欃枪气,黄州鼓角声。羽书飞霄急,荒徼阵云生。税驾知何地,乡关心倍惊。(《荆

襄道中偶成》)

这两首诗都没有直接描写人民的生活状况,但是,诗中所写的"鼓角中宵腾羽书,百蛮兵气未清除""荒城险要军储薄,小邑逃亡户口虚""赤县欃枪气,黄州鼓角声。羽书飞霄急,荒徼阵云生"等景象,表现了国家的动荡不安,同时也表现了王必达本人深深的感慨。这种感慨使得他的这些作品显得沉郁悲伤,非常接近杜甫诗歌的风格。

　　同时,王必达的悲,又有一层悲叹自身命运的内容。这主要是对漂泊天涯,有家不能归的悲叹:

　　　解组炎州贫不归,镜湖怅望付斜晖。子孙竟占桐乡籍,松菊空扃栗里扉。南国尚余明德在,北山莫又素心违。臣家廉让中间住,何日风尘甘息机。(《为粤人矣复篷仁而来星子道中再赋此篇》)
　　　玉溪生入郑亚府,园桂池莲独吟苦。我本若耶溪畔居,近作訾家洲上主。三年叠彩停孤云,飘飘又别日华君。官舍新年展旧卷,缥渺溪山眼中见。虞帝祠前雪作堆,伏波柱底江如练。前人选胜因从戎,高阁严城感慨中。每倚危栏伤北望,转怜越鸟巢南风。平生钓游忽远弃,襟抱彼此宁能同。鹧鸪飞飞集朱槿,沙禽冉冉栖丹枫。清辞读罢益惆怅,梅花芳草边庭空。(《人日读李义山集桂林诸诗》)

对王必达来说,他有两个故乡,一是广西临桂,一是浙江山阴。一方面,王必达对于因贫不得不寄居临桂深有感叹,"我本若耶溪畔居,近作訾家洲上主";另一方面,对于寄居临桂之后又不能不天涯漂泊,身不由己感慨万分,悲从中来。

令人称道的是,王必达的这类诗,特别是一些七言律言,往往在悲伤沉郁中见雄阔,而不作纤弱无力之语。例如:

> 英雄千载事悠悠,鼓角边声壮郡楼。遥指郧襄重策马,饱吞云梦乍维舟。岸容山意春初转,井钺参旗战未休。京洛苍茫故乡远,闻歌无那郢中游。(《荆州早发》)
>
> 地控东南百战经,万家烟火尚亭亭。用兵壮挽天河雨,牙纛光联上将星。霜暮山容新带紫,春来水势远浮青。频年大府劳筹策,车毂匆匆两日停。(《景德镇》)

在第一首诗中,王必达将历史与现实融为一体,历史的久远与现实阔大的空间背景相互交织,个人命运与国家命运紧密相连,组成了一幅幅极为壮阔的图景。后一首诗描写的空间极为阔大,所写景物极富气势,完全不见纤弱的痕迹。两首诗都几乎是杜甫晚年到夔州之后的作品的翻版。

悲壮的特色同样也表现在他的一些以历史为题材的作品中。王必达一生游历甚广,所见古迹及阅读史书甚多,每到一地,每读一书,就常有新作。在他的二千余首诗中,描写历史、感叹历史的作品占了相当的比重。这些作品往往借古讽今,言在此而意在彼,将感叹历史与描写现实相结合。例如:

> 万松郁蟠天为黑,上有虬螭护名刻。行人交说大唐年,仰视碑文身手侧。毡椎下拜施拓工,往往震撼鸣雷风。或登

或降戒勿语,明神呵斥居巃嵸。西陲佳拓璠玙同,好事携过
崤函东。贞观欧虞伟书体,结构虽异姿仍雄。突厥高昌拜且
舞,照耀天山矜武功。姓名磊磊将剥落,审视方能辨官爵。
上公陈国居第一,唐之班郑侯君集。文皇几不食熊蹯,青史
堪追超与吉。此碑峨峨高插云,建者左屯卫将军。姜氏行本
刊其勋,万钧薛氏亦大将,监门中郎尤纷纷。野火不焚石不
破,千载中原足流播。夷言䌷作科舍图(蒙古谓其地曰科舍
图岭,言有碑也),壮气封罢狼居胥。九成宫本夸上上,台池
避暑真区区。老弃毛锥守边塞,片幅摩挲终日对。谁云赑屃
险难攀,在我茫茫幅员内。(《天山碑歌》)

这首诗通过对天山碑的描写,表现对唐人开拓国土的赞叹。没有
悲壮的色彩,其壮志豪情却显然可见,其用意乃在希望清朝政府
能重振雄风。感情之充沛,气魄之宏大,在同时诗人中少有。

写景抒怀之作是王必达诗歌的一大类,作品的数量也特别
多。王必达对雄伟的山川有独特的感受与偏爱,特别是晚年到西
北为官,西北悠久的历史以及雄阔的景象,更使他的这些诗歌非
常明显地表现出了意境雄阔、气势不凡的特点。再加上他的这类
诗往往与历史结合,充满历史感,因此这类诗使人为之振奋激动。
例如:

蛟螭夜跃辞重湖,晓日欲出天模糊。岳阳高楼跨碧汉,
大江如练当前铺。由湖沂江不廿里,此间百战风涛粗。我昔
参戎读羽檄,三楚告捷时飞符。水温山赭壮挥写,元戎大笔
淋漓濡。今朝一舸睹旧垒,中流击楫凭歌呼。桓桓褚夏真丈

夫，艨艟转斗麾貔貅。沅湘万顷摄威念，一蹴乃陨千钧躯。故人建树克如此，令我气壮思驰驱……（《岳州进棹作》）

　　潼关天下雄，揆势只宜守。其外无高原，百里崿岈走。大敌长驱来，排云据冈阜。开关力催战，形势落人后。兵家重进退，必克安能狙。鸣钲思返军，有如入窦白。敌骑摧堕河，遑言奋执丑。用短而舍长，伊谁执其咎。客游初入秦，书未孙吴受。凭高逞壮观，论兵姑侈口。夕照吹长飚，千秋几胜负。（《潼关》二首其一）

这里的第一首诗写的是在洞庭湖与长江相连的地方泛舟的情况。诗中极力描写了洞庭湖和长江的雄伟壮观景象以及在这里发生的惊心动魄的历史事件。境界雄阔，意象奇特，笔力豪健，真可谓气壮山河。第二首描写潼关的壮丽景色，在写景中大发议论，议论中又有深沉的感叹。这样的作品还有《荥泽渡河》《浮梁县》《地险平》《永昌县道中望祁连山》等。

　　王必达有的诗还直接表达了报效国家的壮志豪情。例如《破白山观大阅》：

　　破白山光昏旦改，吞吐阴阳拥青海。微雨红绡帐底尘，新晴绿炫云间彩。巍巍大蠹五年临，赫赫春蒐万夫待。檐楹高豁山之阳，讲武登堂今上宰。龙堆已报通车书，凤阁将归和鼎鼐。谁知陆贾偏失言，岂有浑瑊甘受绐。朝廷虚己咨讦谟，元老忧时鉴危殆。筹边早竭营平怀，提师拟问单于罪。休云绝域乌孙远，得赋同袍气百倍。骓驱骅骆队森然，干盾戈矛士砺乃。前驱扉屦交河迎，后劲旌旄柳花洒。连朝简阅人无哗，只见青山照崔嵬。为问青山白雪多，汉唐军旅几经过。古人谁似今人杰，更唱天山壮士歌。

左宗棠平定新疆之后，西北形势大为改观。这首诗写的就是在破白山前作者观看大阅兵的感想，其中既有对清军整齐的军容、威武的气势的赞扬，更有一种清代后期诗歌中少有的民族自豪感。诗歌一改王必达诗歌以悲叹为主的基调，取而代之的是豪壮昂扬的风格，在王必达的诗歌中别具一格。所以他不无自豪地说："诗名转在边陲得。"(《自题诗卷》其二)

　　总之，王必达的诗多受杜诗的影响，悲中有壮，感情充沛，具有较强的感染力，在清代后期诗人中也是比较优秀的。

(二) 王必蕃

　　王必蕃的主要创作也是诗歌，有《桂隐诗存》。王必蕃与王必达在诗歌创作上有很大的不同。如果说王必达的诗歌创作主要是向唐人，特别是杜甫学习，多关心时事之作的话，那么，王必蕃的诗歌则更多地是向汉魏古诗学习，更多的是关心历史，体裁上多为乐府诗和古体。

　　王必蕃现存诗的数量远不及王必达，其中乐府诗占了多数，如《劝酒行》《倦游曲》《古乐府》《浩歌行》《从军行》《牧童词》《醉歌行》《战城南》《塞下曲》《隋宫词》等。这些乐府诗的一个突出的主题是借酒浇愁，感叹时光易逝，光阴短暂：

> 日东升,月西伏,双镜催人无了时。人生冉冉风吹烛,世间万事如川流。古来有死安用忧,劝君莫为长短歌。短歌四座添愁多,长歌奈我白头何。君不见咸阳原上多新墓,送葬人家朝复暮。素车丹旐何哀哀,风雨青松白杨树。百年朝露须臾期,劝君莫歌亦莫悲。有酒不饮将何为? 孤负三春花满枝。(《浩歌行》)

> 秋风骚屑来空房,草木摇落天雨霜。百年悠悠人事速,望古不见心茫茫。心茫茫,复谁语? 沉忧莫使胸中来,有酒惟期百杯举。古今代谢如浮云,六代风流一堆土。我意愿饮酒,饮酒且高歌。安得风为旗兮云为旆,笑骑白凤蓬莱过。齐州濛濛在何处,俯视大地惟江河。如瓜之枣安期与,金银宫阙游嵯峨。持杯不复知其他,朝朝暮暮颜为酡。尘世须臾兮奈老何,人间莫问沧桑多。(《醉歌行》)

这两首都具有相似的主题,感叹人生易老,世事难留,没有什么不朽,也没有什么可以长留,短暂的人生中看到的是风流成尘,新墓涌出。在这种情况下,最好的解决方式是不要追问人生的意义,更不要去追求永恒,不如以酒浇愁,及时行乐。所以两首诗都特别强调了饮酒的重要性:"有酒不饮将何为? 孤负三春花满枝。""我意愿饮酒,饮酒且高歌。"

王必蕃乐府诗的另一个重要内容是表现战争。例如:

> 行人一宿生离忧,明朝发卒边城收。东方欲曙起牵马,鸡鸣一声双泪流。咸阳原上将军去,重重旌旆干戈矛。寒风萧条塞草死,磨刀陇水边声秋。霜鹰欲下不得下,阴山惨淡

黄云浮。生儿出门不可留,从军万里行悠悠。年年梦绕关山路,生还不愿身封侯。昨闻武皇按剑怒,名王尽缚兵方休。诏书更遣嫖姚将,行人归来应白头。(《从军行》)

战城南,月色苦,铁骑凭陵猛如虎。阵云惨淡天不高,败马悲鸣卧黄土。前军大帅旗乱招,鸣金不闻但挝鼓。军中此时正开宴,锦帐氍毹献歌舞。偏裨战死横路旁,地下骷髅作人语。呜呼中原露布将军功,帝宠新承诏开府。(《战城南》)

从这两首诗我们可以看到,一方面,王必蕃对于那些"生儿出门不可留,从军万里行悠悠。年年梦绕关山路,生还不愿身封侯","偏裨战死横路旁,地下骷髅作人语",在战场上出生入死的将士给予了深切的同情;同时,又对封建皇帝和高级将领不顾下级将士的生死,寻欢作乐,只是满足自己的私欲给予了强烈的批判。后一首诗中所写的情况与岑参"战士军前半生死,美人帐下犹歌舞"完全相似,同时又更进一层。从这个方面来说,王必蕃是非常富有同情心和批判精神的。

王必蕃的乐府诗中,有一部分是表现爱情的。例如《古别离》、《古乐府》三首、《秋闺思》等。这些爱情诗,多表现的是岁月无情、红颜易老情况下的女子的相思之情,写得情真意切,委婉动人。例如《古别离》:

郎骑白马去,妾向空房住。远梦恨啼乌,夜夜窗前树。花开池面莲,感妾青春暮。莲开结莲子,妾作藕花死。盛时不再来,去去门前水!

丈夫(情郎)久久不归,留给女子的是无尽的相思。莲花开而复谢,青春一去不还。流水无情,红颜易逝,青春就在等待中慢慢枯萎!

由上可见,王必蕃的乐府诗基本上继承了汉魏乐府诗的写法,不仅诗题上基本上沿用了汉魏乐府现成的诗题,而且题材也基本上与汉魏乐府相似,主要是战争、爱情、饮酒,一以贯之的是对时间、青春、生命的感叹,甚至意象、词汇、手法等,都力求与汉魏乐府相似,语言朴实,饶有古风。

乐府之外,王必蕃另有两组诗值得注意。一组是《古风》八首,一组是《偶成二十绝句》。《古风》八首无论主题还是风格都类似阮籍的《咏怀》之类的汉魏古诗,多是历史题材,既有对上古以来大道颓坏,礼乐不兴,风俗变迁,知识分子命途多舛以及时光易逝,长生难求的思考与感叹,又有"人生在适意,贫亦思故乡。俯仰田园居,终老计自良"的人生愿望的表达。例如其一:"大道叹颓坏,望古心茫茫。缅怀三代盛,规模虞与唐。暴秦吞六国,苛政威虎狼。汉后治日隳,南北相弛张。纷纷六朝事,金粉夸齐梁。唐宗与宋祖,崛起雄金汤。伟矣不世才,亦未窥三王。圣君不数作,谁与修纪纲?古昔圣人治,贻厥千秋长。世人久弊萌伏,损益期其良。所贵君与相,惕兴居庙堂。何为淳风远,礼乐浸沦亡。空令百代人,杳杳思羲皇。"诗从三代一直写到唐宋,得出的结论是大道颓坏,纪纲不修,越到后来这种情况就越严重。这样的感叹与前人的感叹类似,但我们怀疑王必蕃似乎有着借古讽今的用意。关于《偶成二十绝句》,王必蕃在这组诗的自序中说:"闲时杂忆古人,思其文词遭际,偶有所触,两韵辄成。高歌微吟,百端交集。初不计词之未工与人之未遍也。"其主要的内容是感叹从屈原到唐代的二十位比较著名的文人的命运,虽然新意不多,但语言质朴,感慨深沉,亦有古风。

总之,王必蕃的诗,离不开一个"古"字,不论是题材、内容还是体裁、手法、风格等,都尽力向汉魏古诗靠近,眼光的落脚点始终在古代、在历史,很少直接表现现实世界和社会,与其兄王必达迥然不同。

(三)王鹏运

作为临桂王氏家族的晚辈,王鹏运则将这一家族的文学创作推上了顶点。

作为晚辈的王鹏运,很少写诗,一生创作全在于词。他的文学活动主要是刻词和创作词。

从刻词来说,他精选有珍贵的宋元版本的五代、宋、金、元 55 种词籍,加以校勘,编纂而成《四印斋所刻词》,对词学出版和词学研究产生了重要影响。从这个意义上说,王鹏运又是一位颇具功力的学者。

当然,王鹏运的最大成就,也是他一生主要的文学活动是词的创作。从创作来说,他所仰慕的是宋代周邦彦、吴文英、王沂孙等人,其形式与内容,与王必达、王必蕃均有很大的差别。

王鹏运(1849—1904),字佑霞,一字幼霞,中年自号半塘老人,晚年自号鹜翁、半塘僧鹜。同治九年(1870)中举人,同治十三年(1874)入仕途,先后任内阁中书、内阁侍读学士、江西道监察御史、礼部给事中等官职。

王鹏运为人耿直敢言,关心时事。在京时,屡次上疏朝廷,希望兴利除弊;对慈禧有所规劝,对朝中大臣也多有弹劾。曾参加强学会等改革组织。况周颐《礼部掌印给事中王鹏运传》云:"鹏运直谏垣十年,疏数十上,大都关系政要。""甫通朝籍,即不谐时论;置身言路,敢于抨击权强。"因此,王鹏运在仕途上比较坎坷,并无太大作为。虽然"才识通阂",但"不获竟其用"。①

王鹏运一生最重要的事业在于词学,这是他与其家族前辈颇不相同的地方。他不仅刻印了南唐迄元的许多名家词集,而且著有《袖墨集》《秋虫集》《味梨集》《鹜翁集》《蜩知集》《校梦龛》《庚子秋词》《春蛰吟》《南潜集》,晚年删定为《半塘定稿》《半塘剩稿》。因其在词学上的成就,被视为"清季四大家"之一。与他同时的著名词人朱祖谋在《望江南·杂题我朝诸名家词集后》中说:"香一瓣,长为半塘翁。得象每兼花外永,起参差校敬柯雄。岭表此宗风。"一方面将其列为清代著名词人,另一方面又视其为岭表宗风,评价不可谓不高。康有为云:"幼霞名鹏运,临桂人,清直,能文章。填词为光绪朝第一。"(《寄赠王幼霞》序)

从作品的数量来说,王鹏运的词比较多,达600余首。这为我们研究他的作品提供了便利的条件。虽然王鹏运的词几经变化,但我们还是可以从他的作品中找到一些共同的特点。

王鹏运的词不论是内容还是艺术,都可以看作是宋代周邦彦、姜夔、吴文英、周密等人在晚清的再现。他的词基本上没有突破宋代这几人的樊篱。王鹏运不仅不想突破,而且是有意识地再现宋代这些人的词风,将自己的创作极力向这些宋人靠近。由于

---

① 江都闵尔昌纂录《碑传集补》卷十,又《清代七百名人传》第五编(见张正吾、蓝少成等《王鹏运研究资料》上编,漓江出版社,1996年)。

是有意识地靠近,甚至是模仿宋代这些人的词作,他在创作上往往是亦步亦趋。宋代的周邦彦、姜夔、吴文英、周密等由于更多的是原创,他们往往能做到挥洒自如,随心所欲。而作为再现者或者说模仿者的王鹏运,他往往想做得更像周邦彦、姜夔、吴文英、周密等人。由于存在着这样的心态或出发点,他的创作往往比较拘束,在精神面貌上没有太多的新意。读其作品,恍如周邦彦、姜夔、吴文英、周密作品再版。王鹏运词所失在此,所得也在此。他之所以被称为"清季四大家",从创作这方面来说,是因其逼真地复活了周邦彦、姜夔、吴文英、周密等人的作品,在一个封建社会即将完结的新时代表现了作词的深厚功力,而不是让词获得了新的活力。他就像一个将颜体或柳体练得炉火纯青的书法家,其主要贡献在似,而非不似。

王鹏运的词在某种程度上可以看成是他的私人日记,因此,其内容是比较广泛的。他的词在内容上的另一个突出特点是,少慷慨激昂之词,多感叹身世、叹老嗟卑之作。

王鹏运生活在十九世纪后期,这个时候,正是中华民族国运最为衰微、最为多灾多难的时期。先是鸦片战争的爆发,然后是太平天国运动、中法战争、中日甲午战争、戊戌变法、义和团运动、八国联军入侵等,这些在中国近代史上引起剧烈震动的历史事件,每一件都震撼着中华民族的心灵。与此同时,伴随着这些历史事件的发生,中西文化的交流也发到历史的高峰。中华民族正处于一个急剧变化的新时期。而从王鹏运本人来说,如上所述,他也是一个关心时事的人,对政治也有热情,曾大量上疏弹劾权臣,议论时事。但是,王鹏运的词,只有极少的作品表现了现实政治的内容,表现了那个时代的一些新现象,而绝大部分的作品却是传统的婉约词,特别是近于周邦彦及南宋中后期的姜夔、吴文英、周密等人作品的题材与内容。因此,王鹏运的创作,并没有在内容上让他的词染上强烈的时代特征,也没有给他的词增添多少新的有别于宋词的内容。

在王鹏运的词作中,固然有《满江红·送安晓峰侍御谪戍军台》《八声甘州·送伯愚都护之任乌里雅苏台》等表现现实政治的作品,但这些作品不仅数量很少,且细读之下,其实与宋代豪放词人如张元干、张孝祥、辛弃疾、陈亮、刘过等人的作品也无多大的区别。例如《满江红·送安晓峰侍御谪戍军台》①:

> 荷到长戈,已御尽、九关魑魅。尚记得、悲歌请剑,更阑相视。惨淡峰烟边塞月,蹉跎冰雪孤臣泪。算名成、终竟负初心,如何是。　　天难问,忧无已。真御史,奇男子。只我怀抑塞,愧君欲死。宠辱自关天下计,荣枯休论人间世。愿无忘、珍惜百年身,君行矣。

词中说到的安晓峰,即安维峻。安维峻(1854—1925),光绪进士,性情耿直,不阿权贵,甲午之战前,支持光绪皇帝为首的主战派,连续上疏六十五道,最著名的是《请诛李鸿章疏》《请明诏讨倭法》。安维峻之上书声震京都,却因言获罪,被革职发派张家口军台。京城时人以“陇上铁汉”四字相赠。王鹏运在安维峻被贬之时以词相送,实际上是将自己视为安维峻的同路人,其精神与行为令人佩服。不过,就词本身的风格而言,类似于张元干《贺新

---

① 所有王鹏运词均引自曾德珪先生《粤西词载》,漓江出版社,1993年。

郎·送胡邦衡待制》《贺新郎·寄李伯纪丞相》。

就题材而言，王鹏运词中最具新意的是《调笑转踏·巴黎马克格尼尔》：

> 江水恨无已。泪尽题琼书一纸。红香蹀地尘难洗。凄绝名花轻委。脸红断尽铜华底。日夕明霞还起。

马克格尼尔是法国著名小说家小仲马笔下美丽的巴黎名娼，借助于林纾的翻译，在当时的中国具有很高的知名度。王鹏运用词的形式来表现这一人物，这在中国历代词作中是没有先例的。但是，如果将小序中的"巴黎马克格尼尔"数字略去，只看词作本身，我们毫无疑问地会想到这是一首表现中国古代歌伎命运的作品。这就说明，王鹏运在处理这一类新题材时，尽量避免尖新和突兀之感，有意识地将其纳入了中国传统词学的话语系统中。作为这种意识的最好说明的还不是这首词，而是词前所附的诗：

> 妾家高楼官道旁，山茶红白分容光。愿作鸳鸯为情死，托身不愿邯郸娼。浮云柳絮无根蒂，情丝宛转终难系。漫道郎情似海深，不抵巴尼半江水。

"妾家""高楼""官道""鸳鸯""邯郸娼""浮云""柳絮"等意象及词语的运用，一下就将读者带入了大家熟悉的中国古典诗词的语境中，作品所表达的思想内容也落入了传统诗词经常表现的妾向郎诉说的模式中。

王鹏运最喜欢的是在词中感叹身世，叹老嗟卑。王鹏运一生不仅仕途不顺，而且家事也颇多伤心之处，生性又多愁善感，于是就造成了他的词大部分是表现这种哀伤的。这样的主题，又与传统的诗词尤其是宋代周邦彦、姜夔、吴文英、周密等人作品表现的内容相符。

王鹏运的一生是非常不幸的，他早年丧父，中年丧母、丧妻，仕途不顺，内心深处有着巨大的人生悲哀和痛苦。正因为如此，王鹏运对执着地表现自己身世之感的词人如周邦彦、姜夔、吴文英、周密、张炎等才有着天然的亲近，在创作时毫不犹豫地选择了他们作为仿效的对象，创作的作品多为感叹身世、叹老嗟卑之作，沉痛呜咽，令人唏嘘。这可以说是王鹏运词的基调。例如：

> 天涯情味苦。枉低徊江湖，片帆风舞。似水前盟，有闲鸥，记得旧题诗句。念取萍飘，翻忘却、客身如絮。谁与消忧，只有吾家，醉乡千古。　　卅载风尘愁步。负烟雨呼牛，短蓑村路，老去怀乡，似神山风引，欲从无处。独秀峨峨，盼不到、楚江云雾。剩把归来新操，夜凉自谱。（《三姝媚》）
>
> 丝竹何心，中年哀乐浑难遣。闲云似惜别离多，悄逐南飞雁。一夕霜风凄变。晓寒深、客程方远。汉关缥缈，燕月苍凉，情谁见。　　人海支离，年年路鬼揶揄惯。可堪摇落对江山，又是芳华晚。休忆艳阳歌管。黯凫潭、蒹葭秋满。旧时燕子，甚日重来，画梁愁换。（《烛影摇红》）

这两首词在王鹏运的作品中，是具有一定的代表性的。前一首作品中的"天涯情味苦""念取萍飘，翻忘却、客身如絮""卅载风尘愁步"直接表达了王鹏运沦落天涯、客身如絮的感叹。美丽的家乡桂林虽然是安放灵魂的所在，却也遥不可及。后一首作品在离别的情绪中，抒发了中年人生如寄的沉重情怀。类似这样的作品在王鹏运的词集中处处皆是。而表现这类的主题，是王鹏运最为得心应手、游刃有余的。

像中国古代的大多数文人一样，王鹏运虽然很早就离开了家乡桂林，但他对家乡的感情从未改变过，一直怀着深深的眷恋之情。因此，他作品的一个重要内容是表现思乡之情，这是贯穿其词始终的一个主题：

> 杉湖深处，有小楼一角、面山临水。记得儿时嬉戏惯，长日敲针垂饵。万里羁游，百年老屋，目断遥天翠。寄声三迳，旧时松菊存未。　　昨梦笠屐婆娑，沈缘溪路迥，柳阴门闭。林壑似闻腾笑剧，百计不如归是。茧缚春蚕，巢怜越鸟，肮脏人间世。焉能郁郁，君看鬓影如此。（《百字令》）

> 簪带寻盟，悔轻负、旧日亲题云叶。佳约空忆骖鸾，南音自凄绝。看一片、江山画里，惜都付、暮天鸣鴂。五夜归心，三秋望眼景，知共谁说。　　漫赢得，猿鹤空山，怅烟雨年年误芳节。抛断故园松桂，剩飘零榆荚。灯影飐，乌丝细展，有黛痕、隐映笺雪。又是残醉天涯，司勋伤别。（《琵琶仙》）

这两首词都表现了作者强烈的怀乡之情。在第一首词前有一小序，将这种怀乡之情表述得更加清楚："杉湖别墅，先世小筑也。其地面山临湖，有临水看山楼、石天阁、竹深留客处、蔬香老圃诸胜。朱濂甫先生作记，见《涵通楼师友文钞》中。天涯久住，颇动故园之思。黯然赋此，将倩恒斋丁丈作《湖楼归意图》也。"从这个序可以看出词人对家乡的思念之情是何其真挚浓烈。第二首词的小序是"铁厂为录桂林岩洞记,用白石韵题后"。可知也是为思念家乡桂林而作的,表达了虽然身在京城,却心系桂林,有家不能归的感慨。

　　思乡乃人之常情,但王鹏运在表现这种人之常情的时候,并非简单地表现怀念之情,而是常常将怀念之情与身世之感紧密结合在一起。上面的两首作品都突出地体现了这一特点。"肮脏人间世""鬓影如此"是对肮脏人世、劳劳人生的感叹;"漫赢得,猿鹤空山,怅烟雨年年误芳节",不仅是对故园的眷念,更是对有家不能归的感叹。这表明,王鹏运固然对家乡有深厚的感情,对自己的人生遭遇更是不能忘怀。家乡在他的精神世界中,不过是一个想象中的安放灵魂的栖所,它既是一个与现实社会相对的圣洁世界,又是一剂安抚灵魂的良药。

　　王鹏运的词中,写景咏物也是一个很重要的内容,这一类词作在王鹏运的作品中占有相当大的比重。对这一方面的内容,王鹏运有着浓厚的兴趣,有时候写起来甚至不惜连篇累牍,如《齐天乐·和畴丈四咏》《木兰花慢·长椿寺等六首》等。从选材来说,王鹏运所写的多为前代作品中常写之景、常咏之物,如花草、树、雪、蝶、秋千等,很少有新生景物。例如:

　　　离恨题江,梦吟忆谢,萋萋愁满晴野。烧浅痕苏,雪融泥闰,何处轻盈换马。三月江南暮,剩几许、闲情陶写。最怜抽尽蔫红,万千心事如话。　休问蘼芜旧径,重为采余香,幽怨盈把。金谷园荒,铜鞮歌冷,游事不禁春冶。南北东西路,付断雨、零烟高下。醉不成眠,碧云谁藉遥夜。(《探春慢·春

草》)

> 谢娘池阁。夸东风俊赏,凤鸾飘泊。弄倩影、裙带牵愁,尽著意绊春,柳丝嫌弱。背立无言,记前度、庭花惊落。算年光烂锦,付与隔墙,语笑依约。　　重扃锁烟漠漠。只多情夜月,留照红索。悄不惯、帘外轻寒,数欢事桥东,又总闲却。有限余香,忍一任、游蜂狂扑。向黄昏、绣床困倚,鬖蝉自掠。(《解连环·秋千》)

这两首作品写的是春草、秋千,是宋词中常见的题材。从写法来说,与宋代姜夔、吴文英、周密、张炎等人的作品也没有太大的区别,都是从实处着眼,虚处落笔,虚实结合,写景物而不离人。

王鹏运的写景固然有较广的范围,但他所熟悉的苇湾是写得较多的。因对苇湾的观察较为细致,苇湾又是他感情寄托所在,故而往往写得比较生动:

> 柳阴翠合,正玉镜酣妆,茜裳娇舞。浦蝉韵午。倚纹疏记得,曳风前度。漫惜孤游,尽胜闲床卧雨。澹容与,一叶溯红,为载愁去。　　尘影频自顾。笑葛帔练单,又盟鸥鹭。旧香换否。怕回飔飐鹴,锦机轻污。思与云闲,一晌留人小住。耿无语。望层楼、闹花深处。(《扫地花》)

词中的写景虽然有不少套语,但还是比较细致生动的。不过,这类作品大多是写景为辅,抒情为主,写景中寄寓着强烈的主观情绪。客观地说,半塘词中的写景,除了少数如"雷声忽送千山响,惊破众窍如暗"(《塞翁吟》)等之外,大多缺乏精彩之处。主要的原因是作者心中古人的影子太重,套语太多,缺少独具慧眼的观察或者没有将独到的观察纳入惯用的思维和表达中。另外,半塘词写景多为抒情,景物缺乏独立性,这也使得它的景物缺少细节,多泛泛之言而不够形象生动。

除此之外,王鹏运还写过一些送别怀人之作,特别是怀念亡妻之作,感人至深。

总的说来,王鹏运的词风云气较少,为什么会这样?这与王鹏运深受周邦彦、姜夔、吴文英、周密、张炎等人的影响分不开。在周邦彦、姜夔、吴文英、周密、张炎等人的作品中,我们很少能看到正面地表现战争和表达对政治看法的内容,而更多的是表现身世之感、爱情失意和写景咏物等内容。王鹏运的词在内容上与这些词人作品具有高度的一致性。从艺术表现来看,上述宋代词人都喜欢一种含而不露,吞吞吐吐的表现方式。王鹏运虽为人耿介,但在思想感情及词的艺术趣味上更接近于上述几位词人,因此将他们词的表现方式也学得惟妙惟肖:

　　　烟尘满目兰成赋,休唱忆江南。昏昏海日,金台重上,泪点青衫。　　西山一角,向人如笑,寥落何堪。不如归去,生涯白水,家世黄甘。(《人月圆》)

　　　东风不送春来,如何只送边声至。断云阁雨,帘栊似水,冷清清地。炉火慵温,唐花欲谢,恼人天气。更无端清角,乍凄还咽,直为唤,新愁起。　　记得年年燕九。闹铜街、春声如沸。香车宝马,青红儿女,白云观里。节物惊心,清游谁续、好怀难理。算胜他铁甲,冲寒堕指,向沙场醉。(《水龙吟·乙未燕九日作》)

这两首词实际上都与当时动荡的形势有关,但王鹏运表现得十分含蓄。第一首词只是用"烟尘满目"四字暗示当时的局势,尽管其后的词语均表达了十分沉痛的心情,却始终只是诉说自己心中之悲而对时势不再涉及。后一首更是如此,"如何只送边声至"一句,暗示国家边境不太平,正受到外国入侵。中间则完全写个人情怀,到了末尾,才有"算胜他铁甲,冲寒堕指,向沙场醉"数句涉及战场,然给人的感觉也是泛泛而谈,用以强调自身的处境与感觉,着眼点并不在于强调那些沙场上的战士。这样的表现方式一如姜夔的《扬州慢》。就是上文说到的《满江红·送安晓峰侍御谪戍军台》《八声甘州·送伯愚都护之任乌里雅苏台》之类与时事关系比较直接的作品,仔细推敲也可发现,重点并不在正面描述安晓峰被贬的事件,而在抒写他的送别之情。虽然对清政府心怀不满,但表现得并不强烈。这种效果,显然并不是王鹏运本人为人的要求与准则,而是作品的艺术追求。

王鹏运的词,十有八九有小序或标题。其中以小序居多。在如此众多的作品前都作有小序,说明王鹏运是有意识地这样做的。这些小序,有的是诗,绝大部分是散文。这成为王鹏运词的一个显著特色。

这些小序分为几种类型:

1.说明吟咏对象。如《翠楼吟·磬落风圆》:"同槐庐、粹父过圣安寺。寺在东湖柳林。旧有金世宗、章宗画像。古松二株,亦数百年物。今并不可得见。惟明指挥商喜画犹存,光怪夺目。王阮亭、高念东诸先生,圣安僧舍联句,即此地也。"《醉太平·惊云势偏》:"西湖隐山,吾乡岩洞最胜处。徽生侍御,贻我韶石,高广不盈尺,六洞宛转,通明幽渺,颇与相似。因名曰壹天意隐,并系以词。"从这一类小序,可以看出王鹏运词题材广泛的特点,同时也可以看出王鹏运在吟咏对象上的趣味。

2.交代写作背景。如《木兰花慢·童游牵梦愤》:"今年春日,颇动故园之思,尝倩恒斋丁文绘《湖楼归意图》,并赋词寄兴。既而归不可遂,而恒斋出守,画亦不可得。顷阅辛峰词,有用稼轩翠微楼均题杉湖别墅一阕,林容水态,抚绘逼真,益令人怅触不已。故乡风讯,咄咄逼人。南望清漓,正不独一丘一壑,系人怀抱。依韵属和,辛峰其知我悲也。"《踏莎行·影淡星河》:"五月十三夜,对月偶读《于湖集》,有'是日月色大佳,戏作'一调,依韵赋此。光景长新,古人不见,未知今夕怀抱,视公何如矣。"这一类的小序可以说是王鹏运词中数量最多的,往往写得富有诗情画意,其中蕴含着深沉而丰富的人生感慨。它们常常也可当作小品文来读。由于篇幅所限,不可能将序写得太长,因而往往能做到言简意赅,使其本身具有较高的文学价值。另外,从其中的某些小序中,我们可以清楚地看到王鹏运作品产生的具体背景,了解作品是在一种怎样的环境中创作的。这对于我们了解作品的主题及艺术性都有很高的参考价值。例如《三姝媚·休辞歌者苦》:"李髯、梦湘、子苾、子培、菽衡、夔笙、伯崇皆和道希韵见贻。吟事之盛,为十年来所未有。六用前韵答之。"从这个小序中可以看出王鹏运的词往往是在和答之中产生的,讲究用韵也就很容易理解了。

3.点明主题。如《金缕曲·刺促胡为者》:"赠怀堂被酒作。"《金缕曲·梦境非耶是》:"二月十六日纪梦。"《八声甘州·甚风尘》:"九日柬梦湘有怀道希子苾。"这一类的小序往往也可以视为词题,对于理解词意具有重要作用。

4.说明用韵特点。如《百字令·客为何者》:"用《江湖载酒集·自题画像》韵再题。"《南浦·倦踏六街尘》:"苇湾观荷用夔笙韵。"这类小序可以说是了解王鹏运用韵特点的钥匙。

为什么王鹏运喜欢为自己的词作小序?这可能有以下几方面的原因:

第一,受宋代的姜夔等人的影响。在姜夔等人的词作前,往往有一个具有诗情画意的小序,这些小序与词交相辉映,成为一种特别的景象。王鹏运的作品由于受姜夔等人影响很深,在小序的写法上也自然难以避免其影响。

第二,时代风气。翻阅清人陈维崧《湖海楼诗集》、龚自珍《定庵词》、朱祖谋《彊村语业》等,无不以作小序为常式。王鹏运生活在那个时代里,这也是一种习惯做法。

第三,有意识地运用小序来与词作配合,使之与词相映成趣,相得益彰。王鹏运词中的许多小序,既是序,对于理解词有很大的帮助,同时又是优美的散文,本身具有重要的审美价值。作为散文的序与作为韵文的词放在一起,确有其独特的形态。这样的构成,显然不会是无意为之,而是精心设计的结果。

半塘词中,词调的数量十分惊人,达到了数百调。这样的现象至少说明了以下问题:

第一,说明王鹏运的创作,有意识地在形式上下功夫。词在南宋时期就已成为了一种独立于音乐的案头文学,到清代,经过有关专家的整理,词调的格律已完全被认可。在这种情况下,王鹏运创作大量不同词调的词,可能有几个原因:一是练习模仿不同的词调,熟悉各种不同的词调,积累创作的经验。对于王鹏运来说,宋代遗留下来的词调既是宝贵的财富,同时又是一种挑战。

在这种挑战面前,王鹏运既是在向古人挑战,也是在向他自己挑战。为了完成这种挑战,他的有效途径之一就是大量模仿前人的词调,以期达到或超过宋人在词调运用上的水平。二是朋友间相互唱和的需要。王鹏运的词作有许多是唱和之作,他的社交圈子里的唱和者均是有较好词学修养的专家。在这种情况下,一般的老调重弹未必能引起他们的兴趣,因此往往要寻求一些新调来试试牛刀。而且朋友之间的唱和,在一定程度上也是一种竞赛。为了应对这种竞赛,王鹏运就必须熟悉各种不同的词调。应当说,王鹏运在这一方面的努力是十分刻苦并且也是成功的。

　　第二,说明王鹏运对于词的形式的兴趣大于对词的内容的兴趣。王国维批评周邦彦"创调之才多,创意之才少",将这话中的"创"改为"仿"字,就完全可以用来评价半塘词。我们当然不能说半塘词在内容上完全无新意,但如上所述,他的词在内容上也确实很少有新的发展。就王鹏运本人的创作意图来说,一方面他是在借词这种古老的形式来抒情,另一方面他又是在借自己的一般情感来尝试词这种他感兴趣的形式。他可以容忍甚至有意识地磨平词在内容上的棱角,但他却不能容忍在词的形式上给人留下话柄,或者说他本来就对词的形式更为关注。《鹊踏枝》十首序云:"冯正中鹊踏枝十四阕,郁伊惝怳,义兼比兴,蒙耆诵焉。春日端居,依次属和,就均成词,无关寄托,而章句尤为凌杂。"虽然冯延巳的作品"郁伊惝怳,义兼比兴"是其成功之处,但对于有意识地"无关寄托"的王鹏运来说,他主要的兴趣点并不在此,而在于用组词来写作《鹊踏枝》的这种形式。

　　王鹏运将宋人留下来的这数百个词调一一作了尝试,并且将它们写得娴熟优美,不知下了多少功夫。从这个角度来看,这样的一番功夫实际上是他成为"清季四大家"的一个很重要的原因。

半塘词不仅词调多,而且还非常讲究词律。《采绿吟》云:"此调《词律》不载。拾遗于过片次句'丝'字断句,注韵几无文理,鄙意'脆'字仄叶,与'渡江云'换头正合。因与夔笙赋此,以谂知者。叶氏《天籁轩词谱》:'前段歇拍寄谁字误为谁寄,宜更。'妄生枝节也。"《青玉案》序云:"梦中得句,云是咏帘诗也……以久不作诗,戏演其意为长短句。此调向叶去上,谐婉可诵,偶以入声谱之,音节殊不类,恐不免转折怪异之讥也。"这两段话确切地说明了王鹏运对于词律的追求。前一段从正面来说明,后一段从反面来确认。而《蕙兰芳引》词序则表达了他的另一种看法:"叔问濒行,用美成秋怀韵留别,以起调'鹜'韵适'符''余'字也。依韵寄酬,凄彻之音,恰与离怀相发。"与此类似的还有《绮寮怨》序中的话:"以畴丈鹤公所书联吟词卷。属叔问作《感旧图》于后。卷中同人,唯瑟公与余尚无恙,而十年久别,万里相望,叹逝伤离,不能已已。用美成涩体以写呜咽。"所谓"凄彻之音,恰与离怀相发""用美成涩体以写呜咽"就是突出了声情并茂的特点,强调的是声与情谐。这应当说是王鹏运词的一个重要特点。

王鹏运对于形式的执着追求,更多的是表现在用韵上。据谭志峰先生统计,半塘词的 600 余首词中,用晚唐五代及宋人韵 114 首,其中用得最多的是周邦彦 24 首、吴文英 19 首、晏几道 11 首、姜夔 10 首、冯延巳 10 首、张炎 8 首。① 如此大量地使用前人韵,一方面说明王鹏运对于前人作品的景仰,借以练习提高自己的创

---

① 《论王鹏运和他的词》,张正吾、蓝少成等《王鹏运研究资料》第 390—391 页,漓江出版社,1996 年。

作水平,以求得与古人创作的相似性;另一方面又说明王鹏运对词韵要求之严。因为用古人韵相对而言难度较大,自由创作难度较小,王鹏运是明知其难而故为之。

沈曾植曾说:"鹜翁取义于周氏,取谱于万氏。"(《彊村校词图序》)指出了王鹏运的词调、词律是渊源有自,并非无本之木。

半塘词,作为清季名词,其名在于体裁完备,风格典雅,手法娴熟,在很大程度上再现了周邦彦、吴文英、姜夔、张炎等人之风。前人评其词作"君(指王鹏运)词导源碧山,复历稼轩、梦窗,以还清真之浑化"(朱彊村《半塘定稿序》)、"鹏运于词,欲由碧山、白石、稼轩、梦窗,蕲以上追东坡之清雄,还清真之浑化"(龙榆生《清季四大词人》)。种种评论,都道出了王鹏运词作最突出的特点,那就是以宋人为榜样,希望能达到宋代词坛大家的境界,而没有一人指出他的突破之处。希望能达到宋代大家境界,并且在一定程度上也达到了这种境界,这是王鹏运的成功之处;但他最终无法突破宋人,甚至根本就未曾想过要突破宋人,这也是其可议之处。以当时的时代风气和王鹏运本人的性格、才能而言,他只能如此。他的可敬之处在于以毕生之力从事于词学领域,在词籍整理上留下一份珍贵的遗产,同时在创作和理论上也达到了他那个时代所能达到的最高高度。在新世纪文学革新的曙光还未露出之前,作为词这种旧体裁的作者的他,只能回望过去。对于未来,他不能想象,也不敢想象。因此,《蓼园词评》中的一段话是颇有意味的:"近人操觚为词,辄曰吾学五代,学北宋,学南宋。近十数年,学清真、梦窗者尤多。以是自刻绳,自表白,认筌执象,非知人之言也。词之为道,贵乎有性情,有襟抱。涉世少,读书多,平日求词词外,临时取境题外。尺素寸心,八极万仞,恢之弥广,斯按之逾深。返象外于环中,出自然于追琢。率吾性之所近,眇众虑而为言乃至诣精造微,庶几神明与古人通,奚必迹象与古人合,矧乎于众古人中而薪合一古人也。"王鹏运的追求与此相仿。

三、王氏家族的文学特点

临桂王氏家族的三位主要成员王必达、王必蕃、王鹏运主要从事诗词创作,却很少有散文创作,很显然是受了"诗是吾家事"的观念与传统的影响,将诗歌创作看成了一种家学。可以想象,无论是王必达、王必蕃,还是王鹏运,年轻时都曾经受过严格的文学教育,从小就培养起了诗词创作的兴趣和特长。在这种家族观念和文化传统的影响下,形成了一个影响深远的文学家族。

从上面的分析中我们可以看到,临桂王氏家族三位主要成员之间的创作有着巨大的差别。作为长辈的王必达、王必蕃,其特长是诗歌创作,但两人之间的差别是显而易见的。而作为晚辈的王鹏运,其一生精力和兴趣则基本上不在诗而在词,与两位父辈的文学创作更是差别明显。有文学创作的共同爱好和特长,同时又保持其差异性,这是这一文学家族文学创作的一个突出特点。而恰恰是因为有了这种差异性,才说明这是一个真正成熟的文学家族。正如曹丕《典论·论文》所说的那样,"文以气为主;气之清浊有体,不可力强而致。譬诸音乐,曲度虽均,节奏同检;至于引气不齐,巧拙有素,虽在父兄,不能以移子弟"。王氏家族的这三位成员创作上的这种差异性,一方面说明了三人在天性、才力、兴趣客观上的不同,另一方面也说明了他们在文学创作上对家族内部其他成员文学创作的尊重以及他们在主观上各自求异的创作思想。

　　我们在看到临桂王氏家族三位成员文学创作的相异性的同时,也要看到,相同的血缘与家族文化又形成了这个家族共同的家族性文学特征,其中最突出的是三人作品都表现出来的浓厚的忧伤色彩。

　　从上文所引王必达所说的"诗是吾家事,苍茫问杜陵。清门千古重,旧德百年承"的话可知,杜诗是这一文学家族共同推崇的对象。三人可能从小就受了杜诗的熏陶,将杜诗作为学习的榜样,因此,长大成人后,尽管他们的作品有诗风、文体的不同,但是,仍然不约而同地表现出强烈的杜诗色彩,因而更显忧伤。这主要是因为在他们的作品中,集中表现了如下感情:

　　第一,对国家、时事和人的命运的强烈关注。如前所述,王必达的诗集中表现对战乱和人民所受苦难的描写和感叹,王必蕃的诗不直接表现现实的战乱和人民所受苦难,但像《战城南》《从军行》等,实际上也是现实中战乱和人民所受苦难的反映。至于王鹏运,像《满江红·送安晓峰侍御谪戍军台》《八声甘州·送伯愚都护之任乌里雅苏台》这样的作品,直接表现的就是现实政治事件。

　　第二,对身世、家世的感叹。王氏家族本来祖籍山阴,因贫而客居临桂,这一直是王氏家族的一块心病。等到客居桂林,反认他乡作故乡后,即使客居桂林,也还常常漂泊天涯,无处安身而欲归不能。所以,在王氏家族成员的三位作家作品中,这种漂泊感表现得非常强烈,尤其是王必达、王鹏运父子的作品表现得更为突出。例如上文所引王必达《为粤人矣复筮仁而来星子道中再赋此篇》中的"解组炎州贫不归,镜湖怅望付斜晖。子孙竟占桐乡籍，松菊空扃栗里扉"，《人日读李义山集桂林诸诗》"我本若耶溪畔居，近作訾家洲上主"，《送十六弟之官崇信》"飘飘辞故国，宛宛到殊乡。往岁同千里，微官在一方"。而王鹏运的《三姝媚》也颇有代表性："天涯情味苦。柂低徊江湖，片帆风舞。似水前盟，有闲鸥，记得旧题诗句。念取萍飘，翻忘却、客身如絮。谁与消忧，只有吾家，醉乡千古。　　卅载风尘愁步。负烟雨呼牛，短蓑村路，老去怀乡，似神山风引，欲从无处。独秀峨峨，盼不到、楚江云雾。剩把归来新操，夜凉自谱。"家在万里，身似飘萍；客身似絮，无处安身。人生的况味，只在"情味苦"三字中，而这"情味苦"三字，可视为《半塘定稿》全部作品的基本内容。当然，王必达与王鹏运的家世之感是不同的，王必达所感叹的是作为浙人在不得已的情况下为粤人，而王鹏运作为土生土长的粤人，他的浙人意识已经退化，因而感叹的则是远离桂林的思乡之情了。

　　临桂王氏家族对杜诗的推崇，作品所表现出来的忧伤色彩，当然与时代风气有关，但同时也与这一家族本身的性格、气质有密切的联系。也就是说，杜诗所表现出来的哀伤情绪与王氏家族本身的忧郁气质和性格是暗合的。有关王必达、王必蕃性格气质的直接材料我们无法找到，但是，关于王鹏运的性格、心态和气质、性格、命运，朱祖谋却有详细的论述：

　　　　半塘僧鹜者，半塘老人也。老人今老矣！其自称老人时，年始实壮。或问之，老人泫然以泣，作而曰："礼不云乎？父母在，恒言不称老。某不幸，幼而失怙，今且失恃矣！称老，所以志吾痛也。"然则半塘者何？曰："是吾父吾母体魄之所藏也。吾纵不能依以终老，其敢一日忘之哉？"由是朋辈无

少长,皆以老人呼之而不名,悲其志也。老人仕于朝数十年,
所如辄不合。尝娶矣,壮而丧其偶;生子,又不育。尝读书,
应举子试矣,而世所尊如进士者,卒不可得⋯⋯老人之为言
官也,尝妄有论列,其事为人所不易言。老人之友,有为老人
危者,上疏之前夕,为老人占之,得"刻鹄类鹜"之繇。疏上,
几得奇祸⋯⋯嗟呼,半塘者,老人之墓田丙舍也。曩以仕于
朝,不得归;今投劾去矣,又贫不能归。老人又以出世之志,
牵于身世不得遂;求得西方贝叶之书,乃哆口瞠目不能读,读
亦不能解。惟所谓鹜者,其鸣无声,其飞不能高以远,自浮沉
鸥鹭之间,而默以自容,或庶几焉?是老人之名副其实者,仅
三之一耳!然则老人之遇,亦可知矣。(《疆村词》卷二《哨
遍》注引)①

从这段材料可以看到,王鹏运的命运是不幸的,同时,在他的身上
又体现出强烈的敏感、忧郁、内向的特点,而这有可能是王氏家族
的共同特点。相似的命运和性格、气质,又有着风雨飘摇的共同
时代背景,再加上时代风气的影响,这使他们共同选择了杜甫诗。
而选择了杜甫,实际上就意味着选择了忧伤。

由此我们想到王鹏运著名的"重、拙、大"理论,对于这一理
论,人们习惯于从王鹏运与常州词派的关系来寻找渊源,这或许
没有错,但是,绝大多数人都忽视了它们与王氏家族本身的文学
传统与气质性格的关系。其实,王鹏运的所说的"重、拙、大"三者

---

① 转引自龙榆生《清季四大词人》,张正吾、蓝少成等编《王鹏运研究资料》,漓江
出版社,1996 年。

中,至少"重"与"大"这二者与其家族的文学传统与气质性格有关。按照况周颐《蕙风词话》的解释,"重者,沉著之谓也。在气格,不在字句。于梦窗词庶几见之"。所谓"重",也就是凝重、沉重。凝重、沉重从何而来?从词表现的思想内容,即对命运的反复咏叹而来,吴文英(梦窗)正以此见长。所谓"大"者,按照孙维城先生的解释:"大就是寄托邦国大事。"①而方智范等人的《中国词学批评史》则认为:"大主要包含着三层意义。一是语小而不纤,事小而意厚。二是词小而事大,词小而旨大……三是身世之感通于性灵的寄托。"②用这些解释来对照上文我们关于王必达、王必蕃以及王鹏运创作的有关论述,不难发现二者之间的相似之处。

---

① 《况周颐与〈蕙风词话〉研究》第 68 页,黄山书社,1995 年。
② 《中国词学批评史》第 391—394 页,中国社会科学出版社,1995 年。

唐景崧家族的文化与文学

清代道光至光绪年间，灌阳出现了"一门三进士""同胞三翰林"，这就是唐景崧、唐景崇、唐景崶同胞兄弟三人。这三人与其父亲唐懋功虽然各自的成就、表现不同，但共同构成了一个文化与文学家族，成为灌阳历史上最耀眼的家族。

一、唐氏家族的家族文化

唐氏家族的文化特点是重视教育，在科举和仕途上具有强烈的进取心。

唐氏家族世居灌阳新街江口村，族中多有读书人。唐懋功的父亲唐廷植，是道光乙酉科恩贡生，科举上和事业上没有取得较高的成就。但是在教育唐懋功，为他确立正确的人生方向和价值观起了非常关键的作用。唐懋功有一首《清明展先大人墓》写道："生儿及壮强，流光如逐电。儿少迫饥驱，终岁几相见。迩来风木高，家食缺珍膳。依依膝下身，落落生前面。趁庭事诗礼，三十忝秋荐。一第何足荣，偃蹇樱桃宴。亲老思求禄，弩马长安恋。叩别忆前期，神昏互眴眩。提挈双孙俱，歧路泪如霰。明知事无据，竭力仰天眷。勉哉绝裾行，既北仍背战。燕南大风雪，邅迍终天变。含辛理归装，吴越舟车遍。麻衣迁道返，邻里动哀唁。新封启马鬣,匠石督营缮。临殁视饭含,既殡修朝奠。此礼未能循,儿罪当诛谴。赖兹夜台居,纡曲近郊甸。寒食开野棠,风迎纸灰胃。乌哺无报期,悽听山禽啭。"在这首诗中,唐懋功回忆了父亲对他的养育和教导之恩,表达了因为贫穷等原因,未能全尽孝心的遗憾和悔恨,其中特别提到了"趋庭事诗礼"的教导,可见唐氏家族是有家学的。

唐氏家族的兴盛开始于唐懋功。唐懋功,号云坳。道光丙午(1846)举于乡。这次中举,拉开了唐氏家族在科举上走向兴盛的序幕,但却未为唐懋功本人打开入仕之门。唐懋功在咸丰年间未能在仕途上取得突破,谋得一官半职,多数情况下以教书为业。后来他曾北上参加会试,希望在科举上有所突破,但未中而归桂林,还是以教授生徒为业。唐懋功的教书生涯主要在桂林燕怀堂王家,而他的三个儿子唐景崧、唐景崇、唐景崶跟随伴读,这为三个儿子提供了很好的教育机会。

唐懋功中举,再加上其教书生涯,虽然未能从根本上改变其命运。但是这对于唐氏家族来说,却是一次巨大的飞跃,因为他毕竟是这一家族有史可查的第一位举人。同时,更为重要的是,在唐懋功的身上,唐氏家族重视教育,在科举和仕途上积极进取的精神已初步奠定,并且也实际上为唐氏家族的兴盛作好了基本的物质和人脉上的准备。

最能体现唐氏家族重视教育,在科举和仕途上积极进取这种文化精神的是唐景崧、唐景崇、唐景崶同胞兄弟三人。他们先后中进士,并入翰林,成为清代广西唯一的"同胞三翰林"。

唐景崧(1841—1903),字维(一作微)卿,咸丰十一年(1861)参加广西乡试,高中头名解元。同治四年(1865)进士,选翰林院庶吉士,授吏部候补主事。光绪八年(1882)法国侵略越南北圻,上折言越事,自请赴越南联络黑旗军抗法。奔走于顺化、保胜、山西、北宁间,为刘永福出谋划策。中法战争后调福建台湾道道员,旋升台湾布政使,署理台湾巡抚。1895年清朝割弃台湾,台湾军民成立民主国,推其为大总统领导抗日。后回桂林闲居。1899年受聘担任桂林体用学堂中文总教习。晚年热衷于桂剧改革。

唐景崇(1844—1914),同治十年(1871)进士,选翰林院庶吉士,曾任广东主考和浙江、江苏学政。裁撤学政后回京先后任工部、吏部侍郎、学部尚书,曾注《新唐书》。

唐景崶(1853—1884),字禹卿。光绪三年(1877)进士。光绪三年五月,改翰林院庶吉士。光绪六年(1840)四月,授翰林院编修。

从以上三人经历可见,唐家三兄弟都有入翰林的经历,这也就是"同胞三翰林"的来历。在清代,皇帝一向把翰林院作为"储才"之地,凡是进翰林院任职的,都必须是科举考试中的佼佼者。状元按规定要入院当修撰,榜眼、探花要入院当编修,进士中的优秀者为庶吉士,要先入翰林院庶常馆学习深造,三年期满,考试优良者可授以编修等职。由于庶吉士当翰林都是皇帝亲笔勾定,所以民间有"点翰林"之说。入翰林,一方面说明已成为当时知识界的一流人物,另一方面,同时也更重要的是能够得到皇帝的赏识和恩宠,在官职上有更多升迁的机会。清朝皇帝常常亲临翰林院与翰林们欢宴,并时常邀请翰林们到西苑三海之一的南海赏花和欢宴,名曰"太液赐宴赏花",这是一般人无法享受到的待遇和荣耀。另外,如果翰林去世,可以谥以非常荣耀,而非翰林出身的人则不能享受此殊荣的"文"字。所以,清代的翰林虽然官位不高,但历来被视为清显，因而是大多数清代文人追求的梦想。唐氏三兄弟先后入翰林院担任官职，这是唐氏家族重视教育，在科举和仕途上积极进取这种文化精神的最大成功，同时也是这一家族引以为豪的荣耀。

　　而唐氏家族的兴盛，又与唐景崧的婚姻有很大的关系。根据《广西闱墨》所载，唐景崧的妻子是"诰赠奉直大夫、讳诚仁公季女"，即选知县名必荣胞妹，即王必达、王必蕃、王必名、王必镛、王必盛嫡堂妹。由此可知，唐景崧通过婚姻，与临桂的名门望族王氏家族，也就是王鹏运的家族联系在一起了，这就意味着唐氏家族与临桂王氏家族结成了姻亲。这无疑为唐代家族的兴盛获得了极为重要的人脉。同时，我们还应注意的是，唐氏家族早在唐懋功时就从灌阳搬迁到了桂林，正是因为到了桂林，也才有与临桂王氏家族联姻的机会，唐氏家族也获得了良好的教育机会。根据《广西闱墨》所载，教过唐景崧的老师就有如张凯嵩、郑献甫、汪运、王恩祥等名人，这对于唐景崧的成长和发展无疑有着巨大的作用。

二、唐氏家族的文学

　　唐氏家族重视教育，在科举上积极进取的同时，在文学创作上也在不断积累和发展。

　　这一家族的创作，早在唐廷植的时代，就有了"趋庭事诗礼"的基础，到了唐懋功，就正式拉开了这一家族文学活动的序幕。

（一）唐懋功

　　唐懋功的主要兴趣是诗歌创作，他对诗歌有强烈的爱好，在一段时间内，"穷居憔悴中而未尝废吟"。现存的《得一山房诗集》是唐懋功亲自抄存的，只有两卷，共二百余首。作于他四十岁以后，始于咸丰丙辰（1856），迄于光绪丙子（1876）。

　　唐懋功的诗歌风格沉郁感伤，有较强的感染力。这与唐懋功有意识地仿效杜甫诗歌的风格、常以杜诗为榜样有关。在他的诗集中，有《病起慨时事用少陵诸将五首韵》《寇警仍用少陵诸将五首韵》等作品，可见杜诗对他的影响。

　　一方面是受杜诗的影响，另一方面是生逢乱世，唐懋功有意识地用诗歌来反映时事，表达自己对当时社会的看法。因此，他的诗集中，反映当时社会动乱的作品特别多，除《病起慨时事用少陵诸将五首韵》《寇警仍用少陵诸将五首韵》之外，还有《寇警》、《闻时事有作》四首、《哀黄巾》、《枇杷》、《居停避寇东下苍梧予因谋生无地勉与偕行然忧患中之别离益增凄恻矣赋此以别家人》等。这些作品对太平天国等农民起义活动作了较全面的反映，同时也表达了他自己的看法和感慨。例如《哀黄巾》：

　　　　欃枪扫屋天狼起，草泽藏奸殊未已。夜半忽惊妖鸟鸣，十室村落九奔徙。遥遥争向都垣行，肩担背负如风驶。年来魑魅欺湘漓，既据岩阿据城市。黄巢未灭民无家，救焚孰似横冲李。非教道路苼荆榛，谁把锄犁弄烟水。我从京国归故园，冷抱残编饥不死。屡闻家山照烽火，悲哉吾族失栖止。

高牙大纛何巍哉，养虎戕人为祸始。安得长剑青天倚，诛汝
潢池盗兵子。

诗写太平天国等农民起义军在广西活动的情况，言语之中虽有不
实之词，感情倾向也可能存在偏颇，表现也不够含蓄，但作品所表
现出来的愤恨忧伤之情是非常强烈的。

唐懋功常常将表现社会动乱与他自己的遭际命运结合起来，
这使他的诗歌在深沉之外另有一种动人的力量。例如《寇警》四
首其四：

人生如寄命何穷，岩穴仓皇转徙中。巢幕无聊秋后燕，
惊弓不定雨余鸿。嘉禾栖亩年空稔，蔓草迷天路莫通。休道
在城殊在野，有家俱属可怜虫。

动乱对于国家是灾难，对诗人自己也是不幸。在动乱中，诗人颠
沛流离，无所安居。其情可悯，其人可怜。通过这首诗，我们可以
看到诗人在动乱中的特殊心理感受，更可以看到动乱之中平民百
姓无法把握的命运！读来令人鼻酸。

在唐懋功的诗歌中，感时伤世是一个重要的内容，对亲人的
思念则是另一个重要的内容，例如《清明展先大人墓》、《梦亡女》
四首、《寄内》八首等。这些作品感叹自己的身世，抒发对亲人的
怀念，情真意切，低回宛转，多为危苦之词，动人心魄。如《清明展
先大人墓》：

生儿及壮强，流光如逐电。儿少迫饥驱，终岁几相见。

迩来风木高,家食缺珍膳。依依膝下身,落落生前面。趋庭
事诗礼,三十忝秋荐。一第何足荣,偓寒樱桃宴。亲老思求
禄,驽马长安恋。叩别忆前期,神昏互眴眩。提挈双孙俱,歧
路泪如霰。明知事无据,竭力仰天眷。勉哉绝裾行,既北仍
背战。燕南大风雪,遽遘终天变。含辛理归装,吴越舟车遍。
麻衣迂道返,邻里动哀喭。新封启马鬣,匠石督营缮。临殁
视饭含,既殡修朝奠。此礼未能循,儿罪当诛谴。赖兹夜台
居,纡曲近郊甸。寒食开野棠,风迎纸灰胃。乌哺无报期,悽
听山禽啭。

此诗对自己一生作了简单的梳理,更多的是表现了对逝去父亲的
怀念,表达了"乌哺无报期"的深深遗憾。作品虽写的是琐碎细
事,但于细微处见真情,在低语中见心性。

伤时与伤己相结合,造就了唐懋功诗歌沉郁的风格,虽有明
显的模仿杜诗的痕迹,但其心可鉴,作品也不乏动人之处。

(二)唐景崧

唐景崧颇好文事,在台湾时,曾组建了斐亭吟社、牡丹诗社。
晚年退居桂林,又组建演出桂剧的"桂林春班"。于诗、文、戏剧创
作均有作品。著有《请缨日记》《诗畴》《迷拾》《寄困吟馆诗存》
《看棋亭杂剧》等。

唐景崧的创作同样体现了唐氏家族的进取之心。

在诗歌创作上,唐景崧现存的诗可分为三类:一类为冶游之
作,以《灌阳唐景崧微卿先生遗诗》为代表。这类诗,"乃欢场猎艳

旧作,腻语柔情,生香活色。所谓鸾颠凤倒,纸醉金迷。微特抱《疑雨集》之诗心,并可作《秘戏图》之画赞"①。一类为应酬游戏之作,以《诗畸》为代表。这一类诗多是他与倪鸿等诗人在京仿前人作诗为乐的作品,以体裁为限,如嵌字格、分咏格、合咏格、笼纱格等,无文学价值。第三类为少量表现报国之心的作品,这是最能体现唐景崧进取之心的作品。例如七律二首:

> 狼星悬焰亘西方,又见传烽到雒王。可有大刀平缅甸?已无神弩出安阳。何人更下求秦泪,说客将贻使越装。岂是唐衢轻痛哭,乡关消息近苍黄。
>
> 岁岁藤厅复翠阴,花前独怅受恩深。无才且学屠龙技,有臂终存射虎心。简练阴符开夜箧,萧疏霜鬓抚华簪。贾生欲报吴公荐,汉室陈书泪满襟。

诗人听说法国军队入侵,无比愤慨,情绪激动,表示要为国出力,许身报国。作品写得慷慨激昂,用典、对仗颇为妥帖。由此可见,唐景崧是有一定诗才的。可惜这一类的作品太少,因而难以树立其优秀诗人的形象。

唐景崧还是一位比较出色的散文家。他的《请缨日记》等作品,不仅内容丰富,充满对现实社会问题的关注,同时也表现了他强烈的建功立业的精神,而且描写也颇为生动,颇有文采。《请缨日记》是唐景崧散文的代表作,也是近代日记中的名作,其主要内

---

① 以鹤笙:《灌阳唐景崧微卿先生遗诗跋》,民国抄本《灌阳唐景崧微卿先生遗诗跋》附。

容是记录光绪八年(1882)唐景崧赴中越边境地区进行抗法战争的经历。关于这部作品,唐景崧在其《凡例》中作了如下说明:"日记,记一己之阅历也。以己事为干,故详;以人事为枝,故略。凡关此次军务,除记越事较详,己事尤详,此外如闽台、浙江,亦据邸钞、军报、友书,大略采录,以备此次用兵之本末。其有不关军务者,间亦摘存,聊志泥爪。"简要地概括了这部日记的主要内容和特点。

《请缨日记》对中越边境地区特有的景象作了生动的描绘。例如:

> 九月十六日,行三十五里,至送星厂,俗称大厂。民居数间,山路极陡。出关至此,皆深林密箐,羊肠一线。每遇丛阴,不见天日。过隩必下舆。土岭自巅而下,人马汗喘。阴雨则叶上飞蛭簌簌啮人,两头能跃,细如发,入肉壮如筋,流血被体,俗呼山蚂蟥,春夏尤多。(卷六)

这段文字用简洁的笔墨描写了中越边境地区山高林密,不见天日,道路陡峭难行以及山蚂蟥横行的可怕景象,生动的笔触将读者带入到了那个令人毛骨悚然的环境中,给人以深刻的印象。

《请缨日记》以记事为主,其中涉及中法战争的诸多方面。就是这样的内容,唐景崧也还是能将其写得条理分明,简明扼要。例如:

> 十月初一日,乘船至沾化州,一名左禄坐营驻此,闻黄守忠、吴凤典在宣光下游,于九月二十三日至二十七日,迭与法

船接战，夺获番艇七只，斩擒二十余名，得洋枪、逼码颇多。二十七日尚未收队，拟派前、右、后三营进扎三江口，距宣省三十里，为黄、吴犄角，惟沾化无粮，保罗采办未到，飞函黄守忠拨米接济，报彦帅、香帅及彭雪帅、倪豹帅、景军到防日期……

这段记载表面上看起来平实无奇，也没有太多的文采，但却将抗法战争中复杂的战争过程、斩获及战术安排等，交代得非常清楚，简洁而不简单。这就是《请缨日记》的基本特色。

唐景崧一生的文学成就主要还在桂剧创作上，这可以视为唐景崧在仕途上失去进取心后的表现。他晚年回到桂林后，组织了一个桂剧班子，名为"桂林春班"。其桂剧创作主要是为了满足这一班子演出的需要。据统计，唐景崧一共写了四十多个剧本，现存的只有《看棋亭杂剧》中的十六种，即《一缕发》《马嵬驿》《九华惊梦》《游园惊梦》《晴雯补裘》《芙蓉诔》《绛珠归天》《中乡魁》《独占花魁》《杜十娘》《救命香》《桃花庵》《燕子楼》《曹娥投江》《虬髯传》《高坐寺》。从这些剧目来看，大部分都是从中国古代小说、戏剧改编而来。例如《一缕发》《马嵬驿》《九华惊梦》从《长生殿》等改编而成，《游园惊梦》则改自《牡丹亭》，《晴雯补裘》《芙蓉诔》《绛珠归天》《中乡魁》由《红楼梦》改编而来，其他的不是改自"三言"、唐传奇，就是历史故事和传说，很少涉及现实，这是唐景崧剧作的一个突出特点。

唐景崧剧作的另一个特点是大部分作品都是儿女之情、婚恋题材，其中尤以表现年轻女性为多。《一缕发》《马嵬驿》《九华惊梦》写的是杨贵妃与唐玄宗之间的爱情，《晴雯补裘》《芙蓉诔》

《绛珠归天》表现的是贾宝玉与晴雯、林黛玉之间的感情纠葛,《独占花魁》《杜十娘》《燕子楼》等,都是男女故事。这一方面是因为男女之情适合作为表演艺术的戏剧演出,另一方面也表现了唐景崧本人的审美趣味,说明表现这一类题材是他最得心应手的。

在唐景崧的剧作中,女性形象光辉而崇高,往往是通过唱词来塑造的,相对而言,作品的故事则比较简单,情节也缺乏起伏。尽管如此,这些剧作对新桂剧的发展起了十分重要的作用。

唐景崇虽不以文学著称,但是也有一些零星的作品,如《纪游碑》:

> 东瓯三雁,曰北雁,曰南雁,曰中雁。北雁尤称名胜,属乐清境。余试温郡,道经斯邑,是山盘曲数百里,诸峰包谷中,险怪万态。沈括云:天下奇秀,无逾此山,岂不信欤?余非游客,颇负山灵。所谓龙湫瀑布,得之想像而已。爰偕幕客孙霁如、周蓉轩、黄赋庚、谢晓舫、兰韵轩、谢砥平、巡捕吴幼甫儿子毅,乘兴游罗汉洞,联步登三百余级,腰脚尚健,下山复乘舆。行五里许,小憩净名寺,相顾笑乐,仿佛游山之侣。乐清令赵乐耕就寺中备餐,意良殷也。光绪戊戌十月二十八日学使者灌阳唐景崇记。

这是一篇记游之作,基本上只记事,至于游览所见,只寥寥数笔,没有太多的文采。这也大致吻合唐景崇的性格。

唐景崶(1853—1884),字禹卿。光绪三年(1877)进士。光绪

三年五月,改翰林院庶吉士。光绪六年(1880)四月,授翰林院编
修。光绪十年(1884)卒。由于英年早逝,未能尽才,所以基本上
没有文学创作。

　　由上可见,由唐懋功到唐景崧三兄弟,首先是因为科举上的
成功,由白衣而实现"一门三进士""同胞三翰林"的飞跃,于是便
打开了仕途之门,走上了家族的繁荣,这为这一家族的兴盛奠定
了基础,文学是这一家族的业余爱好。虽然两代人在文学创作上
的贡献不同,成就也有高下之分,但是,其意义是巨大的,成为给
这一家族增光添彩的重要因素。

第四编　作家创作与理论研究

论龙启瑞诗歌创作中的节妇烈女现象

　　龙启瑞仕途颇顺,一生为官,其文深受桐城派影响,其诗则取法多家。大体而言,于唐人为近,于宋人为远;近于性情,疏于理趣,并时有汉魏古风。他说:"文章虽末艺,贵与性情俱。真性苟一漓,千言亦为虚。君看杨子云,识字论五车。失节事新莽,千古为歇歔。试观刘越石,文艺颇粗疏。歌诗只数阕,浩气凌八区。春华岂不贵,秋实诚相须。被服苟不完,焉用双琼琚。骨格苟不称,焉用曳绣裾。寄言摘华士,根柢当何如?"(《古诗》五首之二)"古人有真诗,字字见心血。着纸成丹砂,精气不可灭。"(《贾浪仙祭诗图为王少鹤同年题》)于此可见他追求真实古朴的诗歌创作思想与认真的创作态度,而这也正是他诗歌创作的反映。晚年他整理自己的诗稿时曾说:"便得千篇也算痴,且将老大当儿时。无能斗捷频拈韵,幸未因人强作诗。窄径把牢防逸足,坚金锤碎肯留皮。廿年心血分明在,独望千秋有所思。"(《除夕理二十年来诗稿感赋》)"幸未因人强作诗"一语,与"古人有真诗,字字见心血"同义,可见其创作态度。

一

　　在龙启瑞的诗歌中,令人注目的是存在着大量表现和描写妇女的作品,这是比较特别的现象,说明在龙启瑞的心中始终存在着一个节妇烈女情结。大体而言,龙启瑞的诗中所写的妇女主要有弃妇、思妇、节妇、孝妇四种类型,其中最突出的是节妇(烈女):

　　　　燕支山下共满天,岭南末利不成田。东家有妇方盛年,一朝弃置吁可怜。忆昨于归十六七,颜色如花耀君室。金屋藏娇尚畏风,玉台专宠非论日。此时两美同一心,沧海不如郎意深。却笑长门当日事,区区一赋抵千金。谁知人事须史变,黄姑织女不相见。因风柳絮比郎心,带雨梨花羞妾面。妾面自知今日老,郎心不比当时好。出门却忆初嫁时,满地桃花今白草。回首殷勤重致词,贱妾已去郎勿思。却念门前桑柘树,春来莫剪最繁枝。繁枝手种高如许,窥墙犹御邻家侮。但愿新人故不如,为郎端正持门户。时物从来有变迁,秋风纨扇未应捐。归来夜夜妆台畔,怅望天边月再圆。(《弃妇词》)

　　　　东邻捣衣女,夜夜无绝停。枕上侧耳听,其声凄以烈。借问何太苦,寒宵大风雪。答言妾二十,来作君邻妇。半月见夫婿,即戍辽阳口。辽阳阻且长,未识在何方。音信相隔绝,衣物难寄将。年年鹧鸪啼,预拂中堂机。年年秋蝉嘶,便成新絮衣。新衣费刀尺,旧衣莫弃掷。汲彼古井水,拭此空阶石。着我旧罗襦,围我缠腰帛。风干石响燥,桐虚手力薄。一声复一声,秋月照人明。定知今夜月,别恨满江城。城边多宿鸟,飞鸣匝木杪。城下多虫吟,幽咽如难任。寒衣几日到,霜雪愁相侵。远人何时返,长夜含苦辛。妾心何所似,似此捣衣砧。清砧不改音,贱妾不改心。愿言谢君子,鉴此区

区忱。(《捣衣词》)

　　朝出城南隅,陌上多春光。春光匪游冶,提笼行采桑。何期使君来,五马立道旁。枉顾问名字,携手邀同行。妾本秦氏子,委身于王郎。门户自微薄,恩爱两相忘。文身乏罗绮,耀首无红妆。不足供绩纺,焉足充媵嫱。湛湛长江水,上有双鸳鸯。鸟宿各有偶,水流各有方。使君且归去,妾蚕饥欲僵。(《拟古乐府》六首之一《陌上桑》)

这三首诗是龙启瑞作品中颇具代表性的,分别描写了三种不同的妇女。第一首虽然也写的是一位弃妇,尽管她已被丈夫抛弃,但她对丈夫的感情却没有改变,并希望"但愿新人故不如,为郎端正持门户",仍然心存幻想,希望有回去帮助丈夫"端正持门户"的那一天。这首诗没有像前人所写的弃妇诗那样,刻意突出女子的不幸,引起读者的同情,而更多的是突出女子在被弃的情况下对丈夫的忠诚。第二首描写一位捣衣女子,表现了她对丈夫的思念。诗中的女子在新婚半月之后,丈夫即被征去戍守辽阳。时间一年一年地过去了,但是诗中的女子对丈夫的思念一刻都没有改变,对丈夫的忠诚始终如一。第三首实际上是对汉乐府《陌上桑》的改写,与汉乐府《陌上桑》相比,表面上看起来似乎只有字句的差别,实际上却有本质的不同。汉乐府《陌上桑》具有浓厚的戏谑味道,龙启瑞却把它改得规规矩矩,在风格上作了很大的改动。汉乐府《陌上桑》中的秦罗敷打扮得珠光宝气、派头十足,而龙启瑞的这首《陌上桑》却对诗中女子的打扮、门第刻意压低,将其写成"门户微薄",而且"文身乏罗绮,耀首无红妆"。这样写的目的是要突出诗中的秦氏女虽然身处低微,但忠于婚姻,不慕荣华富贵。

这三首诗表面上只是写一般妇女对于丈夫婚姻的忠诚,实际上却是表现女子的节烈之气。这种思想与他在《张烈妇歌》等作品中表现出来的思想是一致的。对于这类女子,龙启瑞往往大加赞扬,不遗余力。《易贞女行》写湖南湘阴的一位女子"许字同里朱氏,未嫁,夫没。女闻讣,欲往奔丧,父母难之,未逾月伊郁以终"。龙启瑞对这位女子的行为表示了极大的赞赏,"金石成性逾男子,我欲书之冠彤史"。《和芙娉女史题壁绝命诗叠韵四首》写一位"随宦京师,许字故里,未婚而霜,其兄远归婿家,投缳以殉"的女子,"守义已捐身一死""惟有芳名知不朽,待谁重选玉台诗"。而《平湖刘烈女遗事作》写得更为详细,作品写一位年轻的女子在外国侵略者入侵之时,人们不得不东藏西躲,"女闻而起心慨然,展转走匿行复旋。依依执手慈母怜,楼下古井泉涓涓。俯身下就方及咽,阻之不得心则坚。女身可捐节可全,海氛骚动胡蔓延。虫沙猿鹤均焚煎,何山冰雪埋芳鲜。贞魂一缕随飞烟,乘风上诉苍者天。帝命列缺挥神鞭,迅扫丑虏清瀛壖。安能更化精卫填,投沙委石无穷年"。诗中的女子为了保全名节,宁为玉碎,不为瓦全,舍身投井自杀。对于这样一位为节而死的女子,龙启瑞表示了高度的赞赏。所有这些都说明,龙启瑞的这些作品深受理学思想影响,不管是思妇、弃妇还是节妇,在龙启瑞的笔下,她们外貌的美丽似乎变得不那么重要了,重要的是在任何情况下表现出来的对丈夫的忠诚、忠心和对贞操名节的保全。

　　正因为受这种思想的影响,龙启瑞甚至对太平天国起义军中的苏三娘这样的烈女子也不遗余力地加以称赞。《苏三娘行》写道:

城头鼓角声琅琅,牙卒林立旌旗张。东家西家走且僵,路人争看苏三娘。灵山女儿好身手,十载贼中称健妇。猩红当众受官绯,缟素为夫断仇首。两臂曾经百战余,一枪不落千人后。名闻军府尽招邀,驰马呼曹意气豪。五百健儿听驱遣,万千狐鼠纷藏逃。归来洗刀忽漫漫,骂披尸位高官高。君不见荀崧之女刘遐妻,救父援夫名与齐。又不见谯国夫人平阳主,阃外军中开幕府。汝今身世胡纷纷,尽日乃与豺虎群。不然倘作秦外吹箎婢,尚有哀怨留羌人。徵侧徵贰交趾之女子,送与瞿铄成奇勋。汝今落拓乃如此,肝胆依人竟谁是?草间捕捉何时休,功狗功人无一似。记曾牙纛起边营,专阃声名让老兵。书生颜面已巾帼,况令此辈夸峥嵘。汝今何怪笑折齿,叠事向少男儿撑。道旁回车远相避,吾侪见汝颜应赪。

苏三娘,太平天国女将。本姓冯,名玉娘,高州人。十几岁嫁给灵山县的商人苏三,故人称为苏三娘。婚后不久,苏三被同行杀害。苏三娘带着一群年青的搬运工人到天地会请求帮助,为苏三报仇。天地会拨了五百会众交由她指挥,不几天便杀了仇家,烧了凶手的家宅。于是苏三娘成了官府通缉的"女匪"。苏三娘从此拉起一支精壮的队伍,劫富济贫,锄强扶弱,驰骋于横县、钦州、灵山一带,队伍扩至数千人,成为天地会的首领之一。后投奔太平天国起义军。龙启瑞对太平天国起义军是非常仇恨的,但他对苏三娘为夫报仇的行为却赞赏有加。这就说明,龙启瑞那种肯定妇女忠于丈夫的思想甚至可以消除对太平天国起义军的仇恨,妇女的政治立场可以让位于道德立场。

他有一首《鸳鸯戏莲沼篇》也是颇有代表性的作品：

> 鸳鸯戏莲沼，无有乱群时。一朝入罗网，逼我混雄雌。雄雌那可混，贞节性所持。都门美优伶，学歌名早驰。百金娶新妇，旖旎倾城姿。歌师太不良，作计欲居奇。朝夕相逼迫，鞭挞将横施。新妇闻此声，洞房双泪垂。归房谓阿妪，卿意一何迟。我今实累卿，便当长别离。卿归即再嫁，勿嫁优伶儿。若遇富家子，春闺画蛾眉。罗绮得自专，游宴多娱嬉。我去卿犹全，永诀从此辞。爱惜好容华，无复相顾思。新妇听未毕，流泪沾裳衣。同心已弥月，此语君何为？再嫁与为娼，失节无参差。君既为我死，黄泉誓相随。黯黯黄昏后，寂寂人语稀。可怜并蒂花，竟作一夕萎。墓木自连结，孔翠相还飞。谁信贞烈死，共疑魂魄归。归来语世人，同穴安足悲。

这首诗的题材比较特别，描写一位京城中的名伶的两位妻妾为保全名节，不愿与优伶为伍，双双自杀的故事。诗中所强调的既有节，也有义。可以说是一首节义妇女的赞歌。诗一开头的六句"鸳鸯戏莲沼，无有乱群时。一朝入罗网，逼我混雄雌。雄雌那可混，贞节性所持"就用鸳鸯作比，阐述雄雌不可乱的贞节观。这既是龙启瑞的观点也是诗中两位烈女的观点。实际上这就为全篇确定了基调。在接下来的描写中，两位烈女自杀既出于义，更多的是为了贞节。所以新妇在陈述自杀的理由时特别强调了"再嫁与为娼，失节无参差"的观点。诗的最后四句"谁信贞烈死，共疑魂魄归。归来语世人，同穴安足悲"，虽然带着《孔雀东南飞》的痕迹，但是更强调了其道理色彩。"共疑魂魄归"一句大可玩味。既云"共",那就是大部分人或所有人,而不仅仅是龙启瑞个人的看法。"疑"看似不确定,其实是一种肯定。其主旨是强调这两位烈女为节义而死,其实是灵魂的升华。正因为如此,她们的死,也就不值得悲哀了。可见,在龙启瑞看来,节义是完全可以取代生命的,真可谓生命诚可贵,节义价更高。

而他的《经刘氏二孝女墓》八解则极力称赞明代万历年间的两位孝女。诗序中说:"孝女,明万历间人,养亲不字,墓在河南正阳县南马乡,相传即昔所居处也。有碑载其事迹甚详。过此敬赋。"这就可以看出龙启瑞的态度了。诗中更写道:"驱车墓门兮宿草青青,丰碑卓立兮俯诵遗馨。繄二女者岂为女中之贤兮,抑千秋孝子之型!"对孝女的称赞同样表现了龙启瑞诗歌强烈的道学色彩。

除了从道德上对妇女加以充分的褒扬外,龙启瑞对妇女的英雄行为也常常大为赞赏。《读芝龛记传奇得秦(良玉)沈(云英)二女帅诗各二魏费二宫人诗各一》六首诗最有代表性:

　　英雄盖代出裙钗,愧杀须眉有此君。却恨凌烟高阁上,当年未画女将军。

　　奋呼弱臂请长缨,再造唐家志未成。千载锦江城外水,桃花流作战场声。

　　血泪殷红溅雪衣,仓皇夺得父尸归。木兰傥佩将军印,万里岩疆合解围。

　　手馘枭顽快复仇,女郎大义熟《春秋》。归来自设宣文帐,不羡书生万户侯。

　　昭阳院里望烽尘,倡义从君尚有人。不见玉河桥畔柳,贞魂长护汉宫春。

　　黄虎营中剑影寒,妖星夜陨阵云宽。隐娘匕首今何在,
应化英雄一寸丹。

这六首诗写的都是明清历史上著名的妇女。秦良玉,明末女将,
四川忠州(属今四川忠县)人。石砫宣抚使马千乘妻。骁勇胆智,
兼骑射,通词翰,常为男子装。夫死,代领其职,所部号白杆兵。
率兵北上御后金(清),授都督佥事,充总兵官。张献忠建大西政
权,她据境抵抗,后病死。沈云英,明萧山昭东长巷村人。少喜骑
马射击,耽于书籍,强于记忆,对宋胡安国的《春秋传》颇有研究。
父沈至绪客游京师,她随从前往。崇祯十六年(1643),其父任湖
南道州守备。张献忠部攻道州,沈至绪战亡。沈云英闻讯后束发
披甲,率十余骑,出其不意,直趋张献忠部营寨,拼力夺回父尸,遂
解道州之危。郡守上奏其功,赠沈至绪昭武将军,建祠麻滩驿,加
云英为游击将军,坐父营,守道州。当时其夫贾万策任荆州都司,
农民起义军攻陷荆州,贾万策被杀,沈云英受诏扶柩回乡。后清
兵南渡钱塘江,她欲投水自杀,幸其母力救,才免于死。晚年家境
贫寒,在长巷家祠开办私塾讲学,训练族中子女。清顺治十七年
(1660)秋卒。对于这样的女英雄,龙启瑞推崇备至,给予了高度
的评价。

　　不仅如此,对于妇女所作的诗词与其他艺术作品,龙启瑞也
尽力加以推介。所以他的诗集中有《题黄葆仪女史茶香阁遗草》
《题钱氏霜月吟草》《题香雪阁遗篆》等。可见,龙启瑞有着明显
的用诗歌来为节妇、烈女作传的意图,心中始终存在着一个节妇
烈女情结。

二

　　在中国古代诗歌中,对妇女的描写应当说是比较多的,但是,绝大多数都是突出其美貌温柔和她们对丈夫的思念之情,强调的是柔情的一面,表现的多是儿女情。与众不同的是,龙启瑞突出的是妇女刚烈的一面,这使得他的诗歌中的妇女具有与传统诗歌中的妇女不同的特点。虽然他有时也描写温柔的妇女,如《自君之出矣》:"自君之出矣,兰室无容光。思君如络纬,日织不成章。"但这样的作品在龙启瑞的整个诗歌创作中所占的比重很小,而且就其内容来说,诗中的女子对"君"的思念,也是在特定的夫妇人伦的范围内展开的。

　　龙启瑞对妇女的表现和描写,在体裁上往往多用乐府诗,而且模仿的痕迹十分明显。例如他的《自君之出矣》与古乐府"自君之出矣,明镜暗不治。思君如流水,无有穷已时"这样的作品没有多大的差别,第二句出自张华《情诗》第三首,第三、四句是"思君如流水""日夜不成章"等古诗诗句的变化。他的《陌上桑》实际上是对汉乐府《陌上桑》的改写,虽然人物形象有了一定的不同,但字句乃至诗的结构等,都带着明显的汉乐府《陌上桑》的痕迹。

　　更为严重的是,龙启瑞笔下的妇女由于多是节妇、烈女、孝妇,往往多突出其品格道德,而很少表现她们的内心情感和人性特征,因而形象比较单一扁平,缺少丰富的变化,道德色彩过浓,影响了其文学价值。例如上文说到的《平湖刘烈女遗事作》这首诗,作品描写那位姓刘的年轻女子在外国侵略者入侵之时:"女闻而起心慨然,展转走匿行复旋。依依执手慈母怜,楼下古井泉涓涓。俯身下就方及咽,阻之不得心则坚。女身可捐节可全,海氛骚动胡蔓延。虫沙猿鹤均焚煎,何山冰雪埋芳鲜。贞魂一缕随飞烟,乘风上诉苍者天。"在这段描写中,除了"依依执手慈母怜"一句中的"依依执手"四字表现出其女性的心理特点之外,其他的全是表现烈女义无反顾的精神。其实,在这生死诀别的紧要关头,作为年轻女性,她的内心肯定是非常矛盾的,既有对生命的眷恋,对亲人的不舍,又有对现实的恐惧和无奈。在投井之前,也许她退缩了多次,也许有多次的犹豫,然而,龙启瑞为了突出其贞烈,强调的是她"阻之不得心则坚",完全是视死如归。这样写来,既不完全符合人物的心理,又减少了诗歌的文学色彩,从文学形象的塑造来说,并不是成功之作。

又因为是从概念出发,龙启瑞在表现和描写妇女的时候,往往缺少感人的细节和鲜活的生命力。例如他的《陌上桑》中的秦氏女,与汉乐府《陌上桑》中的秦罗敷相比,完全就没有了秦罗敷的聪明、活泼和撩人的青春活力,其中一个很重要的原因是龙启瑞的《陌上桑》缺乏生动的细节和有生命力的对话。同样的,他的《弃妇词》《捣衣词》等,本来选择的是不错的题材,但是,既没有令人印象深刻的细节,语言也没有新鲜之感,因此,人物形象显得比较苍白单薄。

龙启瑞描写妇女的作品之所以出现这样的问题,有多方面的原因。一方面与当时的社会风气和龙启瑞本人的思想有关。① 龙

---

① 我们随便翻开一部晚清时期广西诗人的诗集,总会在其中发现一两首描写节妇烈女的作品,例如许延藏《磊园诗钞》中就有《游击将军守道州萧山烈女沈云英》《武臣侧室屡立战功河南烈女徐铁》等诗,甚至出现了张联桂等十余人联合所作的《覃节妇诗》这样的诗集。

启瑞曾说过："今世间鲜他奇行,惟妇节为最多。自余所见闻荐绅先生之家,下及闾巷细民,其可称述者,比比也。尝谓妇人之节,较臣子之忠孝为尤难。如宁武子之于卫成,尽心竭力,备历艰险,虽圣人以为不可及。乃余观世之节妇,往往类是者。或名湮没不彰,岂世无夫子,遂不能表而传之欤？抑节义贵于男子而薄于妇人欤？抑亦一国之事大而一家之事细欤？"①可见,在当时,节妇、烈女是一种普通现象。龙启瑞本人对这些节妇、烈女是持欣赏和推崇的态度的。另一方面也是由于他仕途顺利,身居高位,缺少下层生活的体验。他中状元后一直官运亨通,衣食无忧,这样的生活对于诗歌创作来说是致命的杀手。也许为了弥补这种缺陷,他对欧阳修"诗穷而后工"的观点提出了异议,他认为："昔欧阳子谓诗穷然后工,论虽偏激而理实如是。及观于本(清)朝而其说乃为不信。本朝诗人如阮亭尚书(王士禛)之享美名大福者固不具论,外此朱竹垞(彝尊)、宋牧仲(荦)、沈归愚(德潜)、查初白(慎行)诸人,类皆贵显或晚达成大器。尝试论之:本朝诗人,其取精也博,其储材也富。虽巨细长短不同,大约山海容纳,无不备。非仅如唐宋诗人取工于一言一咏,褊啬固陋者之所为也,故言既昌明而遭遇亦随之。近日坛坫差不如曩昔之盛,士之负其能于吟咏者,乃时见于山陬草泽间,如溆浦谌云帆其一也。始云帆为弟子员,取舍多不与时合,故所遇益穷,然独喜为诗人,皆知其名而笑之,云帆益肆力为之不少懈,盖积二十余年而得千有余篇。今年夏访余于武昌间,出以示余。余服云帆之才之博,气之壮,将使咏歌廊庙,与竹垞、初白诸人追逐上下,或莫能知其后先。不幸而抑

① 《书孔母徐孺人守节事》,《经德堂文集》内集卷三。

塞厄穷,如唐之郊、岛,宋之惠崇,与时鸟候虫自鸣天籁,以耸有力者之听而增其声价,殆过之无不及者,而乃不一遇,仅一广文黄先生知而好之,噫,可喟也已!"①这是一段很耐人寻味的话,他认为"诗穷而后工"在清代就不具有真理性了,清代的诗歌创作并不是"穷而后工",而是"学而后工"。"学",这正是龙启瑞的特长;"穷",这正是龙启瑞的不足。这是龙启瑞在为清代的一些诗人辩护,其实也是在为他自己辩护。从这样的诗学观念出发,龙启瑞很少有意识地去体验生活,更没有机会去体验"穷"的滋味,而是一心一意在"学"上做功夫。因此,他对妇女的描写,不仅题材大多来自书本,而且手法也来自经典。这就使得他的这一类诗正经有余而生命活力不足。

从龙启瑞自觉地用诗歌为节妇、烈女作传这一现象,我们可以看到,在清代,理学思想已经非常自然地成为正统知识分子的价值取向。在这种情况下,美丽生命的存在就是为了实现一种虚无缥缈的道德价值,同样,美丽生命的毁灭也是为了坚持和升华这种道德。这是时代的悲哀,也是龙启瑞的悲哀。

---

① 《谌云帆诗序》,《经德堂文集》内集卷二。

从"穷而后工"到"诗能穷人"

——龙启瑞对诗人命运与诗歌创作的思考

宋代著名文学家欧阳修在《梅圣俞诗集序》中提出了影响深远的"诗穷而后工"的命题:"予闻世谓诗人少达而多穷。夫岂然哉?盖世之所传诗者,多出于古穷人之辞也。凡士蕴其所有,而不得施于世者,多喜放于山巅水涯,外见草木鱼虫风云鸟兽之状类,往往探其奇怪,内有忧思感愤之郁积,其兴于怨刺,以道羁臣寄妇之所叹,而穷人情之所难,盖愈穷而愈工。然则非诗能穷人,乃穷者而后工也。"可见,欧阳修是相信穷而后工,而不相信诗能穷人的。"穷而后工"这一命题一经提出,立即得到了广大诗歌理论家的肯定和响应,以至有人提出这样的说法:"作诗作文,非多历贫愁者决不入圣处。三闾厄而《骚》独步;杜少陵愁而诗冠古今;退之欲人辍一饮之费以活己,而文起八代,上窥圣阃;孟郊斫山耕水,贾岛薪米俱无,穷尤甚焉,其诗清绝高远,非常人可到,良有以也。"(陈郁《藏一话腴》内编下)宋代和宋代以后,持这种说法的十分普遍,使之成了中国文学批评史上一种影响至今、广为流行的理论。"诗能穷人"的看法正如欧阳修否定的那样,以后就很少有人关注了。

然而,清代著名诗人、散文家龙启瑞认为,"穷而后工"的理论适用于唐宋时期的某些诗人,但不适用于清代的许多有代表性的诗人,以此来描述清代的诗歌创作是不准确的。诗歌创作在"穷而后工"的同时,存在着"诗能穷人"的现象。

龙启瑞根据清代诗歌创作的实际情况和自己的诗歌创作实践,对欧阳修"诗穷而后工"的理论提出了新的看法,并将清代一些著名的诗人与唐宋时期的部分诗人作了比较:

> 昔欧阳子谓诗穷然后工,论虽偏激而理实如是。及观于本(清)朝而其说乃为不信。本朝诗人如阮亭尚书(王士禛)之享美名大福者固不具论,外此朱竹垞(彝尊)、宋牧仲(荦)、沈归愚(德潜)、查初白(慎行)诸人,类皆贵显或晚达成大器。尝试论之:本朝诗人,其取精也博,其储材也富。虽巨细长短不同,大约山海容纳,无不备。非仅如唐宋诗人取工于一言一咏,褊啬固陋者之所为也,故言既昌明而遭遇亦随之。近日坛坫差不如曩昔之盛,士之负其能于吟咏者,乃时见于山陬草泽间,如溆浦谌云帆其一也。始云帆为弟子员,取舍多不与时合,故所遇益穷,然独喜为诗人,皆知其名而笑之,云帆益肆力为之不少懈,盖积二十余年而得千有余篇。今年夏访余于武昌间,出以示余。余服云帆之才之博,气之壮,将使咏歌廊庙,与竹垞、初白诸人追逐上下,或莫能知其后先。不幸而抑塞厄穷,如唐之郊、岛,宋之惠崇,与时鸟候虫自鸣天籁,以耸有力者之听而增其声价,殆过之无不及者,而乃不一遇,仅一广文黄先生知而好之,噫,可喟也已!虽然,所贵乎诗人者,非取其排比字句、刻画景物而已,必薪合于风人之旨而立言有补于世,此不可于诗求之也。多读书以蓄其理,广涉之事物以穷其变,而发于诗者,特余事焉。昔

之人所以词达而名成者,其在兹乎? 夫境之穷达有不足论,
而学之在我者不可不自尽也……(《谌云帆诗序》,《经德堂
文集》内集卷二)

在这篇序中,龙启瑞首先肯定了欧阳修"诗穷而后工"理论的正确
性。但是,接下来通过对清代一些著名诗人与唐宋时期某些诗人
的比较后,却认为这一理论并不适用于清代,因为清代的王士禛、
朱彝尊、宋荦、沈德潜、查慎行等著名诗人,都是"贵显或晚达成大
器"之人。

龙启瑞在这里提出了一个非常重要的问题,即诗人如何在诗
工的同时做到命达。在诗工与命达之间,龙启瑞显然重点思考的
是诗人命达的问题。这一问题也可以说是困扰了中国古代诗人
数千年的问题。

龙启瑞首先将诗人分为两类,一类是以唐宋时期的某些诗
人,例如孟郊、贾岛、惠崇,以及文中说到的谌云帆等为代表,他们
"取工于一言一咏,褊啬固陋者","抑塞厄穷",工于诗而人亦穷;
另一类是以清代的王士禛、朱彝尊、宋荦、沈德潜、查慎行等著名
诗人为代表,他们"其取精也博,其储材也富。虽巨细长短不同,
大约山海容纳,无不备",是"词达而名成"的典型。

确实,正如龙启瑞说到的那样,清代的王士禛,他不仅是当时
的诗坛领袖,而且在仕途上一路畅通,直至礼部主事、刑部尚书。
朱彝尊,既是著名的词人、诗人,又举博学鸿词科,以布衣授翰林
院检讨,入直南书房,曾参加纂修《明史》,又曾出典江南省试。宋
荦,他不仅是"清初第一诗人",同时也是著名的书画家、文物收藏
家和鉴赏家,曾任山东按察使、江苏布政使、江西巡抚、江苏巡抚、

吏部尚书。沈德潜,无疑是清初中期著名的诗人,曾授编修、内阁学士、礼部侍郎。查慎行,康熙中以举人召直南书房。癸未赐进士,改庶吉士,授编修,为清诗名家。这些诗人在创作和仕途上,确实做到了诗工而命达。而唐代的孟郊、贾岛、惠崇等,诗歌创作固然取得了一定的成就,但他们一辈子都不得志。

那么,是什么原因造成了这两种诗人具有如此大的差别呢?

在龙启瑞看来,主要有几个方面的原因。第一,在学养上,唐宋时期的某些诗人,如贾岛、惠崇等,"褊啬固陋",在"学"上存在问题。他们读书少,见闻窄,没有做到"多读书以蓄其理,广涉之事物以穷其变"。

第二,从才能来说,孟郊、贾岛、惠崇等人只会写没有实用价值的诗,其才其言均不能为当世所用,而清代王士禛、朱彝尊、宋荦、沈德潜、查慎行等诗人,"其取精也博,其储材也富""多读书以蓄其理,广涉之事物以穷其变",具有多方面的实际才能、广阔的视野、灵活的态度、敏感地把握机会的能力等。他们"非取其排比字句、刻画景物而已,必薪合于风人之旨而立言有补于世",不仅仅会写诗,"排比字句、刻画景物",更重要的是他们的言论在"合风人之旨"的前提下,"有补于世"。在龙启瑞看来,"有补于世"这样的重任,是诗所不具备的。那么,什么才是"有补于世"的呢?龙启瑞虽然没有明说,但显然指的是当时的一些应用文。

第三,正因为诗不能起到"有补于世"的作用,而孟郊、贾岛、惠崇等人却又主要是擅长写诗,写诗是其主要的才能和爱好,他们是以于世无补的诗歌创作去争取仕途上的成功,这肯定是会遭受挫折的。而清代的王士禛、朱彝尊、宋荦、沈德潜、查慎行等诗人才能多样,爱好广泛,诗歌创作只是其才能与爱好的一个方面,甚至只是其业余的所作所为,因此,他们能以其多方面的实际才能在名利场上去拼搏,而在名利场上的成功反过来又促进其诗歌创作。这就是为什么这些人能做到"词达而名成"的原因。

龙启瑞通过对清代的某些诗人与唐宋时期的某些诗人命运的比较分析,清楚地表明了两个基本的看法,即诗能穷人、命运决定于"学"。前者为果,后者为因。

不管是诗能穷人还是命运决定于"学",龙启瑞对诗人所要强调的核心问题是"学",所以他才说:"夫境之穷达有不足论,而学之在我者不可不自尽也。"而"学"又不仅仅是指书本知识和作诗的能力,更重要的还要有宽广的视野、随机应变的能力等,也就是"所贵乎诗人者,非取其排比字句、刻画景物而已,必薪合于风人之旨而立言有补于世,此不可于诗求之也。多读书以蓄其理,广涉之事物以穷其变"。

二

"诗能穷人",这个被欧阳修否定的看法,在宋代和宋代以后却并不乏赞同者。例如,徐度《却扫篇》卷下载:"先公旧有步吏曰柴援,自言周室之裔,颇能诗……先公屡欲官之,未及而卒。世谓诗能穷人,此尤其甚者也。"张表臣《珊瑚钩诗话》卷三载:"余以百司从车驾止建康。一日,谒内相朱子发,论文甚洽。适有数清贵俱在座,顾不肖而谓诸人曰:'兹人文学该赡,尤长于诗,然坐是以穷耳。'意谓古人有言'诗能穷人'故也。余奋然答曰:'内翰之言误矣。夫"诗非能穷人,待穷者而后工耳",此欧阳文忠公之语也。以不肖观之,犹为未当。《诗》三百六篇,其精深醇粹、博大宏远者,莫如《雅》《颂》。然《鸱鸮》之诗,周公所作也;《泂酌》之诗,召公所作也。《诗》云:"吉甫作诵,穆如清风。其诗孔硕,其风肆好。"顾不美乎? 数君子者,顾不达而在上,功名富贵人乎? 何诗能穷人? 又何必待穷者而后工邪? 汉唐以来,不暇多举。近时欧阳公、王荆公、苏东坡号能诗,三人者,亦不贫贱,又岂碌碌者所可追及? 然则谓诗能穷人者,固非矣,谓待穷者而后工,亦未是也。夫穷通者,时也。达则行于天下,穷则独善其身,政不在能诗与不能诗也。'座客为之怃然。"可见,"诗能穷人"的观点在宋代虽然有人持不同的看法,但还是普遍被认可的。那么,为什么诗能穷人呢? 绝大多数人并不作解释。清汪景祺《西征随笔》云:"语曰诗能穷人,又曰诗穷而后工,又曰诗人少达而多穷。三复斯言,相视而笑,孰得孰失,当必有辨之者。"可见,龙启瑞的观点并不新鲜,但他的贡献就在于对"诗能穷人"给出了一个具体而且也言之成理的答案,那就是诗没有实用价值,不能"有补于世"。只专注于诗,实际上是限制了诗人的视野、才能与修养,因而也就不能做到"词达而名成"。

关于文人的命运问题,是困扰中国古代文人数千年的问题,因而在中国古代文学史上,存在着大量的《感士不遇赋》《感遇》之类的作品,同时这类作品也是最具有感染力的作品。但是,在传统的论述中,往往将士不遇(穷)的原因归结为"命"与"时"等外部因素,而不是自身的原因。"君子博学深谋,不遇时者众矣,岂独丘哉。贤不肖者材也,遇不遇者时也"(《韩诗外传》卷七)、"操行有常贤,仕宦无常遇。贤不贤才也,遇不遇时也"(《论衡》卷二十七)、"愚谓士之用世以学术政业,而艺事乃其余。三君子之道一致也,然而遇与不遇有命也,此君何与焉"(吴师道《跋李息斋墨竹》,《礼部集》卷十六)、"遇与不遇,有义有命。随其所取,顺受其正。行法居易,以俟天定。不迎不将,无违无竞。用舍行藏,训守前圣"(林弼《周伯章寓斋箴》,《林登州集》卷十八)。与这样的传统观点不同,龙启瑞没有将"遇"与"不遇"全都用"命"与"时"来解释,将人视为命运的被动接受者,相反,他认为人的命运在一定程度上是可以改变的,并不完全取决于"时"与"命",而取决于自己的学养。他认为诗人必须"其取精也博,其储材也富","非取其排比字句、刻画景物而已,必蕲合于风人之旨而立言有补于世……多读书以蓄其理,广涉之事物以穷其变",才能改变自己的命运和境遇;"取工于一言一咏,褊啬固陋",眼中只有诗歌,弃百事于不顾,其最终的结果是穷(不遇)。可见,他突出的是"博、富、理、变、用"。所谓"博、富、理、变、用",就是强调学识丰富,知识面广,掌握规律,灵活务实。"博、理、富、变"是基础,"用"是目的。在"合于风人之旨"的道德前提下,只有具有广博的知识,多方面的才能,把握社会规则,采取灵活而务实的态度,"立言有补于世",对社会有实际的了解和作用,才能避免"穷"的悲剧,才能像王士禛、朱彝尊、宋荦、沈德潜、查慎行等诗人那样,既善于诗,又能"词达而名成",两全其美。显然,在龙启瑞看来,诗人之所以穷(不遇),问题的关键不完全在"命"与"时",很大程度上是由于自身学养的问题。正是由于这样的原因,他没有像传统的学者那样,鼓励和赞扬与世不合、遗世独立的阮籍、嵇康、陶渊明及隐士们,而是对"取舍多不与时合"的谌云帆提出了委婉的批评,并毫不客气地指出,正是由于其"取舍多不与时合",也就是不能灵活变通,才导致了他"所遇益穷"。这就将自古以来将"遇"与"不遇"原因的思考,由外部的"时"与"命"转向了诗人自身的修养和才能了。

我们反省一下唐宋时期的一些诗人，他们的诗歌创作成就确实很高，但除诗歌创作之外，似乎就没有表现出深厚广博的学术、人生修养和其他的才能，缺乏务实而随机应变的能力，尤其是解决现实问题的实际能力。例如李白、杜甫、李商隐、贾岛、孟郊、惠崇等，他们往往是书生气十足，迂腐味较重。相反，清代的王士祯、朱彝尊、宋荦、沈德潜、查慎行等诗人，在诗歌创作和学术修养之外，却有多方面的才能。例如王士祯，人们熟知其"神韵说"与诗歌创作的成就，但他同时具有广博的知识和深厚的学术修养，又具有杰出的组织才能、社交能力和自我宣传能力，所以，他能集诸名士于大名湖作《秋柳》诗，和者数百人；在扬州时，"昼了公事，夜接词人"；康熙帝曾搜集他的诗300首，成《御览集》。也正是因为有这样的才能，他才能成为当时的诗坛领袖，并在仕途上一路畅通，直至礼部主事、刑部尚书。再如宋荦，他不仅是"清初第一诗人"，同时也是著名的书画家、文物收藏家和鉴赏家，曾任山东按察使、江苏布政使、江西巡抚、江苏巡抚、吏部尚书。汪琬曾评其为学："其稍长也，以侍卫往来殿廷交戟之内，进则长杨校猎，宣曲马射，未尝不扈从其间，为世祖所赏识，退而侍文康公侧，宾接名公巨卿，熟习其言论风指，耳濡目染。用是练达累朝以来典故之沿革，文献之盛衰，所以资其见闻者，既至。既而从事宦游，南临江淮，北俯碣石，所过名山大川，长林峭壑，无不往探古今金石之刻，鼎彝之器，经史百家之学，以讫法书名画，无不采览。隐逸之谷，耆旧之庐，与夫四方骚人寓公之所在，无不延访而折节，所以拓其胸次而陶育其性情者。"其政"廉而不刿，严而不苛，抚循吏民，煦煦慈爱而不失之姑息。当其莅吴，仅四阅月耳，裁决簿书，勾稽金谷,往往至丙夜,虽精锐少年不敢望。一二老奸宿蠹,俯首侧足,亦率不敢旁睨"。其作诗:"诗歌亦先生之余绪也,顾辄以其闻,与宾客置酒赠答。方揖让笑谈之倾,落笔如风雨,他人未及构思,而先生则数百言立就矣。苟非赋才之高,而又佐之以学,深之以养,必不及此。"(《绵津山人诗集序》,《尧峰文钞》卷三十)其行政能力深得康熙帝和百姓的高度赞赏,被誉为"清廉为天下巡抚第一"。像宋荦这样的修养与才能在唐宋诗人中是不多的。

由上可见,龙启瑞用"命运决定于'学'"的观点来解释"诗能穷人"是很有道理的,而且还基本符合中国古代诗人的实际。他所说的"学"包括了阅历、思考与实践能力,注重的是"蓄其理""穷其变",这在诗人自身修养的论述上也是一种新的突破。他对某些唐宋诗人与清代某些诗人的比较是敏锐而深刻的,对诗人之"学"的看法也是比较开通的。他是以更为广阔和务实的眼光和态度来审视中国古代诗人自身存在的问题,已经完全没有了道德说教,没有了迂腐气、学究气,既没有了对唐代诗人盲目的顶礼膜拜,也没有了对宋代诗人的主观意气,给人以深刻的启示,让人们可以在更为宽广的视野中来思考中国古代诗人的为学、为诗与命运。这种见解是与他向来强调"方今遐荒正多故,英雄所贵谙时务。读书万卷不知兵,义安宇宙终无具"(《赠苏虚谷》)的观念有密切的关系的。

三

过去的文学家或评论家,往往喜欢感叹诗人的命运而不加具体分析,而且关注的重点往往是诗歌本身而不是诗人的命运,往往是富于情感而缺少理性。龙启瑞则不同,他关注的重点不再是诗歌,而是诗人的命运,在富于情感的同时,还表现出强烈的理性精神,这是龙启瑞与众不同的地方。

而龙启瑞关于诗人命运的思考透露出了一些应当引起重视的信息和值得认真思考的问题。

首先,在人们的观念中,诗歌的地位到了清代有了微妙的变化。在中国历史上的很长时间内,诗歌的地位是非常崇高的,因此就有了曹丕"文章,经国之大业,不朽之盛事"、朱敦儒"诗千首,酒千觞,几曾着眼看侯王"的之类的说法,也才有了唐代以诗取士的做法。因此,有的人穷其一生精力,都是为了写好诗,因而也就有了"吟成五字句,用破一生心""发任茎茎白,诗须字字清"的狂热与执着。然而,按照龙启瑞的说法,"所贵乎诗人者,非取其排比字句、刻画景物而已,必薪合于风人之旨而立言有补于世,此不可于诗求之也。多读书以蓄其理,广涉之事物以穷其变,而发于诗者,特余事焉"。这就意味着诗既不应当是文人的主要技能,也不是"合于风人之旨而立言有补于世"的主要工具。这实际上就是说,诗歌创作对于文人来说,是可有可无的。作为文人,其安身立命的根本不应是诗,而是"合于风人之旨而立言有补于世"和"多读书以蓄其理,广涉之事物以穷其变"。这种看法不仅仅是龙启瑞个人的看法,也是他那个时代普遍的看法。这就足以看出诗歌在当时的整个社会中已处于一个非常尴尬的地位。由于诗歌的这种地位和处境,诗人的地位和处境也非常微妙。专心致志做诗人已经是不合潮流的行为,专业的诗人则更是时代的另类了。在这种情况下,是做一个专业而纯洁的诗人还是做一个业余而有点世俗的诗人就成了人们必然面临的选择,其选择的结果将最终导致命运的巨大差别。

　　其次,中国古代文人实际的主流价值是什么? 是审美的还是实用的? 龙启瑞实际上揭示了中国封建社会实用至上的本质。龙启瑞本人是一位诗人,曾创作了大量的诗歌,曾国藩曾予以很高的评价。但作为诗人的他,并没有像以前的评论家那样过分地看重诗歌,对诗歌创作寄予太多的希望,这完全是基于诗歌不能达到"有补于世"的认识。而这种认识恰恰又是从实用的角度出发的,这就说明,实用已经完全压倒了审美,实用技能才是文人最应当拥有的修养。这样的看法,我们只要去翻翻《儒林外史》之类的小说,就不难明白当时整个社会的价值取向。其实,就整个中国封建社会来说,在实际的社会价值观中,实用主义始终都是主流,诗歌、音乐、绘画等不过是一种点缀而已,是不可能真正负担起"经国之大业"的重任的,所谓的"经国之大业"等溢美之词,不过是某些文人所穿的"皇帝的新衣"。因此,在某种意义上,龙启瑞就是那个揭穿"皇帝的新衣"的孩子!

豪放与奇幻

——清代临桂诗人汪运诗论

汪运，字任之，号剑峰，临桂人，生活于晚清道光年间，与龙启瑞、彭昱尧、朱琦、商书浚、杨继荣、曾克敬、李宗瀛、赵德湘、黄祖锡曾在桂林赋诗唱和，称为"杉湖十子"。《临桂县志》说他"性倜傥，以文学名"，可见他的为人与文学成就。诗现存四十余首，有《沐日浴月盦集》。①

关于汪运的诗，藤县苏时学曾评论道："不屑作平语，天然格律新。槎枒难入俗，瘦劲直通神。独鹤抱山骨，老梅含古春。西江好诗派，衣钵此传薪。"②认为汪运的诗继承了江西诗派的衣钵，但我们从他现存的诗中，却很少看到江西诗派的影子，而更多的是曹唐、李贺、韩愈诗的痕迹。

---

① 汪运的诗，基本保存在张凯嵩《杉湖十子诗钞》中，桂林图书馆藏民国二十年邕宁李子书手抄《沐日浴月盦集》完全抄录的是张凯嵩《杉湖十子诗钞》中的汪运诗，篇目、顺序完全一致。

② 《题汪剑峰孝廉（运）诗卷》，《宝墨楼诗册》，见广西人民出版社1997年版陈柱编《〈粤西十四家诗钞〉校评》。又桂林图书馆藏民国二十年邕宁李子书手抄《沐日浴月盦集》附。

一

　　在近代广西诗人中,汪运现存的诗虽然数量不多,但却是最有豪气和奇气,最具浪漫色彩和个性特征的诗人之一。

　　汪运好神仙,为人颇有豪迈之气。他在《游仙诗序》中说自己:"少小好仙,俗不吾赏。采药石林,扶云来往。归吟此歌(指《游仙诗》),天风答响。"可以看出他对神仙的向往。与他同时的李宗瀛(小庐)在《汪剑峰孝廉潜于丹经复耽释典仆苦有志未逮也率赠五十六字》一诗中写道:"谁言仙箓与宗风,只在儒门淡泊中。道气全家瞻许椽,禅机半偈问庞公。密藏丹鼎常温火,远饷瑶瓶但贮空。十赍华阳三付印,昆仑耆崛一源同。"①可见汪运的思想是十分复杂的,既有对道教的向往,又有对佛教的兴趣。而对道教的向往对他的诗歌创作产生了极为重要的影响,这使他的诗多神仙道教之作和豪放之气。例如:

　　　　松子如拳箓十围,清风肃肃起岩扉。涧云漏入破窗湿,山气化为丝雨飞。移白石铛承窦乳,剪青蕉叶补秋衣。千年老鹤具灵性,从我休粮亦不肥。(《道室》)

　　　　碗茗澄微碧,炉烟袅暗青。花薰三径月,酒浸一杯星。壮志凭看剑,迂谈听说经。醉来思跨鹤,瑶岛访仙灵。(《春夜月下独酌偶成》)

---

①　《小庐诗存》,见《杉湖十子诗钞》卷十九。

前一首作品直接描写道室周围的环境和道室中的生活,从所写的内容可以明显地看出汪运对道教的向往。第二首则直截了当地道出了他内心对"瑶岛访仙灵"的向往。可见汪运自己所说的"少小好仙"的话不是虚言。而道教往往与游仙有关,因此,汪运所写作品往往与天象或想象中的游天有关,表现了对天上仙人生活的特殊兴趣。例如《游仙诗》三首:

> 泠然御风来,渐入清虚天。天影映衣裳,葱葱翠色鲜。仰视白玉京,仙僚满帝前。掉头去不屑,随意采云烟。惟与造物游,不受簪缨缠。大笑出天外,洵是仙中仙。
>
> 天公搁万星,洵向沧溟中。一一插青冥,状与莲房同。我欲摘以餐,芒角罗心胸。咳唾落九天,化作光熊熊。一笑大多事,徒惊群保虫。不如摘作钱,天酒沽云中。
>
> 身老天地后,心游天地先。天地自我出,不愧称真仙。傲睨紫府中,狡狯诸少年。鞭山驱云雷,夸夺造化权。我识惹天笑,未底玄中玄。今者吾忘吾,焉知坤与乾。

游仙诗在中国古代是常见之作,但往往重在游仙的过程。汪运的这三首作品虽然也描写了想象中的游仙经历,但显得更为豪放,而且也更多地突出和表现了他无拘无束的豪迈情怀。值得注意的是,这三首诗中均有一"笑"字,虽含义各有不同,但均可见其豪放的性格,而最后一首诗中的"天地自我出""鞭山驱云雷,夸夺造化权",更是将自我意识与能力夸张到了无以复加的地步。"掉头去不屑,随意采云烟。惟与造化游,不受簪缨缠。大笑出天外,洵是仙中仙""咳唾落九天,化作光熊熊。一笑大多事,徒惊群保虫"

"天地自我出,不愧称真仙。傲睨紫府中,狡狯诸少年。鞭山驱云雷,夸夺造化权"这样的句子中表现出来的那种睥睨群仙、无拘无束的豪气,是以前的游仙诗中极少有的。这样的作品还有《读神仙传戏题》二首等。

即使是平常之物、平常之景,而不是直接表现道教神仙之作的作品,汪运往往也将它们写得有神仙道教味。例如:

> 峰头何年树,长此叶森然。月影不到地,涛声时在天。往来深荫里,时有绿毛仙。赠我如拳实,餐之可大年。(《松》)
> 芳源寻不误,望里绛华新。流水有仙意,洞天藏古春。一溪红雨乱,十里绮霞匀。我欲花中住,非关慕隐伦。(《桃花》)

松与桃花是日常生活中的常见之物,但是,在诗人的笔下,却让人读来有更多的超凡脱俗的感受。第一首诗是咏物之作,但汪运并没有像一般诗人那样,强调"岁寒然后知松柏之后凋"的坚贞本性,而是将松与求仙学道、长生不老联系起来,诗中"时有绿毛仙""赠我如拳实,餐之可大年"透露出了强烈的道教意味。第二首也是咏物之作,诗一开头就有意无意间将人带入到非现实的境界中去,紧接而来的"流水有仙意,洞天藏古春"等句子,更是直接点出了仙意与仙境。这样,就赋予了本是寻常之物的松、桃以特殊的意味。这种特点,同样也表现在他的咏史诗中。例如《隋炀帝》:

> 不知狂魄醒何年,故殿空余锁紫烟。月色萧声秋寂寞,

　　燕泥庭草恨缠绵。树前毛羽禽呈瑞，宫里眉妆女是仙。殿脚
　　三千犹未散，杨花落尽李花妍。

咏史诗的一般写法是议论，感叹历史兴亡，汪运的这首诗却完全
不是这样，它是假设酒醒之后的隋炀帝回到当年宫殿的情景。整
首诗是以写景为主，不着议论，"树前毛羽禽呈瑞，宫里眉妆女是
仙"两句营造出了很强的仙境意味，让人觉得仿佛是在写仙境，而
不是在描写人间。

　　正因为爱好神仙，所以，汪运的诗往往与天象有密切的关系。
他的《杂诗》回忆一生的经历："儿时视青天，谓仅高于屋。径欲借
梯登，星辰携一掬。长成始自笑，神志太超忽。忽忽廿余年，且插
尘中足。青天不可上，儿时不可复。翘首望穹窿，青苍还郁郁。"
通过对天的不同感受，表现一种怅惘之情。不过，尽管他意识到
了"青天不可上"，但是，豪气依然不除。其他如"花薰三径月，酒
浸一杯星"（《春夜月下独酌偶成》）、"月影不到地，涛声时在天"
（《松》）、"山远随云尽，江空得月多"（《舟夜偶成》）、"望中疑有
路，破后欲飞天"（《镜》）等，都是如此。

　　汪运的诗不像一般的描写道教神仙之作那样超然，往往却表
现出一种奇气、杀气、怪气。例如：

　　碗茗澄微碧，炉烟袅暗青。花薰三径月，酒浸一杯星。
　　壮志凭看剑，迂谈听说经。醉来思跨鹤，瑶岛访仙灵。（《春
　　夜月下独酌偶成》）
　　阴云塞天日光死，新鬼烦冤故鬼喜。是谁载得一车来，
　　被薜带萝形状诡。路旁人被揶揄笑，室瞰高明作虚耗。不惟

灯下敢争先,时复梁间闻发啸。终南进士须怒张,腰间宝剑寒生芒。大声一叱鬼胆破,魑魅魍魉皆潜藏。擒来大厉不须缚,抉目刳肝供大嚼。朝吞三百暮三千,食鬼何曾输尺郭。鬼门塞处人门开,黎邱何敢重为穴。老饕扪腹意殊快,仰视天宇空阴霾。(《戏题钟馗食鬼图》)

这两首诗,前一首的最后两句明显地表现了对神仙的向往,充分体现了汪运对道教的态度。但值得注意的是,诗中却有"壮志凭看剑"一句,表明汪运好神仙只是他的一面,而更有对功名甚至恐怖刺激的向往。后一首更是充满了恐怖气氛,诗中对鬼的描写以及钟馗食鬼的场面和气势的描写,让人心惊肉跳。可见,神秘和恐怖对于汪运来说是颇有吸引力的。汪运作为一个求仙学道,而且是对佛教也有浓厚兴趣的人,竟然对这种神秘血腥的场面有如此兴趣,真是有点异类。

而最能体现出汪运对神秘、恐怖与杀气的营造与向往的是他的《侠客行》:

> 风檐前,堕片瓦。非片瓦,乃客也。仇头一,主前掷。仰天笑,吾事毕。主伏地,谢客恩。客已去,杳无痕。风骚骚,雪扰扰。漏沉沉,人悄悄。

这首诗写侠客替人杀人,诗的篇幅虽短,充满了悬念与神秘气氛。诗一开头就出现一个令人毛骨悚然的恐怖场面,接着再写侠客的豪爽与潇洒。诗的前后都是极力渲染神秘气氛。侠客来时的场面令人毛骨悚然,走时的场面令人胆战心惊。全用三字句写出,节奏短促,篇章短小,情节完整,气氛和环境的渲染却很成功,人物性格也非常突出,令人难忘。这可以说是三言中最为成功的作品之一,完全可以视为一篇完整的《刺客列传》。联系汪运的其他诗歌,我们完全有理由认为,诗中的侠客其实就是汪运想象中的自己。

正是因为异类,汪运在处理一般的道教题材时,在突出其仙气的同时,往往也要突出其怪异。例如《题黄云峰炼师道室》:

> 灵岩借得好栖真,元牝门中细问津。鬼眼瞰丹青射牖,鹤身向月立如人。草当静夜生灵焰,烟散晴朝化绿尘。吟罢只愁龙出听,绕庐雷火欻如轮。

以道室为题材的作品并不稀奇,但汪运这首诗的写法却显得比较特别,那就是在环境和气氛的描写和渲染上表现出来的怪异性。"鬼眼瞰丹青射牖,鹤身向月立如人"两句最典型地表现了这一特点。这里的第一句是对道师所炼金丹的称赞,说鬼都对它很感兴趣。汪运摈弃了一般的写法,写了用鬼眼隔窗虎视眈眈盯着金丹的这样一个场面来突出道师炼丹的成功,显得非同寻常,而且颇有恐怖气氛。第二句"鹤身向月立如人"所写之鹤本来不显奇特,但鹤有"向月立如人"的动作,同时又与前一句放在一起,立即就有了阴森的感觉。诗中的鬼、鹤、龙等主要意象也令人有怪异之感。

由于汪运对怪异有着十分强烈的兴趣,所以,平常的下雨场面在他的笔下往往也显示出奇异的一面:

　　　　读罢阴符倦倚帏,炉烟渐瘦烛花肥。前溪夜半老龙出,
风雨一窗愁箭飞。(《夜雨》)

　　　　谁把琼瑰历乱挥,倾河倒峡岂霏微。半空疑有蛟龙斗,
万岭全收虎豹威。屋势欲浮沧海去,风声还挟大松飞。昆阳
一战留余烈,想见当年破敌围。(《大雨》)

在诗人的笔下,大雨成了万箭齐发的战场,成了蛟龙交战的场所,
平常也成了反常,一般被写成了奇幻。《夜雨》的前二句写得很平
常,这其实是蓄势,所以一到后二句,便马上表现出了汪运好奇的
本色。雨成了老龙出来的结果,而且下雨的场面成了乱箭纷飞的
战场。《大雨》可以说无一句不奇,在天上是蛟龙斗,在地上是昆
阳战,完全没有一点写实的意味。

　　汪运诗歌中的这种奇异性,使他在选择表现题材的时候往往
集中于一些不平常的人物、场景、现象、意象等。他写的人物,往
往是名臣、名将、名士、名妓等,如《名臣》《名将》《名士》《名妓》
《庄姜》《齐东昏》《陈后主》《隋炀帝》《李后主》等。他的诗中的
意象,往往也多为鬼神、刀剑、虎豹、大鹏、蛟龙等非同寻常的意
象,如"我学大鹏飞,水击三千里"(《还家》)、"鬼眼瞰丹青射牖,
鹤身向月立如人"(《题黄云峰炼师道室》)等。而在这些意象中,
他运用得最多的是蛟龙、老龙、愁龙这样的龙的意象,在他的四十
余首诗中,龙的意象就出现了七次之多,例如"灵怪辐辏腕间集,
蛟龙郁律甬中趋"(《题梁星舸印章》)、"半空疑有蛟龙斗,万岭全
收虎豹威"(《大雨》)、"潭黑蛟龙聚,林深虎豹眠"(《昭平峡》)、
"恐惊蛟龙睡,诗成不敢吟"(《舟夜偶成》),如此之类,不一而足。

　　上述汪运诗歌豪放奇异的特点,在广西诗人中是别具一格

的,就是将其放到整个中国古代诗歌史上去考察,也是具有鲜明特点的,应当引起足够的重视。

二

汪运的诗歌在表现豪放奇幻的同时,对一些平常题材的描写也显示了他深厚的功夫和细腻的用心:

> 妆罢凭栏立,春风正扇和。戏将郎小字,故故教鹦哥。
> (《戏题美人调鹦图》)
> 不把红妆斗,谁怜翠袖单。绿窗帘静下,风雨正春寒。诗咏斯饥惯,爻占乃字难。惟应空谷里,修竹共盘桓。
> (《贫女》)

这两首诗都是写人之作,但都重在写人的内心世界。前一首用一个生动的细节,写出了美女对情人的一往情深。后一首虽取材于杜甫,但立意有所不同,重在表现其艰难的处境。两首诗都有言外意,这可看作汪运诗歌的另一种类型。

汪运在充分表现他好奇求怪的同时,在另一些诗中,却又表现了他闲适的一面,例如:

> 扫我读书屋,开我贮书厨。筑我种花坞,凿我浇花渠。朝来丛书中,如与古人居。暮来花丛中,如对倾城姝。宜何号我身,书癖与花奴。宜何号我屋,书库与花庐。(《到家》其二)

　　野人野性犹如昨,来向溪山步月归。夜久石床凉似水,
几回梦绕白云飞。(《野人》)

这两首诗与前面所举的诗迥然不同,已全无奇特怪异之风,而更
多的是闲适与旷达。两首诗均可看作是对汪运"野人野性"的具
体诠释。

　　在汪运的诗中,咏物之作占了很大的比重,他的一些咏物诗
固然如前面所说,带着浓厚的怪异色彩,但一些诗却是另一副面
孔,这可以从以下作品看得非常清楚:

　　洗尽脂痕艳更加,一枝皎皎倚风斜。溪头春过无红雨,
洞口人归有素霞。小咏端应除绮靡,相逢何敢忆繁华。芳园
景象殊清绝,珠幕银幡四面遮。(《白桃花》其一)
　　眼底秾华不复存,白云遮遍武陵村。十分冷落春风面,
一段轻盈夜月魂。玉洞遥寻香有迹,缟衣相映淡无痕。前身
姑射凝君是,万紫千红未足论。(同上其二)

这两首作品都是描写白桃花,不仅不见了怪异的色彩,反而给人
以绮艳的感觉,仿佛走到了另一个极端。诗人尽管在诗中强调了
"小咏端应除绮靡",可是,我们读了这两首诗之后,却始终难除
"绮靡"的印象。

　　他的由《名臣》《名将》《名士》《名妓》等作品构成的名人系列
作品,虽然取材上不落俗套,但写法却是传统的。例如:

　　河岳钟灵后,风云际会重。老成劳擘画,大度惯包容。

退食书千卷,传家笏一峰。平生箕颖地,早晚缚茆龙。
(《名臣》)

　　豪放焉知老,风流半似颠。烟花宜作伴,诗酒自称仙。
不藉科名力,偏专著述权。休嗤如画饼,姓字世偏传。
(《名士》)

以"名"命题,但写起来却是惯常手法与立意,与前面那种怪异的
风格迥然不同。

三

　　同为"杉湖十子"之一的著名诗人李宗瀛《题汪剑峰孝廉诗卷
后》曾评论汪运的诗:"黑风荡地雅轮缺,万劫诗天堕狐窟。丹邱
仙子乘鸿蒙,手抉银河洗秋热。瑶空霏霏洒珠雨,猛风衔花隔烟
语。辊辚昨夜葬雷公,延露哀词怆无主。蓬莱夜碧烟点迷,岑华
一琯吹参差。临风更和君山邃,决起睛霄女龙泣。"①这首诗运用
神话传说和大胆的想象,准确而形象地描绘了汪运的诗风与意
境,真是一针见血,令人想起唐代杜牧对李贺诗"鲸呿鳌掷,牛鬼
蛇神,不足为其虚荒诞幻也"的评价。由此也可以看出早在汪运
生活的当时,人们已经看到了汪运诗充满奇幻与怪异的与众不同
之处。
　　汪运诗的这种独特个性具有两种意义,其一,以其豪放奇幻
在广西近代诗坛独树一帜。我们遍读清代广西诗人的诗集,很难

---

① 《小庐诗存》,见《杉湖十子诗钞》卷十九。

找到一位与汪运诗风相似的诗人，类似的作品也很少。这就使他的诗歌至少在广西诗坛是独具一格和具有新意的。由于广西的诗人往往为了功名、仕宦，多往来于全国各地，再加上由于近代广西多灾多难，这就形成了广西近代诗歌的两个最突出的特点。一是多写旅途的风光与见闻，这主要是描写北上北京的水路沿线及南下广州的水路沿线的风光见闻。这种情况在近代广西诗歌中是最突出和最为普遍的。二是学习杜甫的沉郁顿挫诗风，向"诗史"靠拢，因此表现时事，特别是表现动乱的作品特别多，"杉湖十子"也不例外，其中的朱琦、李宗瀛等人的作品是最有代表性的。这些诗歌多写实，也多沉郁。与上述两类诗歌相比，汪运的诗几乎没有向杜甫学习的痕迹，他的诗中没有一首是表现时事、反映动乱的，同时，表现旅途风光和见闻的作品也很少。这就使他的诗在风格上显得特别突出，不同一般。其二，汪运诗歌所表现出来的奇幻性，使曹唐《游仙诗》的传统在广西诗歌中得到了延续和发扬光大。唐代桂林曹唐的大小《游仙诗》在整个中国古代诗歌史上是占有一席之地的，作品表现出来的旖旎浪漫与奇幻给人以深刻的印象。这种传统可惜长期以来在广西诗坛上失传了。没有想到的是，到了一千年后的晚清，汪运却又重新恢复了曹唐这位同乡先贤的奇幻传统。不过，汪运的恢复并不是对曹唐的简单重复，他在追求奇幻的同时所表现出来的豪放和怪异阴森，却又是曹唐诗中所没有的。

"杉湖十子"与杜甫

"杉湖十子"指的是十九世纪上半叶的诗人龙启瑞、彭昱尧、朱琦、汪运、商书浚、杨继荣、曾克敬、李宗瀛、赵德湘、黄祖锡,因为他们常在广西桂林的杉湖边吟诗唱和,故称。① 他们是十九世纪上半叶广西诗人的主体,在诗歌创作上取得了较高的成就,对后来的"临桂词派"有重要的影响。

作为一个诗人群体,"杉湖十子"的诗歌创作多方面地受到了唐代诗人的影响,其中受杜甫的影响尤其明显。可以说,他们是一千一百余年后,杜甫诗歌在广西的传人。

一

"杉湖十子"中的大多数诗人都对杜甫十分推崇,认为杜甫诗歌表现了崇高的思想境界。例如朱琦在他的《咏古》十首其二中便说:"杜陵有遗老,乃是稷契人。致君必尧舜,风俗可再淳。广厦构万间,所谋非一身。望帝托杜鹃,感愤悲填膺。煌煌三大礼,郊庙实式凭。惜哉老布衣,仅以诗人称。"认为杜甫是有远大志向的人,具有崇高的思想境界,然而却终身不遇,仅以诗名享誉天

---

① "杉湖十子"之名始于清末张凯嵩所编的《杉湖十子诗钞》。

下。整首诗表达了对杜甫的无限崇敬与惋惜。他又在《论诗五绝句》其一中说："希圣何人更起衰，身尊稷契道宁卑。时看李杜光芒在，不用雕镌出小诗。"认为李白、杜甫正是因为具有远大的志向、崇高的思想境界，在"道"的修养上达到很高的程度，才取得了杰出的艺术成就。

"杉湖十子"并不是仅仅在口头上表达了对杜甫的景仰，同时更重要的是在创作上认真学习杜甫，以杜甫诗歌为法。

"杉湖十子"中受杜甫影响最大的是朱琦（1803—1861，字濂甫，号伯韩。道光十五年（1835）进士，历任编修、给事中、御史、道台，著有《怡志堂诗文集》等）。同为"杉湖十子"一员的彭昱尧曾经说过"伯韩（朱琦）诗学杜子美"（《送子实南归》），因而朱琦的诗也有"诗史"之称①。朱琦自己在《答友人论诗》一诗中自述其作诗宗法时就说："平生宗法有数子，李杜韩白苏黄元。此外诸家间参取，渔洋老笔新排编。"《春星阁小聚数日留诗志别》其三云："远当追甫白，近亦逼苏黄。"宗鉴成《怡志堂诗集书后》载朱琦自己说过的话："早年取径香山，及与伯言梅郎中游，始改师杜、韩及北宋诸家。"将杜甫作为其生平作诗的主要学习对象之一。不过，朱琦虽然号称学习了多家诗人，但从诗歌创作的实际情况来看，他最倾心的是杜甫。在他的作品中，屡屡提到杜甫，表明了他对杜诗的谙熟。杜甫对朱琦诗歌创作的影响主要表现在两个方面：

第一，用诗歌来表现时事，凸显诗歌的"诗史"特征。朱琦的诗歌全面地表现了十九世纪中叶我国的社会状况，对鸦片的危害、外国的入侵、清朝的腐败、太平天国起义等社会现象和重大历

---

① 朱琦《暮秋气渐寒作怀人诗五章寄粤中诸子》其五："诗史辱见呼，伤乱共凄楚。"

史事件作了有意识的描述。例如《感事》：

　　鸦片入中国，尔来百余载。粤人竞啖吸，流毒被远迩。通参轸民害，谠言进封匦。吏议为条目，罪以大辟拟。杀人亦生道，重典岂得已。粤东地濒海，番商萃奸宄。天使布威德，陈兵肃幢罌。宣言我大帮，此物永禁止。献者给茶币，万椟付烈毁。积蠹快顿革，狡谋竟潜启。飞帆扰闽越，百口腾谤毁。至衅诚有由，功罪要足抵。直督时入觐，便喋伺微旨。奏云英吉黎，厥患亦易弭。吁冤至盐峡，恭顺无触抵。节钺遽更代，蛮疆重责委。遂割香港地，要盟受欺绐。况闻浙以西，丑虏陷定海。焚掠为一空，腥臊未湔洗。虎鹿复逼近，锁钥失坚垒。总戎关天培，只身捍贼死。开门盗谁捍，一误那可悔。五管嗟绎骚，征调无暇晷。至尊劳旰食，军书从巂宸。机幄时咨对，震慑但诺唯。天讨终必伸，牙璋大兵起。冠军伊何人，躯干颇杰伟。骁锐五千骑，索伦十万矢。庶往靡天戈，一举汤溟瀜。义律尔何为，勾结饵群匪。所恃惟巨炮，以外无长技。长侯昔决战，贼首尽披靡。馀艎坐饥困，如鱼游釜底。阻隘断其归，彼虏无完理。惜哉失此机，奔突纵犬豕。大帅殊畏懦，高牙拥镟蛾。兵骄或食人，传闻日诙诡。哀哀老尚书(谓隆参赞文)，遗奏何嘘唏。上言海氛恶，下言抱积痞。针砭辄乖谬，沴戾入肌髓。艰虞正须才，孤愤亦徒尔。先是春二月，番舶据沙嘴。黑夜突凭城，举火纵葭苇。矢炮横相攻，孤城危卵垒。万众方瞠目，禁呵疑神鬼。楼堞幸少完，室庐剩荆杞。附郭尤惨凄，颓垣半倾圮。思昔承平时，海南夸丽侈。巨舶通重洋，珍货聚宝贿。珊瑚斗七尺，明珠炫百琲。宴客紫驼羹,金盘脍双鲤。妖姬促膝坐,仆妾厌纨绮。
笙歌彻夜喧,红灯照江水。岂知雁锋爨,园宅倏迁徙。窜身
榛莽丛,流离迫冻馁。盛衰有循环,天道岂终否……

这首诗表现的是鸦片对中国的危害以及鸦片战争的全过程,对从
鸦片输入中国,一直到鸦片战争的爆发、发展和结局等作了非常
详细的描写,简直可以算作一部鸦片战争史,典型地表现了朱琦
诗歌的"诗史"特征。从文学价值来说,这首诗不能说有多么突出
的成就,但是,其创作的动机主要在写时事,而且也不拘于一时一
地,是一种全景式的反映,其人其事皆有据可查。这一类的作品
在朱琦的诗歌中很多,如《纪闻》八首、《狼兵收宁波失利书愤》、
《朱副将战殁他镇兵遂溃诗以哀之》、《吴淞老将歌》、《镇江小
吏》、《全书书事》、《题金陵被难记抒愤》、《道经河北客问当时守
濠事为述其略》、《漂安河》等。

　　第二,风格逼近杜甫,沉郁顿挫,颇得杜诗神韵。朱琦的诗,
不仅内容上与杜甫相似,甚至用词造句、修辞手法等,都与杜诗有
几分神似。例如:

　　　　子弟亲兵久未闻,豺狼勇号总纷纷。罢归丁壮仍为寇,
乱后疮痍尚饷军。磷血三年愁化碧,沙场万骨忍论勋。天南
莽莽多戎马,秋老秦淮泣暮云。(《途中杂感》八首之四)
　　　　楚塞苍茫外,乾坤战斗中。晚烟乌桕冷,山势虎崖雄。
傜豀形如虮,呕呀语不通。夷歌声又起,野哭几家同。(《当
阳道中》)

这两首诗表现出来的情感深沉痛苦,而且也都是关于国家和人民命运的,其悲壮沉郁的风格与杜甫后期诗非常相似。第一首诗中的后半部分尤其得杜诗精神:在数量词的运用上,在空间和时间的维度上,以"三年"与"万骨"相对,造成极大的张力;"天南"再从空间上加以引申,展示出一幅极为辽阔苍茫的画面,这是非常典型的杜甫诗场景。最后一句大有"杜陵野老吞声哭""杖藜叹世者谁子,泣血迸空回白头"的味道。第二首所描写的楚地景象,与杜甫晚年诗中的描写有类似之处,所不同的是,杜甫重在写水,朱琦重在写山。尽管有这种不同,但作品表现出来的那种雄浑壮阔、悲凉沉郁的风格是一致的,甚至"楚塞""苍茫""乾坤""晚烟""冷"之类的词语都有几分神似。诗的最后两句,与杜甫"野哭几家闻战伐,夷歌数处起渔樵"不仅内容相同,连用字几乎都差不多。

在朱琦的诗歌中,有《寄杨紫卿零陵集杜》五首、《陈莲史方伯集寓斋话别集杜》四首、《雨后寄家弟容庵集杜》等,反复而熟练地集杜甫诗句,说明朱琦对杜诗的了解与熟悉。这从另一个侧面看出杜诗对朱琦的影响。

"杉湖十子"中另一位受杜甫影响颇深的是李宗瀛(字小韦,又字季容,道光年间人)。与杜甫一样,李宗瀛非常关注下层百姓的生活状况。他的朋友赵德湘说他的诗"乐府从推杜拾遗,伤时感事每兴悲。风骚遥接千年后,雪涕重吟两卷诗"[①]。可见,在别人的眼里,李宗瀛的乐府诗是以杜诗为榜样的,并且明确地说明他继承了杜甫乐府诗的传统,是千载之后杜诗的传人。这个说法

---

① 《读小韦丈前后避贼车田溶江诗》,《杉湖十子诗钞》卷二十《丽则堂诗存》。

是有道理的,例如他的《薪女歌》《秋城写望》《东江行》《老翁叹》《老妪叹》《新妇叹》《流民叹》,以及《西延谣》十八首等,这些作品都表现了李宗瀛对下层人民的极大同情:

> 客行大溶江,满眼纷流离。老翁弃杖走,咬颈儿啼饥。蚩蚩我妇子,生幸承平时。眼不见兵革,耳不习鼓鼙。朝糜暮餐粥,鸡狗亦得携。山贼揭竿起,窜乱如惊麇(原文如此,疑作"麋")。一夫发其难,万室生蒿藜。请看大泽中,沴气蒸积尸。间有草间活,一二锋镝遗。我曹幸逃死,敢怨琐尾为?愈喘虽苟延,终作沟中泥。况闻楚北涝,抱负来灾黎。岂知我里灾,犹甚彼处危。青山黯无言,流水闻悲嘶。安得豺虎息,乐汝室家宜。(《流民叹》)

> 朝闻官点兵,暮见吏捉人。爷娘妻子留不得,哭声惨惨天无色。东邻有老翁,一男府帖今中丁。西家有少妇,新婚三日君远行。行行挥手誓不顾,结束弓刀从此去。(《西延谣》十八首之四《点留行》)

这里的第一首诗写流亡百姓的苦难,不亚于杜诗中的《兵车行》。人民流离失所,性命难保,哀鸿遍野。最后的几句表明作者的态度,从中看到李宗瀛对人民的同情。第二首简直就是杜甫的《石壕吏》《兵车行》和《新婚别》的再版。诗的开头两句显然是杜甫《石壕吏》"暮投石壕村,有吏夜捉人"的改造,第三、四句带着《兵车行》中"耶娘妻子走相送,尘埃不见咸阳桥。牵衣顿足拦道哭,哭声直上干云霄"的明显痕迹,五、六句又有《石壕吏》的影子,最后四句则是《新婚别》的缩写。将《石壕吏》《兵车行》和《新婚别》

有机地融合在一起,可见杜诗对他的影响之深。

　　李宗瀛有一部分诗写的就是他自己在动乱中的遭遇,这些诗同样也受了杜诗的深刻影响。例如:

　　　　衰病将迎懒,那堪走避兵。仓皇携八口,惨淡出重城。陟岭马瘏瘁,叩门鸡斗争。羌村在何许,容计一廛民。(《车田避兵作》四首其一)

　　　　四郊声一概,役役羌安逃。仓皇挈家室,驾言适乐郊。村人喜我至,被我尘鞅劳。问我来胡为,慰我忧心忉。殷勤赤仓饼,地主争招邀。妇孺窥墙头,隔墙呼浊醪。艰难愧人情,漂泊幸所遭……(《车田村》)

这两首诗都是表现自己在动乱中的遭遇。第一首写为避兵逃到车田的情况,前半描写经历,后两句表现感受。第二首写的是在动乱中到达车田村,受到村人欢迎的情景。这两首诗都用白描手法,思想感情与表现方式与杜甫的《羌村三首》等极为相似。第一首中的"羌村在何许,容计一廛民",直接点明了李宗瀛的这两首诗与杜甫《羌村三首》之间的关系,说明了李宗瀛心中有着对杜诗的深刻记忆。第二首中的"妇孺窥墙头,隔墙呼浊醪。艰难愧人情,漂泊幸所遭"与杜甫《羌村三首》中的"邻人满墙头,感叹亦歔欷""父老四五人,问我久远行。手中各有携,倾榼浊复清""请为父老歌,艰难愧深情"不仅手法、思想感情相似,而且构思、用词、语气都十分相似。这类的作品,在李宗瀛诗中时常可见,例如"锦官城外玉垒西,武侯先主同遗祠。可怜后主还祠庙,杜陵野老曾题诗"(《客有示余蜀后主祠诗意有未尽赋此广之》)、"合眼辄梦君,明君于我厚。苦言来不易,关塞有风烟"(《得少鹤都中书却寄》)等,这类诗往往从杜诗中化出。可见李宗瀛的心头总有杜诗的影子。

"杉湖十子"中的赵德湘(字淡仙)也是深受杜诗影响的诗人,他的许多诗在内容上继承了杜甫写时事的传统,对当时广西混乱的社会状况作了详细的描写,同时也有许多诗承袭了杜诗的意境、字句乃至诗题。例如《贫女》:"寂寞畏人知,春愁不扫眉。牵萝新雨后,倚竹薄寒时。缟李高同格,夭桃晚入诗。练裳与裙布,他日嫁相宜。"这首诗与杜甫《佳人》颇为相似,"倚竹薄寒时"一句就直接化用《佳人》。而《喜闻官军收复虎门》的诗题显然可以看出杜甫《闻官军收河南河北》的影子。他的《岁暮用少陵后苦寒行韵寄小韦丈病中》则可以看出他对杜诗的谙熟。

以上几位诗人是"杉湖十子"中受杜诗影响较深的,其他的诗人尽管不如这几位诗人所受的影响那么明显,但也或多或少地受到了一些影响,留下了显而易见的痕迹。例如龙启瑞(1814—1858,清道光二十一年(1841)状元,江西布政使,有《浣月山房诗集》等著作),他的《秋夜杂感》其一写道:"西风吹雨入江城,静对寒檠百感生。古剑夜迎星斗气,乡关秋老鼓鼙声。归来黄菊几回见,梦里青山俱有情。天与斯才果何益,会将耕钓待时平。"这首诗的后四句沉郁顿挫,感慨深沉,颇有杜甫晚年诗的韵味。"杉湖十子"其他诗人也时有此类作品,在此我们就不一一赘述了。

二

"杉湖十子"中的十位诗人大致可以分为两类,一类为身居要职,但诗歌仍然多写时事的,这以朱琦、龙启瑞为代表;一类为沉沦下僚,失意潦倒,诗歌多表现身世之悲和动乱岁月中艰难的生存状况的,这在"杉湖十子"中占了绝大多数,上文提到的李宗瀛、赵德湘就属于这一类。从现存的作品来看,杜甫对这两类诗人都产生了重要的影响。

那么,为什么杜甫能对"杉湖十子"产生重要的影响呢?

首先,由于经过元明清三代的宣传与阐释,杜甫当之无愧地享有了"诗圣"的崇高荣誉,这是封建社会里任何一位诗人都必须熟悉的诗人。在某种程度上,对杜诗的了解就成了诗人必须具备的基本知识和基本素养。"杉湖十子"虽然生活在十九世纪的初中叶,中国已开始走入近代社会,但是他们所受的仍然是传统教育,所从事的诗歌创作仍然还是传统的。无论是他们所掌握的知识谱系还是诗歌创作观念,都与杜甫属于同一系统。在这种情况下,作为"诗圣"的杜甫,自然而然就成了"杉湖十子"仿效的对象了。

其次,杜甫对"杉湖十子"之所以能产生重要的影响,更重要的是与当时中国、广西的社会状况有重要的关系。历史进入十九世纪以后,随着清朝政治的日益腐败,外国入侵、鸦片泛滥、农民起义不断成为严重的社会问题。作为"杉湖十子"生长、生活的家乡广西,这种情况更是有过之而无不及。名闻天下的太平天国起义发生于广西,这是人所共知的历史事件。除了太平天国起义,十九世纪上半叶的广西,可以说动乱不断,匪患不停。当时广西"会匪猖獗"的情况是:

广西自去年贼首张嘉祥滋事,官兵不能捕获而强为招安,余党四散勾结。庆远则张家福、钟亚春,柳州则陈东兴、陈亚溃(贵)、陈亚芬、陈山猪羊等,武宣则梁亚九、刘官山,象州则区振祖,浔州则谢江殿,平乐则紫金山一伙,皆分股肆扰,而陈亚溃(贵)一股尤甚。值此盗风日炽,该省州县缉捕懈松,已可概见。①

　　道光二十七年秋九月,雷再浩、李世德倡乱,各府、州、县土匪乘机窃发,先自平乐始……桂林府属之临桂、阳朔、永福,平乐府属之荔浦、修仁、永安,浔州府属之平南,各有土匪啸聚,声息相通,至是乃大肆。②

太平天国起义和这些大大小小的起义固然打击了土豪劣绅,但同时也给广西人民的生活造成了很大的影响,许多无辜的平民百姓和中下层知识分子成为主要的受害者,他们流离失所,甚至失去了生命。动乱的社会,再加上鸦片战争后,"银一两,换制钱一千九百文至二千一百余文不等。而民间完纳钱粮,必须易银抵柜。银贵钱贱,较从前输纳之数,几加一倍。粤西民贫土瘠,生计维艰"。这样的社会背景,与杜甫所处的时代背景有极其相似之处。"杉湖十子"对于这种社会状况有切身的体会和了解。龙启瑞就说过:"吾乡自逆泉倡乱后,盗贼多而兵力弱。"③朱琦不仅看到了

---

① 道光三十年五月十九日(剿捕档)《谕郑祖琛上紧缉捕陈亚贵等》,中国社会科学院近代史研究所近代史资料编辑室编《太平天国文献史料集》,转引自钟文典主编《广西通史》第二卷第74页,广西人民出版社,1999年。
② 苏凤文《股匪总录》卷二,转引自钟文典主编《广西通史》第二卷第74页,广西人民出版社,1999年。
③ 《何雨人家传》,《经德堂文集内集补》卷四。

这种"会匪猖獗"的情况,而且还自办团练,最后死于与太平军的作战中。李宗瀛曾经为了躲避发生在桂林的战乱,逃到了桂林郊外的车田村,在那里过了一段时间。而且"杉湖十子"中的绝大多数诗人出生低微,都曾经有过北上参加科举、为官的经历,对当时的社会有比较深的了解。因此,与杜甫有着相似的生活背景的"杉湖十子",在心理上很容易将自己看成是杜甫的同类人,也很容易从杜甫中后期诗歌中的那种忧国忧民、漂泊天涯、居无定所的思想及生活状态中找到共鸣,在这种情况下,杜诗也就很容易成为他们的模仿对象了。以龙启瑞为例,以他的经历和官位,他可以说是衣食无忧,完全可以尽享荣华富贵的,但是,当他身处乱离、历尽动乱之后,杜甫诗立刻就成了他的榜样。于是就写下了这样的诗篇:

> 一入山林竟五年,寇氛何事苦相缠。悬知爝火难经日,岂料烟尘竟满天。筹策自来阙气数,江湖随处觅才贤。寒灯枨触觚棱梦,起视风云为怅然。(《十月十一日自桂林北上》)
>
> 人生乱离世,回忆升平年。譬非疾病日,安知无病贤。嗟彼流离子,其情实可怜。虎狼踞人屋,窜身岩穴间。踪迹觅辄得,号泣声相连。慈母失爱子,老父寻幼孙。日暮倚高崖,遥望焚何村。仰天唯涕零,难对官府言。更遇风雨夕,灯烛不得燃。松枝蔽其顶,蓬茅围其身。足底闻流溅,拥树如穷猿。远聆兵马来,疑是贼营迁。纷如鸟兽散,既定复来还。寻声以相识,时复触尻肩。日出望里间,所至无炊烟。共言贼徒散,始复还家门。牛豕肉狼藉,鸡犬无一存。犁我田中禾,发我窖中钱。生计一以失,性命如倒悬……(《伤乱》)

这样的诗歌在龙启瑞的作品中是比较突出的,表现乱离中的遭遇与民生疾苦,颇有杜甫的沉郁顿挫之风,与他早年和晚年的诗相比,有很大的区别。显然,环境与遭遇决定了龙启瑞向杜甫的靠近。朱琦、李宗瀛、赵德湘等都是与龙启瑞的这种情况相似。所以,在"杉湖十子"学习杜诗的过程中,经历和时代背景的相似性起了至关重要的作用。这与宋代诗人陈与义在经历了"靖康之变",逃难南方之后感叹"但恨平生意,轻了少陵诗",转而学习杜甫后期诗的现象颇有类似之处。

三

杜甫诗歌"尽得古今之体势,而兼人人之所独专",如元好问所说:"(杜诗)如三江五湖,合而为海,浩浩瀚瀚,无有涯矣;……千变万化,不可名状。"①谭元春则在评《间水歌》时说:"选杜诗,最要存此轻清淡泊之作,使人知老杜无所不有也。""千变万化,不可名状"和"无所不有",指的是杜诗思想内容的广博,风格的多样。尽管如此,但由于自身的处境、修养和所处的时代等因素的影响,特别是因为有着相似的时代背景,从上面的论述中我们可以看出,"杉湖十子"在接受杜诗影响时,并不是全盘接收,而是有选择性地接受了杜甫强烈的"诗史"特色、忧患意识、天下情怀和沉郁顿挫的艺术风格,高度关注国家和人民的处境和命运,同时又以沉郁之语出之,而对杜诗的其他方面则较少接收。这是"杉

---

① 《杜诗学引》,《遗山集》卷三十六。

湖十子"在接受杜诗影响时的一个突出特点。

由于接受了杜诗的"诗史"特色、忧患意识和沉郁顿挫风格的影响,"杉湖十子"的诗歌创作不仅思想内容变得更为深广,具有了突出的现实意义和"诗史"价值,而且整个诗歌创作的艺术水平也得到了很大的提升。可以说,杜甫在很大程度上改变了"杉湖十子"的创作。例如李宗瀛,他早期的诗不论是内容还是风格,都是比较驳杂的,但当他改变风格,向杜诗靠拢后,诗的风格与境界马上发生了变化,有了很大的提升。上文提到的《薪女歌》《秋城写望》《东江行》《老翁叹》《老妪叹》《新妇叹》《流民叹》,以及《西延谣》十八首等真可称为佳作。例如《老翁叹》:

> 天风吹村枝,上有乌夜啼。何来一老翁,树底声酸嘶。翁有伶俜男,肤色玉雪如。衰年敢他望,送我归草墟。向者西延变,羽书急于箭。府帖下签丁,仓皇去乡县。肥男行踊跃,瘦男行逶迟。官家有程期,那得还顾私。洮阳战城南,胜负故难测。游魂血污归,梦中识颜色。黄发送皓齿,生汝亦何益。昨闻邻儿还,牛酒会亲故。当日同此途,归时汝何处!夜久语声寂,时闻泣呜咽。天明寻老翁,抱树独僵立。

这首诗的题材令人想起杜甫的《兵车行》等作品,而诗的最后几句"夜久语声寂,时闻泣呜咽"显然化用了杜诗《石壕吏》中的句子,受杜甫诗歌影响的痕迹十分明显。然而,这首诗却能有所创新。诗从树写起,又以树作结。前几句通过景物的描写渲染出一种悲凉的气氛,中间写老翁的命运、处境、心理十分简洁而出色,后面的结局更是加重了诗的悲剧色彩,比杜甫《石壕吏》的结局更为悲惨,也更令人同情。李宗瀛的《新妇叹》《流民叹》等其他作品也都有这种效果。

　　这种情况在朱琦和其他"杉湖十子"诗人的诗歌中同样存在。杨传第《怡志堂诗集序》评曰:"近时都下以诗名者,传第尝凭臆得数人焉……所谓数人者,桂林朱伯韩先生其一也。先生于文学桐城,能自以才力充拓之,故常沛然有余,于所为之文之外,诗则浑雄,不立纲宗,而自成体势。"①朱琦诗的这种"雄浑"境界与风格,就是由于改变前期多应酬交际之作,转而学习杜诗后期诗的结果。上文所引《当阳道中》"楚塞苍茫外,乾坤战斗中。晚烟乌桕冷,山势虎崖雄。㑽豀形如吼,呕呀语不通。夷歌声又起,野哭几家同",就是非常典型的"雄浑"之作。从作品本身来看,这首诗之所以能达到这种境界与风格,显然与模仿杜诗的《阁夜》《秋兴八首》等有密切的关系。

　　总而言之,杜甫对"杉湖十子"诗歌创作的影响是全面的,杜诗在很大程度上就是"杉湖十子"创作的榜样,而"杉湖十子"之所以接受杜诗的影响,相同的处境、经历和时代背景起了很大的作用。而从"杉湖十子"对杜诗的接受中,我们又可以看到杜诗对于中国古代诗人具有多么巨大的吸引力!

---

① 黄蓟辑:《岭西五家诗文集》之《怡志堂诗集》附,民国十三年桂林典雅排印本。

跋

收入本集的是近十多年来我对广西古代文学研究的论文,其中的绝大多数曾经发表在国内各类学术刊物上。这些论文虽然不能说有多少创新,但至少曾经是花了大量心血的成果。其中涉及广西古代文学的特点地位、文学典籍、文学家族、作家创作与理论研究等。在某种程度上,也是算是这十多年自己对广西古代文学研究的一个总结或纪念。

回想当初刚开始对广西古代文学进行研究时,心里是一片茫然。为了有所突破,曾经花了大量的时间泡在桂林图书馆里,阅读原始资料。也正是因为有了这几年的刻苦阅读,才积累了一些资料,熟悉了一些情况。逐渐进入了广西古代文学的殿堂以后,才发现里面其实珍藏着无数珍宝,只不过因为尘封太久,珍宝无光,它们正等待着人们细心地拂去身上的尘埃,重放光彩。这十几年的阅读和研究,也正是为了使这些珍宝重现人间,重放光彩。

"杉湖十子"之一的李宗瀛曾经在他的一首诗中写道:"前不见古人,后不见来者。上下五千年,中间虱一我。"岁月匆匆,时不我待,转眼之间,研究广西古代文学已有十余年的历史了,成绩甚小,所得甚少,想来连虱也不如,不禁汗颜。不过,雪泥鸿爪,总要留痕;蕉鹿有梦,或许为真。此集即为当年真痕也。

作者识

2019.12.12